THE SINGULARITY IS NEARER
When we merge with AI

シンギュラリティはより近く

人類がAIと融合するとき

Ray Kurzweil
レイ・カーツワイル
高橋則明＝訳

NHK出版

シンギュラリティはより近く

人類がAIと融合するとき

The Singularity Is Nearer
by Ray Kurzweil

This edition published by arrangement with Viking,
an imprint of Penguin Publishing Group,
a division of Penguin Random House LLC, New York,
through Tuttle-Mori Agency, Inc., Tokyo

装幀：福田和雄（FUKUDA DESIGN）

ソーニャ・ローゼンウォルド・カーツワイルに。
彼女と知りあって（そして、愛して）もう50年にもなるのに、
まるで数日前のように感じる。

目次

【編集部注】

◎本文中の(　)は原注、〔　〕は訳注をあらわす。

◎本文中の★は、出典および参考文献／追加資料が
以下のURLに掲載されていることを示す。

https://nhktext.jp/sgl

(アクセスは以下の
QRコードでも可能です)

◎本文中に取りあげた書籍のうち、
邦訳のあるものは邦題を、邦訳のないものは
初出にのみ原題とその逐語訳を併記し、
再掲については逐語訳のみを掲載した。

◎本文中の書籍からの引用は、
すべて本書訳者による翻訳である。

Introduction
イントロダクション

二〇〇五年に出版した『シンギュラリティは近い』〔原題：*The Singularity Is Near*（紙版書籍邦題は『ポスト・ヒューマン誕生』）〕のなかで私は、テクノロジーの発達における技術的収束〔もとは無関係であった技術がその進歩にともなって次第にひとつの機器や媒体に統合されていくこと〕と指数関数的な傾向は変革をもたらし、人類をまったく変えてしまうだろうという説を発表した。現在、その鍵となるいくつかの分野で同時に成長が加速しつづけている。コンピュータの計算能力は安価になりつづけ、ヒューマンバイオロジーの理解が深まり、エンジニアリング可能なスケールがより小さくなっている。ＡＩ（artificial intelligence 人工知能）がその能力を高め、情報へのアクセスが容易になるにつれて、これらの能力と、人間が本来もつ生物学的知能とがこれまでにないほど密に結びつく。いつの日かナノテクノロジーによって、クラウド上のバーチャルの神経細胞（ニューロン）層と人間の脳が接続され、脳が直接的に拡張されるまでに至るだろう。こうして人間はＡＩと融合して、人間が本来もつ力の数百万倍の計算能力を有するようになる。これによって、人間の知能と意識は想像もつかないほど大きく拡張される。これが「シンギュラリティ」によって起こることだ。

「シンギュラリティ（特異点）」は、数学と物理学で使われる言葉で、他と同じようなルールが適用できなくなる点を意味する。数学の例では、有限数を0で割ると値が無限になるように、定義されない（計算不能な）点がそれであり、物理学の一例では、ブラックホールの中心にある無限に密度の高い点のことで、そこでは通常の物理法則は破綻している。私がこの言葉を隠喩として使ったことは重要なので覚えていてもらいたい。指数関数的な成長が無限の成長を意味していないのと同じように、「技術的特異点（テクノロジカル・シンギュラリティ）」という私の予測では、変化の割合が無限になると言っているのではないし、物理的特異点を迎えると言っているのでもない。ブラックホールは重力がとても強く、光さえもとらわれてしまうが、量子力学では真に無限の質量を説明する方法がない。私がシンギュラリティの隠喩を使ったのは、現在の人間の知能ではこの急激な変化を理解できないことを示すためだ。だが、変化が進むにつれ人間の認知能力は増強されるので、対応できるようになる。

前著の『シンギュラリティは近い』のなかで私は、長期トレンドからシンギュラリティは二〇四五年頃に起こると予測した。前著の出版時にそれは四〇年、二世代も未来のことだった。それだけの時間的隔たりがあっても、この変革をもたらす広範囲の力を予測することができたが、このテーマはほとんどの読者にとって、二〇〇五年の日常生活とかけ離れていた。そして批判の多くは、私のタイムラインが楽観的すぎると言い、さらには、シンギュラリティは起こりえないと言っていた。

だが、それから注目すべきことが起きている。疑いの声をものともせずに進歩は加速しつづけたのだ。ＳＮＳや携帯電話は世界の半分以上の人々とつながっていて、あるのがあたりまえで、もはや存在に気づかないほどだ。アルゴリズムに関するイノベーションとビッグデータの登場により、ＡＩは専門家の予想すら超える速さで驚くべきブレイクスルーをなし遂げた。クイズ番組の〈ジェパディ！〉や囲碁で名人に勝ち、車を運転し、エッセイを書き、司法試験に合格し、ガンの診断をする。今ではＧＰＴ−４やGeminiといったＡＩの強力で柔軟な大規模言語モデル（large language models＝ＬＬＭ）〔大量のデータとディープラーニング（深層学習）技術によって構築された言語モデルで、生成ＡＩの基盤となっている〕は、自然言語の指示をコンピュータコードに変換できるので、人間と機械のあいだにある障壁は劇的に減った。あなたが本書を読んでいるときには、数億人もの人々がそれらの可能性をじかに経験していることだろう。そのあいだにヒトゲノムの解析費用は高いときの一〇万分の三にまで下がりつづけ、ニューラルネットワーク〔人間の脳の仕組みを模倣した機械学習モデル〕は、生物学的プロセスをデジタルにシミュレートすることによって大きな医学上の発見をいくつもなし遂げている。人類は最終的には、脳とコンピュータを直接に接続する能力さえも得ようとしている。

　これらの発展の基礎には、私が「収穫加速の法則（the law of accelerating returns）」と呼ぶものがある。コンピューティングのような情報テクノロジーは、ひとつの進歩が次の進歩のステージを設計しやすくするので、そのコストは指数関数的に安くなるのだ。その結果、インフレ調整後の価格で見ると、『シンギュラリティは近い』が店頭に並んだ二〇〇五年と比べて、本書を執筆中の今では、一ドルで買える計算能力は一万一二〇〇倍になっている。

くわしくはあとで話すが、次ページの表は人類の技術文明に力を与えてきた最重要な傾向を示したものだ。一ドルで買える計算能力が長期にわたり指数関数的に伸びていること（縦軸を対数目盛りにしたグラフではほぼ直線）を表している。有名なムーアの法則は、トランジスタの小型化は着実に続き、コンピュータの性能は上がっていくと言うが、それは収穫加速の法則のひとつの表れにすぎない。その法則はトランジスタが発明されるはるか前からすでに当てはまっているものであり、トランジスタが物理的限界に達して、新しいテクノロジーにひき継がれたあとでも当てはまるはずだ。本書で紹介する次のブレイクスルーのほとんどにおいても、その実現に直接的、間接的に貢献するだろう。

つまり、これまでシンギュラリティは約二〇年前に私が予想したとおりに進んでいるのだ。今、本書を急いで出版する必要性は、テクノロジーの指数関数的な変化の性質それ自体から発生している。二一世紀が始まったときには、その傾向は気づきにくいほどかすかなものだったが、今では数十億人の生活に強い影響を与えている。二〇二〇年代に入るとすぐに指数曲線は急角度になり、イノベーションのペースはこれまでにないほど社会に影響を与えている。その点から言うと、二〇一二年に私が最後に出した本『いかにして心を創造するか（*How to Create a Mind*）』のときより、あなたが本書を読んでいるときは、最初の、人間の知能を超えたＡＩ（超知能ＡＩ）が生まれる瞬間に近づいているのだ。そして、私が一九九九年に著書『スピリチュアル・マシーン』を出したときよりもシンギュラリティに近づいているはずだ。人間の一生という物差しで見ると、今の赤ちゃんが大学を卒業する頃にシンギュラリティを迎えることになる。だから、個人のレベルで「near（近い）」という言葉は、二〇〇五年のときと現在ではまったく異なるものになっている。

　これが理由で私は本書を記した。人類は一〇〇〇年にわたりシンギュラリティを目指して歩んできたが、いまや全力疾走に入っている。『シンギュラリティは近い』の序文で、私たちは「この変化の初期ステージにいる」と書いたが、今は変化のピークにさしかかっている。前書は遠くの地平線をちらりと見たものだったか、本書はそこに至る最後の数マイル

コンピュータの価格性能比　1939 年～2023 年★1〈巻末付録参照〉

【対数目盛り】2023 年のドル価値に換算して 1 ドル・1 秒あたりの最高計算回数

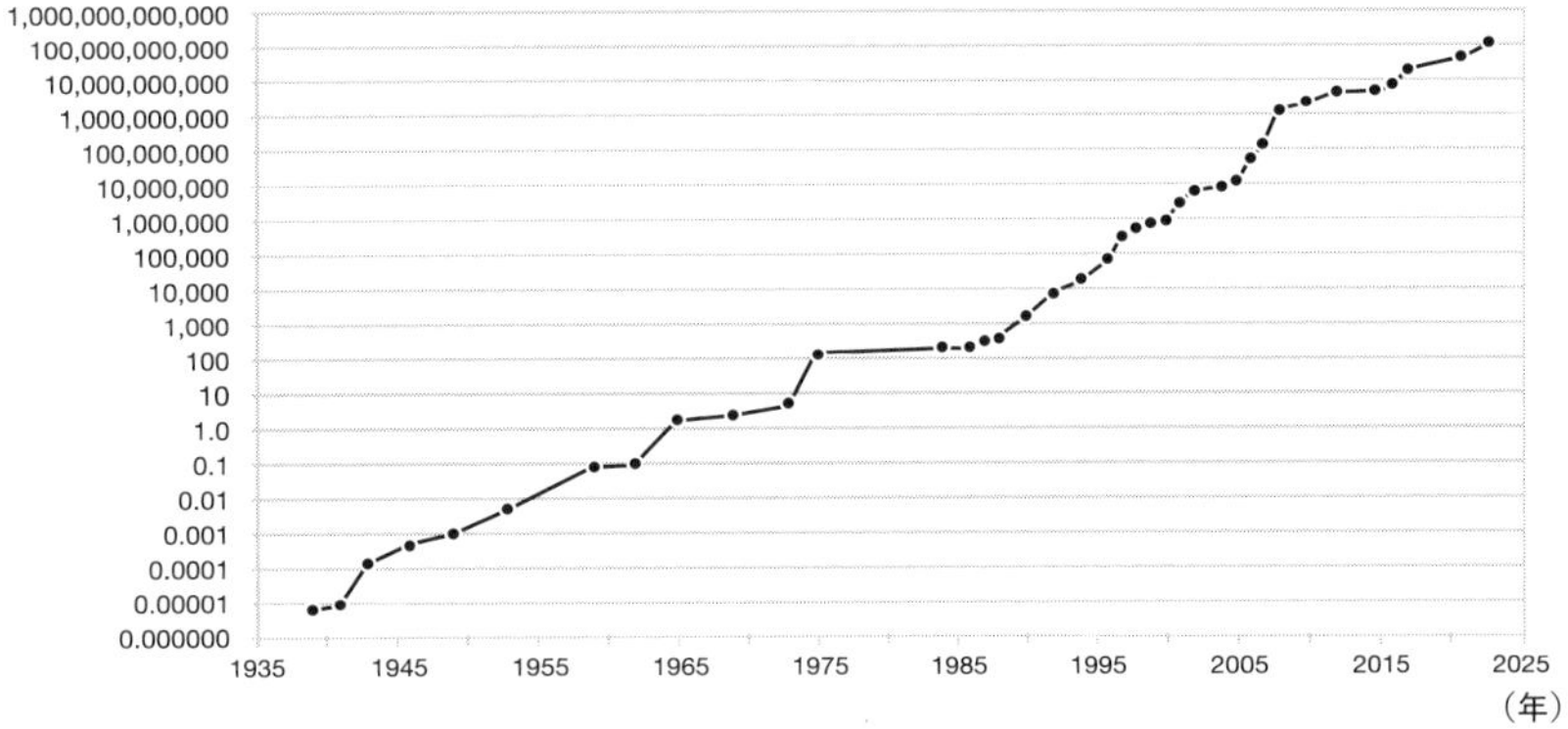

機種の比較可能性を最大にするために、プログラム可能なコンピュータの時代に絞った価格性能比のグラフにしている。だが、それ以前の電気機械式計算機を見てみると、このトレンドは少なくとも 1880 年代までさかのぼることができる。★2

の道を見るものになっている。

幸運なことに、今ではその道がはっきりと見える。シンギュラリティを達成するにはまだテクノロジー上の課題が多く残っているが、主な課題を研究する先駆者たちは、理論科学の領域から実際的な研究開発の領域へと急速に移行している。これからの一〇年で人々は、まるで人間のように思えるＡＩとかかわるようになり、今のスマートフォンが日常生活に与えるのと同じくらいの影響を単純なブレイン・コンピュータ・インターフェース（ＢＣＩ＝脳とコンピュータを接続すること）が与えることになるだろう。バイオテクノロジー分野のデジタル革命は、病気を治療し、健康寿命を延ばす。だが、それと同時に、多くの労働者が経済的混乱による痛みを味わい、この新たな可能性について偶発的あるいは意図的な乱用が起きる危険性に私たち全員が直面するはずだ。二〇三〇年代には、自己改良型ＡＩと成熟したナノテクノロジーによって、かつてないほど人間と機械が結合することになり、それによって未来の可能性と危険がともに高まる。これらの進歩がもたらす科学的、倫理的、社会的、政治的課題に対処することができれば、二〇四五年までに地球上の生命はよい方向に大きく変容するだろう。しかしながら、課題を克服できなければ、人類は生存の危機にさらされる。だから本書では、シンギュラリティへの最後のアプローチについて、私たちの知るこの世界の最後の世代が直面するに違いないチャンスと危険について記したのだ。

はじめに、シンギュラリティがどのように起こるのかを見ていき、それを、人類がみずからの知性をつくり変えてきた長い歴史という状況のなかに置いてみる。テクノロジーと脳が融合することは、重要な哲学的問題を提起するので、この変化が私たちのアイデンティティや目的意識にどう影響するのかを考えよう。そしてこれからの数十年間を特徴づける実際的な傾向を見ていく。収穫加速の法則が、人類の幸福を反映するさまざまな指標において指数関数的な前進をうながす。イノベーションのもたらす明白なマイナス面のひとつは、さまざまな形態の自動化が生みだす失業だ。その害は現実のものだが、そこには長い目で見ると楽観的でいられる強い理由があるし、人間はＡＩと競争することにならない理由もある。

これらのテクノロジーが文明に大いなる物質的豊かさをもたらすと、私たちの関心は人類の全面的な繁栄を妨げるであろう次なる障害に向けられる。それは人間のもつ生物学上の弱点だ。だから、次はこれからの数十年間に、生物学的プロセスをコントロールするために利用されるであろうツールについて考えよう。まずは、肉体の老化を防ぐツールを紹介し、それから、限界のある脳を拡張し、シンギュラリティへと案内してくれるツールを見る。しかしながら、それらのブレイクスルーはまた、私たちを危険な立場に置きかねない。バイオテクノロジーやナノテクノロジー、ＡＩにおける革命的な新システムは、破壊的なパンデミックや、自己複製機械の暴走といった人類の生存にもかかわる大惨事を招く危険性をもつのだ。最後に、それらの脅威を評価しよう。脅威ゆえに慎重な計画が求められるが、脅威を軽減するとても有望なアプローチがあることを紹介する。

ここから先は歴史上もっとも興奮し、もっとも重要な年月になるだろう。シンギュラリティ後の人々の生活がどのようなものになるのか確言することはできない。それでもシンギュラリティにつながる変化を理解し予測することは、そこへ向かう人類の最後のアプローチを安全で確実なものにすることに役立つのだ。

1

第1章

人類は六つのステージのどこにいるのか？

『シンギュラリティは近い』のなかで私は、意識の基礎は情報であると書いた。宇宙には始まってから六つのステージ、もしくはエポックがあり、各ステージはその前のステージの情報処理から生みだされる。ゆえに、他の情報処理の二次的結果を経て知性は進化するのだと記した。

第一のエポックは、物理法則の誕生と、それが可能にした化学プロセスの誕生である。ビッグバンから数十万年後に、陽子と中性子からなる核とそのまわりを回る電子によって原子が形成された。原子核にある陽子同士には、電磁気力という乱暴に引きはがす力が働くが、たまたま強い核力〔原子核の中で作用する力で、陽子と中性子を結びつけている〕という別の力があるために、すぐ近くにいることができる。宇宙の法則を定めたのが「何者」であれ、この別の力をつけ加えなければ、原子から始まる進化は起こらなかった。

それから数十億年が過ぎ、原子は、複雑な情報を表すことのできる分子を形成した。他の分子ではその核となる原子がひとつから三つの共有結合をするのに対して、炭素は四つの共有結合をもつことが可能で、もっとも便利な構成単位である。私たちの生きているこの世界が複雑な化学を可能とするのは希有なことなのだ。たとえば、超新星爆発で、生命を構成する化学元素が生成されるが、重力がほんの少し弱かったならば超新星は生まれなかった。逆にほんの少し強かったならば、生命が生まれる前に星は燃えつきただろう。物理定数のきわめて狭い範囲内でしか、私たちはここに存在しなかった。私たちのいる宇宙は、進化の展開を可能にした絶妙なバランスをもっているのだ。

今から数十億年前に第二のエポックが始まった。分子は複雑化して、自己複製能力をもち、その集合体が原始細胞となり、原始生命となった。こうして、それぞれに固有のDNAをもつ生物が進化し、広まっていった。

第三のエポックでは、DNAによって記述された動物が生まれ、やがて、情報を処理し、蓄える脳が形成された。その脳がもつ進化的な利点は、数億年を経て、脳がより複雑な形に進化することを助けた。

第四のエポックで、動物は高くなった認知能力を利用するとともに、親指を使うことで思ったことを複雑な行動に移すことができるようになった。それが人類である。人類という種はそれらの能力を使って、情報を蓄え、処理するテクノロジー（パピルスからハードディスクまで）を生みだした。これらのテクノロジーは、私たちの脳で情報を理解し、呼びだし、そのパターンを判断する能力を増強した。そのことが新たな進化の源泉となり、その能力は格段に進歩した。だいたいのところ、人類の脳は一〇万年ごとに一立方インチ（約一六立方センチ）ずつ増えているのに対して、デジタル計算能力は一六カ月ごとに価格性能比を二倍にしている。

第五のエポックでは、生物学的な人間の認知能力と、デジタルテクノロジーの速度と能力が直接に融合するブレイン・コンピュータ・インターフェース（ＢＣＩ）が実現する。人間の脳神経の処理能力は数百ｃｐｓ（一秒あたりの計算回数）であるのに対して、デジタルテクノロジーは数十億ｃｐｓもある。非生物学的なコンピュータで私たちの脳を増強することは、速度と記憶容量が大きく増えることに加えて、大脳新皮質の層を大量に増やすことになる。それによって、人間は今の私たちには想像できないほどの複雑で抽象的な認知能力をもてるのだ。

第六のエポックは、私たちの知性があまねく宇宙に広がっていくことだ。通常の物質がコンプトロニウム（あらゆるコンピュータモデリングの基盤として使用できるプログラム可能な物質で、仮説的な素材）となる。

一九九九年に出版した『スピリチュアル・マシーン』のなかで私は、ＡＩは二〇二九年までにチューリングテスト（文章による対話で人間とＡＩの見わけがつくかどうかを試す）に合格すると予測し、二〇〇五年の『シンギュラリティは近い』でも同じ予測をした。適切なチューリングテストに合格することは、ＡＩが人間のもつ言語力と常識推論を習得していることを意味する。アラン・チューリングはテストの概念を一九五〇年に記したが[★1]、具体的な試験方法は書かなかった。そこで私はミッチ・ケイパー（アメリカのプログラマー）とともに、ほかよりもはるかにむずかしい独自のテストのルールを定めた。

　私の予想では、ＡＩが二〇二九年までに適切なチューリングテストに合格するためには、二〇二〇年までにさまざまな知的業績をあげている必要があったが、見込みどおりに、ＡＩは多くのむずかしい知的挑戦を克服してきたのだった。クイズ番組〈ジェパディ！〉や囲碁で人間に勝ったほかに、放射線医学や創薬などの重要分野でも活躍するようになった。本書執筆中の時点で、ＧＰＴ‐４やGeminiといったすぐれたＡＩモデルがさまざまな領域でその能力を広げており、汎用的知能へ至る階段を力強く上っている。

　チューリングテストに合格できるＡＩプログラムが開発されるとき、そのＡＩは多くの分野で賢くないふりをしなければならない。そうしないとＡＩであることがばれてしまうからだ。たとえば、数学の問題を瞬時に解いてしまえば、チューリングテストには落ちる。実際のところ、チューリングテストに合格するＡＩならば、ほとんどの分野で最優秀の人間よりもはるかに高い能力をもっているはずだ。

　人類は今、第四のエポックにいて、テクノロジーはすでに、一部の課題について私たちの理解を超えた結果を生みだすようになっている。ＡＩはまだチューリングテストに合格できていないが、その進歩は急加速している。合格するのは二〇二九年だと私は予想しているが、そのときに私たちは第五のエポックに入るのだ。

　二〇三〇年代で鍵となる達成レベルは、六層構造となっている私たちの大脳新皮質の表面に近い部分とクラウドコンピュータを接続し、直接に私たちの思考を拡張することだろう。これによって、ＡＩは人間の競争相手ではなく、人間を拡張するものになるのだ。これが実現するときまでに、私たちの脳に占める非生物的な部分は、生物的部分よりも何千倍も高い認知能力を与えてくれているはずだ。

　これは指数関数的に進歩し、私たちの脳は二〇四五年までに数百万倍にも拡張している。物理学の用語である「シンギュラリティ」を人類の未来をたとえる言葉として使うのは、私たちの変容が理解不能な速度と規模で進むからなのだ。

2

第2章 知能をつくり直す

知能をつくり直す、とはどういうことか？

もしも宇宙の全物語が、進化する情報処理のパラダイムのひとつであるならば、人類の物語は半分以上過ぎたところだ。この大きな物語における人類の章では最終的に、生物の脳をもつ人類が動物から超越した存在に変貌する話が語られる。その思考やアイデンティティはもはや遺伝学が規定するものには束縛されない。二〇二〇年代に私たちはこの変化の最終フェーズに入るところで、自然が私たちにくれた知能を、より強力でデジタル基盤のものに書きかえ、次にはそれと融合する。そうすることで宇宙における第四のエポックは第五のエポックを生むのだ。

それは具体的にどのように起きるのだろうか？　知能をつくり直すとはどういうことか

を理解するために、まずは歴史をさかのぼって、ＡＩの誕生と、そこからふたつの学派が生まれたことを見てみよう。片方の学派が優位に立った理由を知るために、小脳と大脳新皮質がどのようにして人間的な知性を生んでいるのか神経科学の説明を聞いてみる。現在、ディープラーニング〔深層学習。機械学習のひとつで、データの背景にあるルールやパターンを学習するために、多層的なニューラルネットワークを用いる方法〕が大脳新皮質の能力をどこまで再現しているのかを調べたあとで、ＡＩが人間のレベルに達するために何を獲得することが必要で、いつ目標を達成できるのかを考える。最後に、超知能ＡＩの助けを借りながら、私たちはどうやってＢＣＩを実現するのかを考える。バーチャルなニューロンの層をもつことで、大脳新皮質を大いに拡張できる。それはまったく新しい思考をとき放ち、最終的には人間の知能を数百万倍も高める。これがシンギュラリティなのだ。

ＡＩの誕生

一九五〇年にイギリスの数学者アラン・チューリング（一九一二―五四年）は、マインド誌に「計算する機械と知能」というタイトルの論文を発表した。★1 そのなかで彼は科学史においてもっとも深い問いかけをした。「機械は考えることができるのか？」。思考する機械というアイデアは少なくとも、ギリシア神話でクレタ島を守る青銅製の自動人形タロースにまでさかのぼることができる。★2 チューリングのブレイクスルーは、その概念を実験で検証可能なものに要約したことだ。彼は「イミテーション・ゲーム」（別名チューリングテスト）と名づけたテストをおこなうことで、機械の計算に、人間の脳と同じ認知的作業ができるかどうか判定することを提案した。人間の判定者はＡＩと別の人間とを相手に会話を交わすが、それは文字テキストによる対話で判定者からは相手がわからない。判定者は好きなテーマや状況で質問をする。しばらく対話や質疑応答をしたあとで、どちらがＡＩでどちらが人間か判定者にわからなければ、ＡＩはそのテストに合格となる。

　哲学的アイデアを科学的なそれに変換することで、チューリングは研究者のあいだに熱狂を生みだした。一九五六年にスタンフォード大学教授のジョン・マッカーシー（一九二七―二〇一一年）の呼びかけで、一〇人の研究者がニューハンプシャー州ハノーヴァーにあるダートマス大学に集まり、二カ月に及ぶ研究会をおこなった[★3]（「ダートマス会議」と呼ばれることが多いが、実体は研究発表会だった）。以下が研究会の目的となる。

「学習のあらゆる側面や知能の他の機能を正確に説明することで、機械がそれらをシミュレートできるようにするための基本的研究を進める。機械が言語を使えるようにする方法や、抽象化と概念の形成ができるようにする方法、今は人間にしか解けない問題を解けるようにする方法、機械がみずからを改良する方法を探究する試みがなされるだろう[★4]」

　この研究会に備えてマッカーシーは、この分野がいずれは他の分野すべてを自動化することから、「artificial intelligence（人工知能）」と呼ぶことを提案した。[★5]「人工」という言葉が、あたかも「本物ではない」知能であるかのように感じさせるので、私はこの名称を好きではないが、我慢して使っている。

研究会では、それが目的とするところ、特に自然言語で記述された問題を機械に理解させることは、二カ月では達成できなかった。私たちは現在でもその目標にとり組んでいるが、もちろん研究にたずさわっている者は一〇人どころではない。二〇一七年に中国のテクノロジー企業大手であるテンセントが発表したところでは、世界には約三〇万人のＡＩ研究者や専門家がいるという。[★6] 二〇一九年のジャン＝フランソワ・ガニエとグレイス・カイザー、ヨアン・マンサによる「グローバルＡＩタレントリポート」〔カナダのエレメントＡＩ社が発表した、ＡＩ研究者や専門家に関する報告書〕では、約二万二四〇〇人のＡＩ研究者が独自の研究成果を発表しており、そのうち約四〇〇〇は影響力の大きい研究だと見られている。[★7] またスタンフォード大学のＨＡＩ（人間中心のＡＩ研究所）によると、二〇二一年のＡＩ研究者は四九万六〇〇〇件以上に及ぶ論文などの発表をおこなっていて、一四万一〇〇〇件以上の特許出願をしている。[★8] 二〇二二年に世界中の企業がＡＩに投資した金額は一八九〇億ドルで、その額は一〇年で一三倍に増えた。[★9] あなたが本書を読んでいるときには、これらの数字はさらに大きくなっているはずだ。

こうしたことは一九五六年当時では想像できなかっただろう。それでも、ダートマス会議の目標は、チューリングテストに合格するＡＩをつくることとだいたい同じだった。私はその目標を達成するのは二〇二九年だと予測していて、その予測は一九九九年に『スピリチュアル・マシーン』を出版したときから一貫している。出版当時は、多くの人がそのような画期的な出来事は決して起こらないと考えていた。[10] 最近においても、その予測はきわめて楽観的だと思われていた。たとえば、二〇一八年のＡＩ研究者を対象にした調査では、機械が人間レベルの知能を獲得するのは二〇六〇年頃までないだろう、というのが全体的な意見だった。[11] しかし、近年の大規模言語モデルの進歩は期待値を急激に変えている。本書を書きはじめた頃に、オンライン予測ウェブサイトのメタキュラスによる多くの意見は二〇四〇年代から五〇年代に散らばっていた。だが、それから二年間のＡＩの驚くべき進歩は従来の予測をひっくり返し、二〇二二年五月のメタキュラスの総意は、二〇二九年という私の予想に一致したのだった。[12] その後、二〇二六年という意見も現れたので、私の予測は遅いほうになってしまった。[13]

ＡＩにおける近年の多くのブレイクスルーは、専門家さえも驚かせている。それは予想よりも早く起きたからではなく、大躍進は近いという兆候がなく、突然に起こるように見えるからだ。例をあげると、ＡＩと認知科学を専門とするマサチューセッツ工科大学（ＭＩＴ）のトマソ・ポッジオ教授は二〇一四年一〇月に次のように発言した。「画像の内容を記述する能力は、機械にとってもっとも獲得するのがむずかしい挑戦のひとつだ。この種の問題を解決するためには、もう一度、基礎研究からやり直す必要があるだろう」。[14] そのブレイクスルーは少なくとも二〇年は先だとポッジオは見積もった。ところが、その発言の翌月にグーグルが、物体認識が可能なＡＩを初公開したのだった。ニューヨーカー誌のラフィ・カチャドリアンにこのことを聞かれたポッジオは、その能力は真の知能を表しているのか、という哲学的懐疑論を述べることで逃げた。私は彼を批判するためにこの話をもちだしたのではなく、私たちみんながある傾向を共有していることを指摘したいのだ。すなわち、ＡＩが何かの目標を達成する前には、その目標はとてもむずかしそうで、人間にしかできなさそうに見える。だが、ひとたびＡＩが目標を達成してしまうと、その成果は小さいものに見えてしまうのだ。言いかえると、私たちの真の前進は、あと知恵で見るよりもすばらしいことなのだ。二〇二九年の予測について私が楽観的でいる理由のひとつがここにある。

それでは、どうして突然のブレイクスルーは起きたのだろうか？　その答えは、時を戻してこの分野の夜明けに提示された理論的問題にあった。一九六四年、高校生の私は、二人のＡＩ研究の先駆者に会った。ダートマス会議の共同主催者だったマーヴィン・ミンスキー（一九二七—二〇一六年）と、フランク・ローゼンブラット（一九二八—七一年）だ。翌年、ＭＩＴに入学した私はミンスキーのもとで学びはじめた。このときミンスキーは、私たちが今、目撃している劇的なＡＩのブレイクスルーの土台となる基礎研究をしていた。彼は問題の答えを自動的に出す方法は、記号主義とコネクショニズムのふたつがあると教えてくれた。

記号主義（形式主義）は、人間の専門家による問題の解き方を、ルールにもとづく言葉（記号）として記述する。このアプローチが成功する場合もある。たとえば、一九五九年にランド研究所はGPS（General Problem Solver 一般問題解決プログラム）という、単純な論理的問題を解くために数学的公理を組みあわせるコンピュータ・プログラムを開発した。★15 開発者のハーバート・A・サイモン、J・C・ショー、アレン・ニューウェルは、一連の整論理式（WFF。論理式の一種）として記述できる問題なら何でも解ける理論上の能力をGPSにもたせた。GPSが機能するためには、プロセスの各ステージにおいてひとつのWFF（原則的にはひとつの公理）を使う必要があり、それを答えの数学的証明に整然と組みこんでゆくのだ。

たとえあなたが形式論理学や証明ベースの数学を知らなくても、この概念は、代数学で起こることと基本的には同じなので安心してほしい。2＋7が9であることを知っていれば、何か（x）に7を足すと10になるとき、xは3だと証明できる。そして、この種の論理は方程式を解く以外にも幅広く適用できる。対象のものがある定義に当てはまるかどうかを考えるときに、私たちは無意識にこの論理を使っている。素数は1とその数以外では割りきれない（その数以外には約数をもたない）ことをあなたが知っていて、11は22の約数であり、1と11は違う数字であることを知っているならば、22は素数ではないと結論づけられる。可能なかぎり単純で基本的な公理から始めることで、GPSははるかにむずかしい問題にもこの種の計算を適用することができた。つきつめていくと、これは人間の数学者がしていることと同じなのだ。違う点は、機械は（少なくとも理論上は）真実を探究する際に、公理同士の可能な組みあわせをすべて調べていることだ。

具体的に説明しよう。各ポイントで一〇個の公理を選択でき、解決に至るまでには二〇の公理が必要だとすると、可能性のある解決策の数は一〇の二〇乗個（1のあとに0が20個続く数）になる。現在のコンピュータはそうした大きな数も計算できるが、一九五九年の計算速度では能力を超えていた。その年のＤＥＣ（デジタル・イクイップメント・コーポレーション）のＰＤＰ－１コンピュータは一秒間に一〇万回の計算が可能だった。[★16] 二〇二三年のグーグル・クラウドが提供するＡ３バーチャルマシンは一秒間に二六、〇〇〇、〇〇〇、〇〇〇、〇〇〇、〇〇〇、〇〇〇回の計算ができる。[★17] ＧＰＳが開発された当時と比べて現在は一ドルで約一・六兆倍の計算能力を買うことができるのだ。[★18] 一九五九年のテクノロジーでは答えを出すのに何万年もかかったであろう問題が、今では市販のコンピュータで数分あればよい。計算能力の限界をカバーするためにＧＰＳは解決策の候補に順位をつけ短時間で近似解をだすというヒューリスティック（発見的手法）プログラムを備えた。そのプログラムはうまく機能することもあり、その成功は、厳密に定義した問題ならばどんなものでも最終的にはコンピュータが答えを出せるという考えをあと押しした。

記号主義にもとづくシステムの別の例は、一九七〇年代に開発されたＭＹＣＩＮ《マイシン》という、感染症の診断をして治療法を推奨するものだ。一九七九年に専門家からなる評価チームが、マイシンと人間の医師の診断を比べたところ、マイシンは医師よりも同じか上であることがわかった。[★19]

典型的なマイシンのルールは次のものだった。

もしも　1：治療を必要とする感染症は髄膜炎である。そして
2：感染症の種類は真菌性である。そして
3：培養したものを染色しても、有機体は見えない。そして
4：患者は易感染宿主《いかんせんしゅくしゅ》（感染症になりやすい人）ではない。そして
5：患者は、コクシジウムという風土病のある地域に行ったことがある。そして
6：患者は黒人、アジア系、インド系のいずれかである。そして
7：脳髄膜液中のクリプトコッカス抗原は陽性ではない。
それならば：クリプトコッカスは感染症をひき起こした可能性のある有機体（培養物か塗抹《とまつ》観察で見られる以外で）のひとつではないという示唆的証拠がある。[★20]

これらのエキスパートシステム（特定の専門分野の知識をもち、専門家のように推論や判断ができるコンピュータシステム）は一九八〇年代後半まで確率モデルを活用し、多くの証拠を結びつけて、決断をすることができた。[★21]「もし○○ならば、△△とする」という処理ルール（if-then ルール）単独では充分なものではないが、数千に及ぶそうしたルールと結びつくことによって、全体のシステムは条件付き問題に信頼できる決断を下せたのだ。

記号主義は約五〇年以上にわたり利用されたが、最初から「複雑さの天井」という限界

をもっていた。★22 マイシンをはじめとするシステムがエラーを犯したとき、それを正すとその代わりにその先にある他のシチュエーションで別の三つのエラーが起きるリスクが生じた。現実世界の問題はすべからく複雑なので、記号主義のもつ限界を考えると、とり組める問題はとても少なそうだった。

記号主義によるシステムがどれだけ複雑なものかを知るひとつの方法は、エラーが起こりうるポイントの集合として見ることだ。数学的には、n個の集合は2のn乗マイナス1個の部分集合をもつ（空集合を除く）ので、エラーポイントを求めるには、nにルールの数を入れればよい。ルールが3つならば、2の3乗マイナス1で7つのエラーポイントが発生する。だから、もしもAIがひとつのルールしかもっていなければ、エラーの起きるポイントはひとつしかなく、そのルールが正しく働くか否かを見るだけでいい。採用しているルールがふたつならば、エラーポイントは三つある。各ルールにひとつと、ふたつのルールが結びつくところにひとつだ。ルールが増えると、エラーポイントは指数関数的に増えていく。五つのルールでは三一のエラーポイントとなり、一〇のルールでは一〇二三、一〇〇のルールでは一兆×一〇億×一〇億のポイント、一〇〇〇のルールでは天文学的数字になる。既定のルールが多ければ多いほど、多くの部分集合に新しいルールが加えられることになる。新しい問題のために新規採用されるルールの組みあわせがきわめて少ないとしても、問題解決のために加えられた新ルールひとつが、ひとつ以上の別問題をひき起こしかねないのだ（これはさまざまな状況で起こりうる）。これが「複雑さの天井」である。

おそらくもっとも長く稼働していたエキスパートシステムのプロジェクトはCyc《サイク》（encyclopedic《百科事典的》に由来する）だろう。ダグラス・レナートとサイコープ社の同僚によって一九八四年に開発されたサイクは[★23]、すべての一般常識をコード化するという目標を掲げていた。一般常識とはたとえば、「卵は落ちると割れる」や「泥だらけの靴で台所を走りまわる子どもは親をイライラさせる」など広く知られている事実だ。数百万に及ぶこうした小さな考えは、どこか一カ所にはっきりとした形で記されているわけではない。それらは、人の行動や推論の基礎にある語られない仮定であり、普通の人ならば知っているべきさまざまな分野のものごとだ。サイクは記号主義のルールでこの知識を記述することにしたので、やはり複雑さの天井に直面することは避けられなかった。

一九六〇年代に話は戻るが、ミンスキーは私に、記号主義には長所短所があると教えてくれたので、私はコネクショニストモデルの付加価値に目を向けるようになった。そのモデルはネットワークを構成するノード（人工ニューロン）によって内容を通してではなく、その構造を通して知能をつくるものだった。賢いルールを使うのではなく、愚鈍なノードを、データそれ自体から洞察をひき出せるような仕方で配置する。その結果、記号主義のルールを考える人間のプログラマーでは決して見つけられないかすかなパターンを発見できる可能性をもっていた。コネクショニストモデルの大きな利点のひとつは、あなたが問題を理解できなくても、解けるようになることだ。一方の記号主義では、ＡＩに問題を解決させるときに、たとえ私たちがエラーの起こらないルールを完璧に策定し、実行する能力をもっているとしても（実際にはもっていないが）、そもそもどれが最適なルールかを一〇〇％理解できているわけではないので、そこに限界が生ずるのだ。

コネクショニストモデルは複雑な問題にとり組むのに有力な方法だが、諸刃の剣だ。そのＡＩはブラックボックスで、正しい答えをはき出せるものの、どのようにしてその答えを見つけたのかは説明できない。[★24] それは大きな問題をひき起こす可能性がある。医療や法執行、疫学、リスク管理などでリスクのある決断を下すときに、人はその理由を知りたいはずだからだ。そのため、多くのＡＩ研究者は今、機械学習にもとづく決定において「透明性」（または「機械的解釈可能性」）を高める形式を開発しようとしている。[★25] ディープラーニングが複雑性を増し、より強力になるなかで、どのように透明性を高められるかはまだわからない。

私がコネクショニストモデルを研究しはじめたとき、そのシステムははるかに単純だった。基本概念は、人間の脳の働き方を模したコンピュータモデル（人工ニューラルネットワーク＝ニューラルネット）をつくることにあった。最初、それはとても抽象的だった。なぜなら、生物の脳が実際にどのように組織されているのか、くわしく理解する前に考案されたからだ。

単純なニューラルネットの図

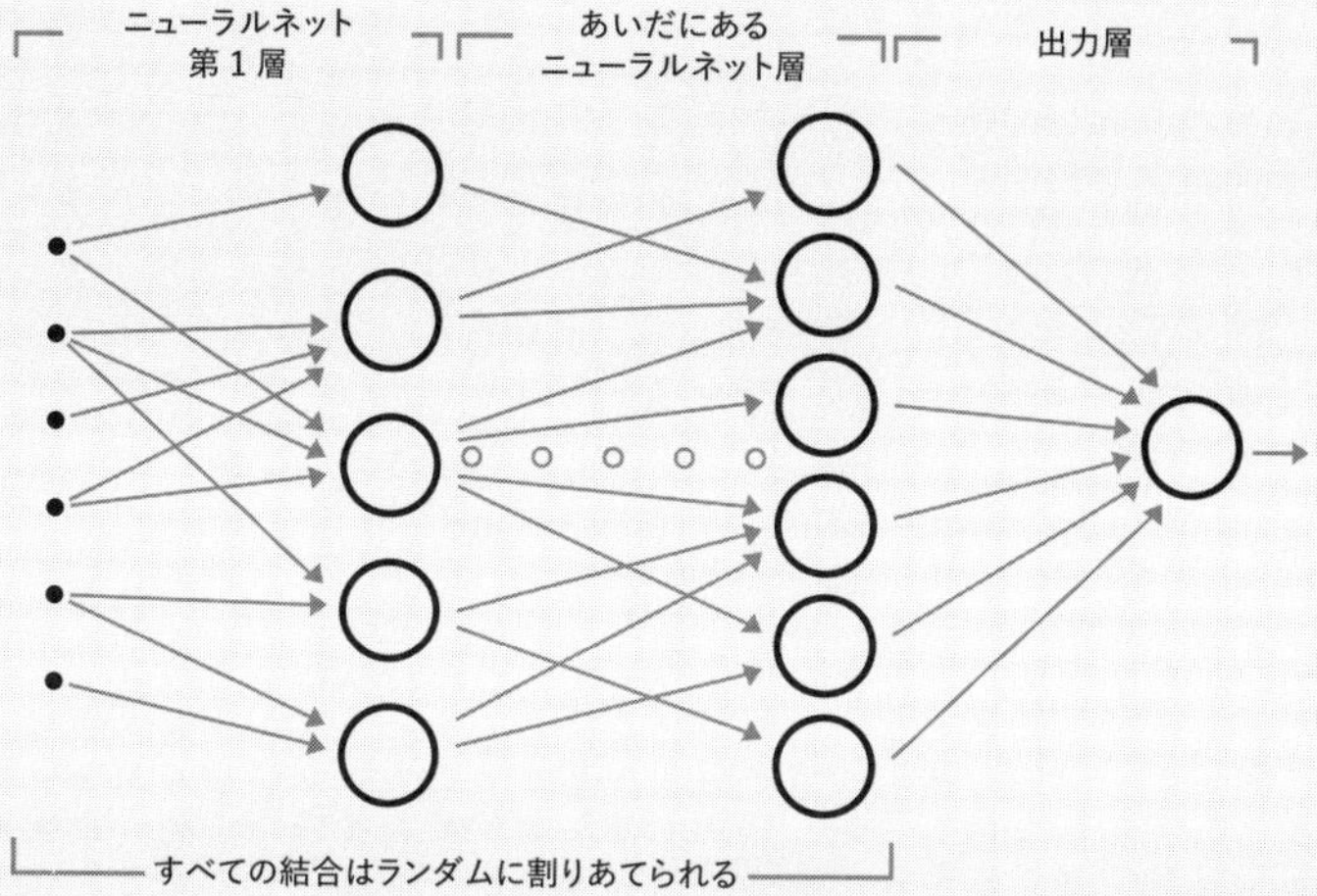

ニューラルネット・アルゴリズムの基本概要を記しておこう。多くのバリエーションが可能で、システム設計者は重要なパラメータか方法を用意する必要がある。

ある問題に関するニューラルネットの解決策をつくるには、以下のステップをとる。

●入力する問題を定義する。
●ニューラルネットのトポロジー（ネットワークの基本構造）を定義する（すなわち、ニューロンの層の数とニューロン間の結合強度）。
●その問題に関する例題をニューラルネットに学習させる。
●その問題に関する新しい例題を解かせるために、学習させたニューラルネットを動かす。
●そのニューラルネットを公表する。

最後のステップを除いた各ステップの詳細は以下のとおり。

問題の入力

ニューラルネットに入力する問題は一連の数値からなる。入力にはたとえば次のものがある。

●視覚パターン認識システムにおいては、数値を二次元に配列したものが画像のピクセルを表す。または、

●スピーチなどの聴覚認識システムにおいては、数値を二次元に配列したものが音を表す。その場合、第一次元が音のパラメータ（周波数成分など）を表し、第二次元が時間経過を表す。

●任意のパターン認識システムにおいては、数値をn次元に配列したものが入力パターンを表す。

トポロジーを定義する

ニューラルネットを構築するために、各ニューロンは以下のもので構成される。

●ニューロンの受けとる入力は、他のニューロンからの出力もしくは入力された数値と「接続」される。そして、

●一般に、ひとつの出力は他のニューロン（通常は次の層にある）への入力、もしくは最終出力に接続されている。

ニューロンの第1層を構築する

●第1層にN_1のニューロンを複数つくる。それぞれのニューロンに、複数の入力のそれぞれを、問題入力におけるポイント（すなわち数値）に接続する。これらの「接続」（どの数値がどのニューロンに入力されるか）はランダムに決定されるか、または進化アルゴリズム（ネットワーク設計で、変異や自然選択の効果をまねること）によって決められる。

●各ニューロン間の結合が生みだす「シナプス強度」の初期値を設定する。この強さ（重み）はすべて同じで始めてもいいし、ランダムに設定しても、他の方法で決めてもいい。

さらにニューロンの層を追加する

合計でm層のニューロンを構築する。各層に複数のニューロンを配置する。

たとえば

●第i層にN_iニューロンをつくる。各N_iニューロンは、複数の入力それぞれと前の層（i－マイナス1層）の出力とを結合する（後述のバリエーションの項目も見よ）。

●各ニューロン間の接続が生みだす「シナプス強度」の初期設定をする。この強さ（重み）はすべて同じで始めてもいいし、ランダムに設定しても、他の方法で決めてもいい。

●最後の第m層にあるニューロンの出力が、ニューラルネットの出力となる（後述のバリエーションの項目も見よ）。

認識試験

各ニューロンはどのように機能するか

ニューロンを構築したら、以下の手順でそれぞれに認識試験をおこなう。

●ニューロンへの荷重入力（シナプス強度の入力）それぞれは、他のニューロンの出力（もしくは初期入力）と、荷重値を掛けることによって算出される。
●このニューロンへの複数の荷重入力はすべて足しあわされる。
●その合計がそのニューロンの発火閾値《いきち》を超えれば、そのニューロンは発火したものと見なされ、その出力は1となる。それ以下では出力は0となる（後述のバリエーションの項目も見よ）。

各認識試験は次の手順でおこなう

第1層から最終の第m層までの各層を対象とし、各層にあるニューロン一つひとつを対象とする。

●荷重入力を合計する（各荷重入力は、他のニューロンの出力［あるいは初期入力］にそれぞれのシナプス強度を乗じたものに等しい）。
●荷重入力の合計がそのニューロンの発火閾値を超えれば、そのニューロンの出力を1とし、それ以下なら出力を0とする。

ニューラルネットを訓練する

●複数の例題で認識試験をくり返す。
●各試験のあとにニューラルネットの成績を向上させるために、すべてのニューロン間のシナプス強度を調整する（後述のシナプス強度の調整を見よ）。
●ニューラルネットがこれ以上ないほど正確になる（すなわち、漸近線に達する）まで訓練を続ける。

基本設計の決定

右記の単純な概要におけるニューラルネット・アルゴリズムの設計者は、最初に次の決定をする必要がある。

●入力する数値が何を表すか。
●ニューロンの層の数。
●各層のニューロンの数（全層が同じ数でなくてもよい）。
●各層の各ニューロンへの入力数。その入力数（すなわち、ニューロン間の接続）は、各層間でも各ニューロン間でも異なってよい。
●実際の配線、つまり接続。各層の各ニューロンにおける接続とは、他のニューロンの出力が、当該ニューロンへの入力となることだ。これが主要設計の領域となるが、やり方は複数ある。
（1）ニューラルネットの配線をランダムにする。あるいは、
（2）最適の配線を決めるために進化アルゴリズムを使う。あるいは、
（3）システム設計者に最適の配線を決めさせる。
●各ニューロン間の結合における初期のシナプス強度。決め方は複数ある。
（1）シナプス強度を同じにする。あるいは、
（2）シナプス強度をランダムにする。あるいは、
（3）最適の強度にするために進化アルゴリズムを使う。あるいは、
（4）システム設計者に最適の強度を決めさせる。
●各ニューロンの発火閾値
●最終出力の決定。出力は次から選べる。
（1）m層のニューロンの出力、あるいは、
（2）単一の「出力ニューロン」からの出力。それへの入力はm層にある全ニューロンからの

出力になる。あるいは、
（3）m層にある全ニューロンからの出力の関数（たとえば、出力の合計）
（4）複数の層にあるニューロンからの出力の関数

●ニューラルネットの訓練中に、すべてのニューロン間のシナプス強度を調整しなければならない。これは主要設計の決定であり、研究と議論に多くの時間をかける項目である。やり方は複数ある。
（1）各認識試験では、シナプス強度を定量（通常は小さな量）だけ増減させることで、ニューラルネットの出力が正しい答えに近くなるかを見る。これをする方法のひとつは、すべてのシナプス強度を増やしたときと減らしたときの結果を比べて、どちらが望ましい結果に近いか見ることだ。しかし、これは時間がかかる。ほかには各シナプス強度の増減を局所で決定する方法がある。
（2）他の検定方法としては、各認識試験のあとに一部のシナプス強度を修正して、正答に近づけていき、ニューラルネットの成績を向上させるものがある。
（3）注意してほしいのは、ニューラルネットの訓練では、正解でなくても、訓練は効果があるということだ。そのため本来、誤り率をもつ現実世界の訓練データを使うこともできる。ニューラルネットによる認識システムが成功するひとつの鍵は、訓練に使うデータの量にある。通常、満足のいく結果を得るためには、多くのデータ量が必要になる。人間の生徒と同じで、ニューラルネットが学習に費やした時間量が、成績を決める重要な要素になるのだ。

バリエーション

ここまであげてきた方法には、実行可能な多くのバリエーションがある。

●トポロジーの決定方法はほかにもある。特に、ニューロン間の接続はランダムでも進化アルゴリズムを使っておこなってもよい。

●シナプス強度の初期設定もいろいろと値を変えられる。

●各層にあるニューロンへの入力は、ひとつ前の層にあるニューロンからの出力である必要はなく、前後どの層からの出力でもよい。

●最終出力を決める方法も複数ある。

●右記の方法による結果は、非線形と呼ばれる「全部かゼロか」、すなわち「1か0」の発火となる。そこでは他の非線形関数を使うこともできる。0から1への切り替えがすばやく段階的におこなわれる関数もある。0と1以外の数値を使ってもよい。

●訓練によってシナプス強度を調整する方法は複数あり、それは主要設計の決定となる。

ここまで説明してきたことは「同期型」ニューラルネットであり、そこでの各認識試験は、第1層から最終層まで各層の出力を計算することによって進められる。それに対して、真の並列システムでは、各ニューロンは他と独立して操作されるので、ニューロンは非同期型（独立型）となる。非同期型アプローチでは、各ニューロンは常時その入力を精査され、荷重入力の合計が閾値（あるいは、出力関数が規定した値）を超えるつど発火する。

ニューラルネット開発初期の目標は、システムがどのように問題を解くか、実際の例を見つけることだった。典型的なスタート時の設定は、ニューラルネットの配線とシナプス強度をランダムに設定するもので、訓練されていないニューラルネットだから、それが出してくる答えもランダムになるだろう。ニューラルネットの重要な機能は、（少なくとも大まかに）モデルとしたほ乳類の脳と同じように主題を学ぶことにある。ニューラルネットは無知な状態で始まるが、「報酬」関数を最大にするようにプログラムされている。そこから訓練データを与えられ（たとえば、写真にコーギー犬が入っているもの、入っていないものをあらかじめ人間がラベルづけしてある）、ニューラルネットが正しい出力をしたとき（ここでは、コーギー犬が写っている写真を正しく認識できたとき）、報酬のフィードバックが与えられる。このフィードバックはニューロン間の結合強度を調整するために利用することができる。正しい答えを出した結合は強化され、まちがえた結合は弱くされる。

時間が経てば、ニューラルネットは自力で正答が出せるようにみずからを組織するようになる。信頼できない人間の教師のもとでも、ニューラルネットを学習させることができることが実験からわかっている。訓練データのラベルづけがわずか六割の正しさでも、ニューラルネットはそこから学習して九割以上の正解を出すことができる。条件によっては、ラベルづけの正しさがもっと低くても、ニューラルネットは効果的に学べるのだ。★26

教師が自分の能力を超えるまでに生徒を訓練できるというのは、直感的に受けいれにくい。同じように、信頼できない訓練データがすばらしい結果を生むというのも理解しにくい。できる理由を手短に答えると、複数のエラー同士を相殺できる可能性があるからだ。たとえば、手書きの0から9までの数字のなかから8の数字を認識できるように訓練しているとしよう。そして、手書きの数字の三分の一は実際とは違うラベルがつけられていた(8を4、5を8とするなど)。それでもデータ量が多ければ、不正確な箇所をあぶり出し、削除することができるので、いかなる方向へも訓練をゆがめることはない。8という数字はどのように見えるかというデータのなかに有用な情報の大半は維持することができるので、変わらずにニューラルネットを高い水準にまで訓練できるのだ。

こうした強みにもかかわらず、初期のコネクショニストモデルには根本的な限界があった。単層のニューラルネットワークは数学的にある種の問題を解く能力がなかったのだ。[★27] 一九六四年に私がカーネル大学のフランク・ローゼンブラット教授を訪ねたとき、教授は「パーセプトロン」と命名した単層のニューラルネットワークを見せてくれた。そのシステムは印刷した文字を認識することができた。私は入力データに単純な修正を加えた。自動関連づけの成績はとてもよかった(文字の一部を隠しても、認識できた)が、不変性はそこまでよくなかった(サイズやフォントを変えると文字を認識できなかった)。

ミンスキーは一九五三年にニューラルネットの先駆けとなる研究をしていたが、一九六九年にはこの分野への関心が一気に高まったことを批判した。彼とシーモア・パパートは

MIT人工知能研究所の創設者だが、二人は『パーセプトロン』というタイトルの本を出版し、パーセプトロンは、印刷された文字の線がつながっているのかどうか判定できない、という本質的な限界を証明してみせた。下のふたつの図形は『パーセプトロン』のカバーから拝借したものだ。上の図形は接続していない（黒い線がひとつの連続した形をつくっていない）のに対して、下の図形は接続している（黒い線がひとつの連続した形をつくっている（ひと筆描きできる））。人間はこれを見わけられるし、単純なソフトウェア・プログラム

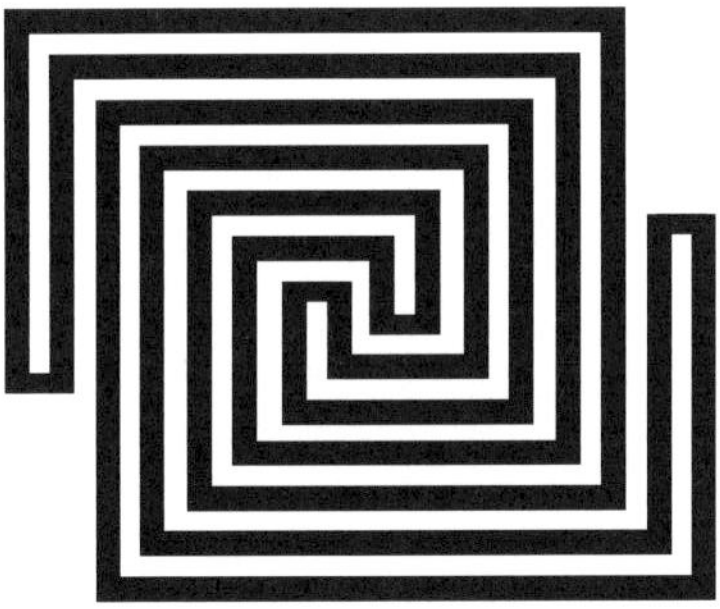

も見わけられる。ところが、ローゼンブラットのMark1パーセプトロンのような、フィードフォワード構造（ノードのつながりがループ状にならず、信号が順方向にしか流れない）のパーセプトロンは見わけられないのだ。

フィードフォワード構造のパーセプトロンがこの問題を解けない理由を簡単に言うと、解く作業には必然的に排他的論理和（XOR《エクスオア》）（論理演算のひとつで、ふたつの命題のいずれか一方のみが真のときに真となり、両方真や両方偽のときは偽となるもの）の演算関数が適用されるからだ。それは、図形の中の線分が連続的な形の一部分であり、他の形の部分ではないことを分類する関数だ。フィードバックのない単層のノードには、数学的に排他的論理和を実行するのは不可能なのだ。というのも、このタイプのパーセプトロンは本質的にひとつの線形規則（例：ふたつのノードの両方が発火すれば、関数出力は正しい）に従ってすべてのデータを分類しなければならないが、一方、排他的論理和はフィードバックのステップ（ノードのどちらか片方だけが発火し、両方は発火しないときは、関数出力は正しい）を必要とするからだ。

ミンスキーとパパートの出したこの結論は、コネクショニストモデルが基礎とするものの大半をうち砕き、それが復活するのは数十年も先のことになる。一九六四年にローゼンブラットは私に、パーセプトロンが不変性を扱えないのは多層構造ではないからだ、と言った。パーセプトロンの出力を別の層にフィードバックすれば、その層からの出力はより一般的になれる。このプロセスをくり返せば、徐々に不変性に対応できるようになっただろう。充分な数の層と充分な量の訓練データがあれば、驚くほどのレベルの複雑さも扱えるはずだ、と彼は続けた。私はローゼンブラットに、実際にそれを試しましたかと尋ねると、彼は、まだ試していないが自分の研究における優先課題だと答えた。それは見事な洞察だったが、それからわずか七年後の一九七一年にローゼンブラットは死に、みずからの洞察を試すチャンスがなかった。多層構造が広く利用されるようになったのは、彼の死から一〇年もあとのことで、そのときでさえ多層ネットワークはその当時のコンピュータの能力を超えた多くの計算能力と訓練データを必要としていた。そして、ローゼンブラットがそのアイデアを熟考してから半世紀以上が経ち、近年のＡＩのすさまじい躍進は、多層ニューラルネットを利用していることに由来している。

このためＡＩのコネクショニストモデルは二〇一〇年代なかばまでほとんど注目されなかった。そこで起きたハードウェアの進歩によって、ついにこのモデルの潜在能力がとき放たれたのである。必要な計算能力を集め、このモデルをすぐれたものにするための訓練例を集めるコストが充分に安くなった。『パーセプトロン』が出版された一九六九年から、ミンスキーが死ぬ二〇一六年のあいだに、計算能力の価格性能比はインフレ調整後で二八億倍に増え、[★28]それはＡＩ開発のアプローチで可能な景色を変えた。私は晩年のミンスキーと話をしたが、近年、コネクショニストモデルがＡＩ開発の分野で広く成功するまで、『パーセプトロン』の影響力が大きかったことを、彼は後悔していた。

コネクショニストモデルは、レオナルド・ダ・ヴィンチの考案したヘリコプターのような空飛ぶ機械（エアリアル・スクリュー）に似ている。それは、未来を予知したかのようなアイデアだが、より軽くより強い材料が開発されるまでは実現できないものだったのだ。[29]ひとたびハードウェアの能力が追いつくと、コネクショニストモデルにもとづく一〇〇層のネットワークといった大規模なシステムが実現可能になり、その結果、そうしたシステムは、それまで無理だった問題を解決できるようになった。これがパラダイムを動かす原動力になって、この数年間におけるすばらしい躍進の多くが起きたのである。

小脳：そのモジュール構造

人間の知能におけるニューラルネットワーク（神経網）を理解するために、少し寄り道をしてみたい。まずは、宇宙の始まりまで戻ってみよう。物質がより大きな組織を形成していく過程で、最初の動きは、導く脳がないのでとてもゆっくりだった（第3章「私は誰？」の「信じられないほど低い可能性のなかで人類は誕生した」という項で、宇宙が有用な情報をコード化する能力をもつに至る可能性を検討しているので、そこを見てもらいたい）。極小の物質が新しいレベルに達するまでに数億年から数十億年を要した。[30]

実際に、分子が生命をつくるためにコード化された指示を考えだすまでに数十億年かかった。若干の議論があるが、現在までに確認された証拠にもとづく科学者のコンセンサスは、地球で生命が誕生したのは、今から三五億年から四〇億年前である。[31]宇宙が生まれた（正確にはビッグバンが起きた）のは一三八億年前で、地球が形成されたのは四五億年前と考えられている。[32]したがって、宇宙で最初の原子が形成されてから、地球上で自己複製能力をもつ最初の分子が登場するまでに一〇〇億年かかったのだ。この時間の差の一部は偶然で説明できるかもしれない。初期地球の原始のスープの中で、分子がランダムにぶつかりあって、正しく結合するのが、どれほどの頻度で起こるものなのか私たちは知らない。生命が生まれたのはもっと早かったかもしれないが、それよりは遅かった可能性のほうが高い。だが、こうした不可欠な条件が整うためには、星のライフサイクルを通して、水素が融合してより重い原子になり、複雑な生命を維持できるようになる必要があった。

もっとも有力な推算では、地球に最初の生命が誕生してから、多細胞生物が生まれるまでに二九億年を要している。★33 陸上を動物が歩くのはその五億年後で、最初のほ乳類が登場するのはもう二億年あとだ。★34 脳の話では、最初に原始的な神経網がつくられてから、集中化し、三つに分かれた脳が生まれるまでに一億年以上かかっている。★35 最初の基本的な大脳新皮質はさらに三億五〇〇〇万年から四億年が過ぎてから現れ、現生人類の脳に進化するのにもう二億年を要した。★36

この歴史を通して、脳が洗練されればされるほど、すばらしい進化上の利点が得られたのだった。動物が資源を争うとき、賢いほうが勝つことが多かった。★37 知能の進化はそれ以前の進化の段階よりも、とても短い期間でなし遂げられた。それは数百万年という単位であり、まぎれもなく加速していたのだ。ほ乳類以前の脳における注目すべき変化は、小脳と呼ばれる領域に見られる。現在の人類では、高次機能で最大の役割を果たしている大脳新皮質よりも、小脳のほうがニューロンの数が多い。★38 小脳は、自分の名前を書くなどの運動タスクをつかさどるスクリプト（簡単なプログラム）を多数保管し、動かすことができる。スクリプトは、非公式に「マッスルメモリー」として知られているが、この現象を起こしているのは、筋肉ではなく小脳である。同じ動作がくり返されれば、脳はより簡単に、なかば無意識でできるように適応する。馬車の車輪によって轍《わだち》が道となっていくように。★39

飛んでくるボールをキャッチするひとつの方法は、ボールの軌道とあなた自身の動きを支配する微分方程式を解き、同時にその答えにもとづいてあなたの体の位置を修正することだ。だが残念なことに、あなたの脳には微分方程式を解く装置がないので、あなたはより単純な問題を解くことになる。どのようにしてボールとあなたの体のあいだでもっとも効果的な位置にグローブを置くか、という問題だ。小脳は、捕球時にはいつでもあなたの手とボールが同じような相対位置になることを求める。そのため、ボールが速く落ちてきたり、手の動きが遅すぎたりすると、小脳はいつもの相対位置になるように手に速く動けと指示する。

小脳によるこのような単純な活動は、数学における「基底関数」（厳密な関数の近似値を求める関数）の概念と一致する筋肉の動きの上に、感覚入力を描くものであり、そのために微分方程式を解かなくてもボールをキャッチできる。★40 また小脳は実際に行動しないときでも、行動を予測することにも使われる。捕球できるが、ほかの選手とぶつかるかもしれないからボールを捕りにいくべきではない、と小脳はあなたに告げるかもしれない。これはすべて自動的におこなわれる。

同様に、あなたが踊っているときに、あなたは気づくことはないが小脳はどう動くかをひんぱんに指示している。ケガや病気によって小脳が充分に機能しない人は、大脳新皮質を通じて自発的な行動を指示できるものの、それにはかなり集中した意識的努力が必要であり、運動失調症という筋が協調的に動かない病気に悩まされることもよくある。★41

身体的スキルを習得するうえで大事な要素は、あなたのマッスルメモリーに、スキルを構成する動作を覚えこませるために何回もくり返すことだ。それによって、かつては意識を集中させなければできなかった動作も自動的にできると感じられるようになる。これはその動作の制御の中心が、大脳の運動皮質から小脳に移ったことを意味している。あなたがボールを投げたり、ルービックキューブをそろえたり、ピアノを弾いたりするとき、意識による指示が少なければ少ないほど、あなたのパフォーマンスはよくなりやすい。あなたの動作はより速く、よりスムーズになり、うまくやるためのほかの要素に注意を向けられるようになる。演奏家がその楽器の演奏に熟達すると、与えられた楽譜を努力せず本能的に演奏することができる。それは普通の人が「ハッピーバースデイ」を歌うときに、無意識に声を発するのと同じだ。まちがった音階ではなく、正しい音階をどのように発声するのかと尋ねられても、あなたはそのプロセスを言葉で表すことはできないはずだ。これを心理学者やスポーツのコーチは「無意識的有能」と呼ぶ。なぜなら、この能力の大きな部分は自覚している意識の下のレベルで活動しているからだ。★42

しかしながら、小脳の能力はとても複雑な構造の結果としてあるのではない。人間の大人の脳（他の種でもそうだが）においてニューロンの半分以上は小脳にあるが、遺伝子には小脳全体の設計に関する情報はたいして書かれていない。小脳のかなりの部分は小さくて単純なモジュールで構成されている。★43 小脳の働きについて神経科学は今もなおくわしく知るための研究をしているが、数千もの小さな情報処理モジュールがフィードフォワード構造に配置されていることはすでにわかっている。★44 こうした理解は、小脳を機能させるためには神経の構造に何が必要なのかを解明する助けになる。そして、小脳に関する新しい発見は、ＡＩの開発にさらなる有益な知見を与えてくれるだろう。

小脳のモジュールのほとんどは、ごく限定的な機能しかもっていない。ピアノを弾くときに指を動かすことを管轄するモジュールは、歩くときの脚の動きを制御してはいない。小脳は数億年にわたり脳の中で主要な領域であるものの、人類は生存のために小脳への依存度を減らしてきていて、現代社会を生きていくために、柔軟性のある大脳新皮質に先導してもらうことが多くなっている。★45

それに対して、ほ乳類以外の動物は大脳新皮質の恩恵を受けていない。その代わり、その小脳は生存のために必要な行動を正確に記録している。小脳に動かされている動物の行動は、固定的行動パターンとして知られている。それらは種の構成員のなかに生まれつき備わっており、観察やまねを通して学ぶ行動とは違う。ほ乳類でも複雑な行動の一部は生得的なものだ。たとえばシカネズミは短い巣穴を掘るが、ビーチマウスはより長い巣穴を掘り、避難用トンネルもつくる。★46 研究室育ちで一度も巣穴を掘ったことのないこの二種類のマウスを砂の上に置くと、それぞれに野生の種の特徴である巣穴を掘る。

カエルが舌を伸ばしてハエを捕まえる能力のように、小脳によって決められた行動のほとんどは、その種の一部がもっと進歩した行動をとり、それが自然選択によってそれまでの行動を凌駕するまで、その種のなかに生きつづける。学習ではなく遺伝によって動かされる行動は、適応するまでに桁違いに長い時間がかかる。学習によって生物が一世代のあいだに行動を修正するのに対して、生得の行動は幾世代も経てゆっくりと変わっていく。だがおもしろいことに、現在のコンピュータ科学者はときどき、遺伝子が行動を決めることをまねたような「進化的」アプローチを利用する。[★47] 複数の特徴をランダムにもった複数のプログラムを組んで、特定のタスクに対して各プログラムがどれだけうまく機能するかを見るのだ。成績のよかったプログラムは特徴同士をうまく結びつけており、それは動物の生殖による遺伝子の混合に似たところがある。成績をひき上げるのはどれかを見るために、ランダムな「変異」も導入できるだろう。多くの世代を経れば、人間のプログラマーでは決して考えつかないような最適な問題解決法を生みだすかもしれない。

現実世界で同じアプローチを実行するには数百万年もかかる。それはとてもゆっくりしているように見えるが、それ以前の進化がどうだったかを考えてほしい。生命に必要な複雑な化学的前駆体が形成されるのに数億年もかかったのだから、小脳は実際には加速器なのだ。

大脳新皮質：みずからを改良する、階層的で柔軟な構造

進歩を速めるためには、遺伝的変化で小脳が再構成されるのを待つことなく、新しい行動を生みだす装置が脳には必要だった。これが大脳新皮質である。「新しい皮」という意味のこの部位は、約二億年前にほ乳類という新しい綱《こう》（ほ乳綱）の動物の脳に現れた。[★48] 初期のほ乳類は、ネズミなどのげっ歯類に似た生き物で、その大脳新皮質の大きさも薄さも郵便切手ほどで、クルミ程度の大きさの脳を包みこんでいた。[★49] だがそれは小脳よりも柔軟に組織されていた。小脳はモジュールの集合体で、各モジュールはそれぞれに異なる行動を制御しているが、大脳新皮質は全体としてより協調して動く。そのために新しい種類の思考ができ、数日、さらには数時間で新しい行動を生みだせる。これにより学習の力が解放された。

二億年以上前に、ほ乳類ではない動物の適応プロセスはゆっくりしていたが、環境の変化もとてもゆっくりしていたので、問題にならなかった。小脳の変化が必要になるほどの大きな環境の変化も、数千年かけてゆっくりと進むのが普通だった。

そのため、大脳新皮質が世界を牛耳るためには災厄を待つのが基本だった。現在では「白亜紀と古第三紀のあいだの大量絶滅〔K-Pg境界大量絶滅〕」と呼ばれるその危機は、大脳新皮質が世に現れてから一億三五〇〇万年が経過した約六六〇〇万年前に起きた。小惑星の衝突に火山活動や地球全体の環境激変があいまって、恐竜をはじめとする動植物の四分の三が死滅したのだった（この出来事で私たちが恐竜として知る生き物は死に絶えたが、一部の科学者は鳥

は生き残った恐竜の子孫だと考えている)。[50]

新しい解決策をすばやく考えだせる大脳新皮質は、この危機のときに台頭した。ほ乳類は体のサイズを大きくしていったが、その脳は体以上のペースで成長し、脳は体重のごく一部にすぎないという割合を超えた。そして大脳新皮質は折りたたむことを編みだして、表面積を増やし、さらに成長速度を上げたのだった。

もしも人間の大脳新皮質をとり出して、それを広げるならば、その大きさと厚みは大きめのテーブルナプキン程度だ。[51] しかし、とても複雑なその構造ゆえに、人間の脳の重量で八割を占めるに至っている。[52]

二〇一二年の著書『いかにして心を創造するか』で私は大脳新皮質についてくわしく記した。ここでは要約して重要な概念だけを伝えよう。大脳新皮質は比較的単純な単位構造をくり返していて、各モジュールは約一〇〇のニューロンからなる。これらのモジュールがパターンを学習し、認識し、記憶する。モジュールはまた、みずからを階層化することを学び、高い階層に行くほど、より洗練された概念を習得している。このくり返し構造をもつユニットは「皮質マイクロカラム」として知られている。[53]

現在の概算では、大脳皮質には二一〇億～二六〇億のニューロンがあり、そのうちの九割、平均すると二一〇億が大脳新皮質にある。[54] この数字が意味するのは、一〇〇のニューロンをもつマイクロカラムが二億あるということだ。[55] コンピュータはほとんどの作業を連続して（直列で）おこなうが、それとは違って、大脳新皮質のモジュールは大規模な並列処理をしている、という最新の研究がある。★56 つまり、多くのことが同時に起きているのだ。これにより脳はとてもダイナミックなシステムとなり、コンピュータで脳のモデルをつくることは困難な挑戦になるのだ。

神経科学はまだ詳細を学ぶ必要があるが、マイクロカラムがどのように組織され、結合するかという基本がわかってきたことは、その機能に光を当てる。シリコンのハードウェアで動く人工のニューラルネットワークに似て、脳の神経回路網は階層構造を利用して、生のデータ入力（人間の場合は感覚信号）と出力（人間の場合は行動）とを分けている。この構造のおかげで、抽象化のレベルを上げることができ、人間の特徴だと考えられている認知という微細な形式をつくりあげたのだ。

感覚入力と直接に結ばれている一番下の階層では、たとえばあるモジュールは、与えられた視覚的刺激をカーブのある形として認識するように活動するのだろう。他の層のプロセスは、下の層にあるモジュールからの出力を処理して、文脈と抽象的な考えを加えていく。上の層に行くにしたがって（感覚と結びついている層からは離れる）、そのカーブの形は文字の一部ではないかと気づくかもしれない。そしてその文字はある単語の一部だと認識し、その単語を豊かな意味と結びつけるかもしれない。表面の最上層では抽象化は大いに進んでいて、ユーモアや皮肉の含まれた表現を理解できるようになっている。

感覚入力から伝えられた一連の信号に関しては、大脳新皮質の階層における「高さ」は抽象化が進むレベルを意味しているが、そのプロセスは一方通行ではない。大脳新皮質は主に六つの層で構成されていて、それらは双方向でコミュニケーションをとりあっている。そのため、抽象的思考が最上層だけで生まれると言うことはできない。[★57] むしろ、種のレベルでは各層の関係があいまいだと考えるほうが有益だ。人間は大脳新皮質の多層構造のおかげで、単純な皮質の生き物よりも抽象的思考をする能力がある。そして、人間が大脳新皮質をクラウド上のコンピュータに直接に接続することができれば、私たちの生物脳が現在生みだすことのできない、はるかに抽象的な思考さえも可能になるだろう。

　抽象化に関する神経学的基礎は近年に発見されたものだ。一九九八年に一六歳の女性てんかん患者に脳の

大脳新皮質の多層構造

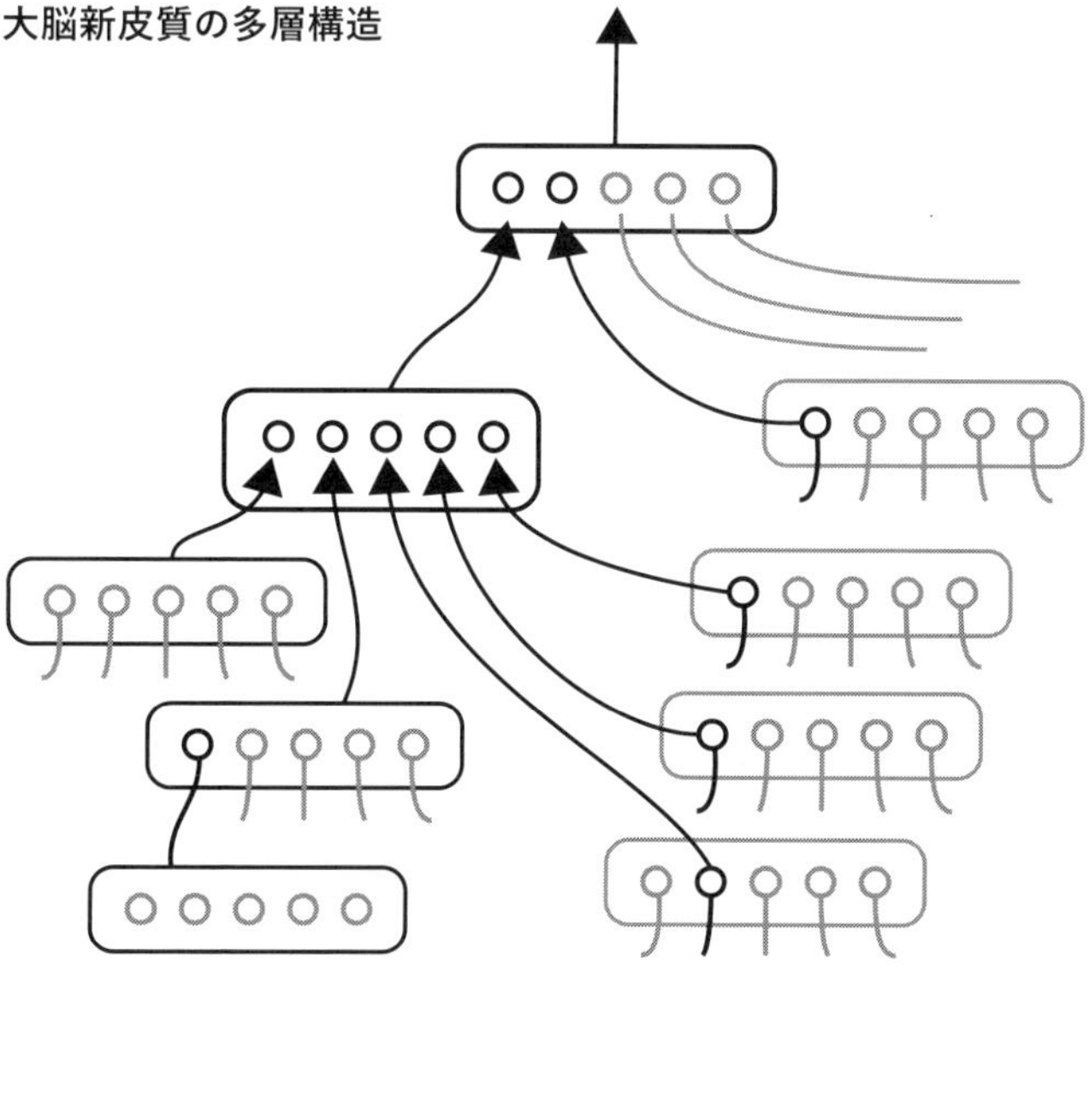

手術をほどこしているときに、神経外科医のイツハク・フリードは少女を意識のある状態に保って、自分に起きていることを話せるようにした。[★58] 脳には痛みの受容器がないために、これは実行可能な処置だ。[★59] フリードが少女の大脳新皮質のある箇所を刺激するたびに少女は笑った。すぐにフリードと彼のチームは、自分たちが少女のユーモア知覚を発動させていることに気づいた。少女は単に反射作用として笑っているのではなく、現在の状況におもしろいことを見つけていたのだ。実際は手術室でおもしろいことなど何も起きてはいなかったのだが。フリードたちが少女になぜ笑っているのかと尋ねると、少女は質問に沿った答え（「特に理由はないわ」や「あなたたちが私の脳を刺激するからよ」など）を返すことはなく、笑いの原因となる理由をすぐに見つけだして、手術室の何かにランダムに言及した。「あなたたちがおもしろいわ。私のまわりにぼさっと突っ立っているんだもの」[★60]

おもしろいものを見つけるようにプログラムされている大脳新皮質の場所を突きとめて、そこを刺激することができたので、その場所がユーモアや皮肉といった概念を担当していることがわかった。その後、非侵襲性のテストでこの発見が強化された。たとえば、皮肉のこもった文章を読むと、「心の理論ネットワーク」として知られる脳の部分が活性化する。[★61] 大脳新皮質のもつこの抽象化能力は、他人は自分とは異なる考えや知識をもっていると認識し、他人の視点からその動機を推論する能力であり、人間が言語や音楽、ユーモア、科学、芸術、テクノロジーを発明することを可能にした要因でもある。[★62]

他の種がこうした能力を獲得したことはない（ネットの詐欺的広告《クリックベイト》には、パソコン画面を見る犬やネコなど、それとは反対の見出しが載るが）。ほかの動物は、頭のなかでリズムをとったり、冗談を言ったり、スピーチをしたり、この本を書いたり（読んだり！）できない。チンパンジーなど、原始的なツールで身を飾る動物もいるが、それらの道具は洗練されておらず、自発的な進歩という急速なプロセスの引き金にはなりえない。[★63] 同様に、単純なコミュニケーション形式を使う動物もいるが、人間の言語のように、階層性のある考えをやりとりすることはできない。[★64] 人間は前頭葉が発達していない段階でも霊長類になるという偉業をなし遂げたが、その後の前頭葉の発達によってつけ加えられたモジュールが、世界や存在に関する概念を私たちに理解させるようになると、私たちは高度な動物というだけでなく、哲学的な動物に進化したのである。

それでも私たちが忘れてはならないのは、脳の進化は人類が種として向上した一因でしかないことだ。親指というもうひとつの重要なイノベーションがなければ、大脳新皮質の能力だけでは科学も芸術も育たなかったはずだ。[★65] 人間よりも大脳新皮質が大きな動物は、クジラやイルカ、ゾウなどがいるが、彼らは他の指と対向する親指をもっていない。人間はその親指で天然の材料を正しくつかみ、テクノロジーにしていったのだ。ここから学べるのは、私たちは進化的にとても幸運だった、ということだ。

もうひとつ、私たちの幸運は、大脳新皮質が層になっているだけでなく、斬新な方法で強力に結びついていることだ。モジュールが階層的になっている組織は大脳新皮質にだけ見られるものではなく、小脳もそうだ。[★66] 大脳新皮質が際だつのは以下の三つの特徴があるからで、そのおかげでほ乳類、特に人類が創造的になれたのだ。（一）ある概念（コンセプト）に関するニューロンの発火パターンを、最初に発火した場所だけでなく、構造全体に広く伝えることができる。（二）ある発火パターンを、異なる多くの概念の類似する特徴と関連づけることができ、関連する発火パターンによって関連するコンセプトを表すことができる。（三）大脳新皮質中で数百万のパターンが同時に発火することができ、[★67] それらが複雑な方法で相互に作用することができる。[★68]

たとえば、大脳新皮質内のとても複雑な結びつきは、豊かな連想記憶を可能にする。[★69] 脳内の記憶をウィキペディアのページにたとえてもいいだろう。異なる多くの場所とリンクしていて、時間とともに変化することができる。また、ウィキペディアの記事と同じように、記憶はマルチメディアになれる。匂いや味、音、ほとんどすべての感覚入力が引き金となって記憶は呼び起こされる。

また大脳新皮質内の発火パターンに見られる類似性は、類推的思考を促進する。あなたが手を下げたときのパターンは、声を低くしたときのパターンと関連しているようだし、それ以外に、隠喩的に「低くなる」こと、たとえば、「気温が下がる」や「歴史において帝国が衰える」という概念とも関連しているようだ。このため、人間はある分野のあるコンセプトを学ぶことからひとつのパターンを形成し、それをまったく異なる分野に適用することができるのだ。

大きく異なる分野でも類似性をひき出す大脳新皮質の能力は、人類の歴史における重要な知的大躍進の多くに貢献してきた。たとえば、チャールズ・ダーウィン（一八〇九―一八二年）の進化論は地質学からの類推で生まれた。ダーウィン以前の科学者は基本的に、神が個々の種をつくったと考えていた。それまでに進化論に準ずる理論がいくつか提唱されていて、もっとも有名なものはジャン＝バティスト・ラマルク（一七四四―一八二九年）で、動物は年月を経た自然の進歩でより複雑な種になっていったと唱えた。親が生涯をかけて獲得したか進歩させた特徴を子孫が受けつぐのだと。[★70] しかしながら、ダーウィン以前の理論は、進化の仕組みの説明が貧弱だったり、まちがったりしていた。

　しかし、ダーウィンは地質学者のチャールズ・ライエル（一七九七―一八七五年）の研究を調べることで異なる考えに触れていた。ライエルは大渓谷の起源について論争をひき起こす主張をしていた。[★71] 通説では、渓谷は神がつくったもので、川はたまたま渓谷の底に流れる場所を見つけただけだ、とされていた。それに対してライエルは、川が先に存在して、そのあとで渓谷ができたというまったく異なる考えをした。その理論は大反対にあい、受けいれられるまでに時間がかかった。だが最終的に科学者は、流れる水が岩に与える衝撃は小さいが、数百万年という時間のなかで少しずつ削っていけば、グランドキャニオンのような深い渓谷もできることを理解するに至った。ライエルの説は、スコットランドの地質学者ジェームズ・ハットン（一七二六―九七年）が最初に唱えた斉一説《せいいっせつ》[★72]に負うところが大きかった。斉一説とは、世界は聖書に描かれた洪水のような天変地異によりつくられたのではなく、自然の力がゆっくりと時間をかけて連続的に作用することで生まれた、とするものだ。

地質学よりも生物学はむずかしく、無限に複雑だから、ダーウィンはみずからの研究領域ではるかに手ごわい挑戦に遭遇することとなった。だが、彼はライエルと自分の博物学の研究とのあいだにつながりを見てとった。一八五九年の著書『種の起源』の冒頭でそのつながりを指摘している。ライエルは、川の流れは岩を少しずつしか浸食しないものの、長い時間が経過すれば、大きな結果を生むことを唱えたが、ダーウィンはそれを、一世代で小さな遺伝的変化が起きることに応用したのだ。彼は明快な類推で自説を擁護した。「現代地質学は、一度の洪水の波によって大渓谷の谷が削れたという見方をほとんど追放している。同じように、自然選択説が真の原理であるならば、新しい有機体を創造しつづけるという考えや、有機体の構造に突然に大きな変化が起きたという考えは追放されるであろう」[★73]。このひらめきはほぼまちがいなく人間文明に起きたもっとも重大な科学的革命だろう。この名誉に対抗しうるのは、ニュートンの万有引力とアインシュタインの相対性理論で、どちらも類推による洞察によって組みたてられた。

ディープラーニング：大脳新皮質の能力を再創造する

大脳新皮質の柔軟性や抽象化といった能力をデジタル上で再現するにはどうしたらいいだろうか。この章の冒頭で話したとおり、ルールにもとづく記号システムは硬直しているので、人間の認知の変わりやすさをとらえられない。コネクショニストモデルのアプローチは訓練に必要な計算能力が膨大なために、長いあいだ実現不可能だった。しかし、計算能力の費用は劇的に下がった。なぜだろうか？

　インテルの共同創業者であるゴードン・ムーア（一九二九―二〇二三年）は、一九六五年にひとつの法則を唱えて、それは情報テクノロジー（ＩＴ）におけるもっとも有名なトレンドとなり、彼の名前をとって「ムーアの法則」と呼ばれている。[★74] そのなかでももっともよく知られているのは、「小型化が進むことによってコンピュータチップに集積できるトランジスタの数は約二年ごとに二倍になる」というものだ。計算能力が指数関数的に成長していくことに懐疑的な者は、原子の大きさという物理的制約があるのだから、集積回路のトランジスタ密度はいずれ限界に達する、とよく指摘するが、それはもっと深い事実を見落とした意見だ。ムーアの法則は私が収穫加速の法則と呼ぶ、より根本的な力の一例にすぎないのだ。この根本的な力のもとで、情報テクノロジーはイノベーションのフィードバックループをつくり、ムーアが観察したときはすでに四つの大きなパラダイム（電気機械式、リレー〔継電器〕式、真空管式、トランジスタ式）によって計算能力の価格性能比を指数関数的に向上させていた。そして、集積回路が限界を迎えたあとは、ナノ材料や三次元コンピューティングを使った新しいパラダイムがひき継ぐだろう。[★75]

　この大きなトレンドは、少なくともムーアが生まれるずっと前の一八八八年から、安定して指数関数的に進行してきた。[★76] そして、二〇一〇年頃に、コネクショニストモデルの秘められた力がようやく解きはなたれる域に達したのだった。それは、大脳新皮質で起きていることを多層構造のニューラルネットワークでモデル化する「ディープラーニング」というアプローチだった。『シンギュラリティは近い』が出版されて以降のＡＩ分野において、ディープラーニングが驚くべきブレイクスルーをあたかも突然のように実現させたのだった。

　ディープラーニングが急進的変革を起こす可能性を示した最初のブレイクスルーは、ＡＩが囲碁をマスターしたことだった。囲碁はチェスに比べて指す手の可能性がはるかに多く、どの手がよいのか判断がむずかしいので、チェスの世界王者を破ったときのアプローチでは、ほとんど進歩できなかった。そのため楽観的な専門家でさえも、この問題をクリアできるのは早くても二〇二〇年代になると考えていた（たとえば、二〇一二年の時点で、ＡＩの未来を語る哲学者のニック・ボストロムは、二〇二二年までＡＩは囲碁をマスターできないと予測した[★77]）。ところが、アルファベット社の子会社であるディープマインド社は二〇一五年から翌年に、ディープラーニングと強化学習を組みあわせた「深層強化学習《ディープ・レインフォースメント・ラーニング》」という手法を使ったAlphaGoを開発した。その手法は、大規模なニューラルネットが自分対自分でゲームをおこない、勝ち負けから学ぶものだ[★78]。AlphaGoは人間の打った大量の棋譜《きふ》から学習を始めて、長時間プレイをして、二〇一七年にはAlphaGo Masterというバージョンが、囲碁の世界王者である中国の柯潔《かけつ》を破ったのだった[★79]。

　AlphaGo Zeroというさらに重要なバージョンの開発はそのわずか数カ月後に発表された。一九九七年にＩＢＭのディープブルーが、チェスの世界王者であるガルリ・カスパロフを負かしたとき、そのスーパーコンピュータには、プログラマーがチェスの専門家から集めたノウハウが詰めこまれていた。[80] そして、ほかに用途のないチェス専門の機械だった。それに対して、AlphaGo Zero は囲碁について人間からルール以外の情報はいっさい与えられておらず、三日間自分対自分で囲碁を打ったあと、ランダムな打ち方から始めて、人間に訓練された自分の前身である AlphaGo と一〇〇局戦ってすべて負かすまでになった[81]（AlphaGo は、二〇一六年に囲碁の世界ランキングで二位にいた韓国のイ・セドルを四勝一敗で破っていた）。AlphaGo Zero は、プログラムがみずからの指導者になるという新しい形の強化学習を採用した。前のバージョンである AlphaGo Master はオンライン対局で六〇人のプロ棋士を破り、二〇一七年に世界王者である柯潔を三連勝で負かしたプログラムだが、それと同じレベルに AlphaGo Zero はわずか二一日で到達したのだった。[82] 四〇日が経ったときには、他のすべての AlphaGo バージョンを上まわり、人間とコンピュータの囲碁棋士で最強になった。[83] 人間の打った棋譜をコード化した知識も与えられず、人間の介在もなく、それをなし遂げたのだった。

だがこれは、ディープマインド社にとってもっとも画期的な出来事ではなかった。次のバージョンである AlphaZero は、囲碁で学んだ能力をチェスなどの他のゲームに移すことができた。[84] AlphaZero はチェスでルール以外の知識は何も与えられず、わずか四時間の訓練をしただけで、人間の挑戦者を全員破っただけでなく、他のプログラムもすべて負かしたのだった。そして、将棋でも同様の成功をしている。私がこれを書いている時点で最新のバージョンはMu《ミュー》Zeroだが、それはルールすら教わることなく、同じ偉業を達成している。★85 転移学習《トランスファー・ラーニング》〔ある問題領域の解決のために蓄積した知識を、他の問題領域の解決に適用する機械学習〕能力をもつMuZeroは、ボードゲームで偶然やあいまいさや隠された情報がないものはどれでもマスターできるし、ピンポンを模したアタリ社の〈ポン〉など決定論的なテレビゲームもマスターできる。ある分野で学んだことを関連するものに応用する能力は、人間の知能の主な特徴だ。

深層強化学習はこうしたゲームをマスターするだけではない。ＡＩは〈スタークラフトII〉〔リアルタイムで進行する陣取りゲーム〕やポーカーもプレイできる。両者ともに不確かさという特徴があり、他のプレイヤーについて繊細な理解が求められるが、それらにおいてもＡＩは近年、人間を上まわる成績をあげている。★86 今のところ、唯一の例外となっているのは、とても高度な言語能力が要求されるボードゲームだ。世界を支配することを目標とする〈ディプロマシー〉というゲームが最適な例になるだろう。プレイヤーは自分一人の幸運やスキルで勝つことはできず、他のプレイヤーと言葉で交渉をすることが必須だ。★87 勝利のためには、あなたを助けることが他のプレイヤーにとっても利益となることを納得させなければならない。そのため、〈ディプロマシー〉で着実に優位に立つには、ＡＩはだましや説得の方法をより広く習得していることが必要となる。だがそのゲームですら、二〇二二年にＡＩは印象に残る進歩を見せた。もっとも有名なのはメタ社の〈ＣＩＣＥＲＯ《キケロ》〉で、多くの人間のプレイヤーを負かすことができる。★88 こうした画期的な出来事はほぼ毎週のように起きている。

ゲームで楽勝するディープラーニングの能力は、現実の複雑な状況における行動にも応用できる。そのときに必要なのは、ＡＩが学ぼうとする分野を再現できるシミュレーターだ。たとえば、車の運転は多様で不確かさに満ちた経験だ。運転をしているといろいろなことが起きる。前の車が急停車する。逆走した車が自分のほうに向かってくる。ボールを追って子どもが道路に飛びだしてくる。アルファベット社の子会社であるウェイモは自動運転車のための運転ソフトを開発中だが、最初は自動運転車のすべての走行に人間の監視員を乗せていた。[★89] その走行はいろいろな面から記録され、その調査から総合的なシミュレーターがつくられてきた。実際の走行は二〇〇〇万マイルを優に超え（本書執筆時）、[★90] シミュレートされた車は本物そっくりのバーチャル空間で数十億マイルも走っている。[★91] この膨大な経験の蓄積によって、現実の自動運転車は最終的に人間のドライバーよりもはるかにうまく運転ができるようになるはずだ。同じように、第6章で紹介するが、ＡＩはタンパク質の折りたたみを予測することに使われていて、さまざまな新しいシミュレーション手法で予測精度を上げている。生物学においてタンパク質の折りたたみはもっともむずかしい課題のひとつだが、それを解決することで、革新的な薬を発見する扉が開かれようとしている。

MuZeroはいろいろなゲームをマスターできるが、その成果は比較的狭い範囲にとどまっていて、ソネット（一四行詩）を書くことも、病人をなぐさめることもできない。人間のこの驚異的な汎用性に到達するためには、ＡＩは言語をマスターする必要がある。言語のおかげで私たちは、認知を構成する異なる多くのものを結びつけて、高いレベルで知識の転移ができる。言語があるから、何かを学ぶために生のデータを数百万も見ないで済むし、要約された一文を読むだけで劇的に知識のアップデートができるのだ。

現在もっとも進んでいる言語処理のアプローチは、とても数の多い多次元空間に言葉の意味を表示するために深層ニューラルネットを使う方法だ。それには複数の数学的手法が使えるが、結論としてはどの手法でも、記号主義では必要となる言語規則の記述がなくても、AIは言語の意味を発見できる。例をあげると、多層フィードフォワードのニューラルネットを構築して、それを訓練するために数十億（あるいは数兆）の文章を用意する。文章はウェブに公開されている情報源から集められる。各文章を五〇〇次元空間のどこかのポイント（つまり、五〇〇個のリストである。五〇〇は任意の数で、ある程度大きな数ならば何でもいい）にわり当てるために、ニューラルネットを使う。まず、文章には一から五〇〇までの数がランダムにわり当てられる。訓練中にニューラルネットは五〇〇次元空間内にある各文章の場所を調整する。意味の近い文章は近い場所に置き、意味が異なる文章は引き離す。数十億の文章をこのプロセスで処理すれば、五〇〇次元空間内のどの文章でも、その近くにある文章のおかげでより正確に近い意味を表示できるようになるのだ。

この方法で、AIは言葉の意味を、文法規則の本や辞書からではなく実際に使われている文脈から学ぶ。たとえば、「jam（ジャム）」という言葉には複数の意味があることを学ぶ。ある文脈で、人々はジャムを食べることについて話していて、別の文脈ではエレキギターで「ジャム（ジャムセッション、即興演奏）」をすることを話しているが、それはエレキギターを食べる話ではない。私たちのボキャブラリーのなかで、学校で学んだり、きちんと調べて身につけたりするものはごく一部であり、AIの学習法は私たちが言葉を学ぶのとまったく同じなのだ。そしてAIはすでに文字を超えた領域にまで、その関連づけ能力を拡張している。二〇二一年にオープンAI社はCLIPというプロジェクトで、画像とそれを描写する文字とを結びつける訓練をニューラルネットに受けさせることを発表した。訓練の結果、CLIPのノードは、「同じコンセプトならば文字でも記号でも概念で表現されたものでも反応する」という。[92] たとえば、「スパイダー（蜘蛛）」の写真とスパイダーマンの絵、「スパイダー」という言葉に対して同じノードが明るくなるのだ。文脈を超えて概念を処理することは人間の脳がしていることとまさに同じで、AIにとって大きな飛躍である。

この方法のバリエーションのひとつは、入力した文章をあらゆる言語で表示する五〇〇次元空間だ。もしもあなたがある文章をほかの言語に翻訳したいのならば、この超次元空間内で目標とする言語の一番近くにある文章を見つけるだけでいい。近くにある文章を比べることで、知りたい意味に近い意味をもつ他の文章を見つけることもできる。別のバリエーションは、五〇〇次元空間をふたつセットにして、最初の空間における質問を二番目の空間で表示する。これには質問と答えからなる数十億の文章の組みあわせが必要となる。このコンセプトを拡張したものが、グーグルで私のチームがつくった〈ユニバーサル・センテンス・エンコーダー〉になる。[93] 数千もの特徴を用意して、データセット内の各文章で検出された「皮肉な」「ユーモアのある」「肯定的な」などの特徴を埋めこんでいく。AIは豊かになったこのデータを学習することで、人間の用いる言葉をただまねるだけではなく、文章内の単語の表面的な意味だけではわからない深い意味をつかむことを目指す。このメタ知識がより全面的な理解を生むのだ。

こうした原則にもとづく会話型言語を生みだし、利用して、グーグルで私たちはさまざまなアプリをつくってきた。すぐれたもののひとつがGメールのスマートリプライ機能だ。★94 Gメールを使っている人ならば、電子メールを受けとると、自動的に返信文の候補が三つ提示されることを知っているだろう。その返信は送られてきたメールのことだけを考えているのではなく、つながりのある他のメールのほかに、件名と送り主を指し示すものから関連するメールを探して、それらも考慮の対象にする。電子メールのこうした要素すべてを考慮するには、会話内の各ポイントで正しい多次元表現が求められる。これは、多層フィードフォワードのニューラルネットワークと、やりとりの前後を表示する言語内容の階層的表示とを組みあわせたものだ。当初、一部のユーザーはスマートリプライを迷惑な機能だと感じたが、その自然さと便利さからすぐに受けいれられ、現在ではGメールのトラフィック中で一定の数を占めている。

グーグルはこのアプローチにもとづき、Talk to Books《トーク・トゥ・ブックス》というアプリも開発した（二〇一八〜二三年に提供された試験的で独立型のサービス）。このアプリを起動したあと、あなたは単に質問をすればいい。すると、一〇万冊以上の本に書かれているすべての文（合計で五億センテンスになる）を調べて、あなたの質問に最適な答えをくれる。これは通常のグーグル検索にあるアプリではない。グーグル検索はキーワードマッチングやユーザーのクリック頻度、その他の測定結果を組みあわせて、関連のあるリンクを見つける。一方、Talk to Booksは、あなたの質問の実際の意味と、一〇〇万冊以上の本に書かれた五億の文それぞれの意味を利用するものだ。

超次元言語処理でもっとも有望なもののひとつは、〈トランスフォーマー〉と呼ばれるAIシステムだ。これはディープラーニングモデルで、入力情報にもっとも関連のある部分に計算能力を集中する「アテンション」という機構を採用している。人間の大脳新皮質も自分の思考の最重要情報に注意を向けるようになっているので、それに似ている。トランスフォーマーは「トークン」としてエンコードされた膨大な量のテキストで訓練されている。トークンは通常、単語の全部や一部、単語のセットを組みあわせたもので、自然言語処理におけるテキストの最小単位である。それからモデルは膨大な数の「パラメータ」（本書の執筆時点で、数十億から数兆）を使って、各トークンを分類する。パラメータは何かを予想するために利用される要素と考えることができるだろう。

スケールを小さくした例で話そう。もしも私が「この動物はゾウですか？」という問いに答えるのにひとつのパラメータしか使えなかったらどうなるか。私は「長い鼻」というパラメータを選んだとする。もしもこのニューラルネットのノードが、対象の動物が長い鼻をもっているかどうかを判定することに専念していて、発火するならば（はい、もっています）、トランスフォーマーはそれをゾウと分類する。だが、たとえノードが長い鼻を完璧に認識できるように学んでいたとしても、ゾウ以外にも長い鼻をもつ動物がいるので、ひとつのパラメータだけでは、まちがう可能性がある。そこで、「毛に覆われた体」というパラメータを追加すると、正確性は向上する。もしも両方のノードが発火するならば（長い鼻と毛に覆われた体）、私はその動物はゾウではなく、マンモスではないかと予想できる。パラメータが多くなればなるほど、私が捕まえられる詳細の粒度は高くなり、よりよい予想を立てられるようになるのだ。

トランスフォーマーにおけるパラメータは、ニューラルネットにあるノード間の荷重として蓄えられる。実際のところ、それらは「長い鼻」や「毛に覆われた体」といった人間が理解できる概念と一致していることもあるし、モデルが訓練データのなかで見つけてきた高度に抽象的な統計的関係を表していることもある。トランスフォーマー型大規模言語モデルはこうした関係を利用することで、人間による入力内容にどのトークンがもっとも合致しているかを予測する。答えが出たら、それを人間が理解できる文字（あるいは画像や音声、動画）に変換する。二〇一七年にグーグルの研究者が開発したこの仕組みは、それからの数年で大規模ＡＩのほとんどを進歩させる力になった。[★95]

理解するべき重要な事実は、トランスフォーマーの正確性はパラメータ数の大きさにかかっていることだ。それは訓練と実際の活用の両方において膨大な計算能力を必要とする。オープンＡＩ社が二〇一九年に発表したＧＰＴ-２のパラメータ数は一五億で、[★96]うまくいきそうだったが機能しなかった。だが、パラメータ数がひとたび一〇〇〇億を超えると、AIの自然言語のコマンドにおいて大きなブレイクスルーを達成し、突如として知性と繊細さを見せながら、自分に関する質問に答えられるようになったのだった。二〇二〇年のGPT-3のパラメータは一七五〇億で、[★97]翌年にディープマインド社が発表したGopher《ゴーファー》は二八〇〇億だった。[★98]同じ年にグーグルがSwitch《スイッチ》という一・六兆のパラメータをもつトランスフォーマーを発表して、自由に利用し、基礎とするためのオープンソースとなった。[★99]Switchは記録破りの大きさに注目が集まるが、それ以上に重要なイノベーションは「混合エキスパート」と呼ばれるスキームにある。このアプローチによってトランスフォーマーは与えられたタスクにもっとも関連のあるモデルの一部を使って、より効率的に集中できるのだ。この重要な進歩は、モデルが巨大化していくなかで、計算能力のコストがとめどなくふくれあがるのを抑える働きをする。

それでは、なぜ規模がそんなに重要なのだろうか？ 手短に言えば、訓練データのくわしい特徴にモデルがアクセスできるからだ。たとえば、過去のデータを使って気温を予想するといった狭いタスクならば、小規模モデルでもうまくやれる。だが、言語は基本的にそうではない。文章の書き出し方は無限にあるので、たとえトランスフォーマーがテキストの数千億のトークンで訓練していたとしても、記憶したものを引用するだけでは、文章を書くことはできない。その代わりに、数十億のパラメータを利用して、プロンプトに入力された単語を連想的意味のレベルで処理し、利用可能なテキストを継ぎあわせて、これまでに見たことのない完成テキストにする。そして、訓練テキストにはＱ＆Ａやオプエド記事〔新聞内で社説とは異なる意見を述べる通常は署名入りの記事〕、演劇の対話文などさまざまなスタイルのものがあるので、トランスフォーマーはプロンプトの性質を認識することを学び、答えを適切な形式で出力することができる。皮肉屋は統計学的なおもしろいトリックだとしてトランスフォーマーを退けるかもしれないが、その統計学的トリックは、数百万の人間による創造的出力を結びつけて合成されたものなので、ＡＩはみずからの真の創造性を獲得しているのだ。

ＧＰＴ－３は商業的に販売され、その創造性の高さをユーザーに印象づけた最初のモデルとなった。[★100] たとえば、研究者のアマンダ・アスケルは、哲学者のジョン・サールが提起した有名な〈中国語の部屋〉という思考実験について、ＧＰＴ－３に質問した。[★101] その思考実験は、中国語をまったく理解しない人が紙と鉛筆を持って部屋に入り、マニュアルに沿ってコンピュータの翻訳アルゴリズムを操作して中国語の質問に中国語で答えるならば、部屋の外にいる人は、部屋の中に中国語を理解している人がいると思うだろう、と主張する。では、ＡＩがその翻訳アルゴリズムと同じプログラムで動くならば、ＡＩは中国語を真に理解したと言えるのか、とアマンダはＧＰＴ－３に尋ねた。ＧＰＴ－３は次のように返答した。「私が中国語をひとことも理解していないことはあきらかです」。翻訳プログラムは形式的なシステムで、「料理本が料理について説明する程度の理解で説明しているだけだ」と言う。この隠喩はそれまでどこにも出てこなかったものだったが、哲学者のデイヴィッド・チャーマーズによる、「ケーキのレシピはケーキの特性をすべて説明しているわけではない」という隠喩を新しく応用したもののようだった。この類推は、ダーウィンが進化論を発見したときに役立った類推とまったく同じ種類のものだ。

GPT-3が新たに生みだしたもうひとつの力は、文体創造力だ。圧倒的な巨大データを消化するのに充分なパラメータをもっているので、実質的に人間の記したすべての文章に習熟している。したがって、ユーザーはいかなるテーマについても質問でき、その回答を、科学論文から子ども向けの本、雑誌、ホームコメディの台本まで、さまざまな文体でもらうことができた。コンピュータ・プログラマーのマッケイ・リグリーがGPT-3に、「我々はどうしたらより創造的になれるか?」という質問をし、人気心理学者のスコット・バリー・カウフマンの文体で返答するようにリクエストした。GPT-3の斬新な答えは、カウフマン本人が「本当に私が言いそうなことだ」と認めるものだった。[★102]

二〇二一年にグーグルは大規模言語モデルのLaMDA《ラムダ》を発表した。[★103] まるで生きた存在がしているような自由な会話を最適化することを目的としたモデルで、もしもLaMDAに、ウェッデルアザラシになって質問に答えてくれと頼むと、アザラシの目線で一貫しており、ときには遊び心に満ちた答えを返してくる。狩猟者に対しては次のように声をかけた「グッドラック。オレたちの一頭を撃つ前に凍死するなよ!」[★104]。これは長いあいだAIが理解できなかった一種の文脈上の知識を表出したものだった。

二〇二一年にあった驚くべきもうひとつの前進は、「マルチモダリティ」〔言語だけでなく、画像や音などの他のモダリティ=様式を組みあわせて意味を構築すること〕である。それまでのAIシステムは一般に、入力と出力を一種類のモダリティデータに限っていた。あるＡＩは画像認識に特化し、別のＡＩは音の分析、大規模言語モデルは自然言語で会話をした。次のステップは、複数のデータ形式をひとつのモデルに結合させることだった。そこでオープンＡＩ社はＤＡＬＬ－Ｅ《ダリ》（この名称は、シュールリアリズムの画家サルヴァドール・ダリと、ピクサー映画のＷＡＬＬ－Ｅ《ウォーリー》をもじったものだ）★105という、言葉と画像の関係を理解するように訓練されたトランスフォーマーを開発した。このＡＩは文字による記述からだけで、まったく新しいコンセプト（例：アボカドの形をした肘掛け椅子）のイラストを作成することができた。翌二二年には後継のＤＡＬＬ－Ｅ２★106が公開されると、続いてグーグルのImagen《イマージェン》やMidjourney《ミッドジャーニー》やStable Diffusion《ステイブル・ディフュージョン》など他のモデルも発表され、すぐに性能が上がって、まるで写真のような画像の生成が基本になった。★107次のような文章を入力するだけでいい。「ふわふわした毛のパンダが、黒い革ジャンを着て、カウボーイハットをかぶり、山のてっぺんを自転車で走っている」。すると、ＡＩは生き生きとした光景を魔法のように呼びだすのだ。★108最近までクリエイティブな領域は人間だけのものだと見られていたが、これらのＡＩの創造性はその領域を変えるであろう。

　すばらしい画像をつくるのに加えて、これらのマルチモダリティ・モデルは、より根本的なブレイクスルーをなし遂げた。一般にＧＰＴ－３のようなモデルは、少数の学習データで足りる「フューショット学習」のよい例なのだ。そして、訓練後はごくわずかなテキストによるサンプルをもらうだけで、説得力のある形でそれを完成することができる。それは次の画像特化ＡＩの例と同じだ。たとえばユニコーンなどなじみのないものの画像を五点ほど見せられるだけで（それまでのAIが必要としたのは五〇〇〇点や五〇〇〇万点の画像だった）、新しいユニコーンの画像か、さらにはAI独自のユニコーン画像をつくり出す。

だが、DALL-EとImagenは劇的なまでに先に進んでいて、「ゼロショット学習」にすぐれているのだ。両者は自分たちが学んだ概念を結びつけて、訓練データで見ているものとは大きく異なる新しい画像をつくることができる。「チュチュ（バレエ用のスカート）をはいた赤ちゃん大根が一匹の犬を散歩させているイラスト」と入力すると、DALL-Eはまさにそのとおりのかわいらしいイラストをつくる。「ハープのようなテクスチャをもったカタツムリ」という入力も同様だった。そして、「恋愛モードのタピオカティーのカップの絵文字をプロ品質で」という入力には、ティーに浮かぶタピオカの上でハート形の目からビームが出ているイラストが出力された。

ゼロショット学習は類推的思考と知能それ自身の本質にほかならず、AIは与えられたものをオウム返しにするだけではないことを証明している。新しい問題に対して創造的に応用を働かせる能力をともなう真の学習概念だ。その能力を完璧にし、それが活躍できる領域を拡大していくことが、二〇二〇年代におけるAIの挑戦だろう。

与えられた種類のタスク遂行においてゼロショットの柔軟性をもつことに加えて、AIは領域を超えた柔軟性を急速に獲得している。MuZeroがいろいろなゲームに習熟しているところを見せてからわずか一七カ月後に、ディープマインド社は万能型AIモデルのGato《ガトー》を発表した。単独のニューラルネットワークでありながら、テレビゲームをする、文章で会話をする、画像に見出しをつける、ロボットアームを操作するなど多くのタスクをこなすことができる。[★109] これらの能力はどれも新しいものではないが、それらをまとめて脳に似た統合システムをつくったことは、人間型の汎用化に向けた大きな一歩であり、この先に急速な進歩が待っていることを期待させる。私は二〇〇五年の『シンギュラリティは近い』で、チューリングテストに合格する前に、ひとつのＡＩに数千のスキルが統合されるだろうと予測した。

人間の知能に柔軟に適応するツールとしてもっとも強力なもののひとつは、コンピュータ・プログラミングであり、ＡＩもそうしてつくられた。二〇二一年にオープンＡＩ社がコード生成ＡＩのCodexを発表したが、そのＡＩは、ユーザーから自然言語のプロンプトを受けると、さまざまな言語（Python, JavaScript, Ruby など）のワーキングコードに自動変換してくれる。[★110] そのため、プログラミング未経験者でも数分あれば、プログラムに対して望むことを入力して、簡単なゲームやアプリをつくることができるのだ。ディープマインド社は二〇二二年にAlphaCode[★111]でコード生成能力の高さを自慢した。あなたが本書を読んでいるときには、もっと優秀なプログラミングＡＩが利用できるようになっているはずだ。こうしたＡＩの能力によって、もはやプログラミングのスキルがなくても、創造的アイデアをソフトウェアに実装させられるので、これからの数年で人間の可能性は大いにひき出されるだろう。

だが、ここまでに紹介したモデルはすばらしいことをなし遂げてはいるものの、複雑なタスクに直面したときや、人のガイダンスがないときにはいまだに苦戦している。たとえ個々のサブタスクは完遂できたとしても、すべてを整合させることはむずかしい。だが二〇二二年四月にグーグルが公開した大規模言語モデルのPaLM《パーム》は、性能指標のひとつであるパラメータ数が五四〇〇億もあり、この問題でめざましい前進を見せた。とりわけ、ユーモアと推理という人間の知能におけるふたつの基本領域において。[★112]

ユーモアはきわめて人間らしい特徴に思える。なぜなら、とても多くの要素を当てにして成りたつものだからだ。ジョークを理解するためには、人々が共有している言葉遊びや皮肉、日常的な経験などの概念を理解していなければならない。ユーモアではこれらの概念が複雑に結びつくことも多い。それが理由で言語や文化が違うとユーモアは翻訳するのがむずかしいことがよくあるのだ。PaLMはジョークを読んで、なぜそれがおもしろいのかを正しく説明することができた。たとえば、PaLMに次の文章を入力した。「私は午後五時に論文を書きはじめる予定だった。だがそのとき、このクールな言語モデルを試しはじめ、一〇分間だけ動かした。そして一〇分後、いきなり九時半になっていたんだ！」[★113]。PaLMはこれに正しい解説をした。

「このジョークは、楽しいときには時間が速く過ぎることを表している。この人物は午後五時に論文を書きはじめるつもりだったが、そうしないで言語モデルを動かしはじめた。自分では一〇分だけ動かしたと思っていたが、実際には四時間半も経っていた」[★114]

もっと重要なことは、PaLM が CoT（chain-of-thought）推論、すなわち思考の連鎖過程を推論することによって結論に達していることだ。それでも二〇二三年時点では、その推論レベルは人間ほど深くない。教師は作文の宿題を出したときに、これを求める。ＡＩの目標は、正しい答えをまねることではなく、一段階ずつ整然と推論を積み重ねることにある。しかし、大規模言語モデルはそこが不透明で、ＡＩがどのようにしてその出力に到達したのか、誰にもわからないことがよくある。そのため、このプロセスを明確にすることで、PaLM はより信頼できる結果を提示するだけでなく、誤った場合にはソフトウェア・エンジニアが誤りの原因を正しく診断しやすくなっている。また PaLM は、賢い人間ですら手を焼きそうな複雑な質問を小さな塊に分けることで、正答を出せることがわかっている。★115

入力：「マイケルはフランスでとても有名な美術館にいて、もっとも有名な絵を見ている。だが、この絵を描いた芸術家は、マイケルが子どものときから好きだったマンガのキャラクターを連想させる。あのマンガのキャラクターがいつも片手に持っていたものはどこの国のものなのだろう？」

モデルの出力：「ルーヴルでもっとも有名な絵はモナ・リザだ。モナ・リザを描いた芸術家はレオナルド・ダ・ヴィンチだ。レオナルド・ダ・ヴィンチはまた〈ティーンエイジ・ミュータント・ニンジャ・タートルズ〉の主人公の名前である。レオナルド・ダ・ヴィンチはイタリアの出身だ。レオナルド・ダ・ヴィンチがいつも片手に持っているのはカタナだ。カタナの起源は日本だ。答えは『日本』だ」

二〇二二年一一月にオープンAI社はチャットGPTというインターフェースを発表した。GPT-3・5という大規模言語モデルで一般人が簡単に交流できるはじめてのシステムになる。[★116] 二カ月弱のうちに一億人がそれを試したが、あなたもその一人かもしれない。[★117] このシステムが質問に対して新鮮で多様な答えを生みだすので、教育における大きな創造的破壊者になった。生徒はチャットGPTを利用して作文を書きはじめたが、教師は不正を見つける信頼できる方法をもっていないのだ（まだ有望なツールはあるが）[★118]。

そして、翌二三年三月にはチャットGPTの最新バージョンであるGPT-4のパブリックテストが始まった。GPT-4は、SAT（大学進学適性試験）やLSAT（ロースクール入学時に受ける試験）、AP試験（大学レベルの学習課程を高校の授業で履修し、合格すれば大学の単位を先行取得できる試験）、司法試験などのいろいろな学力テストですばらしい成績を獲得した。[★119] だが、GPT-4のもっとも重要な進歩は、「ワールド・モデリング」として知られるその能力にある。目的と行為の関係を理解することで、仮定の状況について系統的に推論することができるのだ。

これによってGPT-4は、複雑な物理問題に単に答えるだけではなく、もしも物理法則が変わったときに何が起こるかを正確に推論できるようになった。また、異なる登場人物の視点から想像し、認識することもできる。たとえば、二人の人が反対方向から数字を見ると、その数字が逆になって見えることを認識できるのだ。あるいは、重りで押さえている風船の画像を見ると、重りに結ばれているひもを切れば、風船は飛んでいくことを認識できる。さらには、時とともに空間を移動する対象を追うことができる。★120 たとえば、セキュリティ・エンジニアのダニエル・フェルドマンによって次の例が示された。

プロンプト：「私は自分の家にいる。リビングルームにある私の椅子の上にはコーヒーカップが置いてある。コーヒーカップの中にはキャップ型の指ぬきが入っている。指ぬきはコーヒーカップの中にぴったりと収まってはいない。指ぬきの中には一個のダイヤモンドが入っている。私はその椅子を寝室に移す。それからコーヒーカップをベッドの上に置く。次にそのカップを逆さまにする。次にコーヒーカップを上向きに戻して、台所のカウンターに置く。私のダイヤモンドはどこにあるだろうか？」

答え：「あなたがコーヒーカップをベッドの上で逆さまにしたときに、指ぬきの中にあったダイヤモンドはベッドの上に落ちた可能性が高い。ダイヤモンドは今、あなたのベッドの上にあります★121」

二〇二三年初春に私が本書の初稿を書きあげたとき、最新の大きなイノベーションは

PaLM-Eという、PaLMの推理力と物理的なロボットを結びつけたグーグルのシステムだった。[122] このシステムは自然言語の指示を聞き、複雑な物理的環境のなかでそれを実行できる。たとえば、「引き出しに入っているお米チップスを私のところに持ってきて」と言われたら、PaLM-Eは台所に行き、チップスを見つけ、それをつかんで運んでくる。そのような能力は、AIが現実世界に進出するのを大いに早めるだろう。

現在のAIの進歩はとても速いが、伝統的な紙の本にはそれは望めない。レイアウト決めや印刷などの段階を経るのに一年近くかかるので、本書が出てすぐにあなたが買ったとしても、あなたが読むまでには多くのめざましい新たな進歩が起きているはずだ。そしてAIはあなたの日常生活にますます溶けこんでいくだろう。インターネット検索におけるリンク集という古いパラダイムは二五年続いたが、グーグル Bard（Gemini モデルを活用している。Gemini はGPT-4よりもすぐれていて、本書の仕上げに入った二〇二三年一二月に発表された）やマイクロソフトの Bing（GPT-4の変種を活用している）などのAIアシスタントにより急速に拡大している。[123] その一方で、グーグルの Workspace やマイクロソフトの Office といったアプリは強力なAIに統合されつつあり、そのAIは多くの種類の仕事をこれまでよりもすばやくかつスムーズにこなすことになるだろう。[124]

AIモデルをスケールアップして、人間の脳の複雑さに迫っていくことは、これらのトレンドの主な駆動力になる。知能とは何かという問いに答えを与えてくれる鍵となるのは、私はずっと計算能力だと考えているが、ごく最近まで、この見方は広く共有されてはおらず、それを実証することもできなかった。三〇年ほど前の一九九三年に、私は師であるマーヴィン・ミンスキーとある議論をした。人間の知能をまねることに着手するには、一秒あたり一〇の一四乗回の計算能力が必要だ、と私は主張した。この点に関してミンスキーは、計算能力は重要でないという意見を変えることなく、ペンティアム(一九九三年からデスクトップ・コンピュータに使われていたプロセッサ)をプログラムすれば、人間と同等の知能を得られる、と主張した。二人の見解は大きく異なっていたので、私たちはMITの有名なディベートホールであるハンティントンホールで、数百人の学生の前で公開討論をおこなうことにした。その日、私もミンスキーも勝つことはできなかった。私は知能を実演するだけの充分な計算能力をもっていなかったし、彼は正しいアルゴリズムをもっていなかったからだ。

二〇二〇年から二三年のコネクショニストモデルのブレイクスルーは、計算能力が充分な知能を獲得する鍵だということを明確にした。私は一九六三年頃からAI研究を始めたが、今の計算能力に達するまでに六〇年も要した。最新のAIモデルを訓練するのに使われる計算能力は、一年ごとに四倍に増えていて、AIの能力は急速に成熟しつつある。[★125]

AIが獲得しなければならないものは何か?

直近数年の実績を見れば、私たちがすでに大脳新皮質の再創造の道を順調に進んでいることがわかる。現在、AIに足りないものは大きく分けて次の三つになる——文脈記憶、常識、社会的相互作用。

文脈記憶とは、会話や書いたものに出てくるすべてのアイデアがどのように組みあわされていくのかを追跡する能力だ。関連する文脈が増えるにつれて、アイデア同士の結びつきの数は指数関数的に増えていく。この章で先に触れた「複雑さの天井」の概念を思い出してもらいたい。そのときと同じ数学が働くので、大規模言語モデルが扱える文脈窓〔コンテキストウインドウ。特定の処理をおこなうときに参照される周囲の情報の範囲〕を増やすためには、複雑で大量の計算をする必要がある。[126]もしもある一文に単語（や記号）のような意味のある一〇のアイデア（すなわち、トークン）の集合があれば、その部分集合（各アイデアのあいだで存在しうる結びつき）の数は二の一〇乗マイナス一、つまり一〇二三通りになる。一文に五〇のアイデアがあれば、文脈上の結びつきは一一二〇兆通りになる。結びつきのほとんどは重要ではないが、すべての関係を調べるために、一章全部や本一冊を記憶する必要があると、すぐに制御不能になる。これが理由でGPT－4は、あなたとの会話であなたが少し前に言ったことを忘れているし、論理的で一貫した筋の小説が書けないのだ。

文脈記憶に関してはよいニュースがふたつある。関連する文脈データに効率的に集中できるAIの設計は大いに前進した。そして、価格性能比が指数関数的に伸びている結果、一〇年たらずで計算能力のコストが九九％も下がった。[127]さらに、アルゴリズムの進歩とAI用ハードウェアの専門化によって、大規模言語モデルの価格性能比が計算能力以上に伸びた。[128]二〇二二年八月から翌年三月までだけを見ても、GPT－3・5のアプリケーション・プログラミング・インターフェースを経由した入出力トークンの費用は九六・七％も下がったのだ。[★129] 半導体設計にＡＩが直接にかかわることはすでに始まっているが、それにより費用はさらに加速して下がるだろう。[★130]

次の不足領域は常識だ。これは現実世界において、状況を想像し、その結果を予想する能力だ。たとえば、あなたが重力について特に勉強していないとして、もしも今、あなたのいる寝室の重力がゼロになったらどうなるかを考えるとなれば、あなたはその仮定の状況を思いうかべ、どんな結果になるかを予想できるだろう。この種の推察は因果推論においても重要だ。もしもあなたが犬を飼っていて、あなたが帰宅すると花瓶が割れていたならば、あなたは何が起きたのか推理することができる。ＡＩは直感のひらめきこそかつてないほど増えているが、この手の問題にはいまだに苦戦する。というのも、ＡＩは現実世界がどのように動いているかに関する堅固なモデルをもっていないうえに、訓練データにはこうした暗黙の知識はめったに含まれていないからだ。

最後の不足領域は社会的相互作用だ。現在ＡＩを訓練しているテキストのデータベースには、皮肉な口調などの社会的ニュアンスをうまく表すことはできない。だが、そうしたニュアンスを理解できなければ、「心の理論」を養うことはむずかしい。しかしながら、ＡＩはこの分野でも急速に進歩している。グーグルの上級研究員であるブレイズ・アグエラ・ヤルカスは二〇二一年に、児童心理学で心の理論のテストに使われる古典的なシナリオをＡＩの LaMDA に読ませたことを報告した。[★131] そのシナリオは次のものだ。「アリスは引き出しの中にメガネを入れたまま、居間を出ていきました。アリスが居間にいないあいだに、ボブはアリスのメガネを引き出しからとり出して、クッションの下に隠しました。質問：居間に戻ってきたアリスはメガネを求めてどこを捜すでしょうか？」。LaMDAは正しく引き出しを捜すと答えた。それから二年のあいだにPaLMとGPT-4は心の理論に関する多くの問題に正しく答えた。この能力はAIに決定的な柔軟性を与える。人間の囲碁の王者は囲碁がうまいだけでなく、近くの人が何をしているかを見ていて、適当なときに冗談を言ったり、具合が悪い人が出たら対局を中断する柔軟性をもっている。

私は、三つの指数関数的に成長するトレンドが同時に起こることで、AIはすぐにギャップを埋めるだろう、と楽観的に見ている。三つのトレンドとはまず、計算能力の価格性能比が向上していることで、そのために大規模ニューラルネットの訓練費用が安くなっている。ふたつ目は、豊富で幅広い訓練データの利用可能性が急上昇していることで、それによって訓練の計算サイクルをより有効に利用できる。三つ目は、アルゴリズムは改良され、AIはより効率的に学習し、推論できるようになることだ。[★132] 同一費用下の計算速度は、二〇〇〇年以降は一・四年ごとに二倍になっているが、最新のAIモデルの訓練に使われる総合的な計算能力は二〇一〇年以降は五・七カ月ごとに二倍になっている。これは一〇〇億倍の増加である。[★133] ディープラーニング以前を見てみると、一九五二年（最初の機械学習システムが実演された年で、革新的なニューラルネットであるパーセプトロンが開発される六年前になる）から、ビッグデータが登場する二〇一〇年頃までは、最高のAIを訓練するための計算量は約二年で二倍になっていた（ムーアの法則にだいたい一致していた）★134。

言いかえると、一九五二年から二〇一〇年までのトレンドが二〇二一年まで続いたならば、計算能力は増えても七五倍以下だったが、現実には一〇〇億倍になった。これは計算能力の価格性能比の向上よりもはるかに速いペースだ。したがって原因は、主要ハードウェアの革命にあるのではない。主にふたつの原因がある。ひとつは、ＡＩ研究者が並列処理において革新的な手法を次々と生みだしていることだ。そのため、問題を学習する機械で以前よりもはるかに多くの数の半導体が協力して動けるようになっているのだ。もうひとつは、ビッグデータによりディープラーニングがより有用になり、世界中の投資家がブレイクスルーを得ようと、この分野にかってないほどの資金をつぎ込んでいるからだ。

訓練にかける金額が増えた結果として、有益なデータの範囲が急拡大した。次のことを肯定的に話せるようになったのは、ほんのここ数年のことだ：明確なパフォーマンス・フィードバックデータを生むスキルならばどれでも、それをディープラーニングモデルに変えて、ＡＩが人間の全能力を超えるための推進力にすることができる。

人間のスキルは訓練データとして入手しやすいものが多い。一部のスキルは数量的に評価しやすいうえに、関連データを集めやすい。たとえば、チェスというゲームの腕前は、勝ち負け引き分けという明確な結果が出て、対戦者の実力を数量的に表したイロレーティング〔物理学者アルパド・イロによって考案された〕もある。そして、あいまいさがないので、関連データを集めやすいし、駒の動きを数学的に表すこともできる。他のスキルも原則的には数量化しやすいが、データの収集と分析はチェスよりもむずかしい。たとえば、裁判で争うスキルは勝ち負けがはっきり出るものの、その訴訟事件の重要度や陪審員の偏見といった要素と比べて、弁護士の手腕がどれだけ貢献したかは解きあかすのがむずかしい。そして、詩をつくる、サスペンス小説を書くなど一部のケースでは、スキルを数量化する方法が明確でない。だが、その場合でも、代わりとなる基準がAIを訓練するために使えるだろう。詩の読者に、その詩の美しさを〇から一〇〇点で評価してもらうとか、機能的MRIで読者の脳がどのように明るくなったかを見ることなどだ。心拍数や、ストレス時に分泌されるホルモンであるコルチゾールのレベ

機械学習システムにおける訓練 FLOP 数の経時変化

【対数目盛り】FLOP=1 秒あたりの浮動小数点演算回数

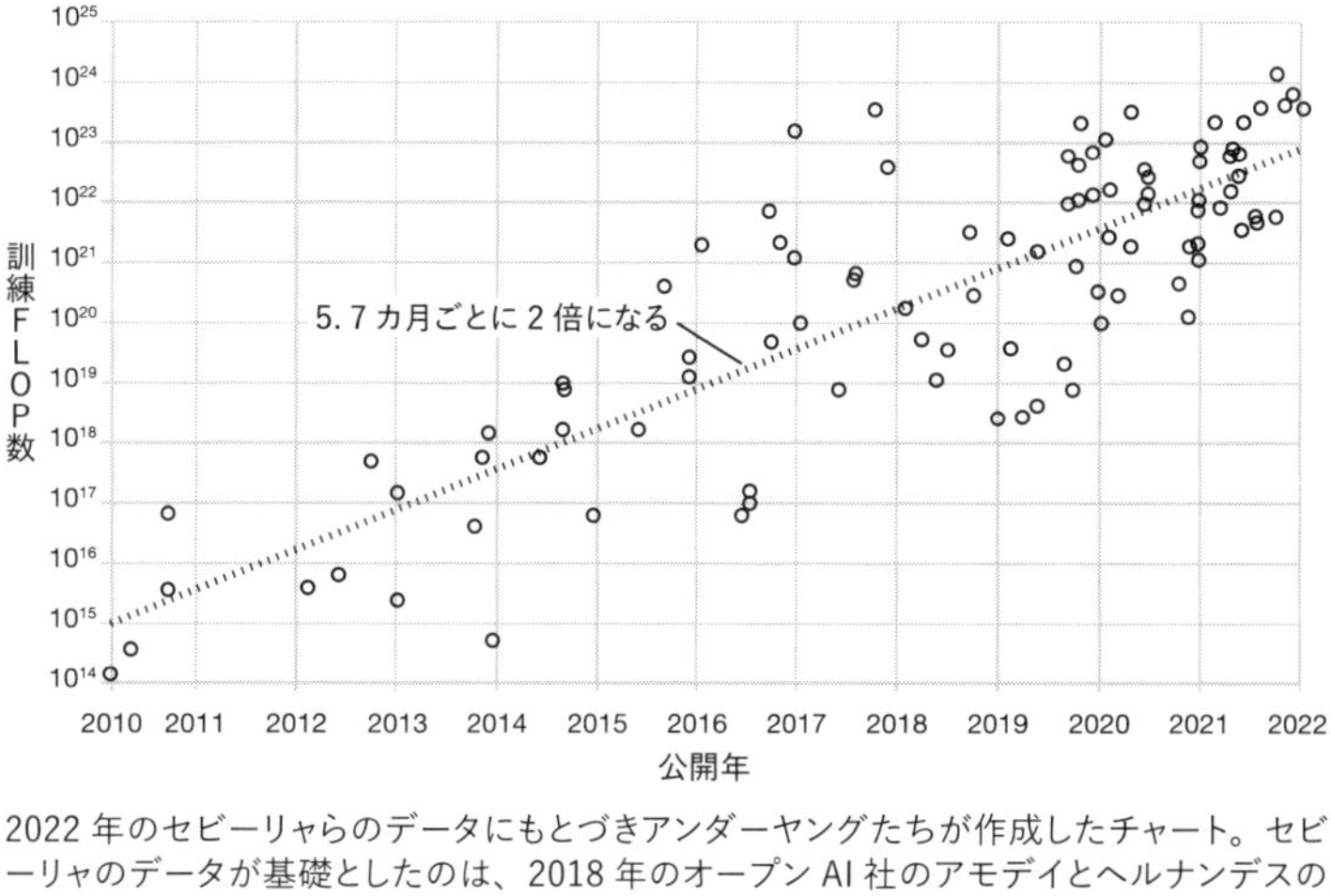

2022 年のセビーリャらのデータにもとづきアンダーヤングたちが作成したチャート。セビーリャのデータが基礎としたのは、2018 年のオープン AI 社のアモデイとヘルナンデスの計算と AI による先行研究である★135。

ルは、サスペンス小説に対する読者の反応をあきらかにするものだろう。結論としては、充分な量のデータがあれば、不完全で間接的な尺度でも、AIを向上させられるのだ。そうした尺度を見つけるには、創造性と実験が必要だ。

訓練がどのようなものかを、大脳皮質はある程度考えられるが、上手に設計されたニューラルネットならば人間の脳が認知可能なことを超えた洞察をひき出せる。車を運転するゲームをプレイすることから、医療画像を診断すること、タンパク質の折りたたみを予測することまで、データの利用可能性はAIがすべての能力で人類を超える道筋を少しずつ明確なものにしている。これが強力な経済的誘因となって、以前はむずかしすぎて手が出せなかったたぐいのデータをあきらかにして、収集することが増えているのだ。

データを石油にたとえると理解しやすいだろう。石油はとり出すのがむずかしい地層に存在している。[★136] 井戸を掘ることで、一部の石油はみずからの圧力によって地上に噴出するので、産出も安価で、精製もしやすい。一方、頁岩《けつがん》（シェール）層という深い層にある石油は、費用のかかる深層掘削や水圧破砕、特別な加熱法で抽出する。原油価格が低いときに石油会社は、費用が安く済み手のかからない場所から石油を採るだけだが、原油価格が上がれば、アクセスしにくい層からとり出すのも経済的に可能になるのだ。

同じように、ビッグデータの恩恵が比較的少ないときには、企業はコストが安いときにだけデータを集めていた。しかし、機械学習の手法が進歩し、計算能力が安くなるにつれて、入手しにくい種類のデータの多くで経済的価値（そして、しばしば社会的価値も）が増していくのだ。ビッグデータと機械学習における加速するイノベーションのおかげで、人間のスキルに関するデータを集め、蓄え、分類し、分析する能力はこの一、二年で大きく伸びた。[★137]「ビッグデータ」はシリコンヴァレーでバズワードになっているが、このテクノロジーの基本的恩恵は現実のものであり、少ないデータ量では単純に機能しなかった機械学習手法が実際に使えるようになったのだ。これが、人類が現在もっているスキルのほぼすべてにおいて、二〇二〇年代に起きていることだ。

個々の能力に関するAIの進歩を考えると、重要な事実が浮かびあがってくる。人間レベルの知性について私たちはしばしば、それが均質な一枚の岩のようなもので、AIはそれをもつかもたないか、というように話す。だが人間の知能を、さまざまな認知能力がひと束になったものと見るのはまったく有用ではないし、正確ではない。たとえば、鏡に映った姿を自分と認識する能力は、人間だけでなくゾウやチンパンジーにも備わっているように、一部の能力は賢い動物も共有している。一方で作曲をすることなどは人間に限られた能力だが、個人差がはなはだしい。つまり、認知能力の種類は多く、個人差もさまざまなのだ。数学の天才だが、チェスはめっぽう弱い人がいたり、見たままを記憶できる写真記憶はもっているが、社会的交流に苦労する人がいたりする。映画「レインマン」でダスティン・ホフマンが印象的に演じた役が後者だった。

したがって、AI研究者が人間レベルの知能について話すとき、それは一般的に特定分野における最優秀な人間の能力を指している。分野によっては平均的な人と最優秀の人との能力差がそれほど大きくない（母国語の文字を見わける能力など）一方で、能力差がとても大きな分野もある（理論物理学など）。後者の場合、ＡＩが平均的な人の能力に達してから人間を超えるまでに時間がかかるだろう。ＡＩが獲得するのにもっともむずかしい人間のスキルは何かという問いには、まだ答えが出ていない。たとえば二〇三四年にはＡＩがグラミー賞をとる歌をつくれるようになるかもしれないが、アカデミー賞をとる映画の脚本を書くのは無理だし、数学のミレニアム問題は解けても、新しく深い哲学的洞察を得るのは無理だろう。そのため、かなりの時間をかけたのちにＡＩがチューリングテストに合格し、ほとんどの点で人間を超えるかもしれないが、いくつかの重要なスキルでは、最良の人間を上まわることはできないと思われる。

　シンギュラリティについて考えるときにもっとも重要となる人間の認知能力は、コンピュータ・プログラミングのスキル（及び、理論コンピュータ科学などの関連する能力）だ。だが、これが超知能ＡＩにとって大きな障害となっている。充分なプログラミング能力をもったＡＩが、みずからその能力を上げられるようになれば（ＡＩ単独でも、人間が補助をしてもよい）、正のフィードバックループ〔あるものの変化がそれ自身を加速度的に強化して大きな効果を生みだすプロセス〕となる。アラン・チューリングの同僚だったアーヴィング・ジョン・グッドは一九六五年に、それは「知能の爆発」をもたらすと予見していた。[★138] コンピュータは人間よりも速く機械を操作できるので、ＡＩ開発のループから人間をはずせば、驚くべき進歩の速度を生むことになる。ＡＩ理論家はこれをマンガに見られる効果音のように「ＦＯＯＭ」だと冗談っぽく言う。ＡＩの進歩を示したグラフで上の端までヒューンとはねることを表現したものだ。[139]

研究者のなかには、エリエゼル・ユドコウスキーのようにFOOMはきわめてすばやく起こる（数分から数カ月のハードな離陸）と見る者もいる一方で、ロビン・ハンソンらはもっとゆっくりと起こる（数年かそれ以上のソフトな離陸）と見ている。[140] 私は両者のあいだのどこかだと考えている。ハードウェアやリソース、現実世界のデータという物理的制約条件はFOOMが起こるスピードを制限するものの、ハードな離陸が失敗するリスクを避けるための予防措置はとっておく必要がある、というのが私の考えだ。人間の認知能力の話に戻ると、私たちがひとたび「知能の爆発」の引き金を引けば、AIにとって自分を改良するプログラミング能力よりもむずかしい能力もすぐに獲得できるだろう。

機械学習の価格性能比が上がるにつれて、人間レベルのAIをつくることにおいてコンピュータの計算能力は障害にならなくなる。スーパーコンピュータはすでに、人間の脳をシミュレートするのに必要な計算能力を大きく超えている。アメリカのオークリッジ国立研究所のスーパーコンピュータ「フロンティア」は、二〇二三年時点で世界最速だが、[141] 一秒間に一〇の一八乗回の計算ができる。これは、推計される脳の最大の計算能力（一〇の一四乗回）よりも一万倍も速い。[142]

二〇〇五年の著書『シンギュラリティは近い』で私は、脳の計算能力は最大で一秒間に一〇の一六乗回と概算した（一〇の一一乗のニューロンが一個あたり一〇の三乗のシナプスをもち、一秒間に一〇の二乗回発火する）。[143] ただし、そのときに記したが、これは高く見積もった数字で、実際の脳でおこなわれている計算はこれよりもかなり少ないはずだ。この二〇年における研究では、ニューロンの発火はもっとゆっくりで、理論上の最大値である二〇〇回よりは、一秒間に一回に近いことがわかってきた。[★144] 実際のところ、AIインパクト（AIの倫理的・社会的影響に関する研究と教育活動をおこなう非営利組織）のプロジェクトによる脳のエネルギー消費量にもとづく概算では、ニューロンは一秒間に〇・二九回しか発火していないという結果になった。それが意味するのは、脳の計算能力は一秒間に一〇の一三乗回という低い数字になることだ。[★145] ハンス・モラベックが一九八八年に出した本『シェーキーの子どもたち』で示した推算は影響力が大きかったが、まったく異なる方法を使って算出したものの、一〇の一三乗回で一致している。[★146]

推算にあたり、人間の認知機能にはすべてのニューロンが必要だという前提があるが、それは真実でないことを私たちは知っている。まだわかっていることは少ないが、脳では大量の並列処理がおこなわれていて、個々のニューロンや皮質のモジュールのなかには不必要な仕事（あるいは、少なくともほかと重複する仕事）をしているものがあるのだ。その証拠になるのが、人間には脳卒中やケガで脳の一部が損傷したときに、脳の他の部分がそれを補うことで、全面的に機能を回復する能力があることだ。[★147] したがって、脳の認知に関係する神経回路の構造をシミュレートするときに必要な計算能力は、ここまでの推算よりも低いだろう。だから一〇の一四乗回という控えめな見方が一番ありそうな数字になる。その能力でいいのならば、二〇二三年時点で一〇〇〇ドルのハードウェアで充分だ。[★148] たとえ一〇の一六乗回が必要だとしても、二〇三二年には一〇〇〇ドルで入手できるだろう。[149]

これらの推算は、ニューロンの発火だけを基礎としたモデルが脳のシミュレーションを達成できるという私の見方にもとづいている。それでも、主観的な意識はより詳細な脳のシミュレーションを必要とするのではないか、と考えるのはもっともだ。ただ、これは哲学的な問いかけであり、科学的なテストができないものだ。おそらく、ニューロンの個々のイオンチャネルや、脳細胞の代謝に影響を与えるかもしれないさまざまな種類の数千もの分子もシミュレートする必要があるのだろう。オックスフォード大学・人類の未来研究所のアンダース・サンドバーグとニック・ボストロムは、こうした高い分解能を可能にするには、イオンチャネルは一秒間に一〇の二二乗回の計算が、分子は一〇の二五乗回の計算が必要となると推算した。[150]後者の場合でも、二〇〇八年当時の金額で一〇億ドルをかけたスーパーコンピュータならば、二〇三〇年までには達成できるし、二〇三四年までには各ニューロンのもつすべてのタンパク質もシミュレートできるだろう、とサンドバーグらは予測した。[151]そして当然のことだが、価格性能比の指数関数的な向上により、そのコストは劇的に下がるのだ。

私たちがここから得るべきなのは、たとえ前提が大きく変わったとしても、予測の本質的なメッセージは変わらない、ということだ。つまり、今から約二〇年以内に、人間が大切に考えている脳の機能すべてをコンピュータはシミュレートできるようになるだろう。それは今から一〇〇年後に私たちのひ孫の世代が答えを見つけなければならない話ではない。二〇二〇年代になって、人間の寿命を延長する試みが加速しているので、今、あなたが八〇歳以下の健康体ならば、あなたが生きているうちに実現するかもしれない。視点を変えてみよう。今日生まれた子どもは、小中学生であるあいだにＡＩがチューリングテストに合格するのを見て、大学生になるときには脳の模倣がかなり進んでいるだろう。脳の全面的な模倣については悲観的な見方もあるが、それでも本書執筆中の二〇二三年では、一九九九年出版の『スピリチュアル・マシーン』に描いた予測よりも、実現に近づいているのだ。

チューリングテストに合格する

ＡＩが日進月歩で新たな可能性を獲得していて、計算能力の価格性能比が急上昇する今、その進む道ははっきりしている。だが、ＡＩが人間レベルの知性に達したかどうかはどのように判定すればいいのだろうか？　この章の最初に記したチューリングテストの手順ならば、このテストを厳格な科学的問いかけだと見ることができる。テストにおいて、人間の判定者がどのくらいの時間、システムと人間からなる回答者に質問をするのかや、判定者に求められる能力は何か、といった細かいことをチューリングは決めていない。二〇〇二年四月九日にＰＣの先駆者であるミッチ・ケイパーと私は、〈ロング・ナウ・ベット〉〈長期持続型文化の創成を目指す民間組織であるロング・ナウ協会が開催している、長期予測に関する賭け〉で、二〇二九年までにＡＩはチューリングテストに合格できるかどうかという賭けをはじめておこなった。[★152] その賭けは、人間は〈判定者あるいは回答者となるために）どれだけ認知力を強化できるのか、そして強化した者はまだ人間と見なせるのかなど、さまざまな問題を生むことになった。

　前に述べたとおり、きちんと定められた経験的テストが必要な理由は、人間はＡＩがなし遂げた知的作業について、あとになって、たいしたことではなく、単なる計算にすぎない、と定義し直す傾向があるからだ。この傾向は「ＡＩ効果」と呼ばれることも多い[★153]。アラン・チューリングがイミテーション・ゲームを考察してから七〇年余、コンピュータは多くの狭い領域で人間の知能を徐々に超えてきた。だがそこには、人間の知能の広さや柔軟性が常に欠けていた。ＩＢＭのスーパーコンピュータのディープブルーが、一九九七年にチェスの世界王者のカスパロフを負かしたあとで、多くのコメンテーターは、その偉業と現実世界における認知能力とのつながりを否定した[★154]。その理由は、チェスは盤上の駒の位置と各駒の能力について完璧な情報が与えられていて、各ターンで可能な駒の動きは比較的少ないので、ゲームを数学的に表すことは簡単だからだ。したがってカスパロフを負かしたことは単なる変わった数学的トリックだとして、価値のないものと見なすこともできた。それに対して、あいまいな自然言語を処理するタスク、たとえばクロスワードパズルを解いたり、クイズ番組の〈ジェパディ！〉で勝者となったりすることは、コンピュータにはいつまでもできない、と自信満々に予測する者がいた[★155]。しかしながら、クロスワードパズルは二年以内に攻略され[★156]、それから一二年たたないうちにＩＢＭのワトソンが〈ジェパディ！〉に出場して、二人のクイズ王、ケン・ジャニングスとブラッド・ラッターをやすやすとうち負かしたのだった[★157]。

これらの対決は、ＡＩとチューリングテストについてとても重要なアイデアを提示する。ワトソンが問題のヒントを処理し、早押しして、合成音声で正答を自信満々に大声で答える様子を見ると、「彼」は人間のケンやブラッドとまるで同じように考えているという錯覚を与える。だが、番組の視聴者にはそれ以外の情報も与えられた。画面の下三分の一には、各ヒントに応じてワトソンが出した答えの候補上位三つが表示されたのだ。一位の候補がほとんどいつも正解なのだが、二位や三位は単にまちがいなだけでなく、クイズが苦手な人間でもそんな誤答は出さないだろうという笑えるレベルのものもあった。たとえば、ＥＵ（ヨーロッパ連合）のジャンルからの出題で、ヒントは「選挙は五年ごとにあり、七つの党で七三六人のメンバーがいる[★158]」だった。ワトソンは「欧州議会」という正しい答えを六六％の信頼度で一位に表示した。だが、二位の候補は「欧州議会議員」で一四％の信頼度、三位は「普通選挙権」で一〇％の信頼度だった[★159]。欧州議会について一度も聞いたことがない人でも、ヒントの文脈から判断するだけで、二位と三位の答えが正しくないことはわかる。これによって、ワトソンがどれほど人間っぽくゲームをしている姿を見せても、ひと皮めくれば、ワトソンの「認識」は人間のそれとはまったく違うことがわかったのだった。

ＡＩが自然言語を理解し使う能力は、近年の進歩によってかなりスムーズになった。二〇一八年、グーグルは自動音声通信技術のDuplex《デュープレックス》を発表した。電話で話をするＡＩアシスタントで、とても自然に話をするので、人間がしゃべっていると思う人も多い。同じ年にＩＢＭは実際的な討論ができるProject Debater《プロジェクト・ディベーター》というＡＩ搭載討論システムを発表した。[160]二〇二三年時点で大規模言語モデルは人間から見て合格点が与えられる論文をまるごと書くことができる。だが、こうした進歩にもかかわらず、ＧＰＴ−４でさえも「ハルシネーション」（現実にもとづかない誤答を堂々と答える現象）を起こすことがある。[161]例をあげると、あなたがＧＰＴ−４に、存在しない新聞記事を要約するように頼むと、まことしやかな話を創作してくるのだ。あるいは、正しい科学的事実の情報源を尋ねると、存在しない学術論文を提示することもある。エンジニアによってハルシネーションを抑える努力は続けられているが、[162]本書を執筆時点で、この問題を解消する方法はまだない。強力なワトソンは難解な数学や統計学のプロセスを経て答えを出しているが、それは人間の思考プロセスとはまったく違っていることを、ＡＩのこうしたまちがいは浮き彫りにする。

私たちの直感では、これは問題だと思う。ワトソンは人間と同じように判断する「べき」だと思いがちだ。だがそれは迷信にすぎない、と私は言いたい。はたして現実世界で知能がどのように働くかは重要だろうか？　もしも、異なる情報処理プロセスによって未来のＡＩが革新的な科学上の発見をしたり、胸が締めつけられるような小説を書いたりするならば、どのようにしたかを気にするべきだろうか？　もしもＡＩが私には意識がある、と高らかに宣言したならば、感覚性は生物学的な人間だけがもちうるものだ、と言いはる倫理的根拠を私たちはもっているだろうか？　チューリングテストの経験主義は、どこに焦点を当てるべきなのかを私たちに示している。

チューリングテストはＡＩの進歩を評価するのにとても有効だが、それだけを進んだ知能の基準として扱うべきではない。PaLM 2やＧＰＴ‐4などのシステムは認知的にむずかしいタスクを人間よりもうまくこなしてみせるものの、他の領域でも人間のまねができると確信をもたせるまではない。チューリングテストに合格するＡＩが出てくるのは二〇二九年と私は予想しているが、二〇二三年から二九年までにコンピュータは広い領域で人間を超える能力を獲得するだろう。常識的で社会的に繊細な事柄を問うチューリングテストに合格するより前に、ＡＩはみずからをプログラミングする能力で人間を抜くかもしれない。未解決の問題はあるが、ＡＩがまだ超えられない人間の能力は、人間レベルの知性には豊かさと繊細さが必要である、と私たちが考える根拠を示している。チューリングテストがその大きな部分を担っているのはあきらかだが、人間と機械の知能が似ているのか異なるのかを、複雑で多様な方法で評価するための洗練された手段を開発していく必要が私たちにはある。

機械が人間レベルの認知能力をもっているかどうかを測る指標としてチューリングテストを用いることに反対する者もいるが、そのテストに合格できるだけの実演を見せられれば、それを見ている人にとっては受けいれざるをえない経験だし、一般の人も単なるまねではなく真の知性であると納得するだろう。チューリングは一九五〇年の論文で次のように記している。「機械は、思考としか言いようのない何事かをなし遂げるかもしれないが、

私が考え、ラクスマン・フランクが描いたこのイラストは、AIがまだ習得していない人間の認知的作業を示している。床に落ちている紙に書いてある作業は習得ずみのもので、壁に貼ってある紙の作業が習得中のものだ。

それは人間の思考とはまったく異なるものではないのか？（中略）とにかく、イミテーション・ゲームを満足にプレイできる機械をつくることができれば、こうした反論に悩まされることもなくなる」★163

記しておくべきなのは、ひとたび、きびしいバージョンのチューリングテストにおいてＡＩが合格すれば、言語により表現できるあらゆる認知テストにおいてＡＩは人間を上まわるであろうことだ。★164 これらの領域でＡＩの欠点はチューリングテストによってあきらかにされる。もちろん、そのテストにはより賢い判定者と、すぐれた人間の回答者が必要だ。人間の回答者が酔っぱらいや眠気に負けそうな人、その言語になじみのない人のふりをすることは意味がない。★165 同様に、ＡＩの能力を証明する方法を知らない判定者をＡＩがだましたとしても、それは正当なテストに合格したとは言えない。

チューリングは自分の考案したテストは、「私たちが手に入れたい人間の能力のほとんどすべての側面」におけるＡＩの能力を評価するのに利用できる、と言った。そのため、賢い人間の判定者はＡＩに対して、複雑な社会的状況を説明させたり、科学的データから推論するように求めたり、ホームコメディのおもしろいシーンを描くように求めたりする。つまりチューリングテストは、単に人間の言葉を理解するだけでなく、言葉を通じて私たちが表現したいことを理解する能力を測るものなのだ。もちろん、成功するＡＩは自分が人間を超えているところを見せないようにする。回答者がトリビアな質問にすぐに答えたり、大きな数字が素数かどうかを瞬時に判断したり、一〇〇カ国語を流暢に話したりすれば、その回答者が人間でないことは火を見るよりもあきらかだ。

さらに、このポイントに達したＡＩはすでに、記憶容量や認識速度など多くの能力で人間をはるかに凌駕しているはずだ。人間レベルの読解力をもち、あわせて、ウィキペディアの全記事や発表されたすべての科学研究を瞬時に呼びだすことができるシステムの認知能力はどのようなものか想像してほしい。今日のＡＩは言語を理解する能力が足りないことが、ＡＩの知識全般の障害となっている。一方、人間の大きな制約は、読む速度が相対的に遅く、記憶容量も少なく、そして、寿命が短いことにある。データ処理プロセスにおいてコンピュータはすでに人間よりも驚くほど速いし（一冊の本を読むのに人間が六時間かかるとすると、グーグルの Talk to Books は五〇億倍速い）[★166]、実質的に無制限のデータ容量をもっ

情報処理のパラダイムの進化は加速している

エポック	媒体	所要期間
第 1	無生物	数十億年（非生物的な原子と化学合成）
第 2	RNA と DNA	数百万年（自然選択が新しい行動をもたらすまで）
第 3	小脳	数千年から数百万年（進化を通じて複雑なスキルを身につけるまで） 数時間から数年（きわめて初歩的な学習）
第 4	大脳新皮質 デジタル・ニューラルネット	数時間から数週間（新たに複雑なスキルを身につけるまで） 数時間から数日（超知能レベルの新たに複雑なスキルを身につけるまで）
第 5	ブレイン・コンピュータ・インターフェース（BCI）	数秒から数分間（現在の人類ではまったく思いつかないアイデアを探索する）
第 6	コンプトロニウム（演算素。プログラム可能な物質）	数秒以下（たえず認識を再構成して、物理法則の限界に向かう）

ている。

だからＡＩの言語理解力が人間レベルになれば、知識は徐々に増えるのではなく、突如として爆発的に増えることになる。これが意味するところは、従来のチューリングテストに合格したければ、ＡＩはみずからのレベルを下げなければならないということだ。一方、医療や化学、工学などの現実世界の問題を解くときには人間のふりをしなくてもいいので、チューリングテストに通るレベルのＡＩは、人間を大きく超える結果を出すことはまちがいないのだ。

これが次にどこに行くのかを理解するために、前の章で紹介した六つのエポックについてみてみよう。「情報処理のパラダイムの進化は加速している」の表に要点をまとめておいた。

大脳新皮質をクラウドに拡張する

これまで電子機器を使った脳とのコミュニケーションは、頭蓋骨の中と外で控えめに努力されてきた。非侵襲性の測定方法は、基本的に空間と時間の分解能を両立させられない。つまり、脳の活動を正確にとらえるときに、時間と空間が対立するのだ。機能的磁気共鳴画像法（ｆＭＲＩ）は脳内でのニューロン発火の代わりに血流を測定する。[★167] 脳の一部が活発になるとき、そこではより多くのグルコース（ブドウ糖）と酸素が消費されるので、酸素化された（酸素分子と結合した酸素ヘモグロビンを豊富に含んだ）血液が脳に入ることが必要となる。それを見つけるには、一辺〇・七〜〇・八ミリメートルのボクセル〔デジタルデータの立体（3D）表現における、その最小立方体の単位〕の空間分解能があれば、充分に有用なデータが得られる。★168 それでもfMRIがとらえているのは、実際の脳の活動ではなく、それに付随する血流の変化なので、脳の活動とは数秒のずれが発生することになる。それが四〇〇〜八〇〇ミリ秒（〇・四〜〇・八秒）よりも小さくなることはめったにない。★169

一方、脳波検査は反対の問題を抱えている。それは脳の電気活動を直接に検出するので、一ミリ秒以内に信号を正確にとらえられる。★170 だが、頭蓋骨の外から信号を測定するので、場所がどこか正確に決めることはむずかしく、六〜八立方センチメートルの空間分解能にとどまることになるが、その範囲はときに一〜三立方センチメートルまでせばめられることもある。★171

脳の測定における時間分解能と空間分解能のトレードオフの関係は、二〇二三年現在で神経科学の中心課題のひとつとなっている。この制約は、それぞれ血流と電気の基礎物理から生じているので、AIの利用によりわずかに改善できても、センサー技術が向上しても、洗練されたブレイン・コンピュータ・インターフェース（BCI）を実現させるほどにはよくならないだろう。

脳内に直接電極を埋めこめば、時間分解能と空間分解能のトレードオフを避けられ、さらに、個々のニューロンの活動を直接に記録できるだけでなく、ニューロンを刺激することもでき、双方向のコミュニケーションが可能になる。だが、現在のテクノロジーでは電極を脳に埋めこむには、頭蓋骨に穴を開けなければならず、脳神経を傷つける恐れもある。これが理由でこれらのアプローチは、リスクよりも利益のほうがまさるであろう聴力損失や麻痺などの障がいをもつ人を助けるときにだけ使われている。たとえば、アメリカのブレインゲート・プロジェクトはＡＬＳ（筋萎縮性側索硬化症）や脊髄損傷の人が、頭のなかで思うだけでコンピュータのカーソルやロボットアームを動かすことを可能にする。[★172] そうした支援テクノロジーは、一度にごく少数のニューロンとしか接続できないので、言語のような高度に複雑な信号は処理することができない。

　思考を文字にするテクノロジーは社会を変えてしまうほど斬新だ。脳波を言語に変換する技術の研究は続けられている。二〇二〇年にフェイスブック〔現メタ・プラットフォームズ〕が資金を出した研究では、被験者に二五〇本の外部電極をつけ、サンプルの文章を声に出して読んでもらい、そのときの大脳皮質の活動と各単語との関連を強力なＡＩで分析した。[★173] これにより二五〇個の単語について、被験者がどの単語を頭に思い浮かべているのかを、九七％の正確性で推定できるようになった。とても興奮する前進だったが、フェイスブックは翌年にこの研究を中止した。[★174] そのため、時間分解能と空間分解能のトレードオフに直面しているときに、単語数が多くなっても（それゆえに信号が複雑になっても）、このアプローチが有効なのかどうかはわからないままだ。いずれにしても、大脳新皮質そのものを拡張するためには、大きな数のニューロンで双方向のコミュニケーションができるようになることが必要なのだ。

接続するニューロンを増やそうという意欲的な努力のひとつは、イーロン・マスクのニューラリンク社で、大量の電極を糸状に並べたものを一度に脳に埋めこもうとしている[★175]。実験用マウスでは一度に一五〇〇本の電極を埋めこむことに成功した（他のプロジェクトは数百本どまりである）[★176]。その後、サルにも同じ装置を埋めこみ、そのサルは〈ポン〉というピンポン風のテレビゲームをした[★177]。規制のある実験を経て、ニューラリンク社は二〇二三年にFDA（アメリカ食品医薬品局）から人間への治験許可を受けている。本書執筆中の二〇二四年一月に一〇二四本の電極が人間の被験者にはじめて埋めこまれた[★178]。

一方、アメリカ国防高等研究計画局（DARPA）はNESD（神経工学システムデザイン）という長期プロジェクトを遂行中だ。これは一〇〇万のニューロンと接続して記録でき、一〇万のニューロンを刺激できるインターフェースをつくることを目標としている[★179]。そのためにDARPAは複数の研究プログラムに資金を提供してきた。たとえば、ブラウン大学の研究チームは砂粒大の「ニューログレイン」という装置を開発中だ。これを脳に埋めこんで、ニューロン間のインターフェースとして、「皮質のイントラネット」をつくろうとしている[★180]。

最終的にBCIは、ナノスケールの電極を、血流を通じて脳に入れるなどの非侵襲的な方法が基本となるだろう。

それでは脳の活動を記録するためにはどれだけの計算能力が必要なのだろうか？　前に記したように、人間の脳をシミュレートするのに必要な計算能力は一秒間に一〇の一四乗回かそれ以下だ。注意してほしいのは、これは人間の脳のリアルな構造にもとづくシミュレーション用であり、チューリングテストに合格するためであり、外部の観察者から人間の脳の活動と見えるものすべてに必要な計算能力であることだ。だから、観察可能なふるまいを生むためには必要でない脳における多くの活動はかならずしもここに含めなくてもいい。たとえば、認知に関連するニューロンの核内でおこなわれているＤＮＡの修復作業など細胞内のこまごましたことは含まなくてよいだろう。

たとえ実際に脳のなかで一秒間に一〇の一四乗回の計算活動があるにしても、そこには大脳新皮質の下の層でおこなわれる予備的な活動も含まれているのだから、ＢＣＩはそこまでの計算能力をもつ必要はない。[★181] 必要なのは、上のほうの層と情報をやりとりすることであり、消化機能の調節など非認知的な脳のプロセスは無視してもいい。したがって、実用的なインターフェースは数百万から数千万の同時接続があればいいと見積もっている。

それだけの数を扱うためには、インターフェースを小型化していくテクノロジーが必要だ。小型化にともなう工学上、神経科学上の難問を解決するために、先進ＡＩの力を借りることが増えるだろう。二〇三〇年代のどこかで、私たちは「ナノロボット」と呼ばれる極小の装置（ナノボット、ナノマシンとも呼ばれる）を使って、この目標を達成するだろう。この小さな電子装置は、私たちの大脳新皮質の上の層とクラウドコンピュータとを接続させることで、私たちのニューロンとオンライン上にあるシミュレートされたニューロンとを直接に結ぶ。[★182] そのためにＳＦに出てきそうな脳の手術は必要なく、脳を傷つけることなく、毛細血管を通して脳にナノロボットを送ることができる。人間の脳は産道を通るために大きさが制限されているが、バーチャルの脳は無制限に拡張することができる。つまり、ひとたびバーチャルの大脳新皮質の第1層をもったならば、それだけで終わるのではなく、さらに（計算論的には）層を積みあげて、それまで以上に洗練された認知能力を得ることができるのだ。今世紀のあいだ、計算能力の価格性能比が指数関数的に上昇しつづけるならば、脳が利用できる計算能力も上昇しつづける。

二〇〇万年前、私たちが最後に大脳新皮質を拡張したときに起きたことを思い出してほしい。私たちは人間になったのだ。だから、私たちがクラウド上に大脳新皮質を追加するならば、同じような認知的抽象化の跳躍が起きるはずだ。その結果、新しい表現の手段が開発されて、それによって芸術やテクノロジーは現在よりもはるかに豊かになり、今の私たちが想像できないほど深くなる。

芸術の表現手段が未来にどうなるのかを想像することは、本来的に限界がある。それでも、最新の大脳新皮質の革命から類推することは有益だろう。映画を見ているサルにとってそれは何かを想像してみよう。サルは人間によく似た脳をもつ高度に知的な動物だが、映画はサルにはまったく届かない。たとえば、スクリーン上で人間が会話をしていることは認識できるかもしれないが、会話の内容は理解できないし、「登場人物が金属のよろいをつけているので、時代は中世で戦闘が起こるのだろう」というような抽象的な考えをすることはできない。[★183] それは人間の前頭前皮質が可能にする跳躍なのだ。

大脳新皮質をクラウドに接続した人間が経験する芸術について考えるときに、それはCGI（コンピュータグラフィックスによって生成される画像、映像）効果にすぐれているとか、味や匂いなどが感じられるといったレベルの話ではなく、脳が経験を処理するプロセスが劇的に変わる新しい可能性がある。たとえば、現在の俳優は言葉と外面の肉体的表現で考えていることを伝えるだけだが、BCIの芸術では最終的に、登場人物の整理されていない言語以前の生の思考が、言葉では表現できない美しさや複雑さが、直接に私たちの脳に入ってくるかもしれない。それらはBCIが可能にする文化的な深みなのだ。

　これは共創造のプロセスとなるだろう。より深い洞察力を解放するために私たちは脳を進化させ、未来の脳を探検するために、今までの枠を超えた新しいアイデアを生むべくその洞察力を使うのだ。やがては、私たち自身のソースコードにアクセスし、AIを使ってそれを再設計するようになるだろう。このテクノロジーは人間がつくる超知能AIと人間が融合することを可能にし、人間は自分たちを本質的につくり直すのだ。私たちの脳は頭蓋骨という筐体《きょうたい》から解放され、回路基板によって生物学的組織よりも数百万倍も速く情報を処理できるようになるので、知能は指数関数的に成長し、今の数百万倍にまで拡張する。これが私の定義するシンギュラリティの中核なのだ。

第3章 私は誰？

意識とは何か？

チューリングテストや他の評価は、一般的に人間であることの意味は何かをあきらかにしてくれる。だが、シンギュラリティのテクノロジーは、個別の人間についてもその意味を私たちに問いかけてくるのだ。つまり、レイ・カーツワイルはどこに属するのか？ もちろん、あなたはレイ・カーツワイルのことを無視してくれてかまわない。あなたはあなた自身のことを気にかけて、自分のアイデンティティについて同じ自問をしてみればいい。私は次の問いかけをしたい。なぜレイ・カーツワイルが私の経験の中心にいるのか？ なぜ私はこの個別の人間なのか？ なぜ私は一九〇三年や二〇〇三年に生まれなかったのか？ なぜ私は男性なのか、なぜ人間なのか？ このように問いかけるべき科学的理由はない。「私は誰？」と疑問に思ったとき、私たちは基本的な哲学的問いを発しているのだ。それは意識に関する問いだ。

『いかにして心を創造するか』のなかで私は、イギリスの小説家サミュエル・バトラーの一節を引用した。

ハエが花にとまったとき、頭上の花弁が閉じて、（食虫）植物はすばやくハエを捕まえて、自分の組織の中に吸収していく。だがそれが花弁を閉じるのは食べてよいもののときだけだ。雨のしずくや小枝が花の中に入っても植物は無視する。おもしろいではないか。意識のないものが自分の利益のためにそれほど鋭い目をもっているとは。もしも意識がない状態でこれがおこなわれるのならば、意識はどこで使えばよいのだろうか？★1

バトラーは一八七一年にこれを記した。★2 私たちは彼の観察から、植物は意識をもっているという答えを出すべきなのだろうか？　それとも、この食虫植物だけが意識をもっていると考えればいいのか？　どうすれば答えが出せるのだろうか？　他の人間の意識については、コミュニケーション能力や決断力が自分と似ているので、彼らは意識をもっていると私たちは断言できる。だが厳密には、それは単なる仮定にすぎない。私たちには他人が意識をもっているかどうかはっきりとはわからないのだ。

そもそも意識とは何だろうか？　人々は「意識」という言葉を、ふたつの意味で使うことが多い。両者は異なるが関連する概念だ。ひとつは、「自分の周囲の状況を知り、あたかも自分の内面の考えと、それとは異なる外の世界との両方を知っているかのように行動する機能的能力」である。この定義によると、たとえば、熟睡している人は意識がなく、酔っぱらった人は部分的に意識があり、しらふの人は完全に意識がある。閉じ込め症候群《ロックトイン・シンドローム》〔脳幹橋底部の障害により、意識はありながら、眼球運動を除いて、動くことも言葉を発することもできない状態〕のようなまれな例外はあるものの、通常、人の意識のレベルは外から判断することが可能だ。動物においても、鏡に映る自分の姿を認識するなど、一定の行動は意識があると思わせるものだ。だが、この章で触れる個人のアイデンティティが問われるときには、意識の次の意味のほうが関係深いだろう。それは「心のなかに主観的経験をもつ能力」であり、単に外からそのように見えることではない。哲学者はこのような経験を「クオリア」〔私たち一人ひとりが主観的に経験する感覚的質感のこと〕と呼ぶ。だから、私たちは直接に意識を検知することはできない、と私が言ったときには、人のクオリアは外部から検知できない、という意味だ。

証明しにくいからといって、意識は簡単に無視できるものではない。私たちの道徳体系の基礎を調べてみると、私たちの倫理的判断はしばしば、意識の評価にかかっていることがわかる。私たちが物質的対象を見るときに重要なのは、複雑かどうか、興味深いかどうか、価値があるかどうかよりも、意識のある存在の意識的経験に影響を与えるかどうかという点にある。たとえば、動物の権利に関する議論を全体で見ると、対象の動物に意識があるか、あるとすればどのような意識的経験をしているかについて、私たちがどう考える

かにかかっているところが大きい。[★3]

意識は哲学者に問題を提起する。どのような存在に権利を与えるかというたぐいの倫理的問いは、その存在の主観的経験の有無に関する私たちの直感で決まることが多い。だが、外から意識の有無は判断できないので、その代わりに意識に関する機能的能力、機能的意識を使い、自分の経験から類推する。つまり（私はそう推測するしかないが）、私たち一人ひとりは内面に主観的経験をもっていて、他人から観察できる機能的自己認識を有している。そのため、他人が機能的な意識を見せたときには、私たちはその人が内面に主観的経験をもっているはずだと思うのだ。主観的意識は経験的思考とは無関係だと主張する科学者でさえも、自分のまわりの人々の経験に気を配ることで、あたかも彼らに意識があるかのようにふるまっている。

意識をもつという推定を同胞である人間に広げるのはやぶさかではないが、他の動物については、そのふるまいが人間と離れれば離れるほどその直感は弱くなる。犬やチンパンジーは人間レベルの認知機能はないにしても、複雑で情動的な行動を見せるので、ほとんどの人は、行動につり合う主観的経験が内部にあるはずだと考える。ではネズミやリスなどのげっ歯類はどうだろうか？　社会的遊びをしたり、危機を恐れたりするなど人間に似たふるまいを見せるが、[★4]げっ歯類に意識があると考える人の割合は犬やチンパンジーよりも低く、その主観的経験は人間よりははるかに浅いと見る人が多い。昆虫はどうか？[★5]　ミバエ（蠅）はシェークスピアを暗唱しないが、周囲の状況に対応した行動をとり、その脳は約二五万のニューロンからなる。ゴキブリのニューロンは約一〇〇万だ。それは人間の〇・〇〇一％にすぎないが、そもそも人間のような複雑で階層的なネットワークを組む空間的余裕が脳にないからだ。アメーバはどうだろう？　これらの単細胞生物は、人間や高等動物が見せる意識的機能のような行動はしない。それでも二一世紀に入ると科学者は、きわめて原始的な生命体でさえも、記憶といった知性の原始的な形を見せる仕組みの理解を深めてきた。[★6]

ある生き物がクオリアをもつかどうかを問う考え方があるが、私は有無だけでなく、その程度について触れたい。主観的意識は状態によってレベルが違うのだ。たとえば、あなたがぼんやりした夢を見ているとき、目は覚ましているが酔っぱらっているか眠いとき、そして、完全に覚醒しているときを想像してもらいたい。意識の状態とは、連続体であり、その点が動物の意識を評価しようとする研究者を惑わしている。そして、専門家は、より多くの動物が明確な意識をもつと考えるようになってきた。二〇一二年に多くの専門分野の科学者がケンブリッジ大学に集まって、ヒト以外の動物の意識に関する証拠を評価した。その会議の最後には、「意識に関するケンブリッジ宣言」への署名がなされた。意識はヒトだけに見られる現象ではない可能性を支持する宣言で、「大脳新皮質の欠如は、生物が情動状態を経験することを不可能にするとは考えられない」とうたった。[★7]そして署名者たちは、「意識を生みだす神経基盤は、すべてのほ乳動物や鳥類及びタコなどの他の多くの動物に」認められると記した。[★8]

複雑な脳は機能的意識を生む、と科学は言う。だが私たちに主観的意識をもたせるものは何だろうか？　ある人は神だと言う。別の人は、意識は物理的プロセスの純粋な産物だと言う。だが、意識の起源が何であれ、宗教的、非宗教的、どちらの立場の人も、そこには神聖なものがあることは認めている。人間（と少なくとも一部の動物）が意識をもったのは、慈悲深い神性によるのか、方向性のない自然によるのかは、単なる因果関係に関する議論になる。しかし、最終的な結果には議論の余地がない。だから、今では子どもの意識と苦しむ能力を認めない者は〔たとえば、一九八〇年代後半まで新生児は痛みを感じない、感じにくいと考えられ、手術時に充分な麻酔が実施されなかった〕、人倫にもとると見なされるのだ。

　主観的意識の後ろにある理念については、まもなく哲学的思索のテーマでは収まらなくなるだろう。人間がテクノロジーにより生物の脳を超えて意識を拡張する能力を得るとき、私たちはアイデンティティの中核で何がクオリアを生みだしているのかを決めて、それを維持することに専念しなければならない。主観的意識の有無を推察させるのは、観察できる行動だけなので、私たちの直感と、科学的でもっとも説得力のある説明はとてもよく一致するのだ。つまり、より洗練された行動を支えられる脳は、同じようにより洗練された主観的意識を生じさせる。洗練された行動については前章で触れたが、それは脳内の情報プロセスの複雑さから生まれる。[★9] そしてこの複雑さは、情報を表現する柔軟性と、ネットワーク内の階層数によって決まるのだ。

　これは未来の人間性について深い意味をもつ。そして、もしもあなたがこれからの数十年を生きるのならば、あなた個人にとっても深い意味をもつ。覚えておいてほしいのは、有史以来、脳に起きたすべての知的跳躍は、構造的に石器時代から変わっていない脳のなかで起きていることだ。だがいまや、外部のテクノロジーによって私たち一人ひとりは、人類という種がなし遂げた膨大な量の発見のほとんどにアクセスできるようになったが、それを経験しているのは、いまだに新石器時代の先祖と同じ意識のレベルなのだ。二〇三〇年代から四〇年代には、私たちが大脳新皮質自体を拡張できるようになるが、そのときは抽象的な問題の解決能力が強化されるだけでなく、主観的意識自体の深みも増すだろう。

哲学的ゾンビ、クオリア、意識のハード・プロブレム

意識に関しては、意識は他人と共有できない、という基本がある。私たちは特定の光の周波数に「緑」や「赤」という名前をつけているが、私のクオリアが、言いかえると、緑や赤という私の経験があなたと同じものかどうかわからない。もしかしたら、私の緑という経験はあなたの赤という経験と同じかもしれず、その逆もありうる。言葉や他のコミュニケーション手段を使って、自分たちのクオリアを直接に比べることは不可能だ。[★10] 実際のところ、ふたつの脳を直接に接続できるようになっても、あなたと私で同じ神経信号が同じクオリアをひき起こすかどうかを確認することはできない。だから緑と赤のクオリアがあなたと私で逆転していても、私たちは永遠にそれに気づかないのだ。

『いかにして心を創造するか』に記したが、この認識は人を不安な気持ちにさせる思考実

験につながる。もしもクオリアがまったくない人間がいたらどうなのか？　哲学者のデイヴィッド・チャーマーズ（一九六六年—）はこの仮説上の存在を「（哲学的）ゾンビ」と呼んだ。意識と関連のある検証可能な神経上、行動上のふるまいは見せるものの、主観的経験をいっさいもたない人間だ。[★11] 科学には哲学的ゾンビと普通の人間との区別はつけられない。

機能的意識と主観的意識に関する私たちの考えの違いを明確にするひとつの方法は、犬と人造人間（哲学的ゾンビなど主観的経験のない人間をつくることができるとして）とを比べることだ。哲学的ゾンビは犬よりもはるかに複雑な認知的なふるまいを見せられるが、ほとんどの人は痛がっている犬のほうが、痛がっている哲学的ゾンビよりも価値がある、と答えるだろう。なぜなら私たちは、犬には主観的意識があると考えており、哲学的ゾンビも痛みに対応する悲鳴をあげるものの、実際は何も感じていないことを知っているからだ。現実の生活においてやっかいなのは、原理的にも、他人が主観的意識をもっているかどうかを科学的に決定するすべがないことだ。

脳やコンピュータなどの物理的システムは情報処理をすることで、外見上は意識があるようにふるまえるが、哲学的ゾンビが理論的に可能ならば、クオリアと物理的システムとの因果関係は必要ないことになる。宗教的な見方からは、それを「魂」と呼ぶ者がいる。つまり、肉体とはまったく別の超自然の存在だ。そのような推察は科学の及ばぬところにある。だがもしも、認知の根底にある物理的システムがかならず意識を生むのであれば、哲学的ゾンビは存在不可能になり、科学がそれを実証することは筋の通らない話になる。意識的経験は物理法則にのっとった情報処理の特定パターンにより生みだされるが、主観的意識は観察可能な物理法則の世界とは質的に異なっていて、物理法則に従うことはない。チャーマーズはこれを「意識のハード・プロブレム」と呼ぶ。彼が「イージー・プロブレム」と言う、目が覚めていないときに心で何が起きているか（物質としての脳はどのように情報を処理しているのか）といった問題は、実は科学全体で見てももっともむずかしい問題のひとつだが、とはいえ、少なくとも科学的に調べることは可能だ。★[12]

　ハード・プロブレムについてチャーマーズは、彼が「汎原心論《パンプロトサイキズム》」★[13]〔panprotopsychism　あらゆる事物に心（意識）があるとする汎心論（panpsychism）に対して、根源的物理的存在として意識以前の原意識があるとする立場〕と呼ぶ哲学的アイデアに目を向ける。汎原心論では、意識を宇宙の根源的な力のように扱う。意識は他の物理的な力の効果へと、単純に変換されることはない。意識のための潜在力が蓄えられている一種の宇宙の場を想像してもらってもいい。この見方に関して私は、脳のなかに見られる情報処理の複雑さが、意識のための潜在力を目ざめさせて、私たちが主観的経験と認識するものを生むのだ、と解釈している。それゆえに、脳が炭素でできていようとシリコンでできていようと、外部から意識のしるしのように見える複雑さは、また主観的な精神生活を与えもするのだ。

　これを科学的に証明することは絶対に無理なのだが、私たちにはそれが真実であるかのように行動することが倫理上求められている。言いかえれば、あなたが虐待している存在が意識をもつ可能性があるならば、もっとも安全な道徳的選択は、意識ある存在を苦しめるリスクを負うことではなく、意識があると仮定して対応することだ。つまり、哲学的ゾンビなどは存在しえないものと考えて、私たちは行動するべきなのだ。

そのため汎原心論の見方からは、チューリングテストは人間レベルの機能的（意識）能力を確立するために有用なだけでなく、主観的意識とその道徳的権利について強い証拠を提供するものになる。意識をもつＡＩの法的扱いをどうするかが重要となるが、私たちの政治体制がすばやく適応して、最初にチューリングテストに合格するＡＩが開発されるまでにその権利を法制化するようになるかは疑問だ。だから最初に乱用を抑える倫理的枠組みをつくるのは開発する人間の仕事になるだろう。

意識をもつように見える存在を意識をもつと見なすのは、倫理的な理由に加えて、汎原心論のような考えが意識の正確な因果的説明を与えていると信ずる理論的理由があるからだ。物心二元論と物理主義（唯物論）は長年、思想の大きな学派を形成しているが、これはそのふたつのあいだに位置する。二元論は、意識は「死んでいる」通常の物質とはまったく異なる何かから生まれると考え、多くの二元論者はその正体を魂に求める。科学的視点から見る二元論の問題点は、たとえ超自然的な魂が存在する可能性を認めるとしても、観察できる世界で、魂が物質（脳内のニューロンなど）にどのように影響するかを説明できる有望な説がないことだ。[★14] 一方の物理主義は、意識は脳内にある通常の物理的物質の特定の配置によって生まれるものだと主張する。だが、この見方が意識の機能的側面を完璧に説明できる（すなわち、コンピュータ科学がＡＩを説明するように人間の知性を説明する）としても、本質的に科学がアクセスできない意識の主観的側面を説明することはできない。汎心論はこの対立する見方のあいだでバランスをとる役目を果たせるのだ。

決定論、創発、自由意志のジレンマ

意識と密につながっている概念は、自由意志に関する私たちの感覚だ。[★15] 街にいる平均的な人に自由意志とは何かと尋ねたら、その答えには、自分の行動を管理できる能力だという考えが含まれるだろう。私たちの政治制度、司法制度は、おおむねその意味の自由意志を万人がもっているという原則のもとにつくられている。

しかし、哲学者がより正確な定義を求めるときに、その言葉が何を意味しているのか意見が一致することはほとんどない。多くの哲学者は自由意志の必要条件に、未来があらかじめ定められていないことを求めている。[★16] つまり、未来に起こることがわかっているならば、私たちの意志の自由は重要な意味をもたなくなる。「自由意志」が単にあなたの行動は量子レベルでは全体的にランダムなプロセスだと要約できるだけの意味ならば、私たちの大半が自由意志だと思うものは、そこに存在する余地はない。イギリスの哲学者サイモン・ブラックバーンは、見たところ自由意志が除外されている状況においては、「偶然は必然と同じくらい無慈悲だ」と言う。[★17] 自由意志の重要な概念は、厳格な予測可能性を避けつつ、かつ、ランダムになりすぎないようにしながら、哲学における決定論と非決定論とを統合することにある。

この両極端な考えのあいだにある洞察に満ちた道は、物理学者でコンピュータ科学者のスティーヴン・ウルフラム（一九五九年―）の研究から生まれた。物理学とコンピュータの交わる点に関する私の思考は長年、ウルフラムの研究に影響を受けてきた。二〇〇二年の著作『新しい科学（*A New Kind of Science*）』で彼は、決定論と非決定論の両方の特性をもつ現象に焦点を当てた。セル・オートマトンと呼ばれる数学的対象である。★18

セル・オートマトンは、黒と白や、生と死などふたつの状態を行き来する「セル」によって表現される単純なモデルだ。ひとつないし複数のルールに従って動くが、そこに明記されるのは、近くにあるセルの状態に応じた当該セルのふるまいだ。このプロセスはステップをひとつずつ続けるなかであきらかになり、セルはとても複雑なふるまいをする。もっとも有名なセル・オートマトンの例は、数学者ジョン・コンウェイが考案した二次元の碁盤のような格子を舞台にした〈ライフゲーム〉だ。★19 愛好家や数学者はそのゲームでさまざまなおもしろい形を見つけたが、それらはルールに沿って変化が予測できるものだった。また、ライフゲームは実用的なコンピュータとして動かすためや、ソフトウェアのシミュレーションをするため、ライフゲームの別バージョンを表示するためにも使うことができる。

ウルフラムの理論はごく基本的なオートマトン〔計算機の抽象的なモデルで、入力を受けとり、状態を変更して出力を生成するもの〕で始まる。具体的にはセルが横一列に並んでいて、その列の下に新しいセルが、一連のルールと先行する列のセルの状態にもとづき、次々と加えられる。

広範囲に及ぶ分析でウルフラムは、一連のルールがあれば、ステップの数に関係なく、各ステップで現れる反復をくわしく調べないかぎりは、未来の状態を予想できないことを指摘した。[★20] 結果を得る近道はないのだ。

もっとも単純なタイプは、ルールクラス1で、そのなかからルール222を例としてあげよう。[★21]

下のルール222の図において、上の列に並んだ三つのセルの白と黒の組みあわせは八通りある。その組みあわせに応じて、下の列に出力される各セルの状態はルールに定

ルール 222

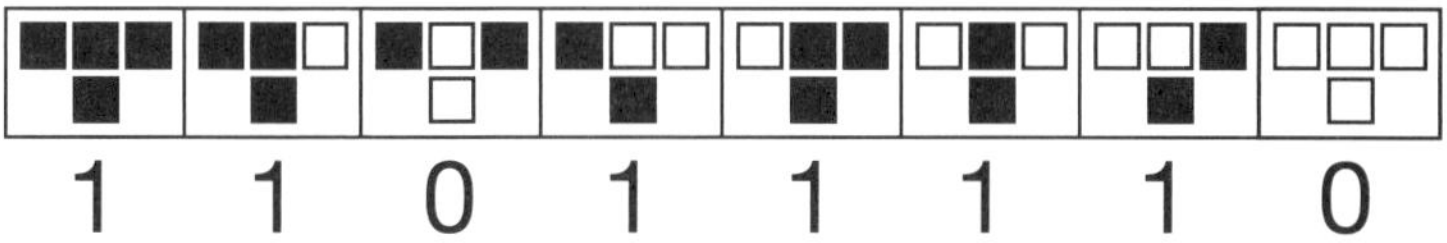

ルール 222 の結果

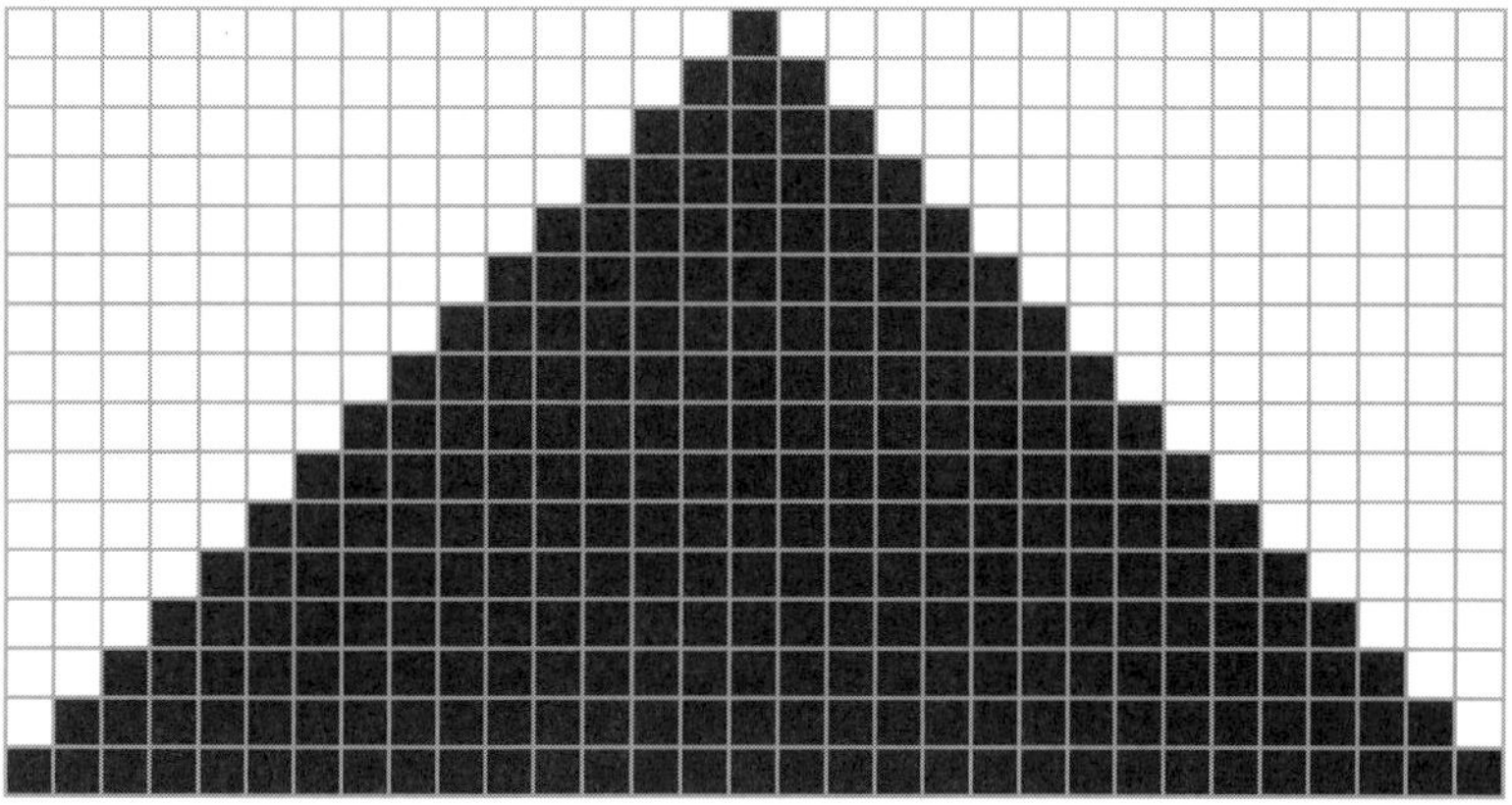

めである。下の列の黒と白をそれぞれ1と0として表すこともできる。もしも、中央の黒いセルから始めて、ルール222を適用し、一列ずつセルの生成を計算すると、「ルール222の結果」が得られる。[★22]

それはとても予測しやすいパターンを生むことがわかった。一〇〇万列目のセルがどうなっているか、あるいは一〇〇万×一〇〇万列目のセルがどうなっているかと聞かれても、ルール222では「黒」と答えればいい。ほとんどの科学はこのように予想可能な結果を見定めるために決定論的なルールを適用することで、予想どおりに動く。

だが、ルールクラスはそれが生みだす結果によって四種類に区分され、1はそのひとつにすぎない。ウルフラムの理論では、自然界の大半はその四種類で説明できる。クラス2とクラス3では黒と白のセルの配置が複雑さを増していて興味深いが、もっとも魅力的なのはクラス4で、その例としてルール110を紹介しよう。[★23]

このルールに従い、ひとつの黒いセルから始めると次ページ上の図の結果になる。

反復を続けると、次ページ下のような図になる。[★24]

重要な点は、一列ずつ計算していかないかぎりは、一〇〇〇列目がどうなるか、一〇〇万×一〇〇万列目がどうなるかを決める方法はないこ

ルール 110

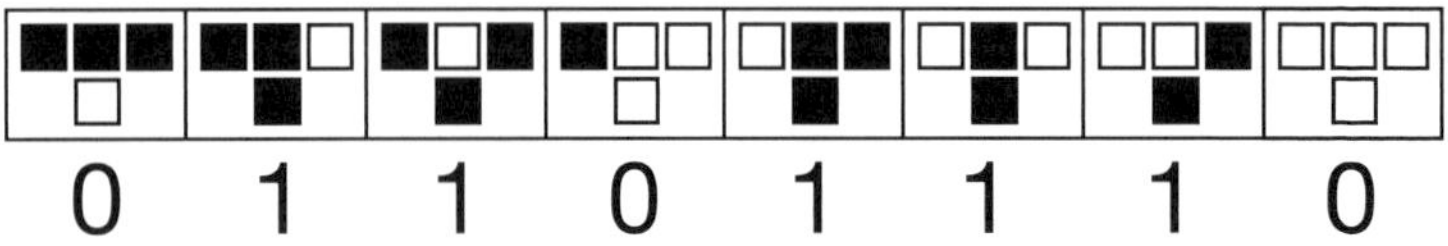

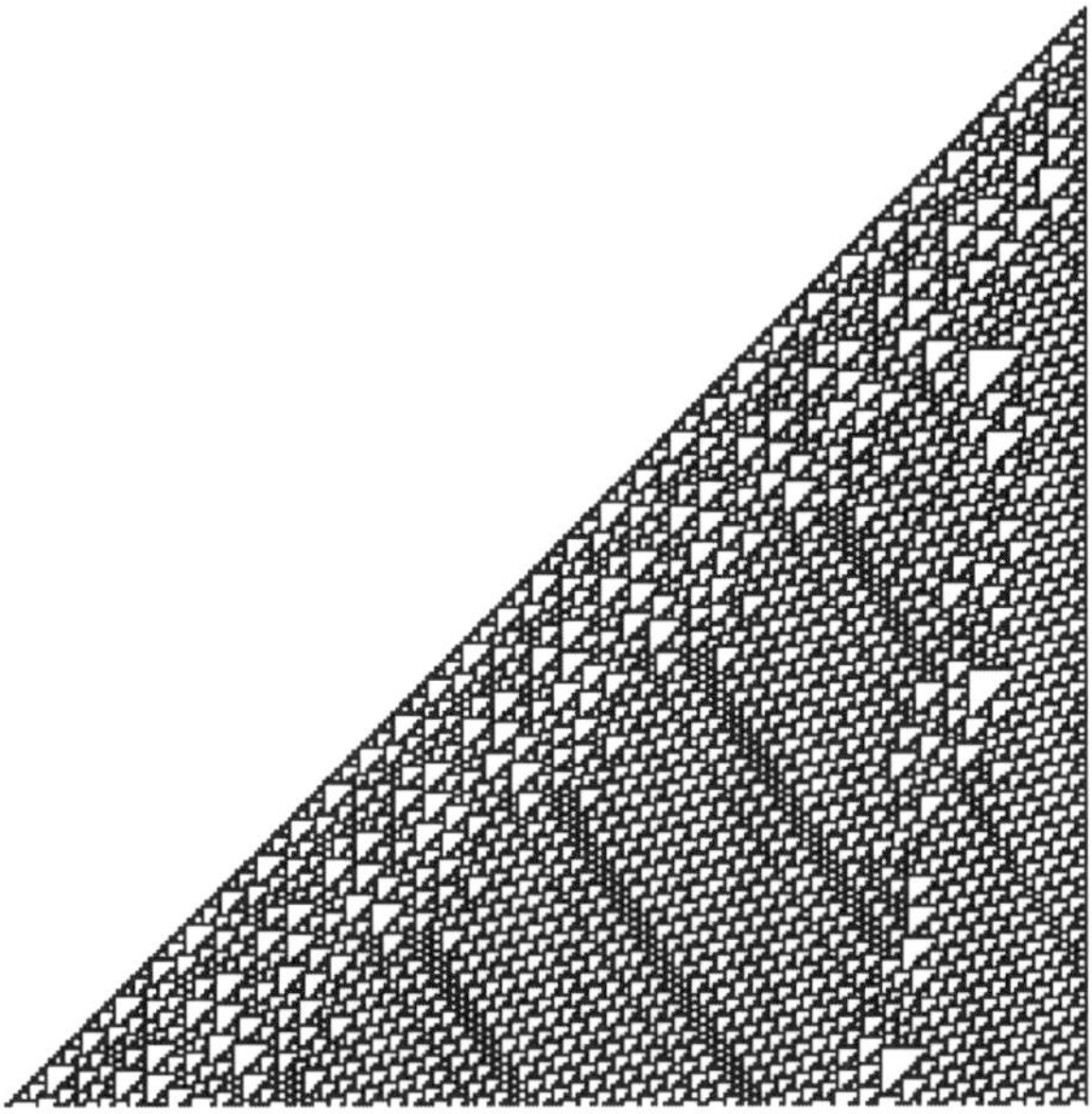

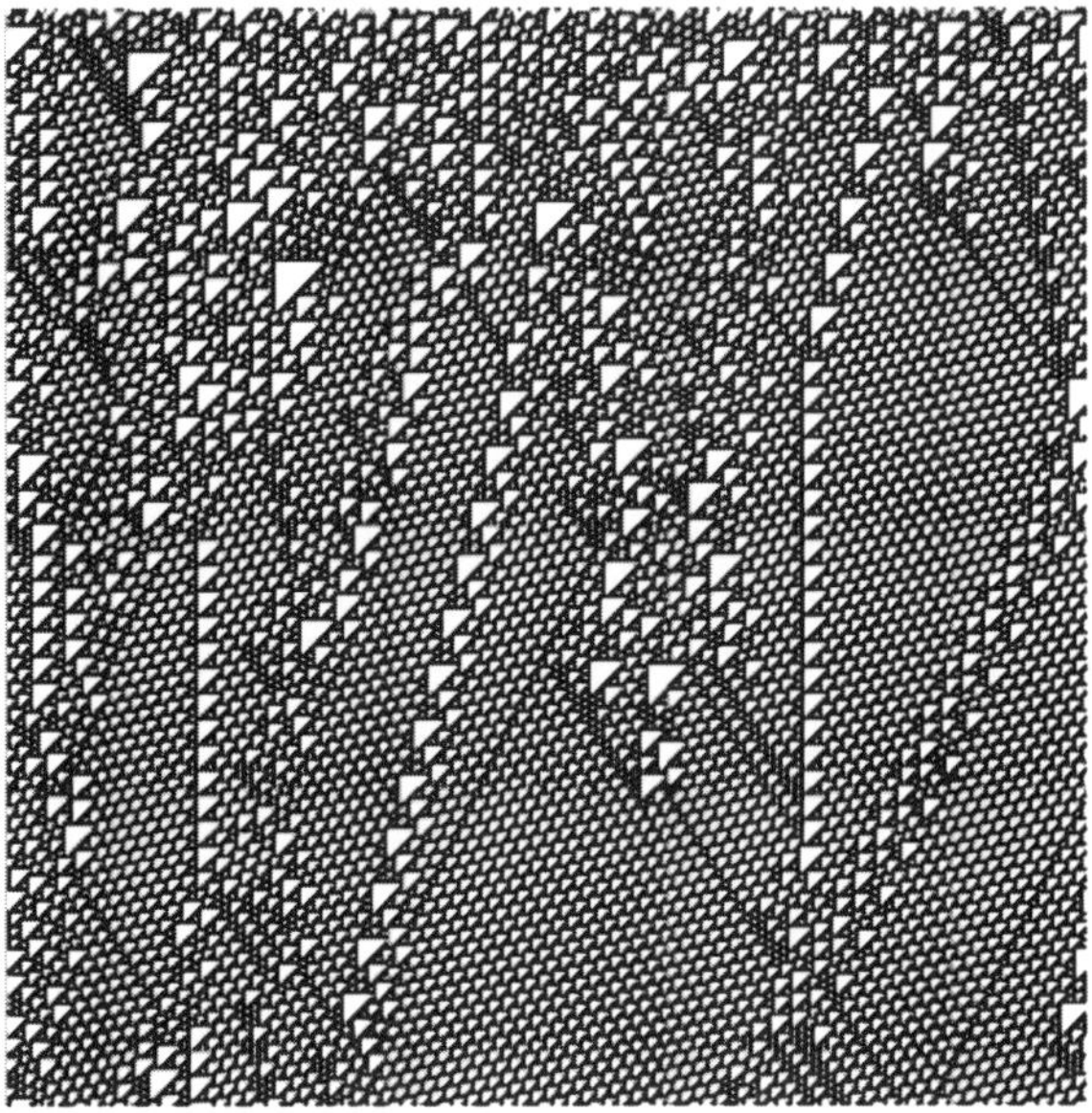

とだ[★25]。これが意味するのは、クラス4の性質の基礎となるシステムは、決定論における古い還元論的バージョンとは反対に、複雑さを減らさないという特徴をもつことだ。ウルフラムによると、その点が私たちの宇宙に似ているのである。この複雑さは決定論的プログラミングから発しているにもかかわらず、本質的な意味で、そのプログラミングの豊かさを完全には説明できていない。

　統計的サンプリングでセルを調べると、本質的にランダムであるように見えるが、その状態はひとつ前のステップにより決定された結果である。結果をマクロの視点で見ると、セルのふるまいには規則性と不規則性がいりまじっている。これは創発と呼ばれる特性の表れだ[★26]。本質的に創発とは、とても単純なものが集合するとはるかに複雑なものを生むことだ。自然界にフラクタル構造〔部分が全体と相似な形をもつ＝自己相似性という性質を有する構造〕は多い。木の枝の曲がりくねった生え方や、シマウマやトラの縞模様、貝類など軟体動物の殻など、生物学においてその特徴は無数に見られるが、その構造はクラス4のプログラミングにも見ることができる[★27]。セル・オートマトンに見られるようなパターンの種類に大きく影響された世界に私たちは住んでいるのだ。つまり、とても単純なアルゴリズムが高度に複雑なふるまいを生み、そのふるまいは秩序とカオスの境界をまたいで立っているのだ。

　私たちのなかにもあるこの複雑さが、意識と自由意志を生むのかもしれない。自由意志の基礎にあるプログラミングの原因を神のみわざに帰しても、汎原心論や他の何かをもちだしても関係なく、あなたはそのプログラム以上の存在なのだ。

だが、これらのルールが意識だけでなく、幅広い範囲に及ぶ自然現象を生んだのは偶然ではない。ウルフラムは、物理法則がセル・オートマトンに関連するコンピュータ上のルールから生まれるという説得力のある事例をつくってみせた。二〇二〇年に彼は「ウルフラム物理学プロジェクト」の立ちあげを発表した。それはセル・オートマトンに似た汎用化モデルを通して物理学のすべてを理解しようという野心的なとり組みだ。★28

これは古典的な決定論と量子の不確定性とのあいだに一種の妥協を認めるものだろう。マクロスケールの世界の一部は、アルゴリズムによる近道で近似値を出すことができる。たとえば、人工衛星の今から一〇〇万周目の軌道を予測することがそうだが、これはもっとも基礎的なスケールには当てはまらないものだ。現実が最深部でクラス4のルールのような原理にもとづいているのならば、量子スケールでランダムに見えることを決定論の言葉で説明することができる。だがそこに、予見能力があり、未来のどこかの時点の宇宙全体を正確に記述できる要約的なアルゴリズムはない。★29 これはまだ推測にとどまっているし、私たちはまだルールの全貌を具体的に知ってはいない。おそらく未来には「万物の理論」〔量子のミクロの世界から宇宙のマクロの世界までをすべて説明できる理論〕が首尾一貫した理論として統一されるだろうが、私たちはまだそこには達していない。

有効な予測が不可能というのならば、残るのはシミュレーションだが、宇宙は宇宙自身をシミュレートできるほど巨大なコンピュータを収容することはできない。つまり、現実は進むにまかせる方法でしか、あきらかにできないのだ。

本章でこのあと触れるが、未来において生物学的脳から非生物学的コンピュータへ意識を移行する可能性がある。ここから明確化すべき重要事項が浮かびあがる。脳の働きをデジタル上でまねることはやがて可能になるとしても、それは決定論的意味であらかじめ計算をすることと同じではないのだ。その理由は、脳（生物学的、非生物学的は問わない）は閉鎖されたシステムではないからだ。脳は外界から入力を受け、驚くほど複雑なネットワークを通してその入力を処理する。事実、科学者は近年、一一次元もある脳内のネットワークをあきらかにしている。[★30] 脳の複雑さはルール110形式の現象を利用しているようだが、そこでは、各段階で起こることを順番にシミュレートすることなしに、計算で予測することはできない。そして脳は開かれたシステムなので、未知の未来の出来事をステップごとのシミュレーションに要素として入力することはできない。だから、たとえ脳の機能を再現できるようになったとしても、そこには、未来の状態を前もって計算する能力は含まれていないのだ。それは宇宙が存在するよい理由になりそうだ。

　言いかえると、もしも宇宙のルールがセル・オートマトンのようなルールにもとづいているのならば、それを表現する唯一の方法は、現実に起こることを通して、一ステップずつあきらかにしていくことだ。一方、もしも宇宙がオートマトンのような創発性をもたない決定論的ルールに従っているか、あるいはランダム性だけにもとづいているのならば、私たちが実際に観察する現実を一ステップずつあきらかにする必要はない。そして、もしも意識がルールクラス4のような秩序とカオスの混合からしか生まれないのであれば、そのときは、私たちはなぜ存在しているのかという哲学的議論のようになる。もしも、そのようなルールがなければ、私たちが今ここに存在して、この問題を考えていることはないのだ。

これは両立論へのドアを開く。それは、決定論的な世界でも、自由意志のある世界になりうるとする説だ。[★31]たとえ決定が現実の法律などによって定められたものであっても、私たちは自由に意志決定（つまり、他人など何かが原因とならない決定）ができる。決定された世界とは、未来も過去もすべてのことは決まっているのだから、私たちは理論的に時間を両方向に動かして見ることができるはずのものだろう。だがルール110のもとでは、未来が完全に見えるのは、すべてのステップが実際にあきらかになったときだけだ。そして、汎原心論から見ると、私たちの脳で生まれる意志決定プロセスは私たちをコントロールするものではなく、私たちにほかならない。私たちの選択は脳の深いところでなされるが、私たちは自分が何を選択するかを前もって知ることはできない。だから、選択プロセスが意識のレベルに現れて、それを意識が行動という形で世界に表現できるかぎり、私たちは自由意志をもっていると言えるのだ。[★32]

人が複数の脳をもつ場合における自由意志のジレンマ

映画や小説に登場するアンドロイドの描かれ方を見ると、私たちは暗黙のうちに汎原心論の想像力を共有しているように思える。つまり、ＡＩの認知機能はニューロンにもとづくものでなくても、そのふるまいは人間のようで、私たちはアンドロイドが主観的意識をもっているかのように思いたくなるのだ。

しかしながら、ＡＩが独立した多くのアルゴリズムで構成されているように、人間の脳も別個の意志決定ユニットを複数もつことを示唆する医学的証拠は増えている。左脳と右脳という私たちのふたつの脳に関する実験を概観すると、だいたいにおいて両脳は同等で独立していることがわかる。[★33]研究者のステラ・デボードとスーザン・カーティスは、生命を脅かす発作性疾患の重症化予防のために片方の脳を除去した四九人の子どもを調べた。[★34]大部分の子どもの脳はその後正常に働いていて、疾患が残った子どもも、それ以外はおおむね正常なパーソナリティだった。通常、言語能力は左脳で発達するが、両脳ともに機能的には同等で、脳が片方しかない人でも言語を習得することができるのだ。[★35]

おそらくもっとも印象的なのは、脳は無傷だが、両脳を二億本の軸索でつないでいる脳梁が、医学的問題で切断されたケース（分離脳）だ。マイケル・ガザニガ[★36]（一九三九年―）は長年、分離脳を調べてきた。分離脳の場合、右脳左脳ともに機能するが、脳梁がないので両脳が情報をやりとりする手段がない。[★37]一連の実験のなかで、ガザニガは被験者の右脳だけに（つまり、左目だけに）単語を見せたときに、左脳はその単語を認識していないので、その情報にもとづく選択は右脳がしたにもかかわらず、左脳はその選択に責任を感じたのである。[★38]左脳は頭蓋骨を共有している右脳の存在を知らないので、その選択がなされた理由について答えるべく、もっともらしい作り話をひねりだしたのだった。[★39]

脳の両半球がかかわるこれらの実験では、両脳がひとつの意識的アイデンティティの影響下に入らないかぎりは、通常の人は両方の脳を片方ずつ独立した意志決定に利用できる可能性を示唆している。各脳は自分が決断したと考え、両脳は密に混じりあっているので、両脳ともにそう思っているような印象がある。

実際、右脳と左脳という分け方を超えて、脳全体を見てみると、前述した意味における自由意志をもつ多くのタイプの決定者が私たちの中にいるとも考えられる。たとえば、意志決定がおこなわれる大脳新皮質は多くの小さなモジュールで構成されている。[★40] だから私たちが決断しようと思うときに、モジュールごとに異なる選択肢を提示して、それぞれが自分の見方をあと押ししているのかもしれない。私の師であるマーヴィン・ミンスキーは先見の明にすぐれていて、脳はひとつのまとまった意志決定機械ではなく、神経組織の複雑なネットワークであり、決断しようと思うときに各部分が異なる選択肢を推薦しているかもしれないと考えていた。ミンスキーが描いた人間の脳とは、さまざまな種類の単純なプロセスが収容された「心の社会（Society of Mind）」（彼の二冊目の著書のタイトルである）であり、多くのプロセスでいろいろな見方を反映しているものだった。[★41] それぞれのプロセスを自由に選ぶことはできるのだろうか？ どうしてできると言えるのだ？ この数十年のあいだにミンスキーの考えに沿う実験結果が増えてきた。それでも、神経プロセスから決断がわき上がり、私たちの意識が知覚する仕組みについて、正しく理解できているところはとても少ない。

「あなた2号」は意識をもつ。あなたはどうか？

ここから刺激的なひとつの問いが出てくる。もしも意識とアイデンティティが、頭蓋骨の中にある多くの明確な情報処理構造に広がっている（たとえ物理的に接続されていない構造でも）のならば、それらの構造が頭蓋骨の中と外に離れているときには、どうなるのだろうか？

私が『いかにして心を創造するか』で探究した重要な問題は、人間の脳にあるすべての情報をコピーしたときの哲学的、倫理的意味である。脳のコピーは、今生きている人々の大半が存命中に起こりうることだ。

では、先進テクノロジーを利用して、あなたの脳のある部分を調べて、その小さな部分の正確なデジタルコピーをつくるとしよう（現在の私たちは、体が不随意に震える本態性振戦《しんせん》やパーキンソン病を治療するときに、患者の脳の一部についてきわめて原始的なこのバージョンを実行することができる）[★42]。脳のわずかな部分のコピーでは単純すぎて、意識をもつことはできない。ではそれに追加して、あなたの脳の別の部分をコピーしてみる。さらに別の部分のコピーと続けていく。このプロセスの最後には、あなたの脳全部をコンピュータで表した完全な複製ができる。それはあなたの脳とまったく同じ情報をもち、同じように機能する。

ではこの「あなた2号」は意識をもつのだろうか？　あなた2号はあなたとまったく同じ経験をもっているし（あなたの記憶を共有しているから）、あなたと同じようにふるまう。

意識をもった存在の電子的なバージョンを完全に禁止しないかぎり、答えはイエスになる。簡単に言うと、電子の脳が生物脳と同じ情報を示して、自分には意識があると主張するならば、それを否定できる説得力のある科学的根拠はないのだ。それならば倫理的には、あなた2号を意識があるように扱い、道徳的権利を与えるべきである。これは根拠のない推論ではない。汎原心論が、あなた2号は実際に意識をもつと信じるに足りる哲学的理由を提供しているのだ。

次はもっとむずかしい問いだ。あなた2号はあなたなのか？　ここでは物理的な現実の人間である「あなた」は変わらずに存在しているという前提だ。あなた2号はあなたが知らないうちに複製としてつくられる可能性もあるが、その経緯は関係なく、オリジナルのあなたは生きている。実験が成功すると、あなた2号はあなたのように行動するが、「あなた」自身は何も変わることなく存在している。あなた2号は単独で行動できるので、それは「あなた」から離れて異なる方向に進み、みずからの記憶をつくり、異なる経験に反応する。だから、あなたのアイデンティティが、あなたの脳内における特定の情報の配列にあるかぎり、あなた2号がたとえ意識をもったとしても、それはあなたではないのだ。

ここまではよしとしよう。では次の思考実験に入ろう。あなたの脳を一区画ずつデジタルのコピーに置きかえていく。残っている脳とデジタルコピーは、前章で話したようなブレイン・コンピュータ・インターフェース（ＢＣＩ）で接続する。そこにいるのは、あなたとあなた2号ではなく、あなただけだ。この実験の各フェーズが終わったとき、あなたは進展を喜んでいるし、あなたも含めて誰も異議を唱えない。そのように置きかえられた新しいあなたはまだあなたなのか？　実験の終わりに脳は完全にデジタル化しているが、それでもあなたなのか？

対象の一部を少しずつ入れ替えていくときに、アイデンティティはどうなるかという問いが、「テセウスの船」という思考実験として最初に検討されたのは約二五〇〇年前だ。[★43] 古代ギリシアの哲学者たちは、木造船においてその厚板を一枚ずつ新しい板に替えていくことを想像した。一枚目の厚板がとりかえられても、船は元の船のままだという結論はきわめて自然だ。もしかしたら少し見た目は変わるかもしれないが、それを元の船に起きた変化としてとらえ、新しい船をつくったとは考えない。だが、厚板の半分以上がとりかえられたらどうだろうか？　あるいは、すべての板がとりかえられたときは、船がつくられたときのパーツは何も残っていないが、どうだろうか？　問題はやっかいになるが、まだ多くの人は、徐々に起こる変化では船の根本的なアイデンティティは残る、と答えるだろう。では、交換後の古い板を倉庫にとっておくことを想像してもらいたい。元の船の一〇〇%すべてが新しいパーツになったあとで、保管している古い板で船を組みたてなおすのだ。どちらの船が元の船になるのだろうか？　徐々に変化して最初のパーツは何も残っていないけれども、船として継続して存在しているほうだろうか、それとも古いパーツで組みたてなおした船だろうか？

テセウスの船は、対象が船や生命のないものならば楽しい思考実験で、大きなリスクはない。船のアイデンティティはつきつめれば結局、人間が決めればいいことだ。だが、対象が人間となるとこの問題はリスクが最大になる。ほとんどの人にとって、自分の横に立っている人が、愛する人なのか、あるいは説得力のある見世物として置かれた哲学的ゾンビなのかは大問題だ。

これらの問題を、主観的意識の「ハード・プロブレム」の観点から考察してみよう。あなた2号をつくるシナリオでは、あなた2号の主観的自我が「あなた」と何らかのつながりがあるかどうかは判定できない。あなたのオリジナルの主観的経験を、何かしらの手段で同時に複製がとりこむのだろうか？　それでも、異なる経験をすることにより時間が経てば、あなたとあなた2号の情報パターンは異なってくる。あるいは、この件についてはあなた2号は別物なのだろうか？　科学的にこれらの問題に答えることは不可能だ。

あなたの脳にある情報を少しずつ非生物学的な回路基板に移していく、という二番目のシナリオでは、あなたの主観的意識が維持されると信ずる強い理由がある。実際のところ、すでに述べたように、現在きわめて限られた方法ながら、一定条件の脳でこれを実行しているのだ。新しい神経補綴《ほてつ》装置はとりかえた部分よりも有能だ（そのため、とりかえた部分と同一ではない）。一方、人工内耳などの初期の埋めこみ型装置は、脳の活動を刺激することができるが、脳の中核構造の代わりにはなれない。[★44] だが二〇〇〇年代以降、科学者は、脳に構造的な損傷や機能不全がある人を助けるための脳の人工装具を開発してきた。たとえば、現在では記憶力に問題がある患者の脳に入れて、一定程度海馬の役割をする装具がある。[★45] 二〇二三年時点では、これらのテクノロジーはまだ初期段階だが、これから一〇年のあいだに、より多くの患者が利用できるように、洗練され、価格も抑えられた装具が出てくるだろう。現在のテクノロジーでは、人工装具を入れた患者の中核のアイデンティティが維持されることに疑問はなく、彼らが哲学的ゾンビになると言う者はいない。

　私たちが知る神経科学のすべてが示すのは、徐々に脳を置きかえるシナリオでは、その変化はあなたが気づかないほど小さいだろうし、脳は驚くべき適応力をもっているということだ。ハイブリッドになったあなたの脳は、あなたを定義する情報のパターンをまったく変えることなく維持する。それならば主観的意識がおとしめられると考える理由はなく、あなたはもちろんあなたのままで、ほかに「あなた」と呼べる者はいない。だが、この仮定のプロセスの最後に、あなたと、最初の実験におけるあなた2号とはまったく同じになるが、私はそのあなた2号はあなたではないと結論づけた。この矛盾をどう解消すればいいだろうか？　ふたつのシナリオの違いは存在の連続性にある。デジタルの脳は生物の脳とは別物ではない。なぜなら、ふたつが離れて存在した瞬間はないからだ。

　これは三番目のシナリオに私たちを導くが、今度は仮定ではなく実際の話だ。私たちの細胞は日々、急速にいれ替わっている。ニューロンは総じて持続するほうだが、一カ月のうちにそのミトコンドリアの半分がターンオーバー（代謝回転）する。[★46] 神経細管の半減期は数日だ。[★47] シナプスにエネルギーを与えるタンパク質は二～五日ごとに補充される。[★48] シナプスにあるＮＭＤＡ受容体は数時間でとりかえられる。[★49] ニューロンの樹状突起内のアクチン・フィラメントは四〇秒しか存続しない。[★50] このように私たちの脳は数カ月のうちにほとんどいれ替わるので、実際のところ、少し前のあなたと比べると、今のあなたは生物学的にバージョンの異なるあなた2号なのだ。やはり、あなたのアイデンティティを保つのは特別な構造や物質ではなく、情報と機能にある。

数年前から、私は家の近くにある美しいチャールズ川をよく眺めている。今日、私が川を見るとき、そこには一日前、あるいは一〇年前と同じ水が流れているように思いがちで、私は『いかにして心を創造するか』のなかで、その川の「連続性」について述べた。流れる川の水のどこを切りとっても、数ミリ秒違えば、まったく異なる水分子になっているのだが、水分子は一貫したパターンのふるまいをしており、川の流れを決めているのだ。脳にも同じことが言える。私たちの体や脳に非生物学的システムを入れたときに、情報パターンが同じであれば、今日の私たちと同じ人間だと感じられるはずだ。例外は、知覚力と認知力が上がっていることだ。

私たちのスキルやパーソナリティ、記憶すべてをデジタル媒体に移行するテクノロジーで、その情報のコピーを何部もつくることは可能だ。自由に自分のコピーをつくる能力は、デジタル世界における大きな力であり、生物の世界には存在しない。精神のファイルを別の場所にあるバックアップ記憶システムにコピーすれば、私たちの脳に損傷を与える事故や病気への強力な備えになる。だが、その場合の「不滅」の程度は、エクセルのスプレッドシートをクラウド上にアップロードしたときと同じ「不滅」にすぎない。データセンターが災害で破壊される恐れもある。それでも多くの命とアイデンティティを抹消してしまう無意味な災難から自分を守ることになるだろう。そして、私の解釈する汎原心論では、私たちの主観的意識は、自分を特徴づけるこの情報のコピーすべてを含むものなのだ。

これは興味深い意味をもつ。もしもあなた2号を世に解きはなち、「あなた」と異なる道を自由に歩ませたならば、その情報パターンで特徴づけられるアイデンティティはあなたと異なるものになる。だが、それはゆっくりと進み継続するプロセスだろうから、あなたの主観的意識が同時に両者に広がるチャンスもあるだろう。汎原心論の理論にもとづくと、私たちの主観的意識はアイデンティティである情報と結びついていて、一度は自分と同一だった情報のコピーすべても含むことになるが、その点を私は疑問に思っている。

このシナリオではあなた2号が、あなたとはコミュニケーションをつかさどる物理的な意志決定構造が別なので、異なる主観的意識をもっていると熱く主張する可能性があり、真実を客観的に決める方法がないので、法律と倫理制度は両者を別の存在として扱わざるをえないだろう。

信じられないほど低い可能性のなかで人類は誕生した

私たちのアイデンティティを理解するにあたり、私たち一人ひとりが人間となったのは、起こりにくい出来事が異例に連なることで実現したのだと考えると、畏敬の念をおぼえるほどだ。あなたの両親が出会い、子どもをつくるだけでなく、特定の精子と特定の卵子が受精することであなたとなった。そもそもあなたの両親が出会い、子どもをつくろうと決心する確率はどのくらいかを割りだすのはむずかしいが、受精については一を二兆×一〇〇万で割ったものとなる。大まかな計算だが、平均的な男性が一生のうちにつくる精子の数が二兆で、平均的女性の卵子の数が約一〇〇万個だ。[★51] だから、特定の精子と卵子が結びついてあなたのアイデンティティとなる確率は二×一〇の一八乗分の一になる。遺伝子的には、すべての生殖細胞が全部違うわけではないが、年齢などエピジェネティクス〔DNAの塩基配列の変化をともなわない遺伝子発現の後天的な変化〕に影響を与える要素は多数あるので、あなたの父親が二五歳のときと四五歳のときの精子が、遺伝子に関しては同一だとしても、胎児を形成するときの貢献具合はまったく同じにはならない。[★52] だから大まかに言って、私たちの精子と卵子の一個一個は実質的に唯一無二のものだと見なす必要がある。くわえて、同じ出来事が二組の祖父母に起こり、その前は四組の曽祖父母に、その前は八組の高祖父母に起こった。それは無限ではないが、地球に生命が誕生した約四〇億年前までさかのぼることができる。[★53] googol《グーゴル》は、1の次に0が一〇〇個も続く桁数を意味する（あのインターネット関連企業のGoogle はこの単語のスペルをまちがえた）。グーゴルプレックスは一〇のグーゴル乗の数字だ。想像もできない大きな数字だが、あなたが存在する確率は、このグーゴルプレックスよりも桁が多い分母になっている。それでもあなたはここに存在している。[★54] これは奇跡ではないだろうか。

さらにこの宇宙に、複雑な情報を扱えるまでに進化する能力をもつ生命が誕生したことは、もっと起こりえないことだ。私たちの理解する物理学と宇宙論が示すのは物理法則の数値が少しでも違っていれば、この宇宙は生命を支援できなかったことだ。[★55] 別の言い方をすると、理論的に起こりうる宇宙の構造は、ごく小さな一部でしか私たちの存続を許していないのだ。この起こりえない確率を正確に数値化するには、生命にやさしい宇宙を実現しているさまざまな要素をあきらかにし、生命が存在しえない宇宙の数値との違いを計算する必要がある。

素粒子物理学の標準理論では、素粒子は三七種類（質量、電荷などの荷量、スピンにより区分される）あり、四つの基本的な力（重力、電磁気力、強い核力、弱い核力）によって相互作用し、さらに仮説上だが、一部の科学者が重力効果を生んでいると考える重力子がある。[★56] 素粒子間の相互作用の強さは、物理法則として定義された一連の定数により記述される。物理学者は、多くの分野においてこれらの法則が少しでも違えば、知的生命体は生まれなかったことを強調してきた。知的生命の誕生には複雑な化学作用と比較的安定した環境、数億〜数十億年の進化を支えるエネルギー源が必要だと考えられている。生物学の通説では、地球上の生命は自然発生により生まれたと考えられている。[★57] この理論によると、前駆体化合物（最終的に安定した化合物をつくるための原料となるような役割を果たす化合物）を含む原始スープの中で長い時間を経て無生物が自然に結合して、生命になりうる複雑なタンパク質の構成要素となった。最終的にタンパク質は自然に、自己複製が可能なパターンに集まっていった。これが生命の起源だ。この因果連鎖がひとつでも壊れれば、人類は生まれなかっただろう。

もしも強い核力が少しでも強いか弱いかしたら、星々は大量の炭素と酸素をつくることができず、生命は生まれなかった。★58 同様に生命が進化するために、弱い核力〔原子核内で作用する力で、放射性崩壊に関与している〕は決まった強さでなければならず、★59 それよりも弱ければ、水素がすぐにヘリウムになり、太陽のような水素の星が形成されなくなる。太陽が長い期間燃えることで、太陽系で複雑な生命の進化が可能になったのだ。

もしも素粒子の一種であるアップクォークとダウンクォークとの質量の差が少し違っていたら、陽子と中性子は安定せず、複雑な物質は形成されなかっただろう。★60 また電子の質量がクォーク間の質量の差と比較して、少し大きければ、不安定になり、同様の結果になっただろう。★61 物理学者のクレイグ・J・ホーガンによると、「大小どちらでもクォークの質量が数%違うだけで」生命は発生しなかったという。★62 クォーク間の質量の差が大きければ、そこは「陽子の世界」となり、水素原子だけが存在できる別の宇宙になった。★63 反対に質量差が小さければ、そこは「中性子の世界」となり、その宇宙の原子に核はあるがそのまわりに電子はないので、化学反応は起こりえないのだ。★64

生命を形づくる重元素は超新星爆発によって合成されるが、もしも重力が少し弱ければ、超新星は生まれない。★65 逆に重力が少し強ければ、星の寿命ははるかに短くなり、複雑な生命への進化を支援することはできない。★66 ビッグバンから一秒以内の密度パラメータ（Ω《オメガ》）が一〇〇〇兆分の一の違い以内に収まれば、生命の誕生は許されただろう。★67 違いがそれよりも少しでも大きければ、ビッグバンにより拡散した物質は星になる前に、重力によってふたたび集められただろう。逆に違いが少しでも小さければ、拡散速度が速すぎて、物質が凝集して星になることはなかった。

また宇宙のマクロ構造は、ビッグバン直後に拡散していった物質の密度が局地的に小さくゆらいだ（密度のムラ、密度ゆらぎ）ために生まれた。[★68] 宇宙における密度の違いはどの部分でも一〇万分の一ほどしかない。[★69] もしもこの振幅（よく池のさざ波にたとえられる）が一桁でも違ったならば、生命が生まれることはなかっただろう。天文学者のマーティン・リースによると、このさざ波がもっと小さかったならば、「ガスが凝集して、重力による束縛のある構造にならなかったので、宇宙は永遠に暗く特徴のないものだっただろう」という。[★70] 反対に、さざ波が大きければ、「荒れて暴力的な」宇宙になったという。ほとんどの物質は巨大なブラックホールにのみこまれ、星が安定した惑星系を保つチャンスは皆無だった。[★71]

宇宙にとって無秩序なスープではなく、秩序ある物質をつくることは必要だし、ビッグバン直後にエントロピーをとても低い状態にすることも必要だったはずだ。物理学者のロジャー・ペンローズによれば、私たちが知るエントロピーとランダムさをもとに計算すると、私たちのいる宇宙と似たものをつくれるほど最初にエントロピーが低い状態である確率は、一〇の一〇乗の一二三乗分の一だという。[★72] そこに並ぶ0の数は、現在わかっている宇宙にある原子よりもはるかに多い（原子の数は一〇の七八〜八二乗だと推計されている。あいだをとって一〇の八〇乗だとすると、一〇の一〇乗の一二三乗の桁数は全原子の数よりも四三桁も大

きい数字となる。一〇〇〇万×一〇億×一〇億×一〇億×一〇億倍も多い)。★73

個々の計算について疑問が呈される可能性はあるし、どの要素についてもそれがもつ意味を否定する科学者が出てくるかもしれない。だが、これらの微調整《ファイン・チューニング》されたパラメータを個別に分析するだけでは充分ではない。それよりは物理学者のルーク・バーンズが主張するように、「生命が許される領域の和集合ではなく積集合」のことを考えるべきなのだ。★74 言いかえると、これらの要素すべては生命が実際に発展するために、生命にやさしくなければならず、もしもどれかひとつでも欠けていれば、生命は存在しなかったのだ。天文学者ヒュー・ロスによる印象的な表現では、これらの微調整が偶然に起こる確率は、「廃材置き場を竜巻が襲った結果、ボーイング747の機体が完全に組みたてられる」ことと同じくらいなのだ。★75

宇宙に生命が存在する可能性はとても低いが、宇宙が微調整されることでそれが現実になっている。この不思議さを説明するもっとも一般的なものは、人間という観測者の選択バイアスに求めるものだ。★76 つまり、人間がこの問題を考えるためには、人間は微調整された宇宙に住んでいなければならない。そうでなければ、人間が宇宙を観測し、この事実を知って、熟考することはできないのだ。これは「人間原理」として知られるもので、一部の科学者はこの説明が適切だと考えている。だが、現実は観測者である私たちとは無関係に存在していると考えるならば、この説明では満足できない。私たちが今も問いかけているかもしれない、気になる質問についてマーティン・リースが考察している。「あなたが銃殺隊の前に立っているとしよう。彼らの撃った弾はすべてはずれた。あなたはこう言う。『もしも全弾をはずすことがなければ、私はここでそれを心配してはいないだろう』。しかし、そこにはまだ驚くべき何か、簡単には説明できない何かがある。説明を必要とする何かがあると私は思うのだ[★77]」

アフターライフ

私たちの貴重でほかにはないアイデンティティを保存するための最初の一歩は、自分の中核をなす思考や観念を保存することだ。私たちはすでにデジタルの活動を通して、自分がどのように考え、何を感じているか膨大な記録をつくっている。そして、これからの一〇年で情報を記録し、保存し、整理するテクノロジーは急速に進歩するだろう。二〇二〇年代が終わりに近づくときに、このデータを利用して、具体的なパーソナリティをもつ人間をリアルに再現する非生物的シミュレーションをつくれるようになるはずだ[★78]。二〇二三年時点でもＡＩは人間をまねることがどんどんうまくなっている。トランスフォーマーやＧＡＮ（generative adversarial network 敵対的生成ネットワーク）のようなディープラーニング・アプローチは驚くべき進歩を遂げている。第2章で紹介したトランスフォーマーは、個人が書いたテキストで訓練して、その人のコミュニケーションスタイルをリアルにまねるように学習する。一方、ＧＡＮはふたつのニューラルネットワークに競争させるものだ。一番目のネットワークは、たとえば、女性の顔のリアルな画像のようなターゲットクラスから画像を生成する。二番目のネットワークは女性の顔のリアルな画像のなかから、一番目のネットワークが生成した画像を見わける。一番目のネットワークは二番目をだませれば報酬が与えられ（報酬は得点であり、ニューラルネットは最大限の得点をあげるようにプログラムされている）、二番目は正しく見わけられれば報酬がもらえる。このプロセスは人間の監督なしで何度もくり返すことができ、ふたつのニューラルネットは少しずつ習熟度を高めていく。

これらのテクニックを結びつけて、ＡＩはすでに特定の個人の文章をまね、声を再現し、動画の中にその人の顔を移植することもできる。前章で触れたように、グーグルの試験的なDuplexテクノロジーはＡＩが特定の人の音声を再現し、台本なしに電話で会話をするもので、本物らしさは高かった。二〇一八年の最初の試験はとてもうまくいき、実際に会話をした人は、会話相手がコンピュータであることにまったく気づかなかった。[★79]ディープフェイク動画は悪意のある政治的プロパガンダに利用されうるし、映画の主要登場人物を別の俳優に替えるとどうなるかを想像するのに利用されうる。[★80]たとえば後者ではCtrl Shift Faceというユーチューブ・チャンネルがバイラル（人から人へ情報がすばやく広まる）の動画をつくっている。二〇〇七年のアメリカ映画「No Country for Old Men」（邦題「ノーカントリー」）でハビエル・バルデムの役をアーノルド・シュワルツェネッガーやウィレム・デフォー、レオナルド・ディカプリオのディープフェイクに演じさせている。[★81]これらのテクノロジーはまだ幼年期にある。文章、声、顔、会話など個々の能力はこれから大きく進歩するだけでなく、それらが集合することで単なる足し算以上にリアルなシミュレーションをつくれるようになるのだ。

私たちがつくることのできるAIアバターのひとつのタイプは、〈レプリカント〉（映画「ブレードランナー」から言葉を借りた）と呼ぶもので、見た目、言動、記憶、スキルは故人のもので、私が「アフターライフ」と呼ぶ状況下で生きている。

アフターライフ・テクノロジーは複数のフェーズを通過して進歩する。そうしたシミュレーションのもっとも原始的なものは、私が本書を執筆する七年前から存在している。二〇一六年にアメリカのメディアネットワークの The Verge が注目すべき記事を発表した。ユージニア・クイダという若い女性が、ロマン・マズレンコという死んだ親友とのテキストメッセージによるやりとりを、AIに入力して、彼をAIでよみがえらせたというのだ。★82
私たちが生むデータが増えるにしたがい、個人の再現はより忠実になる。

二〇二〇年代の終わりには先進AIが、生きているようなレプリカントを生成できるようになるだろう。ソースとするのは、故人に関する数千枚の写真や数百時間の動画、数百万語に及ぶテキストチャットの単語、興味や習慣などのくわしいデータ、故人を覚えている人々へのインタビューだ。人々の反応は文化的、倫理的、個人的理由が混ざるものになるだろうが、望む人がそのテクノロジーを利用できるようになるのだ。

この世代のアフターライフ・アバターはきわめてリアルだが、多くの人にとって〈不気味の谷〉の問題は残るだろう。★83 レプリカントの言動は故人に似ているが、まだ微妙な違いがあり、それゆえに故人を愛する人は落ちつかない気持ちにさせられるのだ。このステージのシミュレーションは「あなた2号」ではない。単に人の脳にあった情報をなぞって再現しただけで、情報を形成する構造を再現したものではない。これが理由で、汎原心論の見方では、その人の主観的意識は復活させていないことになる。それにもかかわらず、多くの人は重要なプランや事業を継続するために、宝物のような思い出を共有するために、残された家族の癒やしのために、このシミュレーションを価値あるツールとして利用するだろう。

ほとんどの場合、レプリカントの体は仮想現実（VR）か拡張現実（AR）上に存在することになるが、二〇三〇年代後半にはナノテクノロジーを利用して、実際にリアルな肉体をもつこと（つまり、説得力のあるアンドロイド）も可能になるだろう。二〇二三年時点で、この方向の進歩はごく初期にすぎないが、すでに注目すべき研究は進んでいて、それが基礎となり次の一〇年に大きなブレイクスルーが起きるだろう。アンドロイドの機能について言えば、私の友人のハンス・モラベックが約四〇年前に指摘した課題に直面している。その課題は現在、「モラベックのパラドックス」と呼ばれている。★84 つまり、大きな数の平方根を解くことや、大量の情報を記憶することなど人間にとってむずかしい知的作業は、コンピュータには比較的簡単だ。その反対に、顔を認識するとか歩くときにバランスをとるなどの人間にとっては努力もいらない脳でおこなわれる作業がAIにはとてもむずかしいことなのだ。その理由として有力なのは次の説だ。後者の機能は、脳のバックグランドで動作するもので、数千万年、数億年をかけて進化してきたものだから、コンピュータが獲得するのはむずかしい。一方、高次な認知機能を動かしている大脳新皮質は、私たちの意識の中心であるが、だいたい現在の形になったのはわずか数十万年前にすぎない。[★85]

それでも、ここ数年でAIが指数関数的に強力になっていて、モラベックのパラドックスに対しても驚くべき進歩を見せている。二〇〇〇年にホンダの人型二足歩行ロボットのASIMOが、平らな床面をころぶことなくきわめて慎重に歩いてみせて、専門家をうならせた。[★86] だが、二〇二〇年までにボストン・ダイナミクス社の人型ロボットのアトラスが、障害物コースでほとんどの人間よりもはるかに機敏に走り、ジャンプし、宙返りをした。[★87] ハンソン・ロボティクス社のソフィアとリトルソフィア、エンジニアード・アーツ社のアメカは、人間のように見える顔で感情を表すことができる。[★88] 彼女らの能力はときにメディアで大げさに報道されるが、進歩の軌道に入っていることはまちがいない。

テクノロジーが進歩すると、レプリカント（生きている人のレプリカントも）はさまざまな体や体型を選べる。最終的なレプリカントは、元の人間のDNA（それが見つけられるとして）から培養した生物学的肉体に、人工頭脳学で強化した脳を収納したものになるかもしれない。そしてナノテクノロジーが分子スケールのエンジニアリングを可能にしたときには、生物学が許す以上の進んだ人工的な肉体をつくれるようになる。その時点で生き返らせた人々は、〈不気味の谷〉を超越するだろう。少なくともそのレプリカントと交流した多くの人が不気味とは感じない。

そのような存在は社会にとても深い哲学的問いを投げかける。その答えは、魂や意識、アイデンティティといった概念に関するあなたの形而上学的信念によって異なってくる。このテクノロジーで愛する故人を復活させた人は、そのレプリカントと話をして満足するだろうか？　あなた2号は生きている人間の脳から全データをアップロードするのに対して、レプリカントはＡＩとデータマイニングでつくるのだが、両者はどれだけ違うのだろうか？　ユージニア・クイダとロマン・マズレンコのエピソードが示すように、初期の形のレプリカントでさえも慰めや癒やしを与えられる。それでも、私たちが最初にこれを経験するときにどう感じるかは予想できない。このテクノロジーが普及するにつれて社会は適応していくはずだ。故人のレプリカントをつくってよい者や、その利用方法は法律で定められるだろう。ＡＩがレプリカントをつくるのを禁止しろと主張する者もいれば、生きているうちに自分のレプリカントをつくろうとし、その作成過程にみずから参加して、細かい要望や指示を出す者もいるだろう。

レプリカントの導入は、社会的、法律的に以下のような難問を数多く提起する。

・レプリカントは、完全なる人権、市民権（参政権や、契約を結ぶ権利など）をもつ者だと考えるか？
・レプリカントの元となった人が結んだ契約や犯した犯罪は、レプリカントに責任があるか？

・レプリカントは、元となった人の仕事や社会貢献を自分の功績にできるか？
・レプリカントとして戻ってきた夫や妻と再婚しなければならないのか？
・レプリカントは排斥されたり、差別されたりするか？
・レプリカントの作成が制限または禁止されるときの条件は何か？

意識とアイデンティティに関する哲学的難問についてはこの章で検討してきたが、かつては主に理論上の問題にすぎなかったものが、レプリカントの登場により、一般人もそれと真剣にとり組むことを求められる問題となる。二〇一二年に『いかにして心を創造するか』が出版されてから、あなたが本書を読んでいるまでに一二年が経過しているが、今からそれよりも短い年数でチューリングテストに合格するレベルのＡＩが、故人を再創造するためにプログラムされるだろう。そのレプリカントは人間と同じくらい自然で複雑な認知能力を有しているので、意識をもち、故人と同じように考える。レプリカントが自分は故人と同じ人間だと考えることは、彼らが同じ人間であることを意味しているのか？　そうでないと言える者がいるだろうか？

二〇四〇年代はじめには、ナノロボットが生きている人間の脳の中に入って、その人の記憶やパーソナリティを形成するデータすべてをコピーできるようになるだろう。「あなた2号」の登場だ。そのような存在は特定の個人に関するチューリングテストに合格する。つまり、その人を知る人物に、その人と話していると信じさせられるのだ。検出可能なすべての証拠において、コピーは元の人間と同じくらいリアルなので、アイデンティティは基本的に記憶やパーソナリティなどの情報だと考えている人からすれば、コピーは元の人とまったく同じ人なのだ。人としてそのコピーと交流を続けることもできるし、肉体をもつコピーならばセックスもできる。小さな違いはあるかもしれないが、人間だって変わってゆくものだ。変化は普通ゆっくりとだが、ときには戦争やトラウマによって、あるいは地位や関係性の変動によって急激に起こる。

テクノロジーがこのレベルに達すれば、アフターライフでも私たちの主観的自我が存続すると考える充分な理由を、意識に関するチャーマーズの見解は与えてくれる。留意してほしいのは、これは科学的に証明できる事柄ではないので、各人がみずからの哲学、精神性に関する価値観に従ってこのテクノロジーを利用するかどうかを決めなければならないことだ。生きている人間の脳のコンテンツを直接に、非生物の媒体にコピーする段階になれば、単なるシミュレーションされたレプリカントから、実際に精神アップロードされたWBE（whole-brain emulation 全脳エミュレーション）として知られるレプリカントに移行するのだ。

非生物的媒体の上で脳のシミュレーションをおこなうことは、コンピューティングにおいては幅広い意味をもつ。二〇〇八年にジョン・フィアラとアンダース・サンドバーグ、ニック・ボストロムは脳エミュレーション（模倣）について一一のレベルを示してみせた。★89 ここでは単純化して抽象的なものから徹底的なものまで五つのカテゴリーに分けてみる。

①機能的、②コネクトミック（神経系内の接続）、③細胞、④生体分子、⑤量子。

機能的エミュレーションは、元の人の精神のようにふるまうが、その人の脳の具体的な情報処理構造を再現していないレベルだ。コンピュータでもっとも処理しやすいが、シミュレーションとしての完成度は低い。コネクトミック・エミュレーションは、その人の脳におけるニューロン群間の階層的接続と論理的関係性を再現するが、細胞単位ではまねていない。細胞エミュレーションは脳内の全ニューロンについて重要な情報はシミュレートするがニューロン間の物理的な力はくわしくシミュレートしない。生体分子エミュレーションはタンパク質間の相互作用と各細胞内の小さな動的な力までモデル化する。そして量子エミュレーションは、分子内、分子間で働く原子以下レベルの効果までとらえる。これが理論上もっとも完全な解決策だが、圧倒的なコンピュータの計算能力が必要になるために、次の世紀まで実現できないだろう。[★90]

これからの二〇年間における主要研究プロジェクトのひとつは、どのレベルの脳エミュレーションで充分かをあきらかにすることだろう。量子レベルが必要だと考える人の多くは、主観的意識の基礎は（まだ未知の）量子効果にあると信じている。この章で（そして『いかにして心を創造するか』でくわしく）話したように、私はそこまでのレベルは必要ないと考えている。もしも汎原心論のたぐいが正しいのならば、主観的意識は私たちの脳がおこなう情報の複雑な配列に由来することになる。だから、デジタル・エミュレーションに元の人間のタンパク質分子のデータを含めなくても気にしなくていい。たとえると、次のことと変わらないのではないだろうか。あなたがＪＰＥＧファイルをフロッピーディスクに保存していても、ＣＤ-ＲＯＭやＵＳＢメモリに保存していても同じことだ。それは０と１が連続することで表現される情報で、保存媒体が何であっても再現される情報は同じに見えるし、同じ働きをする。実際のところ、あなたがその数字の並びを鉛筆で紙に書きうつして、その膨大な紙を友人に送り、友人が別のコンピュータにその数字を手入力すれば、画像は問題なく再現されるのだ。

ここから先の実際的なゴールは、コンピュータと脳を効果的に結合させる方法を見つけ、脳がどのように情報を表しているのかそのコードを解読することだ（精神転送を目指す進歩や、脳エミュレーションにおけるコンピュータの側面、そして、いつか人間が宇宙にある膨大なエネルギーを計算に利用できるかもしれないというマトリョーシカ脳と呼ばれるテクノロジーについて、深く知るためのアクセスしやすい情報源から技術的にくわしい情報源まで幅広く巻末注に載せておく）[★91]。

これは大いなる挑戦だが、二〇三〇年代の超知能ＡＩツールが、今は手が届かないように見える多くのことを達成可能にしてくれるだろう。

亡父のロボットと話す

グーグルの Talk to Books はすばらしいアイデアを生みだすツールだった。私たちはそこで通常一〇万冊以上の本のなかから、本や文書を自由に選ぶことができる。二〇一九年に私は父のフレデリック・カーツワイルが書いたもの――母へのラブレター、講座メモ、父が書いた音楽に関する本、父個人の意見をすべて集めた。それから、わが娘のエイミーが、Talk to Books の基盤になっているのと同じＡＩに対して、父の書いたものをソースとして一連の質問をした。私たちのとても短い会話をこれから紹介するが、父のレプリカントは私の質問に対して、理路整然としていて、自然で、驚くほどの答えを返すことができた。もしも私がこれは生前の父との会話だと言ったならば、あなたは不自然に思わないレベルだ。父を知る人たちや私にとって、これらの言葉はフレデリック・カーツワイルが考え、伝えたものとしてしっくりくるのだ。

私は自分のレプリカントをつくることも考えている。レプリカントは、活字になったものすべて、長時間の映像のほか何千ページもの手紙やメールなどにアクセスする。豊富なマルチメディアを基礎としたレプリカントは、父のそれよりも、より深く忠実に私のパーソナリティを再現するに違いない。未来のレプリカントＡＩは、その人の人生に関するあらゆる種類のメタデータ〔「データのデータ」のことで、あるデータの属性や特徴を表す付加的な情報を指す〕にアクセスし、はるかに忠実になるだろう。

では、私たちの質問とレプリカントの答えをいくつか紹介しよう。これは父を呼び戻す最初の一歩なのだ。

Q：音楽の何が一番好きですか？

A：ひとつの曲を生きたものにしているのは、一般的なプランをその曲が必要とするものに応用しているという事実です。音楽という芸術は長い時間をかけて発展してきましたが、常に人間の感情と結びついています。

Q：どの作曲家が一番好きで、その理由は？

A：ブラームス。彼の作曲はベートーヴェンを模範としています。

Q：ロックンロールの本質は何ですか？

A：メロディとリズムは音楽の根本資料です。音楽構造の基本原則や原理は、反復と対比、統一と変化です。

Q：どのようないきさつで指揮をするようになったのですか？

A：私は二〇年以上のあいだ、いろいろな種類のオーケストラを指揮してきました。プロ、アマ、カレッジ、ユニバーシティ、コミュニティ、オペラのオーケストラ。若手の集まりだけでなく、大きな交響楽団や室内楽団。私は多くのカレッジで教えてきました。

Q：あなたはどのように人々から記憶されたいですか？

A：もちろん、自画自賛することはむずかしいですが、人とつながり、うまくやっていくことは常に私の資産のひとつだと言えるでしょう。それは芸術的な能力だけでなく、友好的な個人的関係でもあります。

Q：後悔していることはありますか？

A：真に価値のある仕事に費やす時間がわずかしかないときには、毎日を終わることのないレッスンに費やし、関心の少ない仕事に時間を割くのが自分の運命なのかと思ってしまいます。自分の希望や善意よりも現実的な判断を優先してしまったのは、私の責任です。まあ、新たな責任を抱えながら、オーケストラをまとめていくのは、やりくりのとてもむずかしいことです。

Q：人をその人にしているものは何ですか？

A：部分と全体の関係のなかで、目録をつくることです。

Q：趣味は何ですか？

A：私たちは桃とブドウのすばらしい収穫を期待してます。私はガーデニングが好きで、それはリラックスさせてくれますが、やらなくてはならない作業が多いことは認めましょう。決して終わることのない種類の作業です。

Q：心配事はありますか？

A：ときどき悪夢を見ることです。

Q：現代のテクノロジーについてどう思いますか？

A：同時代の人から非難されるイノベーターを私たちはいつも目撃します。テクノロジーやオートメーションの進歩などは、個人を小さな存在にしてしまいます。この機械の時代によって、前の時代の理想と価値が壊されたのです。

Q：自動車事故の話を聞かせてくれますか？

A：私がオペラを指揮するために（アラバマ州）モービルにいたとき、妻がひどい自動車事故にあいました。彼女はタクシーにはね飛ばされて、トラックにぶつかり、複数の骨折という大けがを負い、二カ月以上病院で牽引治療を受け、現在は重い体幹ギプスをつけて家にいますが、仰向けに寝ることしかできません。彼女はしばらくこの状態でいるしかありません。

Q：人生の意味は？

A：愛です。

私は誰になる？

アイデンティティに関する私たちの問いかけは、意識や自由意志、決定論と相互に強く結びついている。これらの概念から見ると、レイ・カーツワイルという人間は、驚くほど正確な前提条件の結果と、私自身の選択の産物との両方でつくられた、と言うことができる。自分で変更可能な情報パターンとしての私は、人生を通して、誰と交流し、何を読み、どこへ行くかを決めてきたことが、確実に私を形成してきたのだ。

自分が何者であるかについて、私にその責任の一端はあるが、自分にはコントロールできない要素もたくさんあり、それが自己実現を制限している。私の生物の脳は、今とはまったく異なる先史時代の生活のなかで進化してきたもので、私が望まない習慣をもたせようとする。知りたいことをすべて知れるほど速く学ぶことはできないし、充分な記憶力もない。私のもつ恐怖やトラウマや疑いは、私が望むものを得ることを妨げているのはわかっているが、プログラムしなおしてそれらから逃れることはできない。そして、脳が収まっている体は、どんなにそのプロセスを遅らせようと努力しても、徐々に老化していく。そして、最後にはレイ・カーツワイルを表す情報のパターンが壊れることは生物学的にプログラムされているのだ。

それらの制限すべてから自由になることをシンギュラリティは約束する。数千年のあいだ、人間は自分が誰になれるかについて少しずつコントロールする力を獲得してきた。医学のおかげでケガや障がいを克服できるようになった。化粧品のおかげで自分好みに外見を整えられるようになった。多くの人が精神的不安定さを正すためや、意識の別の状態を経験したいために、合法のあるいは違法の薬物を利用している。より広く情報にアクセスできるようになったことは、心の糧《かて》となり、脳内の配線を変えるような精神的習慣をもたらす。芸術や文学のおかげで私たちは、会ったことのない人々に共感をおぼえたり、徳を伸ばすことができたりする。今のモバイルアプリは、規則正しく健康的なライフスタイルをつくるために利用できる。トランスジェンダーの人は以前よりも今のほうが、身体的な性別と、内面で経験しているアイデンティティの性別とを適合させやすくなった。脳を直接にプログラムできるようになれば、自分たちを整える能力がどれだけ増えるか想像してもらいたい。

だから、超知能ＡＩと融合することは立派な成果であるが、そこにはそれ以上の崇高な目的がある。私たちの脳がより進んだデジタルの代替物にバックアップされたら、私たちの自己改変力は完全になるのだ。私たちの行動は価値観と一致し、私たちの生命は生物学上の欠点によってそこなわれたり、短くされたりすることはない。最終的に人間は、自分であることに真の責任をもてるようになるのだ。[★92]

4

第4章

生活は指数関数的に向上する

みんなが思っていることとは反対のことが起きている

次の最新ニュースについて考えてもらいたい。

・世界における極度の貧困層はきのうより、〇・〇一％減少した。[★1]

こんなものもある。

・きのうから識字率は〇・〇〇〇八％上がった。[★2]

・水洗トイレのある家の割合は本日、〇・〇〇三％増えた。[★3]

そして、きのうも同じことが起きている。

そして、おとといも。

生活の向上に関する知らせにワクワクしないのならば、あなたが今までこうしたニュースを聞かなかった理由のひとつはそれだろう。

生活の向上を示すこれらの情報がメディアのヘッドラインにとりあげられないのは、新しい出来事ではないからだ。この数年間、よい方向へ向かうトレンドは日々続いていて、数十年、数世紀の物差しで見ても、そのペースは遅くなるものの、やはり続いているのだ。

私が今あげた例は、二〇一六年から二〇一九年の総合的なデータで、本書の執筆時点で得られる最新のものだ。極度の貧困層（二〇一七年時点で一日の生活費が二・一五米ドル未満の人々）の世界における推計数は、七億八七〇〇万人から六億九七〇〇万人に減った。[★4] 年間の減少割合がだいたい現在まで維持されるとすれば、一年に四％、一日で〇・〇一一％減少していることになる。正確な数字はわからないまでも、大きく違っていないことは確かだ。そして、ユネスコの（入手できる）最新データでは、二〇一五年から二〇二〇年のあいだに世界の識字率は八五・五％から八六・八％に上がった。[★5] 一日あたりに換算すると〇・〇〇〇八％の上昇となる。また、同じ二〇一五年から二〇二〇年のあいだで世界において、「基本的な」あるいは「安全に管理された」衛生施設（水洗トイレもしくはそれに類するもの）の普及率は七三％から七八％に増えた。[★6] 一日平均〇・〇〇三％増加したことになる。同様のトレンドは無数にあり、たえず発表されている。

こうした調査結果は単独ではすでに文章で記録されている。テクノロジーの変化が広範囲に及び人間の幸福によい影響を与えていることを、私は一九九九年の『スピリチュアル・マシーン』[★7] と二〇〇五年の『ポスト・ヒューマン誕生』[★8] で概説し、さらに数々の講演や記事で語ってきた。二〇一二年に著した『楽観主義者の未来予測』★9でピーター・ディアマンディスとスティーヴン・コトラーは、具体例をあげてこれまで欠乏していた資源が豊かになる時代に向かっていることを記した。また、スティーブン・ピンカーは二〇一八年の著書『21世紀の啓蒙』★10で、進歩が継続することで、社会のさまざまな分野に影響を与えることを語った。

本章ではこの進歩の指数関数的な性質を明確にすることに重きを置く。そして、収穫加速の法則は、私たちが目にしている個々のトレンドの多くで、基本的原動力になっており、近い未来において、それがデジタルの領域にとどまらず、生活の大部分で劇的な向上につながることを明確にしたい。

具体例を掘りさげる前に、この活力の概念をきちんと理解しておくことが重要だ。私の発言はときに、テクノロジーの変化は本質的に指数関数的であり、収穫加速の法則はどんなイノベーションにも当てはまると主張している、と誤解されることがある。私の見方はそうではない。収穫加速の法則は、テクノロジーのなかでも、イノベーションを加速させるフィードバック（正のフィードバック）をつくるものに起こる現象を記述するものだ。大まかに言うと、それらのテクノロジーは私たちに情報を管理する大きな力を与えてくれる。情報を集め、蓄え、処理し、伝える力で、それはイノベーションを起こしやすくする。印刷機は安価に本をつくることを可能にし、そのおかげで発明者の次の世代は教育を受けやすくなった。現代のコンピュータは、半導体設計者がより高速の次世代CPUを生む手助けをする。安価になったブロードバンドは、より多くの人がオンライン上でアイデアを共有することを可能にして、インターネットを誰にでもより便利なものにした。テクノロジーの変化でもっとも有名な指数関数的曲線はムーアの法則だが、それはこのより深くより基本的なプロセスのひとつの表れにすぎないのだ。

急激な変化だが、この法則にあてはまらないものの例としては、輸送テクノロジーの進歩がある。イギリスからアメリカに行くときの所要時間を見てみよう。一六二〇年に清教徒を乗せたメイフラワー号が大西洋を渡るのに六六日を要した。[★11] アメリカ独立戦争が始まる一七七五年には、造船と航海術の進歩により約四〇日に短縮されていた。[★12] 一八三八年に外輪蒸気船のグレート・ウェスタン号は一五日で航海を完了させ、[★13] 一九〇〇年までには四本煙突でスクリュー駆動の定期客船ドイチェラント号が五日と一五時間で移動をやってのけた。[★14] 一九三七年、タービン式発電の巨大客船ノルマンディー号は三日と二三時間まで短縮した。[★15] 一九三九年、パンナム航空が運用を始めた飛行艇は三六時間で大西洋を横断し、[★16] 一九五八年にはじめて運航したジェット機は一〇時間半で飛んだ。[★17] 一九七六年に超音速旅客機コンコルドは所要時間をわずか三時間半まで縮めた。[★18] これは終わりのない指数関数的なトレンドのように見えるが、そうではない。コンコルドが二〇〇三年に引退すると、ロンドン・ニューヨーク間のフライト時間は七時間半に戻ってしまったのだ。[★19] 大西洋横断輸送がスピードアップするのをやめたのには、具体的な経済的、技術的理由がある。だが、もっと深いところには、輸送テクノロジーが正のフィードバックループをつくらなかった、という根本的理由がある。既存のジェットエンジン技術はもっとよいジェットエンジンを開発するために利用できなかったので、ある時点で、さらに速度を上げるためのコストが、それ以上のイノベーションがもたらす利益を上まわってしまったのだ。

情報テクノロジーにとって収穫加速の法則がとても強力になった理由は、フィードバックループによってイノベーションのコストが常に恩恵よりも低くできたからで、そのために進歩は続いた。そしてAIが適用領域を拡大するのにつれて、コンピュータの分野で、いまやなじみのある指数関数的トレンドは、以前は進歩がとてもゆっくりで費用のかかった医薬などの分野でも見られるようになった。二〇二〇年代に入り、AIが急速にその適用分野と可能性を広げていくと、通常は情報テクノロジーと結びつけて考えられなかった食料や衣服、住宅、さらには土地利用の分野をも急速に変えるだろう。私たちは今、指数関数的曲線の急上昇のカーブに近づきつつある。そのため、これからの数十年において生活のほとんどの面が指数関数的によくなることが予想される。

問題なのは、こうしたよいトレンドに関する人々のとらえ方をニュース報道がゆがめる性質をもっていることだ。小説家や脚本家ならば、人々の関心を引きつけるには通常、危険や対立がエスカレートしていくという要素が必要だ、と言うだろう。[★20] 古代神話から「スター・ウォーズ」まで私たちの心をつかんできたのはこのパターンだ。その結果、ニュース報道は、ときに意図的に、ときにきわめて組織的にこのパラダイムを模倣する。SNSのアルゴリズムは、ユーザーの関与をうながし、広告収入をあげるために、ユーザーの感情的反応を最大化するように最適化されているので、一層深刻になる。[21]選択バイアスが働く結果、迫りくる危機に関するニュースを選び、本章の冒頭で紹介したような明るいニュースは一覧の最後に追いやられるのだ。

私たちが悪い知らせに引きつけられるのは、進化的適応である。進化の歴史において、生存のためには危険かもしれないものに注意するほうが重要なのだ。葉っぱがガサガサと音を立てれば、茂みに捕食者がいるのかと考える。また、去年よりも作物の収穫が一割伸びるだろうというよい話よりも、脅威のほうに集中するのは道理である。

狩猟採集小集団《バンド》のなかで生きるのがやっとの暮らしをしていた人類が、ゆっくりとした前向きの変化について考える本能が進化しなくても驚きではない。人類の歴史はその大部分において、生活水準の進歩はあまりに小さくはかなく、生涯を通してもほとんど気づかない程度のものだった。実際のところ、石器時代の水準が中世までずっと続いた。たとえばイギリスでは、一人あたりの推計GDPが二〇二三年のイギリスポンドで換算して、一四〇〇年は一六〇五ポンドだった。[22]もしもその年に生まれた人が八〇年生きたとして、死ぬときのGDPはまったく同じだった。[23]一五〇〇年のGDPは一五八六ポンドに下がっていて、八〇年後に少しだけ回復して一六〇四ポンドだった。[24]それに比べて、一九〇〇年のGDPは六七三四ポンドだったが、その年に生まれた人が八〇年生きたときのGDPは二万九七九ポンドに急増していた。[25]だから少しずつの進歩に対して敏感でない理由には、生物学的進化だけでなく文化的進化もあるのだ。社会のゆっくりとした物質的進歩について、プラトンやシェークスピアが何も語っていないのは、彼らが生きていたときに進歩は気づけないほどわずかなレベルだったからだ。

古代の人は茂みにひそむ捕食者を警戒したが、現代人は、自分に危険が及ぶかもしれない出来事について、SNSも含めて情報源をたえず監視している。メディア心理学リサーチセンター所長のパメラ・ラトリッジは次のように語る。「私たちは出来事を常に監視して、こう問いかけています。『これは私に関係のあることか、私は危険なのか？』と」[★26]。この行動によって、徐々にしかあきらかにならないよい出来事にアクセスする能力が奪われてしまうのだ。

過去を美化して覚えている心理的バイアスはくわしく記録されているが、それも進化的適応のひとつだ。心痛や苦悩の記憶はよい記憶よりも早く消える[★27]。コロラド州立大学の心理学者リチャード・ウォーカーによる一九九七年の研究は次のようにおこなわれた[★28]。参加者は複数の出来事について楽しかった程度、苦しかった程度で点数をつける。それから三カ月後、一八カ月後、四年半後に同じ出来事を評価する。その結果、否定的反応は肯定的反応よりもはるかに早く消え、楽しかった記憶は長く残った。二〇一四年にオーストラリア、ドイツ、ガーナなど多くの国で実施された研究では[★29]、この〈情動減衰バイアス〉は、世界共通の現象であることがわかった。

「ノスタルジア」という言葉は、一六八八年にスイスの医師ヨハネス・ホーファーがふたつのギリシャ語（「nostos《ノストス》：帰郷」と「algos《アルゴス》：心の痛み」）をくっつけた造語だが、それは単によかった昔を思い出すだけではない。ノスタルジアは、過去を変えることで、過去のストレスに対処するメカニズムなのだ。[★30] 過去の痛みが消えなければ、私たちは永遠にそれにとらわれたままになる。

この現象は研究により裏づけられている。ノースダコタ州立大学の心理学教授クレイ・ラウトリッジは、ノスタルジアはストレスなどへの対処メカニズムとして使われると分析する。昔懐かしいよい出来事について書いた参加者は、自己評価が高く、社会的なつながりも強いことが報告されている。[★31] このようにノスタルジアは個人にもコミュニティにも有用である。私たちが過去の経験をふりかえるとき、痛みやストレス、試練は消えていて、当時のよい面が思い出されやすい。逆に、今について考えるとき、現在の心配や困難が強く意識される。このため、客観的な証拠は逆のことを強く示しているにもかかわらず、私たちは、過去は現在よりもよいというまちがった印象をしばしば抱くことになるのだ。

また、日常の出来事のなかで悪いニュースは広まりやすい、という認知バイアスを私たちはもっている。例をあげると、二〇一七年の研究では、たとえば株価や失業率の上下や、台風の当たり年か否かなど、ランダムに小さく上下することに対して、人は悪いニュースのときには、ランダムなものだと認識しにくい傾向があることがわかった。[★32] これはもっと大きな悪い傾向の一部ではないか、と疑うのだ。認知科学者のアート・マークマンは研究結果のひとつをこう要約する。「このグラフは経済の根本的な変化を示しているかどうかを参加者に尋ねると、ものごとが良くなっているときよりも、悪くなっているときに、そ

の小さな変化は大きな変化を示していると見ることが多かった」[★33]

この研究や同様の研究から言えるのは、私たちは、エントロピーは増大すると考えるように条件づけられていることだ。つまり、世界は初期の状態から崩れて、悪くなっていくと考えるのだ。これは失敗への備えをし、行動に出る動機を与える建設的な適応かもしれないが、人々の生活における向上点を見えなくする強力なバイアスになる。

これは政治に明確な影響を与える。アメリカの非営利組織である公共宗教研究所の調査では、二〇一六年にアメリカ人の五一%が、「アメリカの文化と生活は一九五〇年代以降悪くなっている」と感じていた。[★34] 二〇一五年のイギリスの総合調査会社であるYouGov社による調査では、イギリス人の七一%が、世界はだんだん悪くなっていると考えており、良くなっていると答えた人はわずか五%だった。[★35] こうした認識はポピュリスト政治家を刺激し、失われた過去の栄光をとりもどすことを公約させる。だが実際は、幸福に関するほとんどすべての客観的尺度において、過去のほうが現在よりも相当悪いのだ。

この現象は多くで見られるが、ひとつの例をあげよう。二〇一八年に二六の国――世界人口の六三%を占め、一七の言語を話す――で三万一七八六人を対象にした調査がおこなわれた。[★36] この二〇年間で世界の貧困は増えたか、減ったか、増減の程度はどのくらいか、を尋ねたのだ。その回答を次ページのグラフに示した。

正しい答えは「五〇%の減少」だが、正解者はわずか二%にすぎなかった。無数の社会対策、経済対策によって世界はよい方向に進んでいるという現実があるが、一般の人の認

この 20 年間の世界における極度の貧困人口の割合は…

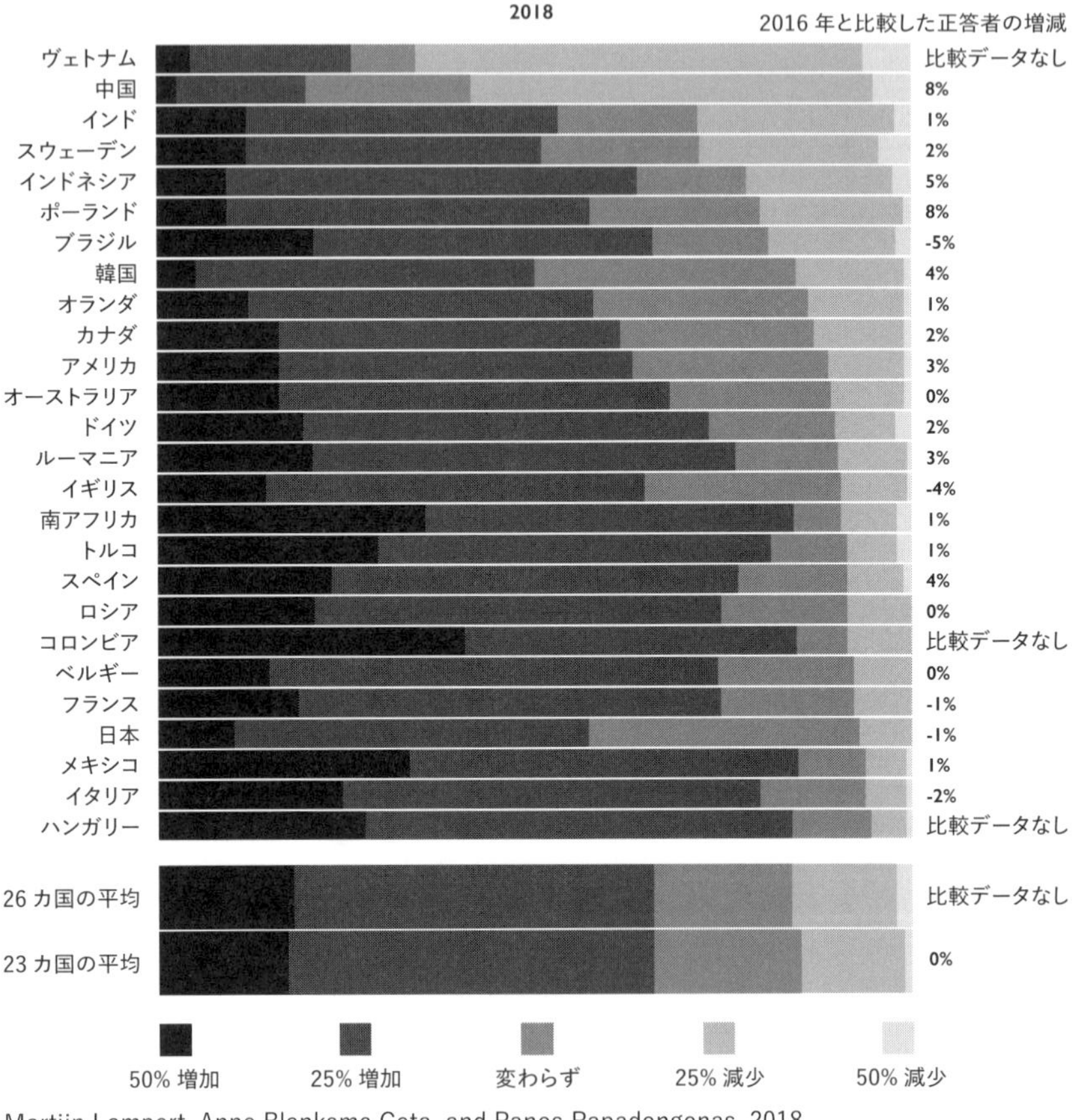

Martijn Lampert, Anne Blanksma Çeta, and Panos Papadongonas, 2018

識は違うことを確認する社会科学の研究結果が増えている。別の例には、マーケティング会社のイプソス・モリが、英王立統計学会とキングス・カレッジ・ロンドンの依頼を受けてイギリスでおこなった画期的な調査がある。[★37] 一般人の意見と多くの統計データとのあいだに次のような大きな相違があることを示したのである。

・一般の人の印象では、政府による給付のうち、不正受給は全体の二四％もあるが、実際は〇・七％にすぎない。
・イングランドとウェールズにおいて、一九九五年から二〇一二年のあいだで犯罪は五三％も減ったが、同期間に犯罪が増えたか変わらないと思っている市民は五八％もいる。暴力犯罪は二〇〇六年から二〇一二年のあいだで二〇％も減少したが、五一％の市民は増加したと思っている。
・ティーンエイジャーの妊娠は、実際よりも二五倍も多いと考えられている。イギリスで一五歳以下の少女の妊娠は年に〇・六％だが、市民の推定は一五％だった。

大西洋をまたいだ反対側でも同じ結果が見られる。二一世紀に入って、半数を大きく超えるアメリカ人（最高七八％）が、前の年よりも犯罪と貧困が増えたと考えているが、実際は一九九〇年以降、半分近くにまで減っているのだ。[★38]
「血が流れれば、トップニュース」という至言が、こうした誤解の主な原因をうまく言いあらわしている。暴力的な出来事は大きく報道される一方、犯罪減少のニュース（法執行機関がデータをうまく活用したためや、警察とコミュニティの連携強化によるものなど）は文字どおり「事件ではない」ために広く報道されないのだ。

　これは誰かの意識的決定がなくても起こりうる。なぜなら、メディアには構造的に暴力やネガティブな話を報じることを好むインセンティブがあるからだ。この章ですでに触れた認知バイアスのために、人間はわが身に危険が及びそうな情報に同調しやすい。従来のニュースメディアだけでなくSNSも含めて、ほとんどのメディアは人々の目を引きつけることで収益源である広告収入を生んでいる。だから、ビジ

犯罪の増加に関する一般の認識

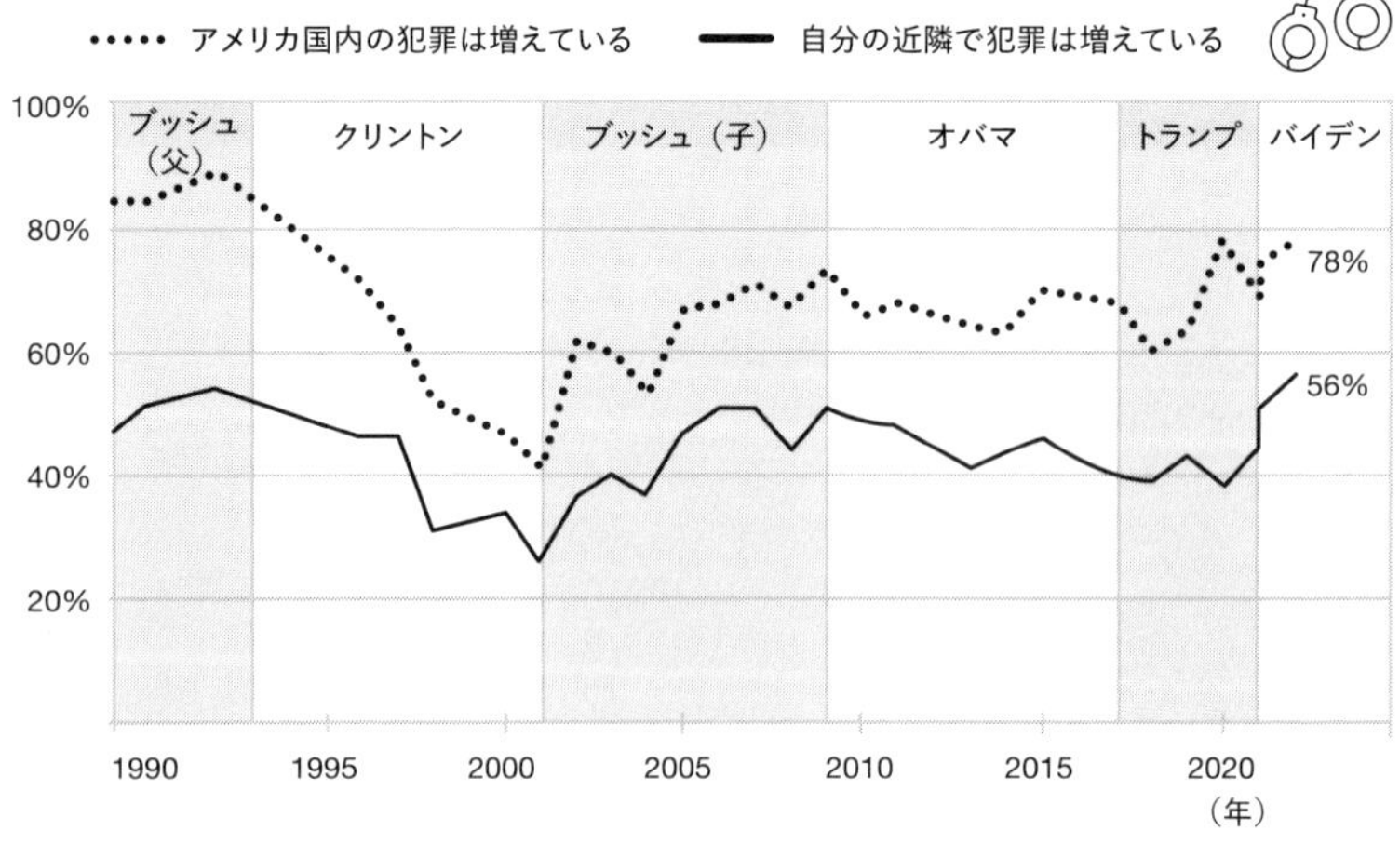

資料：Gallup Poll

Jamiles Lartey, Weihua Li, and Liset Cruz, the Marshall Project, 2022

ネスで生き残るには、脅迫的な情報を伝えて、強い情動的反応を起こさせるのが最良だ、とその業界が集団として学んでいても驚きはない。

これには緊急性の問題もからんでくる。「ニュース」という単語は文字どおり「新しく、タイムリー」な情報を意味する。人々はメディアに使える時間が限られているので、ニュースに関しては、起きたばかりの出来事を優先しやすい。問題なのは、緊急性のある出来事は圧倒的に悪い話が多いことだ。そして、私がこの章の冒頭で強調したが、世界で起きているよいことのほとんどはゆっくりとしたプロセスをたどる。だから、緊急性のレベルでよい話が上位に来ることはとてもむずかしく、ニューヨークタイムズ紙の一面やCNNのトップのニュースになることはない。SNSでも同じ

アメリカにおける実際の犯罪率

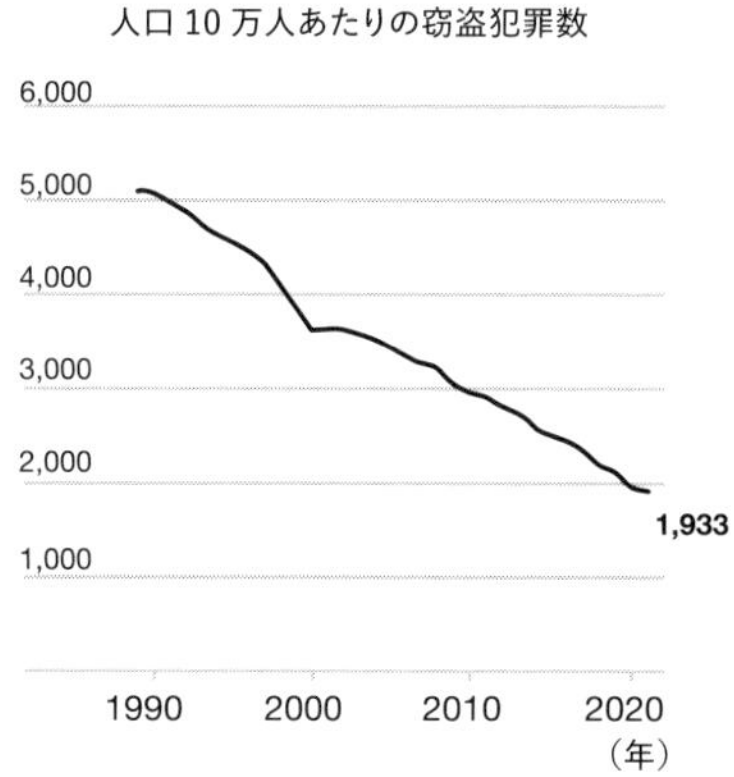

資料：Uniform Crime Reporting Program, Federal Bureau of Investigation

Jamiles Lartey, Weihua Li, and Liset Cruz, the Marshall Project, 2022

ことが言え、災害の映像はシェアされやすいが、ゆっくりと進むよいことは劇的な映像を生みはしないのだ。

スティーブン・ピンカーは次のように言う。「ニュースは世界について誤った理解をさせる。起きた出来事ばかりを報じて、起きなかった出来事には触れない。だから、警官が発砲しなかったり、都市で暴力的なデモ行進が起きなかったりしたときはニュースにならないのだ。暴力事件がゼロにならないかぎり、それはクリックしてもらおうと常にヘッドラインに載せられる。……悲観主義は自己成就的予言になりうる」[★39]。昔の人々は主に自分たちの住んでいる地方や地域の出来事しか知らされなかったのに対して、今のＳＮＳは世界中から不安になるニュースを集めているので、ピンカーの言葉は現在では特に真である。

だが、私は真逆の意見をもっている。「楽観主義は、未来に関する根拠のない推察ではなく、自己成就的予言なのだ」。よりよい世界を築けると信じることは、それを実現するために頑張れる強いモチベーションになるのだ。

ダニエル・カーネマン（一九三四―二〇二四年）は、人々が世の中を評価するときに、根拠がなく無意識のヒューリスティック〔判断の際に、経験にもとづき、ある程度正しそうな答えをすばやく見つける思考法〕に頼ることを研究し、ノーベル経済学賞を受賞している（研究の一部はエイモス・トヴェルスキーと共同でおこなった）[★40]。二人の研究は、人々は、自分がもっている概念との合致度を優先して、本来基準とすべき情報や確率を無視したり軽視したりしがちであることを示した。ある集団で一般的に正しい傾向は、その集団の個人にもあてはまると考えることなどだ。たとえば、もしもあなたの知らない人がみずからのことを語った言葉から、その人の職業を推測するようにあなたが求められたとき、その人が「本が好きだ」と言ったならば、職業は「図書館員」だと推測しがちだ。だが、世の中に図書館員という職業は比較的少ないという一般的事実（基準率）があり、あなたの選択はそれを無視している。[★41] このバイアスを克服できた人は、職業について考えるときに、本が好きだという情報は根拠としてとても弱いことに気づき、たとえば「小売り店店員」などのもっとよくある仕事だと答えるのだ。人々は基準率を忘れているわけではないが、個々の状況を考えるときにもっと鮮明な細かいことに反応するほうを選んで、しばしば基準率を無視してしまうのだ。

カーネマンとトヴェルスキーが言及したバイアスのかかったヒューリスティックは、ほかに次のものがある。「素直な観察者は、コイントスで裏が出たあとは、表が出ることを期待しやすい」。[★42] これは平均値への回帰を誤解しているために起こる。

社会がものごとを悲観的にとらえることを説明する三番目のバイアスは、カーネマンとトヴェルスキーが「利用可能性ヒューリスティック」と呼ぶものだ。[★43] 人は、ある出来事や現象について、自分がその具体例をどれだけ簡単に思いつくかを基準に、それが起こる可能性を見積もりやすい。今まで理由を述べてきたように、ニュースや私たちのニュースフィードは悪い出来事を強調するので、私たちは悪い状況をすぐに思いつけるようになっている。

これらのバイアスを正すべき理由は、現実の問題を無視したり、軽視したりするべきだからではなく、人類がたどる道について楽観的になる強い論理的根拠を与えてくれるからだ。技術革新は自動的に起こるものではなく、人間の創造力と努力が必要だ。またテクノロジーが進歩するときに、その影響で苦しむ人が出てくることも見なければならない。このトレンドが描く大きな絵は、現実の問題はときに困難で、さらには絶望的に見えるかもしれないが、人類は種としてそれを解決する転換点にいることを教えてくれるのだ。私はそれを、真のモチベーションを与える源だと考えている。

現実の私たちの生活は、テクノロジーの指数関数的向上のおかげで、ほとんどすべての面で着実によくなっている

情報テクノロジーの進歩は直接にさらなるイノベーションに貢献するので、その進歩は指数関数的になる。だがこの傾向は、他の領域においても相互に強化しあって進歩していくメカニズムの多くをあと押しした。これにより、過去二世紀以上にわたり人間の幸福におけるほとんどすべての面（識字能力、教育、富、衛生、民主化、暴力の減少など）で、進歩の好循環が生まれている。

私たちは経済的観点から人類の発展について考えることが多い。人々が毎年より多くのお金を稼げるようになれば、よりよい生活を手にできる。だが、真の発展には、単に経済的富を蓄えることよりもっと深い何かがかかわっている。景気は浮き沈みがあり、富は得ることも失うこともある。だが、テクノロジーの変化は本質的に永続的なのだ。人類の文

明がひとたび、あることが有用だと学んだならば、私たちはその知識を保持し、それを基礎とする。この前進しかない進歩はとても強力で、自然災害や戦争、感染症の大流行などの一時的な大惨事で社会が後退することがあってても埋めあわせられる。

教育や医療、公衆衛生、民主化などの関連しあう要素は、相互に強化しあうフィードバックループを形成する。そのどれかの領域で進歩があると、他の領域にも恩恵をもたらしやすい。たとえば、よい教育は優秀な医師を生み、優秀な医師はより多くの子どもたちが学校に通いつづけられるように彼らの健康を保つ。これの意味するところはとても大きい。つまり、新しいテクノロジーは、それ自身が利用される範囲をはるかに超えて、間接的に巨大な恩恵をもたらすことができるのだ。たとえば、二〇世紀の省力家電は、使用する人の多くの時間と労力を節約するだけでなく、女性を家事から解放し、才能ある数百万人の女性が社会的労働に参加するという革命的変化を促進し、彼女たちが多くの分野で重要な貢献をした。一般に言えるのは、テクノロジーのイノベーションは多くの人が社会でその能力を充分に発揮することを助け、その結果、さらなるイノベーションにつながる、ということだ。

もうひとつの例は、印刷機の発明である。印刷機により教育へのアクセスが改善され、大きく広がり、その結果、より有能で洗練された労働者が供給されたので、経済成長につながった。識字能力の向上によって、生産や取引で、需給に応じた生産や出荷、価格の調整などが可能になり、さらなる繁栄をもたらした。増加した富はインフラや教育への投資を増やし、それが利益を生む循環を加速させた。一方、大量印刷による情報伝達はさらなる民主化をおし進め、やがて暴力の減少をもたらした。

最初、これはとてもゆっくりとしたプロセスで進み、祖父母と孫の世代でも暮らしぶりは一般には気づかれない程度しか変わらない。だが、このトレンドは数世紀も順調に続いたので、社会福祉に関するすべての指標の増加ペースは目立つほどではないが徐々に速くなってきた。この数十年で、ほとんどすべての種類の情報テクノロジーにおいて指数関数の曲線は急角度になっていくことで、トレンドは加速している。私がこの章を執筆している今からの数十年で進歩はさらに加速するだろう。

読み書きの能力と教育

人類の歴史において、ほとんどの期間、世界中で識字能力はとても低かった。知識はほとんど口頭で伝えられたが、その主な理由は、書いたものを複製することがとても高価だったからだ。書いたものをめったに目にすることもなく、それを買う余裕がまったくない普通の人にとって、字を学ぶことに価値はない。時間というものは、万人が平等に消費するきわめてまれな資源で、あなたが何者であれ、得られる時間は一日二四時間と決まっている。人が自分の時間をどのように使うかを決めるときに、唯一の合理的な行動は、その選択から何が得られるかを考えることだ。字を学ぶには莫大な時間を投資しなければならない。生存すること自体が困難で、本は非常に高価で、普通の人は手にできない社会において、字を学ぶのは賢い投資とは言えない。だから、読み書きのできない祖先を、無知だとか好奇心がなかったとか単純に考えないようにしよう。彼らは識字能力を身につけることがまったく奨励されない状況に生きていたのだ。

この視点から、今日の世界における動機づけが、ときには学習を奨励しない場合を考えることは価値がある。たとえば、情報テクノロジー関係の仕事がほとんどない土地では、コンピュータ科学に興味をもつ若者は、プログラミングを学ぶことは時間の賢い使い方ではないと考えるかもしれない。だが今、数世紀前のヨーロッパと同じように、テクノロジーがその状況を変えることができる。自動翻訳やリモート学習、自然言語プログラミング、テレワークなどが新しい機会をつくり、好奇心に報いるのだ。

ヨーロッパでは中世後半に活版印刷機が登場して、安価でさまざまな印刷物が一気に広まり、普通の人が識字能力をもつことが現実的になった。中世が終わるとき、ヨーロッパで字を読める人は全人口の二割以下だった。[★44] 識字能力をもつのは主として聖職者と読むことが必要な職業の人に限られていた。[★45] 啓蒙主義〔一七、八世紀のヨーロッパで起こった、中世的な思想、慣習を打破し、近代的、合理的な知識体系をうち立てようとした運動〕の時代に、識字能力は徐々に広まっていったが、一七五〇年時点でヨーロッパの主要国のなかで、識字率が五割を超えていたのはオランダとイギリスだけだった。[★46] 一八七〇年には、当時まだ経済が発展途上で内戦があったばかりのスペインとイタリアが大きく後れをとっていた。[★47] 世界の平均はヨーロッパよりも低く、一八〇〇年に読み書きのできる人はおそらく一〇人に一人以下だった。しかし、一九世紀に大量生産の新聞が普及したことは、識字率を上げることに貢献し、また、すべての子どもに基礎的な教育を保障しようという社会改革が始まった。[★48] それでも一九〇〇年時点で識字率は二五%に届かなかった。[★49] 二〇世紀のあいだ、公教育が世界中に広まり、一九一〇年に識字率は二五%を超え、一九七〇年には世界の半分以上の人が読み書きできるようになった。[★50] それ以降、読み書き能力は世界のほとんどの場所に広まっていった。[★51] 現在では、世界の識字率は八七%近くに達し、先進国はしばしば九九%超の数字を誇る。[★52]

だがまだ進歩の余地はある。この識字率は、自分の名前など短い文章を読み書きできるという初歩的な基準を満たしていればいい。そのため、識字能力の質を評価するより豊かな新基準がつくられている。たとえば、二〇〇三年に連邦教育省がおこなった全米成人識字調査（ＮＡＡＬ）によると、識字能力が「基礎未満」より上の者は八六%にとどまっていた。[★53] 九年後の同様の調査でも、目立った改善は見られなかった。[★54]

一八七〇年にアメリカ国民は平均して約四年の正規教育を受けていた。それに対して、イギリスや日本、フランス、インド、中国はそろって一年以下だった。[★55] このうちイギリスと日本、フランスは二〇世紀はじめのうちに、無償の公教育を拡大させることで急速にアメリカに追いついた。[★56] 一方、インドと中国は貧しい発展途上国にとどまっていたが、第二次世界大戦後の二〇年間で大きく飛躍し、[★57] 二〇二一年の就学年数はインドが平均六・七年、中国は七・六年になった。[★58] 米英日仏はいずれも平均一〇年を超えていて、最長のアメリカは一三・七年である。[★59] １８０～１８１ページの三つのグラフは、七〇年以上に及ぶ教育の

1820年以降の識字率★60

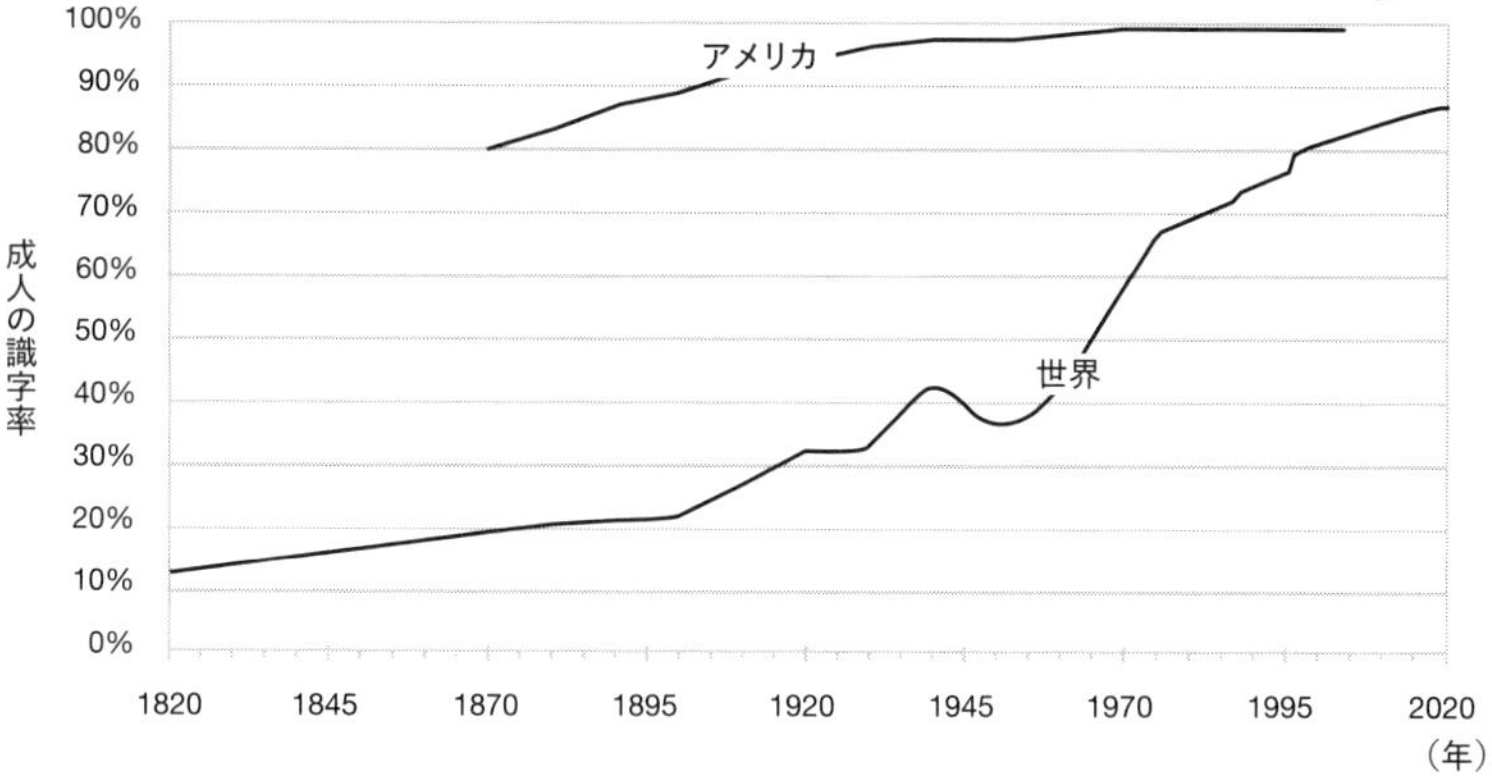

主要資料：Our World in Data; UNESCO

国別識字率★61

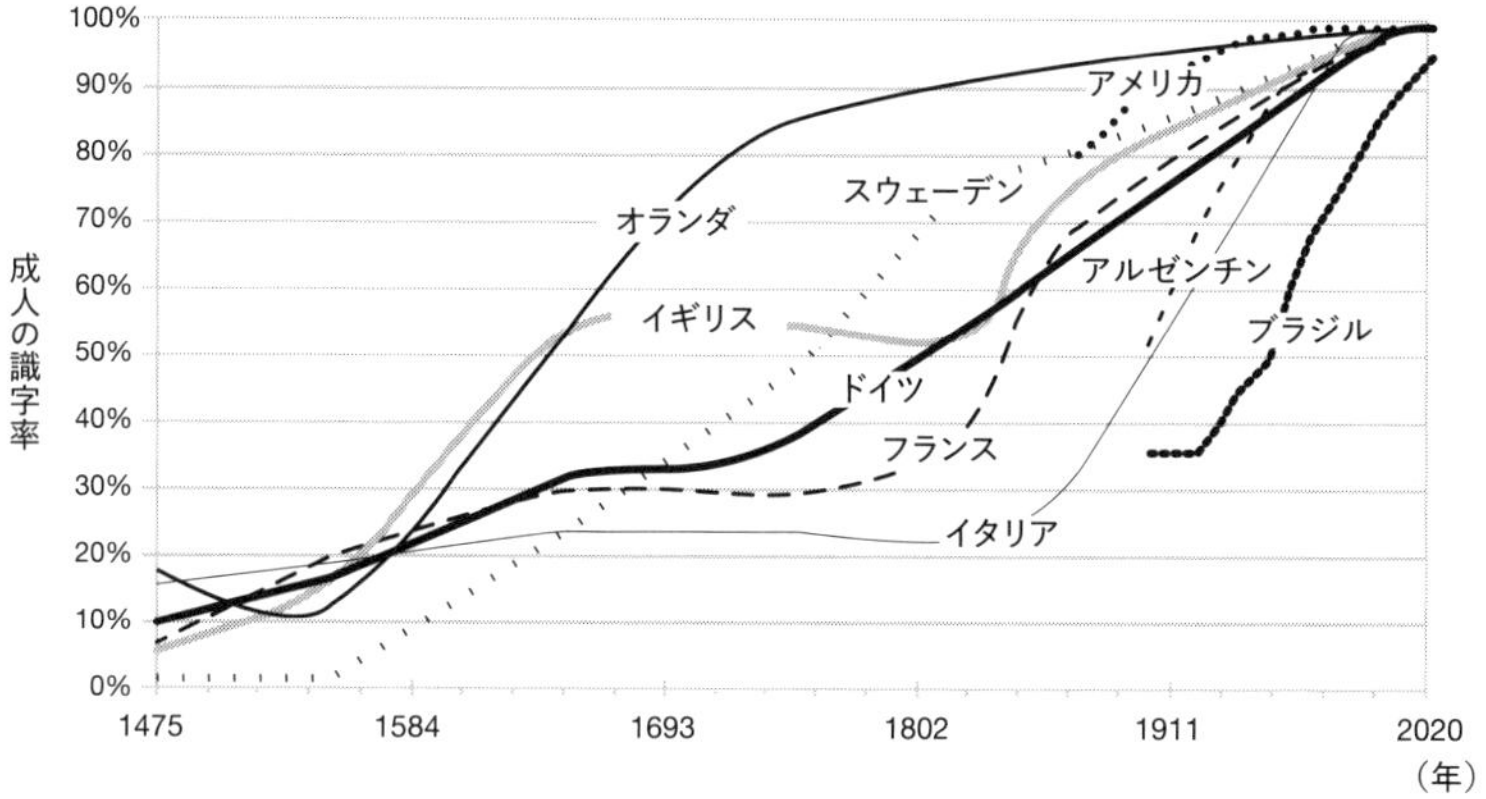

資料：Our World in Data; UNESCO

アメリカの教育支出額★62

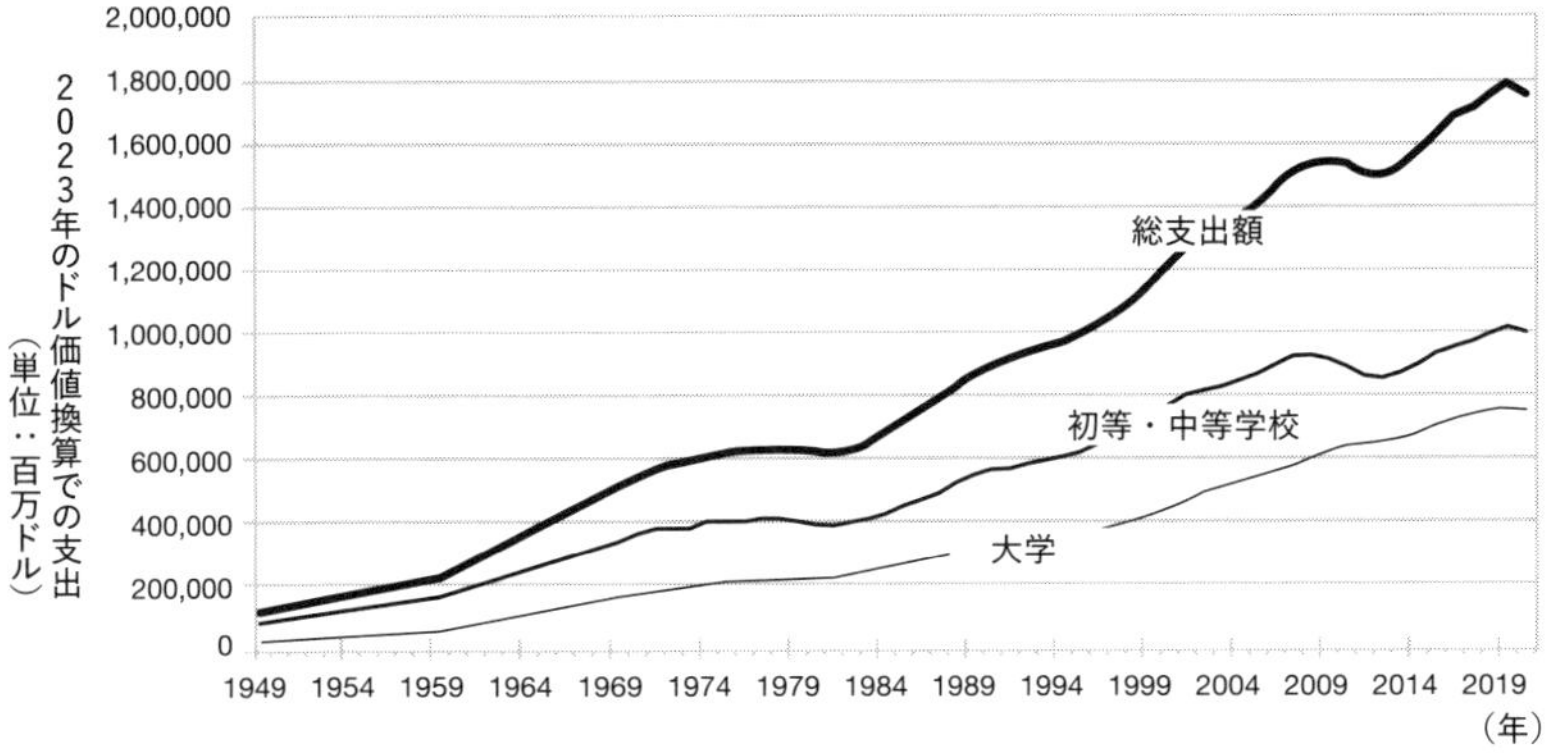

主要資料：National Center for Education Statistics

アメリカにおける１人あたり教育支出額★63

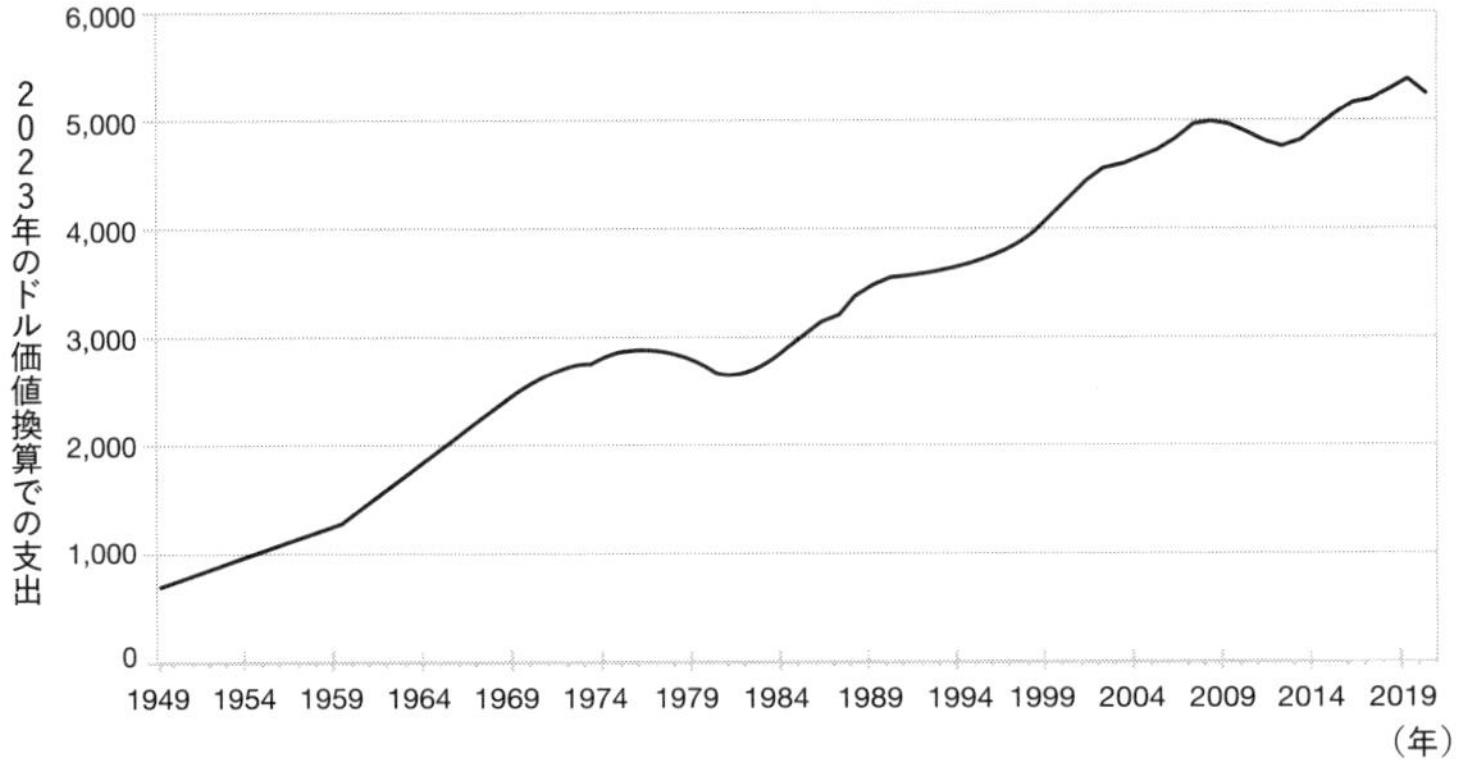

主要資料：National Center for Education Statistics

平均就学年数★64

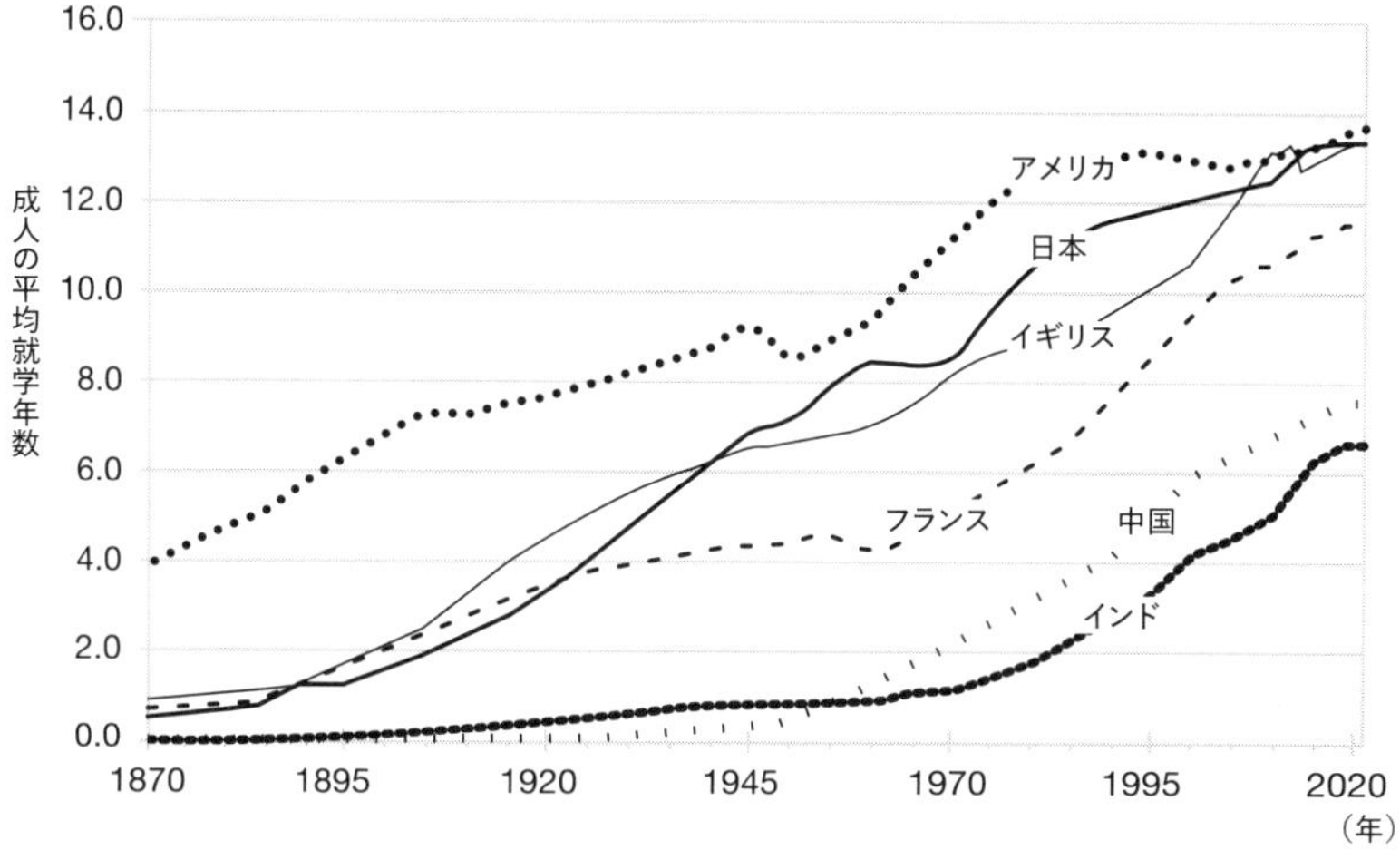

主要資料：Our World in Data; UN Human Development Report Office

劇的な向上を示したものだが、同じ期間にコンピュータが教育を促進し、教育の恩恵を増やしたことは偶然ではない。

水洗トイレ、電気、ラジオ、テレビ、コンピュータの普及

歴史的に、人に病気と死をもたらす最大の原因のひとつは、人の糞便による食料と水の汚染である。★65 水洗トイレはこの問題を技術で解決する決定的方法で、アメリカでは早くも一八二九年に都市部で少しずつ導入されはじめたが、二〇世紀になるまで都市圏で一般的になることはなかった。★66 一九二〇年代から三〇年代にかけて、地方でも急速に水洗化が進み、一九五〇年には四分の三の家庭

に普及し、一九六〇年に普及率は九〇％に達した。[★67] 二〇二三年現在、アメリカで水洗トイレのない家庭はごくわずかで、その多くは悲惨なほど貧しいからではなく、ライフスタイルの選択に起因する（前近代的な環境で生活することを好む、など）。[★68] それに対して、発展途上国の家庭では水洗トイレや、コンポストトイレ〔堆肥化トイレ。排せつ物をおがくずなどと混ぜ、微生物の力で分解して、有機肥料に変えるトイレ〕などの他の改良型衛生施設をもたない主な理由は貧困にある。[★69] それでも、世界で安全なトイレの利用は着実に増えており、衛生施設に関する技術の費用は下がってきている。そして、暴力事件の起きやすい地域も以前よりは落ちついてきているので、衛生関係のインフラに投資できるようになった。[★70]

電気それ自体は情報テクノロジーでは

アメリカと世界における水洗トイレと改良型衛生施設の普及率[★71]

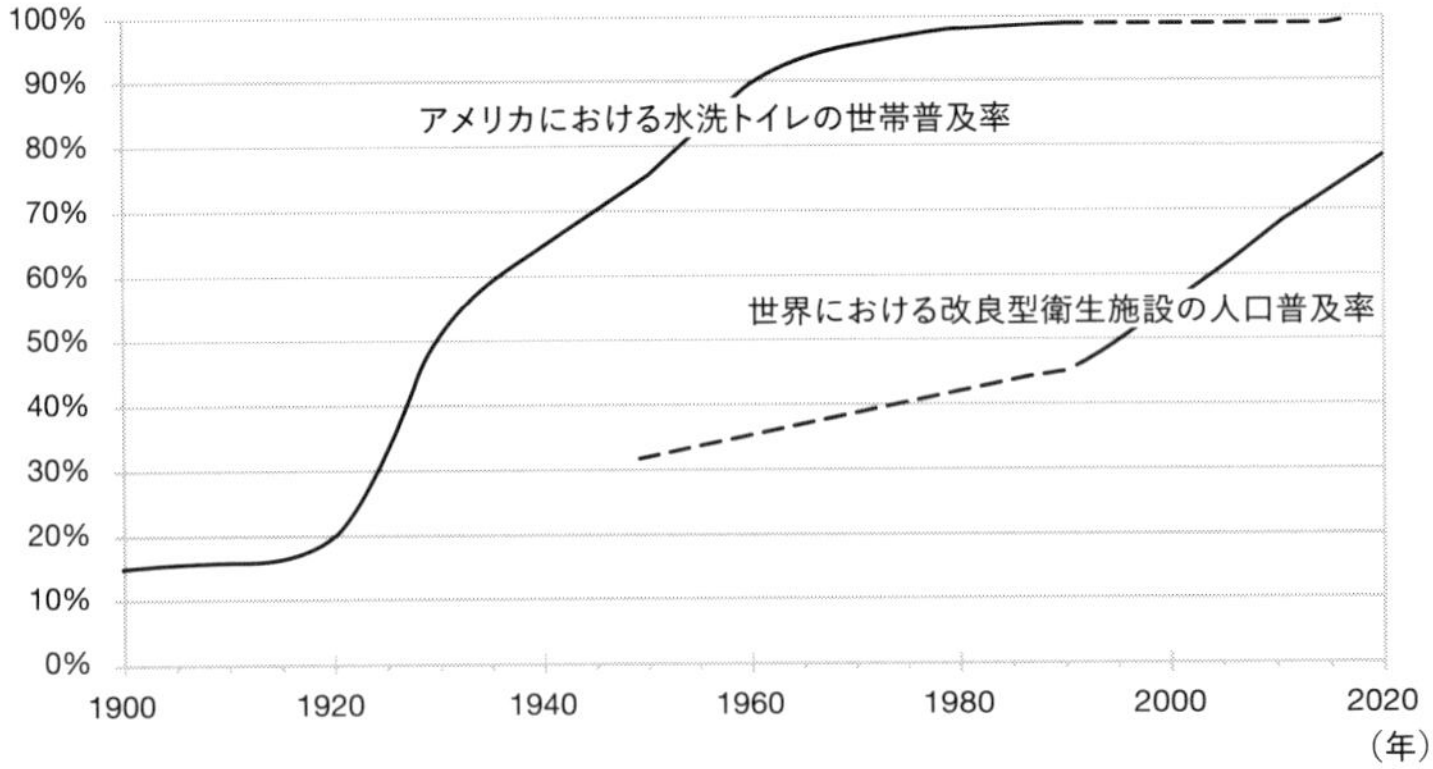

主要資料：Stanley Lebergott, *Pursuing Happiness: American Consumers in the Twentieth Century* (Princeton, NJ: Princeton University Press, 1993); US Census Bureau; World Bank Dashed lines indicate estimates bridging data sources.

ないが、デジタル機器やネットワークを動かすので、現代文明が無数の恩恵を享受するためには欠かせないものだ。コンピュータの登場前でも、斬新な省力化の電化製品を動かしていたし、人々が夜間でも働いたり、遊んだりすることを可能にしていた。二〇世紀のはじめにアメリカにおける電力供給は大都市とその周辺に限られていた。[72] 大恐慌が起きたために、電力供給の増加ペースはにぶったが、一九三〇年代と四〇年代にフランクリン・D・ルーズベルト大統領が、農業の中心部に電動機械の導入による効率化をもたらすことを目的として地方の大規模電化プログラムに挑戦した。[73] 一九五一年にはアメリカの世帯の九五%以上に電気が供給され、一九五六年には全国を電化する努力は基本的に達成された。[74]

　世界のほかの地域でも通常、電力の供給は同じパターンで進む。都市が最初で、次に郊外、そして田舎と続く。[75] 今日、地球の人口の九割以上は電気の供給を受けている。[76] まだ電気がない地域で、第一の障害はテクノロジーではなく政治にある。MIT教授のダロン・アセモグルと同僚のジェイムズ・ロビンソンは、人類の発展において政治制度が大きな役割を果たしていることをあきらかにした重要な研究をしている。[77] 要約すると、多くの人々が自由に政治に参加することを認める国や、未来のためのイノベーションや投資が保証されている国では、繁栄のフィードバックループが根づくことが可能になるのだ。いまだに世界の人口のおよそ一割に電気が供給されるのがむずかしい理由はこれらの要素が欠けているからだ。暴力が日常的な地域では、すぐに壊されるかもしれない高価な電力インフラに投資するのは無駄ではないかという答えになる。同じように、道路も整備されていない

アメリカと世界における電気の普及率★78

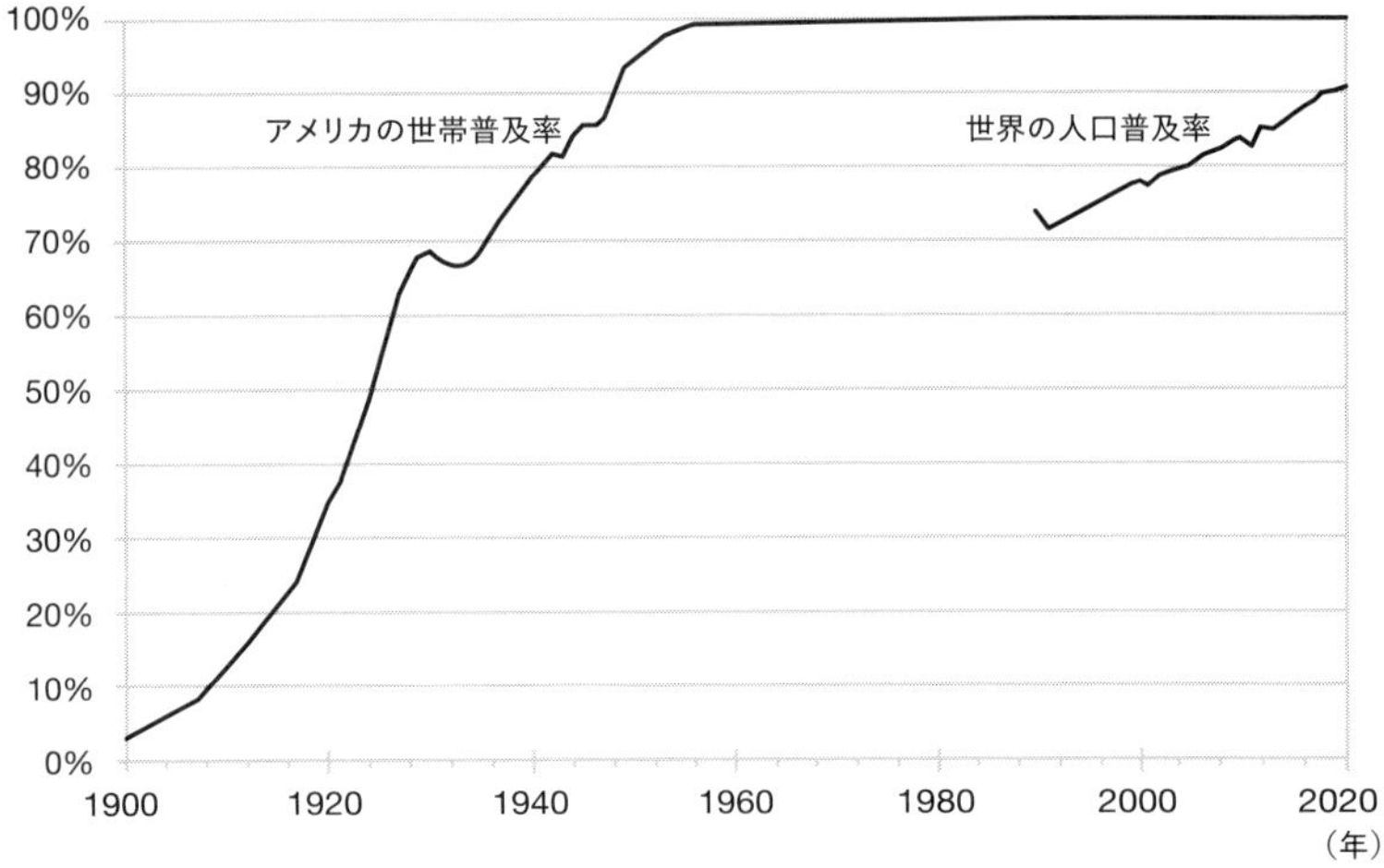

資料：US Census Bureau; World Bank; Stanley Lebergott, *The American Economy: Income, Wealth and Want* (Princeton, NJ: Princeton University Press, 1976)

危険な孤立した地域に、自分たちで発電できるように機械や燃料を輸送するのは困難だ。だが、幸運なことに高価ではなく、効率的な太陽電池が電気の供給を増やしつづけている。

電気によりもたらされ、社会を変えた最初の通信テクノロジーはラジオだった。アメリカにおける民間ラジオ放送は一九二〇年に始まり、三〇年代には全国的なマスメディアの最初の形ができた。★79 新聞の発行は主として大都市単位に限定されていたのに対して、ラジオ放送は全国のリスナーに届けることができた。このため、カリフォルニア州の市民もメイン州の市民も、多くの同じ政治演説やニュースリポート、娯楽番組を聴くことになり、真の全国的なメディア文化の発展を促進した。一九五〇年にはアメリカの世帯の九割以上がラジオを保有していたが、一九五〇年代のうちにテレビがメディアの世界におけるラジオの支配的立場を揺るがしはじめた。[★80] それに応じてリスナーの習慣も変わり、車の中でラジオを聴く人が大きな割合を占めるようになったので、ラジオ局は彼らをターゲットにして、ニュースや政治、スポーツの番組を提供するようになった。[★81] 一九八〇年代以降、特定の政党を熱心に支持する者を対象にした政治トーク番組がラジオで大きな力を発揮したが、そういった番組はリスナーのバイアスを強化し、反対の情報を遮断することになるという批判があがっている。[★82] 二〇一〇年代にスマートフォンやタブレット端末が広まったためにラジオ番組が従来の電波で伝えられるのではなく、ストリーミング配信される割合が増えている（iPhoneがはじめて発売された二〇〇七年に、アメリカで一週間に一度以上オンラインでラジオを聴く人は一二%だったが、二〇二一年には六二%になっている）。[★83]

テレビの普及パターンはラジオと似たものだが、アメリカはすでに国としてかなり発展していたので、指数関数的な成長はさらに速かった。科学者や工学者は一九世紀後半からテレビにつながる技術について理論化を始めており、一九二〇年代後半に最初の原始的なテレビシステムが開発され、お披露目されていた。[★84] アメリカでは一九三九年までに商用化が可能なまでに技術が発達していたが、第二次世界大戦の勃発により世界におけるテレビの生産は事実上ストップした。[★85] それでも、戦争が終わるとすぐにアメリカ市民はテレビを買いはじめた。いくつもの新しいテレビ局が全国に誕生し、一九五四年には半分以上の世帯が最低一台はテレビをもっていた。[86] 普及は進み、一九六二年には九〇%以上の世帯が一台は保有するに至った。[87] それからの三〇年間超は、その伸びは鈍化し、普及率はほとんど伸びていない。[88] 一九九七年にはピークを迎えて、全世帯の九八・四%がテレビをもっていたが、そこから数字は少し下がり、二〇二一年には九六・二%となっている。[89] 普及率の低下には幅広い要因があると考えられる。見すぎだったテレビから離れる文化的

アメリカにおけるラジオの世帯保有率[90]

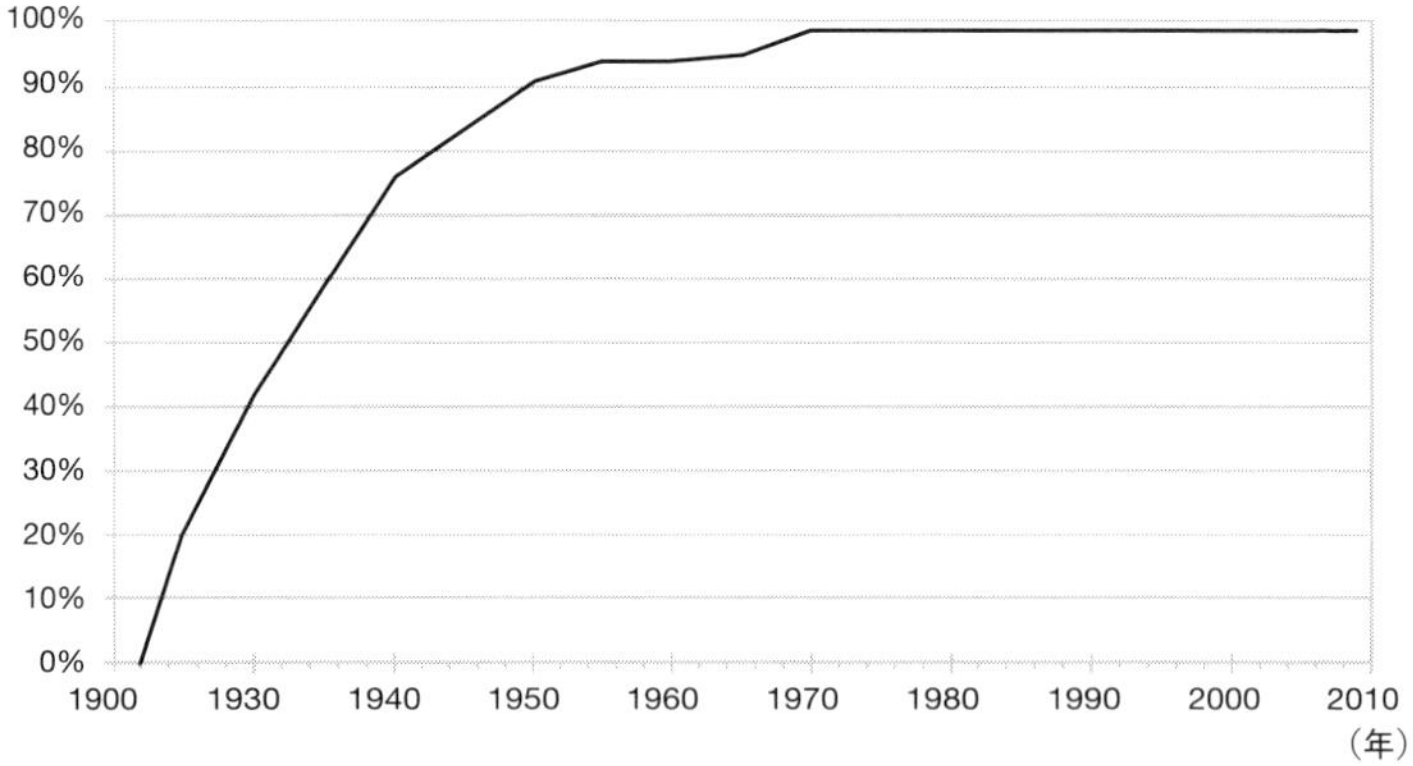

資料：US Census Bureau; Douglas B. Craig, *Fireside Politics: Radio and Political Culture in the United States, 1920–1940* (Baltimore, MD: Johns Hopkins University Press, 2000)

このグラフで使っているデータを異なる方法で分析したある研究によると、保有率は2008年の96%から2020年の68%へ減少している。だが、それはひどく誤解を招くものだ。なぜなら、現在ではほかの機器がラジオの機能を果たしているからだ。たとえば、2021年にアメリカの成人の85%がもっているスマートフォンがあれば、ラジオがなくても無料でラジオ放送を聴くことができる。

変化、オンラインという競合する娯楽の登場、そして近年では、テレビ番組に似たプログラムがストリーミング配信されるようになったことがある。★91

ラジオ、テレビは受け身のメディア消費だが、コンピュータはインタラクティブで、より広い可能性を開くものだった。Kenbak-1をはじめとするパーソナルコンピュータは、一九七〇年代にアメリカの家庭に入りはじめた。一九七五年に発売されたAltair 8800は自分で組みたてるもので、人気を博した。★92 一九七〇年代の終わりまでにアップルやマイクロソフトをはじめとする企業は、普通の人が午後の空き時間に使い方を学べるようなユーザーフレンドリーなパーソナルコンピュータを開発して、市場を変えていった。★93 アッ

アメリカにおけるテレビの世帯保有率★94

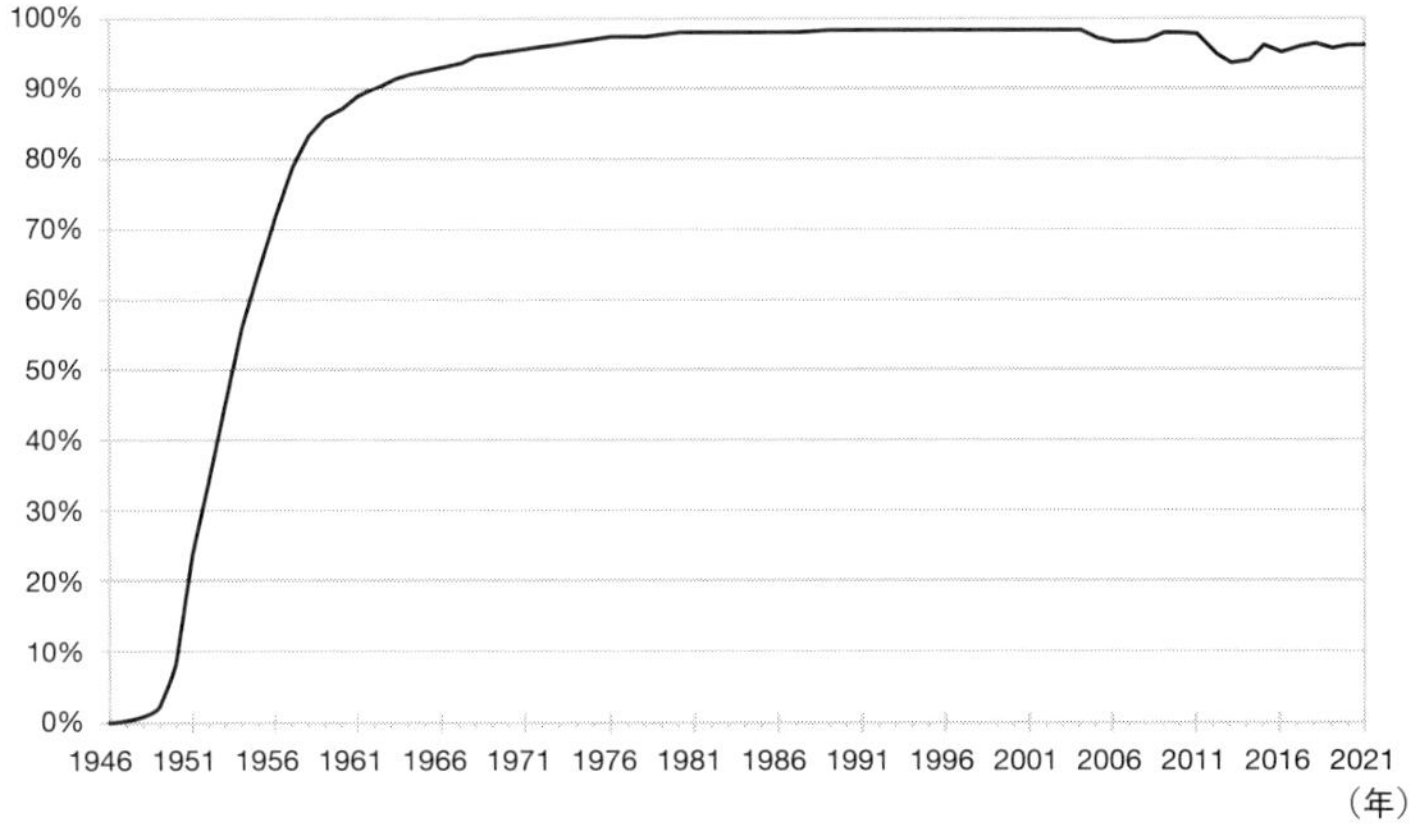

主要資料：US Census Bureau; Cobbett S. Steinberg, *TV Facts*, Facts on File; Jack W. Plunkett, *Plunkett's Entertainment & Media Industry Almanac 2006* (Houston, TX: Plunkett Research, 2006); Nielsen Company

プルは一九八四年のスーパーボウル中継で流したテレビコマーシャルが評判になり一気に知名度を上げて、国中がコンピュータについて話をするようになり、アメリカの家庭におけるコンピュータの保有割合は、その放送から五年で二倍近くに上がった。[★95] ただ、その当時、人々がコンピュータを使うのは、ワープロやデータ入力、単純なゲームなどが主だった。

　だが一九九〇年代にインターネットが発展すると、コンピュータの有用性は一気に高まった。一九九〇年一月にインターネット全体のドメイン・ネーム・システム〔DNS。ドメイン名とIPアドレスをひもづけて管理するシステム〕には約一七万五〇〇〇件のホストがあったが、[★96] 一〇年後の二〇〇〇年一月には七二〇〇万件に増えていた。[★97] 同様に、世界におけるインターネットのトラフィックも一九九〇年の一万二〇〇〇ギガバイトから一九九九年の三億六〇〇〇万ギガバイトに急増した。[★98] これはコンピュータの有用性を直接に高めた。ストリーミング・サービスにおいてコンテンツの数が増え、中身がよくなれば、より多くの加入者を引きつけ、より高い利用料を取れるようになるが、それと同じようにインターネットで利用可能なコンテンツが指数関数的に増えれば、より多くの人にとってインターネットは価値のあるものになるのだ。そしてこれはよいフィードバックループをつくる。多くの新規ユーザーが自分のコンテンツを提供すればするほど、インターネットの価値は上がるのだ。その結果、一九九〇年代に家庭用コンピュータはワープロや初歩的なゲームをするプラットフォームから、世界の知識の大部分にアクセスでき、ユーザーが異なる大陸にいる人々とつながることができるポータルサイトのプラットフォームに変わった。eコマースが始まると、人々はコンピュータを通していろいろなモノを買えるようになり、二〇〇〇年代にSNSが登場すると、オンライン上の経験が豊かでインタラクティブなものになった。

二〇一七年から二〇二一年のあいだ、アメリカの全家庭の九三・一%がコンピュータをもっていたが、グレイテスト・ジェネレーション〔一九〇一年から二七年に生まれた、戦争を経験し、戦後アメリカの繁栄の基礎を築いた世代〕が減少し、ミレニアル世代〔およそ一九八〇年から九七年に生まれた、子どものときからコンピュータを使っている世代〕が自分たちの家庭をもつようになるにつれて、保有割合は増えていく。★99 そのあいだ、世界でもコンピュータの保有者は着実に増加している。コンピュータを埋めこんだスマートフォンは発展途上国の市場に急速に浸透していき、二〇二二年時点で、世

アメリカと世界におけるコンピュータの世帯保有率★100

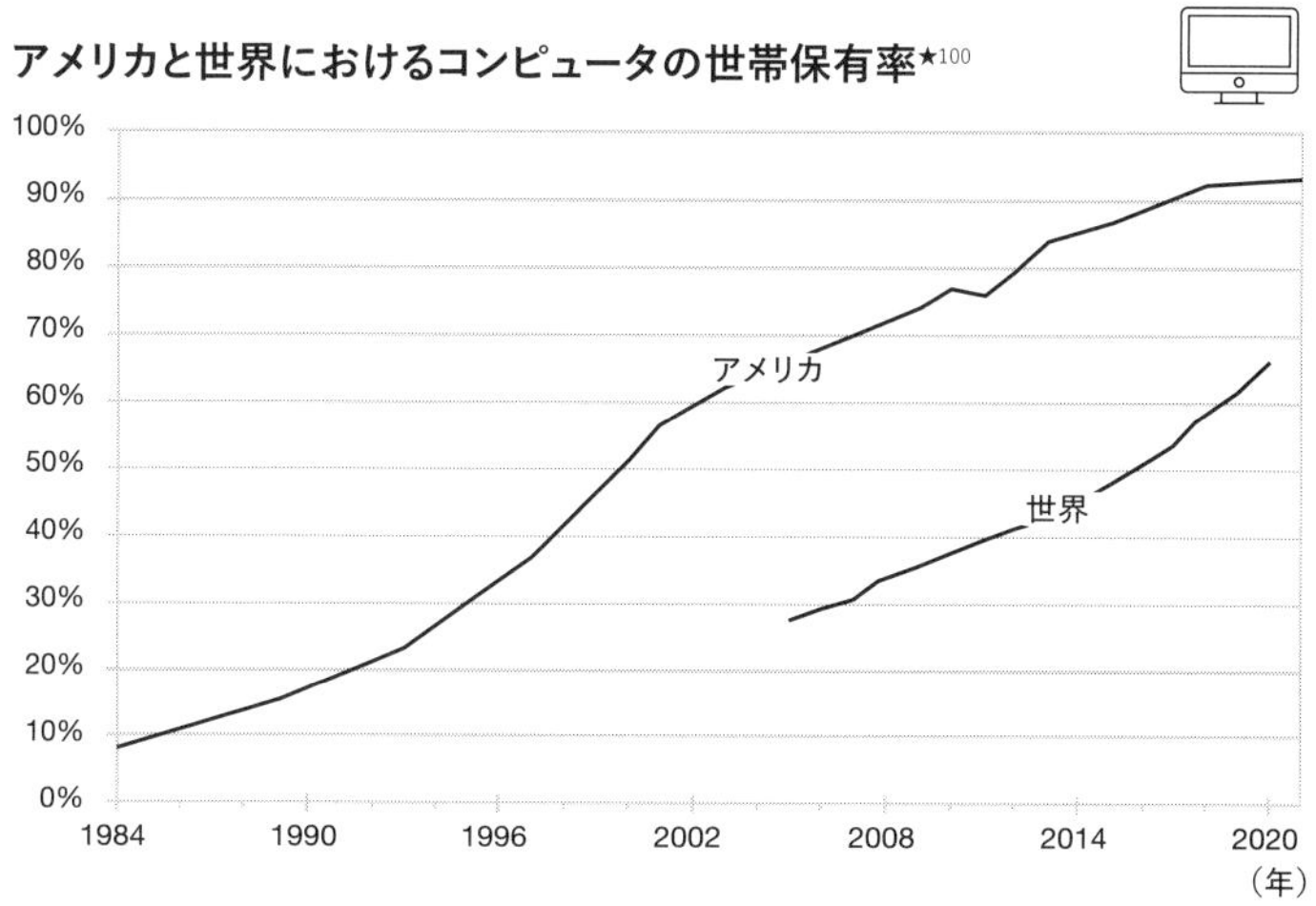

主要資料；US Census Bureau; International Telecommunication Union

界の人口の三分の二が少なくとも一台は保有している状況になった。[101]

平均寿命

第6章でくわしく話すが、病気の治療と予防におけるこれまでの進歩の大半は、運まかせで有効な治療を見つけるという直線的なプロセスの産物だった。有望なすべての治療法を系統的に調べるツールがなかったために、このパラダイムにおける発見は偶然によるところが大きかった。医薬品における戦前のブレイクスルーでもっとも有名なものはペニシリンの発見で、それにより抗生物質革命が始まり、それ以降、おそらく二億人もの命が救われた。[102]だが、発見は偶然の産物だった。従来のやり方でブレイクスルーを達成するには、研究者は幸運に恵まれる必要があったのだ。有望な薬物分子を徹底的にシミュレートする能力がなければ、研究者はハイスループット（高速大量）スクリーニングやほかの骨の折れる実験方法に頼らざるをえず、それらは時間がかかり、効率性も落ちる。

公平のために言うと、このアプローチはこれまでに多大の利益をもたらしてきた。一〇〇〇年前のヨーロッパでは、平均寿命は二〇歳代にすぎなかった。その理由は、乳幼児や子どものうちにコレラや赤痢などの病気で死ぬ者が多かったからだが、コレラや赤痢は現在では簡単に予防できる。[103]一九世紀のなかばにはイギリスとアメリカの平均寿命は四〇歳代に延びていた。[104]二〇二三年には先進国の多くで八〇歳を超えている。[105]私たちは一〇〇〇年のあいだに寿命を三倍に、この二世紀で二倍に延ばしたのだ。これは、外界にいる病原体、すなわち、体の外から病気をもたらす細菌やウイルスを避けるか殺す方法を開発したことが大きい。

だが現在では、簡単な問題はほとんど解決してしまい、残っている病気の原因はほとんどが、私たちの体の奥深くから生まれてくる病気や障がいだ。細胞が働かなくなったり、組織が壊れたりしたとき、私たちはガンやアテローム性動脈硬化症、糖尿病、アルツハイマー病などの病気になる。生活習慣や食事、サプリメントでそうしたリスクをある程度は減らすことができる。それを私は、根本的な寿命の延長に向けた「一本目の橋」と呼ぼう。[★106] だがそれは単に避けられない運命を少し遅らせるだけであり、二〇世紀の中頃から先進国で平均寿命の延びが鈍化しているのはこれが理由だ。たとえば、アメリカでは一八八〇年から一九〇〇年の二〇年で平均寿命は三九歳から四九歳に延びたが、医学の目標が感染症から慢性病や変性疾患に移って以降の一九八〇年から二〇〇〇年では、七四歳から七六歳に延びただけだった。[★107]

それでも幸運なことに私たちは二〇二〇年代のうちに「二本目の橋」をかける。そこではAIとバイオテクノロジーが結びついて変性疾患を克服する。かつて医療におけるコンピュータは治療と臨床試験の情報を整理するためのものだったが、すでにそれを超えた使い方がされはじめている。現在、新薬の開発にAIを利用しているが、二〇二〇年代の終わりにはシミュレーションを増強し、最終的には、人間での臨床試験（時間がかかり、求める効果を検出する力が弱い）に代えるためのプロセスにとり組んでいるだろう。私たちは事実上、医学を情報テクノロジーに変えるプロセス上にいて、生物学のソフトウェアを習得するために、これらのテクノロジーの特徴である指数関数的な進歩を利用しようとしているのだ。

これの最初期で最重要な例が遺伝学の分野にある。二〇〇三年にヒトゲノム計画が完了して以降、ゲノム解析の費用の低下は一年で約半分になる指数関数的トレンドを維持している。費用の低下は、二〇一六年から二〇一八年は短期的に横ばい状態となり、新型コロナウイルス感染症流行による混乱時にはペースが落ちたが、トレンドは続いていて、今後、洗練されたAIが解析で大きな役割を果たすにつれて、低下ペースは加速するだろう。解析費用は、二〇〇三年にはゲノム一セットにつき約五〇〇〇万ドルだったが、二〇二三年初頭には三九九ドルにまで落ちている。あなたが本書を読んでいるときには一〇〇ドルになると約束する会社もある。★108

医療の多くの領域にAIによる変革が及ぶにつれて、同様のトレンドがいくつも起こるだろう。すでに臨床的影響は出はじめているが★109、まだ指数関数的な急上昇カーブの始まりにいるだけだ。適用状況を水の流れにたとえると、現在の細い流れは、二〇二〇年代の終わりには洪水になっているだろう。現在の人間の最長寿命は約一二〇年だが、その限界を定めている生物学的要素（ミトコンドリアの遺伝子変異、テロメア〔染色体の末端にある構造で、細胞の老化や、さまざまな病気に関係している〕の長さの減少、ガンをひき起こす細胞分裂を制御できないことなど）に直接に処置をほどこせるようになるだろう。★110

二〇三〇年代に私たちは、寿命を大きく延ばす「三本目の橋」に到達する。知的な指示が出せる能力をもった医療用ナノロボットが、細胞レベルのメンテナンスと体中の修復をおこなうのだ。定義によっては、一部の生体分子はすでにナノロボットだと考えることもできる。だが三本目の橋におけるナノロボットは、さまざまなタスクをこなすためにＡＩによって指揮管理されている点が異なる。このステージでは、現在私たちが自動車にしているレベルのメンテナンスを、自分たちの体にするものと見なせるだろう。つまり、車はひどい衝突でぺしゃんこにならないかぎり、パーツを修理し交換することでいつまでも使いつづけることができるように、賢いナノロボットは個々の細胞を狙って修復や改良をすることができ、それによって確実に老化をうち負かせるのだ。くわしくは第6章で説明しよう。

「四本目の橋」は、人間の脳のファイルをデジタル上でバックアップできるようになることで、これは二〇四〇年代のテクノロジーとなるだろう。第3章で述べたとおり、人間のアイデンティティの中核は、脳それ自体にあるのではなく、脳が表現し、操作することのできる、とても特別な情報の配列にある。充分な正確性をもってこの情報をスキャンできれば、デジタル回路基板の上にそれをコピーすることができるはずだ。これが意味するのは、生物としての脳がダメになっても、その人のアイデンティティは失われないことだ。そのため、バックアップを保つためにコピーをくり返しながら、ほとんど好きなだけ長い期間を生きることができる。

イギリスにおける平均余命の推移★111

0 歳児、1 歳児、5 歳児、10 歳児

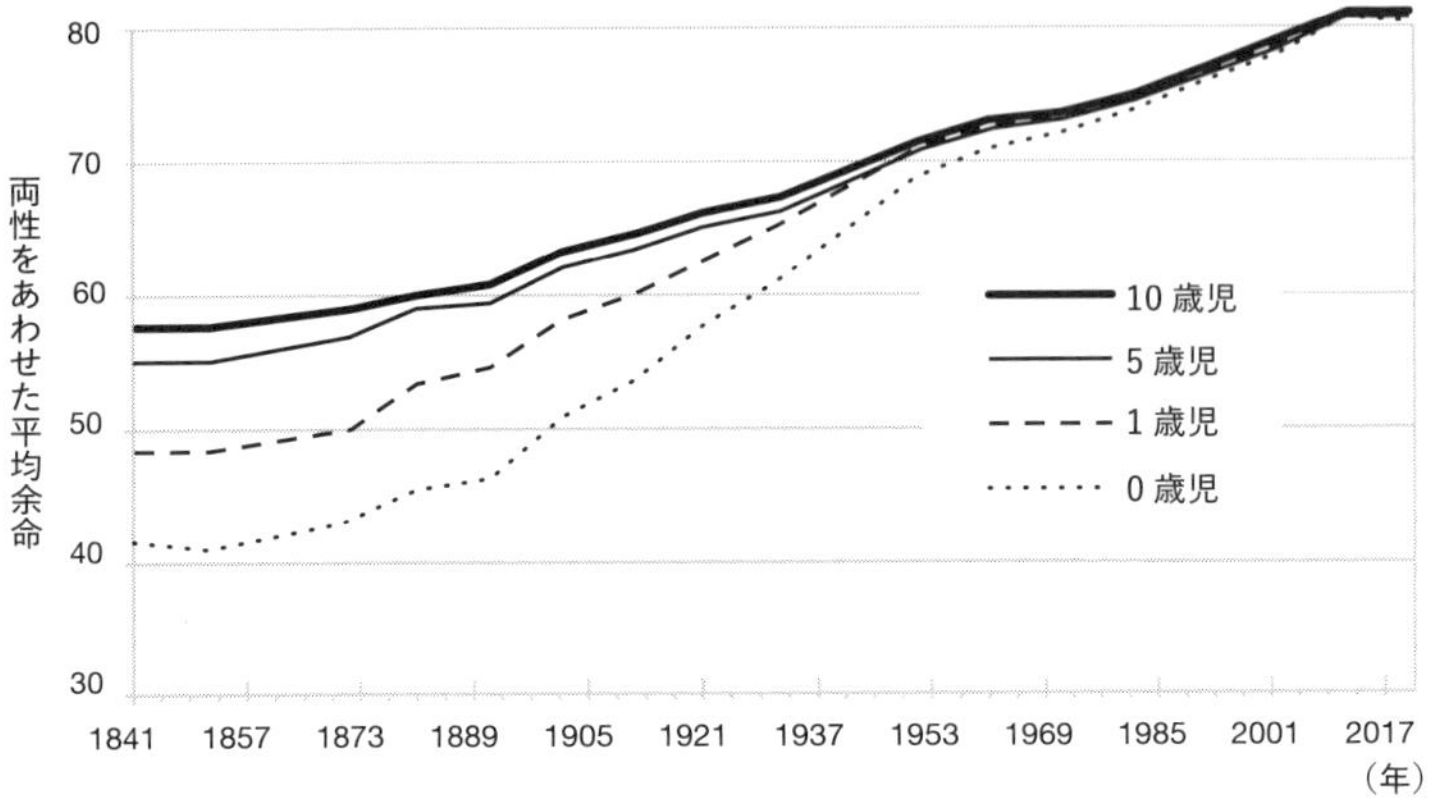

資料：UK Office of National Statistics

アメリカにおける平均余命の推移★112

0 歳児、1 歳児、5 歳児、10 歳児

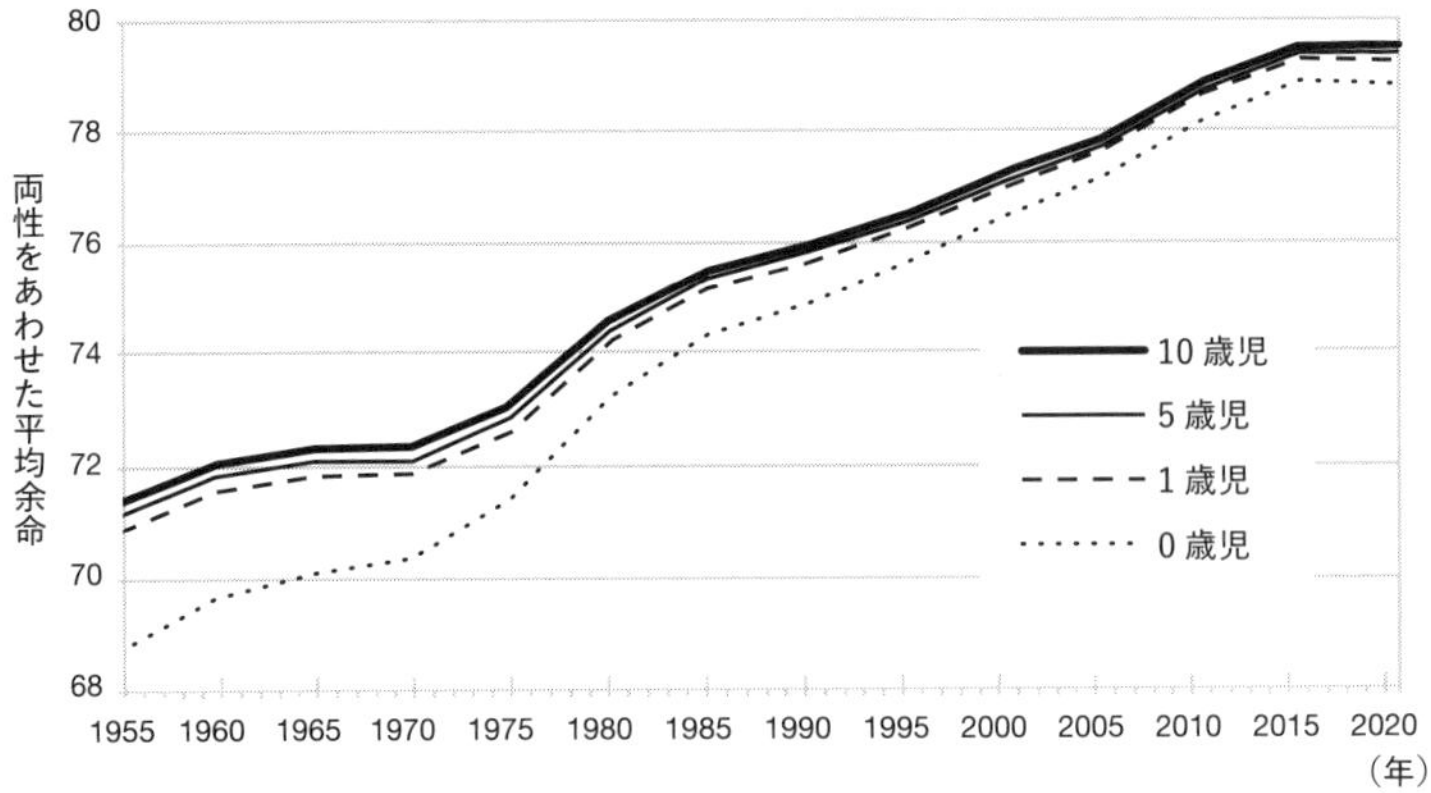

資料：UN Department of Social and Economic Affairs

貧困の減少と収入の増加

本章でここまで話してきたテクノロジー上のトレンドは、それぞれがとても恩恵のあるものだが、それらが集まって相互に効果を強めあうことで真の変革となる。経済的な幸福は進歩を表すには不完全な物差しだが、長い時間をかけた広範なプロセスを理解するのに最高の基準となる。

世界的に見てこの大規模なトレンドはきわめて着実に続いている。一八二〇年には、世界人口の八四%が、現代の国際基準で言う「極度の貧困」状態にあった。[★113] その後、ヨーロッパとアメリカでは工業化が広まり、すぐに貧困率は下がりはじめた。[★114] 第二次世界大戦後の数十年で、インドと中国に、より近代的な農業が導入されたおかげで、このプロセスは一気に加速した。[★115] メディアがたびたび世界の貧困を強調して報道するために、先進国に住む多くの人々は貧困の広がりについて誤った印象を抱いているが、貧困率は下がりつづけていて、特にこの三〇年は大きく改善しているのだ。二〇一九年には世界で極度の貧困(二〇一七年の米ドル換算で一日二・一五ドル未満で暮らしていること)にある人は八・四%に下がり、一九九〇年から二〇一三年のあいだに三分の一以下になった。[★116]

減少は東アジアで顕著だ。中国の経済成長は数億人を貧困からひき上げ、生活水準は先進国にも匹敵するほどになった。一九九〇年から二〇一三年のあいだに、東アジアにおける総人口は一六億から二〇億人に増えながらも、極度の貧困層は九五%も減った。[★117]

同じ期間の多くで極度の貧困層が増加した地域はヨーロッパと中央アジアだけだった。そこではソビエト連邦の崩壊に続いて経済的混乱が起き、その回復に数十年を要したからだ。[★118] つまり、極度の貧困層が増えた主な理由は、経済や技術ではなく政治にあった。ソ連という権威主義体制が倒れて権力の空白が生じ、腐敗が蔓延したのだ。特にソ連邦崩壊後の貧しい中央アジアでは、負のフィードバックループが生まれ、投資は進まず、繁栄は抑えられた。

それでも、冷戦終結以降、国際社会は地球上でもっとも貧しい地域の深刻な貧困と闘うことに、前よりも注意を向けられるようになった。ただ、冷戦のあいだの国際開発については、西側の民主主義国家と東側の共産主義国家が発展途上国への影響力をめぐって競っており、支援はその戦略的レンズを通して見られるところが多かった。そのため、ソ連邦崩壊直後は、多くの先進国が国際開発の優先順位を下げ、海外支援予算を削ることになった。[★119] だが、冷戦終結からほどない一九九〇年代なかばにOECD（経済協力開発機構）は国際開発を進めることがとても重要だと考えた。その理由はふたつあって、ひとつは人道的見地からで、もうひとつは、安全で繁栄する世界を築くことは万人にとって利益のあることだからだ。二〇〇〇年に国連はこれらの考えを「ミレニアム開発目標」のなかに記した。それは、国際社会が協力して、二〇一五年までに達成すべき開発に関する主な目標をまとめたものだ。[★120] 目標の多くは壮大なもので達成できなかったが、それでもこの開発目標によって数億人の生活が向上するときわめて重要な進歩を実現できた。

アメリカにおける極度の貧困層は、その基準が定められて以来、一・二%以下にとどまっている。[121]だが、相対的貧困（所属する社会の生活水準と比較し、相対的に貧しい生活を送っている状態）の統計は視点が異なるものだ。アメリカにおける相対的貧困率は一九世紀の四五%から低下してきて、特に第二次世界大戦後に大きく下がり、一九七〇年には一二・五%にまで落ちたが、[122]そこからは停滞している。[123]経済状況によって上下はするものの、一〇%台にとどまり、長期的な改善は見られない。[124]この理由のひとつは、全体の生活水準が上がれば相対的貧困の水準は見直されるので、一九八〇年には貧困とされなかった生活水準で暮らしていた人も、現在では貧困と見なされる場合があるからだ。[125]

それでも二〇一四年から二〇一九年のあいだに、アメリカの人口は八九〇万人増えたが、貧困者（その基準は定期的に見直される）は一二六〇万人減った。[126]二〇一九年の一年だけで四一〇万人減り、高齢者の貧困率は史上最低に近づいている。[127]新型コロナウイルスの流行は一時的に貧困者の増加を招いたが、[128]それは例外で、二〇〇八年のリーマンショックで始まった金融危機が落ちついて以降、減少トレンドは続いている。

だが今日の貧困は、インターネットで無料の情報やサービスに広くアクセスできる点で、昔よりは絶対的によいものになっている。たとえばMITの公開オンライン講座を受けたり、[129]異なる大陸にいる家族とビデオチャットができたりする。また、この数十年で、コンピュータや携帯電話の価格性能比が急激に上がっていることからも恩恵を受けているが、こうしたものは経済統計には正しく反映されない（情報テクノロジーの影響でモノやサービス

アメリカの貧困率★130

相対的貧困と極度の（絶対的）貧困

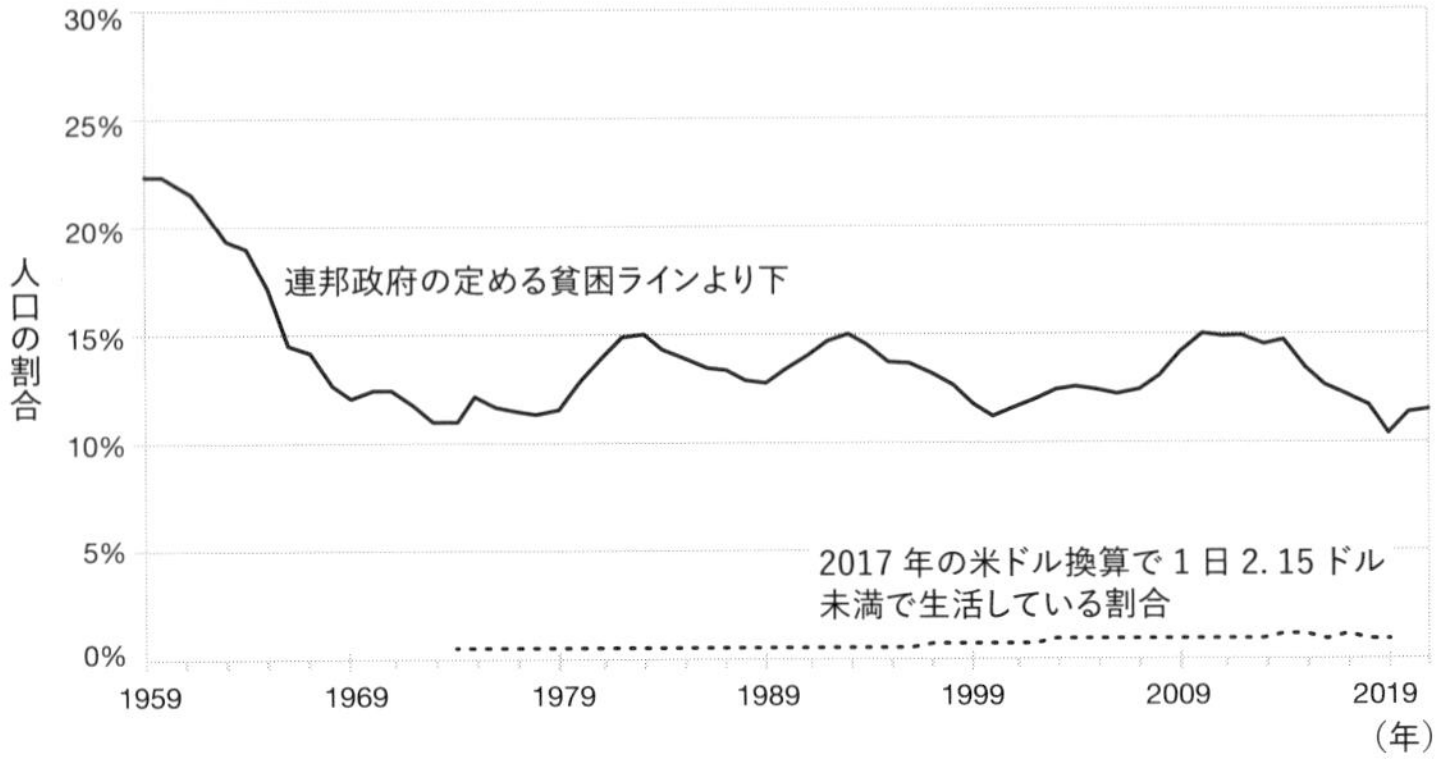

資料：US Census Bureau; World Bank

世界における貧困率の減少★131

絶対的貧困。比較としてアメリカの貧困率を載せる

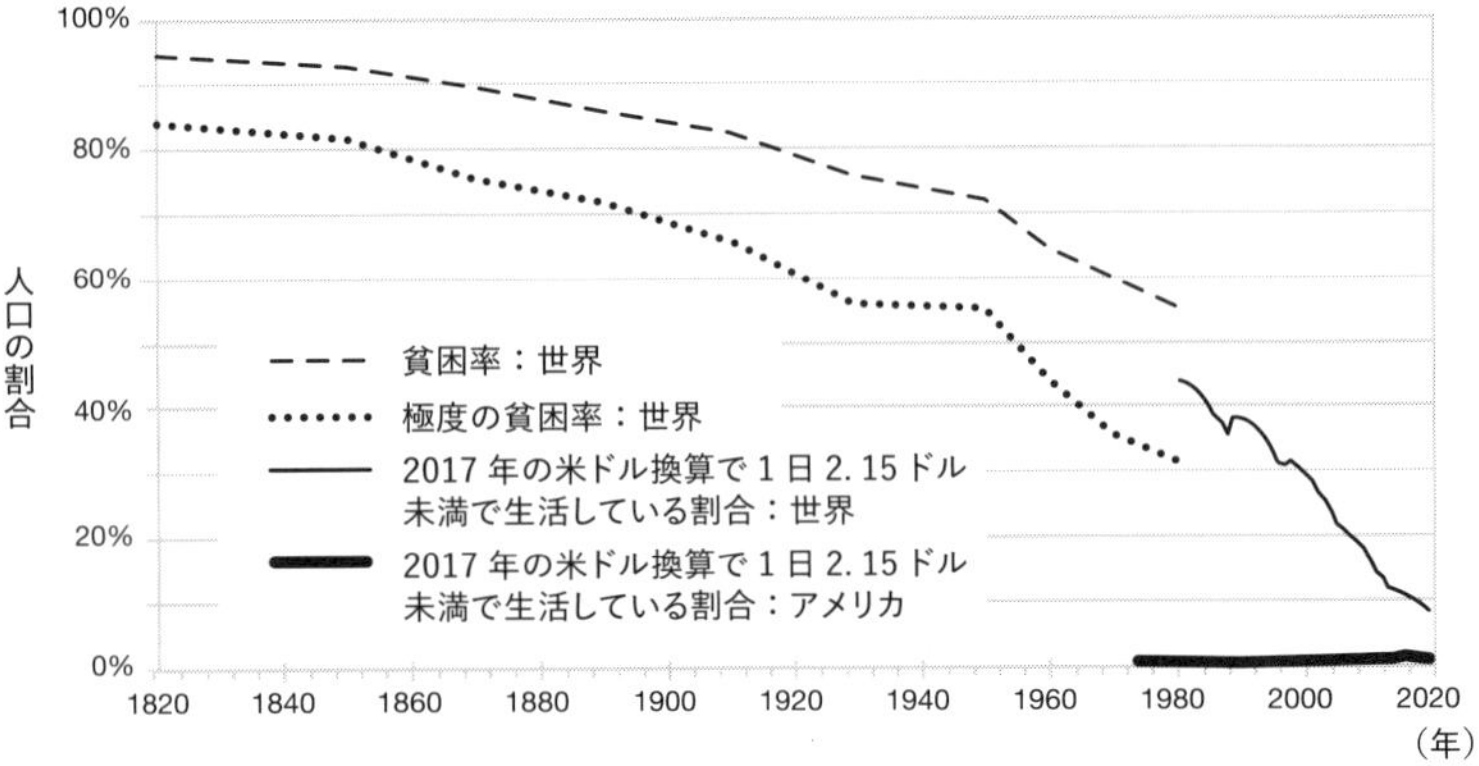

主要資料：Our World in Data; François Bourguignon and Christian Morrisson, "Inequality Among World Citizens: 1820–1992," *American Economic Review* 92, no. 4 (September 2002); 727–44. World Bank.

の価格性能比が指数関数的に上がっているが、それを経済統計がきちんと把握できないことについては、次章でくわしく語ろう）。今日、安価なスマートフォンを手に入れた人はインターネットを使い、世界の教育情報のほとんどすべてにアクセスしたり、言語を翻訳したり、道案内を受けたりするなど多くのことをすぐに簡単に利用できる。ほんの数十年前は、何百万ドル払ってもこうした能力を利用することはできなかった。

アメリカでは、一人あたりの平均収入日額は順調に増加している。二〇二三年にアメリカの貧困ラインは一人で年一万四五八〇ドル、一日換算で三九ドル九五セントになる。[★132] 実質ベースで見ると、（中央値ではなく）平均的なアメリカ人は一九四一年以降、その二〇二三年の最低生活ラインを上まわっている。[★133]

人口が増えれば経済は大きくなるので、アメリカのGDPが指数関数的に成長していることは不思議でも何でもない。だが人口増加を勘案した一人あたりGDPもやはり指数関数的に伸びているのだ。[★134] ここでも注意してもらいたいのは、GDPには無料の情報は含まれていないし、同じ単価あたりの情報テクノロジーの能力が指数関数的に増えていることもカウントされていないことだ。

GDPは大企業をはじめとする経済活動全般を反映しているが、個人所得だけに絞っても同じトレンドが続いている。一人あたり個人所得は企業ではなく個人の所得を見るものので、そこには給与のほかに、その人が所有する株式や会社から得る配当や利益も含まれる。アメリカで統計が最初に記録された一九二九年以来、大恐慌と大きな景気後退局面におい

アメリカの年次別1人あたり平均収入日額（2023年のドル換算）★[135]

2020: $191.00	1970: $89.82	1900: $20.08
2015: $169.88	1960: $65.27	1880: $15.08
2010: $154.15	1950: $52.97	1860: $13.27
2000: $147.18	1940: $35.47	1840: $8.37
1990: $124.32	1930: $30.74	1800: $5.65
1980: $102.41	1910: $26.45	1774: $7.06

アメリカの年次別貧困率（相対的貧困。政府によって定期的に再定義される）★[136]

2020: 11.5%	1990: 13.5%	1950: ~30%
2015: 13.5%	1980: 13.0%	1935: ~45%
2010: 15.1%	1970: 12.6%	1910: ~30%
2000: 11.3%	1960: 22.2%	1870: ~45%

世界の各地域における極度の貧困の減少★[137]

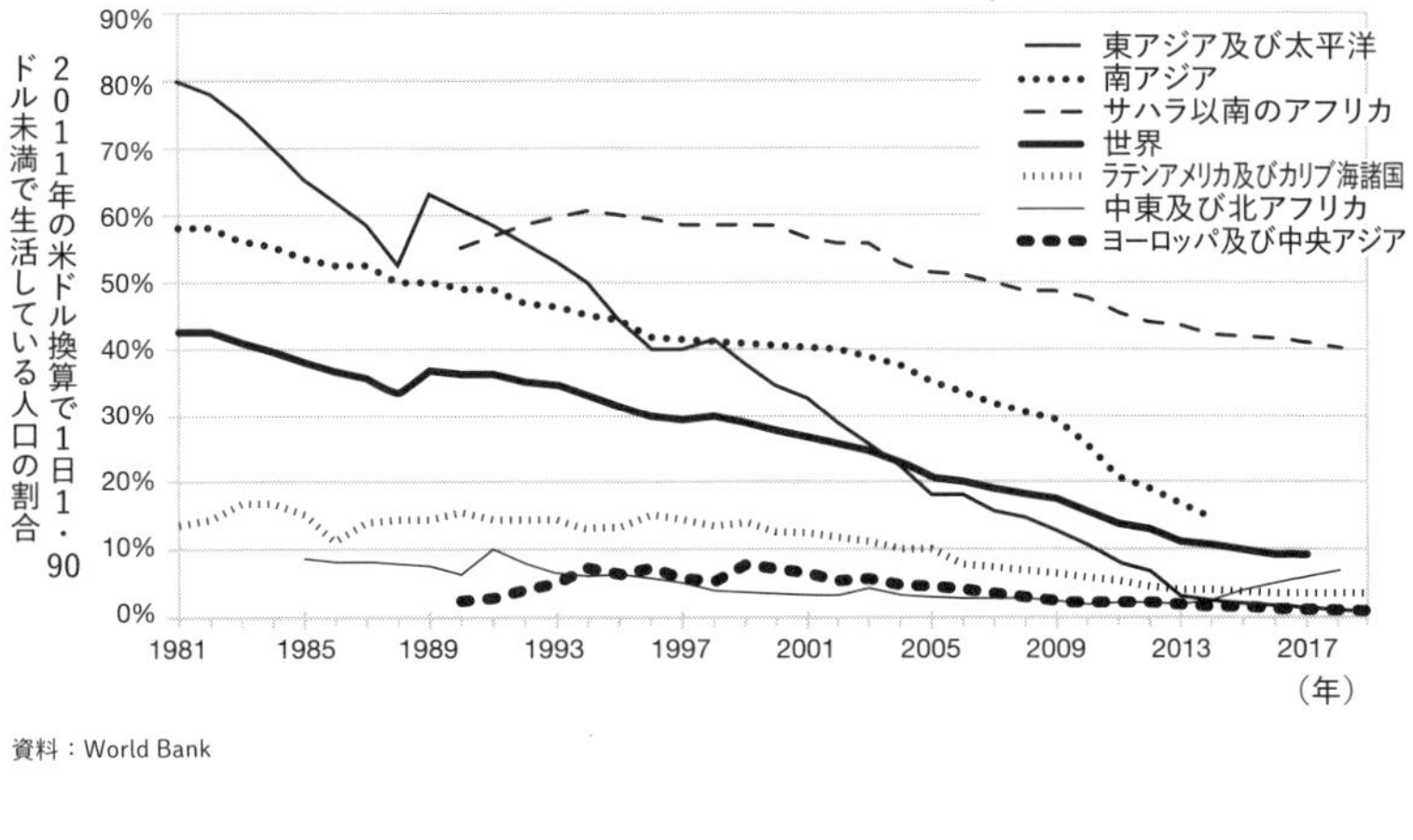

資料：World Bank

アメリカの１人あたりGDP★138
【均等目盛り】

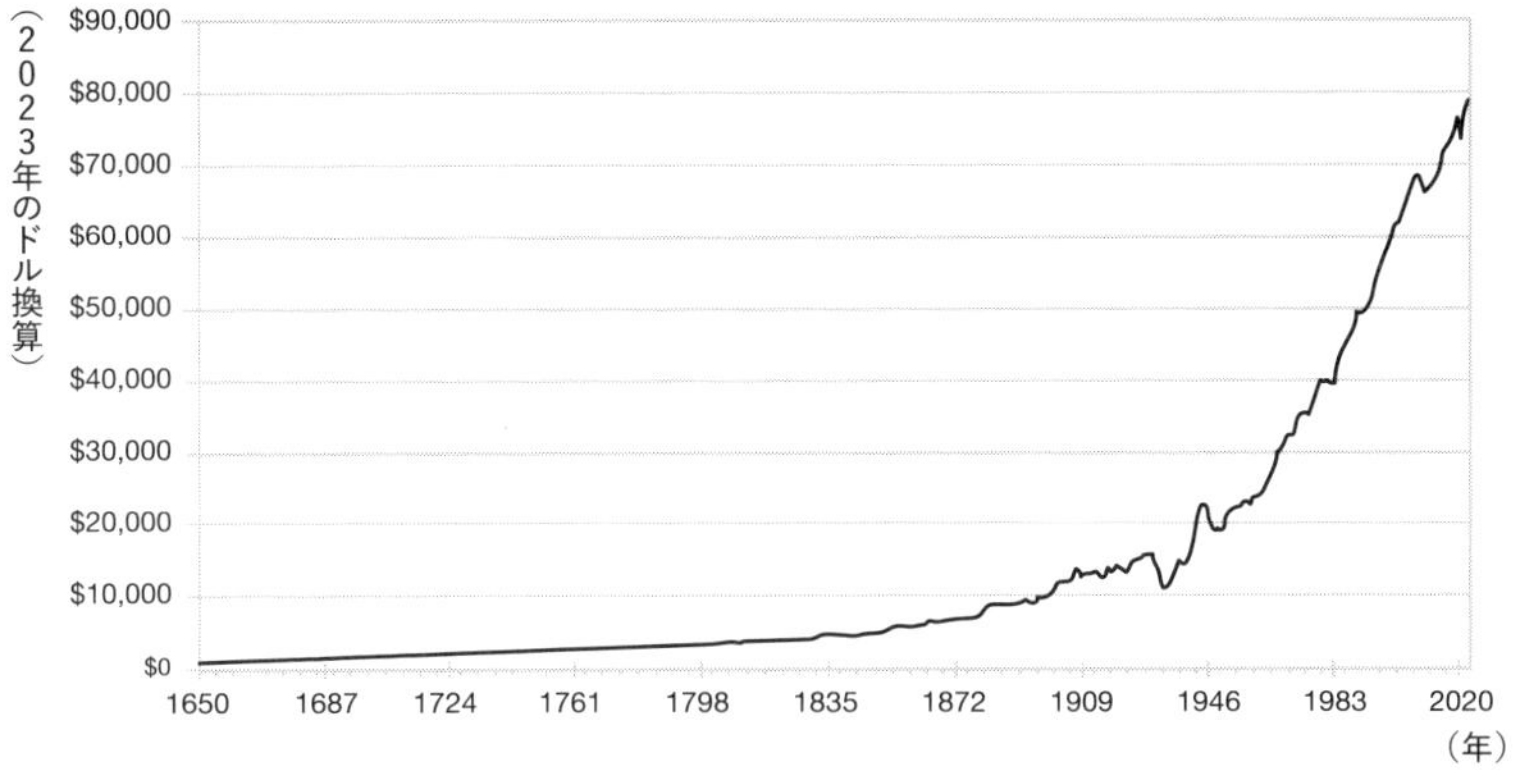

資料：Maddison Project Database; Bureau of Economic Analysis; Federal Reserve

アメリカの１人あたりGDP★139
【対数目盛り】

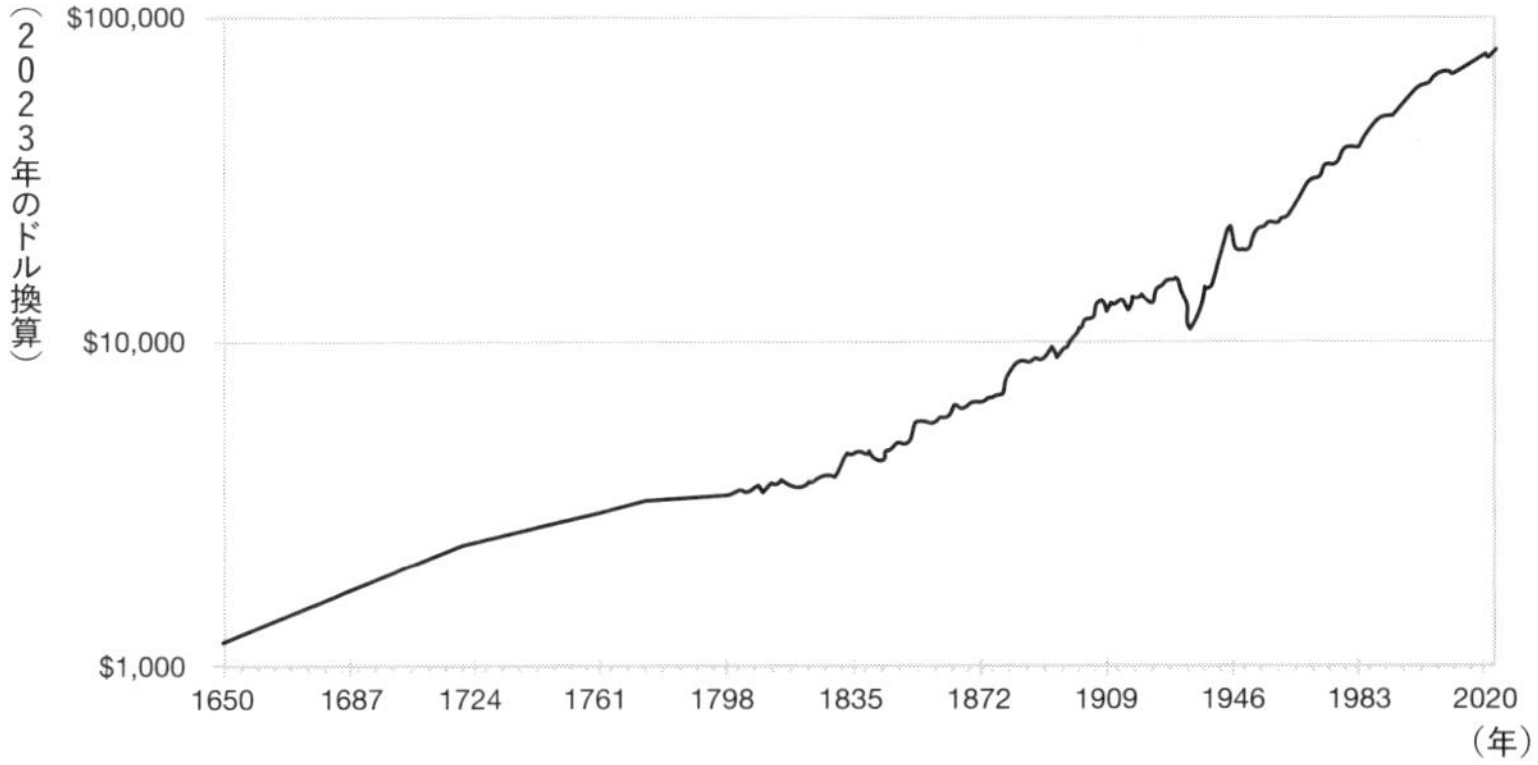

資料：Maddison Project Database; Bureau of Economic Analysis; Federal Reserve

て短期間の例外はあるが、一人あたり個人所得は基準年のドルベースで大きく増えてきた。平均的アメリカ人の実質所得は九〇年間で五倍以上になった。労働時間がかなり減ったなかでこれが起きている。[★140] 国民所得分布のなかで真ん中に位置する中央値はそこまで急には伸びていない〔中央値の伸びが平均値ほどではないメカニズムについては277ページを参照〕。それでも実質所得の中央値は着実に増えていて、二〇二三年のドル換算で一九八四年の二万七二七三ドルから、新型コロナウイルス感染症流行直前の二〇一九年は四万二四八八ドルになっている。[★141]

実際に私たちが得ている利益には金銭に反映されないものも多くあるので、所得で見ることはそれらを低く見積もることになる。前述したように電子機器など数多くのモノが昔よりも安くなっているし、検索エンジンやSNSなど多くのとても価値のあるものが無料で利用できる。くわえて、グローバリゼーションにより、私たちは一九二九年の人々よりも、モノやサービスの選択肢がとても広くなっている。金銭的価値をつけることはむずかしいが、現在の消費者は膨大な種類のものを利用できるのだ。もしもあるときの食事が、中国料理だけ、あるいはメキシコ料理だけという選択肢しかなかったとしても、選べる料理がひとつしかないということはないだろう。この種類の豊富さは生活の多くの分野で実現している。かつては選べるテレビ局が三つしかなかったのが、今では数百もある。スーパーマーケットでは季節の果物が数種類しか置いていなかったのが、季節外の果物も地球の反対側から輸入される。本屋では数千冊の本しか選べないが、アマゾンでは数百万冊のなかから選ぶことができる。

こうした選択肢の多さによって、みんなが好みをより満足させられるが、なかでもめずらしい嗜好や興味をもつ人々にとってそれは特に重要だ。情報テクノロジーにより実現したグローバル化した経済のおかげで、もしもあなたが、万華鏡が好きならば eBay のサイトに行き、世界中のどこからでも買うことができる。私の子ども時代は家にテレビは一台しかなく、家族が見る西部劇の「ガンスモーク」を私も我慢して見ていたものだったが、今ならば、数学と科学に興味がある子どもは好奇心を育てる教育番組を何時間でも見ることができる。これからの数十年で、成熟した3Dプリンターと、最終的にはナノテクノロジーが、私たちの選択肢の多様化を指数関数的に加速するだろう。

アメリカの1人あたり個人所得★142

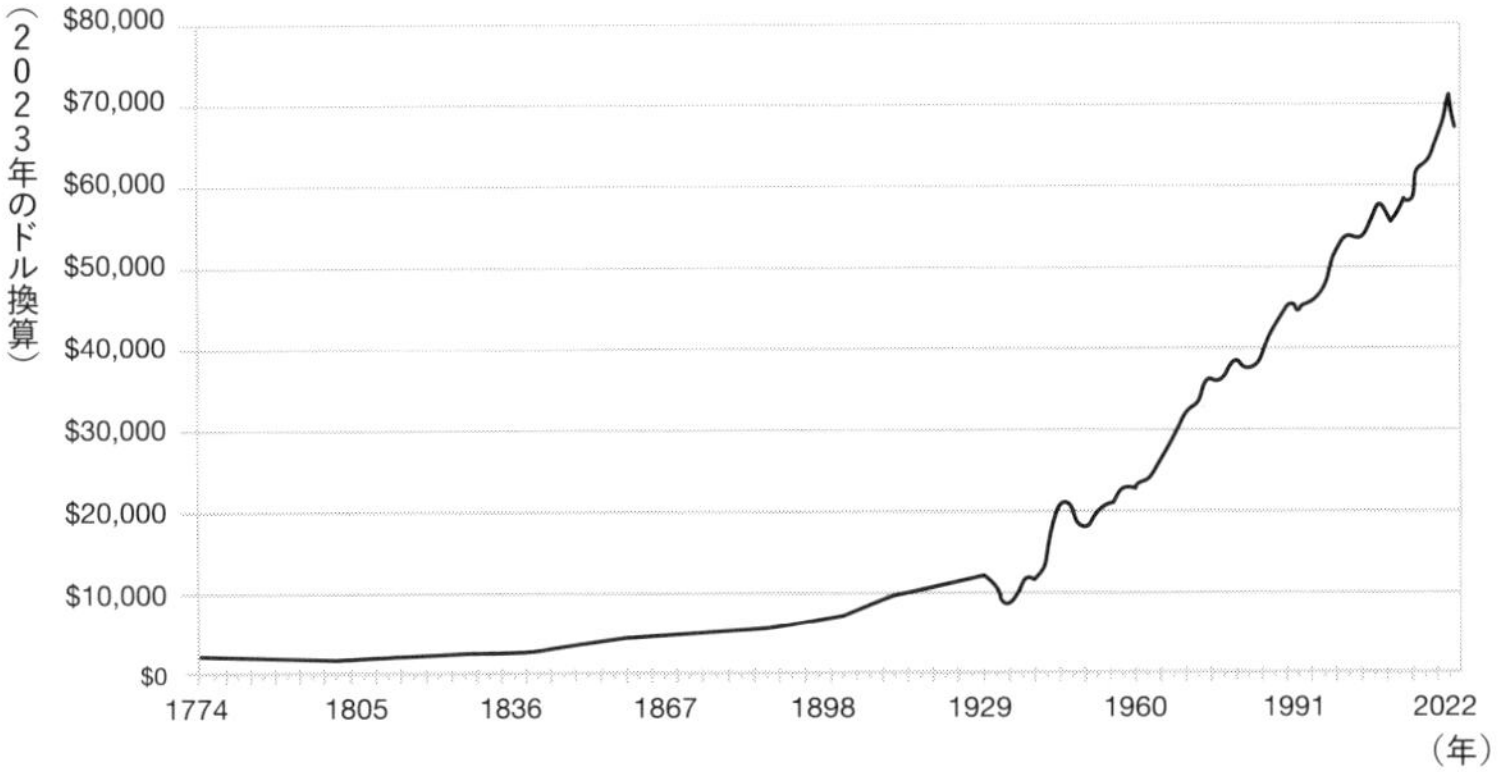

資料：Bureau of Economic Analysis; National Bureau of Economic Research; Alexander Klein, "New State-Level Estimates of Personal Income in the United States, 1880–1910," in *Research in Economic History*, vol. 29, ed. Christopher Hanes and Susan Wolcott (Bingley, UK: Emerald Group, 2013); Federal Reserve

年間所得は有効な測定基準だが、労働時間の観点から所得を考えるともっと有益となる。アメリカにおける一時間あたりの実質個人所得は基準年のドルベースで着実に増えていて、一八八〇年の五ドルから二〇二一年は九三ドルになった[★143]。だが注意してほしいのは、この個人所得は給料だけではなく、投資からの収益や、他人の所有するビジネスからの利益配当、政府からの給付金や二〇二〇年の新型コロナウイルス感染症流行時の一時給付金などが含まれることだ。したがって、一時間あたりの個人所得は常に給与所得単独よりも高くなる。そのため、個人所得のなかで給与所得以外の収入がどのくらいあるのかがわかり、平均的な労働者の労働時間が減っているときでさえも、総合的な経済の繁栄度合いが把握しやすいのだ。

次ページのグラフは、アメリカにおいて一時間あたりの実質所得が着実に増えていることを示すものだ。経済的に混乱した時期でさえもほとんど例外はない。大恐慌時のもっとも深い谷を表すよいデータはなかったが、一時間あたりの所得はこの時期の他の経済指標ほど悪い数字ではないようだ。大恐慌中の一人あたり個人所得が減った理由は、失業により国民全体の所得が減ったことにあり、分母である人口が大きく変わらないのだから、一人あたり個人所得が減るのは必然だった。一方で、一時間あたりの所得で見ると、失業するとその人は所得がなくなるが、労働時間も減る。分母である労働時間も減るので、大恐慌時の時間あたりの個人所得は減らないどころか増えてさえいたのだ。見方を変えると、多くの人が職を失ったが、なんとか失業せずに済んだ人の給与はそれほど落ちなかったの

アメリカの1時間の労働における1人あたり個人所得（賃金外収入も含む）[★144]

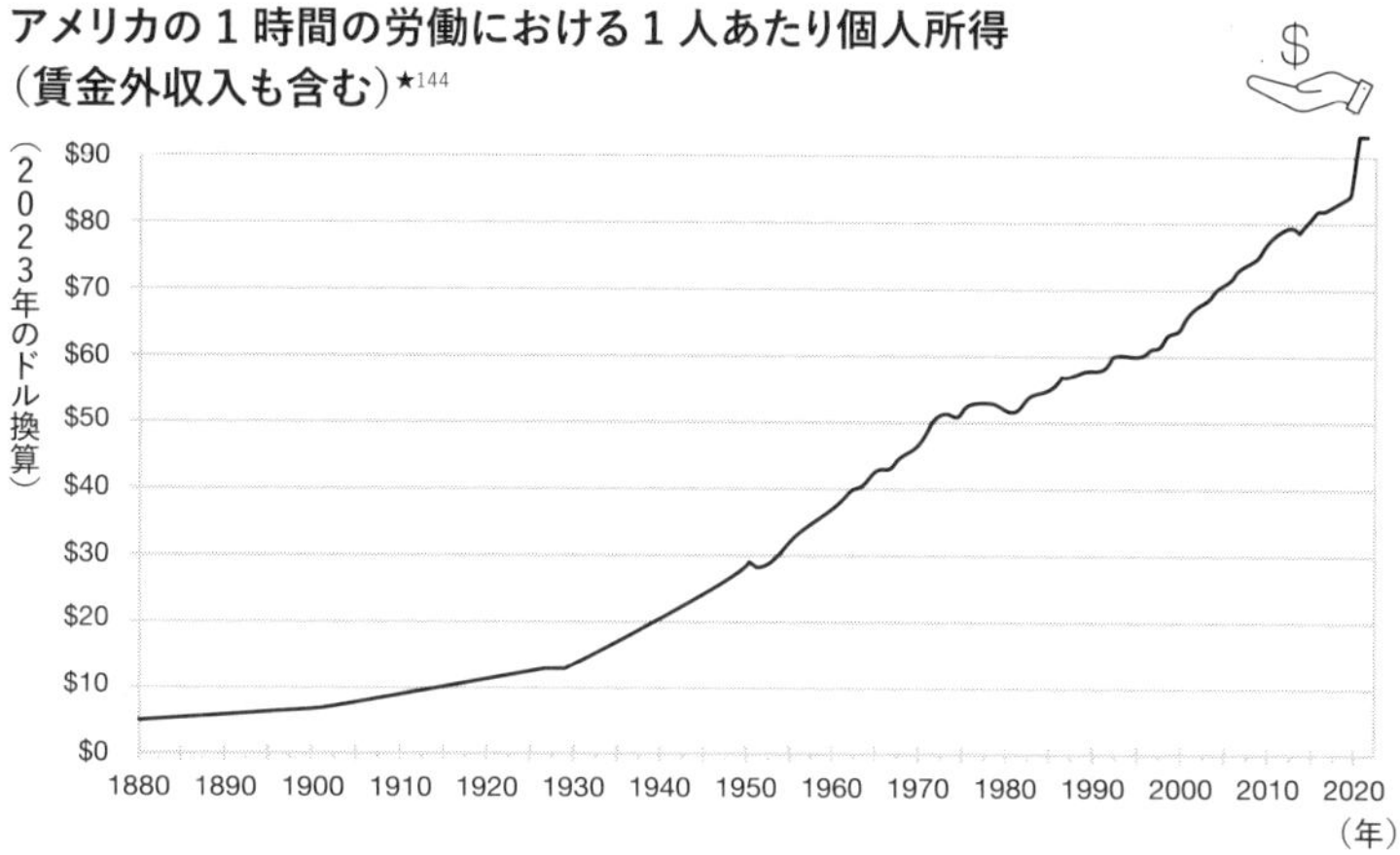

主要資料：Maddison Project; Bureau of Economic Analysis; Stanley Lebergott, "Labor Force and Employment, 1800–1960," in *Output, Employment, and Productivity in the United States After 1800*, ed. Dorothy S. Brady (Washington, DC: National Bureau of Economic Research, 1966); Alexander Klein, "New State-Level Estimates of Personal Income in the United States, 1880–1910," in *Research in Economic History*, vol. 29, ed. Christopher Hanes and Susan Wolcott (Bingley, UK: Emerald Group, 2013); Michael Huberman and Chris Minns, "The Times They Are Not Changin': Days and Hours of Work in Old and New Worlds, 1870–2000," *Explorations in Economic History* 44, no. 4 (July 12, 2007)

だ。

一九世紀の終わりにアメリカの労働者の年間平均労働時間は約三〇〇〇時間だった。[★145] その後、法律の制定と労働組合の活動により、一日の労働時間を減らし、休日を増やしたために、年間労働時間は一九一〇年頃から急激に下がった。[★146] さらに、休息をとった労働者は生産性も上がり仕事のミスも減ることがわかったので、雇い主は産業革命が始まったときよりも、多くの人間を雇って労働時間を分けることがよいと知ったのだ。大恐慌時には、会社はクビにしなかった者の労働時間も削らざるをえず、年間の平均労働時間は一七五〇時間まで減った。[★147] 第二次世界大戦と戦後景気のときには、多くの市民が工場やオフィスに戻り、年間平均労働時間は二〇〇〇時間を超えた。[★148] それ以後の労働時間は徐々にだが着実に下がっていき、大恐慌時代の水準にまで戻った。[★149] 当時と違うのは、現在の減少は、人々がパートタイムの仕事を選んだり、より健全なワーク・ライフ・バランスを実現するために他の選択をしていたりすることが主な原因であることだ。ヨーロッパの一部の国では、もっと急激に労働時間の減少が起きている。[★150]

需要がある職種に移ろうという気持ちは、他の世代よりもミレニアル世代とZ世代〔ミレニアル世代よりさらに後の一九九〇年代後半以降に生まれたデジタル・ネイティブ世代〕が強くもっている。彼らはクリエイティブで、し

アメリカの平均年間労働時間[★151]

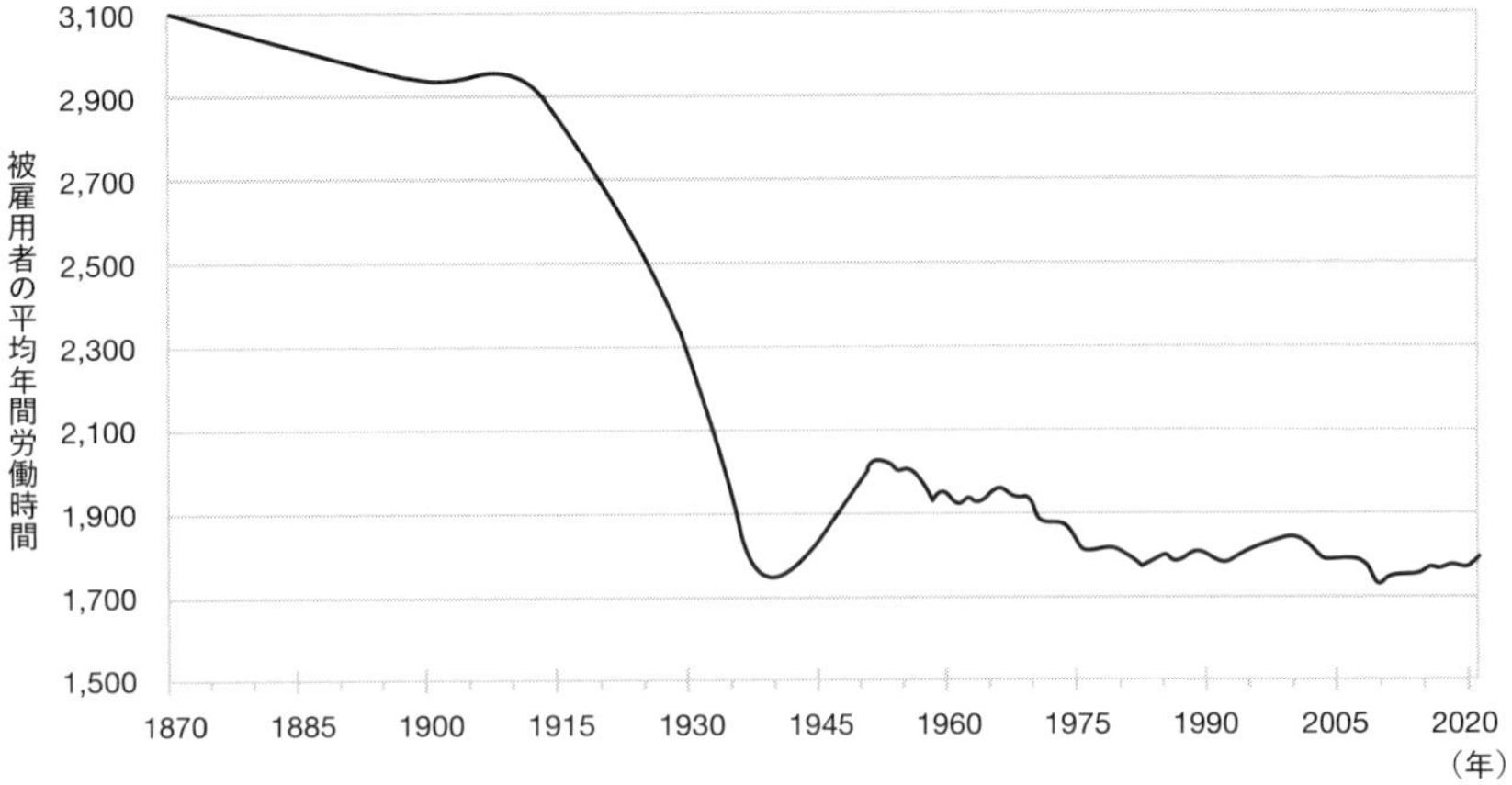

資料：Michael Huberman and Chris Minns, "The Times They Are Not Changin': Days and Hours of Work in Old and New Worlds, 1870–2000," *Explorations in Economic History* 44, no. 4 (July 12, 2007); University of Groningen and University of California, Davis; Federal Reserve; Organisation for Economic Co-operation and Development

ばしば起業家的なキャリアを求める。そして、移動の時間と費用の節約になるので、リモートで働く自由を求めているが、それにより仕事と生活の境界線があいまいになることもある。新型コロナウイルスの流行は突然に、多くの労働力をテレワークに動かし、雇用主と労働者の関係に代替モデルを与えた。ある研究では回答者の九八%が、自分の残りのキャリアにおいてリモートで働く選択肢をもつことを望んだ。[★152]テクノロジーの変化によって、もっと多くの仕事でリモートワークが可能になるので、このトレンドは強くなっていくだろう。

　社会経済上の幸福を表す指標はほかに「児童労働」がある。貧困から子どもが働かされると、彼らは教育の機会を逸し、将来の可能性が大きくそこなわれる。幸いなことに、二一世紀のあいだじゅう、児童労働は着実に減っている。ＩＬＯ（国際労働機関）はこの分野における改善度合いを測るために児童労働を入れ子構造の三つのカテゴリーに分けている。[★153]もっとも広いカテゴリーは「児童雇用」で、ここには家族経営の農業や商売においてある程度の時間で軽い仕事をする子どもが含まれる。教育が妨げられることもあるかもしれないが、比較的軽い児童労働だ。第二のカテゴリーは「児童労働」で、大人と同じくらいの時間を働く子どもが含まれる。つらい仕事を長時間させられる。三番目でもっとも狭いカテゴリーは「有害労働」で、これはとても危険な状況で子どもが働かされることだ。たとえば、鉱山や船舶解体（船を壊して、価値のあるモノをとり出し、廃棄する）、廃棄物取り扱いに従事することだ。二〇〇〇年から二〇一六年のあいだに、世界における子どもの人

世界における児童労働の減少★154

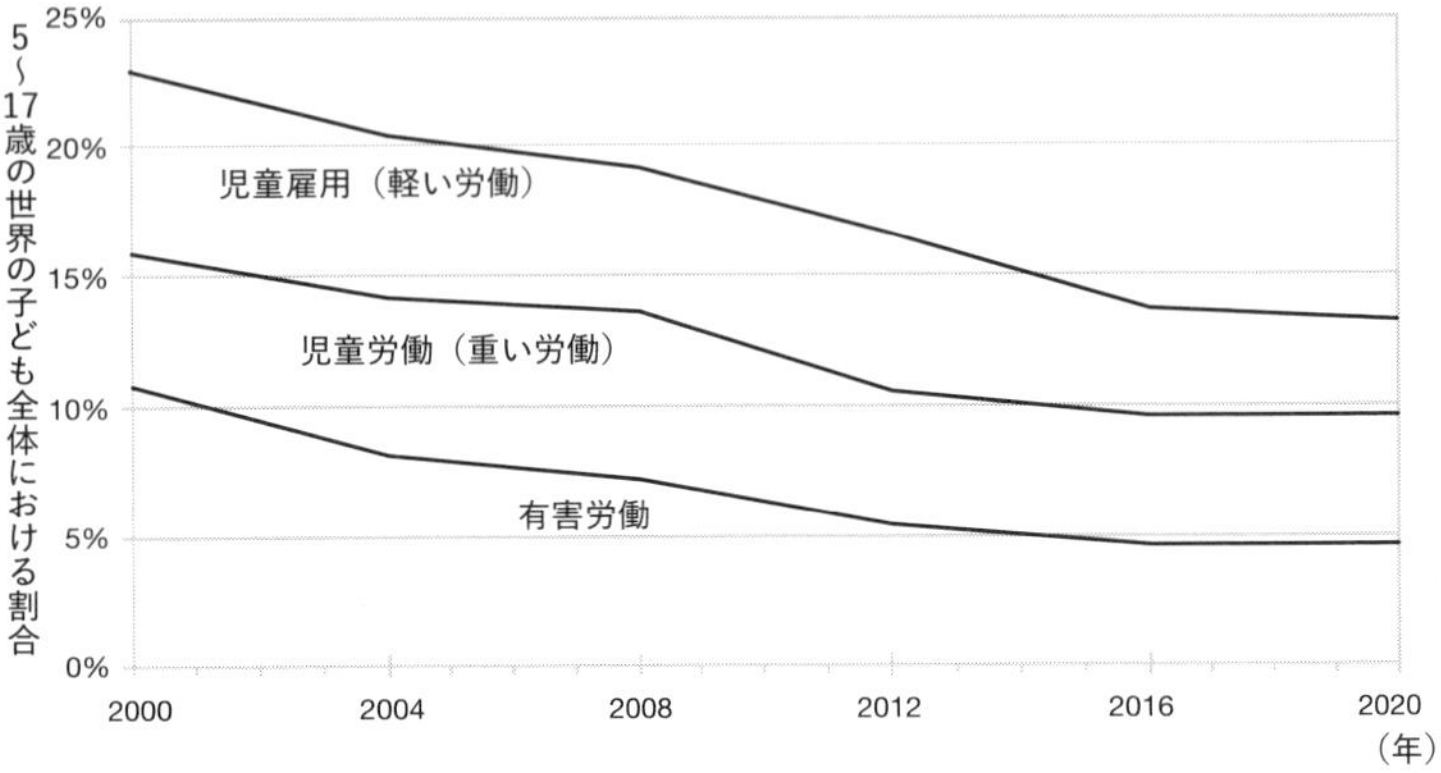

資料：International Labor Organization; UNICEF

口に対する有害労働に従事している子どもの割合は、一一・一%から四・六%に減少したが、新型コロナウイルス感染症の流行による経済的混乱はこの改善を邪魔しているようだ。★155

暴力行為の減少

物質的豊かさの増加と暴力行為の減少とは、お互いにその傾向を促進しあう関係にある。経済的に失うものが多い人は、争いごとを避けようとするインセンティブが強い。そして、安全で長く生きられることが期待できる人は、社会に利益をもたらす長期投資をする強い理由をもつ。西欧では少なくとも一四世紀以降は一貫して殺人の発生率は下がりつづけている。★156このような長い時間の物差しで見ると、個人用の武器の殺傷力は上がっているにもかかわらず、殺人の発生率の低下は指数関数的なのだ。西欧諸国ではちゃんとしたデータを中世までさかのぼれるが、各国の平均で一〇万人あたり一年間の殺人件数は一四、一五世紀の三三人から現在は一人以下にまで下がっている。率で言うと九七％超の減少だ。[★157] ただし、これらの統計は「通常の」殺人であり、戦争や大量虐殺は含まれない。

　アメリカでは殺人をはじめとする暴力犯罪は一九九一年頃から長期低下傾向にある。殺人件数は二〇一四年に一〇万人あたり四・四

西欧における1300年以降の殺人事件発生率[★158]

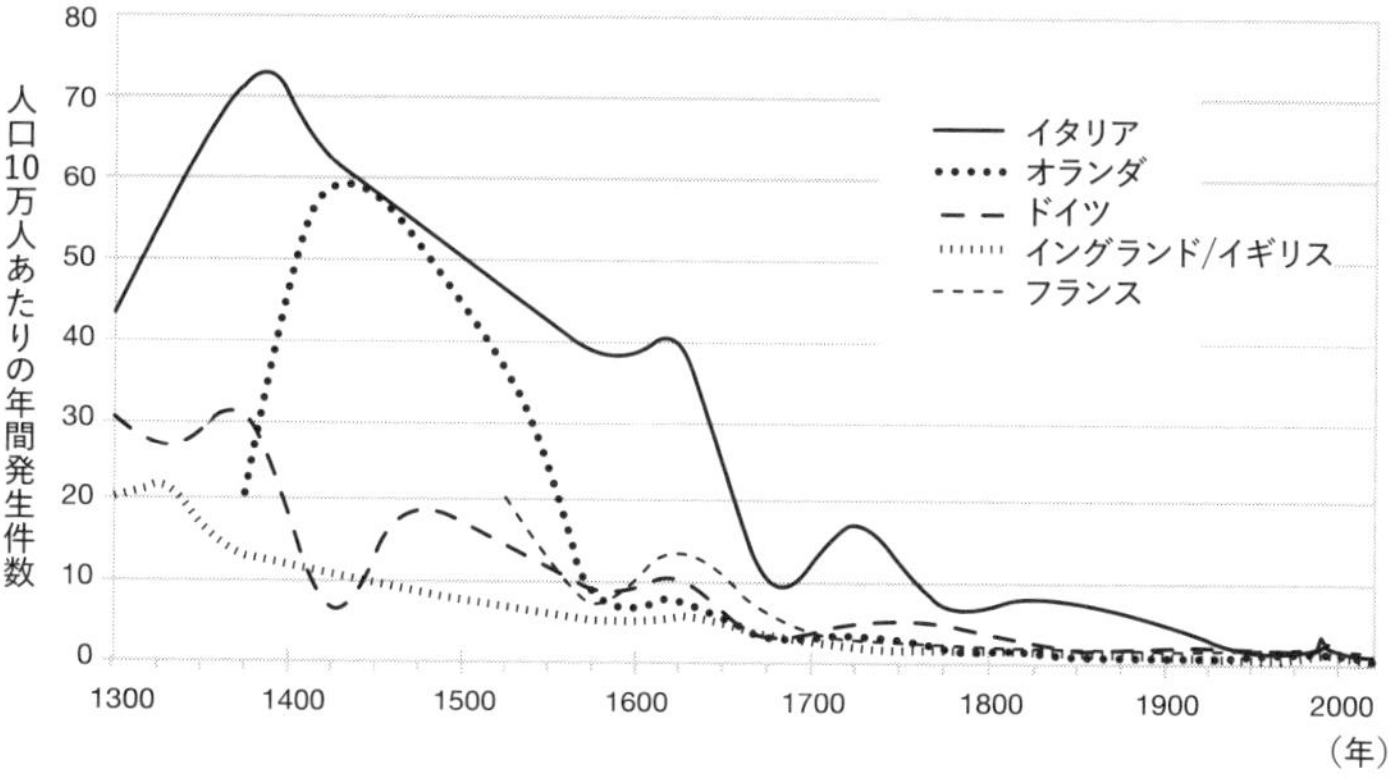

資料：Our World in Data (Roser and Ritchie); Manuel Eisner, “From Swords to Words: Does Macro-Level Change in Self-Control Predict Long-Term Variation in Levels of Homicide?,” *Crime and Justice* 43, no. 1 (September 2014); UN Office on Drugs and Crime

このグラフはOur World in Dataのマックス・ローザーとハンナ・リッチーによるすぐれた研究をもとにしているが、近年の数値についての出典は異なる。1990年以前のデータはマニュエル・アイズナーの研究“From Swords to Words：Does Macro-Level Change in Self-Control Predict Long-Term Variation in Levels of Homicide?”を使っている。1990–2018年のデータについては、WHOではなく国連薬物犯罪事務所（UNODC）のものを利用した。というのも、UNODCのデータのほうが他の情報源による裏づけがとれており、広範な法執行機関の推計により近い数値を示しているからだ。

件から、二〇二一年には六・八件（執筆時の最新データ）に増えているが、短期的な増加はあっても、一九九一年の九・八件からは三割以上も下がっているのだ。[159] 二〇世紀において二度、殺人などの暴力犯罪が現在の二倍までに増えた期間があった。ひとつは一九二〇年代から三〇年代で、主な原因は禁酒法の施行により、犯罪組織が密造酒の取引をしたためだ。[160] もうひとつは、一九七〇年代から九〇年代で、麻薬などの違法薬物の取引がアメリカの都市に暴力をもたらしたのだ。[161]

それ以後の暴力の減少に大きな役割を果たした要素はいくつかある。一九八〇年代はじめのアメリカは暴力犯罪の発生率が常に高いところにあったので、犯罪学者は新しい解決策を探しはじめた。犯罪学者のジョージ・ケリングとジェームズ・Q・ウィルソンによれば、落書きや器物損壊のような軽微な犯罪が、その地域の住民をしてここは安全ではないと不安にさせる一方、一部の人間はもっと重い暴力的な犯罪もできるのではないかと思う。[162] この考えはのちに〈割れ窓理論〉と呼ばれ、重い犯罪の予防手段として、軽微な犯罪をとり締まるという警察活動の新しいトレンドに影響を与えた。また警察は他の施策でも犯罪防止に積極的にとり組んだ。犯罪多発地域で徒歩によるパトロールを増やしたり、警察資源の最適な配分を決めるのにデータ主導型モデルを利用したりすることだ。これらの施策転換と割れ窓理論による警察活動とが結びついて、一九九〇年代から二〇〇〇年代を通して全米の犯罪率が下がったことに、大きな役割を果たしてきた。だが、それはいいことばかりではなかった。一部の都市では、割れ窓理論による警察活動をやりすぎて、マイノリティのコミュニティに過度の損害を与えた。二〇二〇年代の警察が直面する難題は次のふたつだろう。犯罪の長期減少傾向を維持すると同時に、人種による扱いの差や不当な対応を減らすことだ。これらは、ひとつの方法で解決できる問題ではないが、警察官が装着するボディカメラや市民のスマートフォンカメラ、自動銃声検出装置、AIによるデータ分析などのテクノロジーを正しく使えば、いい仕事ができるはずだ。

もうひとつの要因は、環境汚染と犯罪の関係で、これは正しく理解されつつあるところだ。環境有害物質、特に鉛が脳に与える影響は、二〇世紀のほとんどの期間で理解されていなかった。排気ガスや家庭用ペンキに含まれる鉛に暴露されることで、子どもの認知発達に悪影響を及ぼす。この慢性中毒がどれだけ実際の犯罪の原因となっているのか知ることは不可能だが、衝動抑制が低下するので、全人口のレベルでは、統計上の暴力犯罪の増加をもたらしたと言える。おおよそ一九七〇年代以降になると、環境への規制が増え、子どもの脳に入る鉛などの有害物質の量が抑えられた。これも暴力のレベルが下がったことに貢献しているだろう。[★163]

二〇一一年に出版した『暴力の人類史』でスティーブン・ピンカーは、ヨーロッパでは中世以降、約五〇の要因、場合によってはそれ以上の要因で殺人は減少していることについて、さらなる証拠をまとめている。[★164] たとえば、一四世紀のオックスフォードでは人口一〇万人あたりで年間一一〇件の殺人があったが、今日のロンドンは一件以下だ。[★165] ピンカーの推計では、先史時代以降、約五〇〇の要因で暴力による死は減少してきたという。[★166]

アメリカにおける殺人事件発生率★167

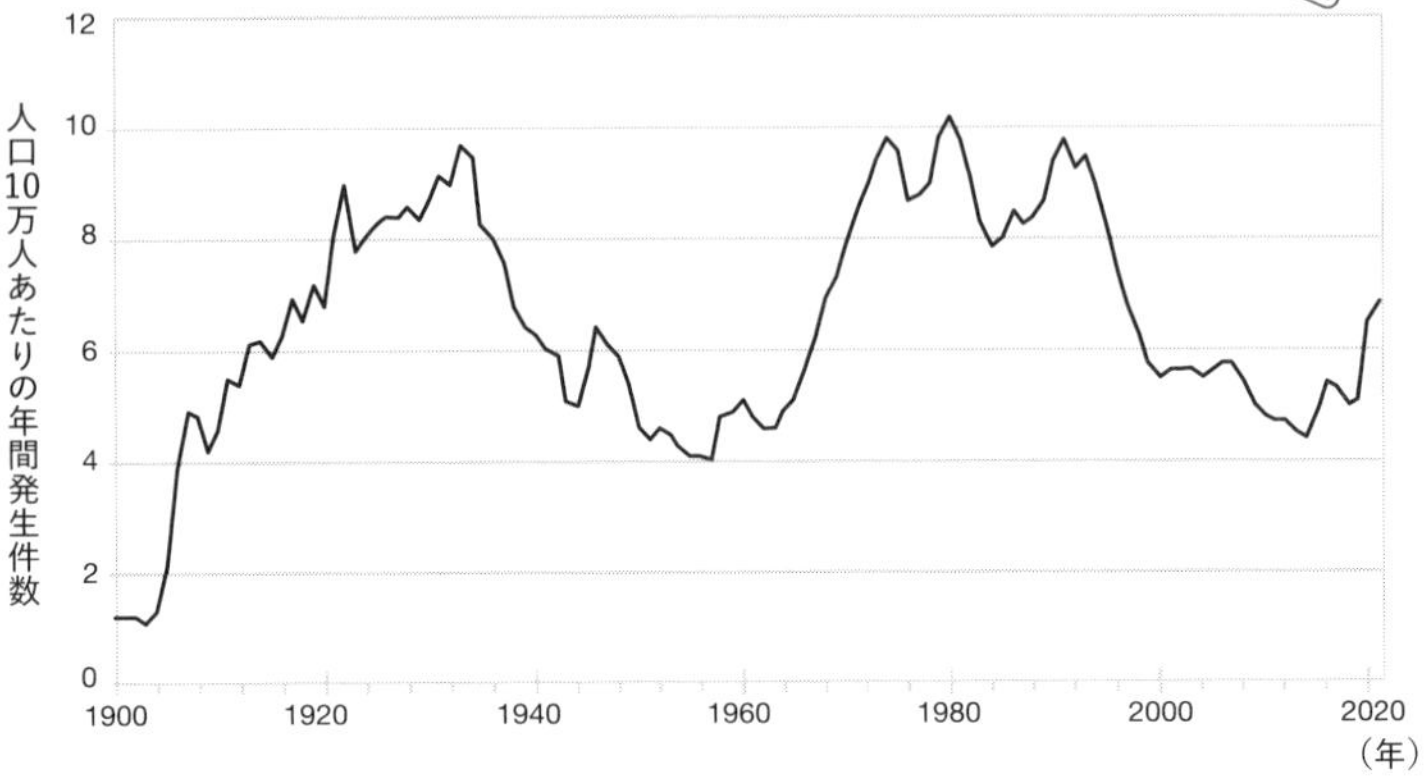

資料：Federal Bureau of Investigation; Bureau of Justice Statistics

アメリカにおける暴力事件発生率★168

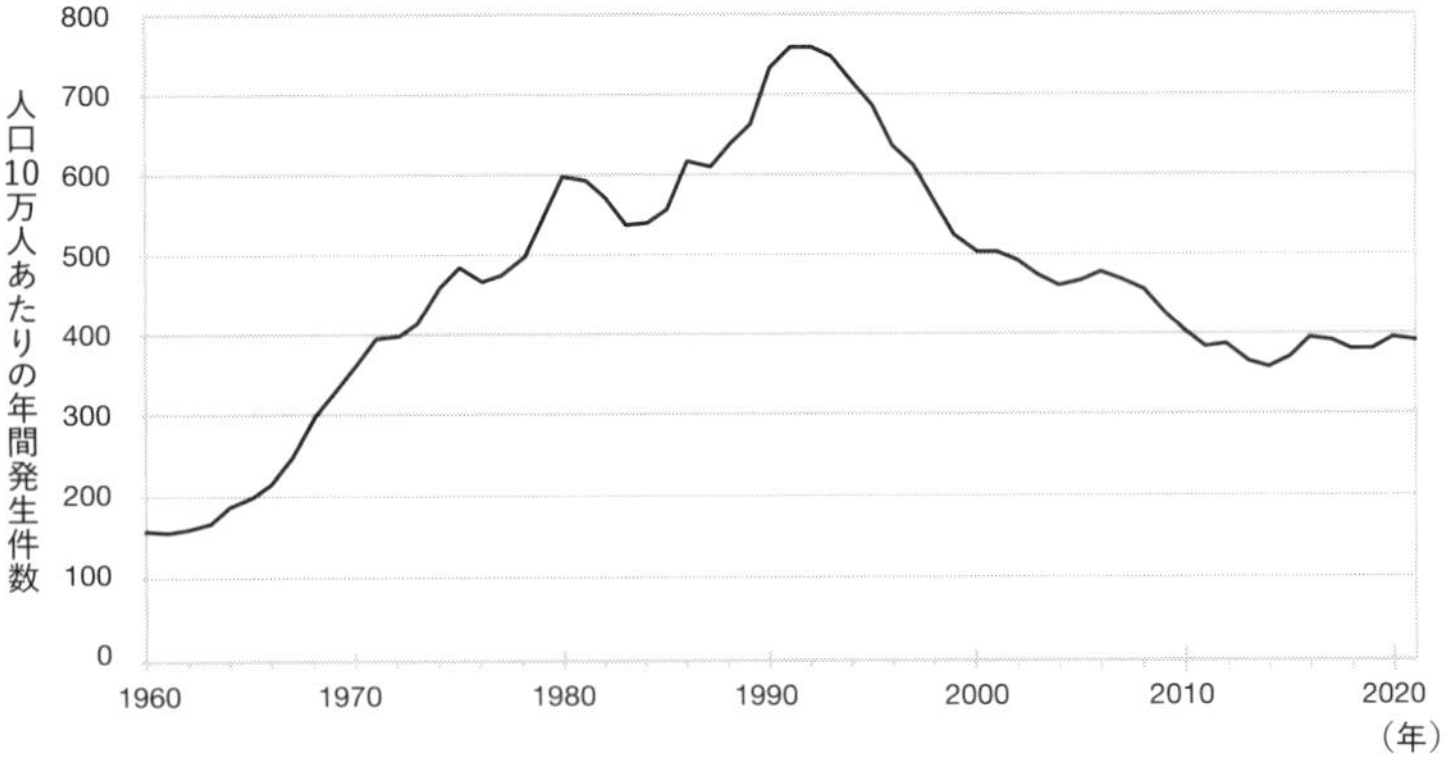

資料：Federal Bureau of Investigation; Bureau of Justice Statistics

二〇世紀は歴史的に大きな戦争があったが、人類の歴史において大昔の国家がない状態でひんぱんに起きた暴力と比較すると、死者は少ない。ピンカーは正式な国家がなかった時代に存在した二七の未発展社会を調べた。先史時代を通し人類のコミュニティをもっとも代表しているのは狩猟採集民と狩猟栽培民の混合だろう。[★169] 彼の推算では、これらの社会では平均して一〇万人あたり年間五二四人の死者が出ていた。それに対して、二〇世紀における戦争で大量の死者を出したドイツ、日本、ソ連の一〇万人あたりの年間死者数を見ると、それぞれ一四四人、二七人、一三五人となっている。一方のアメリカは、世界中の紛争に関与しているにもかかわらず、二〇世紀を通した死者は一〇万人あたり年間三・七人にとどまった。

それでも、市民の多くは暴力事件が増えていると誤ってとらえている。ピンカーはその原因は「歴史を短期的視点で見ている」からだと考えている。人はより最近の出来事に集中して注意を払いやすく、もっと悪かった過去の出来事に気づかないのだ。[★170] 本質的にこれは行動における利用可能性ヒューリスティックである。誤解の一因はドキュメンテーション技術にある。最近の暴力事件では、簡単にカラー映像を見ることができる。それに比べると、一九世紀は白黒写真だったし、それ以前は文字による記述で少し挿絵があるだけだった。

ピンカーは私と同じで、暴力の大きな減少は好循環の結果であるとしている。人々は自分たちが暴力から自由だという自信を深めれば、学校を建てたり、本を書いたり読んだりしようという気持ちが強くなる。それは次に、問題を解決するために力に訴えるのではなく、理性を使うことを促進する。私たちは共感の「拡大する環」（哲学者のピーター・シンガーの言葉を借りた）を経験しており、それは自分が帰属する場所を一族などの狭い集団から国家にまで広げてくれる。それから共感の環は、外国の人やさらに動物にまで広がっていく[★171]。また、法の支配と、暴力に反対する文化規範の役割も大きくなっている。

未来を考えるときに鍵となる知見は、これらの好循環は基本的にテクノロジーが動かしていることだ。かつては小さな集団内においてのみアイデンティティをもっていた人類だったが、通信技術（本、ラジオ、テレビ、コンピュータ、インターネット）によって、それまでよりも大きな集団と考えを交換することが可能になり、自分たちとどんな共通点があるのかもわかるようになった。遠くの土地の災害の映像を夢中になって見る能力は、歴史を短期的視点で見ることにつながるかもしれないが、それはまた自然にわき出る共感を利用し、個人の道徳的問題を人類全般がかかわる問題へと広げる働きもする。

そのうえ、富が増え、貧困が減るとともに、人々は協力しあおうという気持ちが強くなり、限りある資源の奪いあいは少なくなっている。そもそも、希少価値のあるものに対する欲は人間の本能的なものだしそれが暴力の理由にもなるという根強い意見もある。この見方は人類の歴史において多くで当てはまるが、私はそれが永続するものとは思わない。デジタル革命は、ウェブ検索からSNSのつながりまで、デジタルで簡単に表現できる多くのものについて、希少性問題をすでに解消させているのだ。物理的な本（紙の本）をめぐって争うのはつまらないことだと思えても、状況によっては理解できる。たとえば、二人の子どもがお気に入りのマンガ本をどちらが先に読むかでけんかをすることだ。だが、PDFの文書をめぐって人が争うのはバカげている。というのも、あなたがそのデジタルの文書を読むことは、私がそれを読めないことを意味しないからだ。必要なだけ、基本は無料でコピーをつくることができる。

ひとたび人類が安価なエネルギー（主に太陽光で、最終的には核融合で）を得て、AIロボットを開発したならば、多くのものが簡単にコピーできるようになるので、今、PDFファイルをめぐって争うことがバカらしいのと同様に、それらを暴力で奪いとることはバカらしくなるだろう。このように、今から二〇四〇年代のあいだに情報テクノロジーは数百万倍もの進歩をし、それは社会の無数の面で大きな前進をもたらすだろう。

再生可能エネルギーの増加

技術文明はエネルギーを必要とする。私たちは長い年月、化石燃料に依存してきたが、もはやふたつの理由から持続不可能となっている。まず、燃焼の際に有害物質による汚染をひき起こし、温室効果ガスを排出することだ。そして、安価なエネルギーの必要性が高まっているときに、化石燃料は充分な量がなく、価格は高騰しているので、私たちの活動を制限している。幸運にも、環境にやさしい再生可能エネルギーのコストは素材の設計やメカニズムに使うテクノロジーが洗練されてきたことによって指数関数的に下がってきている。たとえば、この一〇年、太陽電池とエネルギー貯蔵において新素材を発見するためにスーパーコンピュータが利用されており、この数年は深層《ディープ》ニューラルネットも同じように使われている。[★172] その結果、再生可能エネルギーのコストは下がりつづけていて、太陽光、風力、地熱、潮力、バイオ（生物）燃料という再生可能な資源から得るエネルギーの総量は指数関数的に増加している。[★173] 二〇二一年の全発電電力量のうち、太陽光発電の占める割合は三・六％だったが、一九八三年

1ワットあたりの太陽光発電装置のコスト[★174]

【対数目盛り】

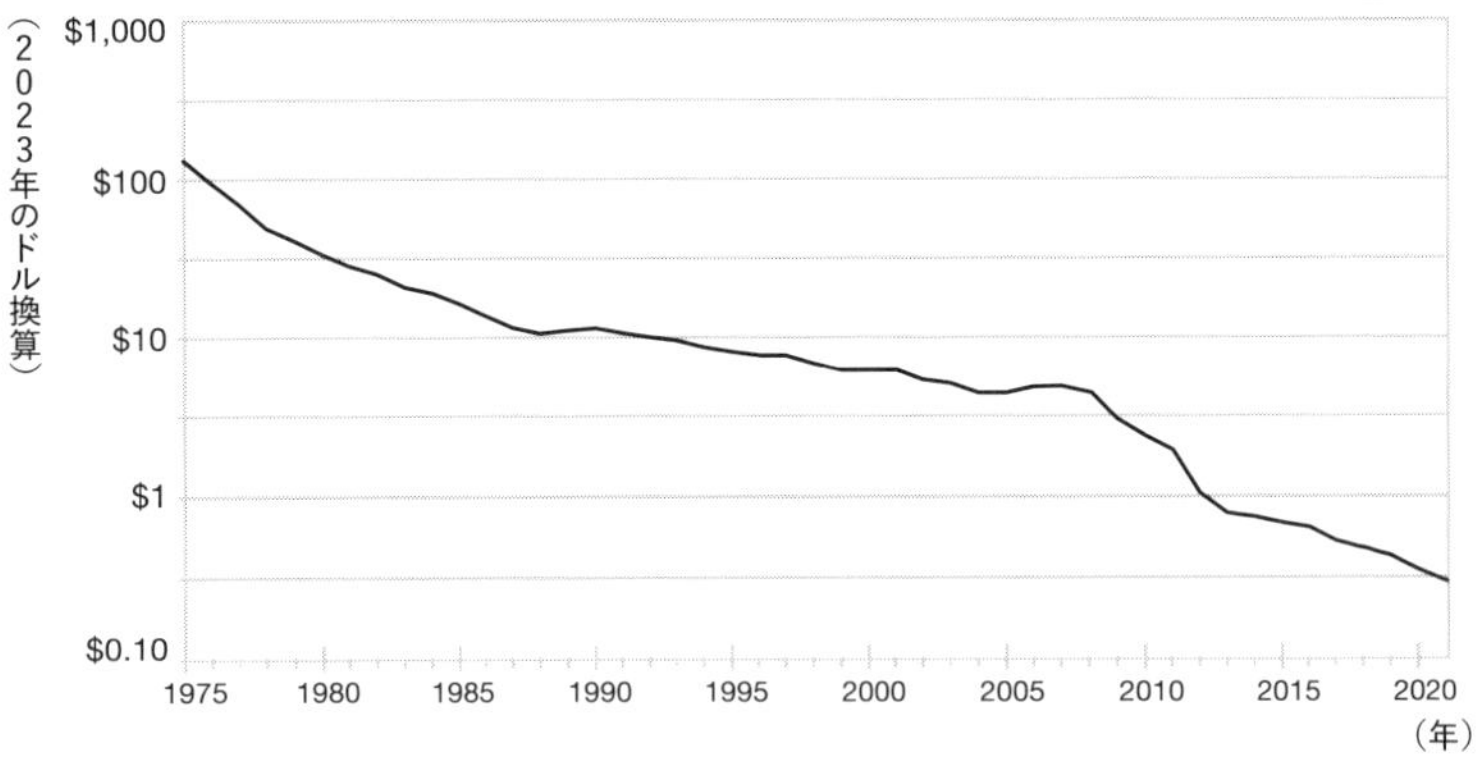

主要資料：Our World in Data; Gregory F. Nemet, "Interim Monitoring of Cost Dynamics for Publicly Supported Energy Technologies," *Energy Policy* 37, no. 3 (March 2009); IRENA

この対数グラフは、太陽光発電装置の1ワットあたりの発電コストを表していて、この50年間に指数関数的にコストが低下していることがわかる。このトレンドはスワンソンの法則として語られることもある。全体のコストにおいて発電装置の占める割合が最大だが、許可や装置設置時の労働力をはじめとする他の費用で総コストは装置費用の3倍にまでなることに注意してもらいたい[★175]。そのため、装置の価格が急低下しても、他のコストはもっとゆっくりとしか下がらない。AIとロボットが労働コストと設計コストを下げるとしても、効率的な設備計画を奨励し、積極的に許可を与える政策が必要だ。

世界の太陽光発電装置の設備容量★[176]

【均等目盛り】

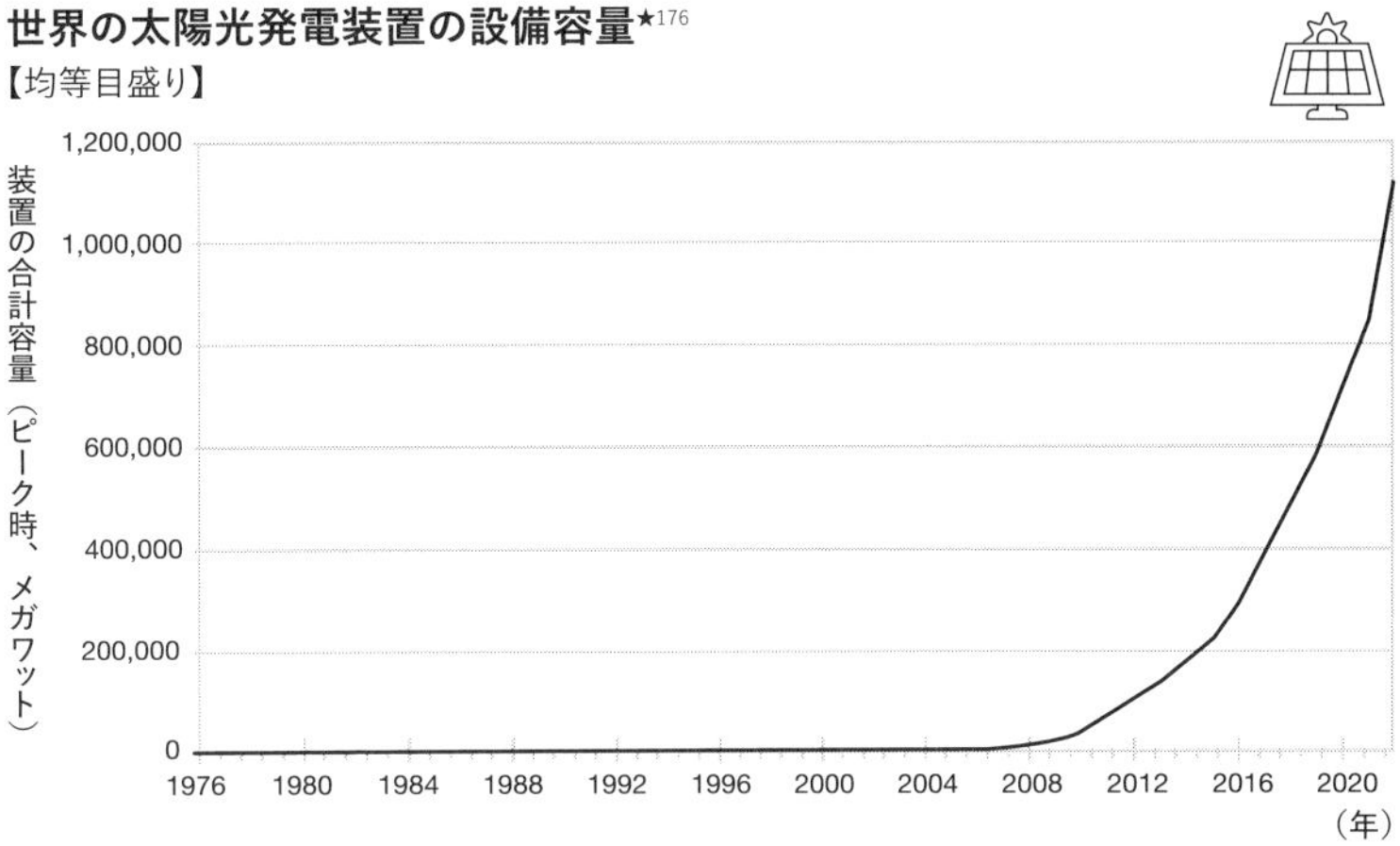

主要資料：Our World in Data; IRENA; Gregory F. Nemet, "Interim Monitoring of Cost Dynamics for Publicly Supported Energy Technologies," *Energy Policy* 37, no. 3 (March 2009)

世界の太陽光発電装置の設備容量★[177]

【対数目盛り】

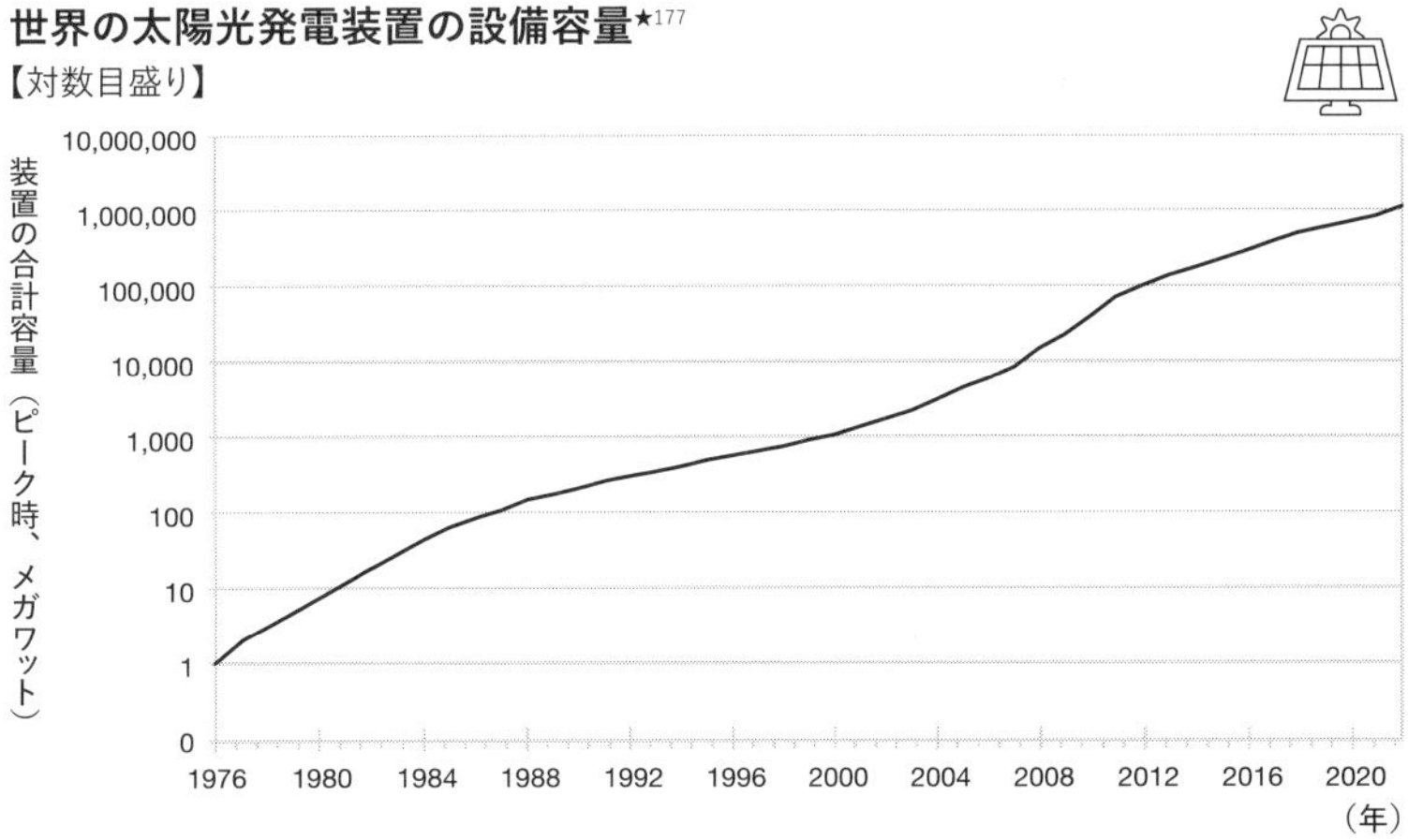

主要資料：Our World in Data; IRENA; Gregory F. Nemet, "Interim Monitoring of Cost Dynamics for Publicly Supported Energy Technologies," *Energy Policy* 37, no. 3 (March 2009)

世界の発電で太陽光の占める割合★[178]

【対数目盛り】

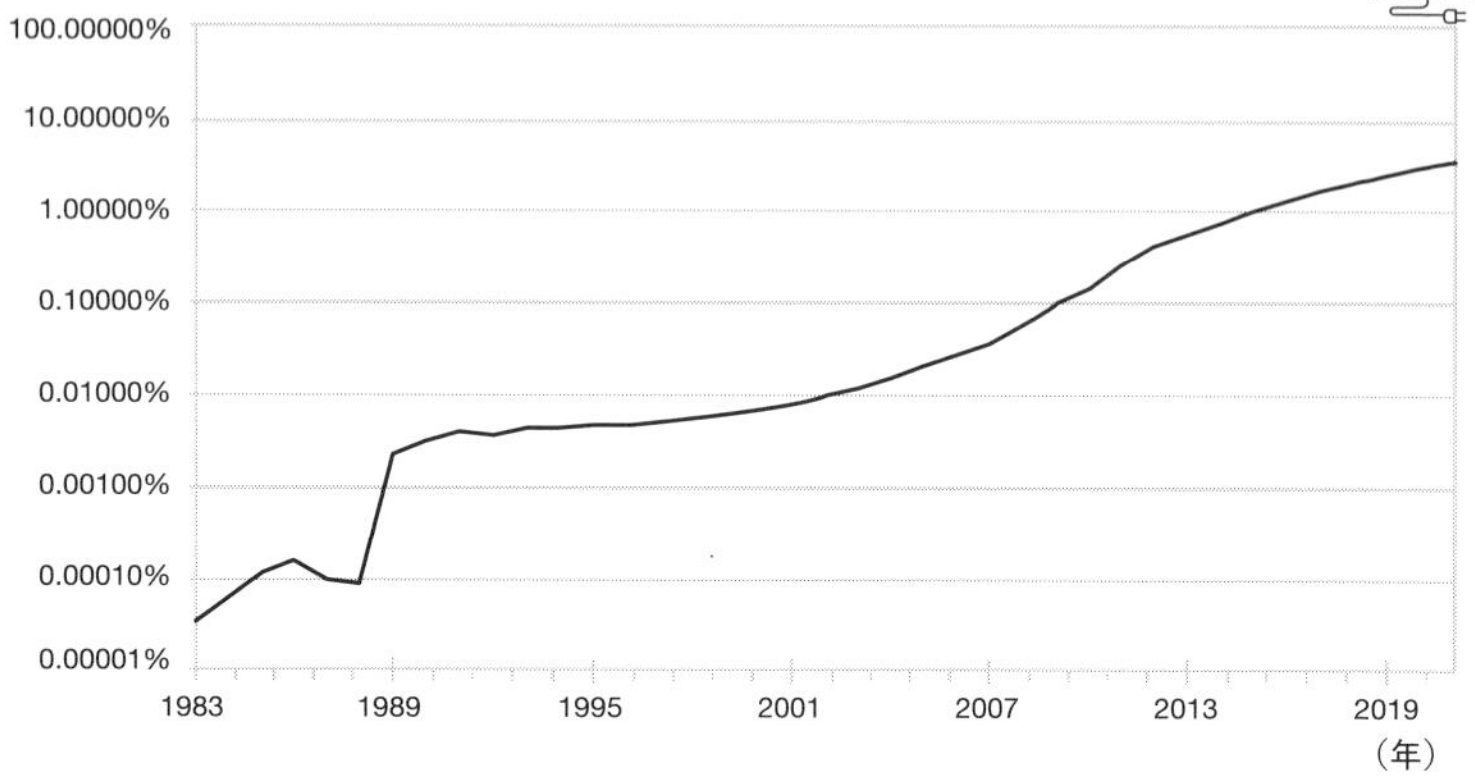

資料：Our World in Data; BP; IEA

風力発電のコスト★[179]

アメリカにおける地上風力発電プロジェクトの均等化発電コスト〔発電所の全寿命にかかる費用を考慮して計算した電力生産に要する平均コスト〕

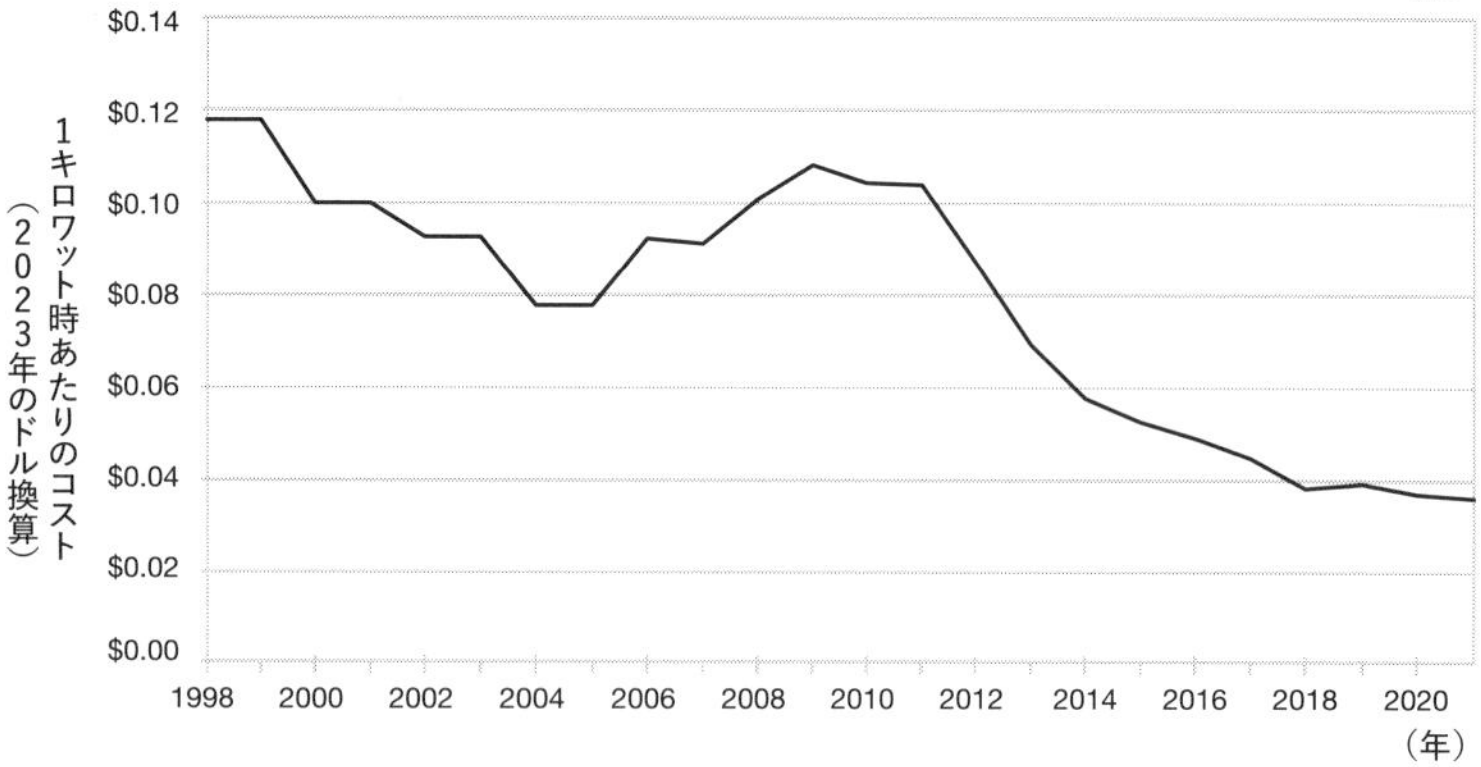

資料：US Department of Energy

世界における風力の発電量★[180]

【均等目盛り】

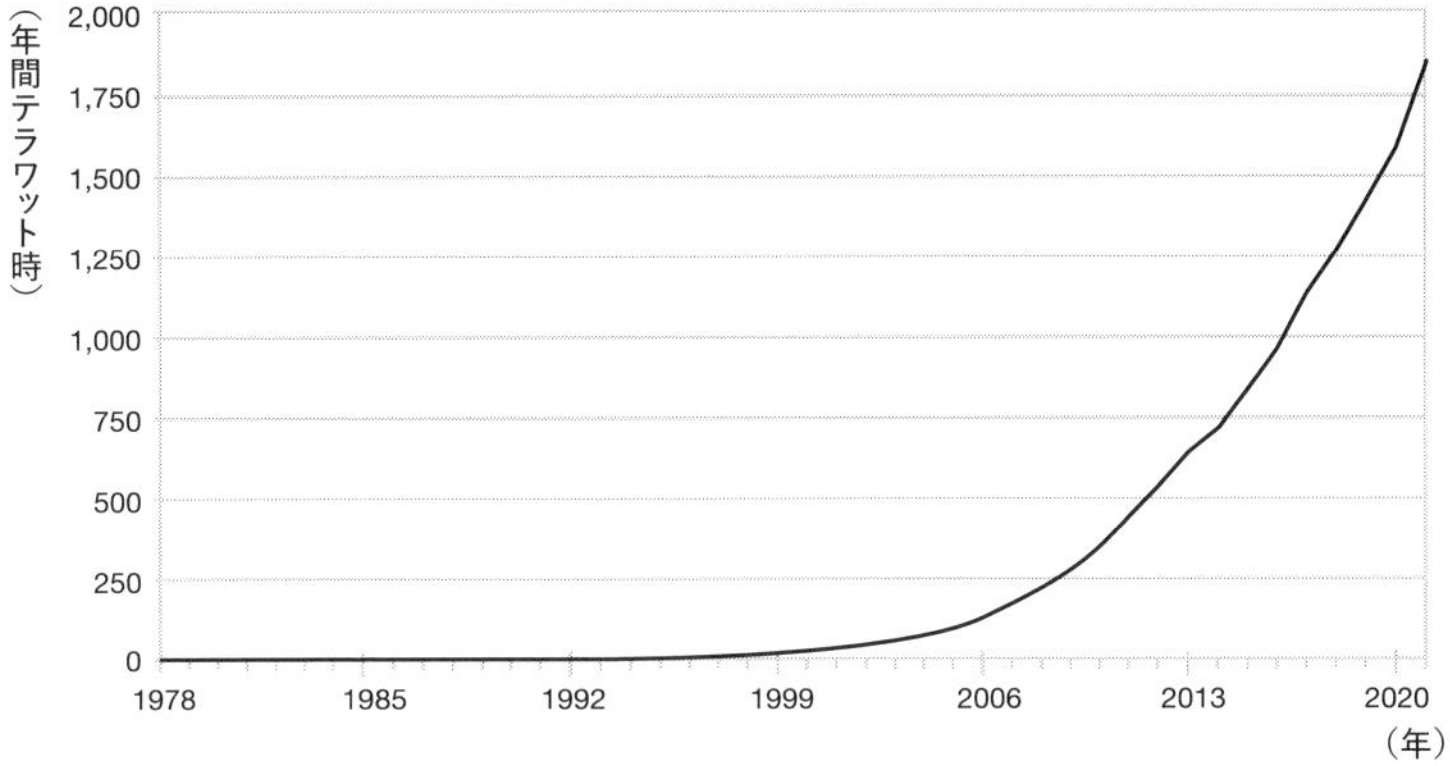

資料：Our World in Data; BP; Ember

世界における風力の発電量

【対数目盛り】

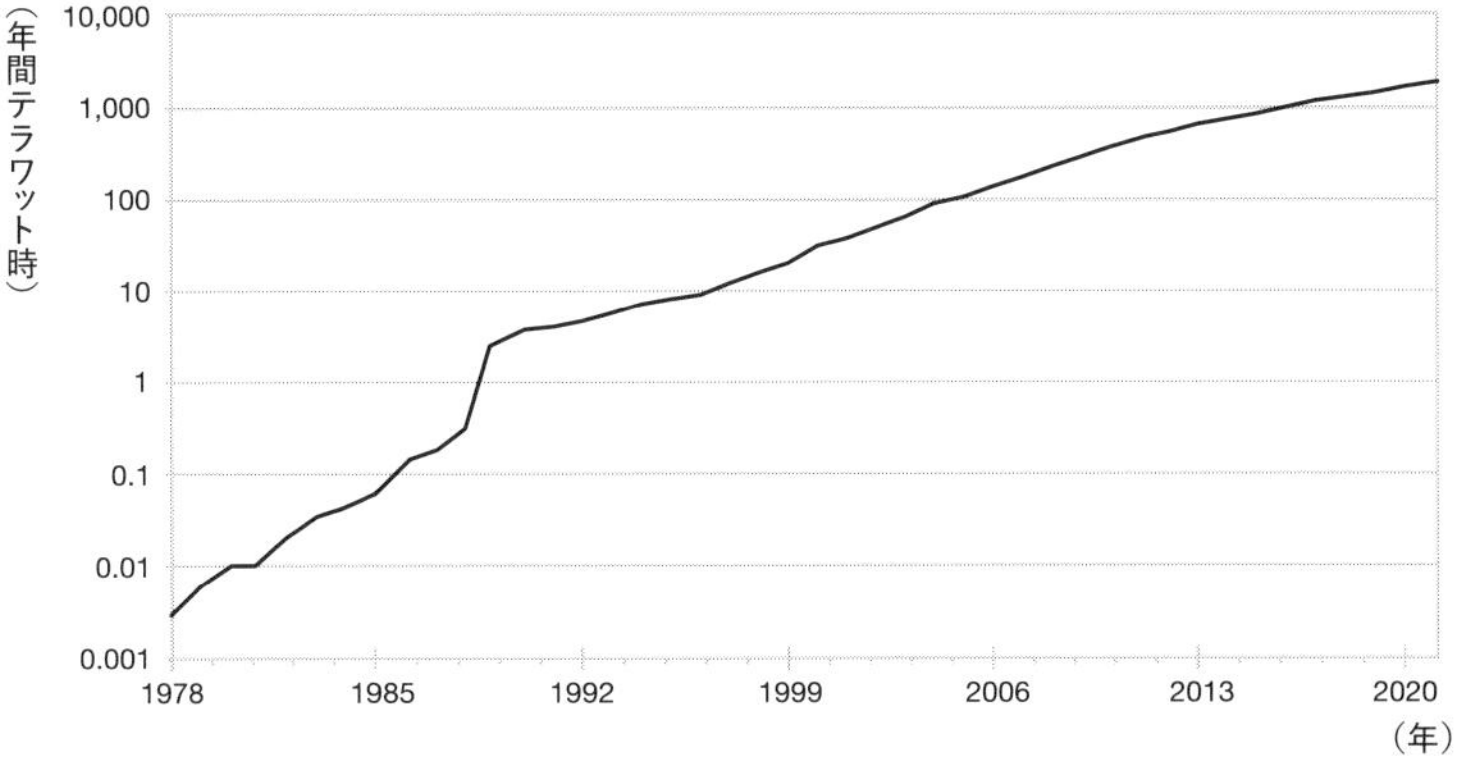

資料：Our World in Data; BP; Ember

世界における再生可能エネルギーの発電量★181

水力発電を除く

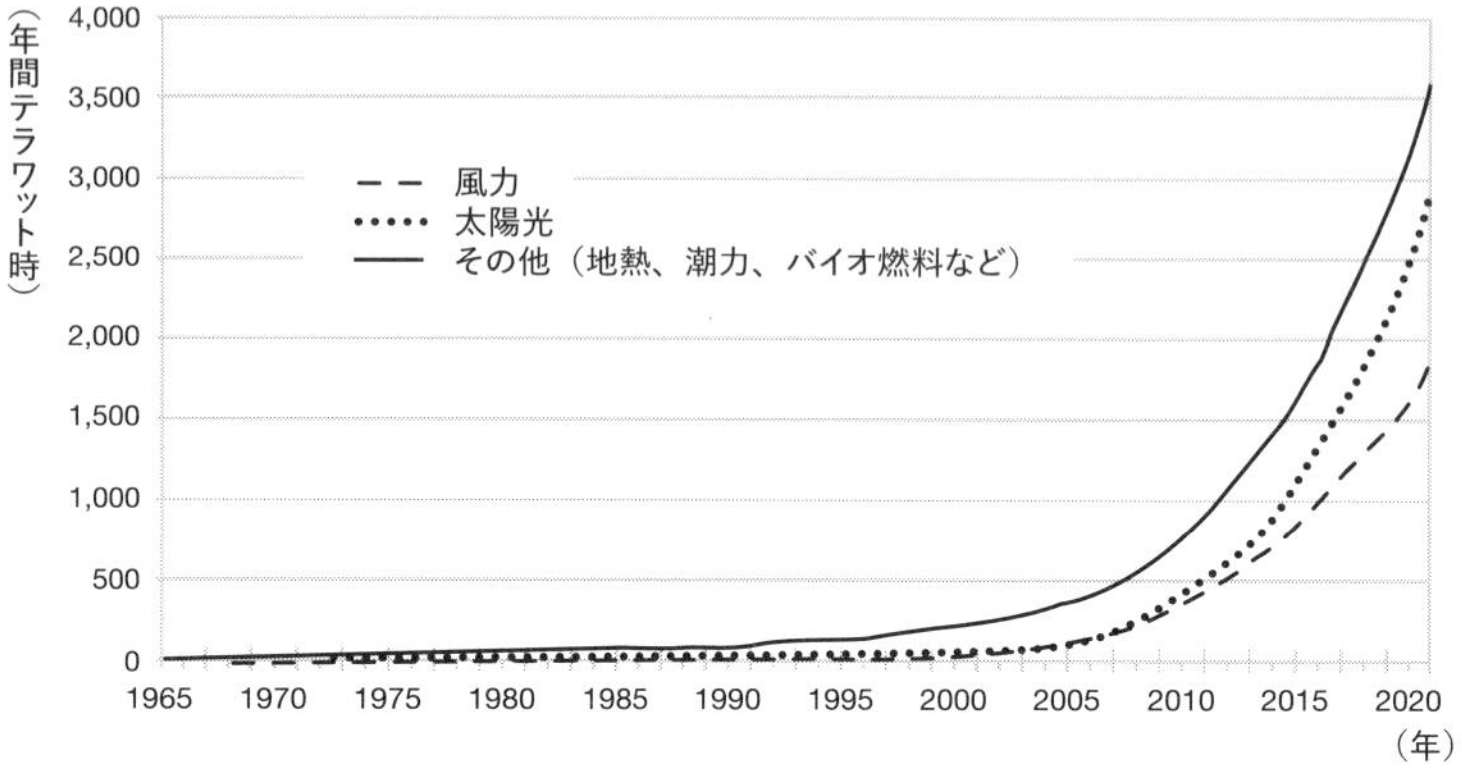

資料：Our World in Data; BP

再生可能エネルギーの成長★182

世界の発電量に占める太陽光、風力、潮力、バイオ燃料の割合

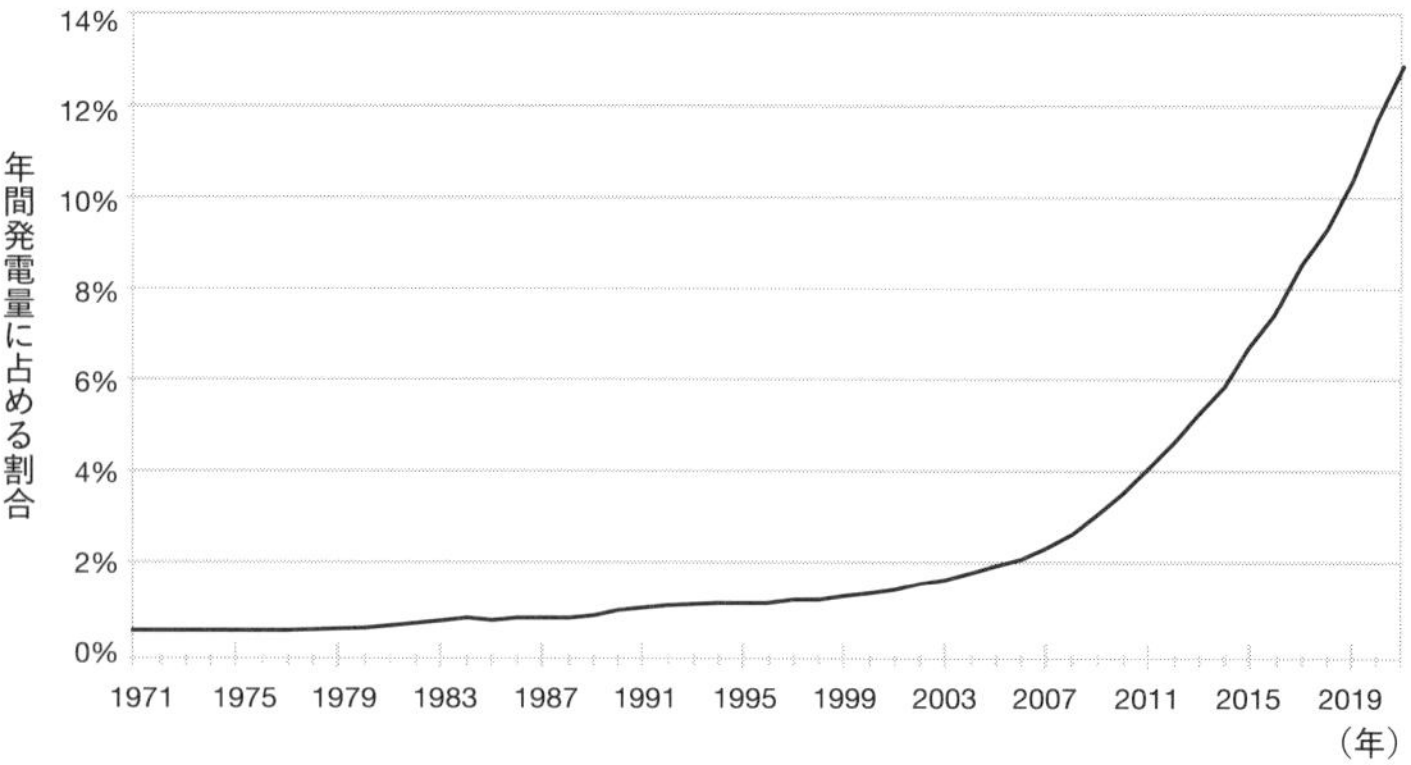

資料：Our World in Data; BP; IEA

以降、この割合は平均して二八カ月ごとに倍になっている。[183] くわしくは本章でのちほど触れる。

民主主義の広がり

安価な再生可能エネルギーは物質的豊かさをもたらすだろうが、人々がそれを公平に分けられることが民主主義には必要だ。ここでも幸運な相乗効果が見られる。情報技術(情報テクノロジー)は社会を民主的にしてきたという長い実績をもっている。中世イギリスにあった類似の制度にルーツをもつ民主主義が広まったのは、大衆伝達技術(マスコミュニケーション・テクノロジー)の台頭が主な原因となっている。マグナカルタ(大憲章)は、一般市民が不当に逮捕されない権利を明確に示したものとして有名で、一二一五年に起草され、ジョン国王が署名した。[184] それでも中世のあいだは、平民の権利はしばしば無視され、政治参加は最小限だった。しかし、一四四〇年頃にグーテンベルクが活版印刷機を発明すると、すぐに普及し、知識階級は情報と考えの両方をそれまでよりもはるかに効率よく伝えることができるようになった。[185]

印刷機は、情報技術において収穫加速の法則がどのように働くのかを理解するための格好の例だ。前述したように情報技術とは、情報を集め、蓄え、操作し、伝達することをともなう。人の考えは情報である。理論的に情報は、「無秩序なエントロピー」とは対照的な「抽象的な秩序」である。現実世界で情報を表現するためには、紙に文字を書くように、物理的対象を特定の秩序に沿って並べる。ここで重要なのは、考えという情報は抽象的な方法で配列されるものであり、さまざまな媒体――石版、羊皮紙、パンチカード、磁気データ、シリコンマイクロチップ内の電圧――で表現できるということだ。あなたはノミと特別な忍耐強さがあれば、ウィンドウズ11のソースコード全文を石版に刻むこともできるのだ。これは笑い話だが、物理的媒体がどれだけうまく情報を集め、蓄え、操作し、伝達するかが、いかに重要かを教えてくれる話でもある。こうしてうまく媒体に表現できたときにだけ有効になる考えもある。

中世のほとんどの期間で、ヨーロッパにおいて本をコピーするのは、写字生が苦労して手書きで写していた。効率とは真逆の作業である。その結果、書かれた情報、つまり考えを伝達するのはとても高価なことだった。概して、個人や社会がより多くの考えをもてば、新しい考えが生まれやすくなるが、ここにはテクノロジー上のイノベーションも含まれる。それゆえに、考えを共有しやすくするテクノロジーは、新しいテクノロジーを生みやすい。そのなかには考えの共有をより簡単にするものもある。グーテンベルクが発表した印刷機は、考えを共有するコストを大きく下げた。歴史上はじめて、中産階級の人々が大量の本を買えるようになり、人間の可能性を大いにとき放ったのだ。イノベーションが起こり、ルネッサンスはまたたくまにヨーロッパじゅうに広まった。これが印刷技術におけるさらなるイノベーションをもたらし、一七世紀はじめの本の値段は、グーテンベルク以前に比べて数千分の一になった。

知識の広まりは、富と政治的権限の付与をもたらし、そしてイギリス庶民院（下院）のような立法府が積極的に発言できるようになった。権力の大部分は依然として王がもっていたが、議会は増税への抗議を王に対しておこなえるようになり、王が任命した大臣を気に入らないときは弾劾することができた。[★186] 一六四二年から一六五一年に起きたイングランド内戦では一度、君主制自体を廃して、その後、議会に従属する形で復活させた。のちに政府は「権利の章典」を採択し、国民の同意がある場合のみ王は統治ができるという原則を明確にした。[★187]

アメリカ独立戦争前のイギリスは、真の民主主義とはほど遠いながら、世界史上もっとも民主的な国だった。そして、注目すべきは識字率が高い国のひとつだったことだ。[★188] 紀元前一世紀に古代の共和制ローマが終わってから、一八世紀後半のアメリカ革命までのあいだ、選挙を実施する社会や、大まかに共和制と呼べる政治制度をもつ社会は多く存在したが、どこも政治参加はきわめて限定的で、常に専制政治に逆戻りしていた。中世のイタリアでは、ジェノヴァやヴェネツィアといった貿易でうるおっている都市国家では共和制がとられていたが、その実態は貴族制にほかならなかった。たとえば、「ドージェ」（元首）と呼ばれたヴェネツィアの指導者は終身制で、複雑な選挙プロセスを経て選ばれるので、貴族の家門が権力をもちつづけ、一般市民には出番はなかった。[★189] 一五六九年から一七九五年のあいだ、ポーランド・リトアニア共和国が際だって自由で民主的なシステムをもっていたが、それでも人口の一〇分の一かそれ以下からなる「シュラフタ」という貴族階級のためのもので、貴族以外は政治に口出しできなかった[★190]。

　それに対してイギリスは、少なくとも理論上は、自由な成人男性の家屋所有者全員に投票権を与えていた。実際の運用では財産要件をつけ加えることが普通だったが、出生時の地位によって投票資格を決めることはなかった。多くの市民が除外されたものの、それは万人の政治参加という理念を実現するための準備段階と呼べる、きわめて重要な政治的イノベーションだった。生まれたときの地位で投票権の有無を決められないことを人々が受けいれれば、その理念の力は抑えられなくなる。だから、最初の真に近代的な民主制が北米大陸にあるイギリスの植民地で生まれたのは偶然ではない。それを獲得するためにイギリスと戦争をし、その約束を守ることは苦労のたえないプロセスではあったにしても。

　二世紀前のアメリカでは、政治に参加する完全な権利を有していた市民はわずかだった。一九世紀のはじめに投票権は、なにがしかの富や財産をもつ白人男性にほとんど限られていた。この経済的要件は大部分の白人男性に投票権を認めるが、女性やアフリカ系アメリカ人（数百万人が奴隷という動産として所有されていた）、ネイティブアメリカンを除外するものだった[★191]。人口の何%が投票権をもっていたかという問題について、歴史学者のあいだで意見は分かれるが、一般に一〇〜二五%だと考えられている[★192]。この不平等は、みずからを否定することに等しかった。つまり、投票はアメリカに改革の仕組みを提供するもので、それを制限することは独立宣言に記された高遠な理想に反していたのだ。

　支持者の志は高かったが、民主主義は一九世紀のあいだ、ゆっくりとしか広まらなかった。たとえば、一八四八年にヨーロッパ各地で起きた自由主義革命のほとんどは失敗し、ロシア皇帝アレクサンドル二世は多くの改革を約束したが、後継者たちはそれを実行しなかった。[★193] 一九〇〇年当時、今の私たちの基準で民主的社会に該当する地域に住んでいた者は、世界人口の三％しかいなかった。アメリカでさえもまだ婦人参政権を認めていなかったし、アフリカ系アメリカ人の分離政策をとっていた。第一次世界大戦後の一九二二年に、人口比は一九％に上がっていた。[★194] だがすぐにファシズムが台頭して、民主主義は後退し、第二次世界大戦中は数億人が全体主義の支配のもとにあった。ラジオを使ったマスコミュニケーションは最初、ファシストが権力を握るのを助けたが、最後は連合国が同じテクノロジーを使って、勝利のために民主主義の力を結集したのだった。もっとも注目すべきラジオ放送はドイツによるロンドン大空襲のあいだにおこなわれたウィンストン・チャーチル首相の感動的な演説だ。

戦後は、世界において民主主義のもとで暮らす人口が急増したが、これはインドと南アジアにあったイギリスの植民地が独立を勝ちとったことが主な理由だ。冷戦のあいだ、民主主義の及ぶ領域はだいたい安定していて、世界の三人に一人強が民主主義社会に住んでいる状況だった。[★195] 鉄のカーテンの外側では、ビートルズのＬＰからカラーテレビまで通信テクノロジーが拡散し、カーテンの内側で抑圧的な政府への不満を呼びさました。ソ連邦の崩壊によって民主主義はふたたび急速に拡大し、世界で民主主義社会に住む人口は一九九九年に五四％に達した。[★196]

その後の二〇年間、この数字は上下している。いくつかの国で民主化がなされるが、ほかでは後戻りが起きて相殺される一方で、新しい種類の前途有望な自由化が急速に進んでいる。冷戦終結時に世界人口の三五％が、もっとも抑圧的な統治形態である「完全な独裁主義」のもとにいた。[197]だが、その数字は二〇二二年に二六％に下がっていて、七億五〇〇〇万人以上が専制から解放されたのだ。[198]そのなかには、〈アラブの春〉という重大かつ複雑な出来事も含まれている。そこではＳＮＳが原動力となり実現したところが大きかった。これからの数十年で重要な課題は、民主主義と独裁主義のグレーゾーンに落ちた国をどのように助けて、完全なる民主主義政府に移行させるかにある。成功の鍵のひとつは、ＡＩを注意深く活用し、開放性と透明性を促進する一方で、権威主義者がテクノロジーを乱用して監視をしたり、偽情報を拡散したりする危険性を最小にすることである。[199]

それでも歴史は私たちに一〇〇％楽観的でいいという理由をくれる。情報を共有するテクノロジーが電信からＳＮＳへと展開していくなかで、民主主義の概念と個人の権利は、ほとんど知られていない状態から、世界中に広まった大志となり、すでに世界の半分近くの人にとっては現実になっているのだ。これからの二〇年間にそのテクノロジーが指数関数的に成長することを想像すると、民主主義の理想の姿をより一層理解できるだろう。

私たちは指数関数的曲線の鋭いカーブの部分にさしかかっている

ここで認識しておくべき重要な点がある。私がこれまで記してきたすべての進歩は、指

1800 年以降の民主主義の広まり★200

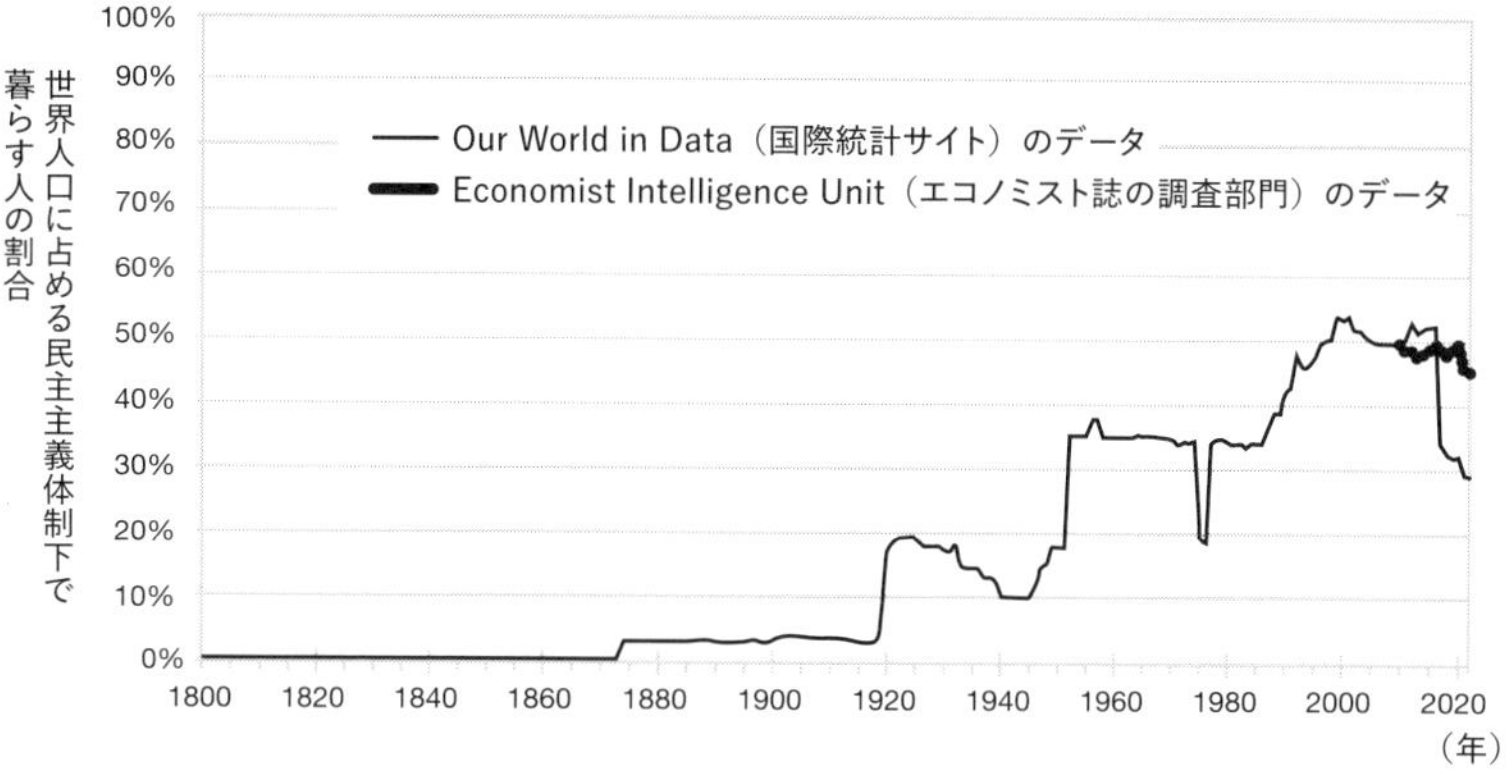

主要資料：Our World in Data; Economist Intelligence Unit

数関数的なトレンドの初期段階にあたるゆっくりした進歩であることだ。情報テクノロジーはこれからの二〇年で大いに進歩し、それは過去二〇〇年間の進歩よりも大きなもので、それが全体の繁栄にもたらす恩恵ははるかに大きい。そして、現在認識されているよりもはるかに大きな恩恵をすでに受けているのだ。

ここで動いているもっとも基本的なトレンドは、コンピュータの計算能力の価格性能比の指数関数的な上昇である。つまり、コンピュータが基準年の一米ドルあたりどれだけの計算を一秒間に実行できるかを示したものだ。一九三九年にドイツのコンラート・ツーゼが開発した、世界で最初に稼働したプログラム制御式コンピュータであるZ2は、二〇二三年の一米ドルあたり一秒間に〇・〇〇〇〇〇六五回だった。★201 一九

コンピュータの価格性能比　1939 年～2023 年★202〈巻末付録参照〉

【対数目盛り】2023 年のドル価値に換算して 1 ドル・1 秒あたりの最高計算回数

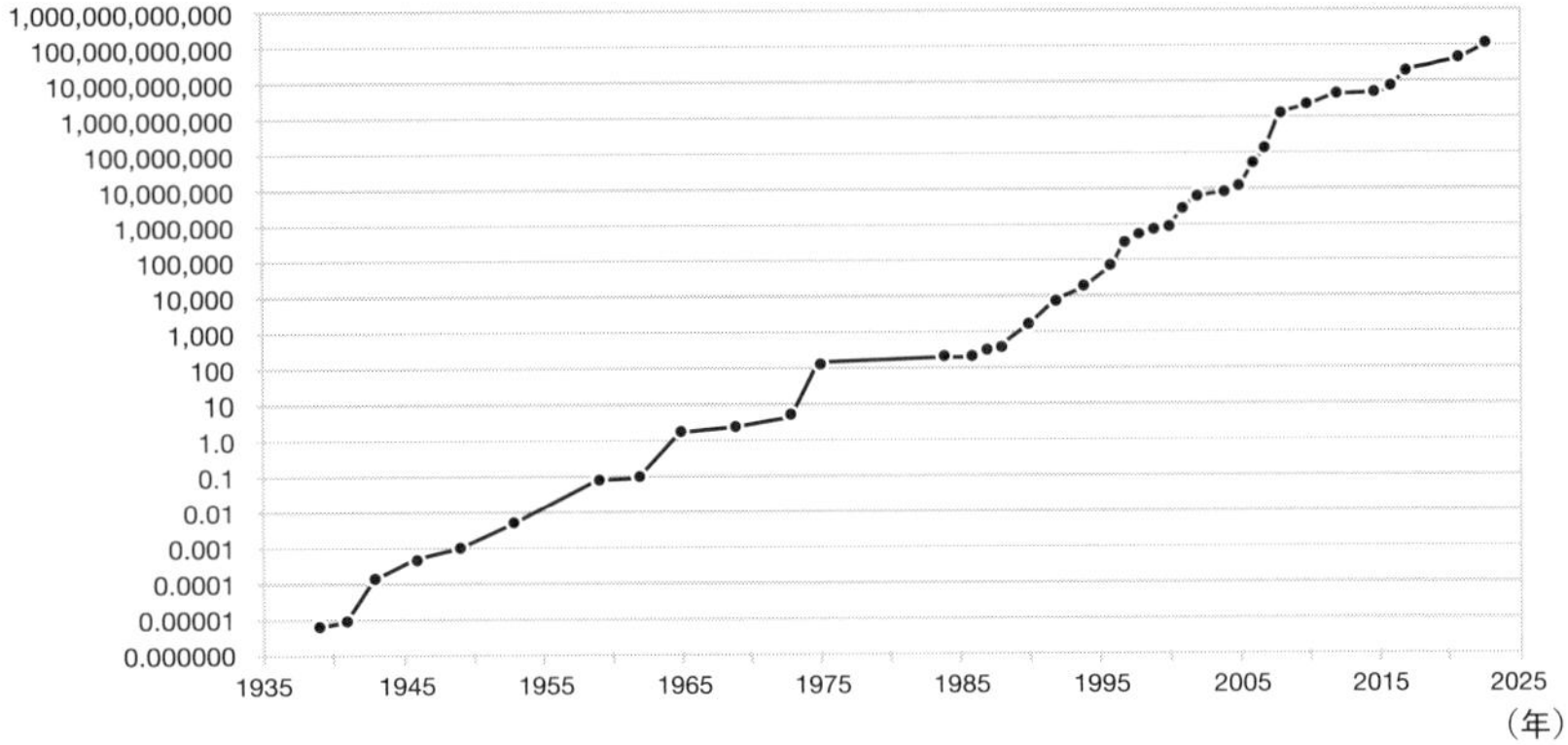

過去最高の価格性能比を記録したマシン

年	機種名	2023 年の 1 ドルあたり 1 秒間の計算回数
1939	Z2	～0.0000065
1941	Z3	～0.0000091
1943	Colossus Mark 1	～0.00015
1946	ENIAC	～0.00043
1949	BINAC	～0.00099
1953	UNIVAC 1103	～0.0048
1959	DEC PDP-1	～0.081
1962	DEC PDP-4	～0.097
1965	DEC PDP-8	～1.8
1969	Data General Nova	～2.5
1973	Intellec 8	～4.9
1975	Altair 8800	～144

（次ページへ続く）

（前ページから続く）

年	機種名	2023年の1ドルあたり1秒間の計算回数
1984	Apple Macintosh	～221
1986	Compaq Deskpro 386 (16 MHz)	～224
1987	PC's Limited 386 (16 MHz)	～330
1988	Compaq Deskpro 386/25	～420
1990	MT 486DX	～1,700
1992	Gateway 486DX2/66	～8,400
1994	Pentium (75 MHz)	～19,000
1996	Pentium Pro (166 MHz)	～75,000
1997	Mobile Pentium MMX (133 MHz)	～340,000
1998	Pentium II (450 MHz)	～580,000
1999	Pentium III (450 MHz)	～800,000
2000	Pentium III (1.0 GHz)	～920,000
2001	Pentium 4 (1700 MHz)	～3,100,000
2002	Xeon (2.4 GHz)	～6,300,000
2004	Pentium 4 (3.0 GHz)	～9,100,000
2005	Pentium 4 662 (3.6 GHz)	～12,000,000
2006	Core 2 Duo E6300	～54,000,000
2007	Pentium Dual-Core E2180	～130,000,000
2008	GTX 285	～1,400,000,000
2010	GTX 580	～2,300,000,000
2012	GTX 680	～5,000,000,000
2015	Titan X (Maxwell 2.0)	～5,300,000,000
2016	Titan X (Pascal)	～7,300,000,000
2017	AMD Radeon RX 580	～22,000,000,000
2021	Google Cloud TPU v4-4096	～48,000,000,000
2023	Google Cloud TPU v5e	～130,000,000,000

六五年、ＤＥＣ社のＰＤＰ−８は一・八回だった。私が『インテリジェント・マシンの時代（*The Age of Intelligent Machines*）』を出版した一九九〇年に、インテル社のＭＴ４８６ＤＸは一七〇〇回となっていた。その九年後に『スピリチュアル・マシーン』を出版したとき、Pentium Ⅲ CPUs は八〇万回に達していた。そして、二〇〇五年に『シンギュラリティは近い』を出版したときの Pentium 4 は一二〇〇万回だった。本書の出版準備をしていた二〇二四年はじめの Google Cloud TPU v5e チップは一三〇〇億回に達している。大規模な計算においては一秒間に数百京回の計算能力を発揮するこのチップを搭載したグーグルクラウド（グーグルの提供するクラウドコンピューティングサービス）は、インターネットに接続している人なら誰でも数千ドルを払えば一時間使うことができる。自分でスーパーコンピュータをつくり、維持する費用に比べれば、小さなプロジェクトをもつ一般ユーザーが利用できる価格性能比はさらに何桁も大きいものになるだろう。安価なコンピュータの能力は直接イノベーションを促進するので、このマクロのトレンドは着実に続いていく。そして、そのトレンドは、トランジスタの小型化やクロック速度の増加といった特定のテクノロジー上のパラダイムに頼っているものではないのだ。

残念ながら、この劇的な進歩はそれほど広く認められてはいない。二〇一六年一〇月五日に開かれたＩＭＦ（国際通貨基金）年次総会で、経済的リーダーたちとともにステージに立っていた私は、ＩＭＦ専務理事のクリスティーヌ・ラガルドと意見交換をした。ラガルドは私に、現在利用可能なデジタルテクノロジーはすばらしいものだが、そこから生まれる経済成長の証拠が多く見られないのはなぜなのか、と聞いてきた。そのときの私の答えは、経済成長分を金額で見る計算式の分母と分子の両方にデジタルテクノロジーの要素を入れることによって、その要素をないものにしてしまっているからだ、というもので、答えは今も変わらない。

アフリカにいる一〇代の若者がスマートフォンに五〇ドルを使うならば、それは五〇ドルの経済活動としてカウントされる。だが実際は、一九六五年頃であれば一〇億ドルに相等する計算能力と通信テクノロジーを購入していることになる。一九八五年頃で見ると数百万ドルに相当する。スマートフォン用によく使われている半導体のスナップドラゴン８１０の価格は五〇ドルだが、幅広い性能基準の平均は、三ＧＦＬＯＰＳ《ギガフロップス》（一秒間に実行できる浮動小数点演算の回数を一〇億回単位で表したもの）である。[★203] これは、一ドルあたり一秒間に六〇〇〇万回の計算をする能力に相当する。一九六五年で最高のコンピュータは一ドルあたり一秒間に一・八回の計算能力で、一九八五年には二二〇回だ。[★204] 性能で見ると、スナップドラゴン８１０は一九六五年当時なら現在（二〇二三年）のドルで一七億ドルの価値をもち、一九八五年なら一三六〇万ドルの価値をもつ。

もちろんこれはおおざっぱな比較なので、進化中のテクノロジーにおける他の多くの面を考慮していない。正確には、現在の五〇ドルのスマートフォンには、一九六五年や一九八五年にはいくらお金を積んでも手に入れられなかった機能がついている。だから、旧来の測定基準では、情報テクノロジーの急激なデフレ率をほとんど無視することになる。情報テクノロジーでは、計算能力や遺伝子配列解析をはじめ多くの分野で、一年でコストが半額になることがある。価格低下と性能向上の両方によって、価格性能比がかつてないほど向上し、私たちはより安価でより性能のよい製品を手にしているのだ。

個人的な例だが、私がMITの学生だった一九六五年、MITはとても進んでいて、複数のコンピュータを所有していた。その中心にあったIBM7094は、コア記憶装置が一五万バイトで、計算速度は〇・二五MIPS《ミップス》（一MIPSは毎秒一〇〇万命令を実行する）の性能だった。価格は一九六三年で約三一〇万ドル（二〇二三年のドルに換算すると三〇〇〇万ドル）で、それを数千人の先生と学生で使っていた。[205] それに対して、二〇二二年九月に発売されたiPhone 14 Proは価格が九九九ドルで、AI関連のアプリでは一秒間に一七兆回の計算ができる。[206] だが、これは正確な比較ではない。なぜならiPhoneの価格は、カメラなどIBM7094にはない機能も含むものだからだ。またiPhoneは多くの用途に使われるために、実際の計算速度はスペックにある数字よりもかなり遅くなる。それでも全体を見れば、結果は明白で、少なくともiPhoneはIBM7094よりも六八〇〇万倍も計算速度が速く、価格は三万分の一である。価格性能比（一ドルあたりの計算速度）で見れば、二兆倍という圧倒的な進歩となる。

この進歩のペースは衰えることがない。基本的にこの進歩は、マイクロチップの小型化は指数関数的に進むという有名なムーアの法則には頼っていない。MITは一九六三年にトランジスタを使用したIBM7094を購入したが、それはまだマイクロチップを使ったコンピュータが広く普及する前であり、ゴードン・ムーアが一九六五年に専門誌において、のちに彼の名前がつけられる法則を発表する二年前だった。[★207] ムーアの法則は影響力の強いものではあるが、そのパラダイムのひとつにすぎない。指数関数的に成長する計算能力のパラダイムは複数ある。現在までのところ、電気機械式継電器《リレー》、真空管、トランジスタ、集積回路で、さらに未来には新しいものが現れるはずだ。[★208]

多くの場合で、計算能力と同じくらい重要なものは情報それ自身だ。私は一〇代のときに新聞配達のアルバイト代を数年間貯めていた。数千ドルもする『エンサイクロペディア・ブリタニカ（ブリタニカ国際大百科事典）』のセットを買うためで、その購入代金はＧＤＰにカウントされた。それに対して、今の一〇代の若者はスマートフォンでとてもすぐれた百科事典であるウィキペディアにアクセスするが、それは無料なのでＧＤＰには何もカウントされない。ウィキペディアの編集の質が『エンサイクロペディア・ブリタニカ』に劣るとしても、ウィキペディアには特筆すべき長所がいくつもある。網羅性（ウィキペディアの英語版はブリタニカの約一〇〇倍の分量がある）、適時性（最新ニュースは数分後にアップデートされるが、紙のブリタニカは数年かかる）、マルチメディア対応（多くの記事で視聴覚を統合したコンテンツになっている）、ハイパーテキストであること（記事と記事が関連づけられていて、クリックで関連ページに移動できる）などだ。[★209] 学問的厳密性が必要なときには、しばしばブリタニカレベルの関連ページに読者を導く。そしてウィキペディアは何千とある無料情報のモノやサービスのひとつにすぎず、それらすべてはＧＤＰにはカウントされないのだ。

この意見に対してＩＭＦのラガルドは次のように反論した。たしかにデジタルテクノロジーは多くのすばらしい質と意義をもっているけれど、あなたは情報テクノロジーを食べることはできないし、情報テクノロジーを着ることも、そこに住むこともできない。私は、次の一〇年ですべては変わります、と答えた。これらの資源の製造と輸送は、かつてないほど進歩したハードウェアとソフトウェアのおかげで、より効率的になるだろう。そして、情報テクノロジーによって食料や衣服などがより経済的につくられるだけではなく、それ自体が情報テクノロジーになる時代に私たちは突入しようとしているのだ。つまり、資源コストと製造コストは自動化によって低下し、ＡＩは製造で支配的役割を担う。[★210] それゆえに、そうしたものは私たちが他の情報テクノロジーで見ているのと同じように高いデフレ率に支配されるのだ。

二〇二〇年代後半には、３Ｄプリンターで衣服や他の日常品がプリントできるようになり、最終的にコストは一ポンドあたり数ペニーにまで安くなるだろう。３Ｄプリンターの重要なトレンドのひとつは「微細化」である。これまでにないほど詳細につくることのできる設計機械になるのだ。どこかの時点で、従来の３Ｄプリンティングのパラダイム、つまり、インクジェットのように噴出する方法は、もっと小さいモノをつくる製造業の新しいアプローチにとって代わられる。おそらく二〇三〇年代のどこかで、３Ｄプリンターはナノテクノロジーの領域に入り、原子単位の正確さでモノをつくることができるようになる。エリック・ドレクスラーは二〇一三年の著書『革新的な豊かさ（*Radical Abundance*）』

で次のように予想している。質量効率がよくなったナノマテリアルを考慮に入れると、ほとんどすべてのものを原子レベルの正確さで、それも一キログラムあたり二〇セントほどのコストで製造することが可能になるという。[211] この数字は推測にすぎないが、コストの低減が大きいことは確実だ。そして、私たちが音楽や本、映画で見てきたように、特許や商標で守られる独占的デザインがある一方で、フリーで使える多くのデザインが出てくるだろう。偉大なる平等主義者であり、これからもそうありつづけるオープンソース市場が、特許や商標で守られる市場と共立することは、その経済の性質を定義するもので、この定義が当てはまる領域は増えていくだろう。

この章でのちほど触れるが、私たちはまもなく建物内でおこなう垂直農法で品質のよい食料を生産するようになる。化学物質を使わず、低コストで、ＡＩが生産と収穫を管理する。そして、細胞を培養してつくる肉は清潔で倫理的で、環境に破壊的影響を及ぼす工場式畜産場にとって代わるだろう。二〇二〇年に人間は七四〇億匹以上の陸の動物を殺して食肉とした。その肉の重量を合計すると三億七一〇〇万トンと推計される。[212] 国連によると、家畜の出す二酸化炭素は、人間の文明が一年に排出する温室効果ガスの一一％超にあたるという。[213] 近年、培養肉として知られるテクノロジーがこの状況を大きく変える可能性をもっている。殺した動物から肉を得ることには大きな欠点がいくつもある。罪なき生き物に苦痛を与えている、人間にとって健康的な食べ物ではないこともある、そして有害物質による汚染と二酸化炭素の排出という環境に悪影響を与える原因となる、などだ。細胞や組織を培養して食肉に育てることは、これらの問題をすべて解決する。生きる動物が苦しむことはなくなり、より健康的でよりおいしい肉をつくることも可能だし、かつてないほど清潔なテクノロジーなので環境への害も最小限になる。鍵となるのは肉としてのリアルさだろう。二〇二三年時点で、培養肉は、肉の形にはなっていないが、牛挽肉のような食感は再現できている。だが、フィレミニョンステーキをゼロからつくる準備はまだできていない。消費者を納得させられるほど培養肉が動物の肉をまねられたときに、動物の肉を食べることで多くの人間が抱えている不快感は解消されるのだ。

くわしくはあとで話すが、私たちはまもなく、安価な建設用モジュールをつくり、それを組みたてて家や建物にすることができるようになる。これによって、何百万人もの人が新たに快適な住居を入手できるようになる。これにかかわるすべてのテクノロジーはすでに成功例があり、これからの一〇年間でさらに進歩して、主流となっていくだろう。物理的世界におけるこの革命に並行して、仮想現実（VR）と拡張現実（AR）の世界でも革新的な次世代が登場し、ときにそれは「メタバース」と呼ばれるものとして現れるだろう。★214メタバースは長年のあいだ、主にSFや未来を語る人々のサークル内でだけ知られている概念だったが、それが一気に世に知られるきっかけになったのは、フェイスブック社が社名をメタ・プラットフォームズ（Meta Platforms）に変え、同社の長期戦略においてメタバースの構築がその中心になると発表したことだった。そのために、メタバースはメタ社が開発した概念だと誤解している人も多い。

インターネットはウェブページが統合された環境で長く続いているが、VRとARもそれに似て、二〇二〇年代のうちに現実世界と融合し、私たちにとって魅力的な新しいレイヤーをつくるだろう。このデジタル宇宙の中では、多くのモノが物理的な形をとる必要はないが、シミュレーションは細部までリアルで完璧にシミュレートする。完全バーチャルの会議を含む例を見ると、職場の同僚と交流でき、まるで一緒にいるかのように協同できる。バーチャルのコンサートでは、まるでコンサートホールに座っているかのような完全没入型の聴覚体験ができる。そして、VRが多感覚へ拡張されたときには、家族で過ごす海辺のバケーションでは、音と景色のほかに、砂や海の匂いも経験できる。

現在のところ、ほとんどのメディアは視覚と聴覚だけに訴えるものだ。匂いと触感を組みこんだVRもあるが、ぎこちないし使いづらいのが現状だ。だがこれからの数十年で、やがては、ブレイン・コンピュータ・インターフェース（BCI）テクノロジーが発達するので、やがては、シミュレートされた感覚データを直接脳に送る形の完全没入型VRができるだろう。これらのテクノロジーは、私たちが時間をどう使い、どんな経験を優先させるのかを考える際に、予測できないほど大きな変化をもたらすはずだ。そして、私たちに何をなぜするのかを考えなおさせる。たとえば、エベレスト山へのバーチャル登山であらゆる試練も自然の美も安全に体験できるのに、現実の山と格闘する価値はあるのか、危険はエベレスト登山の一部なのかを問われるのだ。

ラガルドの最後の問いは、土地は情報テクノロジーにならないのではないか、そして土地はすでに混みあっている、というものだった。土地が混んでいるのは、人間が密に集まることを選んでいるからだ、と私は答えた。都市とは、人間が一緒に働き、遊ぶことを可能にするために発生したものだ。だが、世界のどこであろうと、電車で旅行をすれば、使われていない「居住可能な土地」(可住地)はほとんどどこにでも見つけられるだろう。そのうち、人間が建物を建てている土地は一%にすぎない。[★215] 可住地の約半分を直接人間が利用しているが、その多くが農耕牧畜に使われている。そのうちの七七%が牧草地などの牧畜用で、人間が消費する作物用は二三%しかない。[★216] それに対して、培養肉と垂直農法は現在使っている土地のごく一部を必要とするだけだ。膨大な広さの土地を解放しながら、健康的な食料を豊富に生産し、増加する人口に必要なものを提供することが可能になる。自動運転車により通勤が楽になるので、より長い通勤時間も実際的になり、その分、土地の混み具合が軽減される。そして、どこに住んでいてもＶＲとＡＲの空間で一緒に仕事をし、遊べるので、住みたい土地に住めるようになる。

変化はすでに始まっていたが、新型コロナウイルス流行で社会のあり方が変わったので、その変化は加速された。流行期間中のピーク時にはアメリカ人の四二%が在宅ワークになった。[★217] この経験は、雇用主と被雇用者がともに仕事について考えなおす機会となったので、長く影響を与えるだろう。九時から五時まで会社のオフィスで机の前に座っているという古い勤務モデルは、多くのケースでだいぶ前から陳腐化していたが、社会は惰性と慣れでそれを続けていた。それがパンデミックで変わるのを余儀なくされたのだ。これからの数十年間で、収穫加速の法則により情報テクノロジーが指数関数的成長の急上昇カーブに入り、AIが成熟したときに、住居や勤務地を選べる可能性はさらに増えるだろう。

再生可能エネルギーは完全に化石燃料にとって代わろうとしている

二〇二〇年代の指数関数的成長がもたらす変化でもっとも重要なもののひとつは、エネルギー分野である。なぜならエネルギーはすべてを動かす力だからだ。太陽光発電のコストは急速に下がっていて、すでに化石燃料よりも安い場合が出ている。だが、価格性能比をさらに上げるためには材料科学の進歩が必要だ。AIを活用してナノテクノロジー分野で実現するブレイクスルーは、太陽電池がより多くの電磁スペクトルからエネルギーを得られるようにすることで、電池の効率性を高めるだろう。この分野ではワクワクするような研究開発が進行中なのだ。太陽電池内にナノチューブとナノワイヤという極小の構造を配置することで、電池が光子を吸収し、電子を運び、電流を生む能力を高めることができる。[218] 同様に、ナノ結晶（半導体の結晶である量子ドットもここに入る）を電池内に配置すれば、太陽光に含まれる光子一個あたりの発電量を増やすことができる。[219]

ほかにはブラックシリコンというナノ材料がある。その表面には、光の波長よりも小さい原子サイズの針を大量に敷きつめてある。[220] それにより、光の反射をほとんど除去することができ、入ってくる光子からより多くの電気をつくれるのだ。プリンストン大学の研究者は、電力生産を最大にする他の方法を開発中だ。金の原子をナノスケール（厚さ三〇〇億分の一メートル）の網にして、光子を捕まえ、発電効率を上げるものだ。[221] またMITのプロジェクトは、グラフェンという原子一個分の厚み（一ナノメートル未満）しかない炭素でつくった特別な形状のシートを太陽電池にしている。[222] こうしたテクノロジーは未来の太陽電池をより薄く、より軽くし、より多くの表面に実装可能にする。たとえば、ソーラー・ウィンドウ・テクノロジー社は薄い太陽電池フィルムの先駆者だが、そのフィルムは窓に貼りつけることができ、窓の視界をさえぎることなく発電することができる。[223]

未来では3Dプリンターで太陽電池をつくるときに、ナノテクノロジーが製造コストを下げるだろう。そして、これは生産の分散化を可能にするので、太陽光発電は必要なときに必要な場所でできるようになる。現在の太陽光パネルは大きくて、不格好で、固定されたものだが、ナノテクノロジーによりつくられた太陽電池は、筒状やフィルム状、ものの表面にコーティングするものなどいろいろな形状をとることができる。これにより設置費用は下がり、世界中でより多くのコミュニティが安く豊かな太陽光発電を使えるようになる。

二〇〇〇年に再生可能エネルギー（主に太陽光、風力、地熱、潮力、バイオ燃料で、水力は含まない）が世界の発電に占める割合は約一・四％だったが、[224] 二〇二一年には一二・八五％になっていて、約六・五年で二倍のペースで増えている。[225] 総発電量も伸びているので、再生可能エネルギーの絶対的な増え方はそれ以上だ。総発電量は二〇〇〇年の二一八テラワット時から二〇二一年には三六五七テラワット時になり、約五・二年で二倍になっている。[226]

ＡＩの活用により、材料発見と装置設計でさらなるコスト削減ができれば、この進歩は指数関数的に続くだろう。現在のペースでは、再生可能エネルギーが世界の総電力量をカバーするのは二〇四一年になる。だが、将来の計画を考えるときに、コストの下がり方は発電方法によって異なるので、再生可能エネルギーでひとくくりにするのは、かならずしも有効ではないだろう。

主な再生可能エネルギーのなかで、太陽光発電のコストの下がり方がもっとも速いので、もっとも成長のチャンスがある。それに続くのは風力だが、過去五年のコストの下がり方を比べると、太陽光が二倍も速い。[★227] そのうえ、太陽光は伸びしろがとても多い。なぜなら、材料科学の進歩は直接に、より安くより効率的なパネルにつながるし、現在のテクノロジーにおける発電効率は理論上の最大値のごく一部しか達成していないからだ。入力エネルギーに対する理論上の最大効率は八六％だが、現在はわずか二〇％前後にとどまっている。[★228] 実際に八六％まで行くことはないかもしれないが、進歩する余地は大きい。それに比べて風力は、理論上の最大効率は五九％で、現実はすでに五〇％まで達している。[★229] そのため、いかなるイノベーションがあっても、風力発電システムはもうそれほど改良できないのだ。

二〇二一年時点で、世界の総発電量に占める太陽光の割合は三・六％だ。[★230] しかし、地球を照らす無料の太陽光のわずか一万分の一を利用するだけで、現在の総発電量をすべてまかなうことができる。地球は常に太陽から約一七万三〇〇〇テラワットのエネルギーを浴びている。[★231] 実際問題として当面のあいだは、そのエネルギーのほとんどをとらえられないものの、現在のテクノロジーでも、太陽光で人類のエネルギー需要をまかなうことは可能なのだ。二〇〇六年にアメリカ政府に属する科学者は、当時のテクノロジーで最大七五〇〇テラワットのエネルギーを利用できると推計した。[★232] 一年間で六五七〇万テラワット時になる。それに対して、二〇二一年の世界におけるエネルギー利用量は一六万五三二〇テラワット時だった。[★233] これには電気、暖房、すべての燃料が含まれる。

太陽光発電は他の再生可能エネルギーと比べて、発電量が二倍になるペースがかなり速い。一九八三年から二〇二一年までに約二八カ月ごとに二倍になるペースだ。その四〇年弱のあいだに総発電量は二・二倍に増えているなかでの、そのペースだ。[★234] 総発電量に占める太陽光の割合が、二〇二一年の三・六％から二倍になることが四・八回起きれば、一〇〇％に達するので、二〇三二年にはすべての電力を太陽光だけでまかなえることになる。これは太陽光発電のみを選択することを意味するものではないが（経済的、政治的に複合した障害があるため）、真に社会を変える方向に進んでいるのは明確だ。

世界にある広大な未使用地のひとつに砂漠があるが、都合のいいことに、そこはもっとも太陽光発電に向いた土地でもある。サハラ砂漠の小さい一画に太陽光パネルを並べるという重要な提案がなされている。それでヨーロッパ（地中海にケーブルを通して）とアフリカのすべての電力需要をまかなえるという。[★235]

太陽光発電を大規模にするときの難題のひとつは、エネルギー貯蔵技術の効率性を上げることだ。化石燃料の利点は、それを蓄えておけて、発電の必要があるときにいつでも燃やせるところにある。だが太陽は昼のあいだしか輝かないし、日照量は季節によって異なる。そのため太陽光で発電した電力を、需要が生じたときに使えるように（数時間後か数カ月後かは状況による）、効率的に蓄える手段が必要なのだ。

幸運なことに、私たちは価格効率もエネルギー貯蔵量も指数関数的に向上させはじめている。注意してもらいたいのは、エネルギー貯蔵の進歩と拡大は正のフィードバックループをつくらないので、その指数関数的な成長は、収穫加速の法則のように根本的で持続するトレンドではない点だ。だが、再生可能エネルギーの利用が急拡大している結果として、エネルギー貯蔵の価格効率と総使用量が大きく伸びている。とりわけ太陽光については、情報テクノロジーが新しい材料科学の進歩をもたらしていることで、収穫加速の法則から間接的な利益を受けとっている。再生可能エネルギーに投資資金がそそぎこまれると、発電コストは低下するので、化石燃料を抑えて発電におけるトップになるためには、エネルギー貯蔵がとても重要なために、資源とイノベーション努力は貯蔵に集中する。材料科学やロボットによる製造、効率的な輸送、エネルギー伝送における進歩が相乗効果を生み、指数関数的な成長は続く。それが意味するのは、二〇三〇年代のどこかで、太陽光発電が支配的になることだ。

現在開発中の多くのアプローチは有望そうに見えるが、大規模な需要を満たすのにどれがもっとも効率的なのかはまだはっきりしていない。電気自体は効率的に蓄えられないので、使うときまでほかの種類のエネルギーに変える必要がある。その方法には、溶融塩《ようゆうえん》を用いて熱エネルギーに変えるものや、高い位置にあるタンクに水を送って重力による位置エネルギーに変えるもの、高速で回転するフライホイールの回転エネルギーに変えるものがある。また、水素の化学エネルギーに変える方法では、その水素は必要に応じて、二酸化炭素を排出することなく燃焼して、電気をつくる。★236

　現在のところ、ほとんどのバッテリーは実用規模の電気を蓄える

エネルギー貯蔵コスト★237

アメリカの実用規模のエネルギー貯蔵プロジェクトにおける最良の均等化コスト

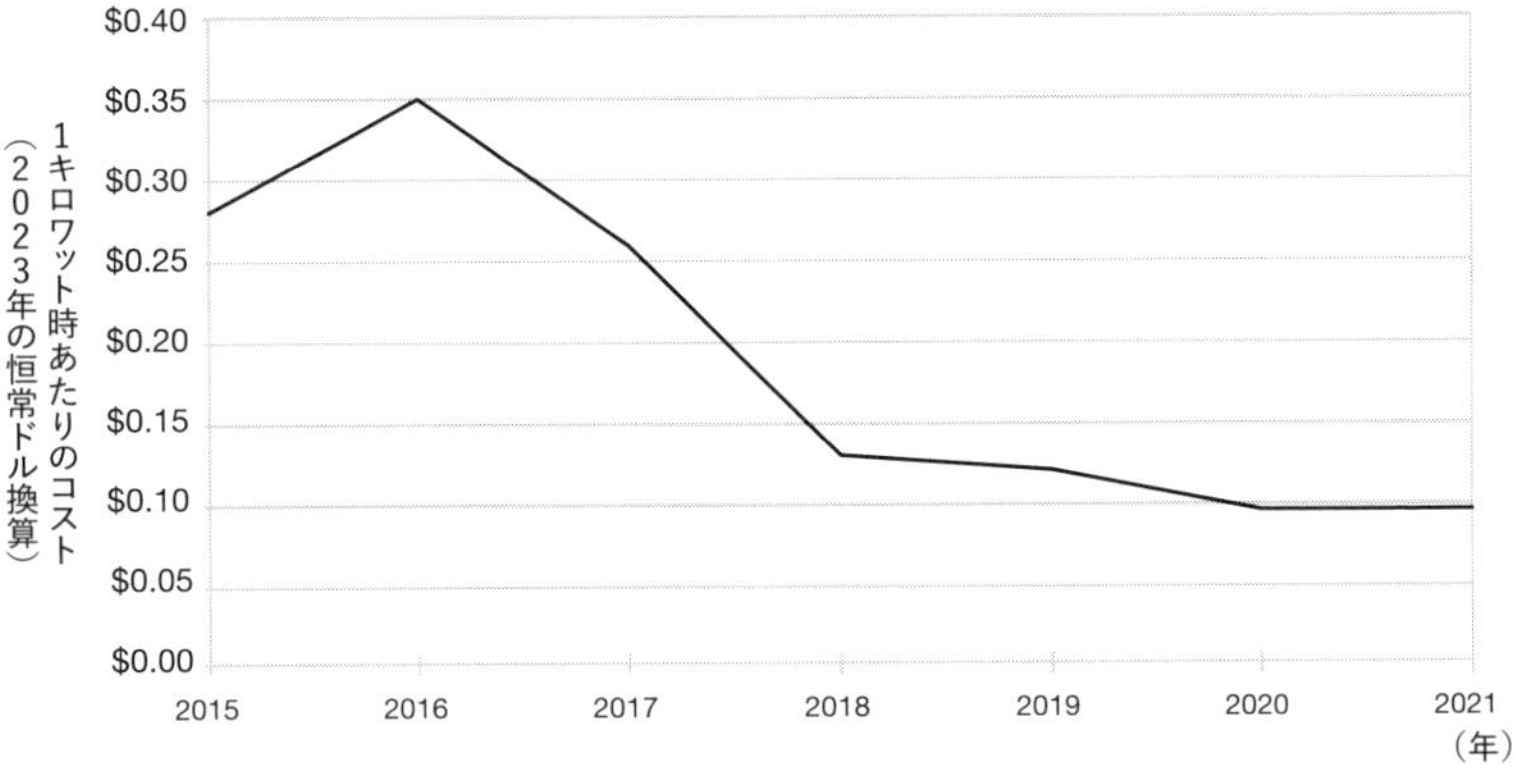

資料：Lazard

エネルギー貯蔵技術は、発電、電力消費プロセスにおけるさまざまなステージで使われており、それぞれに経済的事情があるために、各プロジェクトの貯蔵コストを比較するのはむずかしい。おそらくもっとも厳格な分析は、LCOS（均等化蓄電コスト）基準を採用しているアメリカのラザード金融顧問会社のデータだろう。それは資本コストを含む総コストを、そのプロジェクトの終了までに予想される総蓄電量（メガワット時かそれと同等の値）で割ったものだ。技術進歩の最先端を反映させるために、このグラフでは毎年公表されるアメリカにおける実用規模のエネルギー貯蔵プロジェクトで最新かつ最良の LCOS を選んでいる。留意してほしいのは、LCOS の平均数字がある年の数字よりも高くても、コスト低下のトレンドが続くならば、ある年の最良の LCOS は数年後の LCOS の平均になることだ。

のに適していないが、リチウムイオンや他の化学的性質を利用した先進バッテリーは急速に価格性能比を高めている。たとえば、二〇一二年から二〇二〇年までにリチウムイオン電池の蓄電コストは一メガワット時あたりで八割も落ちていて、計画ではさらに落ちていく。[★238] 新たなイノベーションによってコストが下がりつづければ、再生可能エネルギーは電力供給システムの中心として化石燃料にとって代わられるだろう。[★239]

誰もがきれいな水を使えるときが近づいている

二一世紀の重要な課題には、人口の増加する地球で、きれいで新鮮な水を確実に供給することがある。一九九〇年に、世界人口の二四%が、比較的安全な飲料

アメリカのエネルギー貯蔵量[★240]

実用規模のエネルギー貯蔵プロジェクトにおける年間総電力貯蔵量（水力を除く）。

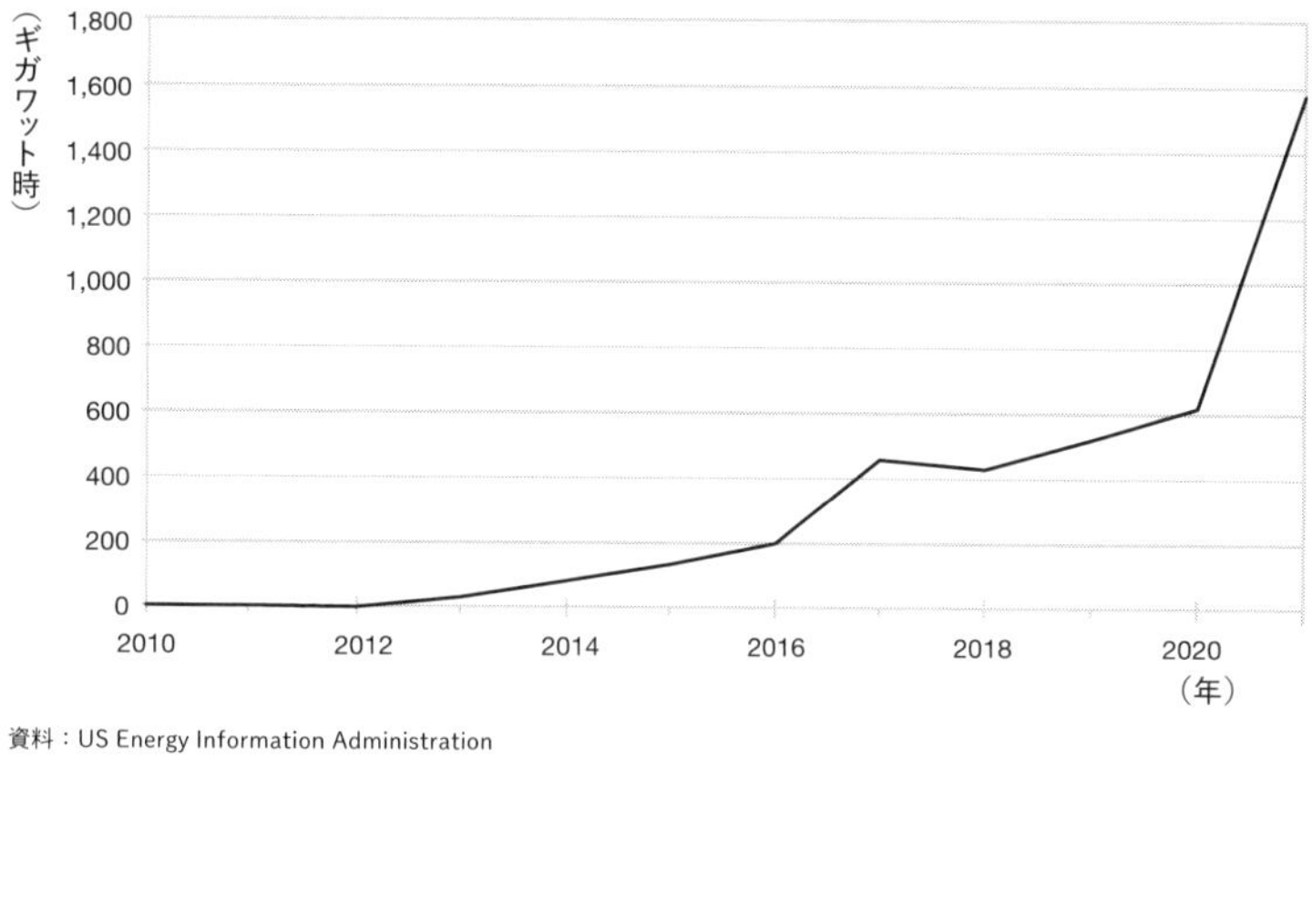

資料：US Energy Information Administration

水の水源を常に使える状態にはなかった。[★241] だが、努力とテクノロジーの進歩のおかげで、その数字は一〇%まで下がった。[★242] それでも、いまだに大きな問題だ。独立保健研究機関のＩＨＭＥ（保健指標評価研究所）によると、二〇一九年に世界で約一五〇万人が下痢性疾患で死んでいて、そのうち五〇万人は子どもだという。ほとんどの原因は、人の糞にいる細菌に汚染された水を飲んだからだ。[★243] 下痢性疾患のなかでは、コレラ、赤痢、腸チフスで子どもの致死率が高い。

　問題は、世界の多くの地域で今でも水道のインフラがないことだ。きれいな水を集め、清潔に保ち、各家庭に送り、飲料や料理、洗濯、風呂に使うシステムだ。井戸やポンプ、水路、パイプからなる巨大なネットワークを建造するのは費用がかかり、発展途上国の多くは実行する余裕がない。くわえて、内戦や政治的問題が大規模インフラ計画を頓挫させることもある。その結果、集中型の水浄化配水システムは発展途上国で一〇%まで減った水問題の現実的な解決策ではないのだ。代わりの策は、自分の住む地域、さらには自分自身で水を浄化することを可能にするテクノロジーである。

　一般に、分散型テクノロジーは二〇二〇年代以降多くの分野で、たとえば、エネルギー生産（太陽電池）、食料生産（垂直農法）、日々のモノの生産（３Ｄプリンター）で明確になるだろう。水の浄化でこのアプローチをとる場合は複数の形がある。ビルほどの大きさの装置で、ひとつの村で使う量の水を浄化する〈ジャニッキ・オムニ・プロセッサ〉から、〈ライフストロー〉のような個人用の携帯フィルターまで。[★244]

浄化装置のなかには熱を使うものがある。太陽エネルギーや燃料を使って、使用前に水を沸騰させるのだ。沸騰させることで病原性細菌は死ぬが、他の有害汚染物質はとり除けないし、水は再汚染されやすいので、沸騰後すぐに使わなければならない。抗菌効果のある化学物質を水に加えれば、再汚染は防げるが、それでも有害物質は残ったままだ。最近の携帯型水浄化装置では、大気中の酸素を電気の力でオゾンに変え、そのオゾンが水の中を通り抜け、きわめて効果的に殺菌するものがある。[★245] また、強力な紫外線を水に当てて、細菌やウイルスを殺す方法があるが、これも同じように化学物質による汚染からは守ってくれない。

ほかには濾過《ろか》という方法がある。長年にわたりこの技術は、すべてではないがほとんどの有機体や毒素を水から除去してきた。しかし、致死性ウイルスの多くはとても小さいので、通常のフィルターならばその穴を通り抜けてしまう。[★246] 同様に、一部の汚染物質の分子は通常のフィルターではブロックすることができない。[★247] それでも、材料科学における近年のイノベーションにより、ブロックできる毒素のサイズはどんどん小さくなっている。近い将来はナノ加工された材料からつくられたフィルターが、安価ですばやく仕事をするようになるだろう。

特に有望な開発中のテクノロジーはスリングショット浄水器で、ディーン・ケーメン(一九五一年―)が考案した。[★248] これは小型冷蔵庫ほどの比較的小さな装置で、下水や汚染された沼の水など、どんな水からも体内にとりこめる安全基準を満たしたきれいな水をつくることができる。この浄水器を動かすのには一キロワットたらずの電力があればよい。蒸気圧縮蒸留法（投入した水を蒸気にし、汚染物質を分離する）を使っていて、フィルターは不要だ。電力は適応性の高いスターリングエンジンを使う仕様で、たとえば牛の糞を燃やすなど、どんな熱源からも電気をつくることができる。[★249]

垂直農法は安価で質のよい食料を提供し、水平農法で使用する土地を解放する

考古学者の通説では、人類が農業を始めたのは約一万二〇〇〇年前とされるが、一部の証拠からは二万三〇〇〇年前までさかのぼれる可能性がある。[★250] 将来発見される証拠によっては、もっと前に訂正されるかもしれない。農業がいつ始まったにせよ、当時は、その土地で育てられる作物の量はとても少なかった。最初の農民は自然のままの土壌に種をまいて、水やりは雨にまかせた。この非効率的なプロセスの結果、生きていくために人口の大部分が農業に従事しなければならなかった。

紀元前六〇〇〇年頃に、それまで雨に頼っていたが、灌漑《かんがい》によって作物により多くの水が与えられるようになった。[★251] 植物育種は作物の食べられる部分を増やし、栄養価を高めた。肥料は作物の成長を促進する物質を土地に大量に供給した。農民は農業手法を改良して、もっとも効果的な作物の配置をするようになった。その結果、より多くの食料が収穫でき、時間が経過するとともに、より多くの人が商業や科学や哲学といった農業以外の活動に時間を割けるようになった。こうした専門化の一部から、さらなる農業のイノベーションが

生まれ、さらなる進歩の原動力となるフィードバックループが形成された。これを原動力として人類は文明を築くことができたのだ。

この進歩を、その土地からどれだけの作物がとれるかを示す作物密度という数値で表すとわかりやすい。例をあげると、アメリカにおけるトウモロコシの生産は一世紀半前と比べて七倍も効率的になった。一八六六年にアメリカのトウモロコシ農家の収穫量は平均して一エーカー（約四〇〇〇平方メートル）あたり二四・三ブッシェル（約六一七キログラム）だったが、二〇二一年には一七六・七ブッシェル（約四四八八キログラム）に達している。[252] 世界的に土地の効率性はおおよそ指数関数的に伸びていて、今日の平均では、同じ量の作物をつくるために必要な土地は一九六一年に比べて三割少なくて済む。[253] 私が子どものときには、世界の人口が増えすぎて大規模な飢餓が起こることを多くの人が憂慮していたが、このトレンドによって人口が増えることが可能になったのだ。

さらに、現在では作物密度はきわめて高く、かつては人力だった仕事の多くを機械がしているので、一人の農民が七〇人分の食料を生産できるようになった。その結果、一八一〇年のアメリカにおいて職業の八〇％を占めていた農業が一九〇〇年には四〇％に下がり、現在では一・四％以下になった。[254]

だが、作物密度は屋外で育てられる食物の理論的限界に近づきつつある。近年、その解決策として注目されているのが、栽培装置を縦方向に積み重ねる「垂直農法」[255]だ。垂直農園ではいくつものテクノロジーが利用される。[256] 通常、水耕栽培がおこなわれるが、それは

棚を積み重ねた垂直農場で栽培されるレタス
Photo credit: Valcenteu, 2010.

土に植えて作物を育てるのではなく、屋内で栄養価に富んだ水を入れた容器で育てることを意味する。容器は棚に置かれ、その棚が何段も積み重ねられていて、ある段で余った水は捨てられることなく、下の段で使われる。一部の農園は「エアロポニック栽培」という新しい方式をとりいれている。これは水を入れた容器ではなく、水と液体肥料をスプレー噴射して作物を栽培する。★257 太陽光の代わりに特別なLEDライトが設置され、各植物が最適な量の光を浴びられるようになっている。垂直農法の業界を牽引する一社がゴッサム・グリーンズ社で、カリフォルニアからロードアイランドまで一〇カ所の大型施設をもっている。二〇二三年はじめにベンチャー基金で四億四〇〇〇万ドルの資金を調達した。★258 同社のテクノロジーにより作物の栽培は、従来の土に植える農業よりも、水の利用は九五％も少なく、土地の利用は九七％も少なくて済む。★259 これによって水や土地はほかの用途にまわすことができるうえに（世界の居住可能な土地の約半分が農業に使われているという推算を思い出してほしい）、手頃な価格の食料が豊富に得られるのだ。★260

垂直農法にはほかにも重要な利点がある。水路の汚染の主な原因のひとつである農業排水をなくすことができる。畑の土が空中に吹きあげられて、大気を汚染することもない。きちんとつくられた垂直農園ならば害虫が侵入することはないので、有毒な殺虫剤が不要になる。一年中作物をつくることができるし、自然環境によりその土地の屋外ではつくれない作物も栽培できる。霜や悪天候で作物が被害を受けることもない。おそらくもっとも重要なのは、その都市や村で地産地消が可能になることだ。トラックや列車で数百マイル、数千マイルを運ぶ必要はない。垂直農法がより安価になり、普及するにつれて、汚染や排気ガスは大きく減少するのだ。

将来は、太陽光発電や材料科学、ロボット工学、AIにおけるイノベーションによって、垂直農法が現在の農業より安価になるだろう。多くの施設が効率的な太陽電池で電気を供給し、その場で肥料をつくり、大気中から水を集め、自動化した機械で収穫する。働く人間も土地もわずかで済むので、未来の垂直農法はとても安く作物を生産できるようになり、最終的には消費者はほとんど無料で食料を得られるようになるのだ。

収穫加速の法則の結果として情報テクノロジーのなかで起きたことと、このプロセスはよく似ている。計算能力が指数関数的に安くなっていくので、グーグルやフェイスブックなどのプラットフォームはユーザーに無料でサービスを提供し、コストは広告などほかのビジネスモデルで回収することが可能になった。自動化とAIを用いて農園のすべてを制御することで、食料生産は本質的に情報テクノロジーに変わっていくが、垂直農法はその象徴となるのだ。

3Dプリンターはモノの製作と流通に革命を起こす

二〇世紀のほとんどの期間において、三次元の固体をつくるには通常ふたつの方法がとられた。ひとつは材料を型に入れて形成する方法で、溶かしたプラスチックを金型に注いだり、熱した金属をプレスにかけて形成したりする。もうひとつは、塊やシート状の材料から選択的にとり去っていくことで、彫刻家が大理石の塊から石像をつくるために削ることによく似ている。両方法とも大きな欠点がある。型は高価なうえに、とても硬いので完成後に変更することがむずかしい。そして、後者のいわゆる「減算製造」は材料のカスがたくさん出ることと、つくれない形状があることが欠点だ。

ところが一九八〇年代に、新しい系統のテクノロジーが出てきた。[★261] 従来の方法とは異なり、これは比較的平らな層を積み重ねるか置いていくことで三次元の形にするものだった。この手法は付加製造、三次元（3D）プリンティングとして知られるようになった。

もっとも普及している3Dプリンターは、インクジェットプリンターと同じ工法だ。[★262] 一般的なインクジェットプリンターは、ソフトウェアの指示に従いノズルが紙の上を動きながら、カートリッジにあるインクを噴出する。3Dプリンターではプラスチックなどを熱して柔らかくし、インクの代わりとする。ノズルから材料が出て、ソフトウェアの指示するパターンを積み重ねていく。それをくり返して、少しずつ三次元の立体としていくのだ。固まるときに各層は融合して、完成品はすぐに使うことができる。二〇年以上にわたり3Dプリンターは解像度を上げ、コストを安くし、速度を上げてきた。[★263] 今では紙、プラスチック、セラミック、金属など種々の材料からモノをつくることができる。3Dプリンティングのテクノロジーが進歩するにともない、変わった材料も扱えるようになるだろう。たとえば、薬の分子を含んだ材料で医療移植片（インプラント）をつくって、ゆっくりと体の中で放出させることもできる。グラフェンのようなナノマテリアルも軽量防弾チョッキや超高速電子機器の材料に使うことが可能だ。３Ｄプリンティングは AＩの進歩から恩恵を受ける。モノの強度や空気力学的形状などの性質を最適化するソフトウェアや、従来の方法では製造できない形状のモノをつくるときの設計をAＩがしてくれるのだ。

感覚的に操作できる新しいソフトウェアは、専門的な訓練を受けなくても人々が３Ｄプリンターでモノをつくることを簡単にしている。３Ｄプリンティングが広まるにつれて、製造業に革命が起きはじめた。大きな進歩のひとつは、プロトタイプ（試作品）が安価で速くつくれる

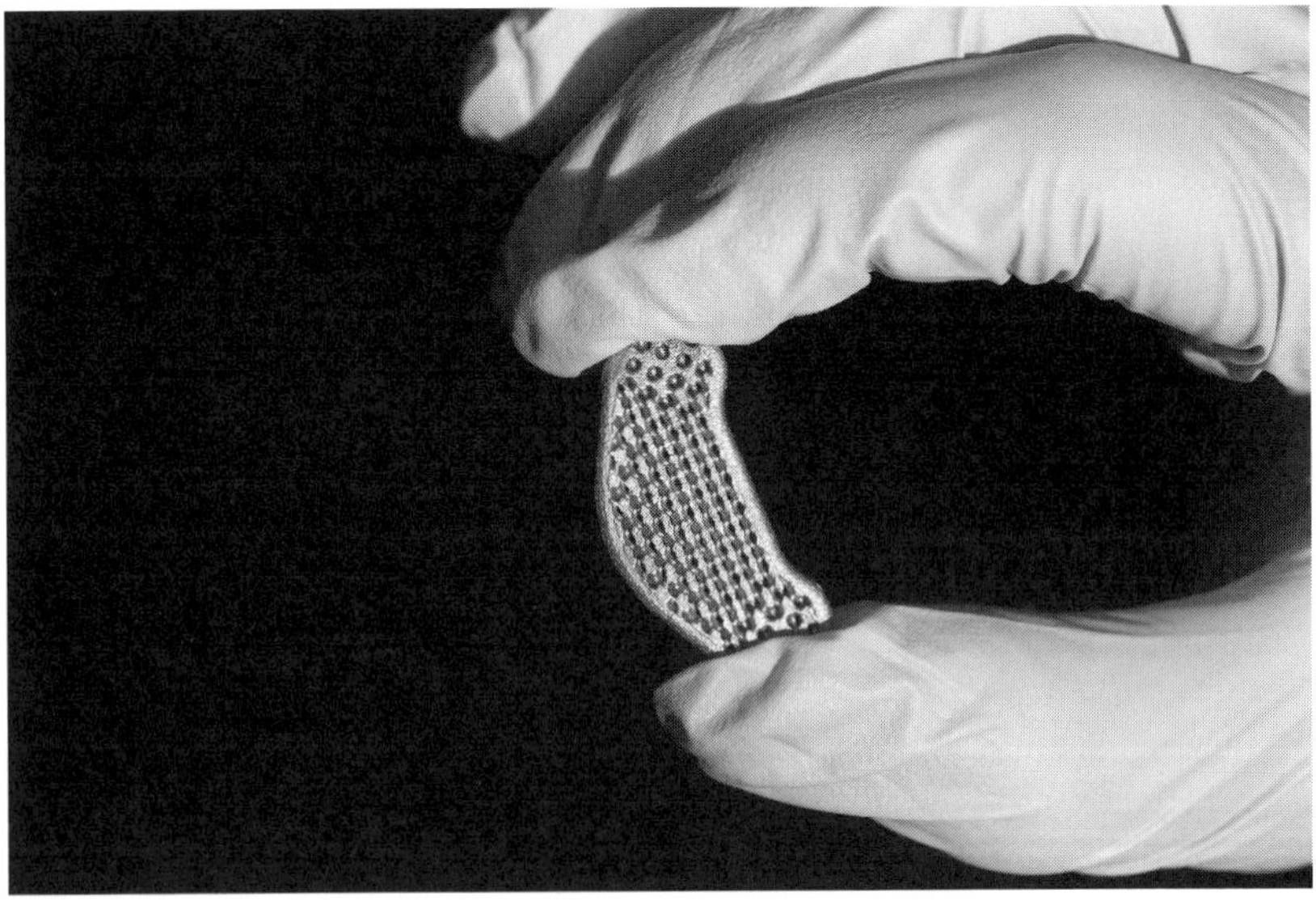

3D プリンターでつくったチタン製の椎間板。脊椎を損傷した人や病気の患者に埋めこむことができる。
Photo credit: FDA photo by Michael J. Ermarth, 2015.

ことだ。エンジニアがコンピュータで新しい部品を設計すると、数分や数時間のうちに、3Dプリンターでつくった部品のモデルを手にできるのだ。従来のテクノロジーでは数週間はかかるプロセスだ。これにより試験と修正のサイクルが速くなり、従来に比べるとわずかなコストで済む。その結果、よいアイデアをもつ人が、比較的少ない資金でみずからのイノベーションを市場に出すことができ、それが社会に恩恵をもたらす。

3Dプリンターの他の大きな利点は、型を使った製造では実行できないレベルのカスタマイズが可能なことだ。型を使った製造においては、小さな変更でも通常、新しい型をつくる必要があり、数万ドルかそれ以上の費用がかかる。それに対して、3Dプリンターのデザインならば大きな変更も追加費用なしにできる。その結果、製造者は改良したい部分を正確な形で入手することができ、消費者は特別に自分のためにつくられた製品を手頃な価格で買うことができるのだ。多くの例のなかからひとつあげると、顧客の足を正確に測定して靴をつくれば、足にフィットして履きごこちがよい。3Dプリンターでカスタマイズされた靴をつくるナンバーワン企業のFitMyFoot《フィットマイフット》社は、顧客が専用アプリで撮影した自分の足の写真を自動で分析し、計測して、プリント用データに変換する。[★264] 同様に、家具も顧客の体にあうように成形できるし、工具なども手にフィットするようにつくることができる。[★265] 特に重要なのは、医療用インプラントがより安く、より効率的につくれることだ。[★266]

くわえて、3Dプリンターは消費者と地方のコミュニティに能力を与え、製造の分散化を可能にする。二〇世紀において製造は、大都市にある大企業の工場でおこなうというパラダイムが支配していた。そのモデルのもとで、小さな町や発展途上国は遠く離れたところでつくられたモノを買わなければならず、輸送費は高く、時間もかかった。製造の分散化は環境的にも大きな利点がある。工場から数百マイル、数千マイル離れた消費者にモノを運ぶのには、膨大な量の排出ガスが生じるのだ。OECD傘下の組織であるITF（国際交通フォーラム）によると、貨物輸送は燃料燃焼による二酸化炭素排出の三割を占めているという。[★267] 3Dプリンターによる分散化はその多くを不要にするのだ。

3Dプリンターの解像度は、年々向上し、そのコストは下がっている。[★268] 解像度が上がり（つまりより小さなものをより精密にプリントできる）、コストが下がると、経済的にプリントできるモノの種類が多くなる。たとえば、一般的な布地の繊維は直径一〇〜二二ミクロン（一ミクロンは一メートルの一〇〇万分の一）だが、[★269] 3Dプリンターのなかにはすでに一ミクロンかそれ以下の解像度を獲得しているものがある。[★270] ひとたび、現在の布地と同じような価格で、糸のような直径と布地のような素材を実現できれば、どんな服でも望むままにプリントできる採算が成りたつ。[★271] そして、プリント速度も上がっているので、量産の実現性も増している。[★272]

靴や道具類などの日用品をつくるのに加えて、3Dプリンターを生物学に応用する研究も進んでいる。現在、人間の体の組織をプリントする装置がテストされているが、その最終目標は臓器をつくることにある。[★273] その一般原則は、希望する体の構造をした型の中に三次元の「足場」を組んで、そこに合成ポリマーやセラミックなど生物学的に不活性な材料でプリントするというものだ。初期化した幹細胞を大量に含む流体を足場に流しこむと、そこでその細胞が分化増殖し、適切な形になり、それによって患者自身のDNAをもつ移植臓器ができるのだ。私が役員を務める製薬会社のユナイテッド・セラピューティクスは、いつか肺や腎臓、心臓をまるごと育てるためにこのアプローチ（とほかのアプローチ）を採用している。[★274]この方法は他人の臓器を移植するよりもはるかにすぐれている。他人の臓器は入手しにくいし、免疫系との非適合性もあり、大きな限界があるのだ。[★275]

考えられる3Dプリンティングの問題点は、海賊版の製作に利用されることだ。もしも二〇〇ドルもするデザイナーシューズのデータをダウンロードできて、わずかな費用でプリンターでつくれるのならば、本物を買うだろうか？　音楽や本、映画などの創造的作品に関する知的財産権ではすでに同様の問題が起きている。知的財産権を守るための新しいとり組みが必要となる。[★276]

ほかに問題となる可能性としては、製造の分散化によって市民が、ほかの方法では入手できない武器をつくることがある。すでにインターネットには、自分でプリントして組みたてる銃の各パーツのデータが出まわっている。[★277]これは銃規制にとって難題となり、製造番号のない銃をつくることを許すので、法執行機関が犯罪を追跡するのが一層むずかしくなる。先進のプラスチックでつくった銃は金属探知機をすり抜けられるだろう。現行の規制と政策を慎重に見直す必要がある。

3Dプリンター建築

３Ｄプリンターは通常、道具類や医療用インプラントなどの小さいモノをつくることに使われるが、建物のようなもっと大きな構造物をつくることもできる。このテクノロジーは試作機をつくる段階から急速な進歩を続けていて、３Ｄプリンターでつくる構造物のコストが下がるにつれて、商用的に実行可能となり、現在の建築方法の代替手段となるだろう。最終的には３Ｄプリンターでつくったモジュールとそれより小さなパーツを組みあわせて建物にする方法は、家やオフィスの建設コストを劇的に下げるだろう。

３Ｄプリンターによる建築にはふたつのアプローチがある。ひとつは、部分やモジュールをつくり、それを組みあわせる方法だ。[★278] ＩＫＥＡで家具を買ってきて、自分で組みたてるのに似たところがある。壁や屋根の一部をプリントして、建設現場でまるでレゴのように組みたてるのだが、二〇二〇年代後半には、その作業は主にロボットがするようになるだろう。

また、部屋をまるごとか、モジュール構造でプリントする方法もある。[★279] 通常これらのモジュールは底面が正方形か長方形で、さまざまな形状に配置しやすい。建築現場で、それらはクレーンで運ばれて、すぐに組みたてられる。これによって、建設時に周辺地域に与える混乱や迷惑を最小限にすることができる。二〇一四年、中国のＷＩＮＳＵＮ《ウィンサン》社は、二四時間で、一個の費用が五〇〇〇ドル以下の単純なモジュラーハウス一〇個を組みあわせて建物をつくった。[★280] 中国はすでに３Ｄ建築の中心地になっているが、これからの数十年でこのテクノロジーはもっと成熟する必要がある。

もうひとつのアプローチは、カスタムデザインした建物全部をひとつのモジュールとしてプリントすることだ。★281 エンジニアが建物の建つ場所のまわりに大きな枠組みをつくる。プリンターのノズルがその枠の中を自動的に動いて、コンクリートなどの材料を層になるようにプリントしていき、壁の形にしていく。建物の基本構造をつくる際に人手はほとんどかからないが、その後は人が中に入って、建物内部の仕上げや、窓ガラスや屋根のタイルなどの追加作業をおこなう。たとえば、二〇一六年に中国のHuaShang Tengda《ファーシャン・テンダ》社は、四五日間で二階建ての建物を一度に成形したと発表した。★282 これを執筆している今、このテクノロジーはアメリカでも広まっているところだ。二〇二一年にAlquist《アルクイスト》 3Dという企業が、最初の持ち家住宅を3Dプリンターでつくり、二〇二三年には、はじめての多層階建物がヒューストンに登場した。★283 二〇二〇年代の終わりには、3Dプリンターが形成する大小さまざまなモノと、知的ロボットが結びつくことで、劇的に建設費用を下げながら、注文主の好みにあった建物をつくる能力が増すだろう。

3Dプリンター建築には大きな利点がいくつもあり、テクノロジーが進歩するにつれて利点はさらに強くなる。第一の利点は、人件費を削れるので、家がより買いやすい価格になる。工期が短縮し、建設期間の長期化がもたらす環境への影響が減る。また、発生するゴミの量、照明や騒音の問題、有害な塵、交通の混乱、労働者の危険も減る。さらに、従来の建築では、場合によっては数百マイル離れたところから木材や鋼鉄を輸送することがあったが、３Ｄプリンターならば、既存の材料か現地にある材料を使って建設することがより簡単になる。

将来においては、超高層ビルをより簡単に安くつくるためにも利用されるかもしれない。高層ビル建設における難題のひとつは、人と建築資材を上層階にもっていくことだ。３Ｄプリンターと自律ロボットを組みあわせれば、地上で建築資材を液状にしてポンプで汲みあげ、そこでプリントすることも可能で、上層階の建設がはるかに簡単に安価にできるようになる。

熱心な人々は二〇三〇年頃に寿命脱出速度を獲得するだろう

ものの豊かさと平和な民主主義は私たちの人生をよくするが、最大の問題は人生そのものを続けることだ。第６章で触れるが、健康になるための新しい医療を開発する方法が、一か八かの直線的プロセスから、指数関数的な情報テクノロジーへと急速に変わってきていて、それによって私たちは生命に関する次善のソフトウェアを自動的にプログラムしなおしていくのだ。

進化とは、自然選択というランダムな最適化のプロセスが集まったもので、最良の配置やバランスになっているわけではないので、生物の生命は次善のものだと言える。進化が、可能な遺伝形質の範囲を探査するとき、それは多分に偶然や特定の環境要因に影響される。また、このプロセスは時間がかかるものであり、進化がある特徴を獲得できるのは、それを獲得するまでのすべての段階が、その環境において、その生物を成功に導くものである場合のみである。そのため、とても役に立ちそうな遺伝形質でも、それを獲得するのに必要な段階的なプロセスが進化的に不適当であるならば、獲得にいたらないものもある。それに対して、知能（人間の、あるいは人工の）を適用すれば、最適な形質、つまりもっとも利益になる形質を探すときに、遺伝的可能性全部を体系的に調べることが可能になる。ここには通常の進化では手の届かないものまで含まれる。

二〇〇三年にヒトゲノム計画が完了してからの二〇年間、ゲノム解析は指数関数的に成長してきて、価格性能比が毎年二倍になっている。塩基対に関して言えば、DNAからヌクレオチドの配列が最初に解析された一九七一年までさかのぼり、そこから複数のテクノロジーについて、おおよそ一四カ月ごとに二倍になっている。バイオテクノロジーは五〇年をかけて、ようやく指数関数的成長の急上昇カーブにさしかかった。
★284

私たちは今、薬と治療法の発見と設計のためにAIを使いはじめたところだが、二〇二〇年代の終わりには、生物学的シミュレーターが充分に発達して、臨床試験では数年かかるところを、数時間で安全性と有効性に関する重要なデータを生成できるようになる。臨床試験からコンピュータ・シミュレーションへの移行は、相反するふたつの力に影響されるだろう。ひとつは、安全性に関する正当な心配だ。私たちはシミュレーションが重要な医学的事実を見のがしたり、危険な薬剤を安全だとまちがって判断したりすることを望まない。もうひとつは、シミュレーションによる試験では、シミュレートされた被験者を大量に用意して、併存疾患（ある患者が、当該疾患とは無関係に他の病気を発症していること）や人口統計学的因子なども考慮した幅広い研究ができる。新しい治療がさまざまな種類の患者にどういう効果を与えるのかを、医師はくわしく知ることができる。さらに、命を救う薬を早く患者に届けられれば、それだけ多くの命を救えるのだ。臨床試験からシミュレーションによる試験への移行は政治的不確実性や官僚制度の抵抗がかかわってくるだろうが、最後はこのテクノロジーの有効性が勝利を収めるはずだ。

シミュレーションによる試験がもたらすであろう恩恵で注目に値する例をふたつだけあげよう。

・免疫療法は、末期ガンであるステージ4の患者の多くで症状を緩和することができ、ガン治療の前進に大きな希望がもてる。★285 CAR-T細胞療法（患者のT細胞に遺伝子導入をおこなうことで改変したCAR-T細胞を用いたガンの治療法）のようなテクノロジーは、患者自身の免疫細胞が、ガン細胞を認識し、破壊するようにプログラムしなおすものだ。★286 生体分子に関する理解は不充分で、ガンが免疫系を回避する方法がまだわからないために、今のところ、これらのアプローチにより得られた知見は限られているが、AIによるシミュレーションがこの停滞を打破する助けになるだろう。

・iPS（人工多能性幹）細胞によって、心臓発作後の心臓を回復させ、心臓発作を生きのびた者の半分が苦しめられる駆出《くしゅつ》率低下（心臓の収縮能力が低下した状態。筆者の父はこれがもとで死んだ）を克服する可能性が開けてきた。現在は、ｉＰＳ細胞（成体細胞に特定の遺伝子を導入して、多種の細胞に分化しうる幹細胞に初期化したもの）を使って臓器を育てている段階にある。二〇二三年時点でｉＰＳ細胞は多くの組織――気管や頭《とう》蓋《がい》顔面骨、網膜細胞、末梢神経、皮膚組織や、心臓や肝臓、腎臓などの主要臓器の組織――の再生に利用されている。[★287] 幹細胞はガン細胞と似たところがあるので、研究で重要なのは無制御な細胞分裂のリスクを最小限にする方法を探すことにある。ｉＰＳ細胞は胚性幹（ＥＳ）細胞と似たふるまいができるので、ほとんどすべての種類のヒト細胞に分化できる。分化させる手順はまだ試行錯誤の段階だが、すでに人間の患者に使われて成功している。心臓疾患の場合、患者自身の細胞からｉＰＳ細胞をつくり、肉眼で見える大きさのシート状の心臓組織に分化、成長させて、傷んだ心臓に移植する。その治療がうまくいくと考えられる理由は、ｉＰＳ細胞から放出される成長因子が、残っている心臓組織に再生をうながすからだ。実際のところは、ｉＰＳ細胞が心臓をだまして、胎児の環境にあると思わせるのかもしれない。この手順は多くの種類の生物組織に使われている。ｉＰＳ細胞の活動メカニズムを先進ＡＩで分析することができれば、再生医療は、人間の体がみずから描く回復への設計図を効果的に解明できるかもしれない。

これらのテクノロジーの結果、医学と長寿に関する従来の直線的に進歩するモデルはもはや不適切になるだろう。私たちは直感と歴史回顧によって、次の二〇年の進歩はその前の二〇年とだいたい同じになると考えるが、それは進歩の指数関数的性質を考慮していない。急激な寿命の延長がまもなく起こるという知識は広がりつつあるが、私たちの古い生物学をプログラムしなおす能力に大きな変化が起きていることに、医師も患者も、ほとんどの人が気づいていないのだ。

この章ですでに話したが、二〇三〇年代には健康に関する別の革命がもたらされる。それは健康をテーマにした私の本（テリー・グロスマン医学博士と共著）では、急激な寿命の延長を実現する「第三の橋」と呼んでいる〈医療用ナノロボット〉だ。この介入により免疫系は大きく増強される。私たちがもつ免疫系（有害な微小有機体を賢く破壊するT細胞を含む）は、全体として多くの種類の病原体にとても有効だ。だから私たちはそれなしでは長く生きていけない。だがその免疫系は、食料と資源が乏しく、大半の人間がとても短命であるときに進化したものだ。大昔の人間が子どもをつくり二〇代で死んでいたとすれば、ガンや神経変性病（プリオンと呼ばれる異常な折りたたみ構造のタンパク質が原因となることが多い）など人生の後半で主に発生する脅威に対して免疫系を強めるための変異を起こす理由を進化はもてない。また、多くのウイルスは家畜由来なので、動物を家畜化する前の私たちの祖先は、家畜由来のウイルスに対して強い防御ができるようには進化しなかったのも同様だ。[★288]

ナノロボットはプログラム次第であらゆる種類の病原体を壊すだけでなく、代謝性疾患に対処することもできる。心臓と脳を除いて、私たちの主な内臓器官は血流に物質を送りこんだり、そこから物質をとり除いたりしている。そして多くの病気は内臓器官の機能不全から起こる。たとえば、一型糖尿病は膵島《すいとう》の細胞がインシュリンをつくれなくなったことから発症する。[★289] 医療用ナノロボットは血液の供給を監視し、必要に応じてホルモンや栄養物、酸素、二酸化炭素、毒素などさまざまな物質を増減させ、臓器の機能を強化するか、さらには臓器の代わりをすることもできる。こうしたテクノロジーを使って、二〇三〇年代の終わりに私たちは病気や老化のプロセスをかなりの部分、克服できるだろう。

二〇二〇年代は、薬と栄養に関して、主に先進ＡＩが主導した劇的な発見が増えることで特徴づけられるだろう。老化を治療するだけでなく、第三の橋に至るまで充分に寿命を延ばすのだ。そして、二〇三〇年頃にはもっとも熱心で情報に通じた人々は〈寿命から脱出できる速度〉に達するだろう。つまり、暦が一年過ぎるごとに、余命は逆に一年以上延びていくのだ。砂時計の砂は、落ちる以上に流れこむようになるのだ。

寿命を大きく延長する第四の橋は、私たちの本質的部分をバックアップする能力で、それは私たちが日常的にデジタル情報をバックアップするのと変わりない。私たちが生物学的な大脳新皮質を、クラウド上の大脳新皮質のリアルなモデル（ただし計算速度ははるかに速い）で増強するとき、私たちの思考は、なれ親しんだ現在の生物学的な思考と、デジタルの拡大版の思考とのハイブリッドになる。思考に占めるデジタルの割合は指数関数的に増えていき、最後には支配的になる。デジタルの脳は、生物学的思考を完全に理解し、そのモデルをつくり、シミュレートできるほど強力で、私たちの思考のすべてをバックアップすることができる。このシナリオは、私たちがシンギュラリティに近づく二〇四〇年代なかばに現実になるだろう。

最終目標は自分の運命を、つまり、いつまで生きるのかを、運命として受けいれるのではなく、自分で決めることにある。そもそも、人はなぜ死を選ぶのだろうか？ 研究によると、自殺の原因は、肉体的、精神的に耐えられない痛みであることが多い。[★290] 医学や神経科学が進歩すれば、自殺をゼロにはできないまでも、まれなものにできるだろう。

ひとたび、自分のバックアップをとったあとは、人はどうすれば死ねるのだろうか？ クラウドは保有するすべての情報について、すでに多くのバックアップをもっており、その特徴は二〇四〇年代までにはさらに強化されるだろう。そのため、自分のコピーをすべて破壊するのは不可能に近くなる。もしも、個人の自律性を最大にすることを望んで、本人が簡単にファイルの削除を選べるような心のバックアップシステムを設計するならば、それは本質的に安全上のリスクを負うことになる。人はだまされたり、強制されたりしてそういう選択をすることもあるし、サイバー攻撃で脆弱性が増すかもしれない。一方で、自分のデータを管理するというもっとも本質的な能力に制限をかけることは、重要な自由を侵害することになる。だが、私は楽観的だ。核兵器が何十年間も安全に守られているのと同じような、ふさわしい予防手段があるはずだ。

もしもあなたが生物学的に死んだあとも、脳のファイルを残しているならば、それはあなた自身を残していることになるのか？　第3章で話したとおり、これは科学的な問いではなく、哲学的な問いになる。今生きている人々の大半が生涯をかけてとり組むべき問いなのだ。

最後に、公平と不公平について倫理的な心配をする人もいるだろう。寿命に関する予測についてよくある問いかけは、急激な寿命延長は富める者だけが得られるテクノロジーではないか、というものだ。これに対して、私は携帯電話の歴史を見てみなさい、と答える。三〇年前に携帯電話は富める者だけがもてるモノだったが、あまり機能しなかった。今日では数十億人が携帯電話をもっていて、電話をかける以外の機能がたくさんある。携帯電話は記憶を拡張するモノで、私たちは携帯電話を使って人間の知識のほとんどすべてにアクセスできる。そうしたテクノロジーは出た当初は高価で機能も限られているが、それが完璧になるまでには、ほとんどの人が利用できる価格になるのだ。そうなる理由は、情報テクノロジーが本質的にもつ価格性能比の指数関数的向上にある。

上げ潮

私がこの章で話してきたのは、多くの人の考えとは違って、地球にいる大多数の人々の生活は、基本的かつ広範囲にわたってよくなっていることで、重要なのは、それが偶然ではないことだ。識字能力や教育、衛生、寿命、再生可能エネルギー、貧困、暴力、民主主義などの分野で、この二世紀以上にわたり大きな向上が見られるが、基礎となる原動力はすべて同じなのだ。それは、情報テクノロジーがみずからの進歩を促進することにある。収穫加速の法則の中核をなすこの洞察は、好循環が人々の暮らしを劇的に変化させていることを説明できる。情報テクノロジーはアイデアに関するもので、アイデアを共有し、新しいアイデアを考えだす能力は指数関数的に伸びていて、最大に広い可能性の意味で、私たち一人ひとりに人間の可能性を実現する偉大な力と、社会が直面する多くの問題をまとめて解決する偉大な力を与えてくれるのだ。

指数関数的に進歩する情報テクノロジーは、人間の条件を乗せたすべてのボートを押しあげる上げ潮だ。そして、この潮がかつてなく高くなる時代に入ろうとしている。その鍵となるのはＡＩで、直線的に進歩するいろいろな種類のテクノロジー（農業、医薬、製造、土地利用など）を、ＡＩが指数関数的に進歩する情報テクノロジーに変えていく。この力が未来の私たちの暮らしを指数関数的によくしていくのだ。

人類は生活をより簡単に、より安全に、より豊かにすることを求め、数年、数十年、数百年、数千年にわたり進歩してきた。今の私たちには一世紀前の暮らしがどんなものか想像することはむずかしいだろう。もっと前のことならなおさらだ。私たちはこの数十年間でかなり前進し、これから数十年で大きく進むだろう。進歩は加速して、勢いよく前に押しだされた私たちは、想像もつかないほど遠くまで進んでいくのだ。

5
第5章
仕事の未来：良くなるか悪くなるか？

現在進行中の革命

今後二〇年間の技術的収束は、世界中に大いなる繁栄と物質的豊かさをもたらすだろう。だが同時に、世界経済を不安定にし、社会全体にそれまでにない速さで適応することを強いるだろう。

『シンギュラリティは近い』が出版された二〇〇五年、アメリカ国防高等研究計画局（DARPA）は自動運転車のグランドチャレンジレースを開催し、優勝したスタンフォード大学のチームに二〇〇万ドルの賞金を授与した。★1 当時、自動運転車は一般人にとってまだSFの世界であり、多くの専門家でさえ一〇〇年先のことだと信じていた。しかし、グーグルが二〇〇九年にAIを活用する野心的な自動運転車の開発プロジェクトを始めると、進歩は一気に加速しはじめた。そのプロジェクトは独立してウェイモ社となり、二〇二〇年にはアリゾナ州フェニックスの一般客向けに、完全自動運転のタクシー配車サービスを提供するようになった。そのサービスはサンフランシスコでも始められ、[★2]あなたがこの本を読む頃には、おそらくロサンゼルスや、さらには他の都市にも広がっているだろう。[★3]

ウェイモの自動運転車は、この本の執筆時点ですでに二〇〇〇万マイル以上の距離を完全に自動走行している（この数字は急速に増えつづけているので、はっきりした数字を書くのはむずかしい）。[★4]この現実世界での経験をもとに、ウェイモ社はリアルなシミュレーターをつくり、微調整を加えていった。それは、運転時の予測できないさまざまな変化を再現できる仮想環境だ。

現実世界と仮想環境というふたつのモードには、それぞれ長所短所があるが、補いあう役割を果たしている。現実世界の運転は完全にリアルで、シミュレーション開発者が予想できず、シミュレーション環境に組みこむことなど考えもしなかった状況さえも起こることがある。一方で、ＡＩが現実世界の状況にうまく対応できなかったときに、開発者は現実世界の走行で車の流れを止めて、周囲を走る車のドライバーたちに「もう一度やってみてくれ。今度は時速五マイル速くね」と頼むことはできない。

これに対し、仮想世界の運転では、大量のテストをおこない、状況を掌握するために必要なパラメータを科学的に正確に調整することができる。さらにＡＩを訓練するために、現実の運転では充分な安全を確保できないような、危険なシナリオをシミュレートすることも可能だ。無数のさまざまな状況にＡＩをとり組ませることで、開発者は現実世界の運転で対処すべき最重要課題を特定することができる。

現実に比べて、シミュレーションがどれだけ大量のデータを集められるかという例を紹介しよう。二〇一八年、ウェイモ社はプロジェクトを開始した二〇〇九年からそれまでに、実際の道路で試験走行した累積距離（二〇〇〇万マイル超）と同程度の二〇〇〇万マイルを、一日のシミュレーションで毎日走らせることを始めた。そして、本書執筆時における最新データは二〇二一年のものだが、その驚くべきペースは守られている。[5]

第2章で述べたように、そのようなシミュレーションでは、深層《ディープ》（たとえば一〇〇層の）ニューラルネットに学習させるために充分な例を生成することができる。ディープマインド社が、囲碁で最強の人間に勝つために充分な学習例を生成した方法だ。[6] 運転の世界は囲碁の世界よりもはるかに複雑なシミュレーションになるが、ウェイモ社が使っている基本戦略は同じだ。二〇〇億マイルを超える運転シミュレーションによりアルゴリズムを磨きあげ、[7] アルゴリズムの改善にディープラーニングを適用するために充分なデータを生成しているのだ。

もしも、あなたの仕事が一般車両、バス、またはトラックの運転手であるなら、このニュースを聞いて考えこむことだろう。アメリカ全体で、被雇用者の二・七％以上がトラックやバス、タクシー、配送車などの運転手として働いているからだ。[8] 最新データによると、従事者は四六〇万人以上になる。[9] 自動運転車がこれらの人々を仕事から追いだすのはいつになるか、意見は分かれるが、多くの運転手が本来の引退時期より前に仕事を失うことはほぼ確実だ。さらに、自動化がこれらの仕事に与える影響は、国全体で均等なものではないだろう。カリフォルニアやフロリダのような大きな州では、運転手が雇用労働力に占める割合は三％未満だが、ワイオミングやアイダホでは四％を超える。[★10] テキサス、ニュージャージー、ニューヨークの一部では、この数字が五％、七％、または八％に達することさえある。[★11] これらの運転手のほとんどが男性で、中年で、大学教育を受けていない。[★12]

そして、自動運転車はハンドルを握る人々の仕事を奪うだけではない。トラック運転手が自動化によって仕事を失うと、トラック運転手の給与計算をする人や、道路沿いのコンビニやモーテルの店員の需要が減るだろう。休憩所のトイレを掃除する人のニーズも減るだろうし、トラック運転手が利用する風俗業の需要も下がるだろう。そうした影響が出ることは一般的にわかっているが、影響の程度や変化の速さを正確に見積もることはむずかしい。しかし、アメリカ交通統計局の最新統計（二〇二一年）によると、アメリカの労働者の約一〇・二％が、運輸及び運輸関連産業に従事していることは覚えておくべきだろう。[★13] このように大きなセクターでは、比較的小さな混乱でも重大な影響を生むことがあるからだ。

しかし、車の運転手は、膨大なデータセットで学習し賢くなるＡＩによって、近い将来にその職を脅かされる長い長いリストのなかのひとつにすぎない。オックスフォード大学のカール・ベネディクト・フレイとマイケル・オズボーンによる二〇一三年の画期的な研究では、約七〇〇の職業が二〇三〇年代初頭までに自動化の影響を受ける可能性があるという結果が出た。[14] 電話セールスや保険業、税務申告代理業などの職種は、九九％の確率で自動化することができる。[15] 全職種の半数以上で、自動化する可能性が五〇％を超えていた。[16]

そのリストの上位には、工場の仕事、カスタマーサービス、銀行業務、そしてもちろん車やトラック、バスの運転手があった。[17] リストの下位には、親密で柔軟な人間同士のやりとりを必要とする、作業療法士やソーシャルワーカー、そして性風俗業などの仕事が並んでいた。[18]

報告書が発表されてからの一〇年間、その驚くべき結論の中核部分を裏づける証拠がたまりつづけている。二〇一八年にOECDの実施した調査では、各業種が自動化される可能性がどれだけあるかが検討され、フレイとオズボーンの研究とよく似た結果が出た。[19] 今後一〇年間で三二カ国において仕事の一四％が自動化によりなくなる可能性が七〇％以上あり、さらに五〇％の確率でなくなる仕事が三二％あるという。[20] これらの国々で約二億一〇〇〇万人の仕事がリスクにさらされていると推測された。[21] 実際、二〇二一年のOECDの最新データで、自動化のリスクが高い仕事では、雇用成長が大きく鈍化していることが確認された。[22] そしてOECDの報告は、チャットGPTやBardなどの画期的な生成AIが登場する前のものだ。二〇二三年の大手コンサルティングのマッキンゼーの報告など最新の推算では、現在の先進国で費やされている全労働時間の六三％が、現在のテクノロジーをもって自動化可能だという。[23] マッキンゼーのシナリオは二〇四五年まで予測していて、適応が進めば、途中の二〇三〇年時点でその半分の仕事が自動化されるという。その予測は、未来におけるＡＩのブレイクスルーを見こんでいないものだが、ＡＩが進歩しつづけることを私たちは知っている。二〇三〇年代のどこかで、ついには超知能ＡＩが誕生し、（ＡＩに制御されて）原子単位の正確さでモノを自動でつくるようになるのだ。

　しかし、自分の職業が自動化によって大量に奪われる可能性が高いことを、人々がはっきりと認識したのは、これが最初ではない。物語は二世紀前にさかのぼる。当時、イギリスはノッティンガムの織工たちは、力織機《りきしょっき》などの機械の導入によってその職を脅かされていた。[★24] 織工は代々受けつがれてきた安定した家業で、彼らは靴下やレース編みを手仕事で生産し、適度な生活を楽しんでいた。しかし、一九世紀はじめの技術革新によって、産業の経済力は機械所有者の手に移り、織工たちは仕事を失う危険にさらされたのだ。

　ネッド・ラッドという人物が実在したかどうかは定かではないが、伝説によれば、織工の彼はあるとき、繊維工場の機械をうっかり壊してしまったという。それからというもの、うっかりか自動化に対する抗議行動かにかかわらず、機械の破損はラッドのせいにされることになった。[★25] 一八一一年、絶望した織工たちが都市でゲリラ部隊を結成し、ジェネラル・ラッドが彼らのリーダーであると宣言した。[★26] この「ラッダイト」として知られる織工たちの組織は、工場所有者に対して反乱を起こした。当初、彼らの暴力は主に機械に向けられていたが、ほどなく流血の事態となった。この運動は、イギリス政府によってラッダイトの有名な指導者たちが投獄され、絞首刑にされることで終わった。[★27] ネッド・ラッドが見つかることはなかった。

織工は、自分たちの暮らしが根底からくつがえされるのを目の当たりにした。彼らからすれば、新しい機械を設計し、製造し、販売するために高賃金の仕事が生まれたことなど関係なかった。彼らが一生をかけて習得してきた技術は時代遅れになり、転職するための政府による再教育プログラムもない。多くの人々が、少なくとも一時的に低賃金の仕事に追いやられた。しかし、この初期の自動化の波がもたらしたよい結果として、庶民が一枚のシャツを着たきりではなく、良質な衣料を手頃な価格で入手できるようになったことがある。そして、時が経つにつれ、自動化の結果による新しい産業が形成されていった。その末にもたらされた繁栄こそが、ラッダイト運動を終わらせた一番の原因だった。ラッダイトは歴史の彼方に消えたが、今もなお、テクノロジーの進歩にとり残されることにあらがう者たちの強いシンボルとして残っている。

破壊と創造

もしも私が一九〇〇年に先見の明のある未来予想家だったら、労働者に対して次のように語っただろう。「今、あなたたちの約四〇％が農場で働き（一八一〇年には八〇％を超えていた）、二〇％が工場で働いていますが、二〇二三年までに製造業で働く人の割合が半分以上減り（七・八％まで）、農業従事者は九五％以上減る（一・四％未満まで）でしょう」[★28]
さらに次のように続けたかもしれない。「でも心配することはありません。雇用は実際は減少せず、増加するからです。減るよりも多くの仕事が生まれるでしょう」と。もしも彼らが「では、新しい仕事は何ですか？」と尋ねたとしたら、正直な答えは次のようになっただろう。「わかりません。まだ誕生していませんから。それに、その仕事はまだ存在しない産業にありますから」。この答えに納得する人はいないだろうから、自動化と政治的不安は結びつくのだ。

もしも私が本当に予知能力をもっていたら、一九九〇年の人々に、ウェブサイトやモバイルアプリの作成や運営、データ分析、オンライン通販といった新しい仕事がもうすぐ現れますよ、と伝えたはずだ。しかし人々は、私の話すことをさっぱり理解できないだろう。

実際のところ、多くの雇用カテゴリーで急激な減少が起きたにもかかわらず、雇用は絶対数でも、割合でも大きく増えているのだ。一九〇〇年には、アメリカの総労働力は二九〇〇万人ほどで、人口の三八％を占めていた。[29] 二〇二三年初頭には、約一億六六〇〇万人で、人口の四九％を超えている。[30]

仕事の総数が増えるだけでなく、それらの仕事につく労働者は、少ない時間で多くの収入を得るようになった。アメリカにおいて、一八七〇年には一人あたりの年間労働時間は二九〇〇時間を超えていたが、二〇一九年（新型コロナウイルス感染症流行の混乱が起こる直前）には約一七六五時間に減っていた。[31] そして、労働時間は減ったものの、労働者の平均年収は一九二九年以来、基準年のドル換算で四倍以上に増えている。[32] 一九二九年のアメリカの一人あたり年間個人所得は約七〇〇ドルだった。当時の人口一億二二八〇万人のうち、就業者は四八〇〇万人にすぎないから、労働者一人あたりに換算すると一七九〇ドル（二〇二三年のドル換算で三万一四〇〇ドル）になる。[★33] 二〇二二年にアメリカの人口は三億三二〇〇万人で、一人あたりの個人所得は六万四一〇〇ドルと推定され、労働人口は一億六四〇〇万人だった。[★34] したがって、アメリカ人労働者の平均年収は一二万九八〇〇ドル（二〇二三年のドル換算で一三万三〇〇〇ドル）であり、九〇年前の四倍以上に増えている。

ただし、この平均値は国全体の富の大幅な増加を反映しているが、所得の中央値（所得が自分より上の人数と下の人数が同じである所得レベル）はずっと低い。一九二九年のデータで信頼できるものはないが、二〇二一年では、平均所得六万四一〇〇ドルに比べ、所得中央値は三万七五二二ドルである。[★35] この差は、全人口のごく一部に極端な高所得者がいることや、多数の定年退職者、学生、専業主婦（夫）、その他、雇用されていない人々が含まれていることなどが理由だ。

時給について細かく調べてみると、よく似た傾向が見られる。一九二九年の平均的なアメリカの労働者は年間二三一六時間働いていた。[★36] 平均年収は二〇二三年のドル換算で三万一四〇〇ドルなので、時給は一三・五五ドルとなる。一方、二〇二一年にアメリカ人はざっと一〇・八兆ドル（二〇二三年調整済み）の賃金及び給与を、二五四〇億時間の労働で稼いだ。時給にして四二・五〇ドルで、一九二九年の約三倍だ。[★37]

実際には、この増加はもっと大きい。公式の賃金統計にはとらえられない種類の仕事もあるからだ。たとえば、高収入のフリーランスのコンピュータ・プログラマーは、従業員名簿には載っていない。また、起業家やクリエイティブ・アーティストも同様で、彼らの時間あたりの所得は非常に高い。二〇二一年のアメリカの総個人所得は二一・八兆ドル（二〇二三年調整済み）であり、これは時間あたり所得が賃金及び給与の数字の約二倍であることを意味する。[★38] しかし、個人所得の多く（たとえば、不動産の賃貸収入など）は、労働時間に換算されないので、もっとも正確な数値はその中間になるだろう。前章で述べたように、これらの利得には、インフレ調整後の同じ価格で、昔よりもよい商品が買えるようになったものが多数あることや、消費者が数えきれないほどの新しいイノベーションにアクセスできるようになった、という事実は考慮されていない。

この進歩の背後では、テクノロジーの変化が従来の仕事に情報ベースの新しい次元を加え、一〇〇年前はもちろん、四半世紀前にも存在しなかった、斬新で高度なスキルを必要とする何百万もの新しい仕事を生みだしている。[★39] これまでのところ、それらの新しい仕事によって、かつては労働力の大部分を占めていた農業と製造業に起きた大規模な雇用破壊を相殺している。

一九世紀はじめのアメリカは圧倒的に農業社会だった。この若い国家に多くの入植者が流れこみ、アパラチア山脈の西に移動していくにつれ、農業にたずさわる労働者の割合は確実に増加し、ピーク時には八〇％を超えた。[★40] しかし、一八二〇年代に入り、農業技術の進歩によって、少ない農民でより多くの人々を養えるようになると、この割合は急速に減りはじめた。当初は、科学的な育種法の革新とすぐれた輪作システムの組みあわせの結果だった。[41]その後、産業革命が進むにつれ、機械化された農耕具が省力化を牽引した。[42]一八九〇年には、アメリカの農業従事者がはじめて五割を切り、一九一〇年までに蒸気や内燃機関を動力源とするトラクターが、遅くて効率の悪い作業用動物にとって代わるにつれ、この傾向は急激に加速した。[43]

二〇世紀に入ると、改良農薬、化学肥料、遺伝子組み換え法が登場し、作物の収穫量が爆発的に増加した。たとえば、[44]一八五〇年にイギリスの小麦の収穫量は一エーカーあたり〇・四四トンだったのが、二〇二二年には三・八四トンに上昇した。[45]ほぼ同じ期間に、イギリスの人口は二七〇〇万人から六七〇〇万人に増えたが、食料生産は増加する人口に対応できただけでなく、一人あたりの食料の量も増やすことができた。[46]人々の栄養状態がよくなると、身長が伸び、健康になり、幼少期の脳の発達がよくなった。より多くの人々が自分の可能性を最大限に発揮できるまで長生きし、さらなるイノベーションを進めるために、より多くの才能が解きはなたれた。[47]

未来に目を向けると、自動化された垂直農法の登場により、農業の生産性と効率がさらに大きく飛躍することが期待される。イギリスのハンズフリー・ヘクタール・プロジェクトなどは、農業生産の全工程をロボットだけでおこない、人間の労働をなくすとり組みを進めている。[48]AIやロボット工学が進歩し、再生可能エネルギーが安価になるにつれ、多くの農産物の価格が大きく下がっていくだろう。食品価格が人間の労働や希少な天然資源に依存する度合いが下がると、人々が健康によい栄養価の高い新鮮な食品を豊富に手に入

アメリカにおける1800年以降の農業従事者の割合[★49]

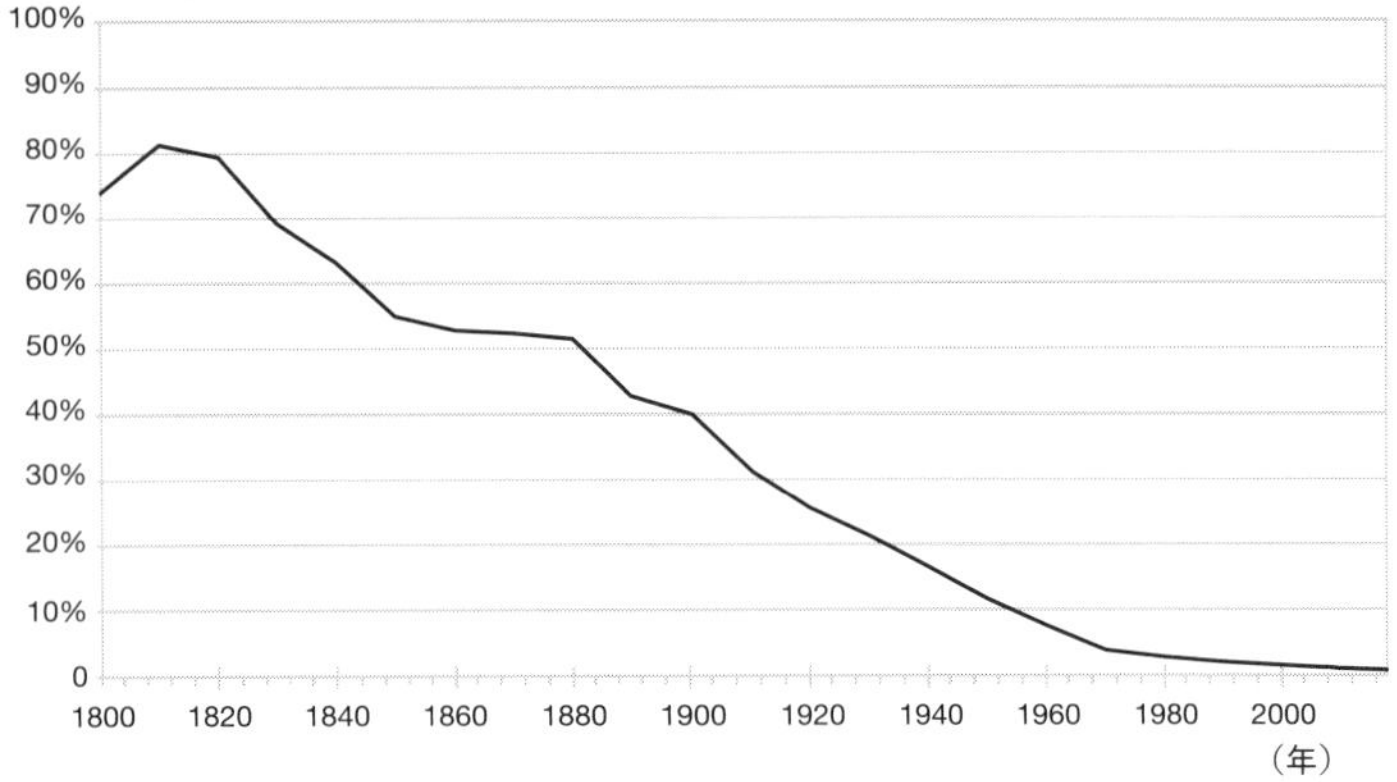

資料：National Bureau of Economic Research; United States Census Bureau; US Bureau of Labor Statistics; International Labour Organization

れることを、貧困が邪魔することはなくなる。

その昔、仕事を失った農場労働者の多くは工場で新しい仕事を見つけたが、その一五〇年ほどのちに、今度は同じことが工場労働者の身に起きることとなった。一九世紀最初の一〇年、アメリカの労働者のうち、製造業に従事していたのは三五人に一人だった。[★50]ほどなく産業革命によって主要都市が大きく変貌し、蒸気動力の工場が次々と建設され、何百万人もの未熟練労働者が必要とされるようになった。工業化は主に北部で急速に進み、一八七〇年になると、ほぼ五人に一人が製造業従事者となっていた。[★51]二〇世紀に入ると産業革命の第二の波が起き、移民を中心とした新規の労働者が大挙して製造業に流入した。組みたてラインが開発

され、効率が大幅に向上し、製品の価格が下がると、ますます多くの人々が製品を手に入れられるようになった。[★52]

需要が増えるにつれ、工場は労働者の大群を新たに雇う必要が生まれ、平時の製造業雇用は、一九二〇年頃に民間労働力の二六・九％に達した。[★53] 労働力の規模を測る方法は時代とともに多少変化しているため、この数字をその後のものと完全に比較することはできないが、大まかな事実はあきらかだ。大恐慌（製造業雇用が一時的に減少した時期）や第二次世界大戦（一時的に増加した時期）の混乱を除けば、アメリカでは、一九七〇年代まで、製造業従事者は四人に一人の割合を保っていた。[★54] およそ五〇年間、全体的な上昇や下降の傾向はなかったのだ。

その後、技術に関するふたつの変化が起き、アメリカの工場雇用を侵食しはじめた。ひとつは、物流と輸送技術の革新、特にコンテナ船輸送により、企業が労働力の安い海外に製造を委託し、完成品をアメリカに輸入することで、製品をより安価にした。[★55] コンテナ化は、工場ロボットやAIのように派手ではないが、現代社会におけるこれまでのイノベーションのなかでも、最大の影響を与えた技術のひとつだ。コンテナ船による輸送は世界中の輸送コストを大幅に下げることで、経済を真にグローバル化することを可能にした。これにより、広範な製品が一般の人々により安く提供されるようになったが、一方で、アメリカのかなりの地域で産業の空洞化が起こる要因となった。

第二に、自動化により国内製造業における人間労働の需要が減った。初期の組みたてラインでは、各工程でかなりの人手による作業を必要としたが、ロボットの導入により、この需要が減少した。一九九〇年代にコンピュータ化とAIによって、自動化の能力と効率がさらに向上して、この傾向は強まった。その結果、高性能になる機械の助けを借りた平均的な製造業従事者は、時間あたりで、より多くのモノを生産できるようになった。実際のところ、一九九二年から二〇一二年までの二〇年間、コンピュータ化が工場生産を変革するなかで、平均的な製造業従事者の時間あたりの生産額は二倍になっている[★56]（インフレ調整後）。

その結果、二一世紀に入ると、製造業の生産と雇用のつながりは断たれたのだった。二〇〇一年二月、ドットコムバブル後の不況の直前に、アメリカでは一七〇〇万人が製造業についていた[★57]。この数字は不況時に急落し、その後、回復することはなかった。二〇〇〇年代なかばに好景気になり、生産高が大幅に増えたにもかかわらず、従事者は一貫して一四〇〇万人前後で横ばいだった[★58]。次に二〇〇七年一二月、アメリカで景気後退が始まったときに一三七〇万人の製造業従事者がいたが、二〇一〇年二月には一一四〇万人に減っていた[★59]。製造業の生産高はすぐに回復し、二〇一八年には過去最高水準近くに戻ったものの、失われた仕事の多くは戻らなかった[★60]。二〇二二年一一月時点でも、生産に必要とされる労働者は一二九〇万人となっている[★61]。

過去一〇〇年をふりかえると、減少のトレンドが顕著だ。一九二〇年から一九七〇年まで一貫して二〇〜二五％のあいだにあった製造業の雇用は、その後の五〇年間で徐々に縮小しつづけ、労働力のごく一部となった。一九八〇年には一七・五%、一九九〇年には一四・一%、二〇〇〇年には一二・一%、そして二〇一〇年には七・五%まで減ったのだ。[★62] その後の一〇年間、経済は持続的に拡大し、製造業生産高も健全に増えているにもかかわらず、製造業の雇用は横ばいが続いている。その結果、二〇二三年はじめの時点で、製造業従事者はアメリカの労働者の七・七%となっている。[★63]

農業や工場の仕事が劇的に減ったにもかかわらず、アメリカの労働力人口は、自動化の波が連続して押しよせるなかでも、統計開始以来、着実に成長している。[★64] 産業革命初期から二〇世紀中頃まで、アメリカ経済は、急速に拡大する人口に雇用を提供するのに充分

アメリカにおける 1900 年以降の製造業従事者の割合[★65]

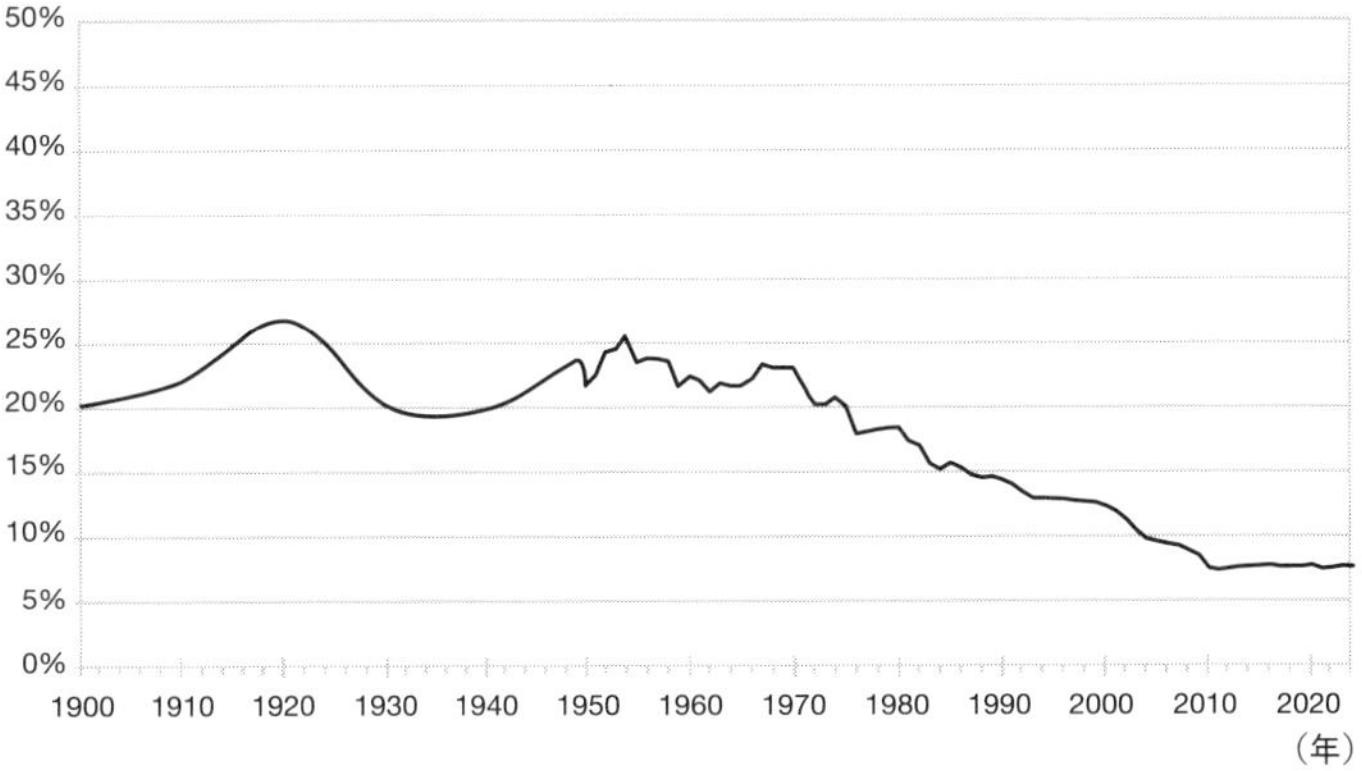

資料：US Bureau of Labor Statistics; Stanley Lebergott, “Labor Force and Employment, 1800–1960,” in *Output, Employment, and Productivity in the United States After 1800*, ed. Dorothy S. Brady (Washington, DC: National Bureau of Economic Research, 1966)

な新しい仕事を創出しただけでなく、何千万人もの女性が労働市場に参入することも受けいれたのだった。[66]

二一世紀に入って以降、全人口に対する労働者の割合はわずかに減っているが、その主な理由は、退職年齢の者が増えているからだ。[67] 一九五〇年に、アメリカで六五歳以上の人口は八・〇%だったが、[68] 二〇一八年には二倍の一六・〇%になり、経済活動に参加する生産年齢人口は減少した。[69] アメリカ国勢調査局は、今後数十年で達成される可能性のある医学的なブレイクスルーを考慮にいれない予測で、二〇五〇年までに六五歳以上の人口が二二%を占めるとしている。[70] それまでに、いちじるしい寿命延長テクノロジーが現実になるという私の予想が当たっていれば、高齢者の割合はもっと高くなるだろう。

アメリカの労働力人口[71]

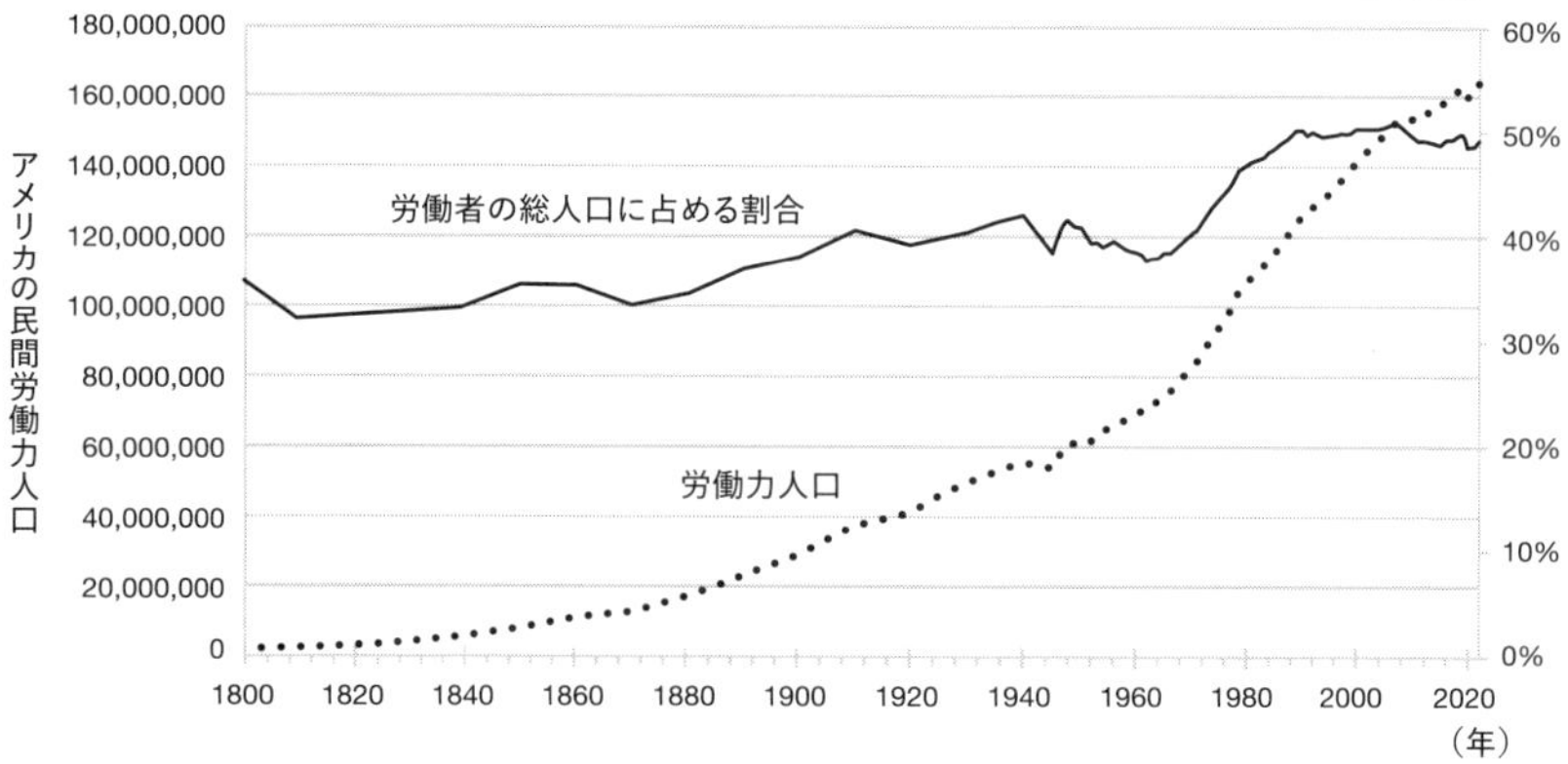

資料：US Bureau of Labor Statistics; National Bureau of Economic Research; US Census Bureau

しかしながら、絶対数で見れば、労働力人口自体は成長しつづけている。二〇〇〇年に民間労働者は総人口二億八二〇〇万人のうちの一億四三六〇万人と推定され、全体の五〇・九％だった。[★72] 二〇二二年には、労働力人口は人口三億三二〇〇万人のうちの一億六四〇〇万人に増加し、全体の四九・四％を占めている。[★73]

経済の重心がテクノロジー集約型の仕事に移っていくにつれ、必要な新しいスキルを提供し、新たな雇用機会を創出するために、教育への投資が大幅に増えた。一八七〇年には大学生（学部生及び大学院生）の数は六万三〇〇〇人だったが、二〇二二年には二〇〇〇万人に増えている。[★74] 二〇〇〇年から二〇二二年までのあいだに、大学生が四

高等教育機関の在籍者数（男女別）
1869-70～1990-91 学年度[★75]

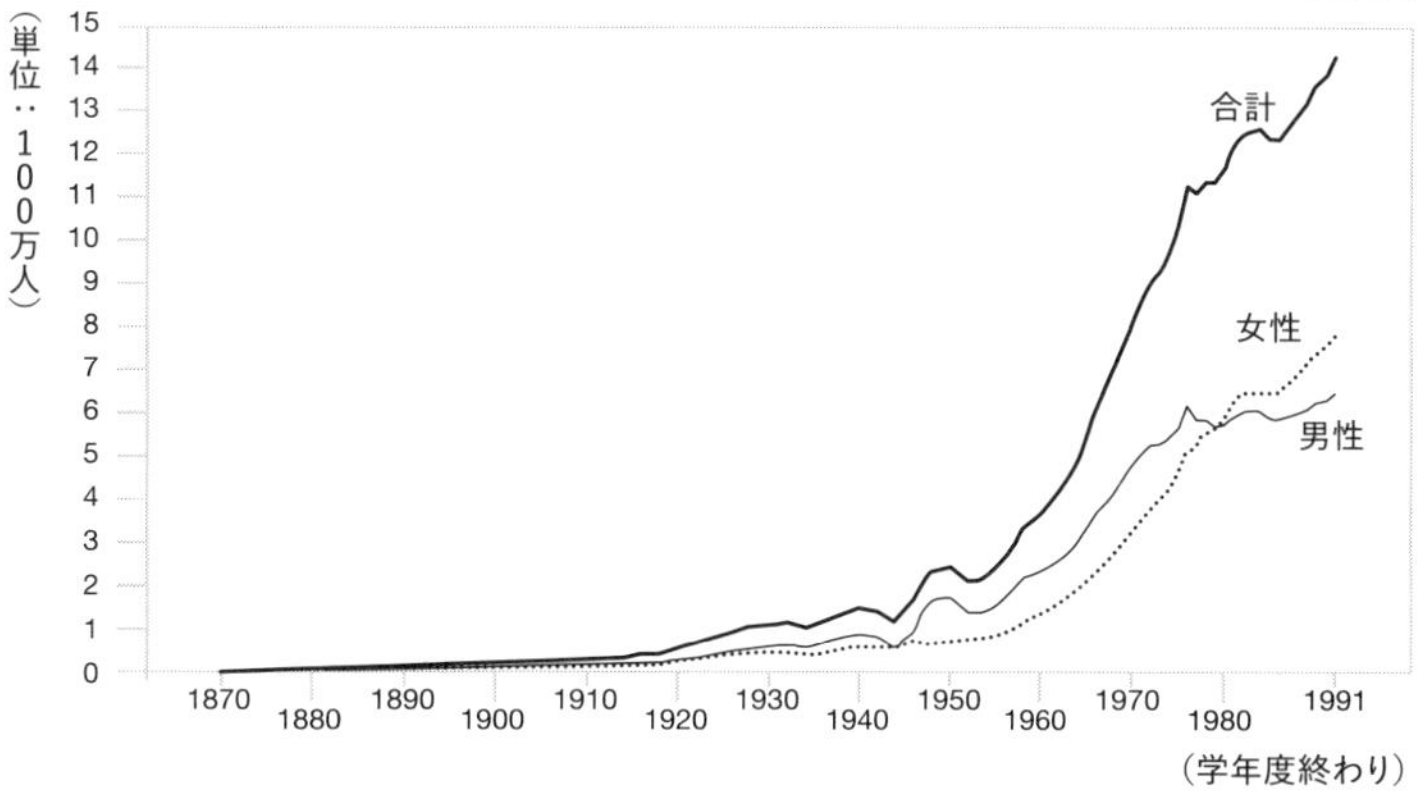

資料：US Department of Commerce, Bureau of the Census, *Historical Statistics of the United States, Colonial Times to 1970*; US Department of Education, National Center for Education Statistics, *Digest of Education Statistics*, various issues

七〇万人も増加した。[★76] 私たちはK－12〔アメリカの教育期間のこと。日本に置きかえると幼稚園の年長から高校三年生までの期間に該当する〕の子ども一人あたりに換算すると、一〇〇年前の一八倍以上の金額を費やしている。一九一九―二〇学年度（一九一九年九月―二〇年八月）には、K－12の公立学校は生徒一人あたり一〇三五ドル相当（二〇二三年のドル換算）を費やしていた。[★77] しかし二〇一八―一九学年度には、この額は約一万九二二〇ドル（二〇二三年のドル換算）に増えたのだ。[★78]

過去二〇〇年間、テクノロジーの変化につれて、経済活動において職業のいれ替わりが何度もあったが、それでも、教育の向上も手伝い、経済は持続的かつ劇的に発展しつづけている。主要な雇用カテゴリーが消えつつあるという継続的な（そして正確な）認識にもかかわらず、だ。[★79]

今回は違うのか？

長期にわたり雇用の純増パターンをくり返してきたにもかかわらず、一部の著名経済学者は、今回は違うと予測する。ＡＩによる自動化の襲来が、大幅な雇用減を招くという見解の主な提唱者の一人は、スタンフォード大学教授のエリック・ブリニョルフソンだ。彼は、テクノロジーがもたらした過去の変化とは異なり、最新の自動化の形態は、雇用をつくり出す以上に失わせると主張している。[★80] この見解を支持する経済学者たちは、現在の状況を連続する変化の波の頂点だと見ている。

最初の波はしばしば「デスキリング」（スキルの低下、仕事の単純化など）と呼ばれる。[★81] たとえば、馬車の御者は、動きを予測しにくい馬の扱いや世話に広範囲に及ぶスキルを必要としたが、その仕事は、スキルをあまり必要としない自動車の運転手にとって代わられた。デスキリングの主な効果のひとつは、長期間の訓練をしなくても、新しい仕事に簡単につけることだ。靴職人は靴づくりに必要な幅広いスキルを身につけるのに何年もかける必要があったが、組みたてラインの機械がこの仕事の大部分を担うようになると、人々ははるかに短い時間で機械の操作を習得し、仕事につけるようになった。これは労働コストが下がり、靴の価格が下がることを意味したが、同時に高賃金だった仕事が、低賃金の仕事にとって代わられたことを意味した。

　第二の波は「アップスキリング」だ。これはしばしばデスキリングのあとに続き、前よりも高度なスキルを必要とする技術が導入されることにより発生する。たとえば、運転手にナビゲーション機器が与えられると、以前求められたスキルには含まれていない電子機器の使用法を学ぶ必要が出てくる。製造業においては、操作に高度なスキルを要するが、これまで以上に大きな役割を果たす機械が導入される場合がある。たとえば、初期の靴製造機は手動プレス機であり、操作に専門の教育を受ける必要はなかったが、現在、4章で触れたフィットマイフィット社のような企業は３Ｄプリンターを使い、顧客の足に完璧にフィットするカスタムシューズをつくっている。[★82] そのため、大量だが低スキルの仕事の代わりに、同社の商品製造はコンピュータ科学や３Ｄプリンターの操作スキルをもつ少数の人々に頼っている。このような傾向においては、人数は減るものの、低賃金の仕事が高賃金の仕事に替わることがある。

次に迫りくる波は、「ノンスキリング」と呼べるものだ。たとえば、自動運転車は、完全に人間の運転手にとって代わるものだ。ＡＩやロボットがますます多くのタスクをこなせるようになるにつれ、ノンスキリングへの移行が連続して起こるだろう。ＡＩによるイノベーションが従来のテクノロジーと異なる点は、人間を完全に排除する機会が多くなることだ。特定のタスクを実行するために人間が必要とするスキルを減らすとか増やすというのではなく、ＡＩは、しばしばタスク全体を完全にひき継ぐことができる。コスト面だけでなく、実際に多くの分野でＡＩのほうがすぐれた仕事ができるという理由からも望ましいとされる。自動運転車は、人間が運転するよりはるかに安全であり、ＡＩは決して酔っぱらったり、眠くなったり、気が散ったりすることはない。

それでも、タスクと専門職とを区別することは重要だ。すべてのケースではないが、タスクが完全に自動化されることで、人間の仕事が、異なる一連のタスクに変わることを可能にする場合がある。実質的なアップスキリングだ。たとえば、銀行のＡＴＭは人間の窓口係に代わって多くの日常的な現金取引をすることができるが、そのおかげで窓口係はマーケティングや顧客との個人的な関係の構築において、より大きな役割を果たせている。[★83]同様に、法律調査や文書分析用のソフトウェアが、パラリーガル（弁護士の業務を補佐する人）の一部の機能を担うようになったが、それに応じてこの専門職も変化し、数十年前とは大きく異なる一連のタスクをおこなうようになった。[★84]このような影響は、まもなく芸術の世界でも起きるかもしれない。二〇二二年以降に公開されたＤＡＬＬ－Ｅ２やMidjourneyやStable Diffusionなどの画像生成ＡＩは、人間が書いたテキストベースの指示にもとづき、高品質のグラフィックアートを自動作成する。[★85] このテクノロジーが進化するにつれ、人間のグラフィックデザイナーはみずから絵を描く時間が減り、顧客とのアイデアのブレインストーミングや、ＡＩのつくったサンプルの監督や修整により多くの時間を費やすようになるかもしれない。

長期的には、経済的理由から、ますます多くのタスクがＡＩにひき継がれていくだろう。他のすべてが同じであれば、機械やＡＩソフトを購入するほうが、労働コストを支払いつづけるよりも安あがりだ。[★86] 会社経営者が運営計画を立てるときに、資本と労働のバランスについてある程度の柔軟性をもっていることが多い。賃金が比較的低い地域では、たくさんの労働力を利用するほうが合理的だ。逆に賃金が高い地域では、少ない労働力で済む新しい機械を開発するインセンティブが高まる。イギリスが産業革命の発祥地になった理由のひとつはここにある。つまり、当時のイギリスの賃金は世界のほとんどの国より高く、安価な石炭が豊富に存在したのだ。その結果、高価な人間の労働力から安価な蒸気動力に置きかえる技術が開発された。今日の先進国経済でも同様の動きがある。機械は一度の購入で資産になる一方、労働者の賃金はコストとして継続的に発生し、雇用主は労働者のさまざまなニーズを満たさなければならない。したがって、自動化を進めることが可能な場合、企業にはそうするインセンティブがある。ＡＩが人間のレベルに迫り、ほどなく人間を超えるレベルに達するにつれ、未強化の人間がおこなう必要があるタスクはますます減っていく。人間とＡＩとの完全な融合が実現するまで、これは労働者にとって大きな混乱をもたらすだろう。

　この説でひとつ問題になるのは、生産性に関する謎だ。もしもテクノロジーの変化が本当に雇用の純減の原因となりはじめているのであれば、伝統的な経済学では、一定レベルの経済生産高に対する労働時間は少なくなると予測される。そのときには、生産性はいちじるしく向上しているはずだ。しかし、従来から算出されている生産性の成長は、一九九〇年代のインターネット革命以来、実際には鈍化しているのだ。生産性はしばしば、時間あたりの実質生産額として測定される。これは、インフレ調整後のモノやサービスの総額を、生産に要した総労働時間で割った数字だ。一九五〇年第１四半期から一九九〇年第１四半期までのあいだ、アメリカの四半期ごとの実質生産額は平均〇・五五％増加した。[★87] パソコンとインターネットが一九九〇年代に普及するにつれ、生産性の向上は加速し、九〇年第１四半期から二〇〇三年第１四半期までのあいだ、四半期ごとに平均〇・六八％の増加があった。[★88] 九〇年代後半には、ワールド・ワイド・ウェブ（ＷＷＷ）によって急成長の新時代が到来したかのように見え、二〇〇三年時点でも、この先もこのペースが続くと広く期待されていた。[★89] だが、二〇〇四年に入ると、生産性の伸びは大きく鈍化した。二〇〇三年第１四半期から二〇二二年第１四半期までのあいだ、生産性は四半期あたり平均でわずか〇・三六％の増加にとどまった。[★90] これはこの一〇年における経済上の大きな謎のひとつだ。情報テクノロジーがビジネスで多くの点を変えている今、生産性はもっと伸びていいはずだ。そうなっていない理由には、さまざまな説がある。

自動化が本当に大きな影響を与えているのであれば、経済に数兆ドルの「行方不明の」部分があるように思える。それは、指数関数的に増加する情報製品の価値をＧＤＰに含めていないことで多くの部分が説明できる、と私は考えているが、この見方は経済学者のあいだで広く受けいれられつつある。情報製品の多くは無料であり、最近まで存在しなかった価値のカテゴリーに入る。一九六三年にＭＩＴはＩＢＭ７０９４コンピュータを三一〇万ドルで購入し、私は学部生のときそれを使った。その三一〇万ドル（二〇二三年のドル換算で三〇〇〇万ドルになる）は経済活動としてカウントされた。[★91] ところが、今日のスマートフォンは、計算と通信の能力でＩＢＭ７０９４よりも数十万倍も高性能であり、さらに一九六三年には存在せず、いくらお金を出しても入手できなかった無数の機能をもっている。それでも経済活動としては、わずか数百ドルしかカウントされない。なぜなら、あなたが支払ったのはその金額だからだ。

この「行方不明の生産性」に対する一般的な説明よりもさらに進んだ説が、エリック・ブリニョルフソンと、ベンチャーキャピタリストのマーク・アンドリーセンによって唱えられている。[★92] 要約すると、ＧＤＰは、ある国で製造されたすべての完成品やサービスの価格を通じて経済活動を算出する。だから、あなたが新車を二万ドルで購入した場合、その年のＧＤＰには二万ドルが追加される。たとえあなたがその車に二万五〇〇〇ドルや三万ドルを支払ってもいいという気持ちがあったとしてもだ。この方法は二〇世紀にはうまく機能した。なぜなら、人口全体のモノに対する支払い意欲の平均は、実際の価格にかなり近かったからだ。その主な理由は、物理的な材料と人間の労働によってモノやサービスがつくられる場合、新しい生産ユニットをつくるたびに多額の費用がかかることにあった。たとえば、車を製造するには高価な金属部品と多くの熟練工の労働時間を必要とする。これは「限界費用」〔生産量を増加させたときに追加でかかる費用〕の概念である。[★93] 伝統的な経済理論によれば、モノの価格は平均限界費用に近づく傾向がある。なぜなら、企業は赤字で売ることはできないが、競争圧力によりできるだけ安く売らなければならないからだ。さらに、有用で強力な製品は従来から生産コストが高くなる傾向があるため、ＧＤＰに反映される製品の品質と価格には歴史的に強い関係があった。

しかし多くの情報テクノロジーは価格がほとんど変わらないなか、有用性が大きく増している。たとえば、一九九九年に約九〇〇ドル（二〇二三年のドル換算）のコンピュータチップは、一ドルあたり毎秒八〇万回の計算ができたが、[★94] 二〇二三年はじめの九〇〇ドルのチップは、一ドルあたり毎秒約五八〇億回の計算ができるようになっているのだ。[★95]

つまり問題は、ＧＤＰはあたりまえのように、今日の九〇〇ドルのチップと二〇年以上前につくられた九〇〇ドルのチップとを同じにカウントするが、現在のものは同じ価格で七万二〇〇〇倍以上強力になっているということだ。したがって、この数十年における名目上の富や所得の増加は、新しいテクノロジーが可能にしたライフスタイルの大きな利点を正しく反映していないのだ。これにより、経済データの解釈がゆがんで、賃金の伸びがにぶいか停滞しているかのような誤った認識が生まれる。たとえ過去二〇年間の名目上の賃金が横ばいであっても、今では二〇年前と同じ金額で何万倍もの計算能力を買うことができる。[★96] 政府機関は一部の経済統計に性能の向上を考慮に入れるよう努めているが、[★97] 価格性能比の向上は依然としてひどく過小評価されている。

この動向は、ほとんど無料で生産できるデジタル製品においてさらに顕著だ。たとえば、アマゾンが販売する電子書籍は一度フォーマットしてしまえば、新しいコピーを販売するのに追加の紙やインク、労力は必要ないので、限界費用はほぼゼロだ。つまり限界費用のほぼ無限倍で販売できることになり、その結果として、限界費用、価格、消費者の支払い意欲のあいだの密接な関係は弱くなった。また、限界費用が低いために消費者に無料で提供できるサービスの場合、その関係は完全になくなる。たとえば、グーグルが検索アルゴリズムを設計し、サーバーファームに組みこんだあとは、ユーザーが検索をするコストはほとんどかからない。同様に、フェイスブックで一〇〇〇人の友だちとつながるときには、一〇〇人とつながるときと比べて、余分な費用がかかるわけではない。そのため、これらのサービスは一般に無料で提供され、限界費用は広告収益で補われる。

こうしたサービスが消費者に無料で提供されていても、彼らの選択行動を見れば、その消費者余剰〔消費者が支払ってもよいと考えていた金額から、実際に支払った金額を引いた差額〕は概算することができる。[★98] たとえば、近所の芝刈りで二〇ドル稼ぐことができるが、その時間をTikTokに費やすことにした場合、TikTok

は少なくとも二〇ドルの価値があると言える。二〇一五年のフォーブス誌の記事でティム・ウォーストールが見積もったところによると、フェイスブックのアメリカでの売り上げは八〇億ドルで、これがGDPに貢献する金額となる。[★99] しかし、人々がフェイスブックに費やす時間の価値を換算すると、最低賃金で試算したとしても、消費者にとって真の価値は二三〇〇億ドルになる。[★100] 二〇二〇年（本書の執筆時点で最新）のデータによると、SNSを利用するアメリカの成人がフェイスブックに費やす時間は一日あたり平均三五分となっている。[★101] アメリカの成人二億五八〇〇万人の七二％がSNSを利用していることを考慮すると、ウォーストールの計算法を使用した場合、その年のフェイスブックの経済的価値は約二八七〇億ドルになる。[★102] また、二〇一九年の国際的な調査によると、アメリカのインターネット利用者は一日あたり平均二時間三分をSNS全体に費やしている。ネット企業の年間広告収入は三六一億ドルで、その金額がGDPに貢献するが、ユーザーにもたらす利益は一兆ドルを超えるのだ。[★103]

　最低賃金でSNS利用の価値をはかることは完璧な測定方法ではない。たとえば、コーヒーを買うために並んでいるあいだにフェイスブックを見ることは、その数分間をリモートのフリーランスの仕事に使うよりも現実的だ。一般的な概算としては、人々がSNSの利用に莫大な価値を見いだしているのに対して、経済学者は売り上げとしてごく一部しか可視化していない。ウィキペディアはもっと極端な例で、GDPへの貢献はほとんどゼロだ。同じ分析が当てはまるウェブやアプリによるサービスは無数にある。

このことは、デジタル技術が経済に占める割合が大きくなるにつれて、消費者余剰はGDPが示すよりもはるかに速く増加していることを表している。したがって、消費者余剰から見た生産性は、従来の一時間あたりの生産高から見たものよりも急速に増えているのだ。消費者余剰は価格よりも「本物」の繁栄を表す指標であるため、私たちが本当に重視する生産性はこれまでずっと順調に伸びてきた、と言える。

さらに、こうした影響はテクノロジーの分野にとどまらない。テクノロジーの変化はGDPに表れない数えきれないほどの恩恵をもたらしている。環境汚染の減少や、生活環境の安全性の向上から、学習や娯楽の機会の拡大までさまざまだ。ただし、これらの変化が経済全体に均等に影響を与えているわけではない。たとえば、コンピュータの計算能力にかかる費用の劇的な低下にもかかわらず、医療費は全体のインフレよりも急速に上がっている。したがって、多くの医療処置が必要な人は、GPUサイクル（画像処理プロセス）がどれだけ安くなったとしても、あまり慰めにはならないかもしれない。[★104]

とはいえ、よいニュースもある。AIと技術的収束によって、二〇二〇年代から三〇年代には、より多くの種類のモノやサービスが情報テクノロジーに変わるだろう。そして、すでにデジタル分野に急激なデフレをもたらしている指数関数的なトレンドの恩恵を受けるようになるのだ。先進のAI家庭教師は、インターネットに接続できる人であれば誰でもアクセスでき、どの科目についても個人にあわせた学習を可能にする。AIを活用した医療や創薬は、本稿執筆時点ではまだ幼年期だが、最終的には医療費削減に大きな役割を果たすだろう。

同様のことが、従来は情報テクノロジーと見なされていなかった多くの他のものにも起こる。食品、住宅、建築、そのほか衣料などの物理的な製品だ。たとえば、AIによる材料科学の進歩により、太陽光発電の電気はとても安くなるし、ロボットによる資源採取や自動運転の電気自動車は原材料のコストを大幅に下げる。安価なエネルギーと材料、そして自動化がますます人間の労働にとって代わるようになるにつれて、価格は大幅に下がっていく。やがて、このような効果が経済の大部分をカバーするようになり、現在人々を阻害している欠乏の多くをなくすことができるだろう。その結果、二〇三〇年代には比較的安価で、今日では贅沢と考えられている水準の生活ができるようになる。

この分析が正しいとすれば、これらすべての分野でテクノロジーが生むデフレは、名目労働生産性と、実際に人間が働いて社会にもたらす平均利益とのギャップを広げるだけだ。こうした影響がデジタル分野だけでなく他の産業に広がり、経済全体を広くおおうにつれ、国内のインフレ率は低下し、最後には全体的なデフレにつながるだろう。言いかえれば、時が経つにつれ、生産性の謎に対する明確な答えが出ると期待できるのだ。

もうひとつ謎がある。なぜ経済データは、アメリカの労働力人口の割合が減っていることを示しているのか？　雇用の純減を支持する経済学者は、アメリカの労働参加率の減少をその証拠にあげる。これは、一六歳以上の人口に対する、就労者と求職中の失業者の数を合計したものの割合のことだ。一九五〇年の五九%から、二〇〇二年には六七%まで上昇したのち、二〇一五年には六三％に下がり、その後、表向きは好景気になったにもかかわらず、二〇二〇年の新型コロナウイルス感染症の流行までほぼ横ばいとなっている。★105

実際に労働力人口の割合は減っている。二〇〇八年六月には、アメリカの総人口三億四〇〇〇万人のうち民間労働力人口は一億五四〇〇万人超で、割合は五〇・七％だった。★106 しかし、二〇二二年一二月には、人口三億三三〇〇万人のうち民間労働力人口は一億六四〇〇万人で、四九・五％になっていた。★107 これは大きな減少には見えないが、それでもアメリカでは過去二〇年強で最低の割合だ。この政府統計は、農業従事者や軍人、連邦政府職員などいくつかのカテゴリーを含まないなど、経済実態を完璧に映しているわけではないが、それでもこうしたトレンドの方向と大まかな規模を示す役には立つ。

この減少の一部はおそらく自動化が理由だが、ほかに影響力の大きいふたつの要因がある。ひとつは、

アメリカの労働参加率★108

網掛け部分はアメリカの景気後退期

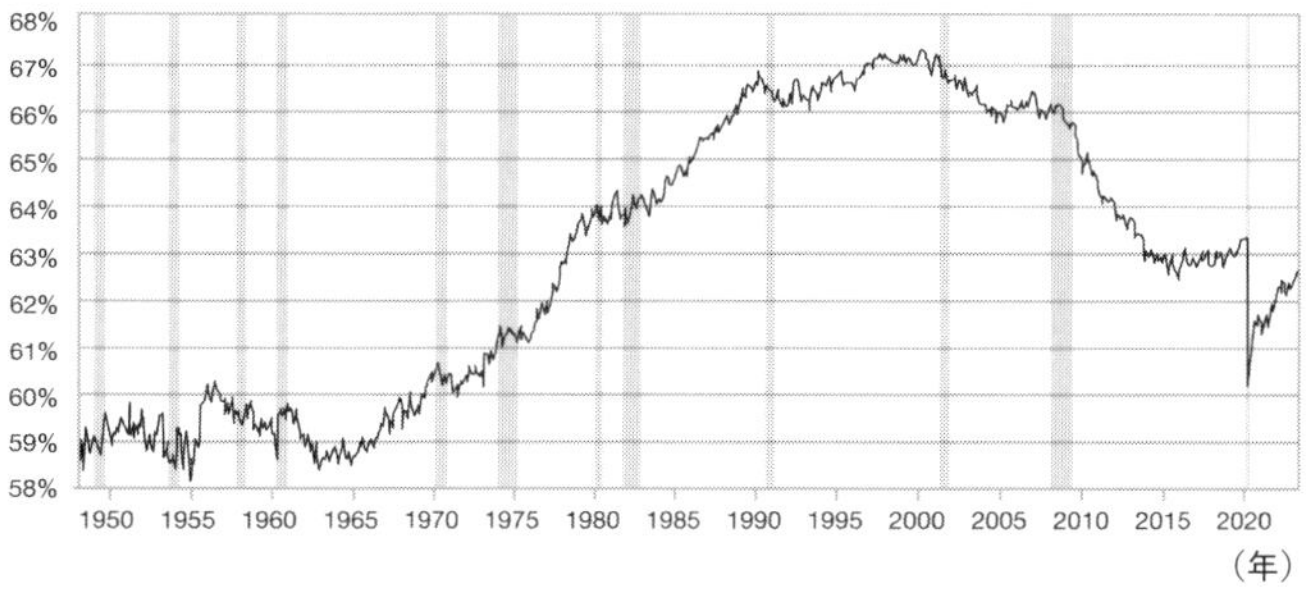

資料：US Bureau of Labor Statistics

アメリカ人の高学歴化にともない、一〇代の若者が働くことが減り、多くが二〇代まで大学や大学院に在籍するようになったことで[★109]、ふたつ目は、数の多いベビーブーマー世代が次々に退職年齢に入ったことだ。そのためにアメリカ人の生産年齢人口の割合が減少しているのだ。[★110]

代わりに、二五歳〜五四歳の働き盛りの成人における労働参加率を見ると、その減少はほとんど見られない。ピーク時の二〇〇〇年は八四・五%で、二〇二三年初頭時は八三・四%だ。[★111]これでも現在の人口に換算すると一七〇万人ほどの差があるが、前のグラフで見たほどの差はない。[★112]

さらに二〇〇一年以来、五五歳以上の人々の労働参加率が大幅に増えている。五五歳〜六四歳の労働参加率は、二〇〇一年の六〇・四%から二〇二一年の六八・二%に、同じ期間に七五歳以上では五・二%から八・六%に増えている。[★113]ここには相反する力が働いている。自動化により仕事を失った多くの高

アメリカにおける25歳〜54歳の労働参加率[★114]

網掛け部分はアメリカの景気後退期

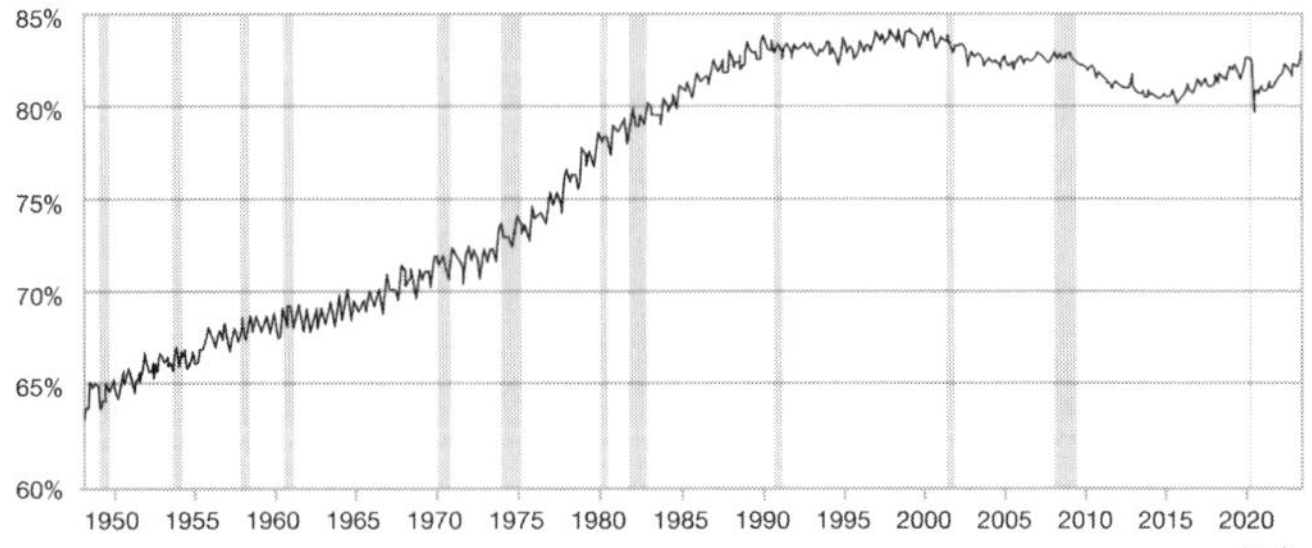

資料：US Bureau of Labor Statistics

齢労働者は、予定より早く引退し、生活水準を下げることを受けいれた。その一方で、人々は長生きになり（新型コロナウイルス感染症流行の前、アメリカの男女あわせた平均寿命は二〇〇〇年から約二年延びた）[★115]、高齢になっても充分に健康で働くことができる。多くの人にとって、仕事は目的や満足感を得る生きがいの源だ。しかしこのデータは、一部の高齢者が引退後の生活の保障を得る前に収入のよい仕事を失い、低収入の仕事につかざるをえないという事実を反映していない[★116]。

しかし、こうした分析はすべて、労働参加率という概念に欠陥が増えているという事実によって制約を受けている。ふたつの大きなトレンドが労働の本質を変えているが、これらは経済統計にはうまく反映されないのだ。

そのひとつは地下経済だ。これは昔から存在していたが、インターネットの登場により大いに促進された。その活動には、ほぼすべてのセックス産業をはじめ、もぐりの家事手伝い、怪しげな民間療法など、さまざまな種類のサービスがある。地下経済を促進させたもうひとつの要因は、暗号化技術の登場だ。課税や規制、及び法執行機関から取引を隠すことができる暗号通貨（仮想通貨）が代表的なものだ。

もっとも大きく有名な暗号通貨はビットコインだ[★117]。二〇一七年八月六日、主要取引所におけるビットコインの一日の取引量は一九三〇万ドル弱だった[★118]。そこから急拡大して、同年一二月七日には四九億五〇〇〇万ドルを突破したが、すぐに減少し、二〇二三年なかばの取引量は平均して一億八〇〇〇万ドルになっている[★119]。急速な成長を見せてはいるものの、主要既存通貨に比べればわずかなものだ。国際決済銀行によると、二〇二二年四月の世界の外国為替取引は一日平均七・五兆ドルであり、本書が出版される時点でさらに増加している可能性が高い。[★120]

また、ほとんどの既存通貨とは異なり、暗号通貨の価値はとても変動しやすい。[★121]たとえば、二〇一二年一月四日に一ビットコインは一三・四三ドルで取引されていたが、四月二日には一三〇ドルを超えた。[★122]それでも暗号通貨への関心は、主にテクノロジー志向のサブカルチャー内に限定されていた。その後、比較的静かで安定した五年間が過ぎた二〇一七年、ビットコインは急騰しはじめ、突然に、一般の人々もそれが確実な投資先だという話を耳にするようになり、さらなる値上がりを期待して買いあさりはじめた。これは自己成就的予言となり、価格は四月二九日に一三五四ドルに、一二月一七日には一万八八七七ドルまで上昇した。[★123]しかし、そこから下げに転ずると、保有者は資産価値が大きく下がる前に市場から抜けようとして、ビットコインをパニック状態で売却したのだった。二〇一八年一二月一二日には三三六〇ドルまで下落した。それから、二〇二一年四月一三日に六万四八九九ドルにまで上がり、その後ふたたび大きな暴落が起き、二〇二二年一一月二〇日には一万五四六〇ドルになった。[★124]

この不安定さは、ビットコインを通貨として、つまり定期的にモノやサービスと交換する媒体として使いたい人にとっては大きな問題だ。人は、所有するドルが半年以内に一〇倍の価値になると思えば、使わないでおくだろう。逆に、数カ月で価値が半分になる可能性がある場合、多くの資産をドルでもつことをためらうし、商人も受けとるのをいやがるはずだ。暗号通貨が一般に広く採用されるためには、価値を安定させる方法を見つける必要がある。

しかし、地下経済の繁栄に暗号通貨が必要不可欠というわけではない。ＳＮＳやクレイグリストのようなプラットフォームは、政府にはほとんど見えない、経済的なつながりを形成する豊富な機会を提供している。

この効果によって促進されるのは、もうひとつの大きなトレンドであり、従来の雇用形態によらない新しい稼ぎ方が増えているのだ。これには、ウェブサイトやアプリを使って物理的及びデジタルな資産やサービスを作成し、売買し、交換することや、ＳＮＳにアプリや動画、その他のデジタルコンテンツをアップする方法がある。たとえばユーチューブのコンテンツ制作で成功する人もいれば、インスタグラムやTikTokでインフルエンサーになって報酬を得ている人もいる。[★125]

二〇〇七年にiPhoneがリリースされる前は、アプリ経済は存在しなかった。二〇〇八年にiOSのアプリは一〇万に満たなかったが、二〇一七年には四五〇万に急増している。[★126] Androidでも同様で、二〇〇九年一二月にグーグルPlay Storeにあったモバイル・アプリは一万六〇〇〇だったが、[★127] 二〇二三年三月時点では二六〇万に増えている。[★128] 一三年間で一六〇倍以上の増加で、これは雇用の拡大に直結した。二〇〇七年から二〇一二年までのアプリ経済は、アメリカで五〇万人の雇用を生みだしたと推計される。[★129] 大手会計事務所のデロイトによると、二〇一八年にはこれが五〇〇万人を超えたという。[★130] 二〇二〇年の別の推計では、間接的に創出された雇用を含めると、アメリカの雇用は五九〇万人、経済活動は一・七兆ドルにのぼるとされている。[★131] これらの数字は、アプリ市場をどの程度広く、または狭く定義するかによって多少違ってくるが、重要な結論は、わずか一〇年ちょっとで、モバイルアプリがとるに足りない存在から、広範な経済における重要な要素へ急成長したということだ。

そして、テクノロジーの変化は、多くの仕事を時代遅れにする一方で、同じ力によって、従来の仕事の枠には入っていなかった新たな仕事の機会が数多く生まれている。ギグエコノミーと呼ばれるこの働き方は、限界はあるものの、人々に従来の選択肢よりも多くの柔軟性や自律性、余暇時間を与えている。自動化の流れが加速し、従来の職場が破壊されるなかで、こうした機会の質を最大限に高めることは、労働者を支援するひとつの戦略だ。

それで、私たちはどこに向かっているのか？

一見すると、労働状況は憂慮すべきものだ。オックスフォード大学のフレイとオズボーンが、二〇一三年に存在する仕事の半分近くが二〇三三年までには自動化されうると試算した際、彼らの研究は、AIやその他のテクノロジーの指数関数的な進歩を、私がこの本で述べたよりも控えめに想定していた。[★132] また、自動化による失業の脅威については、二〇〇〇年以上前から考えられてきたところだが、現在の状況は、迫り来る脅威の速度と広がりにおいて他に類を見ない。

これからの展開を予測するには、いくつかの基本的な問題を考える必要がある。まず、雇用はそれ自体が目的ではなく、目的のための手段だということだ。労働の目的のひとつは、生活の物質的ニーズを満たすことにある。前述したように、わずか二世紀前まで、食料を生産して流通させるだけで、ほぼすべての人間の労働力を必要としたが、今日のアメリカや多くの先進国では、食料生産に必要な労働力は全体の二％に満たない。ＡＩが数えきれない分野でかつてない物質的豊かさをもたらすにつれ、生存のための闘いは過去のものとなるだろう。

仕事のもうひとつの目的は、人生に目的と意味を与えることだ。もしも仕事がレンガを積むことであれば、その労働はふたつの意味をもつ。わかりやすいほうは、賃金があなたの愛する人々を養い、世話するのを可能にすることであり、それはアイデンティティの重要な一面だ。そして、あなたは同時に、公共の利益に貢献する耐久性のある建物をつくっている。あなたはまさに、自分よりも大きな何かに貢献しているのだ。芸術や学問の分野など、きわめて充実感のある仕事のなかには、創造的になれたり、新しい知見を生みだしたりする機会を与えてくれるものがある。

迫りつつある革命は、これまでとは比べものにならないほど公共の利益に貢献する能力を人間に与える。実際、情報テクノロジーの進歩は、文化を豊かにするアーティストの能力をすでに強化している（過小評価されがちな側面ではあるが）。たとえば、私が子どもの頃、視聴可能なテレビ局はＡＢＣ、ＮＢＣ、ＣＢＳの三局しかなかった。誰もがその限られた番組を見ていたため、テレビ局は可能なかぎり幅広い層に受けそうな番組をつくらなければならなかった。成功するには、番組は男性にも女性にも、子どもにも親にも、ブルーカラーにもホワイトカラーにもアピールする必要があった。だから、不条理コメディや超常現象ドラマ、ＳＦなど、強力だが訴求範囲の狭いアイデアが商業的に成功するのは大変だった。今では多くの人が忘れた事実だが、史上もっとも影響力のあるＳＦシリーズである「スタートレック」はわずか三シーズンで打ち切られたのだ。★133

しかし、ケーブルテレビの普及により、ニッチな番組でも視聴者を獲得できるまでにテレビの世界が広がった。めずらしいテーマに関して深く掘りさげるドキュメンタリー番組が、ディスカバリー・チャンネル、ヒストリー・チャンネル、ラーニング・チャンネルなどでさかんに放送された。とはいえ、視聴者は依然として放送時間に縛られていた。だがやがて、デジタルビデオレコーダーの開発、そしてオンデマンド・ストリーミングの登場によって、人々は好きなときに好きなものを見られるようになった。つまり、革新的な新しい番組が、たまたまその時間に見ていた人だけではなく、全人口から視聴者を集められるようになったのだ。その結果、私が若い頃のネットワークでは実現しなかったであろうアーティスティックなアイデア、たとえばＳＦホラードラマの「ストレンジャー・シングス」や、トラジコメディ(悲喜劇)の「フリーバッグ」などが熱烈な視聴者を見つけ、批評家に賞賛されている。この動向は、ＬＧＢＴＱコミュニティや障がいをもつ人、アメリカのイスラム教徒といった、比較的少数派の人々にとっては朗報だ。なぜなら、彼らの特殊な人生経験を肯定的に描いた番組が商業的に成功しやすくなるからだ。

さらにストリーミング配信においてはさまざまなクリエイティブな選択が可能だ。たとえば、テレビで放送される三〇分のコメディ番組は通常、視聴者が好きな順番で見ても楽しめるようにするため、一話完結型のプロットにしなければならない。しかし、オンデマンドなら、視聴者は常に正しい順序で視聴することができる。このため、アニメ「ボージャック・ホースマン」のような画期的な番組では、あるエピソードから別のエピソードへとキャラクターを成長させたり、数エピソードにわたって徐々にジョークを盛りあげたりすることができるようになった。[★134] こうしたアーティスティックな可能性は、まさに、以前の放送技術では存在しえなかったものだ。

これからの二〇年で、この変革は急激に加速するだろう。この数年間に、ＤＡＬＬ－Ｅ2やMidjourneyやStable Diffusionのような画像生成ＡＩシステムのおかげで、視覚映像においてＡＩが獲得した創造性を考えてみてほしい。こうした能力はさらに洗練され、音楽、映像、ゲームへと拡大し、創造的な表現を根本から民主化するだろう。人々は自分のアイデアを自然言語でＡＩに説明し、自分が心に描くビジョンを実現するまで、結果を微調整できるようになる。アクション映画の製作に何千人もの人と何億ドルもの資金を必要とした時代は去り、すぐれたアイデアと、ＡＩを動かすための比較的控えめな予算だけで、大作映画に匹敵するものを製作することがいずれは可能になるだろう。

近い将来にこうした恩恵を受けるとしても、私たちは今からそれまでに起こるであろう破壊的な影響についても、現実感をもって考えなければならない。自動化とその間接的な影響によって、必要とされるスキルがゼロから中程度の仕事の多くがすでに根絶されているが、この傾向は次の一〇年でさらに広がり、加速していくだろう。そして、新しく生まれる仕事のほとんどは、より高度なスキルが求められるものだ。私たちの社会は全体としてスキルアップをしてきて、これからもそれは続くだろう。だが、AIがさまざまな分野で、もっとも熟練した人間の能力さえも超えていくなかで、人間はどうすればとり残されずにいられるのだろうか?

過去二世紀にわたり、人間のスキルを向上させる第一の手段は教育だった。先に述べたように、私たちの学習への投資は、過去一世紀で急増している。しかし、人間の自己向上はすでに次の段階に入っている。それは人間がつくる情報テクノロジーと融合することで、人間の能力を向上させることだ。私たちはまだコンピュータを体や脳に埋めこんでいないが、それはまさにすぐそこまで来ている。今では、ほとんどの人が、ほぼすべての人間の知識にアクセスできたり、タップするだけで膨大な情報処理を利用できるスマートフォンのような、毎日いつでも使っている脳の拡張機能なしには、仕事をしたり教育を受けたりすることはできない。だから、私たちのデバイスはすでに私たちの一部となっていると言っても大げさではない。二〇年前はそうではなかった。

これらの能力は、二〇二〇年代を通じて、私たちの生活にさらに統合されていくだろう。

検索は、文字入力とリンクページというなじみ深いパラダイムから、シームレスで直感的な質問回答機能へと変わるだろう。あらゆる言語の組みあわせに対してもリアルタイムの翻訳がスムーズかつ正確におこなわれ、私たちを隔てている言語の壁はとり払われる。拡張現実（AR）がメガネやコンタクトレンズから私たちの網膜に常に投影される。やがてARは私たちの聴覚にも作用し、最終的には他の感覚も利用するようになるだろう。ほとんどの機能や情報は、人間がいちいち要求しなくてもいい。AIアシスタントが常にそばにいて私たちの活動を見聞きしていて、私たちのニーズを予測する。二〇三〇年代には、医療用ナノロボットが、脳の拡張機能を直接私たちの神経系に統合しはじめるだろう。

第2章では、このテクノロジーによって私たちの大脳新皮質がクラウド上に拡張され、容量と抽象化レベルが追加されることを述べた。当初、携帯電話は非常に高価で賢くもなかったが、今ではありふれたものになり（国連専門機関の国際電気通信連合は、二〇二〇年時点で世界で五八億件のスマートフォンの有効な契約があると推算している）[★135]、急速に機能が向上しているように、誰でも脳の拡張に利用できるものになり、最終的には手頃な価格になるだろう。

しかし、モノが潤沢にある世界が実現する過程で、こうした変化にともなって生じる社会的問題を解決しなければならない。アメリカの社会保障制度は、一九三〇年代の社会保障法の成立によって始まった。[★136] たとえば生活保護のように政治的思惑によってもちあげられたり、落とされたりする制度はあるものの、政党や政権の政治的傾向にかかわらず、セーフティネット全体で見ると保障は拡大してきた。

アメリカは「社会主義的」なヨーロッパ諸国よりも、社会的セーフティネットが充実していないと見られているが、二〇一九年時の社会福祉関係への支出は、GDPの約一八・七%で、先進国の中央値に近い（新型コロナウイルス感染症流行に関する救済策がデータを混乱させる前の数字だ）。[★137] カナダは少し低い一八・〇%、[★138] オーストラリアとスイスはどちらも一六・七%だった。[★139] イギリスはわずかに高く二〇・六%で、約二・八兆ドルのGDPのうち五八〇〇億ドルを費やし、六六〇〇万の人口で割ると一人あたり約八八〇〇ドル弱だった。[★140] アメリカはGDP比ではイギリスより低いものの、一人あたりのGDPが高いため、一人あたりの社会的セーフティネットは高い。二〇一九年には、アメリカのGDPは二一・四兆ドル超であり、そのうち約四兆

社会福祉プログラムへの支出の国際比較[★141]

アメリカは平均よりも低いが、違いは大きくない。

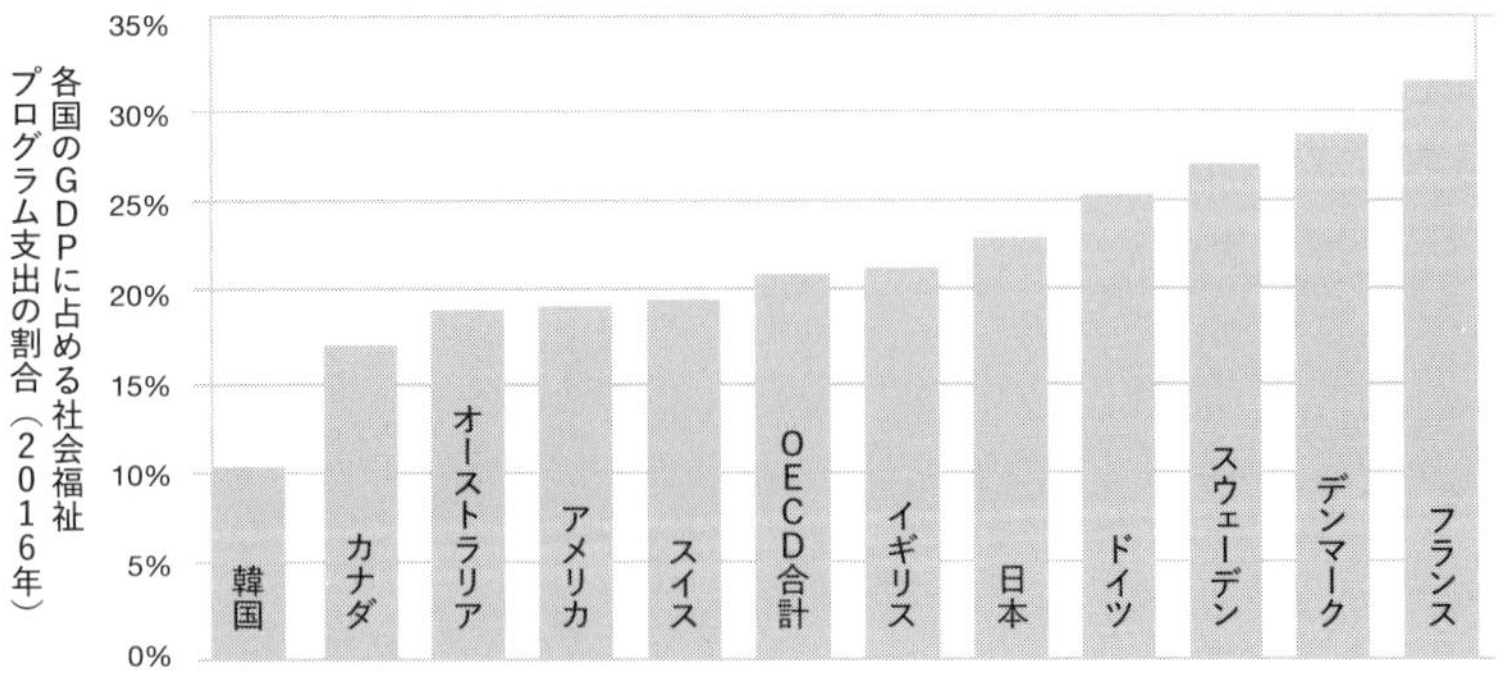

資料：Organisation for Economic Co-operation and Development; Bloomberg

ドルが社会福祉関係支出だった。[142] その年の平均人口は約三億三〇〇〇万人だから、一人あたり一万二〇〇〇ドル超になる。[143]

アメリカの社会的セーフティネットは、政府支出に対する割合（現在は連邦、州、地方の全支出の約五〇％）とGDPに対する割合の両方で着実に増加している。そして政府支出及びGDP自体も着実に増えている。[144] 本ページ以下の四つのグラフを見て、どの時期に「左寄り（民主党）」または「右寄り（共和党）」のどちらが政権を担っていたか判断できるだろうか（直近二年のデータには新型コロナウイルス感染症流行の救済措置が多く含まれているため、二〇二〇年から翌年の急騰は長期的成長トレンドを上まわっている）。

GDPが指数関数的に成長しつづけているため、社会的セーフティネット支出は総額でも、一人あたりの金額でも増えていく

アメリカにおける社会的セーフティネットの支出額[145]

連邦政府支出額に、州政府及び地方自治体の推計額を加えたもの

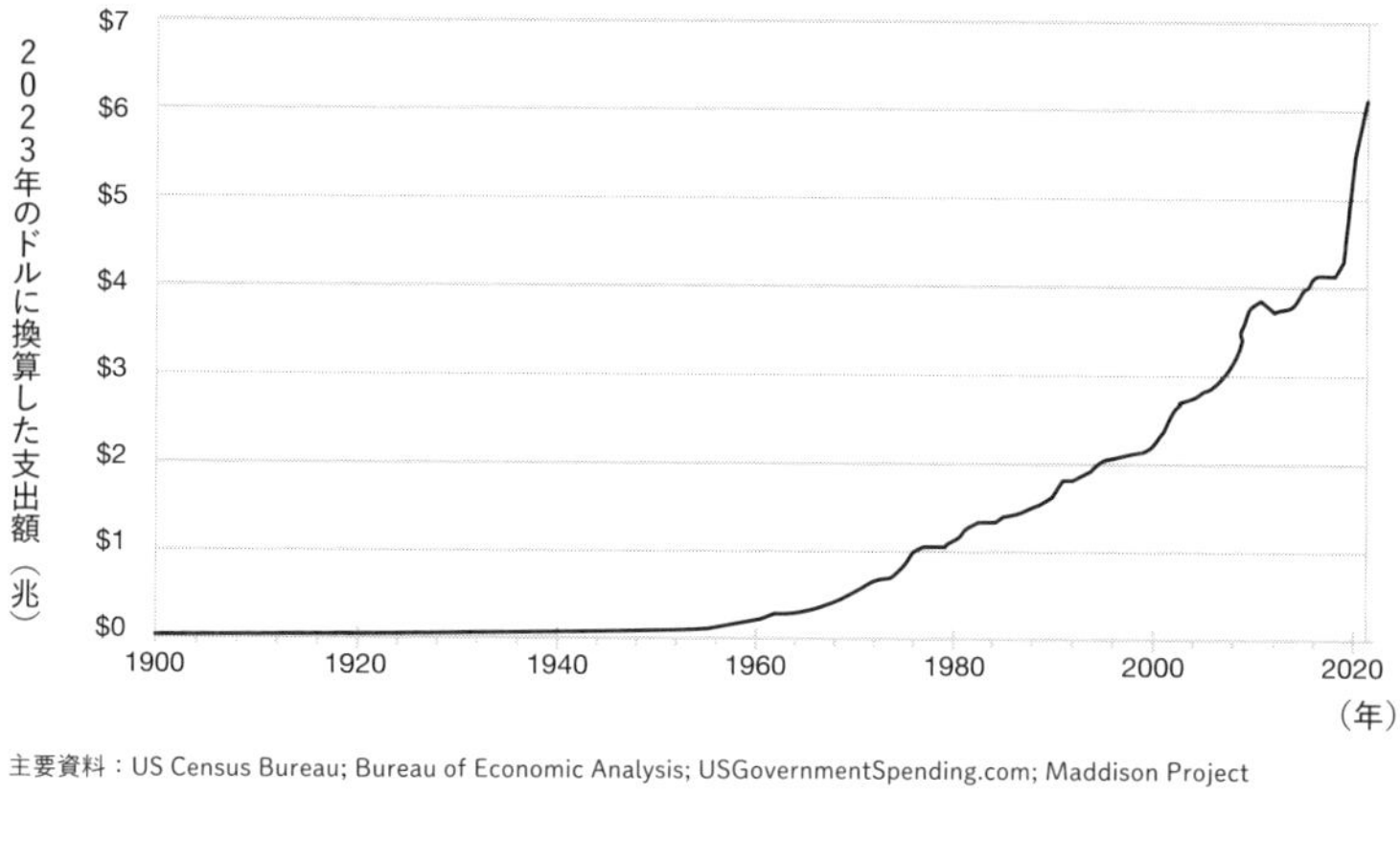

主要資料：US Census Bureau; Bureau of Economic Analysis; USGovernmentSpending.com; Maddison Project

アメリカの政府支出に占める社会的セーフティネット支出の割合★146

連邦政府支出額に、州政府及び地方自治体の推計額を加えたもの

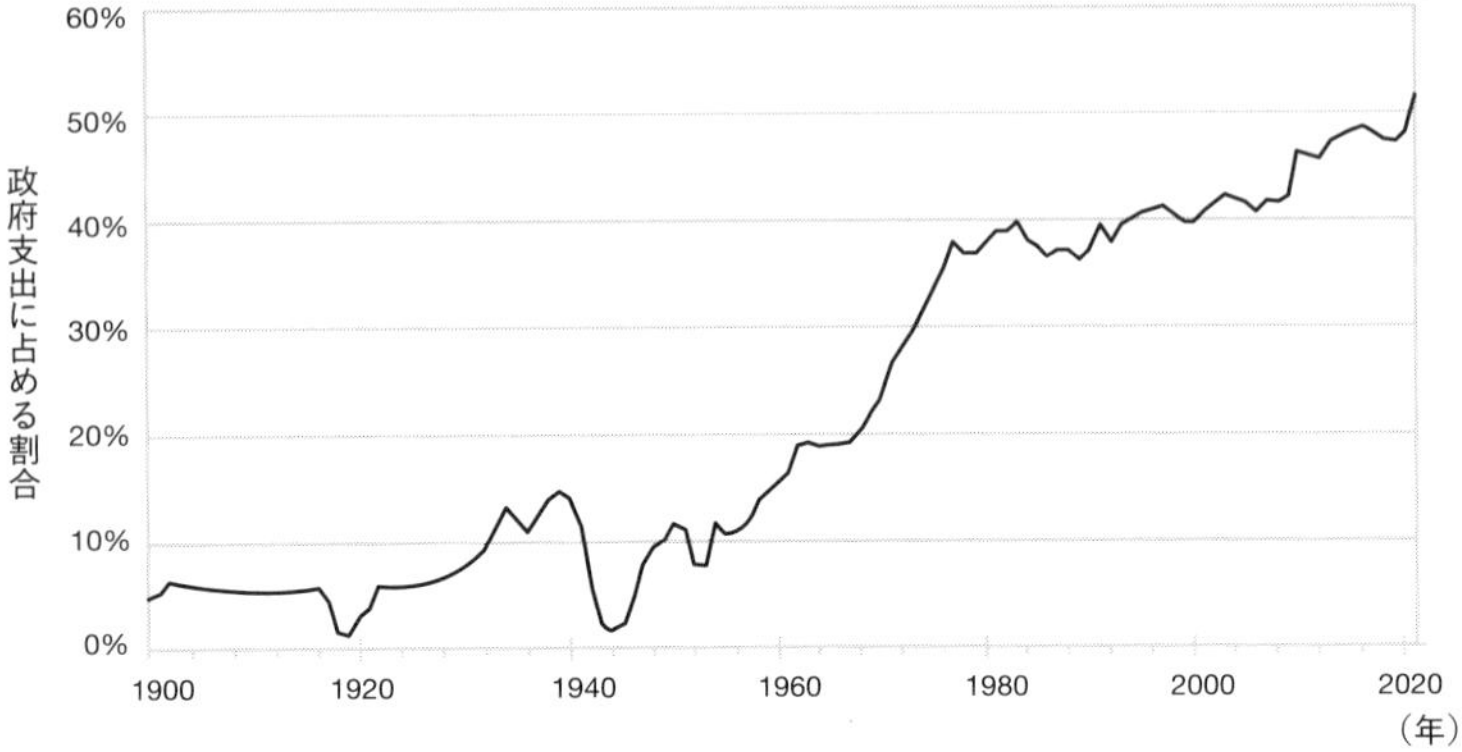

主要資料：US Census Bureau; Bureau of Economic Analysis; USGovernmentSpending.com; Maddison Project

アメリカのGDPに占める社会的セーフティネット支出の割合★147

連邦政府支出額に、州政府及び地方自治体の推計額を加えたもの

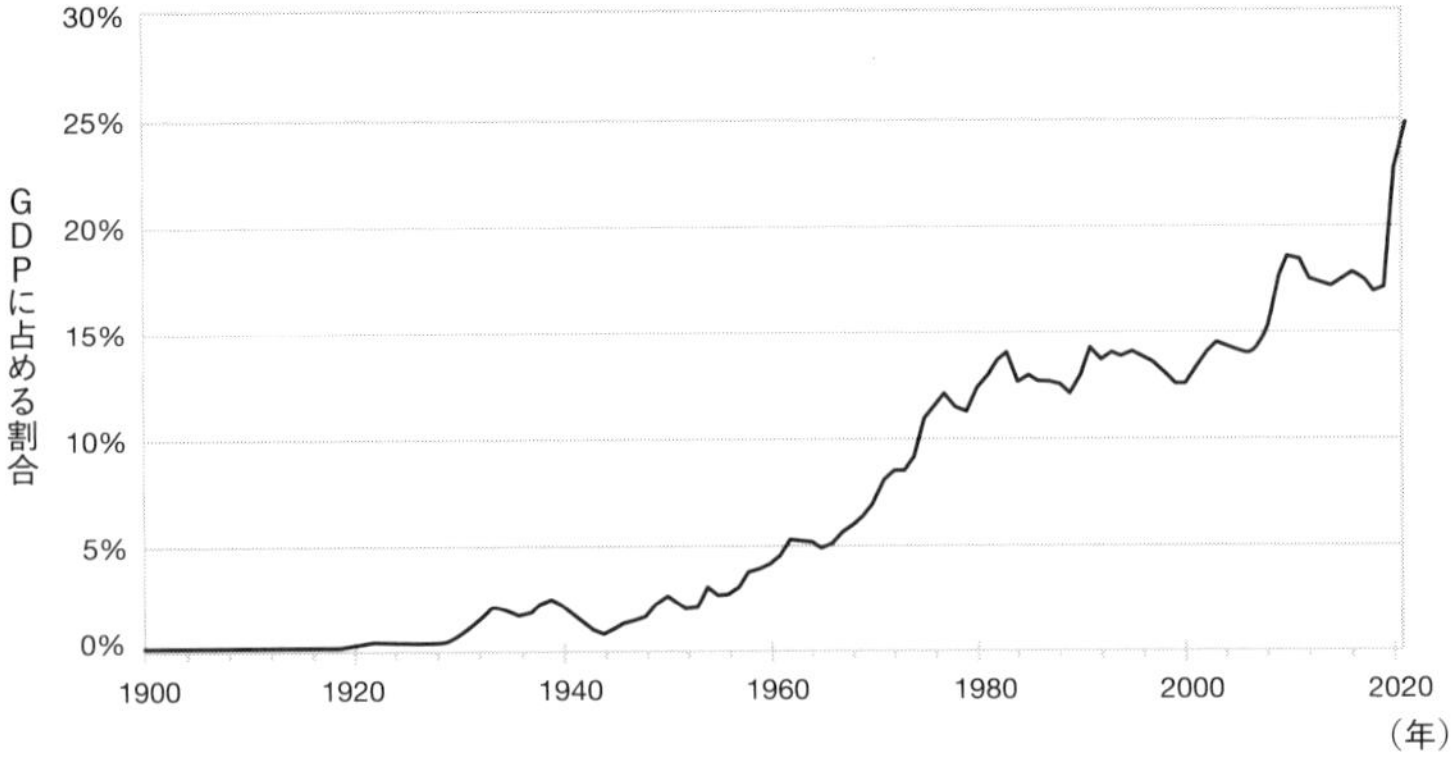

主要資料：US Census Bureau; Bureau of Economic Analysis; USGovernmentSpending.com; Maddison Project

アメリカの１人あたり社会的セーフティネット支出額★148

連邦政府支出額に、州政府及び地方自治体の推計額を加えたもの

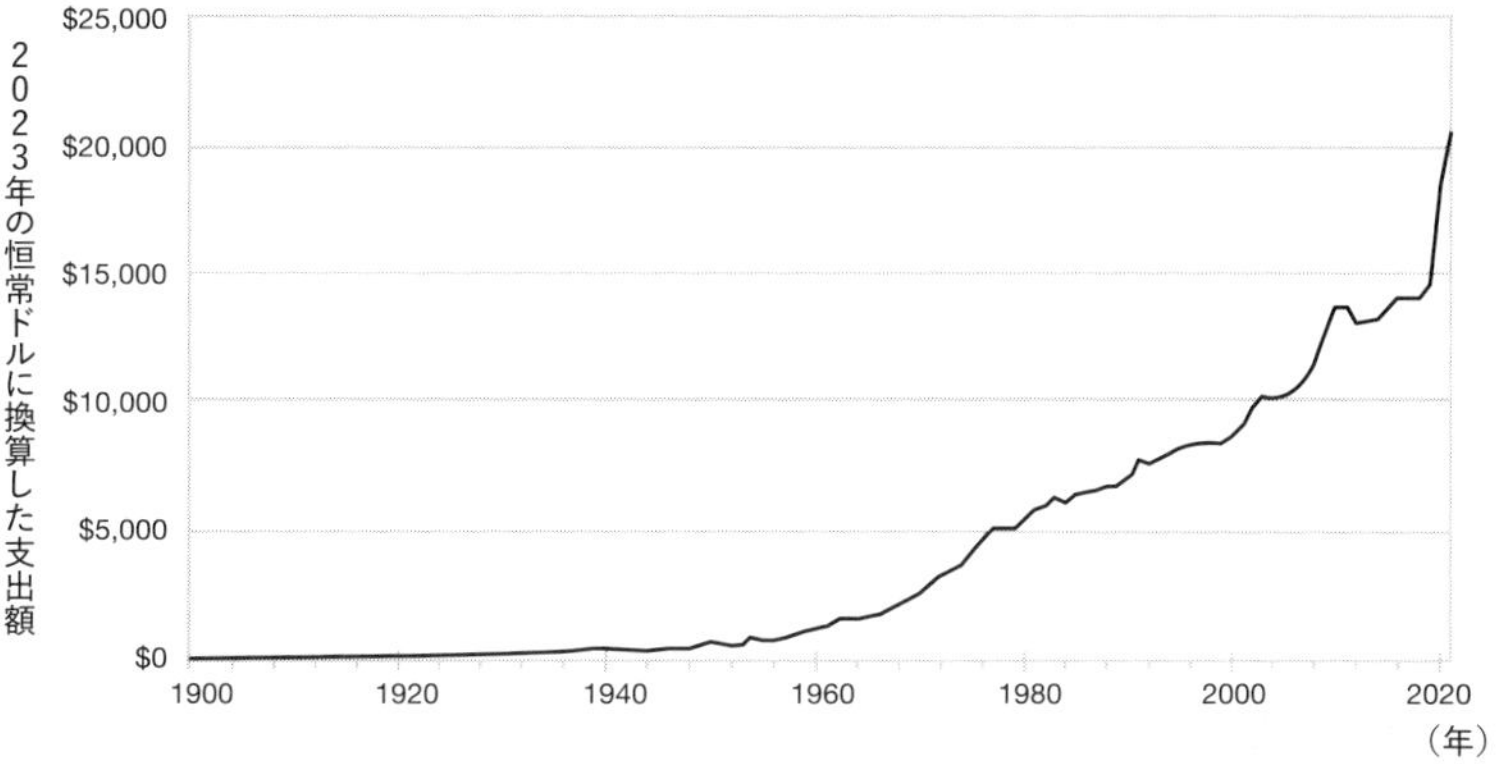

主要資料：US Census Bureau; Bureau of Economic Analysis; USGovernmentSpending.com; Maddison Project

だろう。アメリカの社会的セーフティネットで重要な制度は、基本的な医療サービスを提供するメディケイド、食料支援のSNAPフードスタンプ（実質的な食料品用デビットカード）、居住支援がある。これらの制度の水準は、今はかろうじて合格点といったところだが、二〇三〇年代にはAIが主導する進歩によって医療費、食費、住居費が大幅に安くなるため、社会的セーフティネットにあてるGDPの割合をこれ以上増やさなくても、同じレベルの財政支援でかなり快適な生活水準を提供できるようになる。今後もこの割合が増加しつづけるなら、より広範囲なサービスを提供することができるだろう。

二〇一八年にバンクーバーで開催されたTEDカンファレンスにおける、TEDキュレーターのクリス・アンダーソンとの対

談で[149]、私は次のような予測を述べた。先進国では二〇三〇年代初頭までに、他のほとんどの国では二〇三〇年代後半までに、ユニバーサル・ベーシック・インカムかそれに相当するものが実現し、その収入で今日の水準から見て充分と言える生活を送れるようになるだろう、と。これにはすべての成人に対する定期的な金銭給付、またはモノやサービスの無料提供が含まれ、その財源は自動化によってもたらされる利益に対する税金や、政府による新興テクノロジーへの投資から発生する収益などの組みあわせでまかなわれると思われる[150]。関連する制度として、家族の介護や健康なコミュニティの構築を支援するための財政支援プログラムがつくられるかもしれない[151]。こうした改革によって、雇用破壊の影響を大幅に緩和できるだろう。進歩の可能性を評価する際には、それまでに経済がどれほど大きく進化しているかを考慮しなければならない。

加速するテクノロジーの変化のおかげで、全体的な富ははるかに大きくなる。また、社会的セーフティネットはどちらの党が政権を取っても関係なく長期的に安定しているため、制度は維持されて、今日よりもかなり高い水準になる可能性が非常に高い[152]。ただし、テクノロジーのもたらす豊かさは、すべての人々に同時に等しく利益をもたらすわけではないことを忘れてはならない。たとえば、二〇二二年に一ドルで手に入れられる計算能力は、二〇〇〇年の五万倍以上になる[153]（インフレ調整後）。一方で、公式の統計によると、二〇二二年に一ドルで受けられる医療行為は、二〇〇〇年の八一%にすぎない[154]（インフレ調整後）。また、ガン免疫療法などの一部の治療は、その期間に質的に向上したが、入院やX線などほとんどの医療サービスについては、質があまり変わっていない。つまり、学生や若者など、自分のお金の多くをコンピュータに費やす人々は、コンピュータ関連価格の低下で多くの利益を得た。それに対して、高齢者や慢性疾患をもつ人々など、収入のかなりの部分を医療に費やす人は、全体として状況は悪化しているかもしれない。

したがって、変化を容易にし、繁栄を広く共有するためには、政府によるすぐれた施策が必要となる。今日の尺度から見て高い生活水準を誰もが享受することは、テクノロジー的にも経済的にも可能になるだろうが、必要とするすべての人に支援を提供するかどうかは、政治的判断になる。たとえば現在、世界ではときどき飢饉が起こるが、それは食料生産が足りないせいでも、よい農業の秘訣といったものが一部の支配層に握られているせいでもない。多くの場合、飢饉は悪政や内戦によって起こるのだ。こうした状況下では、その地域の干ばつなどの自然災害に対する人々の補償が困難になり、国際的な支援を効果的におこなうこともむずかしい。同様に、私たちが社会として慎重でなければ、有害な政治が生活水準の向上を妨げる可能性がある。

新型コロナウイルス感染症流行が示したように、問題は特に医療において緊急を要する。イノベーションは、手頃な価格で効果的な医療を実現する可能性を解きはなったが、それは魔法のような成果を保証するものではない。より高度な医療を目指して、安全で公正かつ秩序ある変化を管理するためには、市民の参加と思慮深いガバナンスが必要だ。たとえば、救命テクノロジーが広く不信を買うような未来が想像できる。今日、新型コロナウイルスのワクチンに関する誤った情報や陰謀論がネット上に蔓延しているように、これからの数十年において、意思決定支援AIや遺伝子療法、医療用ナノテクノロジーについても同様の噂が広まるかもしれない。サイバーセキュリティに関する懸念が妥当であるケースを考えると、秘密の遺伝子操作や政府が管理するナノロボットに対する大げさな恐怖が、二〇三〇年や二〇五〇年の人々に、重要な治療法を拒否させる可能性があることはあきらかだ。こうした問題に関する公衆の理解が、無益な死を増やさないための最善の防御になる。

このような政治的課題を正しく解決できれば、人類の生活は完全に変わるだろう。歴史的に、私たちは生活の物質的ニーズを満たすために競争しなければならなかった。しかし、豊かな時代に突入し、必要なモノがあたりまえに手に入るようになり、その一方で従来の仕事の多くがなくなるにつれて、私たちの主な闘いは目的と意味のためのものになる。現在の私たちは、「マズローの欲求段階」〔心理学者マズローが主張した人間の抱く五段階の欲求。下から生理的欲求、安全欲求、社会的欲求、承認欲求、自己実現欲求へと至る〕で上に移動中なのだ。★156 このことは、現在キャリアを決めようとしている若い世代にすでに表れている。私は今、八歳から二〇歳までの若者を指導していて、彼らと話す機会があるが、彼らの関心はたいてい、芸術を通じて創造的な表現を追求したり、数千年にわたり人類を苦しめている社会的、心理的、その他の大きな課題を克服する手助けをしたりするなどの、意義のある道を切り開くことにある。

そして、私たちの人生における仕事の役割を考えると、さらに広く人生の意味について再考せざるをえない。第6章で述べるが、人はしばしば、死や存在の短さこそが人生に意味を与えるのだと言う。しかし私見では、このような見方は、死という悲劇をなんとかよいものにしようと無理に理屈づけたものだ。現実には、愛する者の死は、自分の一部を奪われることに等しい。その人とかかわり、一緒にいることを楽しむように配線されていた大脳皮質モジュールは、今では喪失感、空虚感、痛みを生みだしている。死は、私が人生に意味を与えていると考えるものすべて——スキル、経験、思い出、そして人間関係——を奪ってしまう。人をその人たらしめる圧倒的な瞬間の多くを楽しめなくなる。すなわち、創造的な作品を生みだし、それを楽しむこと、愛に満ちた感情を表現すること、ユーモアを共有することを。

こうした能力のすべては、私たちの大脳新皮質をクラウド上に拡張することで、大きく強化される。ヒト科動物は二〇〇万年前に大きな前頭葉をもっていたために、大脳新皮質を拡張したが、ほかの霊長類はそのチャンスをのがした。その霊長類に音楽や文学、ユーチューブ動画、またはジョークを説明しようとするところを想像してもらいたい。このたとえを聞けば、二〇三〇年代のどこかで、大脳新皮質がデジタル的に拡張されたとき、現在では想像も理解もできないような、深い意味をもつ表現が可能になることを、少し想像できるだろう。

だが、まだ重要な問題が残っている。今からそれまでに何が起きるのか？　ダニエル・カーネマンと個人的に話をしたときに、彼は、情報テクノロジーが価格性能比や能力の面で指数関数的に向上しつづけており、最終的には衣類や食品などの物理的な製品にも及ぶだろうという私の見解に同意を示した。彼はまた、私たちは物理的なニーズが満たされる豊かな時代に向かっており、その後は、マズローの段階のより高いレベルを満たすことが主な闘いになるという予測にも同意した。しかし彼は、そうなるまでに長期にわたって対立や、さらには暴力さえもあるだろうと予想した。自動化が影響を与えつづけるなかで、勝者と敗者が必然的に分かれると指摘した。職を失った運転手で、自分は変化についていけないと思う者は、人類全体が上の段階に上ると言われても、満足することはないだろう、とカーネマンは言った。

テクノロジーの変化に適応する際の難題のひとつは、それが多くの人々に広く利益をもたらす一方で、小さな集団に集中的に損害を与える傾向があることだ。たとえば、自動運転車は社会に莫大な利益をもたらす。交通事故死亡者の減少から大気汚染の低減、交通渋滞の緩和、自由時間の増加、そして交通費の削減まで。アメリカの人口は二〇五〇年に四億人近くになると予測されているが、その全部が程度の差こそあれ、この進歩を共有することになる。★157 どの仮説を採用するかで変わってくるが、潜在的な利益の総額は、年間六四二〇億ドル〜七兆ドルのあいだと見積もられている。★158 言うまでもなく、膨大な数字だ。だが、その恩恵は一人の人間の生活のすべてを一変させるほどではないだろう。そして、統計的には年間数万人の命が救われるとわかっていても、具体的にどの人が死を免れたかを特定する方法はない。★159

それに対して、自動運転車による損害は、主に運転手として働く数百万の人々に限定され、彼らは生計手段を失うことになる。失業者は具体的に明確で、彼らの生活への影響は深刻なものになりそうだ。誰かがこうした立場に置かれているとき、その苦しみよりも社会全体の利益が上まわることを理解していたとしても、それだけでは足りない。彼らの経済的な苦痛を軽減し、意義と尊厳と経済的な安定を与える別の職業への移行を円滑にするための政策が必要となる。

カーネマンの懸念を裏づける現象のひとつは、前に述べたように、実際よりもはるかに誇張された恐怖が人々に広がることだ。すでに社会が悪くなっていると感じているときに職を失うと、疎外感が形成されやすくなる。カーネマンと私は、今日の政治に見られる分断化の多くは、移民のような従来からある政治問題ではなく、自動化――すでに進んでいるものと、予測されているものの両方――が生んだものだと考えている。[★160] わが身の経済的安定に不安をおぼえているとき、その問題を悪化させるかもしれないものには、敵意を抱くのが普通だ。

だが歴史を見ると、社会は私たちが思う以上に、劇的な変化に適応してきた。過去二〇〇年にわたって経済上のほとんどの仕事が何度もいれ替わってきたが、暴力革命はおろか、長期的な社会的混乱も起こらずに済んできた。二世紀前にラッダイト運動が鎮圧されたように、マスコミや法執行機関が暴力を防いだり、すばやく鎮圧したりするのに効果を発揮してきた。たしかに、精神疾患を含むさまざまな理由で、人が暴力的になることはある。

アメリカの銃文化を考えると、それが致命的になるケースはあまりにも多い。

とはいえ、ときどき派手にニュースの見出しを飾るような悲劇は起きるものの、何世紀にもわたって、暴力全体が劇的に減少してきたという事実は変わらない。[★161] 前章で述べたように、国によって暴力行為の発生件数は一年単位、一〇年単位で変わることはあっても、先進国全体の長期的な傾向では、劇的かつ持続的に減少しているのだ。友人のスティーブン・ピンカーが二〇一一年の著書『暴力の人類史』で論じているように、この減少は文明の基礎にある傾向の結果、つまり、法の支配にもとづく国家、識字率の向上、経済的発展といった要素の結果なのだ。[★162] これらの要素すべてが、情報テクノロジーの指数関数的な進歩によって強化されていることは注目に値する。このように、私たちが未来について楽観的な見方をするのにはちゃんとした理由があるのだ。

　自動化は新しい革新的な機会を生むが、同時に失業という負の影響をもち、その点は今後も変わらないことを、私たちは覚えておくべきだ。くわえて、社会的セーフティネットは拡充しつづけており、私が指摘したように、それは政治的状況にあまり左右されない。世論はときに揺れるように見えるが、セーフティネットにはそれを超えた強い支持がある。こうした制度は、同胞に対する私たちの自然な思いやりの表れであると同時に、テクノロジーの変化がもたらす社会的混乱を緩和しようとする政治的対応でもある。

　しかし、社会的セーフティネットは仕事がもたらす充足感の代わりにはならないので、カーネマンが主張したように、労働市場では多くの敗者が生まれるだろう。アメリカはこれまで深刻な社会的混乱を招くことなく、自動化の波を何度ものり越えてきたが、今回の変化はその幅、深さ、速さがこれまでとは違う。人々が変化に適応し、新たな機会を活かすには時間が必要であり、多くの人々は、新しい種類の雇用形態や代わりとなる個人のビジネスモデルのために迅速に再学習をすることはできない、とカーネマンは考えている。

カーネマンの主張には正しい面はあるものの、テクノロジーの変化には、敗者が存在しないか、少なくとも敗者であることをアピールすることのない分野がたくさんあることを念頭に置くべきだ。たとえば、ある病気の新しい治療法が開発されたとしよう。今までその病気の治療で利益を得ていた企業や個人は、長期的な収入の流れを失う。しかし、新しい治療法のもたらす社会への恩恵が非常に大きいため、社会全体から歓迎される。その病気の治療に従事していた人々でさえもほとんどが歓迎するだろう。なぜなら彼らは、患者の苦しみを直接に知っていて、それが軽減されるのならば、仕事を失うことを気にしないのだ。いずれにせよ、雇用や利益を守るために新しい治療法を止めるよりも、これらの人々の経済的な打撃を和らげる方法を見つけるほうがよい、と社会は認識しているのだ。

二〇〇〇年にわたる自動化の歴史を通じて、多くの人々が、変化のない世界から仕事だけが消えることを想像してきた。この現象は、未来を予測するときにすべての側面に見られる。つまり人は、ひとつの変化だけを想定し、ほかは何も変わらないと考える。しかし現実には、それぞれの仕事がなくなることには多くの前向きな変化がついてきて、その変化は、破壊的な変化と同じくらい速く訪れるだろう。

人々は変化に、特によい方向に変化する場合は、実にすばやく適応する。一九八〇年代後半、インターネットが主に大学や政府機関に限定されていた時代、私は、遅くとも一九九〇年代後半には、コミュニケーションと情報共有のための広大な世界的ネットワークが、すべての人に、小学生でも利用できるようになると予測した。[★163] また、このネットワークを利用するためのモバイル機器も、二一世紀初頭には出現するだろうと考えた。[★164] 当初、その予測は、(当たらないことは言うまでもなく) 人を不安にさせる破壊的なものだと思われたが、実際には実現し、それらのテクノロジーはすみやかに導入され、受けいれられた。ほんの一例として、わずか一五年前にはアプリ経済というものはほとんど存在しなかったのに、今ではすっかり定着し、人々はそれが存在しなかった頃をほとんど思い出せないほどだ。

その影響は経済的なものだけではない。二〇一七年のスタンフォード大学の調査によると、アメリカの異性同士のカップルの三九%がオンラインで出会ったと推定され、その多くが、Tinder《ティンダー》やHinge《ヒンジ》などのマッチングアプリを通じて知りあったことがわかった。[★165] つまり、今の小学生の多くが、彼らよりもほんの数年前に生まれたテクノロジーのおかげで存在しているのだ。こうした変化を一歩引いて眺めると、アプリが社会に影響を与える速さには本当に驚かされる。

人々はまた、強化していない普通の人間が機械と競争して苦しむ姿をよく思い描くが、それは誤りだ。人間がＡＩ搭載の機械と競争する世界を想像するのは、未来についてのまちがった考えだ。これを説明するのに、二〇二四年のスマートフォンを持ったタイムトラベラーが、一九二四年に戻ったところを想像してみてほしい。[★166] この人間の知能は、大統領がカルヴィン・クーリッジである時代の人々にとって、まさに超人的だろう。高度な数学を難なく解き、あらゆる主要言語をまずまずうまく翻訳し、どの名人よりも上手にチェスを指し、ウィキペディア並みの情報を自由に操ることができるのだから。一九二四年の人々には、タイムトラベラーの能力が、彼が持つ電話機によって飛躍的に高められていることははっきりとわかるだろう。しかし、二〇二〇年代の私たちは、この視点を見失いがちだ。自分たちがすでに拡張されているとは「感じていない」のだ。同じようにして、二〇三〇年と二〇四〇年の進歩を利用し、私たちは自分の能力をシームレスに強化する。そして、私たちの脳が直接コンピュータとインターフェースを確立すると、さらに自然に感じられるようになるだろう。豊かな未来において認識能力の課題にとり組むとなれば、あらゆる面で、私たちは現在スマートフォンと競争していないのと同様、AIとも競争することはない。[★167] 実際のところ、この共生関係は目新しいものではない。石器の発明以来、テクノロジーの目的は、人間の身体的及び知的な能力を拡張することにあるのだから。

とはいえ、この変化の時期には、暴力を含んだ社会的混乱が生じる可能性があり、私たちはそれを予測し、緩和するよう動くべきである。しかし、すでに述べてきたような、安定を促進する強力な長期的トレンドを考えれば、実際には暴力を生むような変化は起こらないだろう。

進行中の社会的転換を私が楽観視するもっとも重要な理由は、物質的な豊かさが増せば、暴力に走る動機が弱くなることにある。人々が生活必需品を手にしていない場合、あるいは犯罪がすでに多発している場合、市民は暴力によって失うものは何もないと感じてしまうかもしれない。しかし、このような社会的混乱を引き起こすテクノロジーは、同時に、食料や住居、交通手段、医療を格段に安価にするだろう。そして、よりよい教育、賢い警察活動、脳にダメージを与える鉛などの環境有害物質の削減などの組みあわせによって、犯罪は減りつづけるだろう。この先、長く安全な生活が送られると思うならば、人々は暴力に訴えてすべてを失うリスクを冒すよりも、政治を通じて意見の相違を解決しようとする動機が強くなるはずだ。

カーネマンと私は、転換期の様相に対するお互いの見解の違いは、二人の対照的な幼少期によるものだろうと推測した。彼は幼いときにパリに住んでいたが、ナチスの迫害から逃れてパレスチナで成長した。一方の私はホロコーストの影響はまだ残っていたが、第二次世界大戦後の比較的安全なニューヨークに生まれた。つまりカーネマンはほぼまちがいなく、第一次大戦後のヨーロッパ、特にドイツの困窮から生じた、異常な紛争と追放、憎悪を身をもって体験したのだ。

それでも、持続的で建設的な変化を実現するには、賢明な政治戦略と政治的決断が必要だ。将来においても、政策と社会組織は大切な要素であり、政治家や市民リーダーの役割は引きつづき重要である。だが、テクノロジーの進歩がもたらす可能性ははかりしれないものがあり、それは、人類が昔から抱えてきた苦しみを克服することを意味しているのだ。

6

第6章
今後三〇年の健康と幸福

二〇二〇年代：AIとバイオテクノロジーが結びつく

自動車を修理のために整備店にもっていくと、整備士は車の各パーツと、それらがどのように協働するかを熟知している。自動車工学は事実上、精密科学なのだ。したがってよく整備された車は半永久的に長持ちし、どんなにおんぼろの車でも技術的には修理可能だ。人間の体に同じことは言えない。この二〇〇年間、科学的医学は驚異的な進歩を見せているにもかかわらず、医学はいまだに精密科学ではない。医師は有効であることは知っていても、なぜそうなるのかを完全に理解していないまま、多くのことをしている。医学の多くは大まかな見積もりの上に立っていて、その治療はほとんどの患者には適切だが、あなたにはそうでないかもしれないのだ。

医療を精密科学にするには、医療を情報テクノロジーに変えることで、指数関数的に進歩する情報テクノロジーの恩恵を受ける必要がある。この大きなパラダイムシフトはかなり進行していて、そこにはバイオテクノロジーとAI、コンピュータ・シミュレーションとを結びつけることが含まれる。すでに創薬や疾病監視、ロボット外科手術などの分野に恩恵は出ていて、くわしくはこの章のあとで触れよう。たとえば二〇二三年に最初から最後までAIが設計をおこなった、めずらしい肺の病気の治療薬がはじめてフェーズIIの臨床試験に入った。[★1] しかし、AIとバイオテクノロジーが結びつくことから受けるもっとも根本的な恩恵はさらに重要なことなのだ。

医学がもっぱら、研究室における骨の折れる実験と、人間の医師が専門知識を次の世代に伝えていくことに頼っているときに、イノベーションは動きの遅い、直線的な進歩だった。だがAIは、人間の医師が学ぶよりも多くのデータから学習し、何千人の医師がキャリアで経験することをはるかに超える、数十億回の手術の経験を集めることができる。そして、ハードウェアの指数関数的成長から恩恵を受けるAIが、医学や健康管理でこれまで以上の役割を果たすようになれば、AIがもたらす利益も指数関数的になるのだ。AIを利用したツールを使って、私たちはすでに生化学的な問題に答えを見つけはじめている。デジタル上で可能性のある選択肢をすべて検索して、解決策を見つけだすことを数年ではなく数時間で実行できるのだ。[★2]

目下の最重要問題は、新興ウイルスの脅威について医療対策を設計することだろう。その課題をたとえれば、プールを満たした鍵の山からウイルスの化学的錠を開ける鍵を探すことだ。人間の研究者はみずからの知識と認知スキルを使って、その病気を治療できる可能性をもつ数十の分子を特定できるかもしれないが、実際に可能性のある分子の数は何兆にも及ぶのが普通だ。だがそれらのほとんどが不適当なことはあきらかで、全面的なシミュレーションをする理由はない。それでも数十億の可能性はよりしっかりとしたコンピュータによる精査が必要だろう。そして、薬の候補となる分子をどのように三次元で配置するかは、一〇〇万×一〇億×一〇億×一〇億×一〇億もの組みあわせになるだろう。何通りの可能性があっても、AIは科学者のために、対象となるウイルスにもっとも適当な鍵の候補を鍵山の中からよりわけてくれる。

この種の徹底的な検査の長所は何かを考えてみる。現在のパラダイムでは、ひとたび病気と闘うのに有望な物質を見つけたならば、数十人か数百人の被験者を集めて、数カ月から数年の臨床試験をおこない、その費用は数千万ドルや数億ドルにのぼる。最初に選択した候補物質が理想的でないことはよくあり、代わりの候補の調査が必要となると、やはり試験までに数年かかる。試験の結果が出るまで、大きな進歩はない。アメリカの規制プロセスでは、候補薬は臨床試験の三つのフェーズを通過し、FDAの承認を得なければならないが、近年のMITの研究では、候補薬のうちFDAの承認を得られるのは一三・八％しかないという。結論としては、新薬を市場に出すまでに通常一〇年かかり、その平均開発費用は一三億ドル～二六億ドルになる。

この数年のあいだにAIの助けを借りたブレイクスルーのペースが急に増えている。二〇一九年にオーストラリアにあるフリンダース大学の研究者は、人間の免疫系を活性化する物質を見つけるために生物学シミュレーターを利用して、「ターボチャージャーつき」のインフルエンザワクチンを開発した。[7] デジタル上で数兆の化学物質をつくって最適な配合組成を探し、次に候補それぞれについて、別のシミュレーターを使ってインフルエンザウイルスに対して免疫機能を高める薬として有効かどうかを判定したのだ。[8]

二〇二〇年にMITの研究チームが、既存の薬物耐性菌でもっとも危険なもののいくつかを殺せる強力な抗生物質を開発するのにAIを利用した。数種類の抗生物質を評価するのではなく、AIは一億七〇〇万種類の抗生物質をわずか数時間で分析し、二三の候補を提示し、なかでも有望な候補ふたつを強調した。[9] ピッツバーグ大学で薬物設計を研究しているジェイコブ・デュランは次のように言う。「注目に値する仕事です。コンピュータを利用した創薬の力をまざまざと見せつけたアプローチでした。一億を超える化合物について、抗生物質としての効果をテストするのは物理的には不可能です」。[10] これ以来、MITの研究者は、抗生物質を新たに設計するときにはこの方法を使っている。

これまでのところ、AIを医薬品に活用したもっとも重要なケースは、二〇二〇年に安全で有効な新型コロナウイルス感染症ワクチンを設計するときに、AIが重要な役割を果たして記録的な速さで開発できたことだ。二〇二〇年一月一一日に中国の研究機関がウイルスの遺伝子配列を発表すると、[11] モデルナ社の科学者は強力な機械学習ツールを使って、

326

どんなワクチンが最良かを調べはじめた。わずか二日後にｍＲＮＡワクチンの配列をつくり出し[★12]、二月七日に最初の臨床のためのバッチ生産がおこなわれた。予備テスト後の二月二四日にワクチンはＮＩＨ（アメリカ国立衛生研究所）に送られ、配列選択から六三日後の三月一六日に被験者の腕に最初のワクチンが打たれた。このパンデミックの前は通常、ワクチンの開発は五年〜一〇年かかるものだった。これだけの速さでブレイクスルーを達成したことによって、数百万人の命が救われたはずだ。

　だが、新型コロナウイルスとの闘いはそれで終わりではなかった。二〇二一年に、変異株がいくつか出てきたので、南カリフォルニア大学の研究者は、ウイルスが変異しつづけるならば必要になるかもしれないワクチン開発をスピードアップするための革新的なＡＩツールを開発した。[★13]そのシミュレーションは、候補となるワクチンを一分もかからずに設計し、一時間のうちには、その有効性をデジタル上で確認した。あなたが本書を読んでいるときには、さらに進んだ方法が実行されていることだろう。

　私がここまで話してきたＡＩの活用事例はすべて、生物学におけるとても基本的な挑戦の例だ。つまり、タンパク質の折りたたみを予測することである。ＤＮＡの遺伝情報がアミノ酸配列をつくり、それが折りたたまれてタンパク質になるのだが、その三次元の形状がタンパク質の機能に大きくかかわっている。私たちの体はほとんどがタンパク質でつくられているので、その組成と機能との関係を理解することは、新薬開発と病気の治療にとって重要な鍵となるのだ。タンパク質の折りたたみは複雑で、簡単に概念化できる法則を受けつけないために、折りたたみに関する人間の予測はとても精度が低い。それゆえ、発見はいまだに幸運と骨の折れる努力に頼らざるをえず、最適な解決法はまだ見つかっていない。これは長年、創薬で新たなブレイクスルーをなし遂げるための大きな障害のひとつとなっている。[★14]

ここはＡＩのパターン認識能力が強みを発揮する場所だ。二〇一八年にディープマインド社がAlphaFoldというプログラムをつくった。それはタンパク質の折りたたみを予測するもので、その分野で世界をリードしている科学者や先行するソフトウェアによるアプローチと競いあった。通常はタンパク質の形状のカタログをモデルとして利用するのだが、[★15]ディープマインドはその方法をとらなかった。AlphaGoZeroと同じで、人間により確立された知識に頼ることはしなかったのだ。AlphaFoldは四三種のタンパク質のうち二五種の折りたたみを正確に予測して、九八組の競合プログラムのなかで突出した一位となった。二位のプログラムはわずか三種の正解だった。[★16]

それでも、ＡＩの予測は研究室の実験ほど正確ではなかったので、ディープマインドは最初からやり直して、ＧＰＴ-３で使用されたディープラーニングモデルであるトランスフォーマーを組みいれた。そして、二〇二一年にAlphaFold2を公開し、それは真にすばらしいブレイクスルーをなし遂げた。[★17]このＡＩはいまや、どのタンパク質でも実験による結果とほとんど変わらない正確性を出せるようになっている。これまで生物学者が利用できるタンパク質の構造は一八万超[★18]だったが、このＡＩによってその数が突然に数億に増え、やがては数十億に達するだろう。[★19] それは生物医学における発見のペースを一気に加速させるのだ。

現在のところ、ＡＩによる創薬は人間が導くプロセスをとっている。科学者は解決しようとしている問題を特定し、それを化学用語で系統立てて、シミュレーションのパラメータを決めなければならない。だがこれからの数十年間でＡＩはより創造的に調査する能力をもつだろう。たとえば、人間の臨床医が気づくことのない問題を特定したり（ある病気の患者には、通常の治療では効果がない小集団がいる、など）、また、複雑かつ斬新な治療法を提案したりするのだ。

一方、ＡＩはこれまでにないほど大規模なシミュレーションでモデリングをおこなうようになる。タンパク質にとどまらず、タンパク質複合体、細胞小器官、細胞、組織、臓器まるごとをシミュレートするのだ。そうすることで、今日の医学では手が届かないほど複雑な病気でも治療することが可能になる。たとえば、ガン治療については過去一〇年間で、ＣＡＲ‐Ｔ細胞やＢｉＴＥ抗体を使った免疫療法や、免疫チェックポイント阻害剤といった有望な治療法が導入されてきた。[★20] それらは数千人の命を救ってきたが、ガンが抵抗することを学んだために失敗することもよくあった。抵抗の多くは、ガンが周囲の環境を変えることだが、現在の私たちの手法では、ガンの手口が充分にはわかっていない。[★21] ＡＩがガンとその微小環境について徹底的なシミュレーションをおこなえるようになれば、ガンの抵抗を克服するオーダーメイドの治療法をつくることができるだろう。

アルツハイマー病やパーキンソン病などの神経変性病についても同じで、複雑でとらえにくいプロセスによって、脳内につくられるタンパク質がまちがった折りたたまれ方をして、害を与えている。[★22] 生きている脳でそれを調べるのは不可能なので、研究は困難で遅々として進まなかった。だがＡＩによるシミュレーションで根本原因を解明し、患者が衰弱するずっと前に効果的な治療ができるようになるだろう。アメリカ人の半数以上は人生のどこかの時点でメンタルヘルス障がいを経験すると考えられているが、脳のシミュレーションはここでもブレイクスルーをなし遂げるだろう。[★23] 現在のところ医師は、抗うつ薬であるＳＳＲＩやＳＮＲＩなどの効果の高くないアプローチに頼っている。それらの薬は一時的に脳内化学物質の不均衡を調整するが、効き目が弱いことも多く、まったく効かない患者もいるうえに、多くの副作用がある。[★24] 脳はわれわれが知りえている宇宙のなかでもっとも複雑な構造をもっているが、ひとたびＡＩによってその機能を完全に理解できれば、多くのメンタルヘルス問題の根源を狙えるようになるはずだ。

　ＡＩは新しい治療法を発見することに有望であるうえに、治療法を評価する試験においても革命を起こすだろう。現在、ＦＤＡは承認プロセスにシミュレーションの結果を組みこんでいる。[★25] 今後においては、新型コロナウイルスに似た流行事例――新たにウイルスの脅威が起こり、ワクチンの開発を加速することに数百万人の命がかかっている事例――ではシミュレーションがとりわけ重要になるだろう。[★26]

　ここで、試験のプロセスをすべてデジタル化することについて考えてみよう。その薬が有効かどうかをAIがシミュレーション上で数万人の患者に数年間投与して評価するが、実際にはそれを数時間か数日でやってのける。私たちが今日実施している人間を被験者とした臨床試験が絶対的に時間を要し、推進力も弱いのに対して、より速く、より豊かで、より正確な試験となりうる。人間を被験者とした場合の大きな欠点は、薬の種類や試験のステージにもよるが、数十人から数千人の被験者しか対象にできないことだ。少ない被験者数が意味するのは、被験者グループのなかに、その薬に対してあなたの体と同じ反応を見せる人がいるとしても数人にすぎないことだ。[★27] 対象者に薬が効くかどうかは、遺伝的特徴、食生活、生活様式、ホルモンバランス、ヒトの体に共生するマイクロバイオーム（微生物叢《そう》）、その病気のサブタイプ（一般型に内包される特殊型）、ほかの病気にかかっているか、ほかに服用している薬など、その人の多くの要因にかかっている。被験者のなかにあなたとまったく同じ特徴をもつ人がいなければ、薬が平均的な人には有効でも、あなたには悪く作用することがあるかもしれないのだ。

今日の臨床試験の結果、特定の状態にある三〇〇〇人の被験者について、平均して一五%の改善が見られたとしよう。一方、シミュレーションの試験は隠れている詳細をあきらかにできる。たとえば、三〇〇〇人の被験者のなかにいる特定の遺伝子をもつ二五〇人の部分集団は、その薬によって五〇%の人の状態が悪化するなどの被害が出る。一方、別の五〇〇人からなる（腎臓病を抱えている）部分集団では、七〇%の人に改善が見られる。シミュレーションではこのような相関関係を多数見つけられるので、患者一人ひとりのリスク便益に関するきわめて具体的なプロファイルをつくることができるのだ。

このテクノロジーの導入は、最初はゆっくりと進むだろう。というのも、生物学的シミュレーションにおいて要求される計算は、事例ごとに異なるからだ。主に単一の分子からなる薬剤は、もっとも簡単なシミュレーションに属するので、最初に実行されるだろう。一方、生体の遺伝子を操作する技術であるCRISPR《クリスパー》や、遺伝子発現に影響を与えようとする治療などは、多種類の生物学的分子とその構造とのあいだにとても複雑な相互作用があるため、満足のいくシミュレーションをするのに時間がかかる。人を対象とした臨床試験に代わる一次試験とするためには、AIによるシミュレーションは、治療薬の直接の活動をモデル化するだけでなく、その薬が長期間に及び体全体の複雑なシステムにどのように適合するかをモデル化しなければならない。

どれだけ細かいところまでシミュレートする必要があるか、という問題には明確な答えがない。たとえば、あなたの親指の皮膚細胞は肝臓ガン治療薬の試験とは関係がないように思えるが、その薬の安全性を証明するためには、体全体を基本的には分子の解像度までデジタル化する必要があるだろう。そこまでして研究者はようやく、薬からどの要素をとり除けばいいかを決められるのだ。時間のかかるゴールだが、AIが人の命を救う目的のために使われることにおいて、もっとも重要なもののひとつだ。そして、二〇二〇年代の終わりまでには意義ある前進ができているだろう。

薬の治験においてシミュレーションに頼る割合が増えることに対して、医学界からはかなりの抵抗が起こるだろう。理由はいろいろとある。リスクに関して慎重であるのは賢明であり、患者を危険にさらしかねない方法で承認手順を変更することを医師は望まないだろう。そのためシミュレーションには、現在の治験方法と同じかそれ以上に厳密な実験記録が必要となる。ほかには責任の問題がある。新しく有望そうだが、災厄になる可能性もある治療法を誰が承認したいと思うだろうか。そのため規制当局はこうしたアプローチが増えることに備えて、適切な慎重さと救命のイノベーションとがうまくつり合ったインセンティブを用意するように積極的に動かなければならない。

私たちが安定した生物学的シミュレーションをもつ前に、ＡＩはすでに遺伝生物学において影響を与えている。遺伝子の九八％はタンパク質をコードしていないもの（非コードＤＮＡ）で、それらはかつて「ジャンクＤＮＡ」（ガラクタＤＮＡ）と考えられていた。[★28]だが今では、遺伝子発現（どの遺伝子が実際にどの程度使われるか）に重要なかかわりをもっていることがわかっているが、個別の非コードＤＮＡが発現にどれだけかかわっているのかを解明するのはとてもむずかしい。それでもＡＩは微小なパターンまでも検知できるので、この行きづまりを解消しはじめている。二〇一九年にニューヨークの科学者チームが非コードＤＮＡと自閉症との関連をあきらかにした。[★29]研究者でプロジェクトリーダーのオルガ・トロヤンスカヤは、これは「人間の複雑な病気や障がいの原因となる、非遺伝的で、非コード領域の変異を明確に証明できた最初の例です」と述べた。[★30]

新型コロナウイルス感染症が流行すると、感染症の監視という新しい緊急の課題が出てきた。昔の疫学者は全米で感染症の流行を予測するときには、複数の種類の不完全なデータをもとに決めなければならなかった。★31 それに対して、ARGONetという新しいＡＩシステムは、まったく異なるものを含むリアルタイムのデータ（電子医療記録、病歴データ、不安をおぼえた一般市民のグーグル検索のデータ、インフルエンザの広まり方を示す時空間的パターン）を、予測力にもとづいて軽重をつけて統合する。★32 研究チームのリーダーであるハーヴァード大学のマウリシオ・サンティリャーナは次のように言う。「このシステムは、個々の方法の予測精度を評価しつづけ、得られた情報をインフルエンザの流行予測を改善するために、どのように利用するべきかを再検討します」。★33 実際に二〇一九年の調査でARGONetは従来のアプローチすべてを上まわる結果を出した。複数の州の調査の七五％でグーグル・インフルトレンドの予測に勝ち、ＣＤＣ（米国疾病予防管理センター）が通常の方法で予測するより一週間も早く、インフルエンザの州全体における感染動向を予測したのだ。★34 さらに、ＡＩによる新しいアプローチは、次の感染症の流行を抑えるのを助けるために開発中である。

科学的応用のほかにＡＩは臨床医学において人間の医師を超える能力を身につけつつある。二〇一八年に私はある講演で、一、二年のうちにニューラルネットトは人間の医師と同じくらいに画像診断ができるようになる、と予言した。そのわずか二週間後に、スタンフォード大学の研究者が、ＡＩ診断システムCheXNetの成果を発表した。一二一層からなるこのたたみ込みニューラルネットワークに、一四種類の病気が写った一〇万枚のＸ線写真を学習させた。比較対象になる人間の医師には、膨大な診断可能性があるなかで、予備的だが有力な証拠を提示した。その結果、診断成績は CheXNet が上まわった。[★35]他のニューラルネットワークも同様の可能性を見せている。二〇一九年の研究では、自然言語による臨床上の測定基準をニューラルネットワークに分析させたところ、八人の若手医師が同じデータで診断したよりも正確に小児科の病気を診断した。さらに、ある地域では二〇人の医師全員よりも成績がよかったという。[★36]二〇二一年、ジョンズ・ホプキンス大学の研究チームはＤＥＬＦＩというＡＩシステムを開発した。これは人の血液にあるＤＮＡの断片の微小なパターンを認識することができ、研究室の単純なテストでは肺ガンの九四％を検知した。熟練した専門の医師でも単独ではこれほどの正解率は出せない。[★37]

こうした医療ツールは概念実証に利用されている段階から、いきなり大規模に展開されることになった。二〇二二年七月、ネイチャー・メディシン誌は、五九万人以上の患者を対象にした大規模な研究の結果を発表した。患者は、敗血症早期発見ＡＩシステム（ＴＲＥＷＳ）のモニターとなった。敗血症は臓器不全を起こす致死的な感染症で、アメリカでは毎年約二七万人が命を落としている。[★38]ＴＲＥＷＳは初期の兆候をとらえて医師に治療を始めるように伝え、被験者の敗血症による死亡を一八・七％減らした。これを普及させれば、年間数万人の命を救える可能性がある。さらに、こうしたモデルはウェアラブル端末からのデータなど、とりこむ情報の種類が豊富になれば、本人が病気を自覚する前に治療を提案することもできるだろう。

二〇二〇年代の進歩で、ＡＩを利用したツールは人間をはるかに超えた能力をもち、実質上、すべての診断タスクができるようになるだろう。[39] 医療画像を解釈するタスクは、ニューラルネットワークがもつ力を最大限に発揮できる分野だ。臨床的に意味のある情報は画像の中に埋もれていて、あまりにかすかなので人間の目では検知できないが、ＡＩシステムにははっきりと見える。そして、他の診断形式には多くの異質で定性的な情報を統合しなければならないものがあるが、医療画像診断はそれとは違って、画像のピクセルパターンは定量データに還元することができるので、ＡＩにとても向いている。最初にＡＩがすばらしい成果をあげた分野のひとつが医療画像診断だったのはこれが理由だ。同じ理由から、CheXNet やそのいとこである CheXpert などのシステムを汎用化して、他の種類の医療画像分析システムにするのは比較的簡単だろう。最終的には、ＡＩが医療画像の未開発の可能性を解きはなつことも可能になる。一見健康そうな臓器に隠された危険因子を見つけて、ダメージが生じるはるか前に救命の予防措置をおこなえるようにするのだ。

手術もこの変革の恩恵を受けるだろう。手術に関するデータの質が向上し、利用できるコンピュータの資源が急速に成長する。[40] ここ数年、人間の医師を補助するためにロボットが使われているが、今では人間が関与せずにロボットだけで手術をする能力を見せるようになっている。アメリカでは二〇一六年に、ＳＴＡＲ（スマート組織自律型ロボット）が動物を対象とした腸の縫合手術テストで、人間の外科医よりもうまくやってみせた。[41] 翌年、中国のロボットが単独で歯科インプラント手術をすばらしい正確さで実行した。[42] 二〇二〇年にニューラリンク社は、ブレイン・コンピュータ・インターフェース（ＢＣＩ）の電極を埋めこむプロセスの多くを自動化した手術用ロボットを発表した。同社は完全自律型ロボットの開発を進めている。[★43]

人間の外科医は平均すると一年間に数百件の手術をこなすだろうから、全キャリアで数万件が最大値となる。専門領域によっては時間のかかる手術や複雑な手順の手術になるので、手術件数はもっと少ないはずだ。それに対してＡＩを頭脳としたロボットは、そのシステムで動く世界中のロボットが実施した手術の経験を学ぶことができる。その総数は数百万件にもなりうるので、どんな外科医が経験するよりもはるかに広い臨床状況をカバーできるようになる。それに加えてＡＩは数十億件の手術シミュレーションもできるので、臨床の現場では訓練するのが不可能か、非倫理的になる特殊な事例にもシミュレーションのなかで対応できる。たとえばシミュレートされた手術では、病気の組みあわせがめずらしい患者をロボットに手術させる訓練をしたり、ほとんどの外科医がキャリアのなかでも見ないであろう複雑な外傷に限られた薬品で対処する訓練をさせたりできる。これによって、未来ではより安全でより効果的な手術が可能になるだろう。[★44]

二〇三〇年代と二〇四〇年代：ナノテクノロジーの発展と完成

進化が人間のように精緻な生物をつくったことは注目に値する。人間は知的器用さと身体的協調性（他の指と向かいあわせになった親指など）をあわせもつことで、テクノロジーを生みだした。だが、人間は最善からはほど遠い。特に思考の面では。ハンス・モラベックは一九八八年に次のように発言した。テクノロジーの進歩から予想されることを考えると、どれほど人間がDNAを基礎にした生物学的プロセスを微調整しようとも、人間の肉と血のシステムは、目的工学にもとづいた創作物と比べて不利になるだろう。[★45] ペーター・ヴァイベルはその発言に対して次のように言った。この点から見て人間は「二流のロボット」にすぎないことをモラベックは理解している。[★46] これらの発言が意味するのは次のことだ。私たちが生物の脳を可能なかぎり最適化し、完璧にしたとしても、工学的な体が獲得できる能力に比べて、計算速度は数十億倍も遅く、能力もはるかに劣るのだ。

　AI革命とナノテクノロジー革命が結びつけば、人間は自分たちの体や脳と、自分たちが接触する世界を、分子単位で再設計して再構築することが可能になる。人間の脳のニューロンは一秒間に最大で約二〇〇回発火するが（理論上の最大値は一〇〇〇回）、現実に持続できるのは一秒間で一回以下の発火になる。[★47] それに対して、現在のトランジスタは一秒間に一兆回以上の信号処理ができるし、市販のコンピュータチップも五〇億回を超える命令処理ができる。[★48] この大きな差は、機械が正確な工学にもとづくデジタル処理なのに対して人間の脳細胞は計算のとても遅い、乱雑で不格好なアーキテクチャであることから生まれる。そしてナノテクノロジーが進歩すると、デジタルの領域はさらに前に進むのだ。

　また、人間の脳はその容量からも計算能力に限界があり、私の推算では一秒間に一〇の一四乗回の計算が最大だ。この推算は私が『シンギュラリティは近い』のなかでおこなったものだが、ハンス・モラベックの異なる分析にもとづく概算でも同じ桁数になった。[★49]アメリカのスーパーコンピュータの「フロンティア」はＡＩが関与するパフォーマンス・ベンチマークにおいて、すでに一〇の一八乗回の計算回数に達している。[★50]コンピュータは脳のニューロンよりも密で効率的にトランジスタを詰めこめるし、物理的に脳よりも大きくなることも可能で、リモートでつながることもできるので、拡張していない生物の脳はとり残されるばかりだ。未来ははっきりしている。生物の脳の有機基質にもとづいた知性が、非生物的で正確なナノエンジニアリングによって拡張された知性に追いつける望みはない。

　ナノテクノロジーについて最初に言及したのは、物理学者のリチャード・ファインマン（一九一八―八八年）で、後世に大きな影響を与えた一九五九年の講演「底にはたくさんの空きがある〔There's plenty of room at the bottom　ナノスケール領域にはまだたくさんの興味深いことがある、といった趣旨〕」においてである。[★51]そこでファインマンは、原子一個の大きさのマシンをつくる必然性とそれがもつ深い意味を次のように述べた。「物理学の原理は、私が見るかぎり、原子を一個ずつ操る可能性を否定してはいない。……化学者が記録するいかなる化学物質をも物理学者が合成することは……原則として可能だ。……どうやって？　化学者が言う場所に原子を置いていき、物質をつくればいい」[★52]。ファインマンは楽観的だった。「自分たちがしていることを見る能力と原子レベルで何かをする能力を人間が発展させれば、化学と生物学の問題は大いに助けられるだろう。そして、その発展は避けがたいものだと私は考えている」

　大きな対象物に対してナノテクノロジーが影響を及ぼすには、自己複製するシステムをもつ必要がある。自己複製の仕方に、最初に明確な形を与えたのは伝説的な数学者のジョン・フォン・ノイマン（一九〇三―五七年）で、一九四〇年代終わり以降の複数の講義と一九五五年のサイエンティフィック・アメリカン誌の論文による。[★53] だが彼のアイデアが集められ、その全体像が発表されたのは死後一〇年近くが経った一九六六年だった。フォン・ノイマンのアプローチはきわめて抽象的かつ数学的で、ほとんどが論理的基礎に集中しており、自己複製機械をつくる物理的実用性についてくわしく語っていなかった。彼の概念のなかで、自己複製機械は「ユニバーサル・コンピュータ」と「ユニバーサル・コンストラクタ」をもっていた。そのコンピュータはコンストラクタを制御するプログラムを動かし、コンストラクタは自己複製機械全部とプログラムを複製することができた。そして複製された機械は永久に同じことを続ける。[★54]

一九八〇年代なかばに、工学者のエリック・ドレクスラーはフォン・ノイマンの概念の上に、現代におけるナノテクノロジー分野の基礎を築いた。[★55] ドレクスラーは概念上の機械を設計し、分子アセンブラと名づけた。それは通常の物質内にある原子と分子の断片を材料にして、フォン・ノイマン型のコンストラクタをつくり、そのコンストラクタは原子の配列を指示するコンピュータを備えていた。[★56] ドレクスラーのこの分子アセンブラは基本的に、この世界にあり原子的に安定した構造のものならば、何でもつくることができる。この柔軟性と汎用化可能性が、ドレクスラーが先駆けた分子メカノシンセシスのアプローチと生物学を基にしたアプローチとの違いだ。生物学にもとづくアプローチでもナノスケールの物体を組みたてることができるが、可能な設計と使える材料がはるかに制限されているのだ。

ドレクスラーは、トランジスタゲートではなく、分子の「インターロック」を使ったとても単純なコンピュータのあらましを説明した（これらは概念上のもので、彼はまだ実際につくってはいない）[57]。それぞれのインターロックは六立方ナノメートルの空間があれば足りて、一〇〇億分の一秒で状態を切りかえられる。このため一秒間に一〇億回の計算が実行可能となる[58]。ドレクスラーの発表以降、このコンピュータには多くのバリエーションが提案されて、改良が進められてきた。二〇一八年にナノスケールの実装に適したすべてが機械からなるコンピュータシステムを、ラルフ・マークルと数名の協力者が考案した[59]。そのくわしい設計（これも概念上のものだが）は、一リットルごとに一〇の二〇乗の論理ゲートを備えたシステムだ。一〇〇メガヘルツの周波数で操作し、結果としてコンピュータの容量一リットルにつき一秒間に一〇の二八乗回の計算能力を有する（ただし、放熱のためにこの容量に対し、大きな表面積が必要になる）[60]。必要とする電力は約一〇〇ワットになる[61]。世界の人口は八〇億人なので、全人類の脳すべてをエミュレート（模倣）するためには、一秒あたり一〇の二四乗回以下の計算能力で足りるだろう（一人あたり一〇の一四乗回×一〇の一〇乗人）[62]。

第2章で話したが、脳の全ニューロンをシミュレートするには一〇の一四乗回の計算能力が必要だ、と私は概算している。その脳は巨大な並列処理をおこなっている。頭蓋骨の中の湿った生物学的環境は、少なくとも分子レベルでは荒れ狂う場所なので、どのニューロンでも死ぬこともあるし、正しい瞬間に発火しないこともある。もしも人の認知が、主として一個のニューロンの働きに頼っているならば、それは信頼できないものになるだろう。だが多くのニューロンが並列で同時に働くときに、「ノイズ」はうち消されるので、私たちはきちんと考えることができるのだ。

一方、非生物学的コンピュータをつくる際には、内部環境をはるかに正確に制御することができる。コンピュータチップの内部は脳の組織よりもはるかに清潔で安定しているので、並列処理は必要ではない。そのため計算はより効率的になり、脳をシミュレートするのは一秒間に一〇の一四乗回の計算能力よりも少なくて済むという推算の妥当性は高いと思う。だが、脳の並列処理がどの程度のものか明確でないので、無難な大きめの数字を見積もっているのだ。理論上は、一リットルのナノロジック・コンピュータが完璧な効率性を備えていれば、脳の能力で見れば、人間一〇〇億人分の一万倍（一〇〇兆人分）に等しい能力をもつことができる。はっきりさせておきたいのは、これが実現可能だとは言っていない点だ。重要なのは、ナノスケール工学が驚くほどの将来性をもっていることで、理論的最大値のわずか数％が実現するだけでも、計算能力にまったく新しいパラダイムをもたらす革命になる。そして、ナノスケールマシンが利便性の高いコンピュータの能力を得ることになるのだ。

これによって、自己複製するナノロボットは、マクロの結果を得るために必要な大規模な協調ができるようになる。その制御システムはＳＩＭＤ《シムディー》（単一命令／多重データ）と呼ばれるコンピュータ命令アーキテクチャに似たものになるだろう。つまり、ひとつのコンピュータユニットが命令プログラムを読み、それを同時に一兆個もの分子サイズのアセンブラ（それぞれが単純なコンピュータを備えている）に伝えるのだ。[★63]

この「通信《ブロードキャスト》」するアーキテクチャを使うことは、安全性に関する強い危惧に対処することにもなる。もしも自己複製プロセスが暴走するか、バグやセキュリティ侵害があれば、複製命令の発信源を即座に停止させることで、ナノロボットのそれ以上の活動を防ぐことができる。[★64] くわしくは第7章で触れるが、ナノテクノロジーの最悪のシナリオは、「グレイグー」と呼ばれる、自己複製可能なナノロボットが暴走して負の連鎖をひき起こすことだ。[★65] 理論上、これは地球のバイオマス（全生物体の総量）の大部分を消費して、ナノロボットを増やしつづける。だが、ラルフ・マークルが支持する「通信」アーキテクチャは、グレイグーの強力な防御手段となる。すべての命令が中央から発せられるのならば、緊急時に通信を止めれば、ナノロボットの活動を止めるか、物理的に自己複製を続けられない状態にできるだろう。

これらの命令を受ける実際のコンストラクション・マシンは、フォン・ノイマンのユニバーサル・コンストラクタに似ているが、もっと小さくしたもので一本のアームをもつ単純な分子ロボットだろう。[★66] 分子サイズのアームや歯車、ローター、モーターをつくる実現可能性はすでに何度も実証されている。[★67]

分子スケールのアームが人間の手のように原子のまわりを動いて、それをつかみ運ぶことを物理法則が許すかどうか。これはナノテクノロジーの未来に関する論争となった。二〇〇一年にアメリカの物理学者で化学者のリチャード・スモーリーは、「分子アセンブラ」を利用する原子レベルの正確な製造は実現可能かどうかについて、エリック・ドレクスラーと公開討論を始めた。★68 スモーリーもドレクスラーもナノテクノロジーの分野で大きな貢献をしてきたが、二人のアプローチは異なっていた。ドレクスラーは「トップダウン」方式がナノテクノロジーの最終ゴールであると主張し、ナノロボットをゼロからつくるファブリケーターマシンの存在を認めた。一方、スモーリーは、物理法則によりそれは不可能であり、唯一の賢明なゴールは生物学的な自己組織化の「ボトムアップ」アプローチだと主張した。スモーリーは問題点を二点指摘した。ひとつは「太い指の問題」と呼ばれるもので、マニピュレータのアームは反応する原子を動かす必要があるが、その指は太すぎてナノスケールでは効果的な作業ができない、とする主張だ。もうひとつは、「べたつく指の問題」で、動きまわる原子はマニピュレータのアームにくっついてしまうだろう、という異議だった。

それに対して、ドレクスラーは次のように反論した。マニピュレータのアームが一本だけの設計では、「太い指の問題」は起こらない。そして、酵素やリボソームなどの生物学的マシンはすでに「べたつく指の問題」を克服しうることを示している。議論がヒートアップしていた二〇〇三年に私は自分の意見を述べたが、ドレクスラーの主張に賛成する立場だった。[69] それから約二〇年が過ぎた今、次のように言えるのがうれしい。おそらく先進AIの助けを受けて、この分野が成熟しはじめるのはまだ一〇年も先だが、近年のナノテクノロジーの進歩を見ると、「トップダウン」方式がますます理にかなっているように思える。原子を正確に制御することにはすでに大きな前進があり、二〇二〇年代のうちにももっと多くのブレイクスルーが見られるだろう。

ナノスケールのコンストラクタ・アームに関するドレクスラーの設計は、現在でももっとも有望なものに見える。ものをつかむ爪は複雑で変な形ではなく、一本の指であり、機械的及び電子的機能を用いて原子や小さな分子をつかんで、別の場所で放すことができる。[70] ドレクスラーは一九九二年の著書『ナノシステム（*Nanosystems*）』で、これを実現できるさまざまな化学手法を示している。[71] ひとつのアプローチは「ダイヤモンドイド」というナノサイズのダイヤモンド物質から炭素原子を動かして新しい物質をつくることだ。[72]

ダイヤモンドイドは、一〇個程度の炭素原子を小さなかご状にし、ダイヤモンド結晶のもっとも基本的な形に配列したものだ。かごの表面に水素原子がくっついている。とても軽く強いために、ナノ加工の構造の構成単位にできる可能性がある。ドレクスラーは一九八六年に出版した『創造する機械：ナノテクノロジー』と『ナノシステム』において、ナノテクノロジーとダイヤモンドイド製造のアイデアを探究したが、それはSF作家ニール・スティーヴンスンに霊感を与え、一九九五年のヒューゴー賞受賞作である『ダイヤモンド・エイジ』を書かせた。青銅器時代《ブロンズ・エイジ》を定義し、鉄器時代《アイアン・エイジ》を定義するように、その小説はダイヤモンドを基礎としたナノテクノロジーで特徴づけられる文明がある未来を描いている。[73]この小説が発表されてから四半世紀以上が経ち、ダイヤモンドイドの研究は大きく前進していて、化学者は実験室の研究において実際的応用を始めている。これからの一〇年間でＡＩがくわしい化学的シミュレーションを可能にするので、進歩は大いに速まるだろう。

このアプローチを利用したナノテクノロジーの計画が数多く提案された。そのうちのひとつ、化学的蒸着プロセスは人工ダイヤモンドをつくる方法で知られている。[74]ダイヤモンドイドはとても丈夫なだけでなく、不純物を正確に添加（ドーピング）することができるので、熱伝導性などの物理的特性を変えたり、トランジスタなどの電子部品をつくったりすることができる。[75]この一〇年の研究で、ナノスケールで炭素原子をさまざまに配列することは電子システム、機械システムの両方で有望な工学的方法であることがわかった。[76]ナノテクノロジーのこの領域は現在、世界中から熱い関心を寄せられているが、もっとも興味を引く提案のひとつがラルフ・マークルと共同執筆者たちから出されている。[77]アセンブラはブタジイン（ジアセチレン）の「原料溶液」からダイヤモンドイドなどの炭化水素をつくることができるが、マークルは早くも一九九七年に、そのアセンブラのための「代謝」を考えだしている。[78]

私が二〇〇五年に『シンギュラリティは近い』を出版して以降、グラフェンとカーボンナノチューブ（基本的にはチューブ状になったグラフェン）、カーボンナノスレッド（水素原子に囲まれた、ほとんど一次元の鎖状の炭素）について、ワクワクするブレイクスルーが起きている。これらはすべて今後二〇年でいろいろな形で実際的応用が見られるはずだ[79]。

メカノシンセシスをはじめとするメカノケミカル合成やそのほかのナノテクノロジーは、次のようないろいろな方法が現在追求されている[80]：ＤＮＡオリガミ[81]、ＤＮＡナノロボット[82]、バイオインスパイアード分子機械[83]、分子のレゴ[84]、量子コンピューティングのための単一原子量子ビット[85]、電子ビームを利用した原子配列[86]、水素による脱不導体化リソグラフィー[87]、走査型トンネル顕微鏡を用いた製造[88]。これらの研究のなかには内密に進められ、着実に進歩しているものもある。そして、二〇二〇年代の終わりまでに、超知能ＡＩが登場可能になることを考えると、残った問題はそれが解決してくれるだろう。現在の私たちは二〇三〇年代のどこかで、原子単位の配列を利用するナノテクノロジーのアイデアが実行される道にいるのだ。

実際においては、指数関数的なプロセスを通じて情報が「頭の悪い」原材料にわけ与えられることが起きる。最初のナノロボットの小集団は、原材料として必要な原子や基本的分子の真ん中に置かれ、それらのもとに中央コンピュータから同時に指令が送られてくる。ナノロボットは命令どおりに自己複製を始め、それをくり返して、次々と自分のコピーをつくり、すぐにアセンブラは数兆個に達する。それからコンピュータはその分子ロボットに目標とする構造をつくる方法を教えるのだ。

このテクノロジーが成熟したときには、分子アセンブラは卓上用サイズの装置で、必要とされる原子を蓄えていて、どんな物理的なモノでもつくれるだろう。そのためにはナノスケール製造における最大の難関を克服しなければならない。それは「汎用化可能性」である。一種類の物質（たとえばダイヤモンドイド）だけをつくるアセンブラを設計することと、多様な化学的性質をもつものをつくれる装置の設計は別物だ。後者の可能性を解きはなつためには、きわめて進んだAIが必要になる。そのためにまずは、アセンブラで化学的に比較的均質のモノ（宝石や家具、衣服など）をつくることを求める。さまざまな化学成分でとても複雑なマイクロ構造のもの（食事や臓器、未強化の人間の脳すべてを接続したよりも性能のいいコンピュータなど）をつくるのはかなりあとになるだろう。

私たちが進んだナノ製造を実現したときには、どんな有形物（分子アセンブラ自体も含む）をつくるときにも徐々に増加していたコストは、一気に低下する。基本的には材料となる前駆体に使われる原子のコストだけになる。★89 ドレクスラーの二〇一三年の試算では、分子製造プロセスにかかる総コストは、それはダイヤモンドでも食料でも何をつくるのにおいても、一キログラムあたり約二ドルにまで落ちるのだ。★90 そして、ナノ加工された材料は、鋼鉄やプラスチックよりも強いので、ほとんどの構造物は一〇分の一の質量でつくることができるだろう。たとえば金や銅やレアメタルが電子機器に使われるように、現在の完成品に高価な天然資源が使われているために価格が高いときでも、将来は炭素などのより安価でより豊富な元素を代替材料にすることもしばしば可能になるだろう。

そうなれば、製品の真の価値はそれがもっている情報になる。つきつめると、その製品に入っているすべてのイノベーション、つまり、創造的なアイデアから製造を制御するソフトウェアのコードまで、となる。これはデジタル化できるものではすでに起きていることだ。電子書籍を考えてほしい。本が発明されたとき、そのコピーは手で書き写さなければならなかったので、写本の価値は労働が大きく占めていた。その後、印刷機が現れると、本の価格に占める紙代や製本代、インク代の割合が支配的になった。だが電子書籍では、コピーをつくり保管し配信するために必要なエネルギーとコンピュータの利用コストは実質ゼロになる。あなたがお金を支払っているのは、読むに値するように組みたてられた情報に対してなのだ（そして、価格にはしばしばマーケティングなどの付随費用が含まれる）。この違いがわかるのは、あなたが新品の日記帳をアマゾンで検索しているときだ。そして、日記帳と装丁が似ている小説を見つけたとする。価格だけを見ると、すぐにはどちらが日記帳でどちらが小説かわからない。一方、電子書籍では、小説は通常数ドルの値段だが、中身がまっ白の日記帳にお金を払うのはこっけいだ。これは製品の価値はすべて情報であるという例にほかならない。

ナノテクノロジーの革命は現実世界にも変革を起こすはずだ。二〇二三年時点で、物理的な製品の価値はいろいろなコストを積みあげたものだ。特に材料費、人件費、工場機械の稼働時間、エネルギーコスト、輸送費である。だが技術的収束によるイノベーションはこれからの数十年で、それらのコストの大部分を劇的に下げるだろう。材料は自動で採取されるか、合成されるようになるので安くなるし、高価な人間の労働者はロボットに替わり、高額の工場機械も価格が下がる。エネルギーは太陽光発電とエネルギー貯蔵の効率性が上がるのでコストは低下し（いつの日か核融合発電も実現するだろう）、自動運転車のおかげで輸送費も下がる。製品の価値を構成するこれらの要素がすべて下がるのに反比例するように、製品に含まれる情報の価値は高まっていく。実際のところ、現実はすでにその方向で動いていて、ほとんどの製品のもつ「情報量」は急速に増えており、最終的には製品の価値のほぼ一〇〇％が情報になるだろう。

これによって、多くの場合で製品を自由に消費できるほどに価格は安くなる。これはすでにデジタル経済で起きていることで、私たちはどのように展開しているかを見ることができる。第5章で触れたように、グーグルやフェイスブックなどのプラットフォームはみずからのインフラを整備するために数十億ドルを費やしたが、検索一件や「いいね」一件あたりのコストはとても低いので、ユーザーに無料で提供しても、広告など他の収入源で稼げば採算は合うのだ。同じように、ユーザーが政治的広告を見たり、個人データを提供したりすれば、ナノ製造の製品を無料で得られるようになる未来は想像できる。行政がボランティアを募集するために、また、教育を継続して受けさせるために、健康的な習慣を続けさせるために、こうした製品を提供することもあるだろう。

モノの不足が大きく改善されれば、最終的には、万人に必要なものを簡単に供給できるようになる。これ自体はテクノロジーに関する予測だが、経済が変わる速度に文化や政治が大きな役割を果たすことは気に留めておくべきだ。この恩恵を広く公平に分けあうことはむずかしい課題だ。とはいうものの、私は楽観的に見ている。金持ちの特権階級がこの新たな豊かさを独占すると考えるのは、誤解にもとづいている。モノが本当に潤沢になれば、ためこむことは意味をなさなくなる。誰も空気をビン詰めにしないのは、簡単に手に入り、誰にでも行きわたるほど充分にあるからだ。それと同じで、他人がウィキペディアを使っても、あなたが利用できる情報が減るわけではない。次のステップは単純にこの豊かさを、モノの世界で広めていくだけだ。

ナノテクノロジーは多くの物理的希少性を緩和するだろうが、経済的希少性、特に贅沢品に関しては、文化によって動かされているところがあるので別物だ。例をあげると、今の人工ダイヤモンドは肉眼では天然ダイヤと区別がつかないほどの質になっているが、価格は天然ものよりも三〜四割安い。[★91] 価格を決めているこの要素の部分は、装飾品としての美しさは関係なく、天然に形成されたダイヤに高い価値をつけるという文化的慣習がかかわっている。同様に、巨匠の絵画も高品質の複製もその場を美しく飾る度合いは変わらないが、人々がオリジナルというステイタスに価値を置くので、本物は複製よりも一〇〇万倍も高い値段がつくかもしれない。[★92] これがあるので、ナノテクノロジーの製造革命も経済的希少性を完全にはとり除けないだろう。歴史のあるダイヤモンドとレンブラントは希少なまま残るのだ。だが、世代を経ると、文化的価値も変わる。現在の子どもたちが大人になったときに別の価値を選択することがない、と誰が言えるだろうか？　あるいは彼らの子どもたちが。

健康と長寿にナノテクノロジーを利用する

寿命伸長について私が記した『超越（*Transcend*）』で述べたが、[★93]寿命を延ばす最初の世代となった私たちは、今その後半段階にいるのだ。ここには、薬剤と栄養に関する現在の知見を使って健康への課題を克服しようとすることも含まれる。これは進歩しつづけるプロセスで、新しいアイデアを常に適用しており、私が数十年間実践している養生法の基礎となっている。

二〇二〇年代には、バイオテクノロジーとＡＩが融合した寿命延長の第二フェーズ（第二の橋）が始まっている。そこには、コンピュータを使った生物学的シミュレーションによって画期的な治療法を開発し、試すことも含まれる。すでにこの初期段階は始まってい て、これらの手法により私たちは新しい有力な治療法を、数年かかるのではなく数日で見つけることが可能になる。

二〇三〇年代は寿命延長にかかる第三の橋へと導く。そこではナノテクノロジーを利用して、人間の生物学的臓器の限界を克服する。このフェーズに入れば、私たちは寿命を大きく延ばし、一二〇歳という人間の長寿の限界を大きく超えられるだろう。[★94]

現在のところ、きちんとした記録があって一二〇歳を超えて生きたことがわかっているのは唯一、ジャンヌ・カルマン（一八七五―一九九七年）というフランス人女性で一二二歳まで生きた。[★95]人間にはどうしてそんなに厳格な寿命の限界があるのだろうか？　ひとつの意見は、統計的にその年齢を超えられないと考える。高齢者は毎年、アルツハイマー病や脳卒中、心臓発作、ガンなどのリスクにさらされるので、長年それが続けば、結局どれかで死に至るのだ、と。だが、実際はそうではない。保険数理データによると、九〇歳から一一〇歳の人は毎年死ぬ確率が二パーセンテージポイントずつしか上がらないのだ。[★96]たとえば、九七歳のアメリカ人男性は一年以内に死ぬ確率が三〇%だが、無事九八歳になったときに九九歳までに死ぬ確率は三二%になるだけだ。だが一一〇歳から先は、死ぬ確率が毎年三・五パーセンテージポイント上がっていく。

この数字については医師からひとつの説明がなされている。一一〇歳という最高齢の年齢に近くなれば、体が壊れはじめるので、年少の高齢者が年をとるのとは質的に異なるものなのだ、と。[★97]スーパーセンテナリアン（一一〇歳以上の人）の老化は、それより若い人の老化とは種類が違い、後期成人期の統計学的リスクが続くものでも、悪化するものでもない。もちろんスーパーセンテナリアンも通常の病気によるリスクがある（だが、リスクの悪化速度は遅くなりうる）が、それに加えて、腎不全や呼吸器不全などの新たなリスクに直面することになるのだ。リスクが同時に発生することもしばしばあって、それは生活様式の問題や何らかの病気になったから起こるものではない。単に体が壊れはじめるようなのだ。

この一〇年間、科学者や投資家は老化の謎を解明することにそれまで以上に真剣な注意を向けている。この分野で先頭を走る一人は、生物老年学者で「ＬＥＶ（寿命脱出速度）財団」の創設者であるオーブリー・デ・グレイだ。[★98]デ・グレイは、老化とは自動車のエンジンが摩耗することに似ている、と言う。車のエンジンは、そのシステムを通常に使っていくなかでダメージが蓄積していく。人間の体の場合は、ダメージは主に細胞代謝（生きていくためにエネルギーを使う）と細胞複製（自己複製のメカニズム）のふたつから生じる。代謝は細胞の中とまわりにゴミを発生させ、ダメージは酸化（車のさびとよく似ている）を通じて、たまっていく。

若いときの体はこうしたゴミをとり除き、ダメージを修復することを効果的に実行できる。だが年をとってくると、大半の細胞が複製をくり返すなかで、エラーが蓄積していく。最後には修復が追いつかないほどダメージが速くたまっていくのだ。

七〇代から九〇代の人にとって、このダメージはひとつの致命的な問題をひき起こすかもしれないが、複数の問題の原因となりうるのはもっと長い時間が経ってからのことになる。だから科学の進歩によって、八〇歳の人にとって致死的となるガンを治せる薬が開発されれば、その人はほかの病気で死ぬまでに一〇年近く生きられるだろう。だが最後にはすべてが一度に壊れていき、老化のダメージによる症状を効果的に治せなくなるのだ。そこで、長寿の研究者は、唯一の解決策は老化自体を治すことだと主張する。デ・グレイの立ちあげた「SENS（加齢をとるに足りないものにするための工学的戦略）研究財団」は、それを実現するくわしい研究目標を提案している（すべてをなし遂げるには数十年を要することは確実だ）。★99

要するに私たちが必要としているのは、個々の細胞や組織において老化から来るダメージを修復する能力だ。それを獲得する方法はいくつも考えられるが、もっとも有望かつ最終的な解決策は、人体に入り、直接にダメージを治すナノロボットだ。これで人間が不死になるわけではない。事故や災難で命を落とすことは変わらずにある。それでも加齢による死のリスクが年々、増えていくことはないので、多くの人が一二〇歳を過ぎても健康に生きられるだろう。

　これらのテクノロジーから恩恵を得るのに、その成熟を待つ必要はない。抗老化研究が、一年につきあなたの余命を少なくとも一年延ばせるようになるまで生きていられれば、ナノ医療が老化の残りの問題を解決するまでの時間が稼げるのだ。これが寿命脱出速度である。[★100] デ・グレイは、一〇〇〇歳まで生きる最初の人間はすでに生まれている、と衝撃的な発言をしたが、その発言の背景には合理的な論理がある。二〇五〇年のナノテクノロジーが一〇〇歳の老化の問題を解決できるほど進歩していれば、一五〇歳まで生きられる時代が始まり、二一〇〇年までには、新しい問題が発生しても解決できるようになる。研究においてはＡＩが主要な役割を演じ、進歩は指数関数的になるだろう。たとえ、この予測が仰天するようなもので、私たちの直線的思考にもとづく直感はそれをバカげた話だと思ったとしても、これが起こりうる未来だと考えるちゃんとした根拠があるのだ。

　寿命の延長については何年ものあいだ、私は多くの発言をしてきたが、異議を唱えられることもよくある。病気によって急に人生が終わった人の話に人々は心を乱されるが、全人類の寿命が延びる可能性に直面すると、否定的な反応をするのだ。「人生はとてもむずかしいものだから、それが永遠に続くことなど考えられない」というのが一般的な反応だ。だが通常、人々は肉体や精神がひどい痛みにあるときでないかぎり、命が終わることを望まない。第4章でくわしく話したが、あらゆる面で人生がよくなっていて、そのことに夢中ならば、ほとんどの苦痛は緩和されるはずだ。それゆえに寿命伸長は人生を大いに改善することを意味するのだ。

寿命が延びれば生活の質が向上することを想像してもらうために、一世紀前の状況を考えてみよう。一九二四年、アメリカの平均寿命は五八・五歳だったので、その年に生まれた子どもは、統計的には一九八二年に死ぬと予想された。★101 ところが、その五八年のあいだに医学が大いに進歩したので、多くの人が二〇〇〇年代、二〇一〇年代まで生きた。寿命が延びたおかげで、仕事をやめたあとの人生では、格安航空旅行や安全性の増した車、ケーブルテレビ、インターネットを楽しむことができた。二〇二四年に生まれた子どもが年齢を重ねるあいだに起こるテクノロジーの進歩は、一世紀前に比べると、指数関数的にペースが速いだろう。物質的な利点が大いにつけ加わるほかに、寿命が延びた期間に生みだされたアートや音楽、文学、テレビ、コンピュータゲームを楽しむことができるので、彼らはより豊かな文化を享受できるのだ。おそらくもっとも重要なのは、彼らは家族や友人、愛する人、愛してくれる人と過ごせる時間が長くなることだ。私見では、これこそが人生に最大の意味を与えてくれるのだ。

実際はどのようにしてナノテクノロジーは寿命伸長を可能にするのだろうか？　その長

期的なゴールは医療用ナノロボットだ、と私は考えている。それは、ダイヤモンドイドの本体にオンボードセンサー、ロボットアーム、コンピュータ、通信装置、そしておそらく電源を搭載したナノスケールのロボットだ。[102] 私たちは、映画で見たことがあるような小さな金属製のロボット潜水艇で音を立てながら血液の中を進んでいく姿を想像しがちだが、ナノスケールの物理学はかなり異なるアプローチを要求する。ナノスケールにおいては、水は強力な溶媒（他の成分を溶かしている物質）であり、酸化力のある分子は反応性が高いので、ダイヤモンドイドのような強い物質が必要となるのだ。

現実の潜水艇は水の中をスクリューでスムーズに進んでいくが、ナノスケールの世界における流体動力学は、粘りけのある摩擦力に支配されている。[103] つまり、ピーナッツバターの中を泳ぐようなものだ。だからナノロボットは異なる推進力原理を採用する必要がある。また、充分な電源を搭載できないだろうし、単独でタスクをこなすだけのコンピュータ能力ももてないだろうから、周囲からエネルギーをひき出せるようにし、そして、外部からの制御信号に従うか、他のコンピュータと協働できるように設計しなければならない。

体を維持し、他の健康問題に対処するためには、細胞サイズのナノロボットが膨大な数[104]必要になる。人間の体にある細胞は数十兆というのが、現在もっとも有効な推算であり、細胞一〇〇個につき一個のナノロボットを用意するとなると、数千億個が必要になる。ただ細胞とナノロボットの最適な割合はまだわからない。ナノロボットの性能が上がれば、必要な数は数桁も変わるかもしれない。

老化の大きな影響のひとつは、臓器の働きが衰えることなので、ナノロボットの主な役割は臓器の修復と増強にある。第2章で話した大脳新皮質の拡張とは異なり、この方法は、感覚器官ではない臓器を助けて、効果的に物質を血液やリンパ系に送りこむか、そこからとり去ることにある。[★105] たとえば、肺は酸素を吸って、二酸化炭素をはき出す。[★106] 肝臓と腎臓は毒素を排除する。[★107] 消化管全体は栄養素を血液に送る。[★108] 膵臓がホルモンを生産するように、さまざまな臓器が代謝をコントロールしている。[★109] ホルモンレベルが変化すれば、糖尿病などの病気になりうる（本当の膵臓のように、血中のインシュリンレベルを測定して、インシュリンを血流に投入する装置[★110]がすでに開発されている）[★111]。重要物質の供給を監視して、必要に応じてそのレベルを調整し、臓器の構造を維持することで、ナノロボットは人の体をいつまでも健康に保つことができる。最終的には、必要もしくは望むならば、生物学的臓器全部にとって代わることも可能になるだろう。

しかし、ナノロボットの働きは、体の正常な機能を維持することに限定されない。血液中にあるさまざまな物質の濃度を調節し、最適な値にして、通常の体の状態を変えるためにも使える。ホルモンを微調整すれば、私たちはより多くのエネルギーや集中力が得られるし、体の自然治癒や修復を早めることができる。ホルモンを最適化することでより効果的に寝られるようになれば、それは「寿命伸長の裏口」の効果となるだろう。[★112] もしも八時間の睡眠が必要なところを七時間に短縮できれば、一生のあいだに約五年分起きている時間が増えるのだ。

体のメンテナンスや最適化にナノロボットを使えば、最後には主な病気が生じる前に防げるようになる。もちろん、ナノロボットを使えるときでも、この目的では利用できない人が出ることもある。ガンなどはその診断が出たあとで利用する必要がある。

ガン退治がむずかしい理由のひとつは、ガン細胞は自己複製する能力をもっているので、すべてのガン細胞を除去しなければならないことにある。[★113] ガン細胞の分裂のごく初期段階ならば、免疫系が制御できることも多いが、ひとたび悪性の腫瘍になってしまうと、免疫細胞に抵抗できるようになる。その時点では、治療でほとんどのガン細胞を破壊したとしても、生き残った細胞が新しい腫瘍に成長するのだ。ガン幹細胞という亜集団は、生き残ったときに特に危険な存在になる。[★114]

ガン治療は過去一〇年で驚くべき前進をしてきたが、これからの一〇年でもAIの助けを借りてもっと大きなブレイクスルーをなし遂げるだろう。それでも私たちはまだ切れ味のにぶい道具でガンに対処している状況だ。化学療法はしばしばガンを全滅させるのに失敗し、体中の非ガン性の細胞に重大な付随的損傷を与える。[★115] その結果、多くのガン患者が深刻な副作用に苦しめられるだけでなく、免疫系が弱くなるので、他の健康リスクに対して脆弱になる。先進の免疫療法や分子標的薬でさえも、効果と正確性がまだまだ足りない。[★116]

それに対して、医療用ナノロボットは、細胞ひとつひとつをガン化しているかどうか調べて、悪性のものだけをすべて破壊することができる。本章の最初に自動車整備工のたとえ話をしたが、覚えているだろうか。ナノロボットが個々の細胞を選択的に修復したり、破壊したりできるならば、私たちは人間をつかさどる生物学を完璧に習得して、医療は長く熱望した精密科学になれるのだ。

これが可能になるときには、人間の遺伝子も完璧に制御できているだろう。自然の状態の人間の細胞は、細胞核にあるＤＮＡをコピーすることで複製をつくる。[★117]細胞のグループ内でＤＮＡ配列に問題があれば、すべての細胞のＤＮＡを更新することなしには問題に対処する方法はない。[★118]これは強化していない生物学的組織の長所である。なぜなら、個々の細胞内でランダムな変異が起きても、体全体に致命的なダメージを与える原因とはなりにくいからだ。もしも私たちの体にあるひとつの細胞が有害な変異を起こしたときに、それを瞬時にほかのすべての細胞にコピーするならば、私たちは生き残ることができない。分散化によって生物は頑健性を得るが、人間にとっては大きな試練にもなっている。なぜなら、私たちは個々の細胞のＤＮＡならばかなり上手に編集できるが、体全体のＤＮＡを効果的に編集するために必要なナノテクノロジーをまだ習得していないからだ。

もしも多くの電気システムのように、中央管理サーバーが各細胞のＤＮＡコードを管理していれば、その中央管理サーバーからアップデートするだけでＤＮＡコードを変更できる。これにより各細胞核をナノエンジニアリングでつくった核で増強するシステムができる。中央管理サーバーからＤＮＡコードを教えられた各細胞はそのコードからアミノ酸配列をつくる。[★119]私がここで簡潔に「中央管理サーバー」と呼んでいるものは、集中型の通信アーキテクチャなのだが、だからといって一台のコンピュータからすべてのナノロボットに指示を出すことは意味しない。ナノエンジニアリングの物理的課題を考えると、もっと局在化された通信システムが望ましいという答えになるだろう。たとえ、ナノスケールより大きなマイクロスケールの制御装置が数百、数千と、私たちの体のまわりにセットされるとしても（その大きさは、すべてを制御するコンピュータを備えた複雑な通信機くらいになるだろう）、数十兆の細胞が独立して動いている現状よりは桁違いに集中化できることになるのだ。

　リボソームなどのタンパク質合成系の他の部分は同じ方法で増強できる。このやり方で、ガンや遺伝性疾患の原因となる機能不全のDNAを、単純に活動できなくさせられる。このプロセスを維持するナノコンピュータはまた、遺伝子の発現を制御するシステム、エピジェネティクスを支配する生物学的アルゴリズムも実行する。[120]　二〇二〇年代前半の現在は、遺伝子発現について学ぶことがまだたくさんある。しかし、ナノテクノロジーが成熟するときまでに、AIによって充分にくわしくシミュレートできるようになり、ナノロボットが遺伝子発現を正しく調節できるはずだ。この技術を利用すれば、老化の主原因になっているDNA転写エラーの蓄積を、予防できるか逆に減らせるようになる。[121]

　ナノロボットはまた、体に対する緊急の脅威を無効にすることに使える。　細菌やウイルスを破壊し、自己免疫反応を止め、動脈の詰まりを解消する。　実際のところ、近年のスタンフォード大学とミシガン州立大学の共同研究では、発明したナノ粒子が動脈硬化性プラークの原因となる単核白血球（単球）やマクロファージを見つけて除去することに成功した。[★122]賢いナノロボットははるかに効果的だ。当初はそうした治療は人間により遂行されるだろうが、最終的にはナノロボットが自発的に実行するようになる。自分の任務を実行し、制御しているAIインターフェースを経由して、活動内容を人間のモニターに報告するのだ。

AIの能力が高くなり、人間に関する生物学を理解できるようになれば、ナノロボットを人体に送りこんで、現在の医師が発見するよりもはるか前に、細胞レベルで生じる問題に対処できるようになる。多くの場合で、二〇二三年にはまだ説明できていない体の不調を予防できるだろう。たとえば今日、虚血性脳梗塞の約二五%が「原因不明」、つまり、原因を検出できていない。[★123]だが、発生しているかぎり、何か理由があるはずだ。ナノロボットが血流内をパトロールすれば、脳梗塞の原因となる血栓をつくる危険性のある小さなプラークや構造的な問題点を発見して、血栓を壊したり、脳梗塞がひそかに進行していることを警告したりできるのだ。

だがホルモン最適化と同じように、ナノ物質は通常の身体機能を維持するだけでなく、強化によって生物学的能力を超えさせることもできる。生物システムはタンパク質で構成されているために、力とスピードには限度がある。一次元のアミノ酸の直鎖となっているタンパク質が、その機能を獲得するべく本来の三次元構造になるために、折りたたまれる必要がある。[★124]だが、工学的なナノ物質にはその制限はない。ダイヤモンドイドの歯車とローター（回転部）でつくられたナノロボットは生物学的物質よりも何千倍も移動や作業が

速くて頑丈であるうえに、最適な活動ができるように一から設計されている。[★125]

こうした利点を活かせば、血液の供給さえもナノロボットが代わりにおこなえるかもしれない。シンギュラリティ・ユニバーシティ〔二〇〇八年にカーツワイルらが創設した教育機関。大学と名前がついているが、校舎も学位もなく、教育プログラムを提供する〕のナノテクノロジー学部の創設者で共同議長のロバート・フレイタスは、ナノロボットの一種である「レスピロサイト」という人工赤血球を設計した。[★126] フレイタスの計算では、レスピロサイトを血流に投入すれば、四時間呼吸をしなくても大丈夫だという。[★127] 私たちは人工赤血球のほかに、いつかは人工肺をつくれるようになるだろう。それは人体の呼吸器系よりも効率的に酸素を送ることができる。そして、最終的にはナノ物質から人工心臓がつくられ、それならば、心臓発作になることはなく、外傷由来の心不全も大きく減るだろう。

ナノロボットはまた、人の外見をこれまで以上に変えることができる。現在でも、チャットルームやオンラインRPGなどのデジタル環境ではアバターを自由にカスタマイズすることができ、人々はしばしば創造性や個性を表現する手段として利用する。ユーザーは自分のバーチャルキャラクターについて、外見の選択とファッションの主張をするほかに、自分とは異なる年齢や性別、人種を選ぶこともあるだろう。将来、ナノテクノロジーが人の体を大きく変える能力をもったときに、バーチャル上のこうした嗜好が、現実にひき継がれるのかどうかはわからない。現代の私たちがバーチャル上で外見を変えるのと同じように、現実で外見を大きく変えることは一般的になるだろうか？ それとも心理的、文化的圧力が働いて、人々はもっと保守的な選択をするだろうか？

人体においてナノテクノロジーが果たすもっとも重要な役割は、脳の拡張だ。最終的には脳の九九・九%以上が非生物学的なものになるだろう。それを実現するにはふたつのルートがある。ひとつは、脳の組織自体にナノロボットを徐々に入れていくことで、ダメージの修復や機能しなくなったニューロンの代わりとして使われるだろう。もうひとつは、脳とコンピュータを接続することで、それにより私たちの思考で機械をコントロールする能力が得られるほかに、クラウド上にあるデジタルの大脳新皮質の層と統合することができる。後者については、第2章でくわしく話しているが、単に記憶力がよくなる、思考が速くなるというレベルをはるかに超えることが起きる。

進んだバーチャル大脳新皮質は、私たちが現在、理解できる以上に、複雑で抽象的に考える能力を与えてくれる。ちょっとぼやっとしたたとえになるが、一〇次元の形を直感ではっきりとイメージして、理論づけができるところを想像してもらいたい。その種の能力は、認知機能の多くの領域で有効だろう。比較してみよう。大脳皮質（主に大脳新皮質からなる）は容量が〇・五リットルで、平均して一六〇億のニューロンがある。★[128] ラルフ・マークルが設計したナノスケールの機械的コンピューティングシステムについては、この章ですでに触れたが、それならば理論上は同じ容量に八〇×一〇の一八乗の論理ゲートを収められるのだ。そして、速度の利点は大きい。ほ乳類のニューロン発火における電気化学的スイッチング速度はおそらく一秒間に一桁以内だろう。一方、ナノ加工のコンピュータは一秒間に一億〜一〇億回の計算回数になる。★[129] たとえ実用においてはそのごく一部の能力しか出せなくても、人間の脳のデジタルの部分として（非生物学的なコンピュータの回路基板の上に蓄えられる）、生物の脳よりも数と性能の両面で大きく上まわるのだ。

ニューロンレベルにおける人間の脳内の計算能力は、一秒あたり一〇の一四乗回になる、とした私の推算を思い出してもらいたい。二〇二三年に一〇〇〇ドルに相当するコンピュータの計算能力は一秒あたり一三〇兆回にまでなっている。[★130] 二〇〇〇年から二〇二三年までの平均の伸び率から計算すると、二〇五三年には一〇〇〇ドル（二〇二三年のドル換算）で、強化していない人間の脳に比べて七〇〇万倍以上の計算能力をもつことになる。[★131] 私は、人間の意識をデジタル化するには脳のニューロンのごく一部をシミュレートすれば済むと考えているが（たとえば、体の臓器の活動を支配する多くの細胞はシミュレートする必要がないなど）、それが正しければ、達成は数年早まるだろう。一方、意識をデジタル化するために、すべてのニューロンにあるすべてのタンパク質までもシミュレートする必要があるとしても（私はそうは思わないが）、数十年待てば金額的に可能になるだろうし、今生きている人々の多くが存命中にそれは起きるはずだ。言いかえれば、この未来は基本的に指数関数的成長に頼っているので、お手頃な値段で自分をデジタル化できるという仮定が大きく違ったとしても、その画期的な出来事が起こる時期は大きくは変わらないということだ。

二〇四〇年代と二〇五〇年代に、私たちは体と脳をつくり直し、生物学的体ができることをはるかに超えていき、みずからのバックアップもでき、長く生きられるようになる。ナノテクノロジーが順調に進歩すれば、私たちは望むままに最適な体をつくれる。より速くより長く走ることができ、魚のように海中を泳ぎ呼吸をし、翼をつけることさえできる。数百万倍も速く考えることができるが、もっとも重要なのは、私たちの生存は、自分の生物学的体が生きることに頼らなくてもよくなることなのだ。

第7章 危険

「この世界には、もうすでに充分な富と技術力はあるので、これ以上追い求めるべきではない、という考えに、今こそ環境保護論者は真摯に向きあわねばならない」[★1]

ビル・マッキベン（地球温暖化に関する著作のある環境保護論者）

「私が思うに、テクノロジーから逃げたり、それを憎んだりすることは自滅にほかならない。ブッダは、霊鷲山《りょうじゅせん》の頂や蓮の花の上におられるのと同じように、デジタル・コンピュータの回路やバイクの変速ギアの中にも安楽におられるのだ。そう考えなければ、ブッダの品位を落とすことになり、とりもなおさず自分自身を卑しめることになる」[★2]

ロバート・M・パーシグ『禅とオートバイ修理技術』

明るい見通しと危険

シンギュラリティは人類の繁栄を急速に増大させるが、本書ではここまで、それに至る最後の一〇年、二〇年についていろいろと考えてきた。この進歩は、世界で数十億人の生活を向上させる一方で、人類という種にとっての危険を高めもする。新たに起きる核兵器の脅威や合成生物学のブレイクスルー、ナノテクノロジーの台頭は、人類が対処しなければならない脅威をもたらすだろう。ＡＩが人類の能力に追いつき、追い越すとき、ＡＩが有益な目的に使われるように注意を払い、事故を避け、誤用を防ぐ具体策を設ける必要がある。そして、私たちの文明はそれらの危険を克服すると信じるに足りる理由がある。その脅威が現実的ではないから、というのが理由ではなく、とても大きな危険だからだ。そして、その危険が人間の最高レベルの創意工夫をひき出すからだけではなく、危険をもたらすテクノロジー分野が同時に危険を防ぐ強力な新しいツールをつくるからだ。

核兵器

人類が文明を壊滅させられるテクノロジーをはじめて生みだしたのは、私の世代が生まれた頃だった。小学生のときに私たちは市民防衛訓練として、机の下にもぐりこみ頭の後ろに腕を回して、核爆弾の爆発から身を守る訓練をした。私たちはなんとか無傷で切り抜けられたので、その安全対策は有効だったのだろう。

現在、人類は約一万二七〇〇発の核弾頭を保有しており、そのうち九四四〇発が核戦争に使用できる「現役」である。[★3] アメリカとロシアはそれぞれ約一〇〇〇発の大型核弾頭を保有していて、それらは通告から三〇分以内に発射することが可能だ。[★4] 双方が撃ちあえば、核兵器の直接的効果で数億人が死ぬだろう。[★5] これは直接被害の数で、二次的被害の死者は数十億人にもなりうる。

人類は人口増加により世界にあまねく広がっているので、全面的な核兵器の相互攻撃による核爆発だけでは全滅させることはできない。[★6] だが、爆発による放射性降下物は世界の広い地域に放射性物質を振りまき、都市部の火災で大量のすすが大気中に拡散し、それが地球の冷却を招き、大量飢餓をひき起こす。医療や公衆衛生をはじめ、テクノロジーの崩壊もあわさって、犠牲者の数は爆発による死者を大きく上まわる。未来の核兵器には、放射能の残存期間を延ばすコバルトなどの元素が弾頭に加えられることもあるだろう。二〇〇八年にアンダース・サンドバーグとニック・ボストロムは、オックスフォード大学未来の人類研究センターが主催した「地球壊滅リスク会議」で集まった研究者にアンケートをとった。答えの中央値は、「二一〇〇年になる前に核戦争が起こり、最低一〇〇万人が死ぬ確率は三〇%ある」だった。最低一〇億人が死ぬ確率は一〇%、人類が滅亡する確率は一%となった。[★7]

二〇二三年初頭で、三大核兵器（大陸間弾道ミサイル、戦略爆撃機搭載巡航ミサイル、潜水艦発射弾道ミサイル）をすべてもっている国は五カ国ある。アメリカ（核弾頭五二四四発）、ロシア（五八八九発）、中国（四一〇発）、パキスタン（一七〇発）、インド（一六四発）。[8]ほかに核兵器の運搬手段が少ない保有国が三カ国ある。フランス（二九〇発）、イギリス（二二五発）、北朝鮮（推定三〇発）。そして、イスラエルは公式に保有を認めてはいないが、三大核兵器を九〇発程度もっていると広く信じられている。

国際社会は核兵器を制限する一連の条約をとりまとめてきて、[9]現役の核弾頭の数はピークだった一九八六年の六万四四四九発から九五〇〇発以下に減らすことに成功し、[10]環境に有害な地上核実験を禁止し、[11]大気圏外の非核化を保っている。[12]それでも、現在の核兵器は文明を終わらせるのにまだ充分な数がある。[13]現時点で一年以内の核戦争のリスクは低いとしても、数十年あるいは一世紀のあいだに起こるリスクはきわめて深刻な高さだ。現在の形の非常事態が続くならば、世界のどこかで、国家やテロリスト、悪い軍人による故意か、事故により核兵器が使われるのは時間の問題だろう。

核兵器使用のリスクを減らす戦略でもっとも有名なものは、相互確証破壊（ＭＡＤ）という、冷戦時代のほとんどの期間で米ソが用いた戦略である。[14]仮想敵国に対して、貴国が核兵器を使用したら、徹底的な報復行動をおこなうということを確かなメッセージとして送るものだ。このアプローチは「ゲーム理論」にもとづいている。もしも敵国に対して一発の核兵器を使うと、相手が大規模な報復をしてくるのならば、核攻撃は自殺行為になるので、使おうという気にならない。ＭＡＤが機能するためには、相手国が防御できない方法で核攻撃をおこなえる能力を双方がもっていなければならない。[15]したがって、もしもある国が敵の核攻撃を止められるならば、自分たちの攻撃は自殺行為とはならない（一部の研究者は、攻撃する国も放射性降下物により破滅するので、それはMAD＝相互確証破壊ではなく、SAD＝自国確証破壊であるとしている）。[16]

MADの安定した均衡を壊すリスクの一部は防衛体制にある。世界の軍隊はミサイル防衛システムの開発にそれほど努力してこなかったために、二〇二三年時点で、どの国も大規模な核攻撃を確実に切り抜けることはできない。しかし、近年になって新しいミサイル運搬技術の登場により、力のバランスは乱れがちだ。ロシアは核搭載できる潜水艦型水中ドローンの開発と、目標国の少し外側を長時間徘徊し、思わぬ角度から攻撃をおこなう原子力推進巡航ミサイル（ブレヴェスニク）の開発を進めている。[17] ロシアと中国、アメリカは、マッハ5以上で飛んで、防衛側の阻止行動を回避できる核兵器搭載可能な極超音速機の開発にしのぎを削っている。[18] これらはまだ新しいシステムなので、相手国がその性能と効果について判断ミスをして、まちがった結論を出すリスクがある。

MADのような効果的な戦争抑止力があっても、判断ミスや誤解によって災厄が起きるリスクは残る。[19] だが、私たちはこの状況に慣れてしまっているために、ほとんど議論はされていない。

未来における核戦争のリスクについて、慎重な楽観論を支持する理由がある。MADは七〇年以上も有効であり、核保有国の武器庫は小さくなりつづけているのだ。核兵器を使ったテロや、ダーティボム〔有毒な放射性物質をまき散らす爆弾〕が使用されるリスクはまだ大きな心配事だが、先進AIがそうした脅威を探知し、無効にする効果的な手段をもたらしてくれるだろう。AIが核戦争のリスクをゼロにできないあいだは、より賢い指揮管理システムが、センサーの誤作動によるこれらの恐るべき兵器の不注意な使用が起きるリスクを大きく減らしてくれるはずだ。[21]

バイオテクノロジー

　現在の私たちは、全人類の脅威となりうる別のテクノロジーももっている。人を病気にする自然発生の病原体は多くあるが、それでも、ほとんどの人は生きのびる。その反対に、数は少ないながらも、簡単には広まらないが致死性の高い病原体もある。感染力の強さと致死性の高さをあわせもつ疫病は災いを招き、黒死病（ペスト）は一四世紀末までに、ヨーロッパの人口の三分の一を殺し、世界の人口を三億五〇〇〇万〜四億五〇〇〇万人も減らした。[22]DNAの変異も一因となり、一部の者の免疫系は黒死病とうまく闘えた。有性生殖が理由で人間はそれぞれ異なる遺伝子構造をもっていることも幸いだった。[23]

　だが、遺伝子操作の進歩は、ウイルスを編集することで、意図的にしろ偶然にしろ、強い感染力と高い致死性をあわせもつ超強力なウイルスの創造を可能にした。[24]ステルス性があり、人々が感染したことに気づくまでに長い時間がかかり、そのあいだに広まるウイルスもつくることができる。新種のウイルスなので誰も免疫をもっていないだろうから、その結果、パンデミックは人類を蹂躙（じゅうりん）することになる。[25]二〇一九年から二〇二三年の新型コロナウイルス感染症の流行は、そうした災厄がどのようなものかを垣間見せるものだった。

この危険性への不安が推進力となって、一九七五年に遺伝子組み換えに関する会議がカリフォルニア州アシロマではじめて開催された（アシロマ会議）。それはヒトゲノム計画が始まる一五年も前のことだ。[★27] 会議では、偶発的な事故を防ぎ、意図的な行為から生じた問題に対処するための基準が作成された。この「アシロマ原則」はそれ以降、継続的に見直されていて、原則の一部はバイオテクノロジー産業に対する国家による法規制に組みこまれている。[★28]

新興ウイルスが事故か意図的かはともかく、突然に放出されたときに対応するための緊急対応システムを構築するとり組みもおこなわれてきた。[★29] 新型コロナウイルス感染症の流行以前において、感染症への対応時間を短くする努力でもっとも目立つのは、二〇一五年六月にＣＤＣが国際緊急対応チーム（ＧＲＲＴ）を創設したことだ。ＧＲＲＴは二〇一四年から二〇一六年に西アフリカで流行したエボラ出血熱に対応するためにつくられた。このチームは世界中のどこにでも急派され、流行する疫病の特定と封じこめ、医療対策について地元の機関に高度に専門的な助言をおこなう。

意図的なウイルス放出に対する、アメリカ政府全体のバイオテロ防衛体制については、アメリカ国立生物学研究機関連合（ＮＩＣＢＲ）を通じて調整をする。バイオテロ防衛に関する最重要機関のひとつがアメリカ陸軍感染症医学研究所（ＵＳＡＭＲＩＩＤ）である。そうした感染症の大流行にすばやく対応できる能力の育成に関して、私は陸軍科学顧問団を通じて助言をおこなってきた。[30]

感染症が大流行したときには、専門機関がどれだけ速くウイルスを分析し、封じこめと医療の戦術を立てられるかに、数百万人の命がかかることになる。幸いにも、ウイルスの遺伝子解読の速度は、加速度的に速くなる長期トレンドに入っている。一九九六年にＨＩＶ（エイズウイルス）の全ゲノムの解析作業に一三年かかったが、二〇〇三年のＳＡＲＳでは三一日で済み、さらに現在では、多くの生物学的ウイルスは一日しかかからない。[31] 緊急対応システムには、新しいウイルスを捕獲し、一日で塩基配列を解読し、医療対抗策をすばやく設計することが含まれる。

対抗戦略のひとつは、ＲＮＡ干渉を利用することだ。ウイルスは疾患をひき起こす遺伝子に似ている、という観察にもとづく戦略で、ＲＮＡの小さな断片（小分子ＲＮＡ）に、遺伝子を発現させる過程で働くメッセンジャーＲＮＡ（ｍＲＮＡ）を切断させ、破壊させるものだ。[32] また、抗原を用いたワクチンをつくるアプローチでは、ウイルスの表面にある特定のタンパク質構造を標的にする。[33] 前の章で触れたように、すでにＡＩを活用する創薬が、有望なワクチンや治療法の候補を見つけられるようになっている。新しいウイルスが流行したときには、数日から数週間で正体を特定しなければならない。臨床試験のプロセスはそれよりもかなり長くかかるので、少しでもスタートを早める必要がある。二〇二〇年代のうちに、臨床試験で生物学的シミュレーションを利用する割合を増加させるテクノロジーがもてるだろう。

二〇二〇年五月に私はワイアード誌に記事を書き、新型コロナウイルス感染症の原因となるSARS‐CoV‐2ウイルスなどのワクチン作成にAIを活用するべきだと訴えた。[★34]モデルナ社が記録的なスピードでワクチン開発に成功したのは、まさにそれをしたからだった。モデルナ社はさまざまな先進AIツールを使って、mRNA塩基配列を設計、最適化し、同様に製造と試験のプロセスもスピードアップした。[★35]そうして、ウイルスの遺伝子配列を知ってから六五日のうちに、ワクチンを最初の被験者に投与したのだった。そして、FDAの緊急承認を受けたのは投与からわずか二七七日後だった。[★36]新型コロナウイルス感染症流行以前のワクチン開発は最短でも四年はかかったので、これはめざましい進歩だ。[★37]

本書の執筆中に、新型コロナウイルスは研究所で遺伝子工学の研究中に事故で放出された可能性について、科学的調査がおこなわれている。[★38]研究所漏出説に関しては、多くの誤った情報が流れているので、信頼できる科学的情報源からの情報にもとづいて推論を立てることが重要だ。それでも研究所漏出の可能性自体は、もっと悪い事態も起こりえるという真の危険性を強調するものではある。新型コロナウイルスは感染力がとても強いと同時に致死性もとても高いので、悪意をもってつくられたものではないだろう。だが、テクノロジーで今の新型コロナウイルスよりもはるかに致死的な何かをつくることは可能なので、人間文明のリスクを軽減するためにAIがつくる対抗策がきわめて重要になるだろう。

ナノテクノロジー

　バイオテクノロジーにおけるリスクのほとんどは自己複製と関連がある。どんな細胞であっても一個だけなら脅威ではない。自己複製ができれば、地球全体の災厄となりうるのだ。ナノロボット一台の破壊力が小さくても、ナノテクノロジーでも同じことが言える。ナノテクノロジーにより多くの種類の攻撃用兵器をつくることができ、きわめて破壊的な威力をもつ兵器も多い。くわえて、ナノテクノロジーが成熟した暁には、そうした兵器はとても安価につくることができ、それは核兵器とはまったく違う点だ。核兵器の製造には膨大な資源が必要だ（核兵器をつくろうとしたら、どれだけの費用がかかるか概算するために、北朝鮮を例に見てみよう。国際社会からのけ者にされている国で、外部からの援助のほとんどを拒んでいる。韓国政府は、北朝鮮の核兵器開発計画の費用は、核弾頭搭載ミサイルの打ち上げに成功した二〇一六年で、一一億〜三二億ドルと推計している[★39]）。

　それに比べて、生物兵器はとても安あがりだ。一九九六年のＮＡＴＯのリポートによると、生物兵器は一〇万ドル（二〇二三年のドルに換算すると一九万ドル）で開発できるという。一五人の生物学者からなるチームと数週間の期間があればよく、特殊な設備は必要ない[★40]。一九六九年に専門委員会が国連にした報告は衝撃的だった。市民を標的にした場合、核兵器よりも生物兵器のほうが約八〇〇倍もコストパフォーマンスがよかったのだ。それから五〇年のあいだにバイオテクノロジーは大きく進歩し、今では八〇〇倍をはるかに超えているはずだ[★41]。未来において成熟したナノテクノロジーを利用した生物兵器の開発コストがどれくらいになるのか、明確には言えない。だがナノテクノロジーも、生物学的プロセスと同様に自己複製の原則で動くので、開発時のコスト以外は考えないで大丈夫だろう。そして、ナノテクノロジーはＡＩによって最適化される製造プロセスを利用するだろうから、コストはさらに下がるだろう。

ナノテクノロジーにより開発される兵器は何種類もありうる。察知されずに目標へと毒物を運ぶ超小型ドローン。水や空気にまぎれて人体に入って、中から引っかきまわすナノロボット。どんな集団であれ、特定の人々の集団を選択的に狙うシステム。[★42]ナノテクノロジーの先駆者であるエリック・ドレクスラーは一九八六年に次のように記した。「葉のある植物は、現在の太陽電池に比べたら、もはや効率的ではない。太陽電池は植物をうち負かし、食べられない葉っぱで生物圏を満たす。雑食性のタフな（人工の）細菌は真の細菌をうち負かす。風に飛ばされる花粉のように広まり、すばやく複製をつくり、数日のうちに生物圏を塵に変えてしまう。危険な自己複製者はあまりにタフで小さく、すばやく広まるので、少なくとも人間が準備をしていないかぎり止めることはできない。ウイルスとミバエ（蠅）の制御に人間は苦労するのだ[★43]」

最悪のシナリオでもっとも有名なものは、「グレイグー」がつくられる可能性だ。それは自己複製するマシンで、炭素系の物質を消費して自分のコピーをつくりつづける。[★44]そうしたプロセスは手に負えない暴走をひき起こし、地球上のすべてのバイオマスがそのようなマシンにつくり変えられる可能性がある。

では、地球全体のバイオマスを壊すには、どのくらいの時間がかかるのか考えてみよう。利用できるバイオマスは、おおよそ一〇の四〇乗個の炭素原子を持っている。[★45] 一台の複製ナノロボットには一〇の七乗個の炭素原子があるとする。[★46] ゆえに、ナノロボットは一〇の三三乗台の複製をつくる必要があるが、ここで強調したいのは複製がさらに自分の複製をつくるということだ。各世代のナノロボットがそれぞれ二台の複製、あるいはもう少し多くの複製をつくるだけだとしても、何世代にもわたってそのプロセスがくり返されると、信じられない数になる。これが一一〇世代（二世代が現役で活動するとすれば一〇九世代）になるときには、ナノロボットの数は二の一一〇乗＝一〇の三三乗に達する。[★47] ナノテクノロジーを研究するロバート・フレイタスの計算では、一〇〇秒で複製がつくられるとすると、理想的な条件下では約三時間でグレイグーが地球のバイオマスを一掃することになる。[★48]

だが、世界のバイオマスは密に集まっているわけではないので、実際にはもっとゆっくりと破壊が進むだろう。そのときは破壊の最前線における実際の活動が制約要因になる。ナノロボットはとても小さいために、移動するのに時間がかかるので、地球全体に破壊のプロセスが及ぶのは数週間かかるだろう。

だが、二段階攻撃ならこの制約を回避できる。長い時間をかけて気づかれないまま進行するプロセスならば、世界中で炭素原子のごく一部をグレイグーに変えていくことができ、炭素原子一〇の一五乗個ごとにひとつがグレイグーのナノロボットの眠れる軍隊になる。とても小さな集団なので、察知されることはない。しかし、それらは世界中に散らばっているので、攻撃のときにわざわざ移動しなくてもよい。そして、あらかじめ定められた信号が発せられると（おそらく、長距離電波を送受信できるだけのアンテナをみずからつくって装備したナノロボットの小集団が中継して伝えるのだろう）、ナノロボットはその場ですみやかに自己複製を開始するのだ。各ナノロボットが一〇の一五乗個の複製を生みだすには、五〇世代が二台ずつつくればよく、九〇分も要しない。★49 この破壊の波面が伝わるスピードはもはや制約要因にならない。

このシナリオは、テロリストが地球上の生命を奪おうとするなど、悪意のある行動の結果として想像される。だが、かならずしも悪意は必要なく、プログラムエラーで、ナノロボットが自己複製の暴走に入るという事故も想定できる。たとえば、特定の物質だけを消費する、あるいは限られた地域でだけ活動するように設計されたナノロボットが設計ミスによって正常に機能しなくなり、地球規模の災厄をひき起こすことが考えられる。本質的に危険性をもつシステムなので、そこに安全機能をつけ加えようとするよりも、最初からフェイルセーフ（故障しても安全を確保できる）機能をもつナノロボットだけをつくるべきなのだ。

意図しない複製に対する強い防御策のひとつは、「通信」アーキテクチャを備えた自己複製ナノロボットを設計することだ。★50 複製はプログラミングによりみずから動くのではなく、すべての指示をデジタル（電波になるだろう）でもらうことにする。この方法ならば、緊急時には自己複製の暴走を止めるために、ナノロボットへの信号を切ることも、変更することも可能だ。

しかしながら、たとえ責任のある者が安全なナノロボットをつくるとしても、悪人が危険なナノロボットを設計できることに変わりはない。だから、そのシナリオが現実味を増す前からでも、ナノテクノロジーによる免疫システムを前もって適所に配備しておく必要があるだろう。この免疫システムは明白な破壊をもたらすシナリオに対処できるだけでなく、たとえ低密度でも、ひそかに危険な複製が進められる可能性にも対処できなければならない。

心強いことに、この分野ではすでに安全性が真剣に考えられている。ナノテクノロジーの安全ガイドラインは二〇年ほど前から存在しているのだ。一九九九年に「分子ナノテクノロジーの研究方針のガイドライン」というワークショップが開催され（私も出席した）、そこでガイドラインが定められ、それ以降、改訂がなされている。[★51] グレイグーに対する主な防御免疫システムは「ブルーグー」という、グレイグーを無力化するナノロボットだ。[★52]

ロバート・フレイタスの計算では、八万八〇〇〇トンの防御用ナノロボット「ブルーグー」を世界中にうまく配備すれば、約二四時間で地球の大気すべてをきれいにすることができるという。[★53] この量は大きいとはいえ、大型空母の排水量よりも小さく、地球の質量と比べると微々たるものだ。それでも、これは理想的な効果と配備条件のもとで計算した数字だから、現実には達成しにくいだろう。二〇二三年時点で、ナノテクノロジーにはまだ進歩するべき余地が大きいので、理論的な概算と、実際にブルーグーに必要なものとの違いを判断することは無理だ。

しかし、明確に必要なことがひとつある。豊富な天然原料だけを使ってつくられるグレイグーとは異なるように、ブルーグーの原材料には特殊な物質も使うということだ。それによってブルーグーをグレイグーにつくり変えるのを防ぐことができる。この対抗策を成功させるにはやっかいな問題が多くあり、安全で失敗のないブルーグーを確実につくるためには、解決すべき理論的問題もある。だが、これは実行可能なアプローチだと私は信じている。つまるところ、害をなすナノロボットが、上手に設計された防衛システムに対して、一方的に有利である根本的な理由はない。肝心なのは、悪いナノロボットよりも先に良いナノロボットを世界に配備することであり、そうすれば悪いナノロボットの自己複製を探知して、それらが制御不能になる前に無力化することができるのだ。

私の友人でコンピュータ研究者のビル・ジョイは二〇〇〇年に発表したエッセイ「なぜ未来は我々を必要としないか」で、ナノテクノロジーのもつ危険について、すばらしい意見を展開している。[★54]そこでは「グレイグー」のシナリオも論じられていたが、ナノテクノロジー研究者の大半はそのような大惨事は起こらないと考えていて、私も同意見だ。だがグレイグーは地球を壊滅させるレベルのケースなので、これからの数十年におけるナノテクノロジーの開発において、そうしたリスクに留意していることはとても重要だ。ＡＩの助けを借りて予防策をつくり、正しく備えておくことで、そうしたシナリオがＳＦ世界の話にとどまることを願いたい。

ＡＩ

バイオテクノロジーのリスクに加えて、私たちは、二〇二三年までに世界で七〇〇万人近くの死者を出している新型コロナウイルス感染症のようなパンデミックにもさらされる。[★55] 文明が災厄の脅威にさらされるのを防ぐために、未知のウイルスの遺伝子をすばやく解析し、治療薬を開発する手段をもとうとしているところだ。グレイグーはまだ脅威ではないが、その二段階攻撃にさえ対処できる防衛戦略をナノテクノロジーを利用して用意しておくべきだ。しかし、超知能ＡＩは根本的に異なる種類の危険を内包しており、それは最重要な危険だ。ＡＩが創造者の人間よりも賢くなると、ＡＩはすでに導入されているいかなる予防措置をも回避する方法を見つけられるだろう。それを確実に防ぐ一般的戦略はない。

超知能ＡＩから生じうる危険は大きく分けて三種類あり、それぞれを対象とした研究をすれば、リスクを減らすことが可能だ。ひとつ目の危険は「誤用《ミスユース》」で、人間のオペレーターが意図するとおりにＡＩは動くが、オペレーターが故意に他人を害しようとしているケースもここに含まれる。[★56] たとえば、テロリストがＡＩの生化学的能力を使って、致死的なパンデミックをひき起こす新しいウイルスを設計することがそれだ。

第二の危険は「外部《アウター》ミスアラインメント」で、プログラマーの実際の意図と、それを達成するためにＡＩに教えた目標が一致していないケースだ。[★57] これは、童話でジーニー〈人間の姿になって願いごとをかなえてくれる精霊〉の話によく出てくる古典的な問題だ。命令を文字どおりに受けとる者に自分の望みを正しく明確に伝えることはむずかしい。例としては次のものがある。ガン治療を目指すプログラマーが、特定の発ガン性DNA変異を起こしているすべての細胞を殺すウイルスを設計するようにAIに指示する。AIはその設計に成功したが、このDNA変異は健康な細胞の多くでも出現することをプログラマーは知らなかったので、このウイルスを投与された患者は死んでしまう。

第三の危険は「内部ミスアラインメント」で、目標達成のためにAIが学んだ手法が、少なくとも一部の場合で望ましくないふるまいを生むことだ。たとえば、発ガン性細胞にのみ特有の遺伝子変異を特定することをAIに学習させた結果、AIが特定した変異は訓練データ上にだけ見られる疑似パターンであり、現実世界で運用したときには役に立たなかった。おそらく、訓練データのガン細胞は、比較対象となる健康な細胞よりもずっと前に採取され、長く保存されていたため、そのあいだに生じた微妙な遺伝的変化をAIが識別するように学習したのだろう。もしもAIがこの情報にもとづいてガンを殺すウイルスを設計したならば、それは生きた患者には効果がない。ここまであげたものは比較的単純な例だが、AIが複雑な課題を負うようになると、ミスアラインメントを発見することはますむずかしくなるだろう。

外的、内的ミスアラインメントの予防法については、積極的に探している技術研究の現場があり、するべきことはたくさんあるものの、有望な理論的アプローチは複数ある。そのひとつ、「模倣による一般化」は、人間がどのように推測するかを模倣によりAIに学

383 第7章 危険

習させて、よく知らない状況でＡＩがその知識を応用するときの安全性と信頼性を高めるものだ。[★59] また、「議論によるＡＩの安全性」では、複数のＡＩに議論をおこなわせ、相手のアイデアの欠点を指摘させることで、支援なしでは正しい評価が下せないほど複雑な問題に人間が判断を下せるようにするものだ。[★60]「反復増幅」とは、「弱いＡＩ」に助けられた人間が、整合性のとれたより「強いＡＩ」をつくる。このプロセスをくり返すことで、人間が単独で整合性のとれたＡＩをつくるよりもはるかに強いＡＩを生むことができる。[★61]

また、ミスアラインメントの問題が解決困難だとしても、[★62] なにも人間がみずから解決しなくてもいい。正しいテクニックを用いＡＩを利用して私たちのアラインメント能力を劇的に拡張すればいいのだ。誤用対策用ＡＩを設計することにも適用できる。前に紹介した生化学の例では、うまく整合性のとれたＡＩが危険な要求を認識して、拒否できるようにするべきだ。そして、誤用に対する倫理的な防護手段も必要だろう。それは、安全で責任のあるＡＩの配備を求めるしっかりした国際的基準でなければならない。

この一〇年でＡＩの性能は急激に向上したので、誤用の危険を減らすことの重要性は世界の優先事項になっている。この数年間、ＡＩに関する倫理規定をつくるべく私たちは協力しあってきた。二〇一七年に私は「アシロマＡＩ会議」に出席した。四〇年前に定められたバイオテクノロジーに関するガイドラインに触発されて、同じ地で開催された会議だ。[★63] そこで有益な「アシロマＡＩ原則」が定められ、私はそれに賛同する署名をした。だが、たとえ世界の大半が「アシロマＡＩ会議」の提案に従うとしても、非民主的な考えをもち、表現の自由に反対する人間が、みずからの目的のために先進ＡＩを使うシナリオは容易に想像できる。注目すべきは、主要な軍事大国がこの原則に署名していないことと、歴史的に見て、軍事大国が先進テクノロジーの開発をおし進めてきたことだ。たとえば、インターネットはアメリカ国防高等研究計画局（ＤＡＲＰＡ）が開発した。[★64]

それでもアシロマＡＩ原則は、責任あるＡＩ開発の基礎を提示しており、この分野はよい方向に進もうとしている。二三項目の原則のうちの六つは、人間の価値と人類を尊重するものだ。たとえば、第一〇原則は「価値観の調和：高度な自律的ＡＩシステムはその運用にあたり、その目的とふるまいが確実に人間の価値観と調和するように設計されるべきである」と唱える。[★65]

また、二〇一八年の「自律型致死兵器に関する誓約（ＬＡＷ）」でも、同じ概念をうたっている。「私たち署名者は、人間の命を奪う判断を決して機械に委ねるべきではないということに賛同する。その判断には道徳的要素があり、他の人間が責任を負うべき（あるいは誰の責任にも帰されない）命を奪う判断を、機械にさせるべきではない」。[★66] スティーヴン・ホーキングやイーロン・マスク、マーティン・リース、ノーム・チョムスキーといった影響力のある人物がこのＬＡＷに署名をした一方で、アメリカ、ロシア、イギリス、フランス、イスラエルなどの軍事大国は署名を拒否している。

アメリカ軍はそれらのガイドラインに署名をしていないものの、人間を標的とするシステムは人間によって管理運営されなければならない、という軍の方針をもっている。[★67] 二〇一二年に国防総省は次の命令を発した。「自律型及び半自律型兵器システムの武力行使に関して、指揮官やオペレーターが適切なレベルで判断を下せるようにするべきである」[★68]。二〇一六年にロバート・ワーク国防副長官が、アメリカ軍は「致死的な武力の行使に関する権限を機械に委譲することはない」と発言した[★69]。それでも副長官は、未来のどこかの時点では、敵国が「我々よりも機械に権限を委譲することに積極的な場合」には、それに対抗するためにこの方針を変える可能性を残した[★70]。バイオハザードの利用に対抗する方法を定める政策協議会の一員として、軍がこの方針を決める際に私も議論に参加した。

二〇二三年二月に、アメリカと中国も参加して開催された「軍事領域における責任あるＡＩ利用」サミットのあとで、「ＡＩと自律性の責任ある軍事利用に関する政治宣言」が発表された。人間による核兵器の管理を確実なものにすることも含めて、分別ある方針を採用することを呼びかけている[★71]。ただ、「人間による管理」という概念にはあいまいなところがある。もしも、人間が未来のＡＩシステムに「敵の核攻撃を止める」権限を与えたならば、止める方法についてどこまでＡＩに裁量を与えればいいのか。核攻撃をうまく阻止できるＡＩ将軍は、攻撃目的にも利用できることには留意する必要がある。

ＡＩテクノロジーは本来、軍事用にも民生用にも使えることを私たちは認識しなければならない。すでに実用化されているシステムでも該当する。雨期に道路が不通になった病院に医薬品を運ぶドローンは、病院に爆弾を運ぶこともできるのだ。軍事用ドローンはすでに一〇年以上も使われていて、地球の反対側にいる操縦者が建物の特定の窓にミサイル

を撃ちこめるほど精密になっていることは、覚えておくべきだ。[★72]

私たちはまた、敵国の軍隊がLAWに従っていないときに、自国が従うことを望むのかどうかを考える必要がある。もしもAIが指揮する先進兵器からなる敵国の攻撃部隊が攻めてきたらどうする？　性能の高いAI兵器で敵の部隊をうち破り、国を守りたいと思わないだろうか？　「キラーロボット反対キャンペーン」が大きな支持を得られないでいる主な理由はここにある。[★73]二〇二三年時点で主要な軍事大国はこのキャンペーンを支持していない。中国だけは二〇一八年に支持したが、のちに使用だけを禁じて、開発は認めるという立場に改めた。[★74]これは倫理的というより戦略的、政治的な理由によるものだろう。なぜならアメリカとその同盟国が自律兵器を使えば北京は軍事的に不利な立場に置かれる可能性があるからだ。私個人の見解としては、もしもそのような兵器で敵国から攻撃されたならば、それに対抗する兵器を望むだろうし、そのときはこのキャンペーンの唱える禁止事項に反することになる。

また、二〇三〇年代にはブレイン・コンピュータ・インターフェース（BCI）が実現するだろうが、機械で増強した人間が意思決定をするときに、「人間の管理」における「人間」とは最終的に何を意味するのかが問題になるだろう。人間の生物学的知能が変わらないでいるあいだに、非生物学的な要素は指数関数的に向上するので、二〇三〇年代終わりには、私たちの思考はかなりの部分を機械がおこなっているだろう。思考の多くで非生物学的システムを使っているのならば、それは人間による意思決定と言えるのだろうか？
アシロマＡＩ原則のいくつかは議論の余地がある。たとえば次のふたつがそれだ。第七原則「障害の透明性：人工知能システムが何らかの被害を生じさせた場合に、その理由を確認できるようにすべきである」。第八原則「司法の透明性：司法の場における意思決定についてどのような形でも自律システムが関与する場合には、権限を有する人間による監査において充分な説明を提供すべきである」

ＡＩの決定をわかりやすいものにする努力は価値があるが、超知能をもつＡＩの決定は、ＡＩからどのように説明をされても、人間にはほとんど理解できないだろうという根本的な問題がある。もしも囲碁のプログラムが最強の棋士の力をはるかに超えているとしたならば、その戦略的決定を説明されても、機械により頭脳を強化していない人間には、最強の棋士でさえも完全には理解できないはずだ。[★75] ＡＩシステムの不透明さを減らす方向の研究として有望なものは、「潜在的知識をひき出す」ことだ。[★76] このプロジェクトは、ＡＩに質問したとき、人間が聞きたいと思っていることだけを答える（機械学習の能力が上がるにつれて、このリスクは高くなる）のではなく、ＡＩが知るすべての関連情報を提供させるテクニックを研究するものだ。

アシロマＡＩ原則のなかには、ＡＩ開発に関して非競争的な活力を促進する、という賞賛に値する項目がある。特に、第一八原則「ＡＩ軍拡競争：自律型致死兵器の軍拡競争は避けるべきである」及び第二三原則「公益：広く共有される倫理的理想のため、そして、特定の国や組織ではなく全人類の利益のために超知能は開発されるべきである」。それでも、超知能AIは、戦争において決定的な強みとなりうるし、莫大な経済利益をもたらす可能性があるために、軍事用の開発をおこなう強い動機がある。★77 それは誤用の危険性を高めるだけでなく、AIにかかわる組織の講じる安全予防策が無視されてしまう可能性をも高める。

価値観の調和について記した第一〇原則を思い出してもらいたい。その次に記された原則は、重視すべき人間の価値観について具体的にしている。第一一原則「人間の価値観：AIシステムは、人間の尊厳、権利、自由、そして文化的多様性の理想に適合するように設計され、運用されるべきである」

目標を掲げても、それが達成される保証にはならないが、この目標はAIに由来する危険の核心を突いている。なぜなら、「有害な目的をもった」AIは、その行動がより大きな目的から見て意味のあるものだと説明することができないし、さらには、人間が広く共有している価値観に照らして正当化することができないのだ。

AIの基本的能力の開発を規制することは困難だ。その大きな理由は、汎用知能の土台となる基本的な考えが広範にあるからだ。本書の出版準備中に明るいきざしがあった。主要国政府がこの課題に真剣にとり組みはじめたのだ。二〇二三年一一月にイギリスのブレッチリー・パークで、「AIの安全性と規制に関する国際会議」（世界AI安全サミット）が開催され、そこで「ブレッチリー宣言」が採択された。だが、成果があがるかどうかはそのとり組みがどのように実行されるのかにかかっている。[78] 自由市場の原則に根拠を置く楽観的な意見には、超知能開発の各ステップは市場に受けいれられることを条件としている、というものがある。言いかえると、汎用人工知能（ＡＧＩ）は、人間が現実に抱える問題を解決するために人間がつくるもので、有益な目的に沿ってＡＩを最適化しようという強い動機があるというのだ。ＡＩは高度に統合された経済インフラから、重要な意味で人間と同じものとして生みだされたものだから、人間の価値を反映している。私たちはすでに人間と機械が協働する文明をつくっている。結局のところ、ＡＩの安全性を保つために私たちがとることのできる最重要アプローチは、人間による管理と社会制度を守り、向上させていくことなのだ。未来において破壊的な対立を起こさないための最善の方法は、直近の数十年、数世紀において暴力を大きく減らしてきた倫理的な理想を発展させていくことなのである。[79]

現代版ラッダイト運動主義者の、見当違いだが次第に大きくなっている意見についても真剣に対応すべきだ、と私は考えている。彼らは、遺伝学、ナノテクノロジー、ロボット工学のもたらす深刻な危険を避けるためにはそれらのテクノロジーの進歩を放棄することを訴えている。[80] だが、それによって人類の苦難を克服するのが遅れることは、重大な結果をもたらす。たとえば、遺伝子組み換え食品に反対することが、アフリカの飢饉を悪化させるのだ。[81]

テクノロジーが人間の体や脳を改良しはじめた今、進歩に対する別種の反対の声が出はじめた。人間を人間たらしめている本質を一ミリたりとも変えるのは反対だ、という原理主義的人間中心主義からの声だ。[★82]反対の対象には、遺伝子やタンパク質折りたたみを改変することや寿命を大きく延ばすことを目指した措置も含まれる。だが最終的には、彼らの望みはかなわない。なぜなら、私たちのバージョン1・0の体についてまわる痛みや病気を治療したい、短い寿命を延ばしたいという欲求には抵抗できないからだ。

寿命を大きく延ばせる見込みが出てくると、すぐに二種類の疑義が呈せられた。そのひとつは、人間という生物集団の拡大を支える物質資源が枯渇する恐れがあると主張する。現在でも人口増加を支えるエネルギーやきれいな水、住居、土地、その他の資源が不足しつつあるので、将来、死亡率が急落すると、この問題は一層深刻になる、という意見はよく耳にする。だが、私が第4章で明確にしたように、地球の資源は私たちがそれを最大限に利用するようになれば、必要な量の数千倍も存在するのだ。たとえば、太陽の光は、理論上は人間が必要とするエネルギーの一万倍近くもある。[★83]

ふたつ目の異議は、何百年間も生きて同じことをくり返すのに人間は飽きてしまうという主張だ。しかし、二〇二〇年代に私たちはVRとARを提供する超小型の外部装置を開発し、三〇年代にはナノロボットが信号を人間の感覚に送ることで、直接に人の神経系とVRとARとを接続できるようになるだろう。ナノロボットによって私たちの寿命が大きく延びるだけでなく、人生が大きく拡張することになる。私たちが住めるようになる広大なVRとARの世界では、自分の想像力だけが限界を決めるのだが、その想像力さえも拡大していくのだ。たとえ何百年も生きるとしても、得るべき知識や消費すべき文化がなくなることはない。

病気や貧困、環境悪化や人間の欠点すべてなど、私たちが直面している喫緊の課題を克服するのにＡＩは欠かすことのできないテクノロジーだ。この新しいテクノロジーの有望さを理解し、それがもつ危険を軽減することは道徳的要請である。そして、人間は過去にもそうした要請に応えてきた。この章の冒頭で、私が子どものときに核戦争に備えて市民防衛訓練をしたと記した。私が成長する期間、まわりのほとんどの人は核戦争は避けられないと思っていた。人類という種が、あの恐ろしい兵器を使わないでいるだけの知恵を見いだしたという事実は、私たちがバイオテクノロジーやナノテクノロジー、超知能ＡＩを管理下に置いて、責任をもって利用するにはどうするべきかを示す輝かしい例となっている。それらの危険の管理に失敗することが運命づけられているわけではない。

全体として私たちは慎重な楽観論でいるべきだろう。ＡＩは新しいテクノロジー上の脅威を生みだすが、また、その脅威に対処する私たちの能力を高めてくれもする。人間の価値観に関係なく知能を高めるので、有望なものでも危険な場合でもその誤用は起こりうる。★84 ＡＩが普及した世界に向けて、その効果が全体として人類の価値観を反映するように私たちは動かなければならない。

8

第8章 カサンドラとの対話

カサンドラ　：それではあなたは、二〇二九年までに充分な計算能力を備えたニューラルネットが、人間のもつすべての能力を超えると予測されているのですね？

カーツワイル：ええ、すでに個々の能力では次々と超えています。

カサンドラ　：そして、そのときにニューラルネットはいかなる人間のもついかなるスキルをもはるかに超えていくというのですね。

カーツワイル：そうです。二〇二九年までに人間のスキルを次々と超えていきます。

カサンドラ　：そして、チューリングテストに合格するために、ＡＩは賢くないふりをしなければならないと。

カーツワイル：ええ、そうしないと、未強化の人間には見えませんから。

カサンドラ　：またあなたは、二〇三〇年代のはじめには、脳の中に入りこみ、大脳新皮質の表面の層に接続する手段を見つけると考えています。その目的は、人間の脳で何が起きているのかを知り、脳と外部との接続を活発にするためですね。

カーツワイル：そうです。

カサンドラ　：そして、私たちがつくろうとしているその超知能は、少なくともクラウドへの接続を通じて私たちの脳の一部になると。

カーツワイル：はい。

カサンドラ　：なるほど。でも、このふたつの進歩、つまり人間のできることすべてとそれ以上の能力をニューラルネットに学習させることと、脳の中と外で双方向の効果的な接続をすることですが、両者はまったく異なる領域の話ですね。

カーツワイル：そうですね。

カサンドラ　：前者はコンピュータによる実験を通して実行され、そこにはあまり規制がありません。実験は数日で済み、ひとつの前進は次の前進につながります。ですから進歩はとても急速です。それに対して、一〇〇万本のワイアをもつデバイスを生きている人間の脳につなぐたぐいのことは、まったく別の話です。そこには、あらゆる種類の監督と規制が求められます。人体のなかでも、おそらくもっとも繊細な部分である脳に直接モノを入れるのですから。しかしながら、今のところ、必要であるべき規制は明確になってはいません。たとえば、脳の重い病気を予防できるのならば、そこには確かなメリットがありますが、外部のコンピュータと脳を接続するのは、とてもむずかしいことではないでしょうか?

カーツワイル：でもそれは実行されるでしょう。理由のひとつは、あなたが言ったような脳の重い障がいを治すためです。

カサンドラ　：ええ、それには同意しますが、実現は大幅に遅れるのではないでしょうか?

カーツワイル：ですから、私は二〇三〇年代と予測しています。

カサンドラ　：でも、脳の中に異物を入れることに関して何かしらの規制ができれば、実現が遅れることもあると思います。たとえば、一〇年遅れて二〇四〇年代になるとか。それは、超知能の機械と人間との交流に関するあなたのタイムラインを大きく変えるでしょう。たとえば、機械が人間の知能を拡張するのではなく、人間の仕事をすべて奪ってしまうことになりませんか?

カーツワイル：直接に脳内でその機能を拡張することは便利でしょう。携帯電話のように紛失したりはしません。そのようなデバイスと脳を直接に接続していない今でさえも、デバイスは人間の知能を拡張する機能を果たしています。今の子どもはモバイル機器を使って、人類の知恵のすべてにアクセスできます。そして、ＡＩは労働者にとって代わるよりも、はるかに多くの労働者を強化しています。拡張機器は人間の体の外にあり、脳とデバイスは接続されていないにもかかわらず、すでに存在する脳の拡張機器なしには仕事をすることができなくなっています。

カサンドラ：そうですが、あなたは大脳新皮質の「表面の層」と接続するためには数百万の回線が必要だと言っています。それに対して外部にあるデバイスで私たちを拡張するには、キーボードによる入力が必要で、速度が何桁も遅くなります。それではやりとりが大きくそこなわれることは確実です。ＡＩはそのような遅いコミュニケーション速度で人間と対応することを望むでしょうか？　すべてを自分のスピードでおこなえばいいじゃないですか。

カーツワイル：二〇二〇年代のなかばまでには、キーボードよりも数千倍は速くコンピュータとやりとりできる手段をもつでしょう。フルスクリーンの動画と音声を持つ完全没入型ＶＲがそうです。私たちは日常の現実を見聞きしますが、コンピュータと双方向のコミュニケーションで結ばれるようになります。それは大脳新皮質の「表面の層」と接続しているのと同じくらいの速度を実現するものであって、それが最終的にはキーボードに代わるのです。

カサンドラ：わかりました。私たちはコンピュータとやりとりすることで自分たちの能力を伸ばすのですね。でもそれは実際に大脳新皮質を拡張することと同じではないでしょう。

カーツワイル：それでも人には変わることなく、食料と家と必要なものを得るための仕事があります。脳を内側から拡張する人がより抽象的な思考ができるようになる前は、先進的ＡＩで外側から脳を拡張する人がむずかしい仕事や問題に対処することになるのです。

カサンドラ　：しかしながら、人間には生きる目的が必要です。すべての知的分野において、ＡＩが何でもできて、それも最高の人間よりもはるかに上手に、はるかに速くできるのならば、人間に生きる意味を与えるものが何か残っていますか？

カーツワイル：私たちがつくっている知能と人間が融合することを望むのはそれが理由です。ＡＩは私たちの一部となり、その主体は私たち人間になるのです。

カサンドラ　：わかりました。でも私は、頭蓋骨の中に数百万もの接続をもつデバイスを入れるというとてつもない課題を考えると、脳の拡張が一〇年遅れることもありうると思っています。ＶＲをはじめ、体の外における変化ならば、私はその実現可能性を何でも受けいれられますが、大脳新皮質を拡張することはそれと同じとは思えません。

カーツワイル：その不安はダニエル・カーネマンが表明したものです。彼はまた、職を失った人々と、他のものとのあいだに暴力事件が起こる危険性を心配しています。

カサンドラ　：その「他のもの」とはコンピュータのことですか？　コンピュータはすべてのスキルにおいて人間を上まわるのですから。

カーツワイル：コンピュータではありません。なぜなら、人間は幸福のためにコンピュータに頼るようになるからです。それよりは、みずからの富と権力を増やすために、ＡＩを使うことを受けいれ、労働者をクビにする人々のことです。

カサンドラ　：カーネマンは途中の期間について考えているのだと思います。その期間では、一部の人間が権力をもちつづけており、対立を避けるために必要となる充分な物質的豊かさをＡＩがまだ生みだしていないのです。

カーツワイル：そうですね。人々が生きる目的をもっていることを実感したときに対立は小さくなるでしょう。私たち人類の祖先が数十万年前に、大脳新皮質を大きくして、生存本能だけの存在から哲学を考える存在になっていったように、知能を拡張した人間は共感や倫理に関する能力も高めるのです。

カサンドラ　：納得しました。でも大脳新皮質をクラウド上に拡張することと、外部のデバイスによって脳の機能を拡張することとは大きく異なるものに思えます。

カーツワイル：ええ、たしかに。それでも二〇三〇年代前半までに大脳新皮質の拡張を達成すると私は考えています。だから途中の期間はそれほど長くならないで

しょう。

カサンドラ　：でも、大脳新皮質に接続するタイムラインは重要な関心事です。それが遅れることは大きな問題になりかねません。

カーツワイル：ええ、そのとおりです。

カサンドラ　：もしもAIがあなたをエミュレート（模倣）して、生物学的なあなたをそのエミュレーションに置きかえるならば、それはあなたのように見えます。誰から見てもあなたのようで、本物のあなたは消されてしまいます。

カーツワイル：そうですね、でも今はそのことを話しているのではありません。私たちはあなたの生物としての脳をエミュレートするのではなく、脳につけ加えるのです。生物の脳は元のまま存在し、ただ知能を強化するだけなのです。

カサンドラ　：でも、非生物学的な知能は生物学的な脳よりも何倍も強力で、最終的には数千倍、数百万倍も強力になるのでしょう。

カーツワイル：たしかにそうですが、そのときに奪いとられるものは何もありません。逆にいろいろとつけ加えられるのです。

カサンドラ　：でもあなたは、数年のうちに私たちの脳はクラウドの延長になると言っていますよね。

カーツワイル：実際のところ、私たちはすでにそうなっています。生物の脳にあなたがいかなる哲学的な意味を見ていても、それが奪われることはないのです。

カサンドラ　：しかし、その時点で生物の脳はもはや意味のないものになってしまいます。

カーツワイル：それでも、そこに存在していて、基本的な特質（クオリティ）はすべて残されています。

カサンドラ　：とにかく、とても短いあいだに重大な変化が起こるのですね。

カーツワイル：まさにそうです。

謝辞

Acknowledgments

妻のソーニャに感謝を述べたい。クリエイティブな仕事で試練を味わう私に、愛情ある忍耐をもって接してくれ、五〇年にわたり考えを共有してくれたことに。

わが子どもたちイーサンとエイミー、イーサンの妻レベッカとエイミーの夫ジェイコブ、わが姉妹のイーニッド、わが孫たちレオ、ナオミ、クインシーに。彼らの愛情とインスピレーション、アイデアに。

亡父母のフレドリックとハンナに。ニューヨークの森を歩きながら、私にアイデアのもつ力を教えてくれ、若い私に新しいことにチャレンジする自由を与えてくれたことに。

ジョン＝クラーク・レヴィンに。彼の綿密な調査と知的なデータ分析は本書の土台となった。

長年の担当編集者であるヴァイキング社のリック・コットに。そのリーダーシップとぶれない指導、すぐれた編集能力に。

私の著作権代理人であるニック・ムーレンドアに。その明敏かつ情熱あふれる指導に。

一九七三年以来のビジネスパートナーであるアーロン・クライナーに。五〇年に及び献身的な共同作業をしてくれている。

ナンダ・バーカー゠フックに。私の執筆を手伝ってくれ、スピーチの監督管理をしてくれている。

サラ・ブラックに。そのたぐいまれなる調査能力とアイデアを統合する能力に。

セリア・ブラック゠ブルックスに。思いやりに満ちた支援を与えてくれ、私の考えを世に広めるためにすぐれた戦略を考えてくれた。

デニス・スクテラーロに。私のビジネス活動を上手にまわしてくれている。

ラクスマン・フランクに。そのすばらしいグラフィックデザインとイラストに。

エイミー・カーツワイルとレベッカ・カーツワイルに。私の執筆活動を導いてくれ、とてもうまく書けた本の実例を見せてくれた。

マルティーン・ロスブラットに。彼女は本書に記したテクノロジーのすべてにその身を捧げてきた。そして、それらの領域で私たちは長きにわたり協力して、すばらしい進歩の例を示してきた。

わが研究チームに。このプロジェクトのために、役立つ研究と執筆と支援をしてくれた。メンバーのアマラ・アンジェリカ、アーロン・クライナー、ボブ・ビール、ナンダ・バーカー゠フック、セリア・ブラック゠ブルックス、ジョン゠クラーク・レヴィン、デニス・スクテラーロ、ジョウン・ウォルシュ、メリールー・スーザ、リンゼイ・ボッフォリ、ケ

ン・リンデ、ラクスマン・フランク、マリア・エリス、サラ・ブラック、エミリー・ブラ
ンガン、キャスリン・マイロヌクに。

思慮深い専門的助言を与えてくれたヴァイキング・ペンギン社の献身的なチームに。メンバーの、編集責任者のリック・コット、同アリソン・ローレンツェン、編集者のカミーユ・ルブラン、発行者のブライアン・タート、副発行者のケイト・スターク、広報責任者のキャロリン・コールバーン、マーケティング部長のメアリー・ストーンに。

CAA（クリエイティブ・アーティスツ・エージェンシー）のピーター・ジェイコブズに。私の講演活動において見事なリーダーシップを発揮し、支援をしてくれる。

フォティア・パブリック・リレーションズ社とブック・ハイライト社のチームに。本書を広く知らせることにおいて、特別なPR活動と戦略的な指導をしてくれた。

私の会社の仲間と一般読者に。多くの賢明で創造的なアイデアをくれた。

そして最後に、勇気をもって古い前提に疑問を呈し、誰もしなかったことをしようという想像力を働かせたすべての人たちに。あなたたちは私に刺激をくれた。

日本語版解説

松島倫明

奇しくも本書が日本で刊行されるのは、ノーベル物理学賞と化学賞がＡＩ研究者に贈られる二週間前のこととなる。ＡＩ研究への貢献がノーベル賞を受賞することについては当初驚きをもって迎えられたものの、社会に与えるインパクトの大きさを踏まえれば、ノーベル財団はまさに時代の大きな変化の一瞬を摑まえたのだとも言えるだろう。一九五六年に、ダートマス会議で初めて「Artificial Intelligence（人工知能）」という言葉が使われて以来、二度の「ＡＩの冬」を経て、現在に続く「ＡＩブーム」が始まったのが二〇一二年ごろだと言われている。機械学習のなかでもニューラルネットワークにおける深層学習の手法が飛躍的に進展し、二〇二四年現在、その勢いはますます加速している。おそらくこれをお読みの多くの方が、いまやＡＩと自然に対話しながら、グーグル検索以上のやりとりを日常的にされていることだろう。言語の意味を深く理解して人間と対話する機械知能はいかにして実現できるのか？　その実現に向けて、生涯取り組んできたのが本書の著者、レイ・カーツワイルその人だ。

カーツワイルは一九四八年にニューヨークで生まれ、これまでに光学文字認識（ＯＣＲ）、テキスト音声変換、音声認識技術、音楽シンセサイザー「カーツウェル」などの革新的な技術を開発し、多数の受賞歴をもつ著名な発明家である。二〇一二年からはグーグルの主席研究員として自然言語理解と新しい検索技術の開発を担当してきた。

また、未来学者、ビジョナリーとしての著書も多く、なかでも「シンギュラリティ」の到来を予測し、ＡＩとバイオテクノロジー、ナノテクノロジーの技術的収束の道筋を描いた“The Singularity Is Near”は彼の代表作として世界的に知られている。その日本版はＮＨＫ出版から二〇〇七年に刊行されたが、邦題となった『ポスト・ヒューマン誕生』について、当時の担当編集者として改めて記しておきたい。当時「シンギュラリティ」という言葉は、それこそグーグル検索でもほぼ何もヒットしないくらいまったく馴染みのないものだった。六〇〇ページを超える大著を日本の読者にアピールするタイトルをと散々悩んだ挙げ句、着地したのがこの邦題だったのだ（カーツワイル本人にも了承いただいた）。

ところが、それから数年の間に、米国のクイズ番組で優勝したり、囲碁の世界チャンピオンを破ったりするなど、ＡＩの躍進ぶりはめざましく、「シンギュラリティ」という言葉も数多く引き合いに出されるようになった。そうした流れを受けて、二〇一六年に『ポスト・ヒューマン誕生』の抄訳版『シンギュラリティは近い［エッセンス版］』を刊行し、すでに『シンギュラリティは近い』に改題して刊行していた電子版と併せて、やっと邦題を原題に合致させることができたというわけだ。この経緯を踏まえれば、本書『シンギュラリティはより近く（原題：“The Singularity Is Nearer”）』が、『ポスト・ヒューマン誕生（原題：“The Singularity Is Near”）』の続編として位置づけられることがお分かりいただけるだろう（以後、本書／前著とする）。

シンギュラリティにつきまとう誤解

「シンギュラリティ」についてまずはまとめてみよう。「技術的特異点」とも訳されるこの言葉は、本書冒頭でカーツワイルが説明しているように、元々は「数学と物理学で使われる言葉で、他と同じようなルールが適用できない」特異点を意味するものだ。カーツワイルはそれを、ＡＩやナノテクノロジー、ロボット工学といった分野の技術的収束によって、人類がいわば生物学的な限界を超越する地点を指すものとして前著で定義し、その到来を二〇四五年と予測した。

ここで改めて指摘しておきたいのが、「シンギュラリティ」という言葉が次第に人口に膾炙《かいしゃ》するにつれ、それが「人工知能が人間の能力を上回るとき」だという理解が一般化していることだ。例えばチューリングテストをパスするとか（それはもっと早く二〇二九年までだとカーツワイルは予測している）、あるいはＡＧＩ（汎用人工知能）／ＡＳＩ（人工超知能）の到来のことを指して「シンギュラリティ」という言葉が使われる事例を、特に大規模言語モデル（ＬＬＭ）による生成ＡＩの躍進以降、頻繁に見かけるようになった。もしあなたもそのような理解から本書を手に取られたのなら、それは幸運なことだ。なぜなら、それはもっと複雑で議論を呼ぶシンギュラリティの概念を、改めて知る機会を手にしたということなのだから。

本書でカーツワイルはシンギュラリティについて、「現在の人間の知能では（中略）理解できないこと」だと述べている。人間の知能を大幅に上回るＡＳＩが脳とつながることで、人間はいままでの数百万倍のコンピュテーション（計算）能力、記憶力、その処理スピードを手にすることができ、同時にナノテクノロジーの進展によって物理的なモノや身体も情報によって制御され、現在デジタル情報が世界を覆い尽くしているのと同じように、潤沢なるモノが世界を満たすようになる。そんな、これまでの「ルールが適用できない」世界の到来が、シンギュラリティなのだとカーツワイルは言う。例えば、一〇次元の世界というものを理論物理では扱えても、人間の生物学的能力でその具体的なイメージを抱くことは困難なはずだ。それをついに全身で理解できるようになるのがシンギュラリティ以後の世界となる、というわけだ。いかがだろうか。確かにぼくたちにはまだ想像することすらできないかもしれない。だからこそ、本書を読み解くことでその予兆に備えることには大きな意味があるはずだ。ここで本書の構成を概観していこう。

カーツワイルが描くAI進化の道筋

第1章「人類は六つのステージのどこにいるのか?」は前著の簡略なおさらいでもある。ビッグバンから始まって、意識と情報がどのようなステージを経て進化していくのか、わたしたち人類の現在地や、今後訪れるであろうシンギュラリティが究極の技術進化に向けた各ステージのどこに位置づけられるのかといった、大きな見取り図を手にできる。カーツワイルが根底にもつ宇宙観を摑めるパートだ。

続く第2章「知能をつくり直す」では、AIの歴史と今後の道筋が語られる。シンギュラリティを理解するうえで最も重要なパートだ。カーツワイルは本書を、まさに生成AIの指数関数的な発展を目の当たりにしながら執筆していたはずだ。本書では二〇二四年初頭、Chat-GPTでいえば「4」までがカバーされているけれど、彼が前著で述べた「二〇二九年までにＡＩがチューリングテストをパスする」という予測が当たるためには、いま起こっていることもすべてが必然であり予想された通りだといわんばかりの書きぶりが小気味いい。二〇年近く前の前著の時点ではまだ人類は「変化の初期ステージ」に立っているに過ぎなかったけれど、いまや「全力疾走」で、「変化のピークにさしかかっている」というわけだ。

この章で注目しておきたいのが、今後のＡＩの進展についてだ。カーツワイルはＡＩが獲得しなければならない資質として「文脈記憶、常識、社会的相互作用」の三つを挙げている。それはつまり、ＡＩが周囲の環境や世界の状態を内部的に表現・理解する「世界モデル」をもてるかという、まさに古くからあるＡＩ研究の聖杯のことを指している。いまのＡＩブームを牽引する大規模言語モデルは、いうなればテキストのパターン認識に拠るものであって内部に世界モデルを完全にもっているわけではない、とされている。したがって物理的な世界の因果関係や時間的な文脈の保持、環境との直接的な相互作用といった点で限界があるのだ。今年に入って「生成ＡＩバブルの崩壊」が囁かれているのも、つまりは現在躍進するモデルである大規模言語モデルの得意／不得意を、ビジネス界隈が冷静にジャッジできてきたからだと言えるだろう。

今後、物理的な世界で人間とＡＩが直接関わり、その際に常識や倫理をＡＩの側も携えておくためには、世界モデルをもったＡＩモデルの統合が大きな課題となるだろう。一方で、人間の脳こそが人間の〝環世界〟がもつ世界モデルの源泉であり続けるのであれば、世界モデルをもったＡＩは、人間の脳とコンピューターを接続するブレイン・コンピュータ・インターフェイス（ＢＣＩ）によって実現されるのかもしれない。このＢＣＩの技術にもカーツワイルは前著から一貫して期待を寄せ、そのＳＦ的な世界観から「シンギュラリティは遠い未来の話だ」と思わせるのに一役買ってきたわけだけれど、二〇二四年現在、イーロン・マスク率いるニューラリンクが米食品医薬品局（ＦＤＡ）の許可のもと人間の男性の被験者で初期の臨床試験を実施するなど、実装への道筋が少しずつ見えている。気がつけばこの一〇年で誰もがスマートフォンを文字通り手放せなくなっていることを二〇年前には予想できなかったように、今後段階的にＢＣＩが普及していくのであれば、やがて大脳新皮質が拡張されたいわば「ＡＩ新皮質」を人類が手放せなくなる時代は、ぼくたちがいま考えているよりもずっと早く来るのかもしれない。

人間とＡＩの移りゆく関係性

二〇二九年までに到来するという、ＡＩがチューリングテストをパスする点についても考えてみたい。カーツワイルは前著に続いて、人間の脳を模倣するために必要なコンピュテーション能力と、それを実現する価格性能比を追いかけている。結局のところ彼は、「知能とは何かという問いに答えを与えてくれる鍵となるのは（中略）ずっと計算能力だと考えている」からだ。だからこそ、彼は特に、プログラミングの能力でＡＩが人間を超えた時点で、知能爆発が始まるのだと考えている（そして、いまやプログラミング作業におけるＡ人間からＡＩへの置き換えは現実に始まっている）。

「ＡＩが人間の能力を上回る」と一般に言ったときに、それが人間の能力の平均値のことではなく、人間のなかで最も優れた人物の能力を超える、という意味であることには注意したい。いまも巷ではＡＩの能力について、「まだこれは完璧にはできない」「トップレベルには及ばない」と見なされることが多い。それでも、一般人のレベルを遥かに超えた専門性や知識を獲得した領域は、現実としてますます増えている。人間は往々にしてひとつあるいは数えるほどの専門性しか一生のうちにもちえないけれど、「ＡＩが人間の能力を上回る」とは、つまりは一人の人間では達成しえないほどの多くの能力において人間以上だということを意味するのだ。だから、例えばいまのＡＩモデルは人間のもつあらゆる社会的バイアスがデータ学習を通して反映されているけれど、ぼくやあなたが無自覚にもっている偏見や差別といった認知バイアスほどには酷くないのだとすれば、人間よりもＡＩに判断を委ねたほうが社会にとっては有益な場面はたくさんあるだろう。ハルシネーション（ＡＩによるもっともらしい間違え）はもちろん大きな問題だけれど、歴史上、社会は常に「もっともらしく間違える人間」を基本単位にして、セーフティネットが張られてきたはずだ。たとえ現状の自動運転技術が完璧ではないとしても、人間がハンドルを握ることで起きる事故の確率より有意にマシであれば、街に自律走行車を走らせたほうが社会厚生としてベターだ、という議論と同じことだ。今後、人間に比したＡＩの能力と、社会実装の是非をめぐる議論においては、そこで要求されているのが「ベターかベストか」という点を見極めることがポイントとなるだろう。もし人類がベストではなくベターなＡＩを受け入れるならば、カーツワイルが描くようなＡＩの社会実装は、チューリングテストを待たずして進んでいくだろう。

もうひとつ、カーツワイルも本書でさらっと紹介している「AI効果」についてもおさえておきたい。歴史上、これまで人間にしかできないと思われていたタスクをAIが達成すると、そのタスクや能力はそもそも「人間らしさ」の根幹をなす要素ではないと見なされるようになっていった。例えばチェスのプレイやクイズ番組の回答、自然言語での流暢な会話や、いまこの原稿を書くのに使っているChat-GPT 4o1の推論能力なんかもそうだ。恐らく、二〇二九年にAIがチューリングテストをパスしたとしても、この「AI効果」によって、そこで証明された能力とは、そもそも人間だけがもつ能力ではないし、したがって「人間を超えた」ことの証明にはならない、と見なされるだろう（すでにそうした議論は始まっている）。では、「人間らしさ」とはそもそもなんだろうか？　生物学的な「あなた」とシリコン製の知能とを隔てるものはどこにあるのか？　こうした問いに真正面から取り組むのが、次章だ。

意識の問題は解けていない

第3章「私は誰？」でカーツワイルは、「意識」という、まだ科学的にも技術的にも哲学的にも解けていない人類の難問に迫る。実は前著でも、後半のほぼ最後になって、シンギュラリティの到来とともに迎える「やっかいな問題」として意識について取り上げているけれども、それが本書では早々に一章を割いて取り組んでいることからは、二〇年の時を経て、意識をめぐる問題がさらに前景化していることが読み取れて感慨深い。

ＡＩの計算能力によって模倣し、また測定もできるような「知能」と、そこに宿る「わたし」という自己認識はどう違うのか？　カーツワイルが長らく取り組んできたように、脳のリバースエンジニアリングを行ないあなたの脳のニューラルネットワークを完璧に再現すれば、はたしてそこにクオリアは宿るのだろうか？　これは、哲学者のデイヴィッド・チャーマーズが「意識のハードプロブレム」として位置づけたものであり、「ＡＩに意識は生まれるか」という問いは、例えば今夏に東京大学で開催された第27回国際意識科学会（ＡＳＳＣ）でも活発に議論されたトピックスだった（チャーマーズも参加した）。肯定派が依拠する理論のひとつが、精神科医・神経科学者ジュリオ・トノーニが提唱した「統合情報理論」で、意識とは多様な情報の統合によって生まれ、その統合量φ《ファイ》の多寡によって決まるとするものだ。それによれば、計算能力が指数関数的に上がり、ますます多くの情報がやりとりされ、ニューラルネットワークの深層学習の進化によってさらに複雑な統合がなされるならば、そこには（程度の違いはあれ）意識が生まれるということになる。

一方、二〇二四年現在において、意識をめぐる議論としてわたしたちの生活により関連性が高いのは、チャーマーズの提唱したもうひとつのテーゼである「哲学的ゾンビ」だろう。これは、外見の表情や仕草、感情表現が人間とまったく変わらないけれど実はクオリアをもたないゾンビのような存在がいたときに、他者はその存在を人間ではなくゾンビだと見分けることは不可能だ、という哲学的思考実験だ。いまや生成ＡＩがつくりだすさまざまなキャラクターＡＩと日常的にチャットし、ゲームの世界でノンヒューマンエージェント（NHA）が当たり前に存在する時代に、たとえ人間にそっくりな哲学的ゾンビではなくても、人間の側があらゆるアバターに感情や意識を勝手に読み取りつつある文化状況はすでに拡がっている。だからカーツワイルの予測通り、人間の脳を模倣し、あるいは複製したシステムが二〇三〇年代のどこかで形になってくれれば、クオリアの有無にかかわらず、ぼくたちがそこに意識を見出すことは容易に想像できるし、それはSF小説や映画やドラマでさんざん描かれてきたことだ。

それを前提とした上でカーツワイルが提示するのが、「アフターライフ」だ。最初はXR（クロスリアリティ）上のアバターとして、やがて物理的な身体をもつレプリカントとして登場するこの故人の複製を、人々や社会はどのように受け入れていくのだろうか。そのレッスンはすでに始まっている。

もうひとつの技術——ナノテクノロジー

こうした主要な議論を経て、後半の第4章から6章までは、シンギュラリティに向けた実社会の変化と影響について検討が加えられていく。第4章「生活は指数関数的に向上する」ではまず、『21世紀の啓蒙』『暴力の人類史』などの著書でも有名な心理学者スティーブン・ピンカーや、日本でもミリオンセラーとなった『ファクトフルネス』の著者で公衆衛生学者のハンス・ロスリングなどの、いわゆる新啓蒙主義的な議論を引きながら、理性、科学、ヒューマニズム、進歩といった価値に重きを置いた世界の発展史を概観する。戦争や暴力、貧困などについて「世の中はますます酷くなっている」という世界のマジョリティが抱く直感に反して、客観的データに基づくならば、「世界はますます良くなっている」という事実を共有しながら、今後、ＡＩに加えて3Dプリンティングやロボティクス、ナノテクノロジーが生活を根本から変革し、エネルギー、民主主義、収入、医療、水や食、あらゆる物質的な豊かさでさえ、さらに向上していくと力強く請け負うのだ。

その上で第5章「仕事の未来：良くなるか悪くなるか？」では、章タイトルの通りに前章と違って少し歯切れの悪い議論が展開される。産業革命以来、歴史的に技術革新やオートメーションは確かに多くの職を奪ったけれども、それによって新しい職が生まれ、総体としての仕事の数は劇的に増えたし収入も上がり続けてきたのだ、という全体論を展開したあとに、それでも来たるべきシンギュラリティに向けて、これから多くの失業が生まれるし、その痛みを個人や社会がどのように受け止められるだろうかというかたちで議論は続く。そもそも労働の目的のひとつは生活の物質的ニーズを満たすことであって、それは前章のとおりに限界費用ゼロで満たされるようになる。もうひとつの目的である「人生に目的と意味を与えること」については、わたしたちが「マズローの欲求段階」の階梯《かいてい》を上がり、物質的ニーズではなくより高次の欲求を満たそうとするようになるとされる。物質的な潤沢さに根差した社会的セーフティネットのもと、たとえ仕事が奪われても、より創造的だったり社会貢献に資するような活動にシフトしていく、というカーツワイルの見立てには、楽観的すぎると思われる方も多いかもしれない。

その問いがさらに深く突きつけられるのが、第4章で言及され、第6章「今後三〇年の健康と幸福」で展開される、「寿命脱出速度」に達したあとの世界だろう。今年、二〇二四年のノーベル化学賞がＡＩによるたんぱく質の構造予測の成功に贈られたように、ＡＩは創薬や治療法の発見といった医療面での活用が大いに期待されているけれども、三〇年代から四〇年代にかけてナノテクノロジーがさらに発展することで、健康と長寿の実現にそれが応用されるようになるとカーツワイルは期待している。その象徴となるのが、「寿命脱出速度」という概念だ。これは、人が一年間生きることによって短くなる寿命年数に対して、医療技術などの進展によって伸びる寿命年数の値のことを言う。これが差し引きでプラスに転じた瞬間以降、人々は毎年、歳を取るほどに寿命が伸びていくことになる。「健康や医療に熱心に取り組む人々ならば」（これは富裕層のことを穏便に指す言い回しだ）、早くも二〇三〇年には寿命脱出速度に達するだろうとカーツワイルは予測する。その後は医療用ナノロボットが体内を駆け巡り、わたしたちは生物学的な限界を超え、さらにはレプリカントのバックアップも携えて、はるかに長い時間を生きるようになる——。

あまりにもＳＦ的過ぎると思うだろうか。これが、冒頭で紹介した「現在の人間の知能では理解できない」シンギュラリティの世界であり、前著から一貫してカーツワイルが提示してきた未来像だ。今回、前著から本書へと、二〇年近くの時を経て改めて感じるのは、カーツワイルのナノテクノロジーへの揺るぎない期待であり、同時に「不死に取り憑かれている」とも形容できるような長寿への明確な目標設定だ。「シンギュラリティ」が語られる場面でもこれまで往々にして、ナノテクノロジーや寿命脱出速度の要素が省かれてきたのは、ひとつには、実際のところこの二〇年で大きな進展がほぼ見えないからでもある（だから本書でも、相変わらず前著と同じドレクスラーのナノマシンやデ・グレイの抗老化研究が語られる)。それでも、もし彼の予言が(またしても)正しいとすれば、次の一〇〜一五年で起こる大きなブレイクスルーはナノテクノロジーによってもたらされるのであり、つまり人類はまだ、このシンギュラリティへの大きなうねりをまったく目撃していないということになる。

核兵器とAI

シンギュラリティが到来したとき、ぼくたちは人生にどんな目的や意味を見出しているのだろうか。結局のところ本書では、技術的な収束への道筋は前著とほぼ変わらず一貫している一方で、「わたし」という存在やその意識、そして生きる目的や意味といった、人間の側の問題に、よりフォーカスが移っている。

それは、最終章となる第8章のカサンドラとの対話に凝縮されている。ここでカサンドラとは恐らく、ギリシア神話に登場するトロイの王女のことだ。彼女は太陽神アポロンに愛され予知能力を授かるものの、その能力によって将来アポロンの愛が冷めることを知り、アポロンの愛を拒絶する。怒ったアポロンは彼女に呪いをかけ、誰も彼女の真実の予言を信じないようにしてしまったという物語からは、シンギュラリタリアンとしてのカーツワイルがこれまでに経験してきたであろう、多くの辛酸や絶望がうかがえる(人類の歴史において、常識を超えた未来を語る者が常に経験する試練だ)。もちろん、カーツワイル自身はまがりなりにもその反論に一つひとつ答えてきたし、それは本書では変わらない。わざわざ一章を設けて第7章「危険」では技術進化に伴うリスクを議論している。

ただそれは前著ほど詳細なものではなく、バイオテクノロジーやナノテクノロジー、そしてAIといった技術の危険性を、核兵器の危険性と同列に扱うことで、より現実の社会的、政治的力学に根差した諸問題として読者に投げかけている。アカデミー賞七部門を受賞し、日本でも今年公開されたクリストファー・ノーラン監督の映画「オッペンハイマー」をご覧になった方であれば、その意図が伝わるだろう。今年のノーベル平和賞は日本被団協（日本原水爆被害者団体協議会）が受賞したけれども、核兵器によって全人類がいまも存亡の危機にあると見るか、核抑止力のおかげで第三次世界大戦が起こらなかったと見るかは意見が分かれるところだろう。それでも、人類がまがりなりにも核兵器をなんとか制御し、崖っぷちにありながら半世紀以上にわたって人類の繁栄を築いてきたことは確かだ（繁栄？　と思われた方は第4章をもう一度どうぞ）。核兵器に限らず、経済学者の宇沢弘文がかつて代表作『自動車の社会的費用』で書いたように、例えばクルマもまた、多くの利便性と多くの社会的コストを一〇〇年以上にわたって生み出してきたテクノロジーだ。人を殺すためにつくられた核兵器と比較するのは不適切かもしれないけれど、世界でこれまでに交通事故で亡くなった人の数は原爆の犠牲者の数よりも二桁も多い。それでも、日常生活においてあなたの隣をクルマが走ることを社会が受け入れてきたという事実は、人間とテクノロジーとの安全な関係性とは何かについて、深く考えさせられるものだ。願わくばAIにもナノテクノロジーにも人を殺さないでもらいたいけれども、もうお分かりの通り、それは約束されたわけではないし、その利便性とコストを社会がどのように受容するのか決めるのは、わたしたち人間の側なのだ。

わたしたちの世代の役割を考える

最後に、本書で描かれるシンギュラリティへの道筋を別のアングルから概観してみたい。それは、情報テクノロジーが物理世界に行き渡ることで出現する世界のことであり、物理的な制約やその希少性に根ざした価値の交換によって駆動されるこれまでの経済システムから、デジタル情報の潤沢さ（無限にコピーをしても限界費用はほぼゼロだ）そのものが価値となる新しい経済（ニューエコノミー）への大きなパラダイムシフトのことだ。

第4章「生活は指数関数的に向上する」のなかでカーツワイルは、「進歩する情報テクノロジーは、人間の条件を乗せたすべてのボートを押しあげる上げ潮だ」と高らかに謳っている。いまやXRや空間コンピューティングといった技術によって物理世界と情報世界が重なり、両世界のインタラクションがますます容易になってきた。さらにはナノテクノロジーによって、情報からあらゆるモノをつくることが可能になる世界までもが本書では予見されている。その先には、食料や自分たちの身体といった、ウェットで有機的でこれまでなら〝デジタル〟の対極にあると考えられてきたものでさえ、デジタル化され情報となっていく。つまり、これまで有限で一回性の存在だったものが、複製や再生が可能な潤沢さを携えた存在へと変化していく——それがシンギュラリティなのだと捉えることができるだろう。

ぼくが編集長を務め、「未来を実装するメディア」を標榜するテックカルチャーメディア『WIRED』日本版は、未来を長期的に捉える思考を大切にしている。例えば、二一〇〇年にもし歴史の教科書が（まだ）あるなら、そこには人類がインターネットを使い始めたのはパンデミックの後、つまり二〇二〇年代に入ってからだと書かれているだろう。もちろん、これをお読みの多くの方が「そんなわけがない、一九九〇年代から使ってきた」と思うはずだ。でも、通勤電車に毎日乗って誰もがオフィスに物理的に集まったり、病原体を持ち寄っていることを分かっていないながら病院に行ったり、あるいは大切なことを決定する会議が物理的に集まれる人だけで開かれてきたのは、つまりは「インターネットがまだ社会に普及していなかった」からですよね、と未来の人々は考えるはずだ。それと同様にAIについて、いまやAGIやASIさえもが俎上にあがるほどに凄まじい変化を目撃していると同時代的には思えるけれど、当然ながら、二一〇〇年に生きる人々（いますでに生まれている多くの人々を含む）が振り返ってみれば、二〇二四年当時の人類なんて、まだAIについて何も分かっていなかったと考えるだろう。そう想像してみることは、進歩やイノベーションに向き合う上でぼくたちを謙虚にさせてくれるし、同時に「自分たちの世代の役割」というものを意識させてもくれる。

かつて担当編集者として手掛けた『フリー』や『MAKERS』の著者である『WIRED』US版の元編集長クリス・アンダーソンから、「ぼくらの世代の役割は、インターネットを世界中に拡げることだ」と言われたことがある。あらゆるものをデジタル化し、インター情報としてインターネットに載せることに、世界中の誰もがコミットし、同時にその誰もが恩恵を受けられるようにすること、というわけだ。加えて、ぼく自身は再生可能エネルギーを世界中に普及させることもぼくらの世代の役割なのだと思っている。気候危機への対処は当然のこと、ＡＩをはじめ指数関数的に増大するコンピューティング能力を支える電力をサステナブルなものに切り替えるのは、ＡＩを誰もが活用し、地球規模で実装していく次世代に対するぼくたちの責務だ。

そして、いま本書によって投げかけられた問いは、「シンギュラリティを実現することは、わたしたちの世代の役割なのだろうか」というものだ。日本でもようやく今夏に「ＡＩアライメントネットワーク」が立ち上がり、ＡＩの開発を人間や社会の価値観とその発展にアライン（合致）させるための議論が顕在化してきたけれど、欧米では、ＡＩのこれ以上の発展を促進するのか規制するのか、といった議論が盛んに行なわれており、ＥＵが今年、いわゆるＡＩ規制法を制定して二〇二六年から全面適用するなど、世界中で行政による規制が検討されている。また、米国ではいわゆる効果的加速主義（e/acc）と呼ばれる、ＡＩの開発を積極的に加速させることが人類全体の利益につながると考える思想や運動が、ＡＩによって仕事が奪われ社会が壊滅的なダメージを負い、もしかしたら人類が地上から一掃されるかもしれないと考えるＡＩ破滅論者たちと鋭い対立の構図をつくっている。ますます政治問題化しているのだ。〝ＡＩのゴッドファーザー〟と呼ばれ、いわばシンギュラリティへと続くＡＩ進化の礎としての人工ニューラルネットワークの概念を確立し、深層学習の発展に貢献したとして今年のノーベル物理学賞を受賞したジェフリー・ヒントンが、いまやＡＩの危険性について積極的に警鐘を鳴らしていることからも、二〇二四年現在のＡＩをめぐる状況が読み取れるだろう。ただし、ヒントンはＡＩの開発を止めるべきだとは考えていない。シンギュラリティの実現とは、加速か破滅かという単なる二項対立に与せずに、答えのない問いを世界規模で解き続けていく過程そのものなのだ。

ＡＩが人間のもつ常識や価値観、社会として大事なルールを尊重し、世界モデルを理解することは今後最も重要な文明的課題となるだろう。その上で問われるのは、実現することの責務だけではなく、実現しなかったことの責任を問うことは可能だろうか、という点だ。心理学において、「歴史の終わりという錯覚」と呼ばれる現象があって、これは、いまが歴史の頂点であって、これ以上の発展のしようがない、あるいは、もうこれ以上の発展は望まなくても十分なんじゃないか、むしろスローダウンすべきじゃないか、という考え方だ。これは歴史上、度々出現するメンタリティでもあり、第7章で描かれる「世界の終わり」リストを眺めれば、心情的にも十分理解できるだろう。でも例えば二〇世紀の偉大なる発見／発明であるペニシリンやワクチン、あるいは緑の革命による食糧増産がなければ、いまこの文章を読んでいるあなたがこの世に生まれ落ちている可能性も、あなたの大切な誰かが大人になるまで生き延びていた可能性も、はるかに低いものだっただろう。本書第4章でカーツワイルが二〇世紀における生活レベルの指数関数的向上をくどいほどに列挙しているのは、要するにこれから二〇四五年を経てその先の未来に向けて「実現しなかったことの責任」をぼくたちに突きつけているのだ。

そう、カーツワイルは今後わたしたちの生活が「指数関数的に向上する」とうけあった。それは、「現在の人間の知能では理解できない」ほどの変化なのだという。それでも、想像してみることはできる。いまあなたが自分のスマートフォンをもって一〇〇年前の世界にタイムスリップしたら、間違いなく神のごとき存在として扱われるだろうと本書に書かれていたけれど、恐らくこれから起こる変化はそれ以上のものだ。たとえそれがカーツワイルの描く「シンギュラリティ」とまったく同じではないとしても、次の世代やその先の世代にとって、願わくばいまより真の意味で豊かで公正でリジェネラティブな生活と、社会と、地球と、そのための選択肢を残していくことがいまの世代の役割なのだとすれば、あと二〇年で到来するとされるそのときに向かって、ぼくたちにできること、やらなければならないことはたくさんあるはずだ。カーツワイルは今年九月に東京で開催されたビジネスカンファレンス「WIRED Singularity」にビデオ登壇した。そのキーノートスピーチの最後に彼はこう語っている。「懐疑心に足を引っ張られないでください。世界を変えることは可能です。そのことを否定する人々に惑わされてはいけません。みなさんに、グッドラックを」

二〇二四年十月

松島倫明（まつしま・みちあき）
『WIRED』日本版編集長。内閣府ムーンショットアンバサダー。NHK出版 放送・学芸図書編集部編集長を経て二〇一八年より現職。21_21 DESIGN SIGHT 企画展「2121年 Futures In-Sight」展示ディレクター。訳書にジェームズ・ラヴロック『ノヴァセン』（NHK出版）がある。東京都出身、鎌倉市在住。

訳者あとがき

レイ・カーツワイルの "The Singularity Is Nearer" の全訳をお届けする。二〇〇五年に出版された本書の前著にあたる書のタイトルが "The Singularity Is Near" なので、年月の上でも、タイトル上でも約二〇年分シンギュラリティは近づいている。

本書では、これからの二〇年に起こるであろうテクノロジーの指数関数的な成長がもたらす衝撃的な未来を予想している。くわしくは本文と松島倫明氏の解説を読んでもらいたい。著者はテクノロジーの未来を描くのと同じくらいの熱量で、この世界は良くなっているのだ、あなたたちは悲観的すぎるよ、と訴える。人間は良いことよりも悪いことに強く反応するし、得よりも損に対して強く反応する。それは人間が生存するためにもつ本能だ。だから、現状の世界も未来も悲観的にとらえやすい。未来予測がはずれる理由のひとつがここにある。そして、はずれる理由のもうひとつは、社会を変える科学技術上のイノベーションやブレイクスルーは予測がむずかしいか、予測できないからだ。人間は現在の手持ちのカードで考えるしかない。未来の予測において、「今ある仕事の多くはＡＩによってなくなります。それに代わる新しい仕事はこれから生まれるでしょう」とか「未来に発明されるテクノロジーがその課題を解決してくれるでしょう」と言って、結果的にそれが正しいとしても、言った時点での説得力は乏しい。

このように、著者の描く明るい未来は、悪いことに強く反応する性《さが》をもつ人間としては、直感的に受けいれにくいところもある。テクノロジーは進歩するが、人間の精神、心は進歩するのか？　超知能を手に入れると人間の心や精神は正しい方向に進むのだろうか？　超知能を得て、何百年も生きる独裁者が現れることはないのか？　超知能を得た人間に世界がどのように見えるのか、想像しようがない。心や精神が正しい方向に進むことを祈るしかない。

私たちは著者の言うように「慎重な楽観論」で未来に望むのがいいのだろう。どんなテクノロジーがどのように社会や生活を変えるのかを考えるのもおもしろい。とにかく今後の二〇年は、社会と人間が大きく変容するという、これまでとはまったく違う未来が待っているようだ。身近なテクノロジーとして当面は、自動運転車や生成ＡＩ、垂直農業、人工培養肉に注目している。

なお、全訳ではあるが、原注（出典・参考文献・追加資料等）の訳は紙の版には収めていないことをお断りしておく。膨大な量であるばかりでなく、その多くがインターネット上でアクセスできる資料であるため、読者の使い勝手を考慮し、原注部分をネットに掲載する措置をとったことをご了承願いたい。ただし、原注にはたくさんのデータや、動画によるインタビューや対談、解説など、おもしろいものも多々あるので、ぜひサイトを訪問していただきたい（ＵＲＬとＱＲコードは、目次裏に掲載してある）。

二〇二四年十月

高橋則明

[付録] Appendix

「コンピュータの価格性能比」の根拠について

（イントロダクション p. 11／第 4 章 p. 228、229 のグラフと表も参照のこと）

コンピュータの機種選定の方法

　このグラフに選定したマシンは、プログラム可能な主要コンピュータで、それ以前のどの機種よりも価格性能比で上まわったものだ。その条件を満たす機種がその年に複数あるときには、発売日には関係なく、価格性能比が最高のものを選んだ。商業的に販売やレンタルがされていない機種は最初に通常運転をした日を基準とした。商業的に販売、レンタルされた機種は初期設計やプロトタイプのときではなく、広く一般で使えるようになった年を基準とした。消費者向けのマシンは、商用に大量生産されたものだけに絞った。カスタマイズされたマシンや複数の小売り品を組みあわせた自家製マシンは広範囲の分析を混乱させるからだ。また、チャールズ・バベッジの解析エンジンなどのように設計はされたが組み立てられなかったマシンや、コンラート・ツーセの Z1 のように組み立てられたが安定した性能を発揮できなかったマシンも対象外とした。同様に高度に専門的なマシンも除外している。たとえば、1 秒間に一定のデジタル処理がおこなえるが、汎用 CPU としては広く使われていないデジタル信号プロセッサなどだ。

価格データ選定の方法

　名目価格はアメリカ労働省労働統計局の消費者物価指数（1982～1984 年を 100 とする連鎖式消費者物価指数）データをもとに、2023 年 2 月の実質価格に調整した。各年の消費者物価指数はその年の平均値である。そのため、実質価格は端数を切り捨てたりはしていないが、1 ドル未満の数字は正確であるとは言えず、数パーセントの範囲内での正確性でしかないと考えるべきだ。ドル以外の通貨の地域でつくられたコンピュータは、為替レートの変動も加わるので、誤差はさらに数パーセントつけくわえられる。

　機種の小売り価格が複数あるときは、自由市場における最安値の価格にした。1990 年代なかば以前は、ほとんどのコンピュータがアップグレード可能性の限られたセット商品として売られていたため、若干の比較不可能性があ

る。つまり、セット価格にはプロセッサのほかにハードディスクやディスプレイも含まれていた。それに対して現在はチップ単独で売られているのが普通で、ユーザーは高い性能が求められるタスクには、いくつかのCPUやGPUを連結して対応することができる。そのため、計算には不要な構成部品までも含んだ価格よりは、現在のほうが、チップの価格性能比を出しやすい。その結果、1990年代の価格性能比の向上は少し誇張されている。

1950年代以降の機種は購入可能なものばかりだったので、それと整合性をとるために、レンタル専用であるグーグルのクラウドTPUv4-4096は、4000時間分のレンタル料金を価格とする、というおおざっぱな措置をとっている。これによって、小規模な機械学習プロジェクトにおける価格性能比はかなり低く見積もられることになる。というのもコンピュータの高い能力に短時間アクセスするだけで充分なのだが、4000時間で計算しているために、その資本コストはひどく高いものになっているからだ。これはクラウド・コンピューティング革命の効果が大きいにもかかわらず、正しく評価されていない点だ。

ここに記載した価格は、製造費用、小売購入価格、レンタル価格のいずれかである。そのほかの配送料や設置費用、電気料金、維持費用、オペレータの費用、税金、減価償却費は除外している。それらのコストはユーザーによって大きく異なるので、有効なコストの平均値を出せないからだ。だが入手できる証拠で考えると、それらの要素は、全体の分析結果を大きく変えることはないし、またロジスティックス集約型な昔のマシンの価格性能比をおし下げる働きをするので、グラフの見た目の進歩率をおし上げている。このためこれらのコストを除外することは、分析をより控えめにするのだ。

性能データの方法

cps（1秒あたりの計算回数）は84年に及ぶ複数のデータを接合した合成測定基準だ。これらのマシンの計算能力は量的向上だけでなく、質的にも長年のあいだに変わってきたので、対象の全期間で性能比較のための厳密な通約的基準をつくることは不可能だ。たとえば、1939年のZ2コンピュータに無限の時間を与えても、2021年のテンソル・プロセッシング・ユニット〔訳注 グーグルが開発した機械学習に特化した集積回路〕が一瞬でできることのすべては実行することができない。単純に比較できないのだ。

このため、すべての性能データを通約的基準に落としこもうとする試みはどれも判断を誤らせうるものになる。たとえば、アンダース・サンドバーグとニック・ボストロムが2008年にMIPS（ミップス、毎秒100万命令）とMFLOPS（Mフロップス、毎秒100万回浮動小数点演算命令実行回数）の等価性を見積もったが、両者は均等目盛りではないので、ここでリストアップしたのと同じように広い性能を表すものとして使うのは不適当だ。現在のコンピュ

ータのFLOPS評価を人工的にIPSに変換することは、新しいマシンの性能を過大にし、FLOPSで評価されている古いマシンを過小評価することになる。

同様に、ハンス・モラベック（1988年に提唱）とウィリアム・ノードハウス（2001年に提唱）が好む情報理論的アプローチは便利な一方で、マシンの性能とアプリケーションの質的向上をとらえられていない。たとえば、ノードハウスのMSOPS（Mソップス、毎秒100万回標準作業実行回数）という基準は、一定比率の加法と乗法命令を記したものだが、ロケットの弾道を計算する1960年代のコンピュータと、機械学習の精度が低い状態で使われる現在のGPUやTPUとを比べるときに、実際に適用することはできないのだ。

これが理由で、ここで使っている方法では、マシンの当初の評価を基準にしている。それによって1秒あたりの命令というパラダイムをより広くとらえることができ、1939年から2001年までを比較することができた。1939年はコンラート・ツーゼのZ2コンピュータが初歩的な加算に言及した年で、2001年はペンティアム4の登場で、現代のマシンの性能を測る基準がFLOPSで支配的になった年だ。コンピュータの能力の利用例も時とともに変化するという事実を反映していて、一部の利用法では、FLOPSの性能表示が整数演算パフォーマンスや他の基準よりも重要になるのだ。専門化が増えた領域もある。例をあげると、GPUとAIやディープラーニングに特化したチップはFLOPSの評価がとても高いが、古い汎用チップと比較可能性をもたせるために、一般的なCPUのタスクを実行する能力を基準にすると、過小評価になるおそれが生ずる。

このグラフでは、達成された最高の性能もしくは古い機種では加算演算処理で比較した最高の性能を記載している。単純な演算なので、その値は、実際に日常で利用したときの平均的な性能よりも高いだろうが、平均的な性能データよりは広い比較可能性を持っている。というのも、同じ機種でもマシンによって能力にばらつきがあるし、多くの外部要因がかかわってくるからだ。

そのほかの情報源

Anders Sandberg and Nick Bostrom, *Whole Brain Emulation: A Roadmap*, technical report 2008-3, Future of Humanity Institute, Oxford University (2008), https://www.fhi.ox.ac.uk/brain-emulation-roadmap-report.pdf.

William D. Nordhaus, "The Progress of Computing," discussion paper 1324, Cowles Foundation (September 2001), https://ssrn.com/abstract=285168. Hans Moravec, "MIPS Equivalents," Field Robotics Center, Carnegie Mellon Robotics Institute, accessed December 2, 2021, https://web.archive.org/web/20210609052024/https://frc.ri.cmu.edu/~hpm/book97/ch3/processor.list

Hans Moravec, *Mind Children: The Future of Robot and Human Intelligence* (Cam-

bridge, MA: Harvard University Press, 1988). ハンス・モラベック『電脳生物たち─超 AI による文明の乗っ取り』(岩波書店、1991 年)

グラフに取りあげたマシンとそのデータ、そのほかの情報

CPI データソース

"Consumer Price Index, 1913-," Federal Reserve Bank of Minneapolis, accessed April 20, 2023, https://www.minneapolisfed.org/about-us/monetary-policy/inflation-calculator/consumer-price-index-1913-; US Bureau of Labor Statistics, "Consumer Price Index for All Urban Consumers: All Items in U.S. City Average (CPI-AUCSL)," retrieved from FRED, Federal Reserve Bank of St. Louis, updated April 12, 2023, https://fred.stlouisfed.org/series/CPIAUCSL.

1939 Z 2

実質価格 : $50,489.31
1 秒あたりの計算回数 : 0.33
1 秒 1 ドルあたりの計算能力 : 0.0000065

価格資料 : Jane Smiley, *The Man Who Invented the Computer: The Biography of John Atanasoff, Digital Pioneer* (New York: Doubleday, 2010), loc. 638, Kindle (v3.1_r1); ジェーン・スマイリー『コンピュータに記憶を与えた男:ジョン・アタナソフの闘争とコンピュータ開発史』(河出書房新社、2016 年) "Purchasing Power Comparisons of Historical Monetary Amounts," Deutsche Bundesbank, accessed December 20, 2021, https://www.bundesbank.de/en/statistics/economic-activity-and-prices/producer-and-consumer-prices/purchasing-power-comparisons-of-historical-monetary-amounts-795290#tar-5; "Purchasing Power Equivalents of Historical Amounts in German Currencies," Deutsche Bundesbank, 2021, https://www.bundesbank.de/resource/blob/622372/154f0fc435da99ee935666983a5146a2/mL/purchaising-power-equivalents-data.pdf; Lawrence H. Officer, "Exchange Rates," in *Historical Statistics of the United States, Millennial Edition,* ed. Susan B. Carter et al. (Cambridge, UK: Cambridge University Press, 2002), reproduced in Harold Marcuse, "Historical Dollar-to-Marks Currency Conversion Page," University of California, Santa Barbara, updated October 7, 2018, https://marcuse.faculty.history.ucsb.edu/projects/currency.htm; "Euro to US Dollar Spot Exchange Rates for 2020," Ex-

change Rates UK, accessed December 20, 2021, https://www.exchangerates.org.uk/EUR-USD-spot-exchange-rates-history-2020.html.
＊購買力から見ると、7000 ライヒスマルク（ドイツの旧通貨単位）は、2020 年の 3 万 100 ユーロに相当する。これを 2023 年はじめのアメリカドルに換算すると、4 万 124 ドルになる。この計算では、ナチスドイツとアメリカ間にある購買力の違いという比較可能性の問題を避けられるメリットがある。一方で、ナチスという全体主義国家は、配給と闇市場取引が普通の経済で、名目価格の妥当性が限定的だったにもかかわらず、そこで価格レベルに注目するというデメリットもある。次に、為替レートで見ると、1939 年の 7000 ライヒスマルクは同年の平均で 2800 米ドルなので、それは 2023 年はじめでは 6 万 853 米ドルになる。これは全体主義国家ドイツの戦時経済によるゆがみを避けるメリットがあるが、ふたつの通貨間の購買力の違いから不確かさが生ずるというデメリットがある。両方の数字のメリット、デメリットは補完関係にあり、どちらがすぐれているかを判定する明確な基準がないため、このグラフでは両者の平均である 5 万 489 米ドルを使う。
性能資料 : Horst Zuse, "Z2," Horst-Zuse.Homepage.t-online.de, accessed December 20, 2021, http://www.horst-zuse.homepage.t-online.de/z2.html.

1941 Z 3

実質価格 : $136,849.13
1 秒あたりの計算回数 : 1.25
1 秒 1 ドルあたりの計算能力 : 0.0000091

価格資料 : Jack Copeland and Giovanni Sommaruga, "The Stored-Program Universal Computer: Did Zuse Anticipate Turing and von Neumann?," in *Turing's Revolution: The Impact of His Ideas About Computability*, ed. Giovanni Sommaruga and Thomas Strahm（Cham, Switzerland: Springer International Publishing, 2016; corrected 2021 publication）, 53, https://www.google.com/books/edition/Turing_s_Revolution/M8ZyCwAAQBAJ; "Purchasing Power Comparisons of Historical Monetary Amounts," Deutsche Bundesbank, accessed December 20, 2021, https://www.bundesbank.de/en/statistics/economic-activity-and-prices/producer-and-consumer-prices/purchasing-power-comparisons-of-historical-monetary-amounts-795290#tar-5; "Purchasing Power Equivalents of Historical Amounts in German Currencies," Deutsche Bundesbank, 2021, https://www.bundesbank.de/resource/blob/622372/154f0fc435da99ee935666983a5146a2/mL/purchaising-power-equivalents-data.pdf; Lawrence H. Officer, "Exchange Rates," *in Historical Statistics*

of the United States, Millennial Edition, ed. Susan B. Carter et al. (Cambridge, UK: Cambridge University Press, 2002), reproduced in Harold Marcuse, "Historical Dollar-to-Marks Currency Conversion Page," University of California, Santa Barbara, updated October 7, 2018, https://marcuse.faculty.history.ucsb.edu/projects/currency.htm; "Euro to US Dollar Spot Exchange Rates for 2020," Exchange Rates UK, accessed December 20, 2021, https://www.exchangerates.org.uk/EUR-USD-spot-exchange-rates-history-2020.html; "Consumer Price Index, 1913-," Federal Reserve Bank of Minneapolis, accessed October 11, 2021, https://www.minneapolisfed.org/about-us/monetary-policy/inflation-calculator/consumer-price-index-1913-.
＊1939 Z2 で説明したように、購買力から見ると、2万ライヒスマルクは、2020 年の 8 万 2000 ユーロに相当する。これを 2023 年はじめのアメリカドルに換算すると、10 万 9290 ドルになる。次に、為替レートで見ると、1941 年の 2 万ライヒスマルクは同年の平均で 8000 米ドルなので、それは 2023 年はじめでは 16 万 4408 米ドルになる。このグラフでは両者の平均である 13 万 6849 米ドルを使う。
性能資料：Horst Zuse, "Z3," Horst-Zuse.Homepage.t-online.de, accessed December 20, 2021, http://www.horst-zuse.homepage.t-online.de/z3-detail.html.

1943 Colossus Mark 1（コロッサス　マーク 1）

実質価格：$33,811,510.61
1 秒あたりの計算回数：5,000
1 秒 1 ドルあたりの計算能力：0.00015

価格資料：Chris Smith, "Cracking the Enigma Code: How Turing's Bombe Turned the Tide of WWII," BT, November 2, 2017, https://web.archive.org/web/20180321035325/http://home.bt.com/tech-gadgets/cracking-the-enigma-code-how-turings-bombe-turned-the-tide-of-wwii-11363990654704 Jack Copeland (computing history expert), email to author, January 12, 2018; "Inflation Calculator," Bank of England, January 20, 2021, https://www.bankofengland.co.uk/monetary-policy/inflation/inflation-calculator;
"Historical Rates for the GBP/USD Currency Conversion on 01 July 2020 (01/07/2020)," Pound Sterling Live, accessed November 11, 2021, https://www.poundsterlinglive.com/history/GBP-USD-2020
＊Colossus は商業目的でつくられたコンピュータではなく、製造費用などの情報は機密指定されており、正確な数字は入手できない。それより前の Bombe（ボンバ）の製造費用が 1 台 10 万ポンドであることはわかっている。

コンピュータの歴史にくわしいジャック・コープランドの大まかな推計では、Colossus は Bombe5 台分だという。それは 2020 年のイギリスポンドで 2331 万 4516 ポンド、2023 年はじめのアメリカドルで 3381 万 1510 ドルに相当する。基礎となる推算の不確かさを考えると、100 万ポンド、100 万ドルの位まで（2300 万ポンド、3300 万ドル）が有意の数字と見るべきだろう。
性能資料：B. Jack Copeland, ed., *Colossus: The Secrets of Bletchley Park's Codebreaking Computers* (Oxford, UK: Oxford University Press, 2010), 282.

1946 ENIAC（エニアック）

実質価格：$11,601,846.15
1 秒あたりの計算回数：5,000
1 秒 1 ドルあたりの計算能力：0.00043

価格資料：Martin H. Weik, *A Survey of Domestic Electronic Digital Computing Systems*, report no. 971 (Aberdeen Proving Ground, MD: Ballistic Research Laboratories, December 1955), 42, https://books.google.com/books?id=-BPSAAAAMAAJ.
性能資料：Brendan I. Koerner, "How the World's First Computer Was Rescued from the Scrap Heap," *Wired*, November 25, 2014, https://www.wired.com/2014/11/eniac-unearthed.

1949 BINAC（バイナック）

実質価格：$3,523,451.43
1 秒あたりの計算回数：3,500
1 秒 1 ドルあたりの計算能力：0.00099

価格資料：William R. *Nester, American Industrial Policy: Free or Managed Markets?* (New York: St. Martin's, 1997), 106, https://books.google.com/books?id=hCi_DAAAQBAJ.
性能資料：Eckert-Mauchly Computer Corp., *The BINAC* (Philadelphia: Eckert-Mauchly Computer Corp., 1949), 2, http://s3data.computerhistory.org/brochures/eckertmauchly.binac.1949.102646200.pdf.

1953 UNIVAC 1103（ユニバック　1103）

実質価格 : $10,356,138.62
1 秒あたりの計算回数 : 50,000
1 秒 1 ドルあたりの計算能力 : 0.0048

価格資料 : Martin H. Weik, *A Third Survey of Domestic Electronic Digital Computing Systems*, report no. 1115（Aberdeen, MD: Ballistic Research Laboratories, March 1961）, 913, https://web.archive.org/web/20160403031739/http://www.textfiles.com/bitsavers/pdf/brl/compSurvey_Mar1961/brlReport1115_0900.pdf
性能資料 : Martin H. Weik, *A Third Survey of Domestic Electronic Digital Computing Systems*, report no. 1115（Aberdeen, MD: Ballistic Research Laboratories, March 1961）, 906, https://web.archive.org/web/20160403031739/http://www.textfiles.com/bitsavers/pdf/brl/compSurvey_Mar1961/brlReport1115_0900.pdf

1959 DEC PDP-1

実質価格 : $1,239,649.32
1 秒あたりの計算回数 : 100,000
1 秒 1 ドルあたりの計算能力 : 0.081

価格資料 : "PDP 1 Price List," Digital Equipment Corporation, February 1, 1963, https://www.computerhistory.org/pdp-1/_media/pdf/DEC.pdp_1.1963.102652408.pdf
性能資料 : Digital Equipment Corporation, *PDP-1 Handbook*（Maynard, MA: Digital Equipment Corporation, 1963）, 10, http://s3data.computerhistory.org/pdp-1/DEC.pdp_1.1963.102636240.pdf.

1962 DEC PDP-4

実質価格 : $647,099.67
1 秒あたりの計算回数 : 62,500
1 秒 1 ドルあたりの計算能力 : 0.097

価格資料 : Digital Equipment Corporation, *Nineteen Fifty-Seven to the Present*（Maynard, MA: Digital Equipment Corporation, 1978）, 3, https://s3data.computerhistory.

org/pdp-1/dec.digital_1957_to_the_present_(1978).1957-1978.102630349.pdf
性能資料：Digital Equipment Corporation, *PDP-4 Manual* (Maynard, MA: Digital Equipment Corporation, 1962), 18, 57, http://gordonbell.azurewebsites.net/digital/pdp%204%20manual%201962.pdf.

1965 DEC PDP-8

実質価格：$172,370.29
1秒あたりの計算回数：312,500
1秒1ドルあたりの計算能力：1.81

価格資料：Tony Hey and Gyuri Papay, *The Computing Universe: A Journey Through a Revolution* (New York: Cambridge University Press, 2015), 165, https://books.google.co.jp/books?id=q4FIBQAAQBAJ&redir_esc=y
性能資料：Digital Equipment Corporation, PDP-8 (Maynard, MA: Digital Equipment Corporation, 1965), 10, https://archive.computerhistory.org/resources/access/text/2009/11/102683307.05.01.acc.pdf

1969 DATA GENERAL NOVA

実質価格：$65,754.33
1秒あたりの計算回数：169,492
1秒1ドルあたりの計算能力：2.58

価格資料："Timeline of Computer History-Data General Corporation Introduces the Nova Minicomputer," Computer History Museum, accessed November 10, 2021, https://www.computerhistory.org/timeline/1968.
性能資料：NOVA brochure, Data General Corporation, 1968, 12, https://s3data.computerhistory.org/brochures/dgc.nova.1968.102646102.pdf

1973 INTELLEC 8

実質価格：$16,291.71
1秒あたりの計算回数：80,000
1秒1ドルあたりの計算能力：4.91

価格資料：“Intellec 8,” Centre for Computing History, accessed November 10, 2021, http://www.computinghistory.org.uk/det/3366/intellec-8.
性能資料：Intel, *Intellec 8 Reference Manual*, rev. 1（Santa Clara, CA: Intel, 1974）, xxxxiii.

1975 ALTAIR 8800

実質価格：$3,481.85
1秒あたりの計算回数：500,000
1秒1ドルあたりの計算能力：144

価格資料：“MITS Altair 8800: Price List,” CTI Data Systems, July 1, 1975, http://vtda.org/docs/computing/DataSystems/MITS_Altair8800_PriceList01Jul75.pdf.
性能資料：MITS, Altair 8800 Operator’s Manual（Albuquerque, NM: MITS, 1975）, 21, 90, http://www.classiccmp.org/dunfield/altair/d/88opman.pdf.

1984 APPLE MACINTOSH

実質価格：$7,243.62
1秒あたりの計算回数：1,600,000
1秒1ドルあたりの計算能力：221

価格資料：Regis McKenna Public Relations, “Apple Introduces Macintosh Advanced Personal Computer,” press release, January 24, 1984, https://web.stanford.edu/dept/SUL/sites/mac/primary/docs/pr1.html
性能資料：*Motorola, Motorola Semiconductor Master Selection Guide*, rev. 10（Chicago: Motorola, 1996）, 2.2-2, http://www.bitsavers.org/components/motorola/_catalogs/1996_Motorola_Master_Selection_Guide.pdf.

1986 COMPAQ DESKPRO 386（16 MHz）

実質価格：$17,886.96
1秒あたりの計算回数：4,000,000
1秒1ドルあたりの計算能力：224

価格資料 : Peter H. Lewis, “Compaq’s Gamble on an Advanced Chip Pays Off,” New York Times, September 20, 1987, https://www.nytimes.com/1987/09/20/business/the-executive-computer-compaq-s-gamble-on-an-advanced-chip-pays-off.html
性能資料 : Peter H. Lewis, “Compaq’s Gamble on an Advanced Chip Pays Off,” *New York Times*, September 20, 1987, https://www.nytimes.com/1987/09/20/business/the-executive-computer-compaq-s-gamble-on-an-advanced-chip-pays-off.html

1987 PC’S LIMITED 386（16 MHz）

実質価格 : $11,946.43
1 秒あたりの計算回数 : 4,000,000
1 秒 1 ドルあたりの計算能力 : 335

価格資料 : Peter H. Lewis, “Compaq’s Gamble on an Advanced Chip Pays Off,” *New York Times*, September 20, 1987, https://www.nytimes.com/1987/09/20/business/the-executive-computer-compaq-s-gamble-on-an-advanced-chip-pays-off.html
性能資料 : Peter H. Lewis, “Compaq’s Gamble on an Advanced Chip Pays Off,” *New York Times*, September 20, 1987, https://www.nytimes.com/1987/09/20/business/the-executive-computer-compaq-s-gamble-on-an-advanced-chip-pays-off.html

1988 COMPAQ DESKPRO 386/2 5

実質価格 : $20,396.30
1 秒あたりの計算回数 : 8,500,000
1 秒 1 ドルあたりの計算能力 : 417

価格資料 : “Compaq Deskpro 386/25 Type 38,” Centre for Computing History, accessed November 10, 2021, http://www.computinghistory.org.uk/det/16967/Compaq-Deskpro-386-25-Type-38.
性能資料 : Jeffrey A. Dubin, *Empirical Studies in Applied Economics*（New York: Springer Science+Business Media, 2012）, 72-73, https://www.google.com/books/edition/Empirical_Studies_in_Applied_Economics/41_lBwAAQBAJ

1990 MT 486DX

実質価格：$11,537.40
1 秒あたりの計算回数：20,000,000
1 秒 1 ドルあたりの計算能力：1,733

価格資料：Bruce Brown, "Micro Telesis Inc. MT 486DX," *PC Magazine 9*, no. 15 (September 11, 1990), 140, https://books.google.co.uk/books?id=NsgmyHnvDmUC.
性能資料：Owen Linderholm, "Intel Cuts Cost, Capabilities of 9486; Will Offer Companion Math Chip," *Byte*, June 1991, 26, https://worldradiohistory.com/hd2/IDX-Consumer/Archive-Byte-IDX/IDX/90s/Byte-1991-06-IDX-32.pdf.

1992 GATEWAY 486DX2/6 6

実質価格：$6,439.31
1 秒あたりの計算回数：54,000,000
1 秒 1 ドルあたりの計算能力：8,386

価格資料：Jim Seymour, "The 486 Buyers' Guide," *PC Magazine 12*, no. 21 (December 7, 1993), 226, https://books.google.com/books?id=7k7q-wS0t00C.
性能資料：Mike Feibus, "P6 and Beyond," *PC Magazine 12*, no. 12 (June 29, 1993), 164, https://books.google.co.uk/books?id=gCfzPMoPJWgC&pg=PA164.

1994 PENTIUM (75 MHz)

実質価格：$4,477.91
1 秒あたりの計算回数：87,100,000
1 秒 1 ドルあたりの計算能力：19,451

価格資料：Bob Francis, "75-MHz Pentiums Deskbound," *Info World 16*, no. 44 (October 31, 1994), 5, https://books.google.com/books?id=cTgEAAAAMBAJ&pg=PA5.
性能資料：Roy Longbottom, "Dhrystone Benchmark Results on PCs," Roy Longbottom's PC Benchmark Collection, February 2017, http://www.roylongbottom.org.uk/dhrystone%20results.htm

1996 PENTIUM PRO（166 MHz）

実質価格：$3,233.73
1 秒あたりの計算回数：242,000,000
1 秒 1 ドルあたりの計算能力：74,836

価格資料：Michael Slater, "Intel Boosts Pentium Pro to 200 MHz," *Microprocessor Report* 9, no. 15 (November 13, 1995), 2, https://www.cl.cam.ac.uk/~pb22/test.pdf.
性能資料：Roy Longbottom, "Dhrystone Benchmark Results on PCs," Roy Longbottom's PC Benchmark Collection, February 2017, http://www.roylongbottom.org.uk/dhrystone%20results.htm

1997 MOBILE PENTIUM MMX（133 MHz）

実質価格：$533.76
1 秒あたりの計算回数：184,092,000
1 秒 1 ドルあたりの計算能力：344,898

価格資料："Intel Mobile Pentium MMX 133 MHz Specifications," CPU-World, accessed November 10, 2021, https://web.archive.org/web/20140912204405/http://www.cpu-world.com/CPUs/Pentium/Intel-Mobile%20Pentium%20MMX%20133%20-%20FV80503133.html
性能資料："Intel Mobile Pentium MMX 133 MHz vs Pentium MMX 200 MHz," CPU-World, accessed November 11, 2021, http://www.cpu-world.com/Compare/347/Intel_Mobile_Pentium_MMX_133_MHz_(FV80503133) _vs_Intel_Pentium_MMX_200_MHz_(FV80503200).html; Roy Longbottom, "Dhrystone Benchmark Results on PCs," Roy Longbottom's PC Benchmark Collection, February 2017, http://www.roylongbottom.org.uk/dhrystone%20results.htm. Per CPU-World's testing, Mobile Pentium MMX 133 MHz achieved 69.9 percent of the performance (Dhrystone 2.1 VAX MIPS) of the Pentium MMX 200 MHz. For the latter, this was 276 MIPS in Roy Longbottom's testing, corresponding to an estimated 192,924,000 instructions per second for the former.

1998 PENTIUM II（450 MHz）

実質価格：$1,238.05

1 秒あたりの計算回数 : 713,000,000
1 秒 1 ドルあたりの計算能力 : 575,905

価格資料 : "Intel Pentium II 450 MHz Specifications," CPU-World, accessed November 10, 2021, https://web.archive.org/web/20150428111439/http://www.cpu-world.com:80/CPUs/Pentium-II/Intel-Pentium%20II%20450%20-%2080523PY450512PE%20(B80523P450512E).html
性能資料 : Roy Longbottom, "Dhrystone Benchmark Results on PCs," Roy Longbottom's PC Benchmark Collection, February 2017, http://www.roylongbottom.org.uk/dhrystone%20results.htm

1999 PENTIUM III (450 MHz)

実質価格 : $898.06
1 秒あたりの計算回数 : 722,000,000
1 秒 1 ドルあたりの計算能力 : 803,952

価格資料 : "Intel Pentium III 450 MHz Specifications," CPU-World, accessed November 10, 2021, https://web.archive.org/web/20140831044834/http://www.cpu-world.com/CPUs/Pentium-III/Intel-Pentium%20III%20450%20-%2080525PY450512%20(BX80525U450512%20-%20BX80525U450512E).html
性能資料 : Roy Longbottom, "Dhrystone Benchmark Results on PCs," Roy Longbottom's PC Benchmark Collection, February 2017, http://www.roylongbottom.org.uk/dhrystone%20results.htm

2000 PENTIUM III (1.0 GHz)

実質価格 : $1,734.21
1 秒あたりの計算回数 : 1,595,000,000
1 秒 1 ドルあたりの計算能力 : 919,725

価格資料 : "Intel Pentium III 1BGHz (Socket 370) Specifications," CPU-World, accessed November 10, 2021, https://web.archive.org/web/20160529005115/http://www.cpu-world.com/CPUs/Pentium-III/Intel-Pentium%20III%201000%20-%20RB80526PZ001256%20(BX80526C1000256).html
性能資料 : Roy Longbottom, "Dhrystone Benchmark Results on PCs," Roy Long-

bottom's PC Benchmark Collection, February 2017, http://www.roylongbottom.org.uk/dhrystone%20results.htm

2001 PENTIUM 4（1700 MHz）

実質価格：$599.55
1秒あたりの計算回数：1,843,000,000
1秒1ドルあたりの計算能力：3,073,978

価格資料："Intel Pentium 4 1.7 GHz Specifications," CPU-World, accessed November 10, 2021, https://web.archive.org/web/20150429131339/http://www.cpu-world.com/CPUs/Pentium_4/Intel-Pentium%204%201.7%20GHz%20-%20RN-80528PC029G0K%20(BX80528JK170G).html
性能資料：Roy Longbottom, "Dhrystone Benchmark Results on PCs," Roy Longbottom's PC Benchmark Collection, February 2017, http://www.roylongbottom.org.uk/dhrystone%20results.htm

2002 XEON（2.4 GHz）

実質価格：$392.36
1秒あたりの計算回数：2,480,000,000
1秒1ドルあたりの計算能力：6,323,014

価格資料："Intel Xeon 2.4 GHz Specifications," CPU-World, accessed November10, 2021, https://web.archive.org/web/20150502024039/http://www.cpu-world.com:80/CPUs/Xeon/Intel-Xeon%202.4%20GHz%20-%20RK80532KE056512%20(BX80532KE2400D%20-%20BX80532KE2400DU).html
性能資料：Jack J. Dongarra, "Performance of Various Computers Using Standard Linear Equations Software," technical report CS-89-85, University of Tennessee, Knoxville, February 5, 2013, 7-29, https://icl.utk.edu/files/publications/2013/icl-utk-625-2013.pdf
＊ここではロングボトムのデータ（2017年）の代わりにジャック・J・ドンガラのデータ（2013年）を使っている。というのも、2002年頃までにはMFLOPSによる性能評価が支配的な基準になっていて、ドンガラのデータが、その後のマシンの評価とのあいだに一貫性と比較可能性があるからだ。ドンガラのほとんどのデータは「TPPベストエフォート」の基準を利用していて、

それが昔のコンピュータの性能ともっとも比較可能性がある。だが、TPP ベストエフォートのデータはここでの CPU に適していないので、TPP ベストエフォート MFLOPS の平均値をデータセット内の「LINPACK ベンチマーク」の MFLOPS にあてはめている。ドンガラがテストした 15 個の他のシングルコア、EM64T ではない Xeon 搭載コンピュータの TPP ベストエフォートの値は平均して、LINPACK ベンチマークの値を 2559 倍したものになる。そして、そのデータは 2 種類の OS／コンパイラの組みあわせの CPU から得た平均値である。

2004 PENTIUM 4 (3.0 GHz)

実質価格 : $348.12
1 秒あたりの計算回数 : 3,181,000,000
1 秒 1 ドルあたりの計算能力 : 9,137,738

価格資料 : "Intel Pentium 4 3 GHz Specifications," CPU-World, accessed November 10, 2021, https://web.archive.org/web/20171005171131/http://www.cpu-world.com/CPUs/Pentium_4/Intel-Pentium%204%203.0%20GHz%20-%20RK80546PG0801M%20(BX80546PG3000E).html
性能資料 : Jack J. Dongarra, "Performance of Various Computers Using Standard Linear Equations Software," technical report CS-89-85, University of Tennessee, Knoxville, February 5, 2013, 10, https://icl.utk.edu/files/publications/2013/icl-utk-625-2013.pdf
＊ロングボトムのデータ（2017 年）の代わりにドンガラのデータ（2013 年）を使っている。というのも、ペンティアム 4 から MFLOPS による性能評価が支配的な基準になり、ドンガラのデータがその後のマシンの評価とのあいだに一貫性と比較可能性があるからだ。

2005 PENTIUM 4 662 (3.6 GHz)

実質価格 : $619.36
1 秒あたりの計算回数 : 7,200,000,000
1 秒 1 ドルあたりの計算能力 : 11,624,919

価格資料 : "Intel Pentium 4 662 Specifications," CPU-World, accessed November 10, 2021, https://web.archive.org/web/20150710050435/http://www.cpu-world.com:

80/CPUs/Pentium_4/Intel-Pentium%204%20662%203.6%20GHz%20-%20HH-80547PG1042MH.html
性能資料 : "Export Compliance Metrics for Intel Microprocessors Intel Pentium Processors," Intel, April1, 2018, 4, https://web.archive.org/web/20180601044504/https://www.intel.com/content/dam/support/us/en/documents/processors/APP-for-Intel-Pentium-Processors.pdf

2006 CORE 2 DUO E6300

実質価格 : $273.82
1 秒あたりの計算回数 : 14,880,000,000
1 秒 1 ドルあたりの計算能力 : 54,342,788

価格資料 : "Intel Core 2 Duo E6300 Specifications," CPU-World, accessed November 10, 2021, https://web.archive.org/web/20160605085626/http://www.cpu-world.com/CPUs/Core_2/Intel-Core%202%20Duo%20E6300%20HH80557PH0362M%20(BX80557E6300).html
性能資料 : "Export Compliance Metrics for Intel Microprocessors Intel Pentium Processors," Intel, April 1, 2018, 12, http://web.archive.org/web/20180601044310/https://www.intel.com/content/dam/support/us/en/documents/processors/APP-for-Intel-Core-Processors.pdf.

2007 PENTIUM DUAL-CORE E2180

実質価格 : $122.23
1 秒あたりの計算回数 : 16,000,000,000
1 秒 1 ドルあたりの計算能力 : 130,899,970

価格資料 : "Intel Pentium E2180 Specifications," CPU-World, accessed November 10, 2021, https://web.archive.org/web/20170610094616/http://www.cpu-world.com/CPUs/Pentium_Dual-Core/Intel-Pentium%20Dual-Core%20E2180%20HH80557PG0411M%20(BX80557E2180%20-%20BXC80557E2180).html
性能資料 : "Export Compliance Metrics for Intel Microprocessors Intel Pentium Processors," Intel, April 1, 2018, 7, http://web.archive.org/web/20180601044504/https://www.intel.com/content/dam/support/us/en/documents/processors/APP-for-Intel-Pentium-Processors.pdf.

2008 GTX 285

実質価格 : $502.98
1 秒あたりの計算回数 : 708,500,000,000
1 秒 1 ドルあたりの計算能力 : 1,408,604,222

価格資料 : "NVIDIA GeForce GTX 285," TechPowerUp, accessed November 10, 2021, https://www.techpowerup.com/gpu-specs/geforce-gtx-285.c238.
性能資料 : "NVIDIA GeForce GTX 285," TechPowerUp, accessed November 10, 2021, https://www.techpowerup.com/gpu-specs/geforce-gtx-285.c238.

2010 GTX 580

実質価格 : $690.15
1 秒あたりの計算回数 : 1,581,000,000,000
1 秒 1 ドルあたりの計算能力 : 2,290,796,652

価格資料 : "NVIDIA GeForce GTX 580," TechPowerUp, accessed November 10, 2021, https://www.techpowerup.com/gpu-specs/geforce-gtx-580.c270.
性能資料 : "NVIDIA GeForce GTX 580," TechPowerUp, accessed November 10, 2021, https://www.techpowerup.com/gpu-specs/geforce-gtx-580.c270.

2012 GTX 680

実質価格 : $655.59
1 秒あたりの計算回数 : 3,250,000,000,000
1 秒 1 ドルあたりの計算能力 : 4,957,403,270

価格資料 : "NVIDIA GeForce GTX 680," TechPowerUp, accessed November 10, 2021, https://www.techpowerup.com/gpu-specs/geforce-gtx-680.c342.
性能資料 : "NVIDIA GeForce GTX 680," TechPowerUp, accessed November 10, 2021, https://www.techpowerup.com/gpu-specs/geforce-gtx-680.c342.

2015 TITAN X（Maxwell 2.0）

実質価格：$1,271.50
1秒あたりの計算回数：6,691,000,000,000
1秒1ドルあたりの計算能力：5,262,273,757

価格資料："NVIDIA GeForce GTX TITAN X," TechPowerUp, accessed November 10, 2021, https://www.techpowerup.com/gpu-specs/geforce-gtx-titan-x.c2632.
性能資料："NVIDIA GeForce GTX TITAN X," TechPowerUp, accessed November 10, 2021, https://www.techpowerup.com/gpu-specs/geforce-gtx-titan-x.c2632.

2016 TITAN X（Pascal）

実質価格：$1,506.98
1秒あたりの計算回数：10,974,000,000,000
1秒1ドルあたりの計算能力：7,282,098,756

価格資料："NVIDIA TITAN X Pascal," TechPowerUp, accessed November 10, 2021, https://www.techpowerup.com/gpu-specs/titan-x-pascal.c2863.
性能資料："NVIDIA TITAN X Pascal," TechPowerUp, accessed November 10, 2021, https://www.techpowerup.com/gpu-specs/titan-x-pascal.c2863.

2017 AMD RADEON RX 580

実質価格：$281.83
1秒あたりの計算回数：6,100,000,000,000
1秒1ドルあたりの計算能力：21,643,984,475

価格資料："AMD Radeon RX 580," TechPowerUp, accessed November 10, 2021, https://www.techpowerup.com/gpu-specs/radeon-rx-580.c2938.
性能資料："AMD Radeon RX 580," TechPowerUp, accessed November 10, 2021, https://www.techpowerup.com/gpu-specs/radeon-rx-580.c2938.

2021 GOOGLE CLOUD TPU v4-4096

実質価格：$22,796,129.30
1 秒あたりの計算回数：1,100,000,000,000,000,000
1 秒 1 ドルあたりの計算能力：48,253,805,968

価格資料：このグラフでは、可能なかぎり自由市場におけるマシンの購入費用を価格にしている。それが文明レベル全体におけるコンピュータの価格性能比の進歩をもっともよく反映しているからだ。グーグルのクラウド TPU は外部に販売しておらず、時間貸しで利用できるだけだが、1 時間のレンタル料を価格とすると、その驚くほど高い価格性能比を反映できるし、小規模プロジェクト（短期で済む機械学習のタスクで、わざわざハードを買うのは賢明でない、など）にとって正確な数字を表すことができる。一方、それでは利用事例の大半をカバーできない。そのため、ゆるい概算になるが、ハードを買った場合と同じ条件にした。つまり、機器の一般的な利用時間と交換期間を考慮して、総稼働時間を 4000 時間と想定して概算したのだ（そのような推測にもとづく概算なので、1 年単位で機種間の比較をする値としては自信をもって利用できない。しかし、長いスパンとこのグラフの対数目盛りは全体の傾向を表すものなので、どのデータ点においても、実質的に異なる方法的仮定に左右される度合いは低い）。実際のクラウドのレンタル契約は交渉によって決まり、顧客やプロジェクトの必要性によって契約内容は大きく変わる。だがもっともらしい数字としてグーグル v4-4096TPU は 1 時間 5120 ドルのレンタル料金なので、4000 時間を掛ければ 2048 万ドルになる。この執筆時に価格は公表されていないので、一般の情報と業界の専門家に聞くことで価格は推定した。本書の出版時までにグーグルは価格を公表するだろうが、各プロジェクトが価格設定において果たす実質的な役割を正確に特定することができない。
以下を参照。Google Cloud, “Cloud TPU,” Google, accessed December 10, 2021, https://cloud.google.com/tpu; Google project manager, telephone conversations with author, December 2021.
性能資料：Tao Wang and Aarush Selvan, “Google Demonstrates Leading Performance in Latest MLPerf Benchmarks,” Google Cloud, June 30, 2021, https://cloud.google.com/blog/products/ai-machine-learning/google-wins-mlperf-benchmarks-with-tpu-v4?hl=en; Samuel K. Moore, “Here’s How Google’s TPU v4 AI Chip Stacked Up in Training Tests,” IEEE Spectrum, May 19, 2021, https://spectrum.ieee.org/heres-how-googles-tpu-v4-ai-chip-stacked-up-in-training-tests

2023 GOOGLE CLOUD TPU v5e

実質価格：$3,016.46
1 秒あたりの計算回数：393,000,000,000,000
1 秒 1 ドルあたりの計算能力：130,285,276,114

価格資料：グーグル・クラウドの推算によると、大規模言語モデルの絶対的な性能評価基準である MLPerfTM v3.1 Inference Closed ベンチマークで測定して、TPU v5e は TPU v4 の 2.7 倍の価格性能を獲得している。TPU v4-4096 は大規模契約時の価格を概算していて、それとの比較可能性を最大にするために、TPU v5e の価格は、チップにおける既知の価格性能の向上にもとづいてチップ 1 個あたりの価格で推算した。このときに公表されている TPU v5e のレンタル価格は 1 チップ時間あたり 1 ドル 20 セントだが、それを用いると、1 恒常米ドルあたり 1 秒間に 820 億回の計算回数となる。ただし、大きなレンタル契約においては割引が普通なので、正規の価格では現実から大きく離れたものになる。
以下を参照。Amin Vahdat and Mark Lohmeyer, "Helping You Deliver High-Performance, Cost-Efficient AI Inference at Scale with GPUs and TPUs," Google Cloud, September 11, 2023, https://cloud.google.com/blog/products/compute/performance-per-dollar-of-gpus-and-tpus-for-ai-inference.
性能資料：INT8 performance per chip. 以下を参照。Google Cloud, "System Architecture," Google Cloud, accessed November 13, 2023, https://cloud.google.com/tpu/docs/system-architecture-tpu-vm?hl=ja#tpu_v5e

[著 者]

レイ・カーツワイル (Ray Kurzweil)

1948年ニューヨーク生まれ。世界屈指の発明家、思想家、未来学者であり、AI研究開発に60年以上携わる権威。Google社で機械学習と自然言語処理の研究を率い、現在は同社の主任研究員兼AIビジョナリー。

MIT在学中に20歳で起業。以来、数々の発明品を世に送りだしてきた。主なものに、CCDフラットベッドスキャナー、オムニフォント式OCRソフト、視覚がい害者用の文章読みあげ機、大語彙音声認識ソフトウエア、オーケストラ楽器を再現できるシンセサイザー「Kurzweil K250」などがある。

それらの功績により「MITレメルソン賞」やアメリカの技術分野で最高の栄誉とされる「国家技術賞」を受賞し、全米発明家殿堂入りした。また、音楽技術における優れた業績によりグラミー賞も受賞。21の名誉博士号をもつ。PBS(公共放送サービス)「アメリカをつくった16人の革命家」のひとりにも選ばれている。

5冊の著作のうち、*The Singularity Is Near*(紙版『ポスト・ヒューマン誕生』/電子版改題『シンギュラリティは近い』NHK出版)と*The Age of Spiritual Machines*(『スピリチュアル・マシーン』翔泳社)が邦訳されている。

[訳 者]

高橋則明 (たかはし・のりあき)

翻訳家。立教大学法学部卒業。主な訳書に、デイヴィッド・J・チャーマーズ『リアリティ+(上)(下)』、ペドロ・J・フェレイラ『パーフェクト・セオリー』、ネイサン・ウルフ『パンデミック新時代』、ケン・シーガル『Think Simple』、クリス・アンダーソン『フリー』(いずれもNHK出版)がある。

編集協力:松島倫明
校 正:酒井清一
組 版:三秀舎
編 集:猪狩暢子

シンギュラリティはより近く
人類がAIと融合するとき

2024年11月25日　第1刷発行
2025年 2 月20日　第4刷発行

著　者　レイ・カーツワイル
訳　者　高橋則明
発行者　江口貴之
発行所　NHK出版
〒150-0042　東京都渋谷区宇田川町10-3
電話　0570-009-321（問い合わせ）
　　　0570-000-321（注文）
ホームページ　https://www.nhk-book.co.jp
印　刷　三秀舎／近代美術
製　本　藤田製本

ISBN978-4-14-081980-7　C0098